증언 으로서의 문학사

증언으로서의 문학사

증언
으로서의 문학사

강진호 · 이상갑 · 채호석 편

깊은샘

새로움과 낡음에 대하여

우리는 지금 새로운 시대에 살고 있다. 최소한 근대 이후 어느 시대나 새로운 시대였음은 물론이다. 자신의 시대를 이전의 시대와는 다른 새로운 시대로 규정하는 자기의식이야말로 근대 정신이다. 그러나 이 새로움을 전적인 새로움으로 받아들일 수는 없다. 세상 어느 한 구석은 전적으로 새롭지만 또 다른 한 구석은 여전히 낡았다. 인쇄 자본주의에서 전자 자본주의로의 이행, 그리고 이를 가능하게 한 인터넷의 발달, 국가만이 아니라 모든 경계들이 흐트러지기 시작하고 그 경계 속에서 또 다른 경계가 생성되고 있다. 이제 세상은 더 이상 이전 시기의 삶의 방식으로는 살아갈 수 없을 듯이 느껴진다. 젊은이들은 스스로를 새로운 세대라 이름한다. 그 앞에 붙는 관형사가 어떠한 것이든 간에 이러한 노력이란 이전 세대와 자신들을 구분하기 위해서일 것이다. 이전 세계를 이해할 수 있었던 계급과 민족은 이제 더 이상 효력을 미치지 못하는 듯이 보인다.

그러나 전적으로 새로운 세계인가. 그렇게는 말할 수 없다. 우리 시대 사회 구석구석에는 여전히 낡은 세계가 있다. 새로움을 주장하는 자들에게 이러한 낡음이란 '악몽'과도 같은 것이다. 계속 자신의 발목을 잡는 존재. 계급이 더 이상 의미가 없다고 말하는 그 순간 사회 한 구석에서는 여전히 계급적인 투쟁이 존재한다. 싸움이 있고, 불법적인 폭력이 있고, 그리고 합법을 가장한 폭력도 존재한다. 민족은 이미 무의미한 것으로 받아들여지지만, 그러나 그럼에도 세계 한 곳에서는 민족간의 싸움이 벌어지고 있다. 이러한 싸움들은 여전히 낡은 경계를 둘러싸고 벌어지고 있는 것이다. 전적으로 새롭지도 전적으로 낡지도 않은 사회, 그러한 사회를 '전환기'라 이름한다. 새로운 것도 낡은 것도 전적으로 사회를 지배하고 있지 못한 시기인 것이다. 이러한 전환기에 대체로 취해지는 방식이란 두 가지이다. 새로움에 매진하거나 아니면 과거를 붙드는 것.

이러한 시대에 우리는 '과거'로 돌아간다. 1950, 60년대로 말이다. 따지고 보면 불과 4, 50년 전일 뿐이다. 새로움을 말하는 이들에게는 반세기에 불과한 1950년대는 어느덧 과거로 되어버렸다. 그리고 버려지고 잊혀진다. 그 먼 과거를 끌어오는 사람들이야말로 아무런 힘이 없는 존재들로 받아들여진다. 현재에 적응하지 못하는 존재들. 그렇기 때문에 그들은 과거 속에서 자신의 존재 이유를 찾는다. 그것이 현재를 견디는 힘이 되기도 하고, 또 어떤 이들에게는 자신의 권력을 유지하는 수단이 된다. 그들은 그러면서 과거를 현재화한다. 현재는 과거의 단순한 확장일 뿐이다. 그러나 전적으로 새로움을 외치는 존재들도 마찬가지이다. 이들에게 과거는 과거일 뿐이다. 과거는 유물, 역사성을 갖지 않는 유물, 박물관에나 존재해야 하는 유물. 그런 이들에게 존재하는 것은 오로지 현재일 뿐이다. 이렇게 과거는 과거대로 현재는 현재대로 절대화된다. 서로간에는 아무런 교섭도 없다. 그렇기 때문에 그들 사이의 싸움은 어긋난다. 접점이 존재하지 않는다. 우리들의 삶의 방식만이 이러한 것은 아니다. 우리의 '문학'도 마찬가지이다. 과거의 방식에 사로잡혀 있는 사람들은 변화된 조건을 인정하지 않는다. 새로운 조건 속에서 살아가는 존재들은 과거를 만나지 않는다. 문학이 삶의 반영인 한, 아니 삶을 발생 조건이자 존재 조건으로 삼고 있는 한, 문학 또한 이로부터 벗어날 수는 없다.

그러나, 이 틈 사이에 또 다른 존재들이 있다. 과거는 과거이고 현재는 현재이지만, 그러나 또한 과거는 현재이고 현재는 과거라고 말하는 목소리들이 있다. 세상은 새롭지만 전적으로 새로운 것이 아니며, 또한 세상은 낡았지만 전적으로 낡은 것은 아니라고 말하는 존재들. 그들은 그 어느 쪽에서도 배척받는다. 아주 단순한 이유. 과거를 과거라고 말하기 때문에, 그리고 과거가 과거가 아니라고 말하기 때문에. 우리가 그들이다. 우리는 그들이기 때문에 우리는 과거를 과거로 박물관으로 집어넣지도 않고, 그렇다고 과거의 망령을 끌어오고자 하지도 않는다. 우리는 완료형으로서의 과거를 찾지 않는다. 완료형으로서의 과거가 아니라 현재 진행형으로서의 과거를 탐사한다. 유물로서의 과거와 권력으로서의 과거 그 양쪽에 대해 날을 간다. 양날의 칼처럼. 현재의 절대화나 과거의 절대화 모두에 대해 비판적인 시선을 보낸다. 그 틈바구니에서 우리는 불안하게 존재한다. 억압된 것들의 귀환과 백일몽 속에서. 그렇기에 우리는 끊임없이 양쪽으로부터 유혹을 받는다. 그리고 어느 한 쪽에 귀속되고 싶다는 욕망을 갖는다. 그러나 그 욕망을 거스르며 우리는 불안한 자세를 유지하고자 한다. 불안 속에서 분열되지 않으면서, 불가능해 보일지 모르는 정체성을 형성하고자 한다. 그 노력 어느 틈에선가 우리는 좌초할지도 모른다. 하지만 좌초할 때 할지라도 멈출 수는 없다. 멈추는 순간, 우리는 우리가 부정하는 존재들과 동일한 존재가 되어 있을 것이기 때문이다.

이 책은 역사적인 과거를 복원하려는 노력이다. 『작가연구』에서 우리가 기획하였던 것은 과거의 역사성을 확인하는 일이었다. 그 노력은 우선 '특집'으로 나타났다. '특집'에서 주로 다룬 작가들은 1950년대에서 1970년대 작가들이었다. 그리고 그 가운데 과거와의 만남을 시도하였다. 과거의 존재에게 현재성을 부여하고자 한 것이었다. 과거이면서도 과거가 아닌, 그런 과거를 만나기 위해서였다. 그러나 이 기획은 충분한 것은 아니었다. 어쩔 수 없이 기록된 자료에 근거할 수밖에 없을 뿐만 아니라, '연구'라는 틀도 벗어나기 어려웠기 때문이다. 그렇기 때문에 '대담'이라는 또 다른 기획을 준비하였다. 현재 활동을 하고 있건 그렇지 않건 간에, 1950년대에서 1970년대를 문학인으로 살았던 존재들을 만나기 위한 장이었다. 그분들과의 만남을 통해서 우리는 '살아 있는' 문학사를 구성하고자 하였다. 문학인과의 대담은 그분들에게 말을 시키는 일이며, 그분들이 살았던 '과거'를 새롭게 불러오는 일이다. 그리고 이는 또한 그분들에게 과거와 현재를 연결시키기를 요구하는 일이다.

많은 선배 문학인들이 대담에 응해주셨다. 이름만 들어도 익히 알 만한 분들이다. 여기서 굳이 이분들에 대해 소개를 할 필요는 없을 듯하다. 이 분들이 모두 정확하게 같은 시절을 살지는 않았다. 주로 활동한 시기도 부분적으로 겹칠 뿐 서로 다르다. 어떤 분들은 현재까지 지속적으로 활동을 해온 반면 다른 분들은 전혀 다른 삶의 영역에 있기도 하였다. 그러나 더욱 중요한 사실은 이들이 같은 시기를 서로 다른 자리에서, 서로 다른 입장으로 경험했다는 사실이다. 예컨대 시인 김경린 씨와 소설가 남정현 씨는 거의 동일한 경험을 하지 못한 것처럼 보인다. 그러나 이들의 문학이 아니라 이들의 경험을 읽는다면 그 거리는 예상 외로 크지 않다는 것을 알게 될 것이다. 그분들은 동일하지 않지만, 그러나 전적으로 다르지도 않다. 바로 이 점이 이 기획의 큰 수확 가운데 하나라고 할 수 있을 것이다. 물론 가장 큰 수확은 '직접' 들을 수 있었다는 점이지만 말이다.

대담에 응해주신 문학인들이, 문학 선배들이 얼마만큼 이 요구에 응했는가는 독자들이 판단할 몫이다. 어떤 분들은 이 요구에 충실하였고, 또 다른 분들은 그렇지 못하였다고 생각한다. 물론 이는 그분들의 잘못은 아니다. 그들에게 말을 하도록 하는 것은 우리들의 몫이었기 때문이다. 그러나 어쩌하건 간에 그분들에게서 우리는 공식적인 문학사의 '뒷면'을 볼 수 있었다고 판단한다. 그 문학사의 '뒷면'이란, 어쩌면 개별적으로 존재하는 문학사일지도 모른다. 한 문학인이 구성해 내는 문학사, 아주 개별적인, 다른 존재들과 도저히 공유할 수 없는 그런 문학사 말이다.

결국 우리가 보고 싶었던 것은 다중(多重)의 문학사, 다층(多層)의 문학사였다. 어떤 문학사적 사건이 한 문학인에게는 문학적인 삶을 규정하는 엄청난 경험이었는가 하면, 다른 존재에게는 그저 스쳐 지나가는 '사소한' 일에 지나지 않기도 하였기 때문이다. 우리는 굳이 이 다중적이고 다층적인 문학사를 '통합'하려고 하지는 않았다. 통합되는 그 순간, 우리가 보고 싶어했던 개별성과 고유성은 사라지고 말 것이었기 때문이다. 그렇기 때문에 이분들로부터 재구성되는 역사(독자의 몫이기는 하지만)는 다소 혼란스러울 수 있다. 이분들 모두가 동일한 지점에서 말하고 있지는 않기 때문이다. 수많은 씨줄과 날줄이 얽히는 문학사, 궁극적으로는 존재할 수 없는 문학사, 그럼에도 불구하고 펴보지 않을 수 없는 문학사가 우리가 이 기획에서 꿈꾼 문학사이다.

우리는 이 책의 이름을 '증언으로서의 문학사'라고 붙였다. 굳이 '증언'이라는 용어를 사용한 데는 이유가 있다. 하나의 법정을 만들고자 했기 때문이다. 그러나 우리는 이들을 심판하고자 하지는 않는다. 다른 영역에서 다른 시선으로 이들은 심판대에 오를 수 있다. 그리고 또 심판을 받기도 하였다. 서로 다른 법정에서 말이다. 그러나 우리는 심판하고자 하지는 않는다. 그들은 피고가 아니다. 그들은 그야말로 '목격자'이며, 사건의 당사자이며, 또한 '증언자'이다. 우리는 사태의 다중성, 다층성을 그들에게서 듣고자 하였다. 그들 개별 문학인들은 자기의 시선으로, 자신의 경험으로, 물론 재구된 경험으로 말한다. 그들의 증언이 한 자리에 모이게 되었을 때, 사태의 다중성이 드러난다.

우리는 이 대담의 기록들을 독자들이 겹쳐 읽기를 바란다. 모자이크하고, 몽타쥬하고, 오버랩 시키면서 읽어주었으면 좋겠다. 이들 각각이 보여주는 것은 한 시대에 대한 개인의 경험이라는 필름이다. 이 필름들은 사태를 각기 다른 방향에서 다른 시선으로 잡은 것이다. 그 안에서 그들은 주인공이었으며 또한 기록자였다. 그들 개별적인 존재들이 본 것은 모두 다르다. 서로 다른 위치, 그리고 서로 다른 시간성을 갖고 있다. 이 여러 장의 필름들을 겹쳐 인화하면 어떤 상이 드러날 것이다. 아마도 선명하지는 않을 것이다. 아니 선명할 수 없다. 선명하다면 우리의 노력은 불필요한 것이 되었을 것이다. 이 선명하지 않은 화상에서 독자들 나름으로 하나의 문학사를 만들어낼 수 있을 것이다.

독자들에게 하고 싶은 요구가 하나 더 있다. 이 증언들을 겹쳐 읽으면서 그 바탕에 기존의 문학사를 깔아두었으면 좋겠다는 것이다. 공식화된, 용인된 문학사 위에 이 증언들을 겹쳤을 때, 문학사 위에 이 증언들을 겹쳐 썼을 때 훨씬 선명한 상을 얻을 수 있을 것이기 때문이다.

이미 말한 것처럼 이러한 '증언'으로서의 문학사를 완벽하게 구성해낼 수는 없다. 그것은 불가능한 요구이다. 우리는 과거에 문학을 경험했던, 혹은 문학을 살았던 존재들을 모두 호출해 낼 수는 없다. 그것은 불가능하다. 그렇기에 우리는 그 일부분만을 호출하였고 그들에게 말을 하게 하였다. 독자들에 따라서는 이 호출이 잘못되었다고 느낄 수도 있겠다. 혹은 잘못되었다고 말할 수도 있겠다. 자의적이라거나 편향되었다는 비판도 있을 수 있다. 감수한다. 우리는 우리가 복원하고자 하는 시점이 1960년대, 그리고 그 앞 뒤였기 때문에, 그 시대에 주로 활동한 문학인들을 선택하였다. 어느 시점에 이들과 말을 나누었는가는 순서에 영향을 미치지 않았다. 등단 년도,

주로 활동한 시기, 그리고 대담에서 중심적으로 이야기되었던 시대를 고려하여 순서를 잡았다. 대담을 한 일시도 대담의 내용에 영향을 미칠 수 있기에 대담 일시를 함께 밝혀 두었다. 책을 내기에 앞서 대담자들에게 수정을 의뢰하기는 하였다. 처음 발표했을 때의 부분적인 오류들을 수정하기 위해서이다. 하지만 기조는 변하지 않았다고 단언할 수 있다. 이 대담을 이 자리에서 정리할 필요는 느끼지 않는다. 정리하는 순간 우리는 우리의 기획 의도를 배반하는 것이기 때문이다.

우리는 이들이 '진실되게' 말했다고 생각한다. 최소한 그 생각만은 말이다. 이데올로기가, 자명한 것으로서의 이데올로기가 감춘 것도 있을 수 있다. 그리고 아직은 말할 수 없기 때문에 말하지 못한 것도 있을 수 있다. 또한 그야말로 개인의 '존재'에 관한 것이기 때문에 말할 수 없었던 것도 있을 수 있다. 그럼에도 그들의 증언은 진실한 것이었다고 생각한다. 이들의 개인적인 진실이 어떻게 역사적인 진리로 될 수 있는가는 아직은 우리들에게, 그리고 이 책을 읽는 독자들에게 남겨진 몫이다.

마지막으로 기꺼이 이 기획에 참여하여 주신 선배 문학인들에게 다시 한 번 감사드린다. 다소 결례가 되는 질문에도 그분들은 후배 문학인들을 위해 진지하게 답해 주셨다. 그분들이 있기에 지금 우리가 있을 수 있다고 생각한다. 그리고 이 기획을 책으로 묶어 준 깊은샘 식구들에게 감사드린다. 오랜 시간 연구자들의 친구가 되어온 박현숙 사장님이 이 책을 기꺼이 내 주셨다. 이분들의 노력이 없었다면 이렇게 이쁘게 책이 나오지 못하였을 것이다. 삼가 독자들의 질정을 바란다.

2003년 4월
편자 일동

現代文學

증언으로서의 문학사

차례

책을 내면서 / 새로움과 낡음에 대하여 • 5

김경린
·
한수영

현대성의 경험과 모더니즘 • 17

시단 입문 경위와 초기 활동 • 20
일본 모더니즘 시단의 풍경 • 25
해방 직후의 모더니즘 시단 • 29
『후반기』 동인의 결성 과정 • 33
후기 모더니즘의 이론적 지향 • 35
후기 모더니즘의 역사적 평가 • 40
모더니즘 시 운동의 현재와 미래 • 43

이어령
·
이상갑

전후 문학과 '우상'의 파괴 • 51

문단 등단 과정과 전후 상황 • 54
전통론과 전후 세대의 자의식 • 63
'저항의 문학'과 1950년대 비평 • 69
4·19 이후의 문단 상황과 순수·참여 논쟁의 자장 • 73
4·19 세대 문인들의 등장과 제3세대문학 • 78
최근의 문학 상황과 앞으로의 과제 • 87

유종호
·
이남호

1950년대와 현대문학의 형성 • 93

등단 무렵과 1950년대 문단의 상황 • 95
1950년대의 모더니즘과 실존주의 • 104
전통론의 파장 • 115
1950년대 문학 연구의 방향 • 119
6·25체험과 전쟁문학 • 124

**김우종
·
안남일**　**순수문학 비판과 참여문학의 도정 · 129**

　　등단 무렵과 참여문학의 배경 · 131
　　순수·참여문학 논쟁 · 138
　　1950, 60년대와 그 문학적 성과 · 145
　　『한국현대소설사』와 문인간첩단사건 · 151
　　1970년대 이후의 문학과 오늘의 상황 · 158

**서기원
·
정호웅**　**다중성(多重性)의 문학 · 165**

　　격변의 시대를 지나 문학의 길로 · 167
　　이분법을 넘어서 · 174
　　문체의 발견과 세대 논쟁 · 176
　　역사소설과 역사의 심층 탐구 · 181
　　정착성과 유목성의 조화 · 189

**남정현
·
강진호**　**험로를 가로지른 문학의 도정 · 197**

　　독서 체험 · 199
　　「분지」를 쓰게 된 배경 · 204
　　추천과 등단 과정 · 207
　　4·19, 그리고 신동엽과의 만남 · 209
　　「분지」 필화사건 · 214
　　민청학련 사건 · 218
　　풍자의 전통과 가족사 · 222
　　우리 문학의 미래와 과제 · 226

증언으로서의 문학사

김병익 · 김동식

4 · 19 세대의 문학이 걸어온 길 · 233

청년 시절과 기독교의 자장 · 236
한글 세대의 정체성 · 242
역사적인 물음의 지점으로서 4 · 19 · 246
대학 시절 · 250
기자 생활과 『68문학』 · 252
『문학과지성』 시절 · 256
'문지'와 '창비', 문학과지성사 · 260
1980년대와 문학적 대응 방식 · 273
오늘날 문학의 과제와 전망 · 284

임헌영 · 채호석

유신체재와 민족문학 · 289

1960년대 문단과 『상황』지 · 293
성장 과정과 문학적 체험들 · 298
백철, 조연현 선생의 인간됨 · 305
남정현, 이호철, 최인훈, 박용숙과의 만남 · 310
'문인간첩단사건'과 임헌영 · 315
리얼리즘과 민족적 리얼리즘 · 319
민족문학의 개념 · 325
분단문학과 민족 동질성 · 328
『창작과비평』과 리얼리즘 · 331
'남민전', 그리고 1980년대 문학운동과 사회운동 · 334
새로운 시대와 카프 문학의 재평가 · 341
1990년대 문학에 대한 평가 · 344

구중서
·
강진호
1960, 70년대와 민족문학 • 351

국학에 대한 관심과 역사의식 • 353
1960년대 문단과 『한양(漢陽)』지 • 361
『상황』 그룹과 『창작과비평』지 • 367
1970년대의 민족문학 논쟁과 제3세계문학론 • 372
문학사 연속성론에 대해서 • 379
근대성과 민족문학 • 382

염무웅
·
김윤태
1960년대와 한국문학 • 391

4·19의 민족사적 혹은 문학사적 의의 • 394
당대의 문학적 풍경과 문학 수업 • 401
신구문화사 시절과 현실에의 관심 • 408
1960년대 문단 동향과 민족문학론의 정립 • 417
1960년대의 작가들, 그 뒷 이야기 • 426
최근의 문학적 상황과 문학의 미래 • 437

백낙청
·
하정일
민족문학운동의 역사와 미래 • 445

유학시절과 『창작과비평』의 창간 • 448
1970년대 민족문학운동과 제3세계론 • 455
1980년대 민족문학의 공과 • 464
분단체제론에서 근대극복론까지 • 477
민족문학의 현재와 미래 • 482

찾아보기 • 485

현대성의 경험과 모더니즘

대담

김경린 / 시인
• 주요 시집으로 『화요일이면 뜨거워지는 그 사람』 등이 있음.

진행

한수영 / 동아대학교 교수
• 주요 저서로 『한국 현대비평의 이념과 성격』,
  『문학과 현실의 변증법』 등이 있음.

▌현대성의 경험과 모더니즘▐

한수영 : 선생님을 모시게 된 것을 큰 영광으로 생각합니다. 선생님께서는 해방 전부터 모더니즘 시 운동에 투신하셔서 지금까지 50여 년 가까운 세월 동안 시작 활동과 문필 활동을 줄기차게 계속해 오셨다는 점에서 길지 않은 우리 근현대 문학의 역사에 있어서 하나의 큰 귀감이 되는 존재라고 생각합니다. 특히, 해방 이후부터 1950,60년대를 거치면서 우리 모더니즘 시 운동을 주도해 오셨다는 점에서 선생님의 살아 있는 생생한 체험과 증언들은 후학들에게도 여러 가지로 귀중한 역사적 자료가 되리라고 생각합니다. 저희들이 선생님과 대담을 가지려고 하는 중요한 이유 중의 하나도 여기에 있습니다. 최근의 세태가 사회 각 분야의 원로들의 귀중한 경험이 무시당하고 새로운 것이면 무조건 좋은 것이라는 잘못된 편견이 지배하고 있음을 생각할 때 선생님께서 살아오신 문단의 반 세기, 특히 모더니즘 운동에 대한 회고는 연구자들뿐만 아니라 현재 시작 활동을 하고 있는 젊은 시인들과 작가들에게도 여러 가지로 귀한 가치를 지닐 것이라고 생각합니다.

　그런 의미에서 저희들의 질문은 대체로 모더니즘 운동의 전개 과정에 대한 역사적 내용에 집중되어 있습니다. 이들을 중심으로 선생님께 귀한 말씀을 듣고자 합니다.

우선 선생님께서 시에 관심을 가지시고 문학 특히 모더니즘 시 운동에 투신하게 된 경위에 대해 직접 들어보고 싶습니다.

시단 입문 경위와 초기 활동

김경린 : 그 경위를 이야기하자면 먼저, 저는 다섯 살 때부터 서당에 다녔는데, 그 서당 선생님이 좀 재미난 분이었던 것 같습니다. 그 선생님께서 가르쳐주시던 시가, 요즘에 생각해 보면 상징주의적인 요소가 강한 시들이었던 것 같습니다. 다섯 살 때부터 일곱 살에 보통학교에 입학할 때까지 서당에 다녔습니다. 아시다시피 서당에서는 주로 맨 처음에 들어가면 『천자문』을 읽고 그 다음에는 『동몽선습』이라는, 요즘의 동시보다는 조금 높은 수준의 것, 『통감』이라는 역사, 그러면서 차츰차츰 올라가며 『대학』, 『소학』 등을 배우는 과정이 있습니다. 나는 장손이었기 때문에 당시에 할아버지께서 장차 사람이 되려면 다섯 살 때부터 공부를 해야 한다고 서당에 다니기 시작한 것인데, 그때 교육이 주로 이런 정규 교육이었지만 그 선생님이 저녁이면 시의 운자를 내어주시면서 숙제를 내주셔서 밤새 시를 지어서 다음날 선생님께 바치곤 했지요. 그런데 그 당시에 배운 시 중에서도 아직까지도 어렴풋이 기억에 남는 시가 하나 있어요. 중국 한시인데 원시는 잊었지만, "산 위에서 바라보는 저 호수는 나의 술잔이요, 산 위를 지나가는 구름은 솜덩이같더라" 뭐 대충 이런 시였습니다. 그런데 그때 어린 생각에도 호수를 술잔으로 비유를 한다든가 구름을 솜덩이같다고 한다든가 하는 것들이 스케일도 크고, 상징성도 강하다는 것을 느꼈어요. 그런 시들을 쭉 배워와서 그랬었는지는 모르겠지만, 아무튼 나중에 모더니즘 시를 공부해 보니 유사한 점이 한두 가지가 아니더군요. 일곱 살 때 그 선생님이 다른 학교로 가시게 되어 나도 시를 지어 선생님께 바쳤는데, 그 시가 아직도 기억에 남습

니다. "今日送先生하니 自然成淚川이라.", 그러니까 "오늘 스승을 보내니 스스로 눈물이 시내를 이룬다."는 내용이었습니다. 그런데 그 선생님이 가시면서 "눈물이 시내를 이룬다"는 표현은 보통 놈이 하는 소리가 아니라시면서 너는 재주가 비상하니 나중에 꼭 문사가 되거라 하셨지요.

그 뒤에도 보통학교를 다니면서 좋은 선생님들을 많이 만났습니다. 특히 5학년 때 담임 선생님이 문학을 좋아하셨는데, 그 선생님 댁 바로 옆에서 하숙을 할 때 『클라스메이트』라는 잡지를 낸다고 해서 그 선생님을 도와서 글을 모아 등사하는 일 등을 돕기도 했었습니다. 요즈음으로 치면 학급 문집 비슷하다고 할까요? 너는 문재가 있으니 문사가 되라, 그런 공부를 하라는 말씀을 그분도 하신 적이 있었거든요. 아마 그런 일들을 계기로 문학에 어렴풋이 눈을 뜨게 된 모양입니다.

한수영 : 서당에서 배운 한시가 문학에 관심을 두게 된 최초의 계기였다는 말씀은 선생님께서 모더니즘 시를 주로 써오셨다는 것을 떠올리면 퍽 흥미로운 이야깁니다. 한편으로 보면 에즈라 파운드가 이미지즘 얘기를 하면서 한자의 시각적인 상징성을 말하는데, 그것과 상통하는 게 아닌가 싶군요. 그런데 선생님께서는 문과쪽이 아니라 이과쪽 공부를 하신 걸로 알고 있는데요.

김경린 : 그것이……. 보통학교를 졸업하게 되었지만, 그 당시 그러니까 1930년대인데, 시대적으로 굉장히 불안하고 농사도 잘 안되고 그랬어요. 우리 농촌에서는 보통학교를 졸업하게 되면 주로 가까운 회령 상업학교라든가 북경성(당시에는 서울 경성에 빗대 함북 경성을 북경성이라 그랬지요) 농업학교 등으로 진학하는 것이 가장 큰 희망이었지요. 그런데 집안 형편상 갈 수 없었고, 그때 한 삼 년 정도 고생이라는 고생은 다 했어요. 노동도 했고, 산에서 장작을 팔아 식량을 마련하기도 하고 공사판에서 일도 하고, 큰 운송점 점원, 과자점 점원 등 많은 고생을 했는데, 고생하면서 느낀 것이 내가 그냥 이러다가는 아무것도 안 되겠구나 하는 생각이 나더라구요. 그래서

무조건 월급 받은 것 가지고 석유 한 통을 사들고 들어와서는 중학교 강의
록을 구해서 삼 개월 동안 집안에 들어앉아서 중학교 검정시험을 볼 공부를
하기 시작했어요. 집에서는 순사 시험을 치루려고 하나 하면서 내버려 두었
었어요. 약 삼 년 정도의 시간을 보충하기 위해서 그 당시의 고등보통학교
(중학교) 2학년 검정시험을 치루었지요. 2학년 이상이 되어야 공업학교나
상업학교에 갈 수 있었기 때문이지요. 그 시험은 어떻게 다행히 합격했는데
회령 상업학교 시험에는 보기 좋게 낙제를 하고 말았어요. 그러니 한 일 년
놀 수밖에 없었지요. 그런데 그때 마침 우리 시골에 신작로 공사를 한창 하
고 있었는데 그 공사 감독이 굉장히 멋있어 보였어요. 그 사람 말이라면 주
위에서 쩔쩔매고 하니 어린 마음에 멋있어 보여, 나도 나중에 그런 것을 해
볼까 하고 그 사람에게 무엇을 공부해야 하느냐고 물어보았더니 토목과를
나와야 한다고 하더군요. 그래서 토목과를 가려면 어디로 가야 하느냐고 물
었더니 경성 공업학교가 있는데 일본놈들만 많고, 경성 전기공업학교에는
일본놈들도 많지만 그래도 한국 사람들도 더러 있으니 거기에 가보라고 하
더라구요. 경성 전기공업학교는 전기와 토목을 같이 배웠는데 거기의 토목
과를 지원해서 시험을 치고 입학했습니다.

한수영 : 이상(李箱)이 나온 경성 고등공업학교와는 다른 곳입니까?

김경린 : 이상이 나온 경성 고등공업학교는 일종의 전문학교인 셈이지요.
지금으로 치면 서울대 토목학과의 전신이라고나 할까요. 경성 전기공업학
교는 지금 같으면 공업고등학교인 셈이지요. 그래서 이 학교를 다니게 되었
는데, 그때도 무엇인가 문학책과 소설책을 열심히 찾아 읽곤 했습니다. 그
때 하숙집에 돌을 던지곤 하던 아가씨가 있었어요. 여학교 3학년 학생이었
는데 차차 이야기를 하게 되고 그래서 연애를 하게 되었죠. 데이트란 것이
요즘 같은 것은 아니고, 그저 공원에서 만나 멀리 바라보고 그러는 것이 고
작이었지만……. 그런데 갑자기 하루는 이 처녀가 결혼하게 되었다고 하더
라구요. 상대는 서울 치과 전문학교를 나온 사람이라나요. 나는 겨우 공업

학교 다니는 처지이니 상대가 안 되거든. 첫사랑인데 실연하게 된 셈이죠. 그때 처음 시를 써 보게 되었습니다. 그러니 아무래도 슬픔의 감정에 완전히 노출된 시 정도였겠지요.(웃음)

한수영 : 그럼 본격적으로 시를 창작하신 것은 언제부텁니까?

김경린 : 그때 청진의 모더니즘 문학 운동지로 이전부터 『맥』이 있었는데, 최초에는 서정시로 출발한 것이었지만 후기에 오면서 모더니즘 운동을 하고 있었는데, 할아버지뻘 되는 친척분이 거기에 동인으로 있었어요. 그래서 아까 말한 그 시를 가져가 보였는데 처음에는 막 야단이더라구요. 우선 집에서 하라는 공부는 하지 않고 있다는 것이고, 또 다른 하나는 도대체 이게 무슨 놈의 시냐는 것이에요. 시를 쓰려면 모더니즘 공부를 해야 한다 하는 이야기를 하더군요. 그걸 어떻게 하는거냐 했더니 서울 가면 일본에서 현대시 운동으로 유명한 『시와 시론』을 빌려서 보라고 하더군요. 그때 비로소 모더니즘 이야기가 나왔던 겁니다. 그래서 그 책을 빌려다 보니 옛날에 어렸을 때 서당에서 배웠던 그런 상징성 짙은 시와 대개 비슷한 거예요. 그래서 아, 이게 내가 할 것이로구나 한 거지요. 그래서 방학 때 쓴 것이 〈조선일보〉에 발표된 「차창」이라는 세 줄 짜리 시였어요. 그게 비로소 등단작이 된 거지요. 김기림 씬가 누가 평을 썼던 걸로 기억하는데, 시 세계에서 이런 참신성이나 위트는 살 만하다, 그런데 이 시인은 시의 순수성을 망각할 우려가 있다는 평이었어요. 이것을 보고는 주위에서는 굉장한 것이라고 칭찬을 해주어서 내게도 재능이 있는가보다 해서 그때부터 본격적으로 시 공부를 시작하게 되었습니다. 그 당시 중학교 학생들 동인지인 『시림』이 있었는데 거기에 가담하게 되었어요. 그 리더가 평론가로 유명한 조연현이었고 유동준 등이 멤버였지요.

그런데 이들은 모두 서정시만 쓰고 상징성 강한 시가 없었어요. 여기 있어서는 안 되겠다 싶어 그래서 청진에 가서 논의했더니 『맥』 동인할 생각을 하고 꾸준히 공부하라는 말을 하더라구요. 그래서 계속 공부를 하고 있었는

▲ 『문장』

데, 1939년 『문장』지에서 막 신인들을 배출할 때였었습니다. 정지용의 추천으로 이한직, 김종한 등이 나올 때였지요. 박목월, 박두진, 조지훈 등은 그 뒤에 나왔지요. 나도 한번 해보고 싶어 시를 보냈더니 이미 발표되었던 시이니 발표되지 않은 시를 보내달라는 내용이 '후기'에 실렸습디다. 그런데 청진 동인들이 이걸 보고 한창 공부를 할 때이고, 제대로 시를 쓰려면 동인지를 통해서 실력을 기를 일이지 상업지를 기웃거리면 안 된다. 한번 〈조선일보〉에 나서 인정을 받았는데 굳이 추천받을 필요가 있느냐고 그래요. 그 당시 사람들은 요즘같지 않아서 프라이드가 굉장히 강했어요. 그래서 어쨌든 학교를 졸업하고 일본으로 가게 되었습니다.

제가 일본에 건너갈 무렵에는 이미 일본의 한글 말살 정책으로 한글말 잡지가 나오지 못하고 우리말로 하는 동인지들이 나올 수 없게 돼버리고 말았습니다. 청진의 『맥』 동인들이 네가 일본에 가니 일본에 가서 동인지 『맥』을 내자 그래요. 원고를 모아 동경으로 가서 한글 활자가 있는 데를 찾아보니 한 곳에서 김용호라는 시인이 시집을 냈더라구요. 그곳에서 인쇄를 하던 중에 1차 동경 폭격 바람에 인쇄소가 불타는 통에 원고가 소실되어 버리고 말았습니다. 그래서 청진에 연락해서 다시 원고를 모았습니다.

당시 일본에서는 사진 식자기를 가지고 있는 곳이라고는 단 두 군데밖에는 없었는데, 내가 생각해 보기에 사진 식자기를 쓰면 한글을 쓸 수 있을 것 같았어요. '푸른서방' 이라는 데를 가보니 사진 식자기가 있더라구요. 그 인쇄소와 이야기가 되어서 인쇄를 하려고 했지만 당시에는 검열과 사찰이 너무 심해서 작업 도중에 경찰에 발각되어 그만 폐쇄당해 버리고 말았습니다.

한수영 : 『맥』 동인은 어떤 사람들이었습니까?

김경린 : 김북원이 리더였고요, 신동철, 김조규, 황민 등이 있었어요. 황민
은 『문장』지의 정지용 추천 제 1 호였고, 김북원은 리더 격인데다가 그의 형
이 토목 현장의 경리 책임자여서 술값은 도맡아 내고, 책도 많이 사고 해서
주위 사람들을 많이 돌보아 주었지요. 신동철은 〈조선일보〉에 글을 여러 번
썼지요.

한수영 : 그때 선생님께서 시를 보여주고 지도받고 하던 분은 누구였습니까?

김경린 : 김북원이었습니다.

일본 모더니즘 시단의 풍경

한수영 : 일본에 건너간 뒤의 이야기를 좀 해주시죠.

김경린 : 『맥』 동인지 내는 일도 실패로 돌아간 뒤에, 기왕 일본에 왔으니
일본 모더니즘 시단에서 활동해보자는 생각이 들었어요. 그때가 스물 두세
살 정도였는데 일본 시단에서 글을 써 볼 생각이 들어 잡지를 찾아보니 모
더니즘 계통의 잡지가 둘 정도 있더군요. 하나는 『VOU』이고 또 하나는 『신
영토』가 있었는데, 그땐 몰랐지만 『신영토』는 영국의 『New Country』의
이름을 그대로 본따 만든 것이더군요.

한수영 : 오든, 스펜더 등이 있던 그 『New Country』군요.

김경린 : 맞습니다. 바로 그 이름을 따서 『신영토』라고 번역한 것이지요. 자
세히 보니 사회 의식이 강한 잡지였어요. 그런데 나는 함경도 회령의 소만
(蘇滿) 국경 지대에 살아서 일본에 의한 반공 교육을 철저히 받았었어요. 그
래서 공산주의의 '공'자만 들어도 질겁을 할 정도였거든. 그래서 『신영토』
는 안되겠다 싶어 그만두었지요. 그때 주영섭이라고 아마 주요한의 동생인
걸로 기억하는데, 그이하고 조우식이라는 이가 그 동인으로 활동하고 있었
어요.

그에 비해 『VOU』는 순수하게 예술 지향적인 잡지였어요. 입회를 원하는 사람은 시론 한 편과 시 다섯 편을 제출하라고 되어 있어서 시론 「현대시의 새로운 모색」과 「장미의 경기」 등 시 다섯 편을 썼는데, 우편으로 부치는 것보다 기왕이면 리더를 직접 찾아가 보자는 생각이 들더군요.

한수영 : 『일본근대문학사전』을 보니 『VOU』도 여러 시기로 나누어지던데요, 그 당시의 『VOU』의 리더는 키타소노 가즈에(北園克衛)가 맞습니까?

김경린 : 그렇습니다. 그 사람은 당시에 일본 문단뿐 아니라 세계적으로 알려져 있던 인물이었어요. 에즈라 파운드와도 상당히 교분이 두터웠고……. 그 키타소노 가즈에를 직접 찾아갔더니 동인이 되려면 동인 전체의 동의를 얻어야 된다고 하면서 기다리라더군요. 그러면서 하는 말이 조선인은 정치적으로는 불우하지만 문학적으로야 불우할 필요가 있느냐고 하더군요. 한 달 후 입회 결정 통보가 왔는데 당시 태평양 전쟁 때는 모더니즘을 탄압할 때였습니다. 모더니즘 속에는 아시다시피 초현실주의, 이미지즘, 표현주의 등이 있는데 프랑스 초현실주의 문학가들인 앙드레 부르통이나 폴 엘뤼아르 등이 공산당에 입당했기 때문에 그랬기도 하고, 모더니즘이 적국인 영미의 문학이라고 해서 탄압이 매우 심했지요. 그래서 논의를 하다가 국제적으로 운동을 할 수밖에 없다 해서 일본말과 영어를 동시에 사용 번역해서 발간했어요. 당시 『VOU』는 시인뿐만 아니라 조각가, 화가, 작곡가 등 여러 분야의 사람들이 모여 모더니즘 운동을 하고 있었습니다. 1941년 봄 첫호에 시 「장미의 경기」가 실렸어요.

태평양 전쟁 당시 와세다 토목과에 다니고 있었고 6개월 일찍 졸업을 했는데, 이공과는 학병에서 제외되었기 때문에 무사히 졸업까지 할 수 있었지요. 졸업하고 한국으로 돌아와 보니 (1942년 말경) 일본 문단에서 활동했다는 이유로 대우가 무척 좋았어요. 최재서가 주간으로 있던 『인문평론』도 우리말 사용이 금지되고 『국민문학』으로 바뀌게 되었는데 이때 편집장이었던 김종한(일본에서 유명한 잡지 『부인화보』에서 기자로 있던 사람이었는데)

이 시를 청탁해서『인문평론』에 시를 내곤 했지요. 그런데 이때 쓴 시가 모더니즘 시라고 해서, 당시 사상문제를 취급하던 조선총독부의 국민총연맹에서 시가 영미식이라고 통지가 오고 징용장이 나오고 말았어요. '사상 불온'이라는 이유였지요. 그런데 과학 기술자를 징용에서 제외한다는 규정이 적힌 기술자 수첩을 처를 시켜 보내 겨우 징용을 면했지요. 그리고 일본에 협력하는 글을 쓰라는 강요가 굉장히 심했어요.『VOU』동인은 순수 예술 지향적이었기 때문에 이런 고민은 안 해도 됐었는데, 한국에 나와 생각하니 전쟁 시기에는 도저히 시를 써서는 안 되겠다는 생각이 들더라구요. 그런데 〈조선일보〉쪽 잡지에서 정 협력하는 글을 쓰지 않으려면 일선에 보내는 편지라도 쓰라 해서 그걸 한 번인가 쓰고 8·15를 맞았지요.

한수영 : 당시『VOU』의 리더였던 키타소노 가즈에 말고 다른 사람들과의 교우 관계는 없었는지요? 영향받은 문인이 또 있었습니까?

김경린 : 키타소노가 내겐 절대적이었어요. 그 사람이 무척 인간적이어서 여러 곳으로 발표를 도와주고 작품에 대해 평가도 해주었지요. 그가 편집하던『신시론』이라는 잡지가 또 있었는데, 거기에 시도 실어주고 그랬어요. 그는 초현실주의적 요소가 강했고 순수하게 일본 시단의 최첨단이라고 자부하고 있었기 때문에 누가 알아주지 않아도 좋다는 주의였어요. 특히 20대 후배들을 많이 발굴해서 발표를 도왔주었지요.

한수영 : 김병욱 씨가 있었다는『사계』동인은 어떤 성격이었습니까?

김경린 :『사계』는 일본 전통시가 주류였는데 그 중에서도 약간 주지성을 띠고 있었습니다. 일본 문단은 다섯 개의 특색 있는 동인지가 있었는데 그 동인들 전체가 이를테면 일본 시단을 형성하고 있었던 셈입니다. 김병욱은 『사계』동인이었는데, 일본서는 그의 시를 읽어보지 못했어요. 정식으로 등단해서 일본 문단에서 활동하던 이는 나와 양명문이 있었는데, 그는 그 당시 일본에서 시집을 냈지요. 조향은 경도에서 나오던『일본시단』의 동인이었는데 중앙 문단이 아니라 지방에 회원들을 가지고 있었지요. 그는 조훈

이라는 필명으로 활동했었어요. 그러니까 그 당시 일본 시단에서 활동하던 사람들은 나하고 조우식, 주영섭, 김병욱, 김종한 정도라고 할 수 있을 겁니다. 김종한은 아까 말한 대로 『부인화보』의 기자였는데. 나는 그의 시가 상당히 좋았던 것으로 기억되는데 어쩐지 전혀 언급이 없더군요.

한수영 : 김종한은 이용악과 함께 『이인』이라는 동인지도 내고, 「낡은 우물이 있는 풍경」이라는 시가 비교적 알려져 있지요.

김경린 : 맞아요. 그 「낡은 우물이 있는 풍경」은 퍽 좋은 시인데……. 그런데, 그이가 『국민문학』 주간으로 있으면서 친일 문학 활동을 다른 사람보다 좀 많이 했어요. 일본어 시집으로 무슨 상도 타고 싶어 했지요.

한수영 : 선생님이 귀국하신 후에 『VOU』는 어떻게 되었고, 선생님과는 그 뒤에 어떤 교류가 있었습니까?

김경린 : 『VOU』는 전쟁 중에도 활동을 나름대로 했지만 1943년도에 친미(親美)적이라는 이유로 강제 해산당하고 말았지요. 『신영토』의 경우는 그보다 조금 먼저 사회주의적이라고 하여 해산당하고……. 전쟁이 심해지면서 군국주의적인 것 이외에는 탄압받고 전부 해산당할 수밖에 없었어요.

▲ 이용악

▲ 이용악의 『오랑캐꽃』

해방 직후의 모더니즘 시단

한수영 : 그러면 1943년 이후부터 해방을 거치고 1947년에 이르기까지는 전혀 시를 쓰지 않으신 건가요.

김경린 : 쓸 수도 없었고 직장 생활을 하기도 해서 못썼어요. 그리고 해방 이후에는, 앞서 말했듯이 비록 모더니즘이긴 해도 일본어로 시를 썼다는 자책감 같은 것도 있었지요. 또 한 가지 이유가 있다면, 우리 나라에서는 모더니즘 시를 써도 알아주는 사람도 없고 하니 당분간은 세계적인 흐름을 보면서 기회를 보아 써 보자 하고 있었던 것이지요.

그러던 차에 하루는 박인환이 내가 일하고 있던 남대문의 사무실에 찾아 왔어요. 1947년이었지요. 박인환의 나이가 스물 두 살이었는데, 나는 처음에 하도 핸섬해서 그가 배우인 줄 알았어요. (웃음) 내 작품을 동경해서 수집해서 읽어보았노라고, 모더니즘 운동을 하려고 하는데 나를 모시고 싶다고 하더라구요. 그래서 그날 저녁에 만나 여러 이야기를 하고 그의 시 「장미의 온도」라는 시를 보여주어 한번 같이 하자고 의기투합해서 동인이 되었지요. 둘 가지고 안 되고 누가 더 없냐고 그랬더니, 김수영을 만나보자 해서 충무로 쪽에 있던 집을 그날로 곧바로 찾아가 만났어요. 김수영의 집은 무슨 음식점 비슷한 것이었는데, 김수영은 너희들이 하자고 하니 나도 같이 하겠다고 무조건 동조했어요. 그 밖에도 김병욱이 부산에 있다고 해서 교섭하러 내려갔지요. 김병욱은 당시에 남성여고의 선생을 하고 있었는데 같이 하자고 했더니 선뜻 동의하더군요. 또 김경희라는 이가 서울에 있어서 그도 찾아갔는데 처음 인상부터 약간 좌경적인 느낌이 강했어요. 그는 처음에 다소 시큰둥한 반응을 보이다가 일단 같이 하자고 동의를 해서 『신시론』 1집에는 참가를 했지요. 그 뒤에 또 양병식이 들어오고…….

동인지 『신시론』을 내자고 합의가 돼서, 박인환이 그 당시에는 뚜렷한 직업이 없어서, 그이가 사방 뛰어다니면서 원고를 모아다가 16쪽 짜리를 만들었지요. 내가 조형 미술을 해서 표지 도안을 직접했고요. 장만영 씨가 그때 산호장 출판사를 하고 있었는데, 고향에서 멜론 농장을 해서 돈이 좀 있었거든요. 그래 경영은 그가 하고, 나는 출판 경험이 약간 있으니 월급 없이 일하겠다고 해서, 퇴근 후 저녁에 출판사 일을 해 주고 장만영이 대신 무료로 『신시론』 1집을 내주었지요. 그 당시 반응이 상당히 좋았습니다. 뭐, 이런 게 다 있나 하고 놀라는 분위기였지요.

한수영 : 『신시론』 1집 원본을 가지고 계십니까? 구할 수가 없던데요.

김경린 : 그때 500부 한정판을 찍었는데, 저도 전쟁 통에 잃어버렸어요. 누군가 소장하고 있는 사람이 분명히 있긴 있을 터인데…….

한수영 : 『신시론』 1집의 내용은 어떤 것이었습니까?

김경린 : 동인들 각자가 시 한 편과 시론 한 편씩을 실었어요. 지금 기억으로는 김경희는 후기에만 짧게 글을 썼던 것 같고, 김병욱은 시론 없이 시 한 편을 실었던 것 같아요.

한수영 : 이야기가 자연스럽게 이미 『신시론』 결성 쪽으로 넘어오게 되었는데……. 『신시론』에 참여했던 동인들의 모더니즘에 대한 생각은 어땠습니까? 조금씩 달랐지 않습니까?

김경린 : 박인환과 처음 동인을 시작했던 셈인데, 그가 어느 날 「인도네시아 인민에게 주는 시」라는 걸 가져와서 보라고 하더군요. 그게 『새로운 도시와 시민들의 합창』에 실린 그 시지요. 그런데 보니까 완전히 좌경 냄새가 나는 시더라구요. 박인환은 스펜더를 굉장히 좋아했어요. 그런데 이제 이런 시를 쓸 때는 지났다고 내가 진지하게 충고했지요. 나중에는 그가 내 충고를 수용하고 시 경향이 상당히 달라졌습니다. 임호권도 약간 좌경 색채를 지니고 있었는데 그렇게 뚜렷한 것은 아니었고, 쓰는 시는 상당히 서정적인 시였습니다. 비록 서정시를 썼지만 모더니즘의 논리를 이해하고 또 인정하고 있었지요. 김병욱도 좌경 쪽에 다소 기울어 있었는데, 그 사람 시는 퍽 좋았다고 기억이 돼요. 김경희는 아까 말했듯이 1집에만 참가하고 곧 동인

에서 떨어져 나갔는데, 그는 일본에서도 『신영토』 그룹들과 굉장히 가까웠
어요. 기본적으로 사회주의 사상에 깊이 경도되어 있었던 것 같애요. 그런
데 왜 그이와 동인을 하게 됐는가 하면, 김경희는 일본 와세다 영문과 출신
인데, 제임스 조이스 연구를 깊이 해서 그쪽으로 상당한 조예가 있다고 소
문이 났었어요. 별명이 '조이스 킴'이라고 할 정도였으니까. 그래서 모더니
즘 운동을 같이 하게 된 거지요. 그러니까, 그 당시 풍토를 생각할 필요가
있는데, 그 당시에는 어땠는가 하면요, 해방 직후에 일시적으로 좌, 우익의
대립이 심했었고 그런 와중에 모더니즘의 '모'자만 들어도 무조건 반갑고
기쁘고 그랬기 때문에 어느 정도 입장의 차이가 있어도 한데 어울릴 수가
있었던 거지요.

한수영 : 모임에서 이런 문제와 관련하여
논쟁이나 입장 대립은 없었습니까?

김경린 : 물론 있었습니다. 그러나 그 당
시에 이론적인 쪽은 내가 주로 표면에 나
서서 글을 쓰고 했기 때문에 대체로 내 이
야기가 동인의 생각들을 대표하는 것처럼
돼 있었지요. 내 생각에 제일 빨리 동의한
것은 박인환이었고, 나머지 이데올로기적
성향이 강했던 사람들은 일부 떨어져 나
가고 그만두고 그랬지요. 그런 것이 모두
입장의 차이로 인한 것이기도 했지요. 그
런 이합 집산을 한 뒤에 『새로운 도시와
시민들의 합창』이 나왔는데, 거기 나온 멤
버들이 그 뒤에 정리된 멤버들입니다.

한수영 : 김경희는 그 뒤에 어떻게 됐는지
혹시 아십니까?

▲ 박인환

▲ 『목마와 숙녀』

김경린 : 그는 6·25 이후 어찌 됐는지 모르겠어요. 행방 불명된 것 같애요.
한수영 : 김병욱과 임호권은?
김경린 : 김병욱은 어떻게 됐는지 잘 모르겠고, 임호권은 전쟁 나고도 만났
었지요. 박인환과 내가 같이 찾아가서 보기도 하고⋯⋯. 그는 원래 그렇게
이념적인 사람이 아니었어요. 그런데 나중에 보니 전쟁 중에 없어져버렸더
라구요.

▲ 『새로운 도시와
시민들의 합창』

한수영 : 그럼 이야기를 『새로운 도시와 시민들
의 합창』을 만들 때로 옮겨 보지요.
김경린 : 나와 박인환이 『새로운 도시와 시민들
의 합창』을 내자 해서 결정했었는데 그 당시로서
는 그 이름도 파격적으로 길어서 무척 이색적이
었습니다. 그런데 돈이 없었어요. 그래서 장만영
에 다시 손내밀 것 없이 내가 관계하는 기계기술
담당하는 홍성보라는 이가 있었는데, 그이가 기
계 판매해서 돈을 좀 만졌거든요. 그에게 부탁해
서 내가 '도시문화사'라는 이름도 지어서 직접
간판을 내걸었어요. 『새로운 도시와 시민들의 합
창』은 500부 정도 만들었어요. 그때는 대개 시집을 그 정도 찍곤 했지요.
그 당시에 우리가 약속한 것이 있는데, 팔리면 시대에 뒤떨어진 것이니 절
대 많이 팔리지 않도록 하자, 죽기 전에 유명해지는 게 목적이 아니니까 절
대 개인 시집을 내지 말자, 에꼴(ecole) 운동에 주력하되 50년은 먼저 앞서
가야 한다, 그런 약속들을 했었어요. 지금 생각하면 퍽 순수했던 것 같애.
그러니 그 동인 시집이 얼마나 팔렸는지는 모릅니다. 주변 사람들에게 주고
신문사에 돌리고 그렇게 다 뿌렸지요. 그런데 평이 무척 좋았어요. 그런데
이 시집을 보고 부산에서 조향이 급히 상경해 왔어요. 그가 박인환을 찾아
가서 나도 여기 가담하자고 하고 그 다음에 같이 내게 왔더군요. 그래서

『신시론』을 발전적으로 해체하고 다시 시작하자 해서 과거의 『신시론』 멤버에 조향, 이한직 등이 들어와서 새로 만든 것이 『후반기』라는 동인이었습니다. 그래서 각자 원고를 모아서 책을 내기로 하고 인쇄를 돌리다가 그만 전쟁이 나고 원고는 없어져버렸지요.

『후반기』 동인의 결성 과정

한수영 : 그러니까 『후반기』 동인은 전쟁 전에 이미 서울에서 결성되었군요.
김경린 : 그럼요. 이때 이미 『후반기』로 이름이 정해져 있었지요. 우리가 지어놓고도 이름이 너무 근사해서 술까지 먹고 그랬다구요.
한수영 : 전쟁 직전에 인쇄까지 다 해 놓고 발간하지 못했던 그 동인지에는 임호권, 양병식, 김수영 등의 작품이 실려 있었습니까?
김경린 : 내 기억으로는 다 포함되어 있었어요.
한수영 : 그러면 거기에 이한직, 조향 등을 합쳐서 내려고 했는데, 그게 소실된 것이고 그 뒤에 『후반기』로 갈라지면서…….
김경린 : 그때 이한직은 작품을 내지 않았던 것으로 기억합니다.
한수영 : 그러면 부산에서 이봉래나 김규동 등과 같이 『후반기』 동인을 하게 되는 경위는 어떤 것이었습니까?
김경린 : 조향이 나보다 한 살 위인데다가 그의 고향이어서 기초가 있었어요. 당시 박인환은 경향신문사가 대구로 옮겨 아직 부산에 오지 않았었는데, 조향과 나하고 만나다가 박인환이 오니까 다시 시작하자 그렇게 된 것이죠. 세 사람만 가지고 힘드니까 여러 사람을 생각했어요. 그러다가 김현승이나 조병화 이야기도 나왔는데, 그러지 말고 전혀 새로운 사람으로 하자 하던 차에 박인환이 김차영이란 사람이 〈동양통신〉의 정치부장인데 시가 좋아서 같이 하자 했고 김규동이란 이는 「보일러 사건의 진상」이란 작품이

좋았어요. 김규동은 그때 처음 만났지요. 일부에서는 새로 들어온 사람은 준 동인으로 하자고 주장하기도 했는데 결국 다섯 사람이 동인이 되었습니다. 그 당시에는 잡지를 낼 수 있는 형편이 도저히 안 됐어요. 그래서 신문에다 글을 많이 발표했지요. 김규동이 〈연합신문〉 문화부장을 했는데 김차영이 〈동양통신〉 정치부장이었고 〈연합신문〉과 〈동양통신〉이 같은 계열사였기 때문에 그를 동인으로 넣을 수가 있었어요. 그 밖에도 〈국제신문〉〈경향신문〉 대구에서 발행하던 〈태양신문〉 등에도 많이 썼어요.

한수영 : 당시 기성 문단이 『후반기』 동인들을 중심으로 한 모더니즘 운동을 보는 시각은 어떠했습니까?

김경린 : 일반 자연주의적인 요소가 강한 서정시 계통에서 좋아하지 않은 것은 사실이지만 다만 한 가지는 몇 사람 안되지만 우리는 이론적인 무장은 되어 있었다는 것, 그것은 그쪽에서도 어느 정도 인정해 주었어요. 그리고 잡지 · 매스컴에서 상당히 많이 지원받았습니다. 당시에 〈국제신문〉 문화부장이던 이진섭이 '후반기 특집'이라 해서 특집을 다루어주기도 했지요 (1952. 6. 16일 발행).

한수영 :『후반기』그룹 내의 이론적인 차이에 대해 좀더 구체적으로 알고 싶습니다. 제가 이해한 바로는 모더니즘 시 운동을 한다는 그 목표는 같은데 실제로는 『후반기』 동인들의 시론이 조금씩 달랐던 것 같은데……

▲ 『후반기』

김경린 : 아까도 말했듯이 모더니즘 안에는 여러 유파가 있을 뿐만 아니라 동인이긴 하지만 각자의 얼굴이 다 다르듯이 작품이 다 같을 수는 없고 각자 개성을 살리되 다만 우리가 어떤 특정한 이데올로기의 주구 노릇을 해서는 안된다는 원칙에 합의하는 정도였습니다.

한수영 : 흥미로운 것은 선생님께서 시론을 발표하신 것을 쭉 읽어보면 현대시에서 언어의 이미지와 메타포에 상당한 비중을 두고 계신 것 같은데요, 정작 『후반기』 동인들 중에서도 박인환, 이봉래 등은 『주간국제』의 『후반기』 특집에서 보면 엘리어트의 언어 영역보다는 오든이나 스펜더 등처럼 모더니즘이 사회 의식을 받아들여 적극적으로 발언해야 한다는 식의 논리를 펼치고 있거든요. 그런 차이들은 어떻게 설명할 수 있을까요?

김경린 : 해방 직후에 스펜더를 비롯한 오든 그룹의 시론에 경도되었던 성향이 어느 정도 지속이 되긴 했습니다. 그러나 6·25 이후에는 죽음에서 살아났다는 자의식이 우리를 지배하고 있었고 그런 것에 관해서 한창 이야기하고 했습니다. 그러니까 이념적인 것을 내세웠던 사람들도 차츰 자신들의 생각을 바꾸어나가고 있었지요. 조향은 원래 그런 색채가 없었고 이봉래도 일본에서 '일본 미래파'에 있다가 돌아오긴 했지만 뚜렷한 색채는 없었어요. 그 뒤에 그런 차이들이 다 해소되고 말았던 것으로 기억합니다.

한수영 : 이봉래는 특이하게도 진보당 조직 당시 조직책으로 들어가 있기도 했는데…….

김경린 : 그건 그가 조봉암의 사위였기 때문에 그랬을 겁니다. 장인이 진보당을 했기 때문에 거기에 참가했다고 봐야겠죠. 본인 의사나 본인의 정치적 색채 때문은 아니었던 것이 아닌가 합니다.

후기 모더니즘의 이론적 지향

한수영 : 김기림이 주도했던 1930년대의 모더니즘 운동과 1950년대의 후기 모더니즘 운동의 변별점은 무엇이라고 생각하십니까? 대체로 전후(戰後)의 모더니스트들이 1930년대 모더니즘 운동을 비판하고 부정하는데, 그 이유는 어디에 있는 것입니까?

김경린 : 우리가 시작할 때 부정해야 할 것은 초기 모더니즘과 청록파라고 생각했어요. 청록파는, 실은 그들이 나하고 다 친구처럼 지낸 사람들이지만, 자연주의적인 요소가 강한 것이어서 우리 전통 사회 속에서는 가능하고 그 나름으로 아름다운 시라는 점을 인정할 수 있고, 또 역사적으로 시사 속에서 일정한 위치는 있으나, 8·15 해방 직후 자유의 물결이 들어오고 현대

▲ 『청록집』

▲ 청록파 3인. 왼쪽부터
박두진, 박목월, 조지훈

문화가 일시에 쏟아져 들어오는 시점에서 세계적인 도시의 집중화 현상이 있는데 전원에서 소요하고 있는 시는 이미 낡은 것이 아닌가 하는 것이 우리의 주장이었어요. 그들이 서정시를 완성했다는 점에서는 존경하지만 현대 도시 문화 속에 있는 우리 생활에 있어서는 일종의 소풍시일 뿐이라고 비판했었지요.

초기 모더니즘의 경우에는 시에서 주지적인 성격과 다이나믹한 면은 있었으나 의식의 측면에서 여전히 자연주의적인 요소가 강했었다고 봐요. 모더니즘의 기본 원리로서 현대 과학 문명에 의한 인간의 불안의식이 지금 이 시점에서 필요한 것이고, 또 표현 기법에 있어서는 현대 사회가 입체화되어 감에 따라 사고가 입체화되니 표현에 있어서도 그래야 하는데 1930년대의 초기 모더니즘은 이런 조건들이 충분히 갖추어지지 않았지요.

사실 모더니즘이란 확실한 실체가 있는 게 아니예요. 모더니즘 시나 모더니즘 문학

이 따로 있는 게 아니라 그 속에 이미지즘, 초현실주의, 독일의 표현주의, 언어에 있어서의 러시아 포말리즘 등 여러 계열을 포괄하고 있는 것입니다. 다만 현대 정신을 포괄적으로 말하는 것으로 모더니즘을 정의할 수는 있지요.

  김기림의 초기 모더니즘 시는 주지성과 언어의 세련성은 있는데, 현대 문명에 대한 불안 의식이 결핍되어 있어요. 그리고 해방 이후에는 이데올로기적인 시를 썼지요. 모더니즘 정신은 새로운 미적 감각과 새로운 이미지 조성에 중점이 있고 이데올로기와는 먼 것이라는 점이 내 주장인데, 해방 이후의 그의 시는 그런 쪽으로 기울었습니다. 이상은 초현실주의 계열이라고 볼 수 있는데, 다다이즘과 초현실주의적인 요소를 섞어 기성 문학의 파괴에 주력했지요. 그러나 자기 작품에 대한 이론을 하나도 남기지 못했다는 점이 무척 아쉽습니다. 정지용은 모더니즘에서 서정시로 돌아가버렸고, 김광균은 해방 이후, 동생이 하던 회사를 맡아 하게 되는 바람에 별 활동을 못하게 되고 말았지요. 『신시론』 1집을 낼 무렵의 우리 주장은 초기 모더니즘의 이런 면을 비판하면서, 의식적인 면에서 현대 과학 문명의 불안 의식, 특히 그 문명은 도시에 집중되는 것이기에 도시인으로서 느끼는 불안 의식을 서정을 담아가며 표현하되, 과거의 서정이 아니라 새로운 서정으로 표현하자는 것이었습니다. 그리고 표현에 있어서는 '이미지즘'이라는 말보다는 '볼티시즘'이라 했는데, 그것은 이미지즘에다가 속도감을 덧붙인 것이라고 할 수 있지요.

한수영 : 1940,50년대 모더니즘 시 운동에 영향을 끼친 외국 이론가들이 누구였다고 생각하십니까? 또 선생님께서 개인적으로 영향을 받은 사람은 누구였습니까?

김경린 : 내 개인적으로는 에즈라 파운드의 영향이 가장 컸습니다. 그 사람은 직접 만나기도 했었지요. 1955년 쯤에 건설부 수도계장으로 있었습니다. 그때 전쟁 복구 문제로 미국 가서 공부할 기회가 생겼는데 거기 선발되

어 기술 계통 공부를 하게 되었습니다. 그때 문학 관계 사람들을 만나보고 싶어 미국으로 가기 전에 일본에 들러 키타소노 가즈에를 만나 참고될 만한 조언을 구했더니 에즈라 파운드를 만나보라고 하더군요. 그가 입원해 있는 병원을 수소문해서 전화를 넣었더니 부인이 받더군요. 이전에 『VOU』에다가 파운드가 직접 원고를 쓴 적도 있고 해서 (그때 『VOU』는 외국인에게서 직접 원고를 받아 번역하고 국제판으로 원문을 냈거든요. 피카소나 엘리어트도 『VOU』에 원고를 실었었어요.) 그 『VOU』의 동인이었다고 했더니 만나보겠다고 하더군요. 대망하면서 찾아갔더니 나무 밑에 앉아서 기다리고 있었어요.

인사를 중국식으로 하더군요. 중국말을 잘 했어요. 여러 이야기를 나누었는데, 직업이 무어냐 해서 이런저런 계통에 종사한다고 했더니, 따로 직업 갖기를 잘 했다, 안 그러면 원고료에 얽매여 좋은 시를 쓸 수 없다고 하더군요. 그리고 글 써서 팔아먹으면 역사에 안 남는다고 하고 죽기 전에 유명해지길 바라지 말라고 했어요. 사후에도 세 편만 남으면 위대한 것이라고 생각하면서 글을 쓰라고 당부하더군요. 곁에 있던 부인이 "죽기 전에 이 사람이 유명해져서 내가 이렇게 고생한다"고 얘기해서 다같이 웃었습니다. 그 뒤에도 두어 번 더 만났었지요. 나중에 세계 시인대회 때 이태리에 가서 그의 묘소에 가보고 싶다고 했더니 누군가 바닷가 먼 데 있으니 갈 생각하지 말라고 하더라구요. 파운드가 말하길 동양인으로서 만난 것은 당신밖에 없다고 했어요. 한국인들은 어떤 시를 쓰냐 물어서 당신과 같은 시를 많이들 쓴다고 했더니 한국에서도 그런 시를 쓰는지 몰랐다고 무척 좋아했어요.

한수영 : 선생님 개인적으로는 에즈라 파운드의 영향이 컸던 것 같은데 전체적으로 보면 어떻습니까? 아무래도 엘리어트의 영향이 훨씬 더 컸다고 볼 수 있지 않을까요?

김경린 : 그런데 사실은 엘리어트가 파운드로부터 영향을 받은 것이니까요. 엘리어트가 『황무지』를 낼 때 원고를 주었더니 에즈라 파운드가 보고 2/3

를 삭제한 것이나, 그의 수정을 받아 책을 낸 것을 보면 엘리어트에게 끼친 파운드의 영향은 무척 큰 것이었죠.

한수영 : 1950년대 선생님의 시론을 보면 선생님께서는 이미지와 메타포 이론을 많이 펼치셨지 않습니까? 그런데, 1950년대 모더니즘이 1930년대 모더니즘을 공격했던 지점 중의 하나가 현대 문명에 대한 자의식이 결여되어 있었다는 것인데, 선생님이 쓰신 시론들의 대부분이 언어의 문제에 집중되어 있단 말이지요.

김경린 : 무슨 말씀인지 알겠어요. 언어 문제가 시에 있어서는 상당히 중요한 문제인데, 그 문제를 다루는 사람들이 없었고 또 언어가 클로즈 업 된 것은 아시다시피 러시아 포말리즘이 시초였지 않습니까? 과거에는 언어가 관념적인 요소와 리듬적인 요소밖에 없었고 이 이후에 감각적, 시각적 요소가 다 있다는 것을 주장한 것입니다. 이걸 현대시에 발현해야만이 시가 새롭다 하는 생각이었어요. 그래서 주로 그것은 언어에 대한 기술 문제였지요. 현대 문명에 대한 비판이란 의식적인 문제는 당연히 전제되어 있는 것이니 따로 고려하지 않았어요. 또 하나 참고적으로는 우리 시사를 볼 때 19세기까지의 상징주의 시 이전까지를 의미 전달의 시로 보고 그 뒤 소위 20세기 상반기의 모더니즘은 이미지 조형성의 시대라고 합니다. 이미지란 언어와 언어가 연결됨으로 해서 사람들의 가슴 속에 상을 그려주는 것, 다시 말해 독자들에게 느낌을 주는 시입니다. 그러니 모더니즘 시는 이미지 조형성에 의해 독자의 가슴에 하나의 상을 그려서 하나의 느낌의 시라는 것을 주장한 것입니다. 그런 의미에서 이미지란 20세기 상반기에 상당히 중요한 것인데, 내가 말한 것은 언어와 언어가 둘이 접촉함으로 인해서 거기서 발생하는 이미지가 중요하며, 그 이미지를 구성하기 위해서는 그 시인 자체가 가지고 있는 형이상학적인 리듬과 결부되어야 한다, 그래서 그 여과 작용을 거쳐 나오는 이미지만이 진정한 이미지인데 형이상학적인 차이를 거르는 그 과정에서 현대인의 불안의식 등은 자연히 가미될 것이 아닌가 하는 것을

주장했던 것입니다.

  그리고 또 한 가지는 현대시를 볼 적에 아시다시피 19세기의 자연주의적 인 문학에 있어서는 언어 기교란 것을 많이 썼는데 모더니즘에 와서는, 독자한테 메타포를 많이 씀으로 해서 생각할 여유를 주겠다는 시도를 했던 것입니다. 독자에게 여러 가지 생각할 여유를 주자는 것이 메타포였고, 그 메타포를 생성하는 데 있어서 이미지를 형성하자는 것이 20세기 상반기의 모더니즘이었어요. 그것이 그 당시에 상당히 멋있다고 생각했는데 결국에 가서는 결과적으로 독자들과 거리가 멀어짐으로 해서 난해성 문제가 생겨나왔어요. 그리고 그것도 이미지 구성에 있어서의 하나의 기술적인 변화에서 오는 난해성이 많지 않았나 싶어요. 그리고 모더니스트들이 어느 정도 엘리트 의식에 도취되어 있었어요. 그러니 독자와 거리가 멀어진 것이지요.

  다만 한 가지는 이데올로기가 자유 진영과의 투쟁인 동시에, 두 번의 전쟁에서 오는 불안 의식에 싸여 있는 사람들에게 이미지의 다양성과 같은 생각할 여유를 줄 수 있다는 것이 매력이 되지 않았겠느냐 하는 것, 그래서 메타포에 의한 현대시가 많아졌고 지성인들과 일반인들이 정신의 혼미 속에서 여러 가지로 생각할 여유를 줄 수 있었던 것, 대체로 이런 것들이 모더니즘들의 공헌이라면 공헌이겠지요. 이러한 난해성들이 극복되는 것은 포스트모더니즘에 와서였다고 생각하는데, '구체시'*나 '투사시' 이론 같은 것이 모더니즘이 안고 있던 난해성 문제를 나름대로 극복하면서 새로운 현대시 이론으로 등장한 것이라고 할 수 있지요.

후기 모더니즘의 역사적 평가

한수영 : 전후 모더니즘 시 운동에 대해서 부정적인 평가도 많이 있습니다. 예컨대 1950년대 모더니즘 시의 난해성에 대해서 선생님께서 모더니스트

로서 비판하시기도 하셨지만 어쨌든 모더니즘 시가 난해하다는 것이 하나
의 이유이고, 그보다 더 중요한 것은 당대의 모더니즘 또는 모더니스트들이
당대의 한국 현실을 외면하고 오로지 '세계적인 동시성'을 확보하는 데만
빠져서 구체적인 한국 현실에서 생겨나는 것들보다는 세계적인 조류, 새로
운 경향, 이론 등을 일방적으로 추구해서는 현실을 기피하거나 또는 외면하
게 되었고, 그래서 결국은 우리 시사에 무엇을 남겼는가 하는 비판도 있습
니다. 이런 비판에 대해서는 어떻게 생각하시는지요.

김경린 : 그 점에 대해서는 나는 이렇게 생각합니다. 하나의 사회 환경의 변
화에 따라서 사람의 생활도 달라지고 생각도 달라지는 법입니다. 가령 사진
기가 나오면서 사실주의의 입지는 현저히 약화되었습니다. 사진만 찍으면
그만이니까요. 그에 대한 앤티로서 주장된 것이 물체를 변형해서 본다는
것, 소위 피카소가 말한 입체성을 본다는 것인데, 즉 데포르마시옹—물체를
변형해서 보아야 한다는 것이 나오게 되었지요. 그러한 것은 사회의 환경이
변하는 만큼 항상 병행되어 가야 한다는 것을 보여줍니다. 우리 나라 서정
시가 한창 나왔을 때에는 전원 사회였고, 그건 외국의 경우도 마찬가지입니
다. 그런데 모더니즘이 나왔던 시대는 세계적인 도시화 과정을 밟는 때였고
그때 모더니즘이 나오게 된 것인데 그것도 어느 나라나 마찬가지 아닙니
까? 우리 나라도 1930년대 비록 일제에 의해서지만 산업화 과정을 거치기
시작했고, 1950년대 들어와 도시화 과정을 거치게 되니 우리 생각도 결국
은 구라파 사람들이 생각했던 것처럼 도시 문명 속에서의 인간의 생활을 말
해야 했던 것이지요. 모더니즘의 기본 틀은 과학 문명에 의한 인간의 불안
의식 또 도시 문명의 발달에 의한 인간 순수성의 침해에 대한 불안 의식인
데 이런 것들은 시대의 변화에 따라 발생한 문화이기 때문에 우리 나라도
도시화 과정 속에서 자생적으로 발생한 것이 아닌가 합니다. 그런 점에서
1930년대 김기림 등의 모더니즘도 어쨌든 산업화나 도시화의 시대에 나온
것이라고 볼 수 있죠. 1950년대는 비록 전쟁 직후였지만 우리 나라 도시화

율은 60% 정도였다고 볼 수 있어요. 사회 환경과 더불어 생활이 달라지니 그에 따라 사람의 생각이 달라지고 감수성도 달라진다는 점에서 우리가 외국의 것을 무분별하게 직수입했다고는 보지 않습니다. 예컨대, 서울, 파리, 동경 등은 위도가 비슷하고 다 사계절이 있는 도시인데 그런데 각각의 나무를 보면 그 상태가 다 다릅니다. 그렇듯이 문화도 그 나라의 토양, 그 나라의 언어, 그 나라의 관습 등에 의해 형성되지요. 자꾸 시의 정신적인 면만 생각해서 그런 비판이 생긴다고 봐요. 예를 들어 아파트는 전형적인 모더니즘 건축이고 이것은 편리하기 때문에 사용하는 것이지요. 자기의 생활하고 분리해서 생각할 수는 없는 것입니다.

내 생각으로는 21세기에 이르면 또 달라질 것이라고 봅니다. 특히 건축에서 그러합니다. 재택 근무 등으로 생활이 또 전부 바뀌고 생각이 달라지고 그러면 자연히 예술 문화라는 것도 달라질 것입니다. 재택 근무에 따라 집에서 사무실과 거실이 커지고 부엌이 작아지지 않겠습니까. 생활이 바뀌고 사고가 달라지고 이렇게 되면 사물을 보는 눈도 달라지게 되어 있습니다.

한수영 : 김수영은 해방 직후부터 같이 활동하셨는데, 김수영의 시는 한국 시 역사를 이해하는 데 있어서나 모더니즘을 이해하는 데 있어서 하나의 프리즘 역할을 한다고 할까요. 이를테면 김수영 시의 4·19 이후의 변화를 모더니즘 쪽에서 적극적으로 해석하는 경우에서는 전후의 모더니즘의 한계를 뛰어넘은 모더니즘의 성과라 보는 경우가 있고, 다른 쪽에서는 이것이 모더니즘이 안고 있는 한계를 바탕으로 해서 1960년대의 리얼리즘의 성취로 볼 수 있다는 주장을 펴기도 합니다. 물론 후자의 입장은 모더니즘의 부정으로부터 김수영의 시적 성취가 가능했다고 보는 입장인 듯합니다. 대체로 이런 두 시각이 있는 것 같은데 그의 시에 대해서 선생님의 생각은 어떠신지요?

김경린 : 김수영이 처음에 우리『신시론』동인으로 가담했을 때 쓴 시가 이를테면「아메리카 타임지(誌)」같은 시였는데 우리가 보기에는 실제로 거기에 한 번 가보지도 않고 상상력에 의해서 쓰여진 시였어요. 그러나 그건 그

것대로 하나의 새로운 모더니즘일 수도 있다는 생각이었습니다. 조금 아까
도 환경의 변화 문제를 이야기했지만 그가 포로수용소에 있다 온 뒤 생각이
달라진 게 아닌가 싶어요.

　물론 우리 동인들로서는 꼭 이 사람이 일생 동안 모더니즘을 하라는 법은
없는 거니까 그럴 수는 있다고 생각했지요. 수용소에 오래 있는 동안에 생
각이 많이 달라졌던 것 같습니다. 자신이 억압받은 데 대한 하나의 저항 심
리라고 할까요. 그것이 그가 나온 뒤 민중시 계열과 어느 정도 일맥 상통하
는 바가 있지 않았겠는가 생각해요. 우리는 원래 그가 골수적인 모더니스트
라고 생각하지는 않았습니다. 얼마든지 바뀔 수 있지요. 그의 삶의 과정이
여러 가지로 현실에 대해 저항하도록 만든 요소가 있었을 것입니다.

한수영 : 그렇다면 그 말씀은 김수영의 시는 '모더니즘' 시라고 보기 어렵다
는 말씀으로 이해해도 좋을까요?

김경린 : 그렇다고 봐야겠죠.

모더니즘 시 운동의 현재와 미래

한수영 : 최근 시의 시적 경향이나 그 세계관적 기반 등에 대한 선생님의 의
견을 듣고 싶습니다. 특히 선생님께서는 포스트모더니즘 등과 같은 최근의
신사조를 적극적으로 수용하시면서 이에 대한 이론의 대중화 작업도 펼치
시고 계신데, 요즘의 젊은 시인들의 시들에 대해서는 어떻게 생각하고 계신
지요?

김경린 : 젊은 시인들의 시도 많이 읽는 편인데, 이렇게 생각합니다. 주의야
여하튼 간에 그의 시 속에 현대 정신이 있느냐, 현실을 보는 정확한 눈이 있
느냐 하는 것이 가장 중요합니다. 그런데 대부분의 젊은 시인들의 시를 보
면 아직도 서정성이 강하고 그 서정성이 거의 전통적인 서정성일 뿐— 도시

현대적인 서정성인 경우도 있고 아닌 경우도 있지만 —요는 현대를 보는 정확한 시각에서 사물을 보고 시를 썼느냐 하는 것입니다.

　내가 젊은 시인들에게서 희망을 갖는 것은 최근 20,30대 시인들이 사물을 보는 시각이 과거처럼 감정적으로가 아니고 지적으로 보기 때문에 (그것도 몇 가지 단서를 붙일 수 있는지는 모르겠지만) 그 나름대로 기대할 수 있지 않은가 생각하고 있습니다.

한수영 : 선생님의 최근 글을 읽으면 과학 기술의 발전, 특히 매체의 혁명으로 인한 변화된 삶의 내용을 적극적으로 인정하고 계신 편이신 것 같습니다. '시소설'이라는 장르나 '대화시' 장르의 개척 등은 그런 바탕 위에서 가능한 것인데, 한편으로는 그러한 것이 과학 기술의 발전에 맞물린 현실의 변화에 너무 무기력하게 대응한다는 느낌도 듭니다. 과학 기술이 주도하고 있는 현실의 변화에 대해서 무기력하게 투항하고 있는 것은 아닌지요. 예컨대 앞서 말씀하셨듯이 현실의 변화를 인정하고 받아들여야 한다는 것인데, 그것의 계기가 하필이면 꼭 서구에서 촉발되어서 우리가 수동적으로 받아들이는 형태가 되어야 하는지 의문이 생길 수 있지 않겠습니까?

김경린 : 모더니즘이나 포스트모더니즘이라는 말은 우리 작가들이 하는 말이 아니고 평론가들이 하는 말일 뿐입니다. 포스트모더니즘도 모더니즘과 마찬가지로, 즉, 모더니즘이 20세기 상반기의 기계 문명의 발달에 의한 인간 존재의 불안 의식으로 출발했다면, 컴퓨터에 의한 인간의 존재, 과연 인간이 갈 곳이 어디인가 하는 문제가 포스트모더니즘의 문제의식입니다. 상반기의 불안 의식과는 또 다른 하나의 심각한 문제가 아니겠습니까. 사실 이런 것들은 어느 누구나 다 느끼는 것일 게지만 다만 한 가지는 생활 환경의 발달이 늦게 오는 나라와 빨리 오는 나라의 불균등이 있을 뿐이고, 예컨대 우리보다 늦게 발달하기 시작하는 나라들은 우리보다 그런 것들을 다소 늦게 느낄 것이 아닌가, 다만 한 가지는 그 타임이 달라지니 시각이 달라질 뿐, 결국 공통되는 인류의 문제가 될 것이 아닌가 하는 것입니다.

그런데 중요한 것은 과학의 생산도 기계의 조작도 인간이 하느니만큼 인간을 파괴할 목적으로 지혜와 노동을 제공하지 말도록 해야 한다는 것입니다. 그러기 위해서는 그들의 마음을 순화할 수 있는 시적 메타 언어를 그들의 가슴 속에 심어 줄 필요가 있다고 생각합니다. 그 구체적인 방법으로서 여러 가지로 모색이 가능하겠지만 과학 문명 속에서 터득하는 경험을 모티브로 초현실적인 스토리화의 시 세계를 구축하되 그 저변에 시인이 말하고자 하는 메시지가 유추되도록 하는 방법이 고려될 수 있다는 것입니다. '시소설'과 '대화시'의 구상도 여기에서 출발된다 하겠습니다. 그 방법이 언어를 다루는 우리의 최대 공약수라고 생각됩니다.

한수영 : 선생님께서는 어느 글에서인가 에콜 운동에 주력한다는 의미에서 개인 시집을 갖는 것을 크게 염두에 두지 않으셨다고 하셨습니다. 실제로 첫 시집이 나온 것이 1985년인가로 기억되는데, 개인의 시 창작과 에콜 운동은 어떤 상관 관계를 갖는다고 보십니까?

김경린 : 우리 나라 선배들의 잘못은 누구든지 자기 혼자만의 생각에 머물고 말았다는 점을 한계로 지적하고 싶습니다. 하나의 공통적인 시각, 또 그속에서 여럿이 모여 새로운 내용이 나오는 것이 에콜 운동에 있어서 가장 중요한 것이라는 생각입니다. 외국의 경우를 들어보면, 우리 나라처럼 순수 문예지를 상업적인 매체로 생각하지 않습니다. 요즘은 우리 나라도 차츰 그런 방향으로 흘러가고 있는 것 같기는 합니다만, 동인지가 그 나라 문학의 핵심이어야 하는 것입니다. 어느 나라이든지 간에 성격이 다른 동인지들이 정점을 이루어 그 나라의 문화를 대표해야 하는 것입니다.

현대 과학 문명 속에서 한 개인만의 생각으로는 시가 부족하지 않을 수 없습니다. 모더니즘 운동에 있어서의 합작시 운동이나 외국의 조시 운동 등도 여러 사람들이 모여 현실을 바라보는 시각 속에서 의견을 통일하고 현실을 바라보고자 하는 것으로 해석할 수 있습니다. 하나의 사조, 하나의 주장, 문학적 방향 등을 인식시키기 위해서는 여러 사람이 모여 의견을 통일시켜야 하는 것이 아닌가 싶어요.

그래서 나는 우리 나라 동인지에 가장 많이 관계했다는 것을 제 개인적으로는 굉장히 큰 긍지로 삼고 있습니다. 이를테면 요즘 사람들의 경우처럼 월간 잡지 같은 데 한두 편 발표하고 기고만장한 것은 아니었다는 말씀이지요. 그건 상업지에 발표한 것일 뿐이고 문학을 운동으로서 하는 것은 아닙니다. 동인지라는 것은 동인 각자가 사주이며 편집자이며 집필자이며 언제든지 자기 마음대로 글을 쓰고 발표할 수 있어야 하는 것 아닙니까?

우리 나라의 추천 제도도 많은 문제점을 발생시키고 있습니다. 물론 다는 아니겠지만 마치 운전면허 따듯이 한번 등단하고 나면 그만이라는 생각이 많은 것 같애요. 외국의 경우 문인으로서의 인정은 동인지에서 활동하고 인정받아야 합니다. 물론 그쪽은 저널리즘의 수준이 굉장히 발달해서, 그 나라의 동인지들을 쭉 검토하고 분석해서 어느 사람이 가능성이 있다 싶으면 그에게 시집을 내 준다든지 광고를 해 준다든지 하는 식으로 유명해질 수는 있겠지요. 문학을 한다고 할 때 동인지에 의해 자기 문학을 연마하고 자기 의사를 마음대로 발표하고 그리고 그것이 독자의 공감을 얻을 때만이 진짜 문인이 아니겠는가 하고 생각하고 있습니다.

가령 동인지가 많은 프랑스의 경우도 그러하고 일본만 하더라도 명함에 어디 동인이라고 써 둘 만큼 명예로 생각하고 있습니다. 그런데 아직 우리의 경우는 동인지에 대한 긍지나 자부심이 없어요. 문예지도 적어지고 발표할 기회도 적어지니 그렇게 되는 것 같기도 하지만 동인지가 늘어나는 것은 바람직한 현상입니다. 이런 여러 가지 동인지의 이점으로 앞으로는 차츰 동인 중심의 활동에 대한 인식이 달라지리라 생각합니다.

한수영 : 1957년 『현대의 온도』 이후에는 동인 활동이 거의 없으셨는데?

김경린 : 1957년 이후 1960년대에는 산발적으로만 시를 쓰고 1975년 말까지 작품을 쓰지 않았습니다. 물론 여러 가지 이유가 있지만 세계적인 동향이 특별히 새로운 것이 없었던 데다가 포스트모더니즘이라는 사조가 나오

기 시작하기는 했지만 이전의 작업에 대한 애착도 있었고 좀더 세계적인 추세를 지켜보고 싶었고, 그리고 개인적으로도 여러 가지 생각할 여유를 가질 필요가 있었다는 것이 중요한 한 가지 이유였습니다.

또 하나는 내 전공이 토목 기술인데 1965년 중엽부터 1970년대 말까지는 우리 나라의 근대화의 가장 중요한 큰 모멘트였습니다. 이 당시에 근대화 작업의 핵심적인 직장에 있었기 때문에 우리 나라 여러 곳(울산·구미·온산·여수·마산·창원 등)의 공업 단지를 설계부터 조성에 이르기까지 책임지고 관여하고 있었는데, 이것도 실제적으로 근대화로서의 모더니즘의 하나가 아닌가 해서 적극적으로 매달리고 있었습니다. 그거 다 하고 나니 문단에 가도 괜찮겠다 싶어서 다시 작품을 쓰기 시작했지요. 근대화 과정이라는 것도 하나의 모더니즘에 속하는 것이라는 것이 당시에는 내 신념이었습니다.

아직도 나는 문단에서 시인이라는 이름을 내걸기에 얼마나 자격이 있을는지 모르겠지만, 다만 조그마한 척후병 역할로 만족하고 싶습니다. 내 시집의 재판 문제도 마찬가지입니다. 팔리지도 않을 책을 자꾸 내는 것보다는 새로운 것을 독자들에게 계속 보여주는 것이 더 옳다고 생각합니다.

한수영 : 새로운 것에만 탐닉하면 유행을 따르는 시류적인 작업이란 비판을 면키 어려운 측면도 있지 않겠습니까?

김경린 : 그건 당연한 것이라고 생각합니다. 글쓰는 사람이란 사실 시대를 앞서가면서 독자들을 리드하는 부분이 있어야 합니다. 특히 시가 그러하다고 생각합니다. 사물과 현실의 변화에 민감하게 반응하는 것을 비판하는 시각도 있을 수 있겠지만, 또 그런 시각도 분명히 있어야 하는 것도 사실이지만, 현실에 안주해서는 문화가 발전할 수는 없다고 봅니다. 그래서 저는 할 수 있는 범위까지는 새로운 것을 소개하고 보급할 생각입니다. 한 가지 재미있는 일화를 소개할까요? 제가 1967년 말에 건설공무원 교육원장을 했었는데, 그때 공무원 교육에서 우리 나라 최초로 컴퓨터에 대해 교육했습니

다. 당시에는 이런 내용의 강의를 할 강사를 국내에서 구할 수가 없을 때였지요. 물론 연수받는 사람들도 이해하기 어려웠을 것입니다. 그러나 그때에도 이 이야기를 소개하고 알려야 한다는 생각으로 교육했습니다. 새로운 것은 시대와 더불어 인식될 수도 망각될 수도 있지만 그래도 누군가 노력하는 사람은 있어야 합니다. 그래서 개인적으로는 문인으로서 명성을 알리겠다든지 벼슬하겠다는지 하는 욕심은 없어요. 죽는 날까지 세계적인 시야를 넓혀 가며 그 속에서 탐구 대상을 탐구하고 만날 사람을 만나고 그러면서 하나의 문화가 발전되어가는 형태가 아니겠는가 합니다.

한수영 : 옛날 시들 중에서도 선생님의 시의 경우에는 모더니즘 시 중에서도 아주 온건한 편이 아니었던가 싶은데요. 이를테면 다른 시인들의 경우처럼 언어 구사나 표현같은 것이 과격하지도 않고 이해하기도 쉬웠던 것이 아니었는가 하는데요.

김경린 : 이미지 등을 과격하게 사용해서 언어가 표면에 툭툭 튀어나오는 경우는 시를 쓰는 데 있어서 하나의 미숙함이 아니겠습니까.

한수영 : 마지막으로 현재의 활동이나 향후 계획에 대해서 말씀해 주십시오. 앞에서 미리 말씀하신 부분도 있긴 합니다만……

김경린 : 요즘은 독서를 많이 하고 있는 편입니다. 항상 세계적인 새로운 시각으로 우리 나라의 현실을 보고, 또 그것을 받아들여야 한다는 생각을 가지고 있습니다. 앞으로도 계속 후배들에게 내 지식을 많이 알려주고 싶다는 것과, 세계적인 동향이나, 특히 포스트모더니즘은 다른 분들이 많이 하시고 있기도 하지만, 내가 실제로 모더니즘을 했던 사람으로서 그 일부의 움직임 등에 대해서는 저도 알려줄 의무가 있지 않느냐 생각하고 있습니다. 앞으로도 꾸준히 소신을 가지고 새 이론을 소개하고 시작 활동을 할 것입니다. 열심히 하니까 젊어지는 것 같습니다.

한수영 : 오랫동안 수고해 주셔서 감사합니다. 어느새 벌써 세 시간이 넘게 지나갔습니다.

김경린 : 힘들기보다는 오히려 기쁩니다. 이제까지 걸어온 길이 상당히 고독하다는 생각이 많았는데 이렇게까지 이해해주시는 분들이 있다는 데 상당히 큰 용기를 얻습니다. 앞으로도 여러분들과 무엇이든지 열심히 하고 열심히 이야기하고 열심히 쓰고 싶습니다. 그런 의미에서 오늘 이 시간이 즐겁고 젊음을 가져오는 시간이었습니다. 나는 사람들이 나이보다 스무살은 더 젊어 보인다고 합니다. 욕심이 없어서 그런지 과로만 하지 않으면 건강에 지장이 없는 상탭니다. 그런데 쉬엄쉬엄하면 탄력이 안 나와서 가끔 무리를 하게 되지요. 자주 연락해 주시고 자주 만나면서 많은 이야기를 나눌 수 있기를 바랍니다.

한수영 : 오랜 시간 동안 좋은 말씀 들려주셔서 감사합니다. 앞으로도 건강하시고 계속 좋은 시작과 시론, 그리고 외국 이론들을 소개해 주셔서 우리 시단을 풍성하게 해 주시기 바랍니다. 대단히 감사합니다.

(대담: 1996년 8월 24일, 김경린 선생 자택)

＊구체시

시(詩)의 본문이 주제 등을 시각적인 형태로 나타내도록 하기 위해 시행 등에 변화를 주는 시 형식. 구상시(具象詩)라고도 한다. 시의 본문이 지면 위에 제시될 때 시각적인 형태를 가지도록 실험했던 실험시이다. 고대 그리스 시대부터 시작되었으며 아폴리네르, 오이겐 곰링거의 시가 대표적이다.

전후 문학과 우상의 파괴

대담

이어령 / 이화여자대학교 석좌교수, 문학평론가
• 주요 저서로 『저항의 문학』, 『전후문학의 새 물결』 등이 있음.

진행

이상갑 / 한림대학교 교수
• 주요 저서로 『한국 근대소설과 전향문학』,
  『근대민족문학비평사론』 등이 있음.

전후 문학과 '우상'의 파괴

이상갑 : 안녕하십니까? 바쁘신 가운데 교수님께서 대담에 응해 주신 데 대해 먼저 감사의 말씀을 드립니다.

선생님께서는 전후 문학 비평을 본궤도에 올려 놓으신 분으로 평가되고 있습니다. 그래서 이번 대담에 거는 저희들의 기대는 그만큼 큽니다. 나아가 선생님께서는 1950년대 '저항의 문학'으로 대변되는 현실 지향적인 비평 활동을 해 오시다가 4·19 이후 1960년대로 접어들면서 외형상 방향 전환에 가까울 정도로 상당한 변화를 보이시고 계십니다. 요즘 공부하는 후학들로서는 그 변화의 의미와 계기가 무엇보다 궁금하기도 합니다. 그리고 저희들이 알기로는 1960년대 이후 그렇게 왕성한 비평 활동을 하시지 않은 것으로 알고 있는데, 그런 전후의 사정에 대해서도 많은 궁금증을 가지고 있습니다.

더욱이 1950년대에 왕성하게 활동하신 분들이 지금 연세가 많아서 활동을 안 하시는 분들이 많이 계신데, 오늘 선생님께서 말씀하시는 사항들은 자료적인 면에서도 상당히 의미있으리라 생각합니다. 이미 1950년대 연구는 어느 정도 진척된 바 있고, 최근에는 소장 학자들을 중심으로 1960년대 문학 연구에 대한 관심이 갈수록 높아지고 있습니다. 이런 면에서 1950년

대 문학과 문단의 제반 현상을 1960년대와의 계기적인 관점에서 살펴 보는
것은 의미있으리라 생각합니다.

선생님께서는 문단에 공식 등단하기 훨씬 앞서「우상의 파괴」라는 글을
발표하시면서부터 이미 본격적인 비평 활동을 하신 것으로 압니다. 선생님
께서 그 글을 〈한국일보〉에 발표하실 때가 22세 때로 압니다만 구체적으로
언제였습니까?

문단 등단 과정과 전후 상황

이어령 : 그렇습니다.「우상의 파괴」는 대학을 막 졸업할 무렵이었던 1955
년 봄 〈한국일보〉에 게재된 것이지요. 그러나 그 이전에도『예술집단』이라
는 문예지에「환상곡(幻想曲)」과「마호가니의 계절」이라는 소설을 발표한
적이 있었고, 〈문리대 학보〉에「이상론(李箱論)」등 작가론을 발표하여 대
학가만이 아니라 문단에서도 제 글을 읽은 사람들이 더러 있었지요. 그리고
추천을 받기 이전에도 이미 일간 신문에 월평을 쓰고,『신세계』등의 월간
지에「나르시스의 학살」(조연현 씨의 이상(李箱) 읽기의 잘못에 대한 비판)
과 같은 평론을 발표했었지요.

방금 공식적이라는 말을 하셨는데 저는 바로 그러한 공식적 경로로 문단
에 등단하는 것에 대해서 저항감을 가지고 있어서『문학예술』에 평론 추천
을 받기 이전의 1955년을 저의 문학 출발점으로 삼고 싶습니다.

이상갑 : 유종호 선생님의 말씀에 의하면 서울대 〈문리대 학보〉에 선생님께
서 박맹호 씨와 함께 소설도 간간히 발표하셨다고 하던데요.

이어령 : 예. '노주(蘆洲)'라는 고색 창연한 익명으로「환(幻)」이라는 소설을
발표했지요. 또 대학 신문에 시를 발표하기도 하고, '이원(李元)'이라는 익
명으로 현상소설에 응모, 최규남 총장으로부터 상을 타기도 했고요. 따지고

보면 〈문리대 학보〉 자체가 당시 학예 부장이었던 제가 편집인이 되어 장정에서, 편집 교정까지 모두 도맡아 했어요.

여담이지만 〈문리대 학보〉의 제자(題字)는 생물학과에 다니던 김정현을 졸라 그의 백씨였던 서예가 김응현 선생으로부터 공짜로 써 받은 것이고, 그 책 디자인은 제가 잘 피우던 필립 모리스 담배곽을 색깔 샘플로 한 것입니다. 학생이 무슨 양담배냐고 하겠지만 당시의 국산 담배는 군인들이 피우는 화랑 담배 정도여서 누구나 미군 부대에서 흘러나온 값싼 양담배를 피웠지요. 1950년대의 서브(sub) 컬쳐는 럭키 스트라이크와 필립 모리스 그리고 C 레이션 박스의 카키 색의 비프 콘 통조림 등으로 요약될 수 있을 것입니다. 그리고 하이 컬쳐는 그 학보에 삽화로 사용한 루오나 쟈코메티 그리고 학보의 유일한 연재물이었던 키에르케고르를 위시한 실존주의 등이었어요. 물론 다음호 표지는 색깔이 바뀌었지만 〈문리대 학보〉의 표지 디자인과 그 내용들은 1950년대의 한국 문학의 분위기를 진솔하게 담고 있지요.

이상갑 : 그 당시 재미있는 일화는 없었습니까?

이어령 : 원래 〈문리대 학보〉는 피난지였던 부산에서, 지금 〈조선일보〉에 칼럼을 쓰고 있는 사학과 홍사중 등이 중심이 되어 창간된 것인데 환도 직후 체재를 새롭게 바꿔 본격적인 학술 잡지 형태로 내 놓게 된 것입니다. 당시만 해도 매체가 거의 없었던 때라 요즘의 교내지와는 성격이 달랐습니다. 나오자마자 동이 났는데 대학가는 말할 것도 없고 문단과 학계에까지 널리 읽혀 화제가 되었지요. 한국 최초로 T.S 엘리어트의 「황무지」를 최승묵·이태주 등 영문과 학생 셋이 공동으로 완역 전재(全載)를 했고, 불문과의 이형동이 아라공, 엘뤼아르를 비롯 불란서의 저항시를 원문과 함께 소개하여 젊은 문학도들에게 큰 감동을 주었어요. 불문과의 박이문과 최근 세상을 떠난 미술 평론가 이일, 그리고 독문학과의 송영택 등이 릴케론과 시를 기고했고 국문과의 신동욱이 서정주론을 썼지요. 물론 박종홍 교수를 비롯한 많은 교수님들의 글을 실었어요. 일일이 거명할 수 없지만 당시 〈문리대 학보〉의

필진들 거의 모두가 오늘날 각계에서 지적 작업을 하고 있지요.

민음사 사장인 박맹호는 학보에는 작품을 발표한 적은 없었지만 『자유공론』이었던가 어느 잡지사의 현상소설에 당선되어 기성 문단에 직접 진입했지요. 하지만 이승만 독재 정치를 우회적으로 비판한 내용 때문에 발표가 보류되긴 했지만 그 소설의 주인공 맥파로와 함께 일부 내용이 구전으로 널리 퍼졌지요. 그 당시 유종호는 교내 문학 활동보다는 번역으로 문단 활동을 시작했지요. 영문학 쪽에서 각광을 받았던 최승묵은 「우계(雨季)」라는 소설도 쓰고 현대 소설 이론들을 발표해서 기대를 모았는데 아깝게도 대학원 때 요절하고 말았어요. 대학은 달랐지만 문리대에서 청강을 하기도 한 고석규도 일찍 세상을 떠났어요. 이 두 사람은 모두 저와 절친한 사이였는데 생존해 있었다면 한국 평단은 좀더 달라졌을 거예요.

이상갑: 방금 말씀하신 그분들이 대부분 동기분들이신가요?

이어령: 서로 비슷해요. 지금은 서기로 학번을 말하지만 우리 때는 단기였지요. 전쟁 나던 해 입학한 83학번(단기 4283년)으로는 김열규, 홍사중, 피란처에서 입학한 84학번으로는 박이문과 소설가 오상원, 그리고 85학번이 저와 신동욱, 최일남 등이고, 환도 후인 86학번이 유종호일 것입니다.

이상갑: 저희들이 1950년대 상황을 알기 위해 주로 참고할 수 있는 자료라는 것이 고은 선생님의 책인데, 이와 관련하여 그 당시 젊은 대학생들이 가지고 있었던 의식의 공통 분모라 할까요, 그런 것이 있었다면 어떤 것이 있을까요?

이어령: 1950년대는 아직 기술되지 않았다고 보는 것이 정확하겠지요. 왜냐 하면 그 세대의 진정한 증언자들은 모두가 '침묵의 증언자'들이기 때문입니다. 시집을 끼고 다니다가 어느날 갑자기 길거리에서 징집되어 전쟁터로 갔다 영영 돌아오지 않았거나, 외국 군대를 따라다니며 통역을 해주다가 외국으로 떠나서 영영 돌아오지 않았거나, 혹은 불타는 소돔의 성을 뒤돌아보다가 그냥 소금기둥이 되어버렸거나 그렇지요. 저만 해도 소금기둥이 될

까봐 1950년대를 회고하는 글을 거의 쓰지 않았지요. 이 대담이 처음일 것 같군요.

그래요. 굳이 그때의 대학생들이 지닌 의식을 건축과 같은 조형물로 가시화할 수 있다면 아마 부산 피난 시절의 판잣집 가교사(假校舍)와 미군들이 쓰다가 내준 환도 후의 동숭동 문리대 건물, 그리고 폐허의 도시 지하실 한 구석을 차지하고 있었던 음악 감상실이 될 것입니다. 보통 때 같았으면 담과 벽 때문에 똑바로 갈 수 없었던 길을 우리는 자유롭게 넘어 다녔지요. 폭격으로 부서져 설계 도면처럼 구획만 남아 있는 남의 집 부엌과 화장실과 거실을 가로질러 '르네상스'나 '돌체' 같은 음악 감상실을 드나들 때의 그 역설적인 자유로움. 그래요. 우리가 믿고 의지할 수 있었던 것은 조국도 이념도 철조망이 아니라 붕괴된 벽을 횡단하여 만난 모차르트, 그리고 베토벤과 브람스의 음악이었어요. 맨 정신으로는 도저히 살아갈 수 없었던 우리 세대의 주기도문은 "우리에게 일용할 양식(daily bread)을 주옵시고"가 아니라 "우리에게 일용할 음악(daily music)을 주옵시고"였지요. 차이코프스키의 '비창'은 성당 없는 우리 세대의 미사곡이었구요. 물론 오늘의 세대가 즐기는 빌보드 차트에 오른 팝이나 랩이 아니라 용케 폭격 속에서도 깨지지 않고 살아 남은 SP판의 바늘소리와 함께 들려오는 클래식이었어요. 그러니까 음악 감상 전문 다방이었던 '돌체'나 '르네상스'는 1950년대 젊은이들이 모이는 카타콤베였다고 할 수 있겠지요.

그냥 음악 감상실만 다닌 게 아닙니다. 문리대 바로 앞에 있는 다방에서 생물학과의 김신환—이태리에서 활약하다가 서울시 오페라 단장을 했던 그분 말입니다—과 음악 감상회를 열기도 했지요. 전공과 관계없이 입추의 여지 없이 학생들이 모여들었어요. 해외 시 낭송회의 밤도 열었는데 마로니에 교정은 젊은이들로 덮였지요. 커피는 쓸수록 음악은 무거울수록 시는 난해할수록 젊은이들의 통과 제례가 되었던 거죠. 글을 쓰는 사람들인데도 1950년대의 얼굴들은 모두 그곳에 있었어요. 이규태는 학교는 달랐지만 그때 아마 '르네상스'였던가 음악실의 디스크 자키로 있어 친숙한 얼굴이 되었구요.

이상갑 : 지금도 〈조선일보〉에서 칼럼니스트로 활동하는 그 이규태 씨 말입니까?

이어령 : 바로 그분이에요. 신기한 것은 음악 감상실이 명동의 술집과 밀집해 있었는데도 우리 문학청년들이 술에 취해 주정을 하고 다녀도 이른바 명동 깡패들이 그냥 놔두었어요. 글쓰는 사람, 시인이라고 하면 모두 존경하고 봐주었던 시절이었거든요. 1950년대는 깡패와 술집 마담과 시인이 공생하는 그런 어수룩한 순정과 낭만이 있었던 때예요. 돈도 데모를 할 자유도 없었던 젊은이들이었지만 폭격 맞은 폐허의 도시 명동은 문학적 상상력을 키워주는, 바로 표지조차 떨어져 나간 이상한 한 권의 시집이었지요.

이상갑 : 선생님의 말씀을 들으면서 그 당시를 직접 경험하지 못한 저희들로서도 전쟁으로 죽은 사람들의 비애와 살아 남아 있는 자들의 상처와 죄의식 같은 것이 깊이 느껴집니다. 따라서 전쟁을 직접 경험하지 못한 세대일수록 우리 모두의 미래를 위해서 이런 사실을 분명히 확인해 두어야 할 것 같은 책임감이 더욱 강하게 느껴지기도 합니다.

6·25 전쟁 당시 직접 경험하신 것 중에서 지금까지 오래 기억에 남을 정도로 혹시 특별한 사건은 없으십니까?

이어령 : 수업은 거의 휴강이었고 특히 국문과 현대문학은 가르칠 교수가 없었어요. 왜냐 하면 기성 문인중에 대학을 나온 사람이 거의 없었기 때문에 특강 형식으로 강사를 모셔다가 들었지요. 흑판에 ficton을 piction이라고 쓰는 강사가 있었는가 하면, 그레이엄 그린의 소설 이야기를 하다 말고 그게 같은 작가인 줄 알고 난데없이 쥬리언 그린의 「제 3의 사나이」로 튀는 분이 없나, 브란데스의 낭만주의 사조사를 토씨 하나 틀리지 않고 그대로 베껴다가 한 시간 내 노트 필기를 시키는 분이 없나 그래서 그 실망과 분노는 질문 공세로 바뀌고, 그 결과는 교단에 다시 나타나지 않은 강사 선생들

의 학점을 받아 오는 고생이었지요. '워털루의 승전'은 이튼 교정에서 이루어졌다지만 우리의 기성 문단과의 전쟁은 바로 문리대 대학 강의실에서 시작된 것이지요. 심지어 한국의 국보라고 자처하시던 양주동 선생마저도 『두시 언해』 강의 시간에서 사격을 당했지요. "나그네 조름이 어찌 일찍부터 오리오."(客愁何曾着)의 언해를 잘못 풀이하시다가 국어학을 하는 안병희의 질문을 받고 혼이 났지요. 그리고 나는 시험 답안지에다 선생의 문학이론을 공박하는 장문의 글을 쓰기도 했구요. 우리가 전후 캠퍼스에서 익힌 것은 "권위를 의심하라. 그리고 스스로 생각하라."였습니다.

이상갑 : 그러면 구체적으로 「우상의 파괴」라는 글을 발표하신 동기나 전후 배경은 어떠했습니까?

이어령 : 내 자신이 무슨 특별한 의도를 갖고 그 글을 발표했던 것은 아닙니다.

이상갑 : 그러면 우연한 계기로 쓰시게 되었다는 말씀이신가요.

이어령 : 현상 문예에 투고를 하는 것과는 달라서 아주 우연한 계기로 이루어진 것이예요. 당시 김규동 씨의 시집이 출간되어 명동의 '동방 싸롱' 이층이었던가 하는 데서 출판 기념회가 열렸었지요. 그때 친구들과 음악실에서 돌아오던 길에 불청객으로 그 자리에 끼게 되었던 것이지요. 더구나 문인들의 축사가 끝난 뒤 독자도 한 마디 하라는 사회자의 권고를 받고 제가 객기를 부려 한국 모더니즘에 대한 즉석 비판 연설을 했던 것이지요. 지금다 잊어버렸지만 한국 모더니스트들의 언어는 우라늄과 같은 방사선 물질과 같은 것으로 시간이 흐르면 납덩이로 변하고 마는 것이라고 말했던 대목이 기억 납니다.

그것이 문단 화제가 되어 당시 〈한국일보〉의 문화 부장이었던 한운사 씨의 귀에 들어가게 되고 기성 문단에 할 말이 있으면 한번 글로 써보라는 청탁을 받게 된 것이지요. 당시 문단 상황은 모윤숙 씨가 주재한 『문예』가 폐간되고 조연현 씨가 주도하는 『현대문학』과 오영진 씨와 시인 박남수 씨의

『문학예술』 그리고 김광섭 씨의 『자유문학』이 문단 마당이었는데 거기에
끼지 않고 글을 쓴다는 것은 거의 불가능에 가까운 것이었지요. 저는 그때
나 지금이나 파당성을 가장 싫어 했기 때문에 그리고 사회 참여 문학을 주
장하던 때라 자연히 제일의 표적으로 삼은 것이 김동리와 조연현 씨가 주축
이 된 『현대문학』파였지요. 결과적으로 『문학예술』과 『자유문학』은 저에게
호의를 갖는 상황이 되었구요. 뿐만 아니라 『현대문학』의 편집장으로 계셨
으면서도 오영수 선생은 저의 편이 되어 주셨고 노천명 시인은 속이 다 시
원하다고 누하동 집으로 초대해 격려를 해주셨어요. 그 뒤 소설을 쓰시겠다
는 엽서를 보내주셨는데 곧 돌아가시고 말았어요.

이상갑 : 예, 그렇게 해서 「우상의 파괴」가 나오게 되었군요. 그런데 그 후
『문학예술』 1956년 10월호에 「현대시의 환위(環圍)와 환계(環界)-시 비평,
방법 서설」로 작고하신 백철 선생님의 초회 추천을 받으시고, 같은 해 『문
학예술』 11월, 12월호에 걸쳐서 「비유법 논고 (상) (하)」라는 제목으로 공식
등단한 것으로 알고 있습니다. 특히 초회 추천작에서 그 당시 인상 비평과
재단 비평의 폐해를 강하게 지적하고 계신데, 1965년 초, 중반에서까지 기
존 한국 문협과 문총의 대립 구도와 함께 번역 비평, 인상 비평, 이런 것들
이 많이 있었거든요. 그 당시 등단 과정은 어떠했습니까?

이어령 : 잘 알고 계시는군요. 기성 문단을 향해서 '노'라고 말해야 할 사람
이 그분들에게 작품을 내놓고 결재용 도장을 받는다는 것은 도저히 용납할
수 없는 모순이라고 생각했지요. 그래서 신춘문예나 잡지의 추천을 거치지
않고 혼자 힘으로 창작 활동을 하리라고 결심을 했던 참이었지요. 그런데
〈한국일보〉의 월평란에서 김송 씨의 소설을 비판했더니 "족보에도 없는 비
평가"라는 반박문이 들어오지 않았겠어요. 그때 상처를 입은 저는 요즘 해
체주의자들의 말대로 '그들의 논리를 이용하여 그들의 논리를 해체하는 방
법'을 써야겠다고 다짐을 하고는 『문학예술』의 편집 책임자셨던 박남수 선
생의 추천 권유를 받아들이기로 한 것입니다. 그리고 추천 위원이 당시 뉴

크리티시즘에 관심을 많이 갖고 계신 백철 선생이라는 이유도 있었구요. 더구나 신문에는 단편적인 글밖에 발표할 수가 없어서 문예지에 본격적인 문학론을 써서 단평 위주의 평단 풍토를 바꿔놓자는 속셈도 있었구요.

▲ 『문학예술』

이상갑 : 그런데 일부에서는 선생님께서 유명해지기 위해서 그 당시의 기성 세대를 신랄하게 공격하고 우상 파괴를 했다고 보는 시각이 있기도 합니다.

이어령 : 기성 세대를 공격해서 누구나 다 유명해지는 것이라면 이 세상에 그보다 더 쉬운 일이 어디 있겠어요. 하기야 자기 이름을 내걸고 작품을 발표하는 문인이라면 누구나 다 유명해지고자 하는 욕망이 있었겠지요. 바이런도 시집을 내고 아침에 눈을 떠보니 하룻밤 새 유명해져 있었다는 일화처럼 〈한국일보〉 문화면 전면에 「우상의 파괴」가 나온 후 제가 잘 드나들던 명동의 '동방살롱'에 나가 보니 명사가 되어 있더군요. "우상의 파괴 읽었어?"라는 말이 한동안 문단의 인사말이요 화두처럼 되었으니 말예요. 그러나 정말 중요한 것은 '이 아무개가 유명해지기 위해서 우상의 파괴를 썼는가'가 아니라 '어째서 그까짓 신문의 시평 하나가 그렇게 이 아무개를 유명하게 만들 수 있었는가'일 것입니다.

이승만 대통령이 정치적 우상이었듯이 문단 역시 우상들이 지배를 하고 있었지요. 얼마나 그 권위와 인습이 솥뚜껑처럼 내려 눌렀기에 그 작은 숨구멍 하나에도 그처럼 큰 힘이 터져 나왔겠어요. 저는 그것을 우상이라고도 불렀지만 보이지 않는 유리 감옥이라고도 했지요. 젊은이들은 선배 문인들의 섹트에 갇혀 있으면서도 자기가 그 유리벽 속에 갇혀 있는 줄을 몰랐던 거지요. 지금은 낡은 판박이 말이 되었지만 당시의 젊은이들에게는 자기를

'신세대'라고 부를 낱말조차도 주어지지 않았거든요.

　그러니까 「우상의 파괴」는 아예 문학을 포기할 각오를 하고 쓴 글이었지요. 우리를 억누르는 그런 질식 상태에서 기성 세대를 공격한다는 것은 유명해지려는 욕망이 아니라 '숨쉬고 싶다.'는 호흡의 문제였지요. "한국문학에 세대라는 의식이 처음 생겨나게 된 것은 이어령 때부터이다."라고 말한 어느 문인의 글을 읽을 때에도 저는 낯이 뜨거워졌지만 "우상의 파괴는 유명해지기 위해 기성 세대를 공격한 것이다."라는 가십에 대해서도 저는 얼굴을 붉힐 수밖에 없어요. 발가 벗은 임금님이라고 외친 어린아이의 말을 듣고 사람들은 비로소 자신들이 헛 본 것을 깨닫게 되지요. 「우상의 파괴」라는 그 글은 그 이상도 그 이하도 아닙니다.

이상갑 : 앞서 기존 모더니즘 운동이 이론에 대한 명확한 이해도 없이 아주 피상적으로 전개된 데 대해 비판하셨는데, 구체적으로 어떤 측면에서 비판적으로 보셨는지요?

이어령 : 1930년대의 이상을 좋아한 까닭은 그의 모더니티에 대한 동시대인의 감동이 있었기 때문이지요. 이상의 수필 한 줄만 읽어봐도 알 수 있듯이 그의 난해성이나 실험성은 당시 서구와 일본에서 유행하던 다다니 쉬르니 하는 모더니즘의 유행을 모방 추종한 것이 아닙니다. 「날개」의 경우처럼

이상 ▶

근대의 도시 체험이라는 감각과 독창성을 지니고 있었지요. 그러나 1950년대의 조향 등 이른바 모더니스트들의 작품에서는 그런 감동을 느낄 수 없었던 것이지요. 그들의 난해성에는 뒤샹 같은 앙프로망스의 오브제도 찾아볼 수 없었고, 감성과 이성을 통합한 엘리어트의 객관적 상관물이나 시적 긴장감 같은 것도 없었지요. 시론이란 것도

1930년대 I. A 리차즈를 공부했던 김기림, 조이스를 알았던 최재서만한 것
도 없었어요.

　당시 모더니즘에 대한 공격은 모더니즘 자체에 대한 것이라기보다도 문
학의 독창성에 대한 모방성의 문제로서 1950년대의 모더니즘이 지니고 있
는 아류에 대한 부정이라고 할 수 있습니다. 구체적으로 저는 모더니스트들
의 언어가 근대적 사물로서의, 그리고 근대적 자아의 출혈로서의 언어가 아
니라 단지 카페 간판 같은 외래어의 유행어로 도배질한 것이라고 생각했던
것이지요.

전통론과 전후 세대의 자의식

이상갑 : 앞의 이야기를 토대로 이제는 자연스럽게 전통 문제로 화제를 옮
겨 보죠. 선생님께서는 전후 비평을 평하시면서 6·25 이후에 등장한 '민족
전통론'과 '사회 참여론' 등이 1930년대 중반 김환태, 최재서 등의 앞선 시
기의 비평 행위와 비슷할 정도로 진전이 없다고 하셨는데, 여기에는 선생님
께서 한국 근대문학을 보는 시각이 어느 정도 드러난 것으로 보입니다. 이
와 관련하여 선생님께서는 '전통'을 '실제에 있어서 영향을 발휘하는 것' 또
는 '지향의 태도'라는 의미로 이해하시면서, 전통 단절론적인 견해를 내세
우신 것 같은데……?

이어령 : 당시 전통 논쟁의 패러다임은 몇 가지로 나눠볼 수 있을 것입니다.
김동리의 제3휴머니즘의 무속주의적 전통, 서정주의 신라의 사상과 정서를
원형으로 한 전통, 그리고 외래 문화를 사대주의로 몰고 '내 것'을 찾아야
한다는 이른바 신토불이(身土不二)의 국수주의적 민족전통론들이지요. 한
눈으로 알 수 있듯이 시대적 상황 의식과는 동떨어진 논의들이었지요. 그러
한 전통은 현실 인식으로부터 도주하는 은둔 문학, 패배주의 문학으로 비쳤

지요. 더구나 그러한 전통론은 문학의 장르나 언어를 대상으로 한 내재적
비평이 아니라 문화 일반의 외재적 비평에 속하는 것으로 당시 싸르트르의
참여 이론에 동조하면서도 동시에 뉴크리티시즘에 관심을 갖고 있었던 저
로서는 당연히 그러한 전통론에 반기를 들 수밖에 없었지요.

특히 근대문학의 전통성이라고 할 때 더욱 전통 논의는 의미가 없어지지
요. 쉽게 말해서 이광수의 언어는 우리 세대의 언어에 별로 영향을 끼치지
못했어요. '하거니와' 투의 그 '용장체(冗長體)'로는 도저히 절규에 가까웠
던 우리 세대의 호흡과 인식을 표현할 수 없었지요. 물론 스토리 중심의 이
야기꾼으로서의 소설 미학도 화조 풍월의 시도 모두가 젊은 세대의 문학적
버팀목이 되어 주지 못했던 것이지요.

전통이란 강이나 산맥처럼 면면히 이어지면서 재생산되어 가는 어떤 흐
름이요 그 에너지요 그 기준인데, 근대 한국문학의 역사를 보면 알 수 있듯
이 그것은 강이 아니라 제가끔 파놓은 웅덩이지요. 낭만주의다 리얼리즘이
다 모더니즘이다 하는 문학 사조들이 동시적으로 나타나거나 증권 시장의
주가처럼 불과 몇 년 사이에 오르락 내리락 뒤바뀝니다. 동인지 하나와 작
품 몇 편이 실린 것을 두고 무슨 주의 무슨 파라고 가르쳐 온 것이 한국의
근대문학사가 아닙니까.

이상갑 : 요즘에는 거의 그렇게 가르치는 데는 없는 줄로 알고 있는데요.

이어령 : 그러면 얼마나 좋겠어요. 아직도 대학 입시 국어 시험 준비를 하는
학생들은 작가 소개나 작품을 배울 때 반드시 무슨 주의 무슨 파라고 해서
'폐허'다 '창조'다 하는 것들을 외우고 있지요. 그리고 여전히 문학 교육도
작품 분석보다는 전기적 비평이 주류를 이루고 있지요. 그렇지 않으면 「메
밀꽃 필 무렵」의 허생원이 왜 장돌뱅이냐를 설명하기 위해서 조선총독부의
토지 수탈 정책을 연구하거나…… 그런 점에서 오늘의 문단도 1950년대의
문단 풍토와 별로 달라진 게 없다는 생각이 들어요.

이상갑 : 그런데 물론 선생님께서도 전통을 전면 부정한 것은 아니시지만,

해방 이전 작품 중에서도 그 나름대로 선생님께서 말씀하신 리얼리즘 문학의 성과에 근접하는 작품들도 있거든요. 예를 들면 염상섭의 『삼대』하나만 들어도 그렇습니다.

이어령 : 그렇지요. 그러나 『삼대』자체가 어떤 문학적 전통에서 생산된 것일까요. 그것을 거슬러 올라가면 허균이나 박연암이 아니라 서구 리얼리즘이 나오잖아요. 그것이 담고 있는 내용보다는 리얼리즘의 소설 방법 자체가 바로 리얼리즘이기 때문이지요. 우선 1950년대의 문인들의 실제 내부를 들여다 봅시다. 해방 되자마자 식민지 교육에서 벗어나 처음으로 한글을 배우고 중학교를 나와 고등학교와 대학 시절을 전쟁 속에서 보낸 젊은이들은 제 나라 문학 작품보다는 외국 문학에 더 많은 영향을 받고 자랐지요. 아무리 독재라고 해도 우리에게 가까운 정치 체제는 왕조가 아니라 의회와 대통령이 있는 서구식 민주주의였기 때문에 세종대왕보다는 링컨이 더 큰 영향을 주었지요. 마찬가지로 염상섭의 『삼대』을 읽고 리얼리즘을 이해하고 전통으로 삼기보다는 발작이나 플로베르의 소설에 훨씬 익숙해져 있어요. 말할 것도 없이 한국문학 전집보다 세계문학 전집이 더 많이 팔리고 더 많은 영향을 주었어요. 한용운, 서정주의 시는 훌륭한 근대문학의 전통이라고 할 수 있어요. 하지만 그 당시 젊은이들에게 있어서는 보들레르나 랭보를 읽고 시인이 되려고 한 사람의 수가 더 많았을 것입니다. "석유먹은 듯 석유먹은 듯 가쁜 숨결이야"를 읽으면서 "핫슈먹은 듯 가쁜 숨결"의 보오들레르의 시구를 떠올리지 않은 사람이 몇이나 있었는지 의문입니다. 그리고 민족 시인이라고 하는 윤동주의 시를 읽으면서 릴케를 연상하지 않은 사람 역시 드물 것입니다. 이미 그분들의 시 자체가 정철이나 윤선도에서 영향을 받은 것이 아니라 서구 근대문학과 접목된 것이기 때문입니다. 그러므로 전통의 부재론이든 단절론이든 그것은 당위론이 아니라 실재론으로 제기되었던 것이지요. 그래서 그것은 개인의 기호나 주장이기에 앞서 1950년대의 세대가 지니고 있는 한 현상이요 운명이라고 생각하는 것이 옳을 것 같군요.

이상갑 : 〈경향신문〉에서 벌인 김동리 씨와의 논쟁도 그런 맥락에서 일어나
게 된 것입니까?

이어령 : 지금 보면 '실존성'이라는 지엽적인 말 한마디를 놓고 벌인 논쟁처
럼 보이겠지만 사실은 우리 문학의 본질 문제를 담고 있어요. 우리 근대문
학은 늘 개념도 확실치 않은 외래 문학사조가 들어와 수박 겉핥기로 유행했
다가 사라지곤 했지요. 낭만주의도 자연주의도 모더니즘도 다 그랬어요. 실
존주의도 그렇게 들어왔다가 그렇게 사라져 버렸지요. 그러한 풍토에 쐐기
를 박기 위해서 한말숙 씨의 작품을 '실존성'이라고 평한 김동리 씨에 대해
서 '실존성'의 개념을 밝히라고 한 것이지요. 작품은 물론 그 이론적 배경이
나 그 뜻도 제대로 검증하지 않은 채 유행어처럼 떠돌던 실존주의란 말을,
그것도 실존주의가 아니라 '실존성'이라는 애매한 말로 작품을 재단하는 것
에 대한 비판이었지요. 우리만 해도 옛날과는 달리 실존주의를 저널리즘에
서가 아니라 이휘영, 손우성 교수의 강의를 통해 싸르트르와 까뮈의 작품들
을 직접 읽고 박종홍 선생의 철학 강의를 통해서 그 사상의 기초 이론을 훈
련받았거든요.

염상섭 씨의 「표본실의 청개구리」를 자연주의 문학의 대표작이라고 하는
것에 대해서 반론을 제기한 것이나 김동리 씨의 「실존무」 논쟁이나 다 같은
문맥에서 이루어진 것입니다. 말하자면 풍설에 지배되는 한국 문단의 지적
검증부터 시작하자는 것이었어요. 마술로부터의 해방에서 근대성을 찾으려
고 했던 사회학자들처럼 말이지요.

이상갑 : 그런데 선생님의 입장은 전통 부재론 쪽에 오히려 가깝다는 생각
이 듭니다. 단절이든 뭐든 참고할 만한 전통이 존재하지 않기 때문에 오히
려 그 공백을 다른 것들이 메꾸었다고 말할 수 있는데, 그것은 바로 자기 문
학의 여러 가지 아이덴티티를 그런 식으로 형성할 수밖에 없었던 것이라고
도 할 수 있지만 한편으로는 자기 문학의 정체성이 갖고 있는 한계와 비극
적인 모습일 수도 있거든요.

이어령 : 문학을 내재적인 구조로 파악할 때에는 전통 부재론이 되는 것이
며, 문학을 외재적인 사회 문화와 연결할 때에는 전통 단절론이 되는 것이
라고 할 수 있습니다. 가령 제 자신이 「장군의 수염」이나 「환각의 다리」를
쓸 때에는 전통 부재론자의 입장에서 창작을 하게 됩니다. 지금까지 어느
누구도 시도하지 않았던 소설 형식과 방법론으로 기술해 가고자 했으니까
김동리나 그 이전의 김만중은 전통 부재이지요. 그러나 「흙 속에 저 바람
속에」와 같은 한국 문화론을 담론으로 할 때의 나는 전통 단절론자의 입장
을 취하게 됩니다. 근대화를 위해서는 전근대적인 한국인의 생활 풍습이나
사고 방식들을 돌파하려고 했기 때문이지요. 특히 전통은 쇠사슬처럼 그 고
리쇠들이 반대 접합으로 이어지는 것이기 때문에 그 단절 의식을 통해서 오
히려 전통과 접목되지요. 전통을 부르짖는 사람들이 실은 인습에 젖어 전통
을 단절시키는 역할을 한다는 역설적 결과에 대해서 주목할 필요가 있어요.
이상갑 : 그런데 우선 조금 전에 말씀하신 전통에 관한 관념들이 이미 특정
한 개인의 문제가 아니라 세대가 전체적으로 공유하고 있던 문제라고 말씀
하셨는데…….
이어령 : 일본을 우리 조국이라고 배우며 일본말을 배우고 성장한 사람들입
니다. 한글 세대와는 다르지요. 문학과 언어는 분리해서 생각할 수 없는 것
인데 우리는 소학교와 중학교에서 일본 국어 교과서로 일본어를 국어로 배
운 사람들인 것입니다. 기타하라 하쿠슈의 동시를 서정주나 한용운의 시보
다 먼저 배운 세대들입니다. 식민지에서 해방된 우리가 내 조국을 처음 발
견하였을 때와 마찬가지로 한글을 배우고 나서 첫선을 보았던 우리 문학에
대한 그 환멸감, 그리고 기대와 애정이 클수록 실망과 증오도 커지는 법이
지요. 심리학에서 말하는 '살부 상징(殺父 象徵)'이 전통의 부재, 단절 또는
파괴로까지 향하게 한 것이지요.
이상갑 : 그러면 선생님, 그럴 때 제가 그런 세대의 한 세대 뒤의 사람으로
서 느끼게 되는 의문점인데요. 그 당시 쓴 비평이나 작품들을 읽을 때, 저는

그런 의문이 많이 있습니다. 이 당시 활동하셨던 젊은 분들, 20대 중반의 젊은 분들의 전쟁 체험이라든지 전쟁이 끝난 뒤의 전후 현실에 대한 인식이, 서구가 2차 대전을 전후해서 경험했던 것과 한국 전쟁 이후 경험했던 것들의 차이의 특수성을 들여다보는 것을 너무 등한시해 버리고 체험의 동질성, 이것에 너무 집착해 버린 감이 있거든요.

이어령 : 무슨 이야기인지 알겠어요. 문학자는 사회과학자나 역사학자와는 다릅니다. 역사를 분석하는 사람 혹은 이데올로기로 사고하는 사람들이 아니지요. 가령 『서부 전선 이상없다』의 글을 읽을 때 우리에게 남는 것은 그 시대의 전쟁을 얼마나 차이화하고 그 특수성을 반영했는가 하는 것이 아닙니다. 그 소설의 감동은 전쟁 속에서의 '집단'과 '개인'의 삶에 대한 보편적 체험인 것이지요. 독일군도 불란서군도 마찬가지예요. 창칼로 싸울 때와 미사일로 싸우는 현대와 다를 것이 없지요. 전쟁에서는 한 사람의 죽음 같은 것은 문제시하지 않는다는 점에서 말이지요. 소설에서의 주인공의 죽음은 모든 것의 종말을 의미하는 것이지만 서부 전선의 시각에서 보면 '이상없다.'이지요. 그것이 역사와 소설의 차이이기도 해요. 그런데 역사나 사회적인 관점에서 문학을 재단하려는 사람들은 살아 있는 한 개인을 다루는 소설 언어를 무시해버리고 집단적 의미만을 부각시키려고 해요. 그런 점에서 전쟁은 인간만이 아니라 문학도 죽이지요.

어떤 고정된 역사관이나 문학관에서 보면 1950년대의 전쟁, 전후 체험의 문학이 역사적 상황을 등한시한 것처럼 보일는지 모르지만 저는 바로 그 점이 1950년대 문학의 순수성, 그래서 전쟁의 의미를 더욱 문학적으로 잘 반영한 것이라고 생각하고 있어요. 그것이 바로 역사에 개칠을 한 1980년대의 6·25를 소재로 한 소설과 다른 점이라고 생각해요. 전쟁은 어떤 경우에도 특수화하거나 '영웅'을 만들어서는 안 된다는 생각에서 쓴 것이 〈한국일보〉에 연재한 나의 「전쟁 데카메론」입니다. 그리고 승자의 싸움이나 패자의 싸움과 관계없이 전후의 상처와 의식의 공통 분모를 찾기 위해서 쓴 것이 바로 〈경향신문〉에 연재한 「오늘을 사는 세대」이며, 제가 직접 편집한 『세계 전후 문제 작품집』입니다. 우리의 전후 인식은 군복을 벗는 것이 아니라 그것을 탈색해서 입었던 거지요. 군복의 카키색이 빠지고 나면 그 밑에 감춰져 있던 원래의 바탕색이 드러나듯이 말예요.

저는 지금도 그렇게 처절한 이데올로기의 비극적 전쟁을 겪고서도 그것에 대한 철저한 절망과 허무를 느끼지 못했던 전후의 풍토에 놀라움을 갖고 있는 사람이지요. 그런 점에서 한국 문학은 전후 문학을 제대로 갖지 못했다는 말이기도 해요. 전쟁을 푹 삭이지 못했기 때문에 아직도 그 선 음식을 먹고 체증에 걸려 있는 것이라 할 수 있지요.

'저항의 문학'과 1950년대 비평

이상갑 : 그런데 1950년대 선생님의 비평을 포함해서 전반적으로 이 시기의 비평을 '구호 비평'이라고 비판하는데, 이 문제에 대해서는 어떻게 생각하십니까?

이어령 : 구호 비평이라니요? 저는 지금까지 구호와 싸우기 위해서 글을 써온 사람입니다. 문학의 언어를 '신념의 언어'가 아니라 '인식의 언어'로 생각해 왔기 때문이지요. 문학을 도구나 어떤 목적을 위한 수단으로 생각하는 사람들은 문학의 언어를 '신념의 언어'로 착각하지요. 거기에서 비평도 작품도 모두 구호가 되어버리는 것입니다. 그런 관점에서 보면 구호 비평은 1950년대의 비평이 아니라 민중문학을 주장한 1970년대의 비평들이 아닐까요. 역사적으로 어떤 독재가도 문학을 죽일 수는 없었지요. 문학은 다만 문인들 스스로의 이데올로기 구호에 의해서 죽지요. 거의 한 세기 동안 '신념(혁명)의 언어'로 무장한 나치의 선전 문학이나 소비에트 문학이 문학을 죽였던 것처럼 말입니다.

이상갑 : 이 점과 관련해서 어떤 글을 보니까 선생님께서는 우리 비평사를 간략하게 개괄하면서 신경향파 문학이나 프로문학에 대해 아주 부정적으로 보고 계시더군요.

이어령 : 그렇지요. 저는 좌파든 우파든 이데올로기로부터 문학의 자율성을 지키려고 애써 온 사람입니다. 한국의 문학이 이데올로기에 의해서 크게 위기를 맞았던 것은 1930년대의 경향파 문학이었고 1970년 이후의 민중파 문학이었다고 생각합니다. 일본의 경우 나프(NAPF)를 중심으로 한 1930년대의 '가니고센'과 같은 이른바 경향파 문학이 한동안 문단을 풍미했지만 오늘날 일본문학전집 어디에도 그런 작가와 작품이 수록되어 있지 않습니다. 문학성은 없고 이념만 추구한 결과이지요. 어떤 이데올로기든 이데올로기의 문학적 생명은 시사적인 글처럼 생명이 짧아요.

이상갑 : 그러면 『저항의 문학』과 관련하여 이념 서적에 대한 독서 과정은 어떠했습니까?

이어령 : 『저항의 문학』은 이른바 싸르트르와 같은 사회 참여 문학에 근거를 둔 비평집이지요. 그런데도 문학을 어떤 사회나 정치 변혁의 목적이나 수단으로 사용하려 한 것이 아닙니다. 조금 전에 말씀드린 대로 '신념의 언어'가 아니라 '인식의 언어'로서의 비평이었지요.

저는 고등학교 시절 이른바 소련 문학을 필두로 한 '아까홍'(맑스-레닌주의의 공산주의 서적)과 칠리코프, 이렉키, 엘렌부르크 등 이른바 『신흥문학전집』(사회주의 리얼리즘의 작품들)에 실린 작품들을 많이 읽었어요. 물론 일제 때 나온 책들이지요. 그러나 그와 동시에 앙드레 지드와

▲ '우상의 파괴'를 선언한 이어령의 평론집 『저항의 문학』

스펜더, 그리고 케스트러의 작품, 그리고 한국의 박영희, 김팔봉 등 사회주의 이데올로기 문학에서 탈피하여 순수문학을 지향한 1930년대의 예술가들의 글도 많이 읽었지요. 젊은 시절에 문학적 상상력과 상징의 수혈을 받은 것은 랭보, 보들레르, 도스토예프스키 등이었고, 사상적으로는 니체나 키에르케고르, 그리고 스타이너 같은 사람들이었어요.

'저항의 문학'에서 억압받는 민중들에 대한 언급을 하면서도 사회주의 리얼리즘 쪽으로 흐르지 않았던 것은 바로 볼셰비키 혁명에 대한 지적 검증을 걸친 책을 많이 읽었기 때문이지요. 실존주의라고 해도 싸르트르의 『문학이란 무엇인가』보다는 까뮈의 『시지프스의 신화』 쪽에서 더 많은 영향을 받았기 때문이지요. 역사를 선형적으로 발전해 가는 진보 개념으로 보지 않고 반복적인 부조리의 구조로 보는 시각을 익혔거든요. 그리고 6·25를 통해서 이데올로기의 폭력적 언어를 직접 체험도 했구요. 전후에는 말로, 싸르트르, 까뮈를 대학에서 배웠고, 르네 웰렉의 아카데미즘으로서의 문학 이론이나 I. A 리차즈와 수잔 K. 랭거 등의 언어와 상징 철학 등을 접하기 시작했어요. 사실 저는 강의실보다는 대학 도서관에서 살다시피 했으니까요. 다양한 독서가 저를 외곬수의 편향된 문학으로 빠지지 않게 한 것이라고 생각해요.

이상갑 : 제가 생각하기로는 선생님께서 초회 추천작인 「현대시의 환위(環圍, Umgebung)와 환계(環界, Umwelt)」라는 글에서 "시의 궁극적 문제는 환위에서 자기가 안주할 수 있는 환계를 형성하려는 데 있다."고 보고, 이것을 생명과 미학의 최고의 원리라고 보는데, 여기에서 이미 순수 지향적인 자세가 분명히 나타나거든요. 특히 이 문제는 1960년대 선생님의 문학 활동을 이해하는 데 중요한 한 근거가 된다고 저는 생각하는데요.

이어령 : 정말 정확하게 보셨어요. 지금까지 그 비평에 대해서 언급한 분을 만나보는 것도 처음이구요. 한국 평단은 맑스주의적 비평가들처럼 환경(사회, 역사 등)을 기준으로 문학을 재단하는 외재적 비평과 그와는 반대로 인

상주의 비평처럼 오로지 개인의 인상이나 상상력에만 의존하는 내재적 비평이 대립되어 왔지요. 이 깜깜한 쌍굴에서 빠져나가려고 몸부림칠 때 내 앞에 섬광처럼 나타난 것이 바로 생태학자 유크스쿨(Uexkull)의 새로운 환경론이었지요. 그는 외계의 모든 요인 가운데 생물의 주체성에 관여하는 요소만이 환경이라고 생각한 획기적인 이론을 발표했습니다. 그래서 그는 생물의 물리 화학적 외계를 환위(Umgebung)라고 했고 생물 주체가 지닌 기능 환경에 구속되는 환경을 환계(Umwelt)라고 구분했지요. 쉽게 말해서 사람과 개가 똑같은 길을 함께 걸어가도 감각 기관과 환경을 수용 대응하는 신체 조직의 시스템에 따라 서로 다른 환경(세계) 속에 있는 것이지요. 이 이론을 문학에 적용하면 문학 작품은 직접적인 역사나 사회의 환경(Umgebung)의 수동적 산물이 아니라 문학의 기호성(언어)과 그 구조와 얽혀져 있는 독자적인 기능 환경의 세계(Umbelt)로 파악할 수 있게 되지요. 저는 당시 미군 부대에서 흘러나온 과학 잡지에 소개된 유크스쿨의 이론을 읽고 그것을 문화 비평에 적용하려고 한 것입니다. 그리고 그런 이론을 실천하기 위해서 문학의 환경을 지배하는 언어, 즉 메타포 연구를 한 것인데 그것이 두 번째의 추천 작품인 「비유법 논고」입니다. 제가 그 비평을 발표한 것은 1956년이었는데 유크스쿨의 이론이 시비오크와 같은 기호학자에 의해 발굴 평가되고 환위와 환계의 이론이 기호학자들의 연구지인 『세미오티카』에 특집으로 소개된 것은 1982년의 일입니다. '우상의 파괴'나 김동리씨와의 논쟁에 대해서 관심을 갖고 있는 사람들은 많지만 유크스쿨의 환경론과 문학 기호론적 발상을 거의 30년이나 앞서 한국 비평 문학에 실험해 보려고 했다는 사실에 대해서 알고 있는 사람은 한 사람도 없어요. 문단 가십이나 신변 잡기를 통해서가 아니라 이와 같은 학술적 접근으로 1950년대 문단을 좀더 심층적으로 분석하는 노력이 필요할 것입니다.

이상갑 : 그러면 이념에 대한 불신을 가지고 있으시면서도 『저항의 문학』을 쓰신 구체적인 이유는 무엇입니까?

이어령 : 거듭 말하지만 1950년대의 저의 문학 비평의 출발점은 쌍갈래길이 교차하는 지점, 즉 참여문학 이론과 그와는 대조적인 신비평 이론이었지요. 방향이 서로 다른 두 길의 교차점이 바로 앞에서 말한 유크스쿨의 환경론이구요. 그러나 전후의 참담한 현실 속에서, 그리고 이승만 독재 하에서 저는 참여론 쪽에 더 많이 기울어져 있었지요. 날씨가 너무 추우면 가야금을 아끼는 사람도 그것을 부수어 때지요. 그러나 4·19 이후 나는 참여 문학보다는 신비평, 그리고 기호학이나 구조주의 같은 데에 더 기울어집니다. 아무리 추워도 가야금을 장작개비로 써서는 안 된다는 생각이 강해지게 된 것입니다.

4·19 이후의 문단 상황과 순수·참여 논쟁의 자장

이상갑 : 방금 선생님께서 4·19 이후의 변화에 대해 잠깐 언급하셨는데, 이제는 4·19 이후와 관련하여 이야기를 나누어 보도록 하지요. 먼저 4·19가 선생님의 문학 또는 그 당대의 문인에게 미친 영향에 대해서 알고 싶습니다.

이어령 : 4·19가 일어났을 때 저는 싸르트르의 말대로 언어를 총탄과 같은 것이라고 생각했고 글을 쓰는 발화 행위 자체가 바로 표적을 향해 방아쇠를 당기는 것과 같은 것이라고 믿었지요. 그러나 나는 전후의 평화를 평화로 생각하지 않았던 것처럼 4·19의 혁명에 대해서도 새로운 회의를 품게 되었지요. 4·19 후 '만송족(晩松族)'이니 뭐니 하는 또 하나의 폭력을 목격하였기 때문이지요. 지금까지 침묵하던 문인들이 때를 만났다는 듯이 이른바 참여문학으로 돌아섰지요. '저항의 언어'는 '폭력의 언어'로 타락되어 갔습니다. 그렇지요. 어떤 가혹한 독재도 문학을 죽이지 못한다고 했습니다. 하지만 문인들 스스로가 문학을 죽이는 경우는 많지요. 당시에 쓰여진 "이승만의 사진을 찢어다가 밑씻개를 하자."는 시들에서 나는 시의 자유가 아니라

시의 무덤을 보았던 것입니다.

사실 저는 4·19 전에 저항의 문학을 썼고, 임화수가 데모대에 폭력을 휘둘렀을 때 그리고 그가 사회 참여를 논하였을 때 나는 그에 대해 반대하는 「대체 사회 참여란 무엇인가」라는 글을 썼습니다. 또 「지성에 방화하라」는 특집을 『새벽』 잡지에 기획하여 저항 문인들을 결집시켰지요. 하지만 막상 4·19가 성공하고 난 뒤에는 오히려 〈동아일보〉에 문학의 언어는 다이나마이트가 아니며 그것으로는 역사의 빙산을 녹일 수가 없다는 요지의 글을 씀으로써 문학의 정치성과 일부 참여문학의 허구성을 지적한 글을 발표했습니다. 물론 5·16이 일어나기 전 가장 자유로운 언론의 황금기에 말입니다. 순수한 저항이 정치화하는 것을 보면서 나는 4·19의 또 다른 상처를 느꼈지요.

이상갑 : 『새벽』을 직접 만드실 무렵의 전후 사정은 어떠했습니까?

『새벽』 ▶

이어령 : 『새벽』지는 1950년대 당시 홍사단의 장이욱 선생이 발행하고 실질적으로는 김재순 의원이 주관한 것으로 『사상계』보다도 더 독재 체제에 투쟁을 해온 전위적 종합지였어요. 그때 저의 글을 읽은 김재순 씨의 권유로 편집 자문을 맡아 편집 기획일을 도왔지요. 사무실이 명동 근처에 있어서 밤늦게 일을 하고 퇴근 무렵에는 김재순 씨나 실무 책임을 맡고 있던 김시성 씨와 명동 극장에서 마지막 회 영화를 보기도 하고 술집을 기웃거리기도 했어요. 물론 그 당시 저는 경기 고등학교 선생으로 있었기 때문에 월급은 학교에서 받고 실제 일은 『새벽』에서 한 셈이지요. 그때 저는 1950년대 상황에서는 도저히 상상할 수 없었

던 중편 정도 분량의 문학 작품들을 전문(全文) 게재하는 대담한 편집 기획을 세웠어요. 그것이 흐라스코의 「제8요일」, 케스트러의 「파비앙」, 그리고 최인훈의 「광장」 등이고, 문단에 선풍을 몰고 왔어요.

이상갑 : 「광장」은 1960년 11월호 『새벽』지에 실린 것으로 알고 있습니다. 흔히 이 작품이 4·19의 중요한 성과로 꼽히는데, 그것은 처음으로 분단 문제를 본격적으로 다루었다는 점에서인데, 선생님께서는 이 작품을 어떻게 평가하셨고, 게재하게 된 구체적인 동기는 어떠했습니까?

이어령 : 저와 가장 가까운 문우가 시인 신동문이예요. 제가 가는 곳이면 어디고 함께 있었지요. 『새벽』, 〈경향신문〉 특집부, 신구문화사의 『전후문제 작품집』 편집 등 기회 있을 때마다 저는 신동문 씨와 함께 일하려고 했어요. 『새벽』에서도 편집 일을 권유했는데 최인훈이 중편 분량의 「광장」을 썼다는 정보를 귀뜸해 주더군요. 그러나 막상 읽어보니 남도 북도 거부하고 중립국 인도를 선택하는 전쟁 포로 이야기라 당시의 상황에서는 발표하기 힘든 작품이었어요. 함석헌 옹이 남북 양비론을 폈다가 필화로 고생한 사실도 있었구요. 그러나 제가 용기를 갖고 이 작품을 게재하게 된 것은 지금 알려지고 평가되고 있는 것처럼 그런 줄거리나 정치, 사회적 발언이 아니라 그 작품이 지니고 있는 문학성 때문이었어요. 따지고 보면 남도 북도 선택할 수 없는 지식인의 고민 같은 것은 이미 재일 교포인 장혁주의 소설을 비롯해서 아주 흔한 주제였지요. 제가 그 작품을 높이 평가한 것은 그러한 관념을 작품으로 형상화해 내는 작가의 예술적 감각과 설득력이었어요. 나는 김성한, 장용학 씨와 같은 지적 소설에 큰 공감을 하면서도 한편으로는 그것이 아무래도 리얼리티의 뼈가 없어 연체 동물같이 느껴졌지요. 그런데 굵고 튼튼한 곧은 등뼈를 지닌 척추동물 같은 관념 소설이 등장한 것이지요. 인도를 단순한 이데올로기적 중립으로 보면 너무도 도식적이라 재미가 없지만 소설의 미학적 효과로 보면 패러독스나 아이러니의 효과를 극대화시키는 작용을 하지요. 풍속 소설이나 신변 잡기의 틀 안에서 벗어날 수 없었

던 종래의 소설과는 분명히 차별화되는 높은 음자리표를 읽을 수 있었거든요. 저는 다시 그「광장」을 『세계 전후문제 작품집』을 비롯해 제가 편집하는 모든 문학 전집에 반드시 수록했고 최인훈과의 교유도 두터워졌어요. 『세대』지의 편집 고문을 맡고 있을 때에는 연재소설을 청탁해서「회색의 의자」를 얻게 되었지요.

이상갑 : 선생님께서는 김수영 시인도 초기에는 호의적으로 평가하셨는데, 두 분의 관계는 어떠했습니까? 이 점은 선생님과 김수영 시인의 4·19 이후의 변화, 그리고 1960년대 후반 두 분간의 논쟁과 관련하여 궁금한 점이기도 하거든요.

이어령 : 문학관의 차이로 문인들이 서로 차가운 관계로 벌어진 것은 역시 1970년대 들어서면서부터의 일이라고 봅니다. 김수영 씨는 연령의 차이는 조금 있었지만 같은 세대 의식의 유대를 갖고 친하게 지낸 문인 가운데의 한 분입니다. 결혼하기 전 제가 성북동에서 살 때는, 윗집에 조지훈 선생이 사셨는데, 가끔 김수영 씨가 늦게 찾아와 자고 가는 일도 있었지요. 김수영 씨의 틀니를 담가둔 주전자 물을 멋모르고 마신 적도 있었지요.

　김수영 씨의 시들은 감성과 지성이 잘 조화를 이룬 시로 제가 아주 좋아했었지만 4·19 직후 직절적인 사회 고발시와 1960년대에 들어서면서 점점 시가 달라지고 경직되어 가는 것 같았지요. 저와 〈조선일보〉에서 논쟁을 할 때에도 인간적으로는 아주 친해서 술이나 마시자고 제의했더니 선뜻 좋다고 하더군요. 그러나 웬일인지 그 자리에 못 나온다는 통고를 받았지요. 그리고는 얼마 안 되어 교통 사고로 세상을 떠났기 때문에 서로 따뜻한 대화를 나누지 못했던 것이 한이 되지요. 문학관이나 이념이란 것이 대체 무엇입니까? 그것은 끝없이 변할 수 있는 것이지요. 나는 이 세상에 친구와의 우정을 멀리하고 등을 돌릴 만큼 그렇게 위대한 이념이란 것이 존재하지 않는다고 생각했기 때문에 정치가 아니라 문학을 택했던 것입니다.

이상갑 : 1960년대 후반 김수영 시인과의 논쟁에서도 드러나지만 선생님께

▲ 김수영

▲ 시집 『달나라의 장난』

서 주장하시는 '참여' 개념의 본질은 단순히 '현실 저항'의 의미가 아니라, '참인간을 향한 문학'이라는 의미로 읽힙니다. 즉, "정치화되고 공리화된 사회에서 꽃을 꽃으로 볼 줄 아는", 즉 순수한 문학에서 참여의 가능성을 보고 계시는 것 같아요. 그런데 이런 견해는 1950년대 '저항의 문학'을 강조하실 때에도 이미 엿보인다고 보는데요.

이어령 : 옳습니다. 바로 그 점이지요. 그 논쟁에서도 밝힌 대로 누가 '붉은 꽃'을 그림으로 그렸다고 합시다. 그때 중앙정보부에서 왜 하필 하고 많은 꽃 가운데 붉은 꽃을 그렸느냐, 공산주의자가 아니냐라고 한다면 얼마나 기가 막히겠습니까. (실제로 전후에는 그런 일이 많았어요.) 그러나 그 반대의 경우를 생각해 봅시다. 하고 많은 꽃 가운데서도 붉은 꽃을 그린 것은 그 화가가 민중 혁명을 나타낸 것이고 훌륭한 그림이라고 칭찬하는 비평가들을 말이지요. 그들은 정반대의 입장에 있지만 그림 속의 꽃을 꽃 자체의 아름다움으로 보지 않고 정치적 시각으로 보고 있다는 점에서는 똑같은 사람들이지요. 저는 김수영 씨의 "불온하기 때문에 좋은 시다."라는 말이 바로 그렇게 들렸지요. 불온 유무로 시를 평가한다면 가장 훌륭한 평론가는 불온을

가려내는 정보부원이 될 것입니다. 왜냐 하면 그것은 뒤집어 생각하기만 하면 되는 것이니까요. 저는 불온 시를 매도한 것이 아니라 시를 불온 유무로 따지는 사람들을 비난했던 것입니다. 체제와 반체제와의 싸움에서 저는 그 이분법적 범주에 속하지 않은 '비체제'의 문학을 고수했지요. 김수영과의 논쟁은 김수영의 문학을 비판한 것이라기보다 바로 그러한 제 문학적 입장의 선언이었던 거지요.

4·19후에도 저는 문학을 이용하지 않고 직접 신문의 논설이나 사회, 문명 비평의 형태를 통해서 사회 참여를 계속해 왔습니다. 신문사에서 그것도 야당 성향의 신문의 전담 컬럼에서 거의 매일 사회, 정치, 문화 문제를 다루었지요. 1980년대 초까지 말입니다. 남정현 등 문인들이 필화에 걸리면 법정에 나가 함께 싸웠지요. 그리고 한편으로는 에세이스트로서 『흙 속에 저 바람 속에』가 그렇고 『바람이 불어오는 곳』, 『신한국인』, 『축소 지향의 일본인』 등의 문명 비평을 통해서 사회적 관심을 표명했지요. 지금은 대학에서 문학 강의가 아니라 '한국인과 정보 사회', '한국 문화의 뉴패러다임'을 강의하고 있지요. '저항의 문학' 이후에도 저의 사회적 관심, 그리고 문명, 문화에 대한 참여 의식은 조금도 변한 적이 없어요. 다만 문학을 통해서 하지 않았던 것이지요.

4·19 세대 문인들의 등장과 제3세대 문학

이상갑 : 바로 이런 점에서 김수영 시인과의 논쟁도 이해할 수 있겠군요. 문학적으로 『창작과비평』(이하 '창비'로 줄임)과의 거리가 있었던 것도 그 때문이구요.

이어령 : 아시다시피 '창비'를 창간한 곳은 바로 제가 『세계 전후문제 작품집』을 기획하여 베스트 셀러를 만들고 제가 작문 교과서를 낸 신구문화사이

지요. 그 출판사에 신동문과 염무웅을 소개한 것도 저였구요. 그리고 초기
의 '창비' 멤버들 가운데 많은 작가들, 황석영, 송영 등과도 가까이 지냈으
며 당시 신인이었던 황석영을 추천서까지 써서 〈한국일보〉에 『장길산』을
연재하도록 했지요. 물론 『장길산』의 구상과 자료 등 시놉시스를 보고 말입
니다. '창비'의 문학적 성향과 관계없이 작품성이 있는 사람들이면 나는 다
포용하고 평가해 온 셈입니다.

　한국의 풍토는, 나와 다른 것을 용서하는 다원적 문화 가치의 사회가 아
니잖아요. 그래서 나를 비판하는 사람들이 있지만 그것 때문에 내 쪽에서
멀리한 사람은 없어요. 그런데도 내가 돕고 가까이 했던 문단 후배나 내 손
으로 직접 문단에 추천을 한 제자들이 저의 곁을 떠난 사람들이 많아요. 나
갔어요. 저는 정치가를 사랑한 적은 없지만 문인이면 다 사랑합니다. 문화
부 장관의 현직에 있을 때에도 저는 최정희 선생이 돌아가셨을 때 국무회의
에 발의하여 전례가 없는 장례 비용을 예비비로 도와드렸습니다. 문인들은
국민들로부터 그럴 만한 대우를 받아야 한다고 생각하였기 때문입니다. 하
지만 말만 문인이지 정치인이나 사회 운동가와 다름없는 문인들이 많아 그
동질성이 날로 사라져가고 있는 것은 안타까운 일이지요.

이상갑 : 물론 김현 선생님도 '창비'에 글을 쓰기는 했지만, 언어에 대한 관
심의 측면에서 선생님과의 관계가 주목됩니다. 김현 선생님도 선생님께서
이전에 말씀하신 것과 같이 샤머니즘과 상투형의 언어의 폐해를 아주 끈질
기게 지적하고 있거든요? 심지어 선우휘 선생님도 이것의 폐해를 분명히
하고 있습니다. 선생님께서도 「명과 실의 배리―역성 혁명적 한국 근대 문
화」라는 글에서 한국의 시는 장식적인 이미지만이 바뀌었지 기능적인 이미
지로 시학이 달라지지는 못했다고 지적하시면서, "시는 감정의 노래가 아
니라 사물이나 인간을 인식하는 방법"으로 보고 계십니다. 이런 면에서 김
현 선생님이 시인 내면의 성실성과 자각적 언어에 대한 인식을 통해 궁극적
으로는 역사 현실에 대한 관심으로 문을 열어 놓고 있는 측면이 강하다는

점에서, 두 분의 언어관에 차이가 있다고 보는데요….

이어령 : 김현은 제가 관여하여 『자유문학』에 평론 추천을 받게 됩니다. 서울대학에 출강을 하면서 김승옥, 김치수, 염무웅 등과 알게 된 학생 중의 하나이지요. 문단에 등단하기 전부터 저의 집에 와서 문학 담론을 많이 나누었지요.

김현은 여러 가지로 문학적 토양이 나와 비슷한 데가 많아요. 바르트를 읽고 그룹 뮤를 읽고 러시아 형식주의와 크리스테바 같은 후기 구조주의자들을 읽은 것도 저와 같지요. 다만 지적하신 대로 김현과 나는 나이 차이는 그렇게 많지 않아도 세대 차이는 분명히 있었지요. 사회와 역사에 대한 태도 면에서 그렇지요. 역사에 화상을 입은 우리 세대는 역사 자체를 부정하려고 해요. "카이자의 것은 카이자에게 주어라."라고 생각하면서 카이자의 것이 아닌 문학으로 카이자의 세계에 저항하려고 한 것입니다. 대담 첫머리에서 음악 이야기를 한 것처럼 '일용할 양식'을 위한 것이 아니라 '일용할 음악'(상상력)을 더 소중히 여겼어요. 음악적 상태란 항상 초월적인 무엇을 희구하는 상태이지 역사와 일상의 사회로는 환원할 수 없는 것이지요. 그 점이 김현과 나와의 차이일 것입니다. 단순하게 비교하자면 결국 나에게 있어 언어는 '에트르'(존재론적인 것)인 데 비해서, 김현은 '아브와르'(소유론적인 것)의 세계라고 할 수 있을 것입니다. 물론 나도 김현도 궁극적으로 언어를 '드브니르'(생성적인 것)로 향하는 것으로 보았지만 그 과정이 달라요.

이상갑 : 그러면 그 당시 '창비'와 『산문시대』, 소위 '1965년대 비평가'들이, 선생님이 포함된 1950년대 전후 문학을 '1955년대 비평가'라고 하며 차별화를 시도하는데, 이런 언어관의 차이 외에 어떤 계기가 작용하고 있다고 보십니까? 제가 보기에는 1960년대 상황에서는 '1965년대 비평가' 그룹도 시대 현실에 대한 명확한 방향 설정보다는, '창비'와 『산문시대』가 각각 '역사주의'와 '문화주의'라는 좀더 포괄적인 방향에서 이야기될 수 있지 않을까 생각합니다. 사실 그들의 문학이 '진정한 역사 의식의 확립'이라는 관

▲ 이어령 · 이상갑

점에서 서로간에 계속적인 의미의 상승 작용을 하고 있거든요.

이어령 : 이른바 '창비'와 『문학과지성』(이하 '문지'로 줄임)은 1960년대 이후의 문단을 주도해 온 양대 산맥이라고 할 수 있어요. 그러나 저의 입장에서 보면 같은 가지에서 피어난 색이 다른 두 송이 꽃과 같은 것이었지요. 다만 '문지'는 좀더 온건하게 사회와 역사에 접근하였을 뿐입니다. 그리고 문학의 구조를 열린 것으로 생각해 왔지만 문학적 기호의 세계를 부정하지는 않은 사람들이었어요. 개개인이 조금씩 다르기는 하지만요. 1950년대 비평과 차별화하려는 것은 당연한 일입니다. 1950년대 비평가가 바로 그 차별화에 의해서 세대의 연대 의식을 가졌으니 말입니다.

하지만 차별화가 곧 분파 의식이 되어서는 곤란하지요. 문단적인 공도 컸지만 '창비'와 '문지'는 또 그만큼 한국 문화 풍토에 분파 의식을 낳은 부정적 측면도 없지 않지요. 그러다 보니 '창비'도 '문지'도 '신념의 언어'에 빠지게 되는 수가 많았다고 봅니다. '신념의 언어'를 지배하는 것은 '동어 반복'인데 1960,70년대의 문학에는 이 지루한 동어 반복이 문단을 휩쓸었고 지금도 그 메아리는 남아 있어요.

친체제제나 반체제제나 체제주의자라는 점에서는 같지요. 체제 자체가 악이라고 생각하고 있는 사람으로서 마지막 의지한 데가 비체제라는 성(城)이었어요. 그 성 속에서 분파적인 것과는 영원히 함께 섞일 수 없는 '개인'으로 남아 있기를 희망했지요. 역사 의식이라고 했지만 나에게 중요한 것은 문학 의식, 창조 의식이었어요. 김현과 나의 차이는 유치환의 「깃발」을 놓고 작품 분석을 한 것을 보면 아주 명확하게 드러나지요. 나는 유치환의 「깃발」을 땅과 하늘의 중간에 매달려 있는 존재로서 공간적으로 파악하지요. 그것은 실제의 역사로는 환원될 수 없는 자율적인 문학적 구조 안에 있는 의미이지요. 그러니까 유치환의 '깃발'은 땅에 있는 짐승이면서도 하늘로 향해 날아 오르려는 '박쥐', 그리고 '물고기'이면서도 어부가 잡아 장대에 매달아 말리고 있는 '악구'의 이미지와 상동성을 띠는 것으로 파악됩니다. 지상의 구속과 하늘의 초월이라는 모순과 그 양의성에서 아우성치는 존재들이지요. 그러나 김현의 시선은 스웨덴 병원선의 적십자 깃발, 인공기와 태극기 등 깃발의 내용으로 쏠려 있으며, 그 의미를 역사의 시간으로 환원시키려고 합니다. 나에게 있어서의 공간은 그에게서는 시간이 되는 것이고, 나에게 있어서의 깃발의 시니피앙은 그에게 있어서의 시니피에가 됩니다. 정반대이지요. 누구나 김현의 방법은 쉽게 체험할 수 있어요. 그러기 때문에 방금 말씀한 대로 문학을 역사 의식으로 수렴하는 방법은 비문학인에게도 쉽게 먹혀들지요. 1990년대에 와서 역사 의식 일변도로 문학을 보려는 태도에도 패러다임의 변화가 일고 있습니다. 나도 김현도 아닌 새로운 세대가 등장하고 있는 것이지요.

이상갑 : 선생님의 이런 생각이 혹시 『문학사상』을 만드신 것과 연관이 있으신지요?

이어령 : 저는 문단과 분파에 관계없는 문학 의식을 갖고 있는 잡지를 만들고 싶었지요. 그래서 『문학사상』은 문단적인 발언보다는 해외 문학 사조나 문학 연구 방법론을 소개하거나 혹은 한국문학의 자료 발굴이라든가 하는 데 주안점을 두었어요. 그래서 정치적 목적만을 추구하는 문학보다는 예술

적 감동을 추구하는 문학 독자들을 키워
나가려고 했어요. 한때 『문학사상』이 순수
문예지로 7만부까지 찍은 기록을 세웠던
것도 그런 이유에서라고 봅니다.

▲ 『문학사상』

  저의 경우 『문학사상』을 창간하여 수십
년 이끌어왔지만 리더십이 없어서인지 문
단에 '문사파(文思派)'란 분파를 만들지 않
았어요. 그리고 제 자신이 어떤 문단 그룹
에도 끼지 않았지요. 섹트와 관계없이 좋
은 문학을 하는 작가, 시인이면 모두 손을
들어주었어요. 그랬기 때문에 『제3세대 문
학 전집』 등 후배들의 작품을 편견없이 고루 포용하고 '이상 문학상'에서도
분파없는 시상을 했다고 자부하고 있어요.

이상갑 : 이와 관련하여 선생님께서 이미 앞에서 1950년대의 지적 풍토와
문학인들의 내면 자세에 대해서 말씀해 주셨지만, 구체적으로 '1965년대
비평가'와 1950년대 중반 이후에 등장한 선생님 세대 사이에 세대 논쟁이
일어났을 때, 여기에는 '세대 논쟁'이라고 하기에는 협소한 무언가 깊은 의
미가 담겨 있다고 보는데요…….

이어령 : 저는 1950년대의 세대에 속해 있지만 그것을 문단의 분파 의식과
관련짓지는 않았습니다. 그랬기 때문에 앞서 말한 대로 역사의 화상을 입은
세대로 외계를 그 피부로 감각하기에는 너무나도 여렸다고 봅니다. 그러기
때문에 오히려 그 피부와 부러진 뼈를 싸매는 붕대와 깁스 노릇을 하는 문
학적 장치, 즉 상상이라든가 유동하는 시니피앙이라든가 하는 것들에 주목
한 것이지요. 그래서 저는 제3세대론을 주장했고 한글 세대니 4·19 세대니
하는 말을 붙여준 것입니다. 그래서 소설로는 「환각의 다리」와 구체적인 작
업으로는 『제3세대 문학 전집』을 만들었어요. 김승옥, 최인호, 이청준 뒤에

는 이문열을 포함한 문학들을 그렇게 부르기는 했지만 실제로 제가 생각하는 제3세대 문학의 비젼과는 반드시 일치하는 것이라고는 할 수 없어요.

이상갑 : 그런데 1960년대 4·19세대는 전후 세대와의 논쟁에서 세대론을 내세우며 선생님과 유종호 선생님을 동시에 전통단절 쪽으로 몰거든요. 그럴 때에 유종호 선생님은 토착 언어에 대해 관심을 기울이는데, 사실 자신을 중도 좌파로 이야기하신 유종호 선생님과는 이후 문학 활동면에서도 많은 편차가 있다고 보는데요.

이어령 : 유종호 씨와 저는 같은 세대로 같은 시기에 문학 비평을 했지만 문학적 입장은 서로 다릅니다. 그가 토박이 언어에 관심을 둘 때 오히려 저는 그것이 영어든 불어든 나의 내면의 의식을 폭발시킬 수 있는 전압을 가진 것이면 모두 수용하려고 했지요. 아리스토텔레스가 "외국어는 모두 시적인 것처럼 보인다"라는 말을 한 것처럼 현실을 낯설게 하는 인식의 언어라면 모든 것을 수용하려고 했어요. 이상이 외래어나 아이를 '아해(兒孩)'라고 괴벽스런 한자를 함께 사용해서 오스트라네니의 효과를 준 것처럼 말입니다.

유종호는 『비순수의 선언』과 같은 초기 비평집에 잘 나타나 있듯이 순수한 문학 의식보다는 역사, 사회 의식 쪽으로 기울었던 비평가였지요. 같은 세대라고 해서 모두가 일란성 쌍둥이일 수는 없지 않아요. 단지 방향은 달라도 그것을 향해가는 걸음걸이가 어딘지 닮은 데는 있어요. 유종호의 문학과 사회를 연결하는 고리쇠는 고무줄 같아서 유연하지요. 1970년대의 민중파 비평가들처럼 콘크리트로 붙여 놓은 것과는 다릅니다. 1950년대의 사람들은 무엇을 하던 교조주의로 흐를 만큼 굳은 '신념의 언어'를 갖고 있지 않았기 때문이지요. 데모를 한 번도 해보지 못한 세대거든요.

이상갑 : 그러면 선생님께서는 우리 문학 또는 정신의 큰 맹점의 하나가 시민 정신의 결여라고 하시면서, 4·19는 우리 역사 가운데 최초로 있었던 시민 혁명이며 자각된 민권 운동이라고 말씀하신 적이 있는데, 소위 4·19세대 문학에 대한 평가와 관련하여 지금은 어떻게 생각하시는지요?

이어령 : 그렇게 썼지요. 그것은 나의 세대에 대한 반성문이기도 했구요. 우리는 관념적으로는 근대인이고 근대의 자아를 갖고 살아가는 사람들이었지만 실제로는 '시민으로서의 나', '역사 속에서의 나'로 돌아오면 뿌리가 없었지요. 그랬기 때문에 더욱 문학적, 상상적 세계에 들어가려고 했는지 모르지요. 역사의 자폐증 환자가 된 사람들은 필연적으로 열려진 문학 배의 갑판에 묶인 알바트로스로서의 시인이 아니라 수평선을 향해 자유롭게 날아가는 날개를 지닌 시인들을 상상했던 것이지요. 역사의 노예가 아니라 역사를 밟고 올라서서 그 고삐를 잡고 있는 창조적 욕망 말이지요. 그러나 그러한 제3세대 한글과 4·19와 텔레비전 시대에 성장을 한 세대들의 출현은 경이로운 것이었고, 그래서 그들에게서 알바트로스가 아니라 혹은 눈은 지상을 보고 꽁지는 하늘을 향해서 날아오른다는 멜롭포스의 새를 기대했지만 그것은 고목 나무가지에 앉아서 가난한 마을 풍경을 굽어보고 있는 까마귀의 모습과 가까운 것이었어요.

이상갑 : 4·19와 관련하여 이같은 선생님의 심정을 드러낸 작품이 1969년 『세대』지에 발표된 「환각의 다리」라는 작품 같은데요…….

이어령 : 아마 4·19를 주제로 한 소설로 불란서 말로 번역 소개된 것은 「환각의 다리」가 처음이라고 생각됩니다. 4·19가 하나의 혁명이라면 그것이 소설이라는 언어 텍스트에 있어서도 혁명으로 나타나야 한다고 생각하였던 것이지요. 정치의 독재 체제가 붕괴하는 것은 바로 소설을 만들어가는 작자나 화자의 독재성에서 벗어나야 한다는 것이기도 합니다. 정치의 독재는 권력화된 한 사람의 발화 행위가 전 텍스트를 지배하는 것이지요. 그래서 4·19의 역사 체험을 문학 담론으로 담기 위해서는 화자가 없는 또는 이중적으로 된 소설을 쓰려고 한 것입니다. 그래서 스땅달의 소설 전문을 놓고 그것을 한국 말로 풀이해 가는 불문학도의 의식의 흐름을 추적하는 형식으로 그 소설을 구성한 것이지요. 그러니까 이 소설에는 세 가지 텍스트가 상호성을 지니고 있어요. 하나는 스땅달의 「바니나 바니니」라는 소설 텍스트, 그리고

두 번째는 그것을 가르치고 있는 교수의 메타 텍스트, 그리고 마지막으로는 그것을 읽어가고 있는 여주인공의 내면에서 일어나고 있는 4·19의 텍스트 이지요. 언어도 공간도 주인공도 모두가 오늘날 포스트모던 소설에서 사용하고 있는 것처럼 차용과 텍스트 상호성과 그리고 텍스트의 해체와 같은 실험적 수법으로 쓰여진 것입니다.

즉 4·19의 역사적 사건을 문학적 패러다임으로 바꿔 놓으려고 한 것이지요. 수술대에서 다리를 잘린 환자는 이미 다리가 없어졌는데도 그것이 그대로 살아 있는 것처럼 느끼는 것이지요. 그래서 긁으려고 하고 일어나 디디려고 한다는 것이지요. 이렇게 수술 뒤에도 여전히 감각 속에서 남아 있는 다리를 「환각의 다리」라고 불렀는데 그것이 바로 인체가 기계처럼 부품으로 구성된 것이 아니라는 증거이지요. 이미 '환위'와 '환계'에서 언급하였듯이 우리의 신체성은 환경에 대해서 수동적으로 대응하는 기계가 아니라 의식의 지향성에 의해서 반응하는 주체성을 지닌 것이지요. 혁명이냐 사랑이냐 집단이냐 개인이냐 하는 낡은 이분법적 스타일로 구성된 「바나나 바니니」의 텍스트를 해체시킴으로서 서구적인 이항 대립과 역사 결정론적인 기계주의를 해체해보려고 한 것입니다. 제가 제3세대라고 한 것은 바로 「환각의 다리」의 주인공처럼 참여와 순수가 하나가 되는 통합적 상상력을 지닌 세대를 의미하는 것이었지만 오히려 현실은 제1세대의 주자학도들처럼 경직되어 갔지요.

이상갑 : 그런데 사실 선생님께서는 김현 선생님을 '제3세대'로 분류를 하신 적이 있거든요.

이어령 : 그랬지요. 그렇게 기대하였고 사실 그는 그런 방향으로 조금씩 다가가고 있었지요. 저에게 있어서 김현은 아주 소중한 존재였습니다. 어떤 형태로든 내 언어를 발전시킬 수 있는 가능성을 가장 많이 가진 비평가였어요. 제3세대를 좀더 보편적인 세계적인 문맥 속에서 이야기하자면 1세대 전근대의 문학, 2세대 근대의 문학, 제3세대 후기 근대문학으로 도식화할 수

있습니다. 구체적으로 제3세대가 있느냐 그것이 누구냐가 아니라 필연적으로 문학을 시간축으로 볼 때, 그리고 거기에서 세대의 분절이 이루어질 때 그러한 상정이 가능하다는 것입니다. 어쩌면 당위론에 가까운 것이지요.

최근의 문학 상황과 앞으로의 과제

이상갑 : 이런 점에서는 선생님께서 말씀하신 '제3세대 문학'이란 미래의 과제로 볼 수 있겠군요? 그런데 방금 선생님께서도 말씀하셨지만 우리 사회 내부의 시민 복권이나 정치 자유는 차지하고서라도 남북 대립이라는 극한적인 상황을 염두에 둘 때, 우리 사회를 근원적으로 규정하는 분단 문제에 대한 인식은 소홀히 할 수 없다고 봅니다. 이런 점에서 1950년대부터 분단과 통일 문제에 대해 관심을 기울인 최일수 씨에 대한 평가는 어떠합니까? 선생님의 「우상의 파괴」라는 글을 보면 최일수 씨를 외국 문학을 섣불리 번역, 평가하는 '영아(嬰兒)의 우상'이라고 평가하시고 계시데요.

이어령 : 이젠 기억조차 나지 않는군요. 역시 젊었을 때라 좀 심한 이야기를 한 것 같군요. 그분은 『현대문학』지를 통해 등장한 비평가인데, 당시 조연현의 대변인같은 글을 많이 쓰고 있어서 세대 의식이 없는 '새끼 우상'이라고 불렀던 것 같습니다. 비평가들이 최일수 씨처럼 되지 말고 조연현 씨의 문학적 인습에서 벗어나서 자유로운 사고를 하라는 뜻으로 말이지요.

이상갑 : 그분의 비평 활동에 대해서는 어떻게 생각하시는지요?

이어령 : 방금 말씀하신 대로 최일수 씨는 1960, 70년대에 들어서서 통일론을 문학의 지상 과제로 내세우지요. 극단적으로 말하자면 통일 문제를 문학을 평가하는 잣대로 삼고 거기에서 벗어난 문학은 나쁘고 거기에 유효한 것은 좋다는 식의 논조를 폈습니다. 통일이 민족의 제일 과제라고 생각하는 것과, 그러니 그것이 곧 문학의 목적이요 기준이 되어야 한다는 것은 별개

의 것입니다. 문학은 어느 시대 어느 상황에서도 절대 언어에 예속되어서는 안 됩니다. 따라서 문학은 논설이나 격문이 아니지요. 문학의 지상 과제가 통일이라면 통일을 이룩한 뒤의 문학은 무용지물이 될 것이며 문학 자체도 필요없게 될 것입니다. 정치와 법 그리고 기술에는 고전이란 것이 없어요. 문학만이 시공을 초월한 고전적 가치를 창출할 수 있는데 그것은 바로 문학의 언어는 정치와 법과 기술의 언어와 다르다는 증거입니다.

이상갑 : 그에 대한 제 생각은 이렇습니다. 통일 자체가 중요한 게 아니고 분단된 상황이 남과 북으로 갈라져 있는 공간에 살고 있는 사람들의 삶을 인간다운 삶으로 지향하도록 만들지 못하니까 무엇이 지금 남쪽, 북쪽에 나뉘어져 있는 사람들에게 필요한가? 이것은 상황이 좀 다르다고 생각하는데요.

이어령 : 그러나 삶을 규정하는 원인은 하나가 아닙니다. 문학은 민족이나 사회의 단위로서가 아니라 한 사람 한 사람 살아 있는 한 인간의 개인을 읽는 것이기도 하지요. 그래서 그것이 전체의 공감으로 확산되는 것이지요. 분단 상황에서 오는 영향이 큰 것이지만 오직 그것으로만 삶의 문제를 설명할 수 있다고는 생각지 않아요. 가령 암에 걸려 죽는 사람이 있을 때 왜 그가 그렇게 죽어야 하는가를 분단 상황만으로는 설명이 불가능해요. 더구나 왜 암에 걸린 것이 그가 아니라 나인가도 설명할 수 없지요. 그러니까 어느 시대 어느 상황 속에서도 종교가 있었던 것이며 문학이 있었던 것입니다.

우리에게 분단 상황보다도 더 위기의 상황이 있다면 모든 것을 분단 원리로, 그리고 남북 원리로 보려는 그 고정 관념과 획일주의적 사고일 것입니다. 문화적 다원주의가 오히려 이러한 획일성에서 오는 분단 의식을 소멸시킬 때 통일을 할 수 있는 기회가 역설적으로 다가오게 될는지도 몰라요.

이상갑 : 지금까지 선생님 말씀을 들으면서 전후 상황도 충격적이었지만, 4·19 이후의 부정적인 상황도 선생님의 문학 활동에 큰 영향을 미친 것 같습니다. 그것이 오늘날 문단과 거리를 두고 최근 〈조선일보〉의 '다시 읽는

한국시' 작업으로까지 이어지고 있는 것 같은데요. 이와 관련하여 최근 문
단을 보는 솔직한 심정은 어떠신지요?

이어령 : 저는 평생을 창조적인 작업을 위해서 살아왔어요. 누가 하라고 해
서 한 것이 아니라 바로 그것이 나의 삶 그 자체의 즐거움이었기 때문입니
다. 솔직한 이야기로 요즘 문인의 사회적 책임이나 역사 의식이니 하는 말
을 많이 들어왔지만 지금은 문학 그 자체가 붕괴되고 있는 세상이지요. 세
계적으로 그래요. 제가 문학을 할 때만 해도 문인은 사회의 지도자이며 스
타였지요. 근대화를 이끌어온 것도 정치인이 아니라 문인들이었고 독재와
선봉에서 싸워온 것도 정치인이나 사회운동가보다 문인들이었어요. 그런데
어때요. 요즘에는 랩가수나 개그맨이나 TV 탈렌트가 스타들이고 대중 사회
의 중심을 이루고 있습니다. 박찬호와 서태지의 시대지요.

저는 문학을 한 번도 중단한 적이 없었습니다. 그런데도 문학에서 멀어진
것같이 생각하는 것은 제 자신이 변한 것이 아니라 세상이 그렇게 바뀐 것
이지요. 이제 문학을 해도 누구도 관심이 없어요. 문학과 정치가, 문학과 경
제가, 그리고 문학과 대중이 관련될 때만이 사람들은 그 덤으로 문학에 귀
를 기울여요. 그러니까 그런 문학은 성공하면 할수록 독자와 대중은 문학에
서 멀어지게 되지요. 그들은 꽃의 아름다움이 아니라 꿀 때문에 잠시 꽃에
앉았다 날아가는 겁니다.

제가 〈조선일보〉에 '문학의 해' 기념으로 '다시 읽는 한국시'를 연재한 이
유도 그 점에 있습니다. 식민지 때의 독자들은 문학보다는 독립 운동이 절
실하였기 때문에 그것이 사랑을 노래부른 것이든 자연과 계절의 아름다움
을 노래한 것이든 독립 운동과 결부시켜 저항의 노래로 풀이해야만 시에 대
해서도 관심을 기울였지요. 일제는 많은 것을 빼앗아 갔지만 가장 중요한
것은 바로 문학을 문학으로서 읽는 재미와 아름다움마저도 빼앗아 갔지요.
일제에서 해방된 오늘까지도 그 빼앗긴 문학 읽기의 자유는 수복되지 않은
채로 있어요. 아직도 한용운의 「님의 침묵」을 조국 상실의 침묵으로 읽고

있는 사람들이 많기 때문이지요. 그 다양한 시적 의미를 누가 이렇게 메마르게 만들었을까요. 식민지 치하의 상황은 문학을 문학으로 읽는 여유와 자유를 허락하지 않았지요. 그래서 나는 문학과 시의 복권을 위해서 한국시 다시 읽기를 시도했던 것입니다.

지금도 마찬가지예요. 분단의 가장 큰 비극 가운데 하나는 문학을 이데올로기화해서 문학의 자율성을 빼앗아버린 데 있지요. 문학의 자유로운 표현이나 주제를 하나의 이데올로기와 몇 개의 절대 언어로 묶어놓은 것이 누구입니까. 식민지 상황과 마찬가지로 분단 상황은 문학이 문학으로서 존재하는 자율성을 막아놓고 오직 이데올로기의 한 통로에만 출입구를 열어놓았던 것이지요. 통일이 되어도 상처 입은 문학은 회복되기 힘들 것입니다. 솔제니친이 세계적으로 유명해졌을 때 업다이크는 이렇게 말했지요. 정치적 탄압이 존재하는 곳에서 사는 문인은 얼마나 행복한가. 그는 "정치적 프레미엄으로 문학의 가치를 높인다. 그러나 정치적 탄압을 받지 않은 사람들은 문학 그 자체로 승부해야 하니 화제성도 얻기 힘들고 쉽게 유명해질 수도 없다."고 말입니다.

이제 우리 나라에서도 문학에 정치적 프레미엄이 붙어다니던 시절이 사라지고 말았어요. 이념 서적의 붐이 가시듯 금제된 이념으로 대중의 관심을 끌었던 시대도 지나갔어요. 우리에게 시급하게 남아 있는 것은 다니엘 벨의 말대로 영역의 혼란에 대한 자각일 것입니다. 맑스나 헤겔의 역사결정론은 인간을 호모 파베르로 본 것이지만 인간은 동시에 '호모 픽토르' 즉 '상징'을 창조하는 피조물이기도 하다는 것입니다. 두 영역을 혼돈해서는 안 된다는 것이지요. 문학은 호모 픽토르의 세계로, 희랍 신화나 서사시는 아무리 사회가 진보한 세상에서도 여전히 우리에게 감동을 줍니다. 희랍의 법이나 축성법은 이미 현대에는 통용되지 않는데도 말입니다.

이상갑 : 이 문제와 관련하여 1990년대 들어 마광수 씨와 장정일 씨의 구속과 예술인에 대한 단속, 그리고 문화 예술 분야의 사전 검열 제도와 함께 최

근의 문화 정책에 대한 생각은 어떠신지요?

이어령 : 이것은 문학 작품의 법적 금제가 옳으냐 그르냐가 아니라 가능하냐 불가능하냐의 문제라고 봅니다. 사이버 스페이스 속에서는 모든 포르노가 국경 없이 자유로 넘나듭니다. 통제 불능의 미디어들의 그로벌 네트워크의 출현으로 이제는 국내의 잣대로 무엇이 외설인지 아닌지를 잴 수가 없게 된 것입니다. 길은 단 한 가지입니다. 빨리 사이버 스페이스의 환경 속에서 자신의 판단력을 기르고 정보를 걸러서 흡수하는 대중들의 눈높이와 자질을 길러주는 방법입니다. 그 프로그램을 만드는 것이 금제의 법보다도 우리에게는 더 시급하고 또 유효하다는 것을 알아야 할 것입니다. 그러나 문학인들은 예나 지금이나 끝 없는 검열 속에서 글을 써야 한다는 것도 잊어서는 안 될 것입니다. 언제나 상대편이 받기 어려운 서브를 먹이고 또 걸치적거리는 그 네트를 사이에 두고 공을 치고 있는 테니스 선수처럼 말이지요.

이상갑 : 네. 오랜 시간 동안 좋은 말씀을 들려 주셔서 대단히 감사합니다. 선생님의 말씀을 들으면서 선생님의 문학에 대한 일관된 애착과, 1950년대라는 시대가 지닌 고민과 고뇌의 흔적을 많이 알 수 있게 된 것 같습니다. 오늘 선생님의 말씀은 앞으로 문학을 공부하는 사람들에게 좋은 참고 자료가 되리라 믿습니다. 앞으로도 더욱 건강하시고 하시는 일에 더욱 좋은 성과가 있으시길 바랍니다. 감사합니다.

(대담: 1997년 8월 1일, 이어령 선생 자택)

1950년대와 현대문학의 형성

대담

유종호 / 연세대학교 교수, 문학평론가
• 주요 저서로 『유종호 전집』(전5권), 『시란 무엇인가』 등이 있음.

진행

이남호 / 고려대학교 교수
• 주요 저서로 『보르헤스 만나러 가는 길』,
  『문학의 위족』 등이 있음.

1950년대와 현대문학의 형성

이남호 : 이렇게 만나 뵙게 되어서 반갑습니다. 우선 새해를 맞이해서 올해에도 건강하시고 좋은 글로 우리 문단을 이끌어 주시길 바랍니다.

선생님께서는 1950년대 후반에 등단하시어 오늘날까지 약 40년 동안 변함없이 우리 비평 문학을 주도해 오셨습니다. 지난 40년 동안 선생님께서 쌓아오신 높은 비평적 업적은 차치하고서라도, 우리 문학의 현장을 누구보다도 가까이서 지킨 지난 40년이란 세월은 그 자체만으로도 소중한 의미를 지닌다고 생각합니다. 그래서 저희들은 선생님으로부터 많은 이야기를 듣고 싶습니다.

우선 현재 우리의 삶과 문학이 어디로 가야 할 것이며 사회와 문단의 많은 현안들을 어떻게 이해하고 풀어나아가야 할 것인가에 대해서도 묻고 싶습니다. 그리고 또 선생님의 기억 속에 있는 지난 시절의 문단에 대해서도 묻고 싶습니다. 그래서 오늘 이 자리에서는 우선 1950년대의 문학 및 문단에 대해서 선생님의 이야기를 먼저 듣고자 합니다. 그 동안 우리 한국 현대문학의 연구는 상당한 진척이 있었습니다. 지금도 각 대학에서 수많은 학위논문들이 쏟아져 나오고 있습니다. 그런데 그 동안의 현대문학의 연구는 주로 식민지 시대의 문학만을 대상으로 하여 왔습니다. 그러나 1980년대 후반부터 해방 후의 문학에 대해서도 조금씩 연구되기 시작하였고 최근에는 1950년대의 문학에 대한 학문적 관심이 점차 고조되고 있습니다. 이는 1950년대가 이제 동시대라기보다는 과거라는 의미를 갖게 되었음을 뜻하는 것이라고 할 수 있겠습니다. 1950년대를 전혀 체험하지 못한 연구자들이 1950년대를 연구함에 있어서, 1950년대의 사회와 문학의 분위기를 먼저 이해한다는 것은 매우 중요한 의미를 갖는다고 하겠습니다. 1950년대에 대한 이해의 지평을 가지지 못하거나 잘못된 이해의 지평을 가진 채 1950년대를 연구할 경우, 매우 많은 오류와 시행착오의 가능성이 있을 것입니다. 그 반대로 1950년대에 대한 적절한 이해의 지평 위에서 1950년대 문학을 연구할 수 있게 된다면 그것은 매우 효율적이고 생산성이 높은 연구가 될 수 있을 것입니다. 이러한 생각에서 저희들은 그 당시로부터 지금까지 문학 현장에서 많은 활동을 하고 계신 선생님으로부터 1950년대에 관한 여러 이야기를 듣고 싶은 것입니다. 이것이 오늘 대담의 목적입니다.

오늘 이 자리의 형식이 대담이라고는 하지만, 사실 저는 1950년대에 태어났기 때문에 1950년대에 대한 직접적인 체험이 전혀 없습니다. 제가 알고 있는 1950년대와 1950년대 문학이라는 풍문과 몇 권의 책 그리고 당시에 발표된 얼마간의 문학 작품이 전부입니다. 따라서 저는 궁금한 것들을 몇가지 여쭈어 보는 것에 그치고 주로 선생님의 말씀을 많이 듣도록 하겠습니다.

우선 선생님의 기억의 문을 열기 위해서, 첫번째로 선생님의 등단 무렵에 대해서 여쭈어 보고 싶습니다. 선생님께서는 1957년에 등단하셨는데, 그때 어떻게 해서 글을 발표하기 시작하셨는지, 또 그 당시 선생님께서 보신 문단 상황이나 그밖에 그 당시의 상황 등은 어떠하였는지 기억나시는 대로 자유롭게 한번 말씀해 주시기 바랍니다.

등단 무렵과 1950년대 문단의 상황

유종호 : 저는 대학을 1957년에 마쳤는데, 1950년대라는 것이 1950년에 전쟁이 시작되고 1953년에 휴전이 되지 않습니까? 1953년도에 고등학교를 졸업하고 대학에 들어갔습니다. 그래서 우리 사회의 1950년대라고 하는 것은 전쟁과 전쟁 직후였기 때문에 1960년대나 1970년대와는 상당히 다른 상황이었다고 이야기할 수 있습니다. 그런데 이것은 요즘 내가 간절히 느끼는 것인데, 자기가 살아보지 않은 세월이라고 하는 것은 아무리 상상해 보더라도 상상에 의해서 완성될 수 없는 어떤 여백의 부분이 있다는 느낌을 많이 받습니다. 예컨대 신인 작가들이 6·25에 대해 소설을 쓴 것을 읽어보면 우리가 생각해 볼 때는 터무니없는, 허망한 장면들을 많이 보게 됩니다. 상상만 가지고는 안 되고 또 이야기 들은 것만 가지고도 안되고 역시 당대의 현실 경험이라고 하는 것이 중요한 것이 아닌가 하는 느낌을 가지게 됩니다. 그러니까 제가 생각하기에는, 살아보지 않은 분들이 살아보지 않은 시대를 이야기한다는 것은 어려운 일이라고 생각됩니다.

우리가 문단에 처음 나왔을 때는, 우선 잡지로는 『현대문학』이 있었고, 그리고 『자유문학』이 있었는데 『현대문학』에 비해 상당히 열세였습니다. 상업적으로나 고료로나 그랬습니다. 그러니까 여기서 열세였다는 것은 문학적인 질이 열세였다는 것이 아니라 양적으로 열세였다는 이야기입니다. 그리고 『사상계』라는 잡지가 있었습니다. 이 잡지가 상당히 영향력도 크고 학생들에게 많이 읽히고 종합지로서—사실 어떤 의미에서는 지금은 『사상계』 같은 잡지가 없어진 셈입니다—자리잡고 있었습니다. 결국 그 당시의 문단이라고 하는 것은 『현대문학』과 『자유문학』 등의 순수 문예지, 그리고 『사상계』라고 하는 종합지가 있었고, 또 하나의 특징으로는 신문사의 문화부장들이 대개 문인들이어서 신문의 문화면이라는 것이 완전히 문학 중심이었다는 점을 말할 수 있을 것입니다. 그때만 하더라도 연극과 영화 같은 부문은 한 구석에 조그맣게 나는 것이 보통이었고, 문화면이라고 하는 것은 대개 문학면이었지요. 수필이나 월평뿐 아니라 잡문이 실리더라도 대개 문인들이 담당하던 시대였습니다.

그때 문학을 한다는 것이 무엇인지 사실 우리도 잘 몰랐습니다. 또 1953년에 대학에 들어갔지만—한국에서 대학이 많이 생기기 시작한 것이 1945년부터인데—가르치는 사람이나 배우는 사람이나 뚜렷하게 대학이란 것이 무엇을 하는 곳인지 분명한 생각을 가지고 있지 못했어요. 지금은 그래도 공부를 하든 안 하든 대학이 어떤 곳인지는 분명한 이미지가 잡혀 있는데, 그때만 하더라도 대학이라고 하는 곳은, 그냥 고등학교만 졸업을 해서는 안 되니까 취직을 위해서 한번 거쳐야 하는 관문이라는 정도의 막연한 생각밖에는 없었고 특히 영문학 같은 것을 해 가지고는 무엇을 할 것이냐 하는 것이 명확하지 않았습니다. 영문과를 선택한 것은 다른 것이 아니고, 우리 나라에서는 어학 하나 정도는 제대로 해야 책이라도 읽을 수 있지 않느냐 하는 막연한 생각에서였습니다. 그래서 대학에 들어가서 영문과라는 데를 다녀보니까, 우리가 생각했던 것과는 달리 문학을 하는 것과는 아무 상관이 없는 동네같았습니다. 그 당시의 상황이 그러했고, 우리 나라의 지적 역량이 아주 낮은 수준이었기 때문이기도 합니다. 사실 영어도 제대로 잘 모르는 교수들이 많았고, 문학 같은 것은 더더군다나 모르는 사람들이 많은 상태였습니다.

그러나 막연하게나마 문학을 하게 된 동기를 말해 보자면, 중학교 때 정지용의 시집을 처음 보고 감동을 받아 시도 써 보고 그래서 막연하게 문학을 한다고는 했는데 구체적으로 무엇을 해서 어떻게 한다고 하는 생각은 없었지요. 시를 쓰고 어떻게 살아가느냐 하는 구체적인 생각은 없었던 겁니다. 다만 중학교 때 시를 많이 써보고 그러니 공부를 하게 되면 언젠가는 한번 쓰게 될 날이 있지 않을까 하는 막연한 생각을 가지고 왔는데, 대학에 와 보니까 참 무엇을 하는 곳인지 분명치가 않고, 그래도 앞으로 살기 위해서는 영문과에 다니니까 영어 정도는 해야 되지 않겠느냐 하는 생각으로 책도 좀 보고 그랬죠.

그때나 지금이나 우리 나라 사람들이 참 궁했고 특히 1950년대의 구차함은 참담한 지경이었지요. 그러니 우리야 돈 될 것을 먼저 찾게 되었죠. 그래서 아르바이트 같은 것을 구해야 했는데 지금처럼 아르바이트 자리 구하기가 쉽지 않았습니다. 그때 영어 번역을 싸구려로 하는 것이 있었습니다. 지금 정부 청사 자리가 1953, 54년까지만 하더라도 폭격을 맞아 생긴 큰 웅덩이가 메워지지 않았었는데 거기에 콘세트로 만든 '중앙교육연구소'란 데가 있었어요. 여기에서 미국의 신교육에 관한 쉬운 계몽서 등을 많이 번역해서 일선 학교에 나누어주었습니다. 거기서 대학생들에게 아르바이트 번역을 주었었는데 그 일을 많이 했었습니다. 제목도 이상한 『정신의 가치』니 하는 것을 번역하고 그랬습니다. 보나마나 형편없는 수준이었지요. 이거 이야기가 너무 쇄말주의로 흐르는 것이 아닌가 싶은데…….(웃음)

그러다가 『문학예술』이라는 잡지가 있었는데 여기서 번역에 관한 원고를 모집했었는데, 이왕이면 이런 것을 한번 해보자 해서 〈뉴욕 타임즈〉의 서평집에 실린 글을 투고해서 실렸습니다. 제가 모든 일들을 계획성 있게 사고하는 성격이 못되기 때문에 무슨 일을 만들어 하기보다는 누가 옆에서 일을 만들거나 하면 그것을 따르곤 했는데 당시 천상병과 함께 문학 청년들 사이에서 알려져 있었던 시인 송영택(독문학)이 (천상병과 함께 전시 부산에서 『이인』이라는 잡지도 낸 적이 있는데) 그러지 말고 글을 한번 써보라고 부추기고 자기가 직접 내 원고를 대학신문사에 갖다 주고 고료도 타다가 주고 해서 쓰게 되었습니다. 처음 글을 쓴 것이 『문학』이라는 학내 잡지였는데, 거기에는 이어령, 박맹호 등이 소설을 쓰고, 송욱, 성찬경이 시를 쓰고 김봉구가 평론을 쓰고 그랬지요. 이 잡지에 대한 평문을 〈대학신문〉에 썼는데, 그런데 이 글을 보고 당시 『문학예술』 편집인이자 시인이기도 했던 박남수 씨가 시평을 하나 쓰라고 해서 「불모의 도식」이라는 시단 총평을 썼습니다.

그 당시만 하더라도 간행물이나 제대로 된 활자 매체가 없었기 대문에 대학 신문에 쓴 글을 여석기 선생 같은 분들이 기억해 주고 있었습니다. 그때만 하더라도 그렇게 매체가 적었고 또 그 당시의 글들이 대체로 의미가 통하는 글들이 거의 없었기 때문에 일단 이 글이 무슨 말을 하고 있는지 드러나기만 하면 주목이 될 정도였었습니다. 그 「불모의 도식」에 대한 평이 상당히 좋았습니다. 특히 고려대 선생님들이 좋게 보아 주셨고 조지훈 선생님이 이건 대가의 솜씨라고 칭찬해 주셨다고 들었습니다. 그분이 저를 처음 인정해 주셨고 저에게 시집도 주셨어요. 그러고부터는 자꾸 청탁이 들어와서 「언어의 유곡」을 냈더니 지난 번 하고는 다르게 이번에는 문학 청년 같은 면이 보인다고 귀뜸을 해주더라고요. 그런데 그 당시만 해도 한 달 전에 기껏해야 30매, 50매 부탁을 하고 70매면 크게 대우를 해주는 셈이었고, 요즘의 계간지처럼 석 달 전에 100장씩 청탁하는 게 아니었으니까 좋은 글이 나오기 힘들었죠. 그래서 글을 쓰기 시작했는데, 저의 경우에는 제가 거절한 경우는 있어도 발표를 하지 않은 적은 없었습니다. 〈한국일보〉에도 계속 월평을 2년 정도 썼고……. 이때 저널리즘적인 순발력이 길러졌다면 길러졌죠.

이 당시의 문단에는 김동리, 서정주, 조연현 등의 주류파인 『현대문학』파와 김광섭, 모윤숙, 이헌구 등의 『자유문학』파가 있었고 『문학예술』은 실제 문인들이라기보다는 박남수 등의 월남파들이 많았습니다. 이어령은 평론에 당선되어 활동하고 있었고, 나는 번역으로 시작해서 쓰게 된 경우고……. 그런데 나에게 처음 원고 청탁을 해 준 이가 바로 조연현 씨였습니다. 서울에 올라와 명동에서 천상병 씨와 조연현 씨를 만났는데 조연현 씨가 「언어의 유곡」을 보고 마침 원고 청탁을 하려고 했었다는 이야기를 했습니다. 그래서 「비평의 반성」을 약 120매 정도의 분량으로 썼고, 계속해서 「산문정신고」와 「비평의 제 문제」 등을 쓰게 되었죠.

그런데 「비평의 반성」이라는 글은, 내가 비평을 하려 하면 어떤 좌표와 같은 것이 있어야 할 것이고 그렇다면 내가 좌표 설정을 할 때 따져야 할 것이 무엇인가를 모색한 것입니다. 여기에서 당시 평단의 주류를 이루고 있던 분석적 경향이나 역사적 방법을 비판했었습니다. 이를테면 이어령, 김우종 등이 이상의 시를 메타포 등으로 분석하고 있었는데 내가 보기에는 전혀 맞지 않는 분석이었습니다. 이건 제가 발전하지 못한 때문인지는 모르겠지만 10대에 시를 보던 것이나 지금 시를 보는 것이나 큰 변함이 없습니다. 지금은 설명을 조금 더 잘할 수는 있겠지만 느낌에는 별 차이가 없다는 말입니다. 얼마전에 나온 저서 『시란 무엇인가』에서도 이상의 「오감도」는 자구 해석을 해서는 본래의 시에 어긋날 뿐이라고 말한 적이 있는데 그것은 20대에 느낀 바 그대로입니다. 이를테면 김우종은 이 시를 천체가 이동하는 것으로 설명을 하고 있었고 이런 것들이 분석적이라고 했는데 저는 이러한 방법들이 분석적인 방법도 아니고 또 옳은 해석도 아니라고 지금도 생각을 하고 있습니다. 또 하나는 역사적인 방법이라는 것인데, 사실 역사적 방법이라는 것은 임화를 비롯하여 해방 전에 더 많았던 것이죠. 그런데 그 당시에도 문학에 대한 전문적 소양이 없는 일반 독자들에게는 이런 비평이 먹혀들었습니다. 사회적인 해석 등이 그럴 듯하니까요. 그래서 그 당시에는 최일수와 이봉래 등의 『후반기』 동인들, 홍사중, 정창범 등이 역사적인 방법의 평론을 한다고는 했는데 제가 보기에는 문학에 대한 감수성이 억압되어 있었습니다. 그들의 글은 문학적인 글이 아니었습니다. 문맥도 잘 안 통하고 역사 운운하는 식으로만 몰아가고 있었기 때문에 이래서는 안되겠다는 생각을 했던 것입니다. 여기서 해방 전에 좌파적인 발상 아래서 쓰여진 글이라는 것들도 사실은 별것 없다는 말을 했습니다.

이남호 : 그 당시에 선생님께서 분석적 비평이나 역사적 비평을 다 비판하셨는데, 그런 갈래를 떠나서 선생님께서 높이 평가하신 비평가들은 어떤 분들이 있습니까?

유종호 : 사실 그 당시에는 비평가들이 없었고, 제가 영향을 받은 비평가라면 김동석이라는 좌익 평론가를 들 수 있습니다. 김동석의 『예술과 생활』과

『부르조아의 인간상』은 제가 지금도 가지고 있는 평론집입니다. 또 조연현보다는 김동리의 『문학과 인간』이라는 평론집을 좋아하는데 지금도 「이효석론」이나 「김소월론」, 「청록파론」 등은 그 당시 우리 나라에서 쓰여진 작가론들 중에서는 가장 좋은 글들이라고 생각합니다. 임화의 시들은 읽었지만 그의 평론은 읽을 기회가 없었고, 김문집의 책도 서울로 올라온 뒤인 1970년에 복간된 것을 읽기도 했습니다. 반면에, 백철 씨의 글에 대해서는 지금까지도 상당한 혐오감을 가지고 있습니다. 얼마전에 해방 후의 책들 중에서 『신문학사조사』가 귀중한 책들 중의 하나라고 말한 걸 본 적이 있는데, 자료로서의 가치는 있을지 몰라도 이 책은 근본적으로 책으로서의 위엄을 갖지 못한 채 스타일도 안목도 없는 스크랩 북에 불과하다고 생각했었지요. 조연현의 경우는 제가 우상으로 여기는 정지용의 시를 '수공 예술의 말로'라 해서 매도해 버린 것 때문에 끌리지 않았어요. (웃음)

이남호 : 김동석의 경우는 좌파 평론가인데 어떻게 선생님께서……

유종호 : 그건 이렇게 생각해야 합니다. 좌파 평론가이기 때문이 아니라 글이 좋기 때문에 좋아하는 것입니다. 동갑내기인 김동석이 김동리를 신랄하게 공격하는데, 소설은 김동리를 좋아하고 평론은 김동석을 좋아한다면 좀 웃기는 일일지 모르겠지만 거기서 아무런 모순을 느끼지 못하고 있었습니다. 어떻게 보면 실제로 문

▲ 정지용

학을 즐기는 사람의 입장에서는 그것이 더 옳은 일이 아닐까 합니다. 우리가 영화를 보더라도 가령 비현실적인 〈나의 청춘 마리엔느〉를 보면 그건 그것대로 좋은 것이고 〈워터프론트〉 같은 영화를 보면 또 그것대로 현실감 있고 좋은 거니까요. 같은 이유로 김동석을 좋아했던 것이지요.

좌파 평론가라 하지만 김동석이 시에 대해 쓴 글을 보면 그 당시의 우리

나라 어떤 평론가보다도 시에 대한 안목이 높았던 사람이었음을 알 수 있습니다.

이남호 : 김동석이 원래 제대 영문과 출신인데다가 처음에는 시도 좀 쓰고 그랬었을 겁니다.

유종호 : 예, 제가 김동석의 팬이었기 때문에 그의 시집 『길』(정음사 간)도 가지고 있는데, 그의 시는 아주 미숙한 수준이지요. 그에 비하면 수필은 좀더 괜찮았고, 평론은 꽤 잘 썼습니다.

▲ 김동식 평론집 『예술과 생활』

이남호 : 선생님께서는 등단 후 1957년 무렵에, 그러니까 1950년대 후반에 글을 쓰시고 문단에 직접적으로 관심을 가지시게 되었는데, 대략 해방 후 1948년까지는 좌파 문인들의 글들도 자유롭게 접하다가 1948년 이후로는 상당히 압박을 많이 받았고 정전 후에는 거의 볼 수가 없게 되었다고 볼 수 있을까요?

유종호 : 1948년까지는 좌파 문인들의 작품이 군정청에서 나온 국정 교과서에 실려 있을 정도였습니다. 이기영의 『고향』이 교과서에 실려 있었고 (소설의 한 부분이 실려 있었던 것으로 기억합니다) 이태준이나 정지용, 김기림 등은 문학가동맹에서 활동을 하긴 했지만 엄밀한 의미에서의 좌파는 아니었으니 당연히 실려 있었죠. 좌파 전위 시인들 가운데서도 이병철의 「나막신」은 서정시였던 관계로 수록되어 있기도 했습니다.

　그런데 1948년 대한민국 정부 수립 이후 새로운 국정 교과서를 만들어야 했지만 미처 준비는 없었고 해서 국어 교과서에서 정지용이나 김기림 등의 시들을 순경 입회 하에서 각자 먹으로 지워서 사용하게 했습니다. 지금 생각해 보아도 전세계적으로 유례가 없는 우스운 일일 것입니다. 아마 겪어보지 못한 사람들은 모를 겁니다. 그렇지만 일반 신문이나 잡지에서는 여전히 좌파의 활동이 있었고 책도 나오기는 했습니다. 물론 전쟁이 나면서부터는 공포 분위기가 몰려왔지요.

1950년대의 모더니즘과 실존주의

이남호 : 1955년도 『문학예술』에 스티븐 스펜더의 글 「모더니스트에의 조사」를 번역하시고 그 뒤에 「현대비평론」이라는 역시 스펜더의 글을 번역하셨는데, 여기에 무슨 특별한 이유가 있었습니까?

유종호 : 그때 〈뉴욕 타임즈〉 북 리뷰란에 나오는 글들을 묶어 놓은 책이 있었는데, 그 책을 읽다 보니 「모더니즘 운동은 죽었다」는 글이 있었는데 그것을 번역한 것입니다. 정확하지는 않지만 제목을 좀 멋있게 바꾸어 번역했던 것이죠. (웃음) 그때에도 모더니즘이 무엇인가, 현대성이 무엇인가 하는 문제가 문단의 관심사여서 소박한 형태나마 논의가 있었습니다. 여기서 스펜더는 모더니즘의 특징을 현대 현실에 대한 관심이라든가 하는 몇가지로 요약했기 때문에 그 당시의 우리 나라의 모더니즘, 모더니티 논의에 좀 도움이 될 수 있을 것이라고 생각했었던 것이고, 또 한편으로는 이론적으로나 이념적으로 현실에 대한 관심을 시인 작가가 표현해야 한다고 늘 믿고 있었기 때문이지요. 그런데 실제로 그 사람들이 이루어 놓은 작품들을 보면 이건 시가 아니라는 생각이 들었습니다. 어떤 괴리가 있는 것이지요. 언젠가 이남호 선생이, 내가 표방하는 건 그렇지 않은데 작품을 평가하는 것은 늘 문학주의적이라는 식으로 말한 적이 있는 것 같은데 물론 정확한 것은 아니지만 어느 정도는 인정을 합니다. 내가 머리 속에 그리고 있는 소설이라고 하는 것은 사회의 총체성이 잘 드러나 있고 사회의 모든 현실을 드러내는 소설이 이상이라고 생각하지만, 우리 나라에 그러한 소설은 없고 괜히 섣불

리 현실이니 무어니 해서 소설이 안 되는 것보다는 김동리나 황순원 등의
소설이 작품으로서는 더 나은 것이 아니냐 하는 생각을 늘 가지고 있습니다.

스펜더 같은 이는 사실 영국이나 미국에서도 1950년대 이후에 이름이 많
이 나왔지만, 실제로 읽을 만한 아티클이나 에세이를 쓴 것은 역시 시인이
나 소설가들이었단 말입니다. 그런 사람들이 전문적인 비평가들이나 이론
가들이 쓴 글보다는 아무래도 훨씬 더 호소력도 강하고 읽기 쉽고 직접 호
소하는 것도 있었습니다.

그 글은 사실 번역이 잘 되어 실은 것이 아니라 당시 우리 나라서도 모더
니즘이 등장하면서 시의성이 있었고, 스펜더의 모더니즘에 대한 입장도 "20
년대의 모더니즘은 죽었다."는 것이었기 때문에 시의성이 있었던 셈이죠.

이남호 : 1930년대 김기림 등이 주장한 모더니즘과 1950년대 문단에서의
모더니즘의 차이점이 있다면 어떤 것이 있겠습니까?

유종호 : 물론 김기림의 경우도 1930년대에 『기상도』 등을 통해서 제국주
의를 비판한다든가 현대 세계에 대한 비판을 했지만, 막연히 도시적 가능성
에 대한 문학적 동경이지 실제로 현실에 대한 관심은 희박한 데 비해서,
1950년대는 직접 6·25를 경험한 세대들이기 때문에 전쟁의 공포감이 있었
고 또 그것이 상당히 오랫동안 지속되고 있었습니다. 1950년대의 전쟁과
그것을 통해 우리가 느낀 것은 어느 한 쪽에 일방적으로 당하는 것을 피해
야 한다는 일종의 피해 의식이 고정 관념 같은 것으로 남아 있던 시기였고
그러니 현실에 대한 관심을 표명하는 문학을 간절히 기다리고 있었기 때문
에 1950년대의 모더니즘은 1930년대의 김광균이나 김기림보다는 정치적
현실이나 사회적 현실에 대한 관심이나 반전적인 요소가 훨씬 더 많았다고
볼 수 있지요. 전봉건의 시를 보면 반전적인 요소가 상당히 많지요. 김춘수
의 경우는 전봉건과는 다르기는 하지만 「부다페스트에서의 소녀의 죽음」
역시 (반공적인 요소도 있지만 그보다는) 탱크로 상징되는 무력에 대한 증
오라든가 하는 것은 6·25 경험에서 나온 것이라 볼 수 있습니다. 그런 면에

서 보자면 사회 현실에 대한 관심이 1950년대 문학에서는 현저히 드러납니다. 그러나 그것이 작품으로서 잘 되었느냐 아니냐의 문제는 전연 별개의 문제지요. 이를테면 반체제 시인으로 알려져 있고 통일 문학을 주장하기도 하는 김규동의 경우 「나비와 광장」은 결국 시로서는 실패했다고 볼 수밖에 없습니다. 그러나 그들이 표방한 것 속에 전쟁이나 현대 사회 현실의 부조리에 대한 강력한 반발 등이 있었던 것은 사실입니다.

이남호 : 1930년대와 1950년대의 모더니즘의 성격이 다르다는 말씀에는 저도 참 동감을 하는데, 스펜더에 관해 질문을 드렸던 것은, 제가 자료를 쭉 검토해 보니 『후반기』 동인들뿐만 아니라 그 당시 모더니스트들에게 있어서 엘리어트 영향 못지 않게 스펜더, 오든 등 1930년대 좌파 활동을 하다가 전향한 사람들의 시론들의 영향이 매우 강하고 그 이유 중의 하나가 선생님께서 방금 말씀하신 현실에 대한 강한 관심이랄까 하는 것 같아서 질문을 드렸던 겁니다.

유종호 : 우리가 학부에서 배울 적에 송욱 선생이 20세기 영시를 가르치면서 오든 시를 많이 읽히기도 했었고 그분의 『시학 평전』에 보면 오든의 시를 직접 분석하기도 했습니다. 오든이 기계 문명과 현대 사회의 메카니즘을 이야기하는 부분 등을 보면서 영어를 잘 모르면서도 실감으로 느꼈습니다. 우리는 과연 자유인인가 하는 질문을 상기하면서 말이죠. 오든은 20세기의 아주 유능한 시인이고 엘리어트에 비하면 훨씬 쉽습니다. 엘리어트는 사실 일정한 문학적 교양을 필요로 하고 시를 이해하기 위해서는 많은 밑그림의 이해가 필요한 쪽인데, 그에 비하면 오든은 훨씬 진술적입니다. 스펜더는 시는 오든보다는 떨어지지만 역시 그와 함께 많이 알려져 있었고, 김기림이 스펜더의 「급행열차」 등을 해설하면서 소개한 적도 있었습니다. 그의 시 자체는 그렇게 좋지 않지만, 현대 문명을 상징하는 급행열차의 기관차의 피스톨이라든가 등을 통해 20세기의 특징인 기계 문명이 인간 생활의 감수성에 어떤 영향을 미치는가 등을 보여주었기 때문에 소수 사이에서는 알려져 있

었습니다.

이남호 : 전쟁의 절박한 현실에서 상식적으로 생각하면 모더니즘보다는 실존주의 쪽에 더 쉽게 빠지게 될 것 같은데, 실존주의 쪽도 이야기해야겠지만 모더니즘을 이렇게도 볼 수 있을 것 같습니다. 아마 당시의 전통론과도 바로 연결될 것 같습니다만, 『후반기』 동인들이 내세우는 것들이 그 부분과 닿아 있다고 생각하는데, 과거는 이제 완전히 없고 새로 시작해야 하는데, 새로 시작하지 못했기 때문에 식민지도 겪었고 전쟁도 겪었고, 그래서 과거는 없다, 그런데 새것이란 그 당시 서구의 것이고 서구의 것과 모더니즘, 모던 지향이 다 일맥 상통하는 것이니까 자연히 모더니즘 쪽으로 관심이 갈 수밖에 없었고, 그 당시 현실 속에서 미국 혹은 서구의 문명이나 상품들의 환상적인 모습들을 전쟁을 통해서 접하게 되니까 그런 속에서 모더니즘 지향이 더 강해졌다고 볼 수 있을 것 같습니다. 이러한 모더니즘의 문제와, 전쟁과 실존주의에 관한 이야기를 부탁드리겠습니다. 그 당시의 실존주의는 어느 정도로 이해되고 있었습니까?

유종호 : 실존주의라고 하는 것은 1952,53년에, 말하자면 외국의 새 문학 사조다 하는 식으로 막 소개가 되고 있었습니다. 전쟁과 불안 그리고 부조리가 한데 묶여서 말입니다.

이남호 : 그 소개는 주로 어떤 분들이 하셨습니까?

유종호 : 우선 이휘영 씨가 『이방인』을 번역했습니다. 이 번역은 그 당시 기억에 의하면 우리 나라 번역 문학 가운데 아주 빼어난 것이었습니다. 문장도 정확하고 단단한 문체입니다. 또 최초의 불문학자인 손우성 선생은 『존재와 무』를 번역하기도 했습니다.

 그러나 실질적으로 실존주의의 책을 읽은 사람은 드문 편이었고 싸르트르의 「벽」과 같은 단편 소설을 읽는다든지, 우리의 경우는 비평 지향이 좀 있었기 때문에 어떻게든 에세이를 구해서 읽고는 있었지만 사실 철학적으로 수용할 만한 텍스트는 거의 없었고, 손우성과 같은 극소수의 사람들만이 텍스트를 가지고 있었을 뿐입니다. 다만 기분상으로 보아서 어떤 실존적인 무드가 있어서……. 실존의 무드에 대한 전염성이라는 것에 대해서는 개방이 되어 있었지만 하나의 사상으로 받아들이기에는 정식적인 통로를 거친 것은 아니었죠. 극소수의 예외자들만이 한정된 관심을 가질 수 있었던 셈이죠.

이남호 : 모더니즘의 경우에는 작품보다는 그 수준이야 어떻든 이론적인 논의가 더 많았다고 할 수 있는데, 실존주의의 경우에는 오히려 그 반대라고 볼 수 있을까요? 예컨대 손창섭의 소설 등을 보아도 그렇고…….

유종호 : 손창섭의 소설을 실존주의라고 보는 것은 좀 문제가 있습니다. 사실 손창섭의 소설들은 실존주의와는 별 관련이 없다고 봅니다. 비역사적이라는 점에서 맥이 닿아 있을지 모르지만.

이남호 : 장용학의 경우는 그 당시에는 실존주의라 해서 꽤 높이 평가되었었는데, 요즘에는 다소 낮게 평가되는 것 같은데 그 당시에는 제법 인기있던 작가가 아니었습니까?

유종호 : 장용학은 아주 괴팍한 작가인데, 당시 화제가 궁한 젊은 비평가들에게 화제를 제공해 주어 과대 평가된 게 아닐까요?

장용학이나 정인영 모두 이어령의 영향이 많았던 것으로 보입니다. 그러나 어쨌든 지금까지도 장용학의 소설을 소설로서 인정해 본 적이 없고, 제가 한글주의자가 된 것도 사실은 장용학과 싸우면서 그렇게 된 면도 없지 않습니다. (웃음) 한글이 발음부호지 글자냐 이러고 한자를 무분별하게 섞어 쓰고 그래서 크게 논쟁한 적이 있었습니다.

그의 소설 중에서 「현대의 야」라는 제목이 있는데, 이 제목은 『혈의 누』식이지 말도 제대로 안되는 것 아닙니까? 장용학의 입장은 제가 생각하는 것처럼 『혈의 누』식의 제목이 아니라, 정사와 야사가 있고 그 중에서 야사라는 의미에서의 야를 썼다는 것이었습니다. 그러나 그 소설을 읽어보면 그렇지 않다는 것을 알 수 있지요. 그리고 제가 그 소설을 까뮈의 『이방인』과

카프카의 『소송』과 『25시』가 짜깁기된 것이라고 했더니 자기는 카프카도 까뮈도 사르트르도 읽어본 적이 없었다고 하고 말더라구요. 그런데 이 말도 사실 작가로서는 좀 문제가 있는 말이지요.

어쨌든 장용학에 대해서는 지금도 작가로서 인정하지 못하고 있습니다. 우선 그의 글 스타일은 조선말을 모르기 때문에 생긴 것이지 자신의 스타일이 아닙니다. 그에 비하면 최인훈은 스타일이 있죠. 장용학을 추켜올린 사람들은 사실 대부분 이상한 사람들이 좀 그랬죠. 이어령의 경우는 감수성은 있는데 과장과 과대 포장이 심했고, 또 어떤 사람들은 조그만 것을 부풀려 화제로 삼기 좋아한 경우지요. 그런데 요즘 다시 장용학을 알레고리니 무어니 해서 서울대 국문과 쪽에서 높이 평가를 하고 있다는데, 저는 그의 소설들을 보면서 문장 속에서 한 번도 실감을 느껴 본 적이 없고, 한국말을 모르는 사람이라는 것밖에는 느낄 수 없었습니다. 어쨌든 그의 작품들을 실존주의라 한다면 호사벽이 아닌가 하고 생각하게 됩니다.

또 김동리가 소설 『실존무』를 발표하자 이어령은 춤추고 난장판 벌이는 것을 가지고 실존주의라 한다고 하면서 논쟁이 있었던 적도 있었습니다. 『실존무』는 사실 세태소설로서 실존주의를 야유한 것이었는데, 이어령은 김동리가 실존주의를 모르고 있다고 반박한 것이니까 사실 그것은 서로 논점이 어긋난 경우입니다. 김동리의 입장은 요즘의 청년들이 실존주의를 내세우고 있는데 그것은 한마디로 웃기는 일이다, 아무것도 아니라는 것입니다. 일종의 세태소설로 봐야 합니다. 그런 소설에다가 실존주의를 모르면서 소설을 썼다고 했으니 결국 초점이 안 맞는 논쟁이었지요. 물론 이 논쟁을 통해서 이어령은 유명해지고 논객으로서 겁주는 존재가 되었지요.

이남호 : 모더니즘 이야기로 잠깐 돌아가면, 「비순수의 선언」에 보면 선생님께서는 전반적으로 모더니즘에 대해 상당히 비판적인 것 같습니다.

유종호 : 비판적인데 결과적으로 보면 그것은 옳았다고 생각합니다. 그 당시의 문학 청년들은 말하자면 거의 전부 모더니스트들이었습니다. 그래서

저는 모더니스트이면서도 모더니즘에 대해 비판적이었기 때문에 조금은 외톨이였습니다. 당시 문리대 문학지에는 모더니즘 시랍시고 많은 시들이 실렸는데, 제가 보기에는 시로서 제대로 되어 있지 않았습니다.

이남호 : 제가 궁금한 것은, 선생님께서도 예술사에서의 모더니즘 운동 등의 필요성은 인정하지만 1950년대 당시 우리 작품에서의 모더니즘이 실제로는 전혀 모더니즘다운 모더니즘도 아니고 단지 이름만을 빌렸다는 그런 뜻입니까?

유종호 : 제가 예술사를 잘 알아서 예술사적 필연성을 가지고 있다는 뜻은 아니고, 그 당시에 우리 사회가 변하고 있는데도 여전히 김동리의 소설이라든가 박목월, 서정주의 시와 같은 식이어서는 시대에 안 맞는 것이라는 생각을 하는 사람들이 많이 있었던 것은 사실입니다. 그런데 막상 그들이 쓰는 시들이란 시라기보다는 졸렬하기 짝이 없는 잡문에 불과했다는 것입니다. 이름은 쟁쟁했지만 시가 안 되는 모더니스트들이 많았습니다.

그런 모더니스트들 중에서 제가 그나마 인정할 수 있었던 사람들은 김수영이나 전봉건, 박인환 등이었습니다. 그 당시만 하더라도 김수영을 인정해 주는 사람이 없었습니다. 비평이나 시평을 쓰는 사람들 쪽에서 김수영에 대해 인정해 준 것은 거의 없었고 아마 제가 거의 처음이었을 겁니다. 이어령도 김동리에 대한 반감 때문에 『자유문학』파로 분위기를 몰아갔지만 시에 대해서는 그다지 이야기한 것이 없었고……. 그래서 결국 김수영, 박인환, 그리고 조병화의 초기 시 등을 제외하면 시라고 할 수 있는 작품들은 없었던 셈

▲ 1984년 대한민국 문화 예술상을 받고 나서. 왼쪽에서 두 번째가 전봉건

입니다. 작품 성취도로 보아서 시라고 할 수 없는 것들은 모두 허영의 문자
라고 생각하고 있었고 그 생각에 대해서는 옳았다고 생각합니다. 결국에는
시간이 증명해 주었다고 생각합니다.

이남호 : 「불모의 도식」에서 신경림의 시를 높이 평가했는데, 그것은 개인
적 친분이 아니라 시를 좋게 보신 것인지요?

유종호 : 그 시는 그렇게 좋은 시는 아니지만, 저는 시의 서정성을 나름대로
인정해야 한다고 생각했습니다. 그때만 하더라도 모더니스트들은 서정적인
것을 감상주의로 비판했지만 서정적인 것은 받아들일 필요가 있었던 겁니
다. 그런 의미에서 박재삼이나 신경림 등을 인정할 수 있었던 것입니다.

이남호 : 그 당시에 혹시 고석규를 알고 계셨
습니까?

유종호 : 알고는 있었습니다. 당시 부산의 부
유한 의사의 아들이었는데, 비평가라 볼 수
는 없고 문학 청년이라고나 할까요? 시도 유
치하기 짝이 없고…….

▲ 박재삼

이남호 : 그런데, 그의 비평론을 보면 어떤
점에서는 선생님의 생각과 상당히 일맥상통
하는 부분도 있습니다. 서정성으로 모더니스
트들을 비판하고 『후반기』 동인들을
신랄하게 공격하기도 하고요.

유종호 : 자세히 보지는 않았지만, 그
의 스타일을 졸렬한 문학 청년의 글
이라고 보고 있었고 그의 산문도 인
정하지 않았습니다. 지금도 그에 대
한 제 생각은 별로 변한 것이 없습니
다. 부산의 문단 사람들이 좀 추켜올

▲ 신경림

린 면이 많습니다. 김윤식 선생의 경우 그를 1950년대의 비평가로 높이 평가하고 있는데 그것 역시 어불성설에 불과하다고 봅니다. 그의 연구는 열정적이긴 하지만 선별력이 전혀 없습니다.

이남호 : 고석규의 글은 읽히는 부분보다는 잘 읽히지 않는, 난삽한 부분이 더 많은데, 그 속에서 어떤 중요한 의미가 내포되어 있다고 생각하고 보는 오류가 많지요.

유종호 : 제가 중학교 2,3학년 시절에 시를 쓰고 했는데, 그 당시 저의 안목으로 보아도 그의 시는 어이없는 수준에 불과했었습니다.

당시 고석규는 부산에 있었고 집안 형편도 상당히 부유했기 때문에 일본의 책을 구입하기에 용이했는데 일본 책을 베끼다시피 한 것이지 결코 제대로 소화시키지 못했던 것입니다. 그러다보니 자연히 어려운 말이 많아졌던 거죠. 또 「시인의 역설」이 월남한 시인 박남수가 주재하던 『문학예술』에 연재되었는데 읽히지 않는 글이었지요.

이남호 : 이야기를 좀 돌려서, 그 당시 많은 젊은 사람들이 모더니스트로 활동하고 있었을 때, 소위 원로 작가들, 시인들은 어떤 식으로 활동하고 있었고 그들의 작품들은 어떤 평가를 받고 있었습니까?

유종호 : 시에서는 미당이 꾸준히 작품을 발표하고 있었고 또 좋은 시들을 쓰고 있었습니다. 저는 미당 시에 대해 끌리면서도 어떤 면에서는 거리를 두고 있었는데, 왜냐하면 그 시의 세계가 우리가 따라가기 어려운 세계였기 때문입니다. 이어령은 미당의 시를 완전히 무속이니 복고주의니 해서 비판했지만, 언어의 마술사인 것만은 사실이고 저는 따라가기는 어렵다는 유보를 가지면서도 계속 미당을 평가했고 또 미당이 사실 좋은 시들을 썼지요. 그리고 제 생각에는 박목월의 시가 역시 서정적인 자신의 특색을 유지하면서도 계속 자기 변모를 보여주고 시인으로서의 위엄을 유지한 경우라고 생각합니다.

소설에서는 김동리 선생이 좋은 작가인 것은 사실이지만, 또 초기 작품들

은 빼어나지만, 지나치게 문단에 관여하면
서 후년에는 작품으로서는 좋은 작품이 그
다지 많지 않습니다. 오히려 황순원의 소
설이 더 높이 평가될 수 있다고 생각합니
다. 『카인의 후예』는 그 정치적인 성격 때
문에 다른 평가를 내리기도 하지만 그의 장
편 소설 중에서 가장 훌륭한 작품이 아닌가
합니다. 특히 8·15 직후 이북의 실상에 대
해서는 실감이 가지 않습니까? 또 그의 단
편 소설들도 좋은 작품들이 있고. 한편 손
창섭 등을 꼽을 수 있는데, 특히 손창섭은

▲ 『카인의 후예』

1950, 60년대의 뛰어난 작가들 중의 하나입니다. 그는 세상을 바라보는 관
점이랄까 눈이 다소 협소하고 냉소적이어서, 어떻게 보면 답답한 면도 있지
만 그 당시에는 그만큼 좋은 작품을 쓴 사람도 드문 편이었으니까요.

　손창섭이 일본으로 간 것은 부인 때문이라고들 흔히 말하고 있는데 제가
생각하기에는 이북 공포증 때문이 아닌가 합니다. 그의 단편 소설「청사에
빛나리」를 잘 읽어보면 그런 생각이 드러납니다. 제가 보기에는 그의 도일
은 일종의 피난이라는 측면이 강합니다.

이남호 : 당시의 1950년대 전쟁 체험과 1950년대 전후 사회를 배경으로 한
작품들은 크게 세 가지 정도로 나누어질 수 있다고 생각합니다. 첫째로는
염상섭과 황순원의 단편들에서 묘사된 해방 후, 전쟁, 전후의 세 시기가 있
고, 둘째로는 손창섭이나 장용학 등 당대 실제로 체험했던 젊은 작가들이
이야기하는 경우, 그리고 마지막으로 그 이후에 조금 더 거리를 두면서 아
주 어린 시절에 1950년대를 체험하고 1960, 70년대나 혹은 1980년대에서
회고 식으로 전쟁과 1950년대를 다룬 작품들이 그것입니다. 이러한 작품
들을 비교할 때 이들의 리얼리티 문제를 선생님께서는 어떻게 평가하고 계

십니까?

유종호 : 가령 손창섭의 소설들은 전쟁이나 전쟁 직후의 한국 사회의 암울한 상황을 배경으로 하고 있기는 하지만 전쟁을 직접적으로 다루고 있지는 않습니다. 그래서 그의 작품 세계는 사회 속의 인간상이라기보다는 존재론적으로 파악된 인간상이 훨씬 더 많이 다루어져 있습니다. 인간이란 어떤 것인가, 인간이란 결국 동물이다, 사람의 이상이란 것은 사실 '치몽(稚夢)에 불과할 뿐이다.'라는 식이죠. 그래서 단편 소설 「치몽」의 제목은 손창섭을 가장 잘 드러내 주고 있다고 봅니다. 결국 사람의 이상은 유치할 뿐이지 별것 아니라는 입장이지요. 그래서 그의 인간관은 단선적이고 단순하고 단조합니다. 사회 속에서 변화하는 인간이 아니라 그야말로 존재론적으로 파악된 인간을 그리고 있는 것이지요.

▲ 오상원

오상원의 「유예」는, 그의 다른 소설들과는 달리 실감이 나고 전쟁을 잘 그리고 있는 소설입니다. 서기원의 단편은 다소 구투가 있어서, 나이든 사람들의 입장에서 보면 품위가 있고, 또 어떻게 보면(젊은 사람들의 입장에서 보면) 답답한 면이 있지만 그의 작품들에서도 전쟁 속에서의 청년들의 동향이 잘 나타나 있습니다.

그런데 근래에 많은 사람들이 쓰고 있는, 어린아이의 눈으로 전쟁을 바라보는 소설들은 사실 많이 읽어보지 못해서……

이남호 : 그 당시의 우리 사회가 황순원의 단편들과 염상섭의 단편들에서 잘 그려지고 있다고 생각되는데, 그들의 작품들을 선생님의 체험과 비교한다면 어떻습니까?

유종호 : 염상섭의 소설들이 상당히 실감이 있지요.

이남호 : 가령, 『취우』는 어떻습니까?

유종호 : 그 작품은 상당히 좋은 작품입니다. 그런데, 염상섭의 작품을 좋아하는 사람들이 별로 없었습니다. 애독자도 없었고.

이남호 : 당시 그 작품에 대한 문단의 평가는 어떠했습니까?

유종호 : 한마디로 말하자면 무관심일 뿐이었지요. 오히려 제가 단평이나 월평에서 생활의 리듬이 담겨 있는 고삽미가 풍기는 대가의 작품이라고 높이 평하곤 했었는데, 이 때문에 이어령 등의 신진들과 의사 소통이 잘 안 되었지요. 문단에서는 오히려 조연현 등 구파가 염상섭에 대해 비교적 높은 평가를 하고 있었던 편입니다.

전통론의 파장

이남호 : 전통 문제에 관한 논쟁에도 참여하셨는데…….

유종호 : 글쎄요, 지금 생각해 보면 스스로 참여했다기보다는, 전통 문제에 대해 이야기하려면 공부를 많이 해야 하는데, 충분한 공부 없이 미진한 상태에서 청탁을 받아 쓰여진 글들이 많았었기 때문에 지금 읽어보기에는 쑥스러운 글들도 참 많습니다.

전통 문제에 대해서는 저는 이렇게 생각합니다. 제가 전통 문제에 대해 감히 이야기한 것은 저 자신을 시를 쓰는 사람의 입장에 놓고, 시를 쓰는 사람의 입장에서 과거의 우리 문학이 시를 쓰는 시인한테 과연 살아 있는 역사적 과거가 될 수 있는가 라고 질문을 했을 때입니다. 그에 대한 대답은 '아니다.'였던 것입니다. 어느 나라의 시인이 시를 쓸 때라도 자기 나라의 과거의 문학 작품을 일단 섭취하지 않고서는 시를 쓸 수 없는 것입니다. 물론 누구를 좋아하고 그렇지 않고의 차이는 있을 테지만 말입니다. 그런데 우리 나라는 과연 그러한가, 저의 생각으로는 그렇지 않다는 것이었죠. 현실적으로 문학을 습작하고 시를 쓰려고 하고 소설을 쓰려고 하는 사람에게 있어서 우리의 과거의 문학이 살아 있는 역사적 과거로서 하나의 전범이 되고 있지 못하다는 것입니다. 이것은 전통이 그 위력을 발휘하지 못하고 있다는 뜻이 되는 것입니다.

물론 이것은 전통론에 접근하는 하나의 관점이요 시각이라 할 수 있을 뿐이지, 전통을 그렇게만 이야기할 수는 없겠지요. 그러나 제가 당시에 전통에 대해 감히 이야기할 수 있었던 것은 제가 시를 쓴다는 입장에서였습니다. 당시에는 엘리어트 같은 이가 전통을 이야기하기 때문에 우리 나라에서도 전통을 이야기한다는 측면도 많았고, 처음에 전통의 함의도 국문학자들이 말하는 전통이나 민족주의적인 전통과는 달랐습니다. 이때 엘리어트가 말했던 전통도 바로 그런 것이 아니었습니까? 그의 입장은 시를 쓰려고 하는 사람의 입장에서는 과거의 구라파의 모든 시문학이라 하는 것들이 살아 있는 역사적 과거로서 시인에게 접목이 되어야 하고 시인이 그것을 의식해야 한다, 그것을 모르고 어찌 시인이라 할 수 있겠느냐 하는 것입니다. 그러니 저도 일단 그러한 입장에서 논의한 결과가, 우리 나라에 살아 있는 역사적 과거가 있는가 라는 것이었습니다. 이 점은 분명히 해야 합니다. 이것이 분명치 않으면 쟁점이 모호해지지요.

토착어 문제도 제가 이후에 쓴 글이 「토착어의 인간상」과 맞지 않는 것 같아서 다시 한번 읽어보았는데, 제가 이 글을 쓴 게 1959년이니까 스물 다섯 가량 되었을 때입니다. 그때만 하더라도 전통에 대해 본격적으로 이야기할 준비가 되어 있지 않았던 때입니다. 그런데 지금도 이 글에 대해 느끼는 것은, 그 당시 젊은 사람들의 글들이 대부분 추상적이고 어렵게 썼던 것에 반해 저는 분명한 실감을 가지고 이 글을 썼기 때문에 그 이야기들이 아무리 유치하다 할지라도 그 실감이 분명히 나타난다는 것입니다.

그 당시의 문맥에서의 전통이란 김동리, 서정주, 조연현 등이 말하는 바에 따르면 한국적인 것이 전통적인 것이라는 것이고, 여기서 한국적인 것은 무엇인가 하면 김동리적인 것이나 서정주적인 것이라는 식으로 이야기되고 있을 때입니다. 그러니 그때 우리가 한국적인 것은 그것만이 아니다, 전통적이란 것은 그것만 가지고서는 논의할 수 없다고 한 것은 바로 그러한 그 당시 문단의 헤게모니를 가지고 있던 사람들의 비평 담론에 대한 암묵적인 하나의 저항이라는 측면도 있었다는 상황을 고려해야 할 것입니다. 그러니까 하나의 독립된 글만 따져 보아서는 안 되며 그 당시 상황과의 연관 속에서 좀더 자세히 살펴야 할 문제입니다. 김동리, 서정주, 조연현 등의 논의는 한국적인 것이 전통적인 것이고 전통적인 것은 귀한 것이다, 그런데 한국적인 것은 무엇인가 하면 바로 김동리적인 것이나 서정주적인 것이라는 기본 전제를 깔고 있었기 때문에 그에 대해서 그런 것이 아니라는 이야기를 하다 보니, 지금 우리 사회에서 토착어라 하는 것이 정서적 공감을 많이 주는 것도 사실이지만 그것을 모태로 한 세계만을 그린다는 것은 발전하고 변화하는 근대를 제대로 포착하지 못한다는 뜻이 아닌가 하는 문제 제기를 한 것입니다. 그러다 보니 다소 모더니스트적인 입장이 되었죠. 이러한 모더니스트적인 입장은 제가 선택한 입장이라기보다는 당시의 지배적인 비평 담론에 대한 일종의 거리감을 유지하다 보니 그렇게 된 셈이죠. 사실 모순되는 부분도 있지만 제 입장은 그런 맥락에서 이해하시면 될 것입니다.

그리고 또 하나는, 제가 보기에 전통의 문제는 구체적인 맥락 속에서만 제대로 이야기될 수 있는데, 그렇다면 전통이 살아 있는 것은 어떤 것인가. 한국인의 심성이 살아 있는 것은 토착어의 세계라는 것입니다. 전통론에 대해 제가 부정적인 입장을 취했기 때문에 이 점을 보충하기 위해서 계속 토착어가 우리의 것이고 그것을 계발시키는 것이 중요한 문제라는 입장을 취하게 되었습니다. 다소 모순적인 것이 사실인데, 이것이 또 제 비평의 기본입니다.

예컨대, 현실의 중요성을 이야기하고 장편 소설을 써야 하고 사회 속에서의 인간을 그려야 한다는 것 등은 모두 제가 시평이나 월평에서 충분히 이야기한 것들입니다. 그런데 4·19 직후에 「비속의 미학」이라는 글에서, 현실에 적극적으로 참여할지라도 문학이 안되면 안된다는 말을 한 적이 있습니다. 이것은 당시 그러니까 4·19 직후의 언론의 자유를 타고 쏟아져 나오는 소설들이, 부정부패의 고발이나 경찰의 비리 고발 등을 다루면서 소설인지 르포르타주인지 분간할 수 없는 것들이 쏟아져 나오고 있었던 상황에서였습니다. 그래서 이런 것들은 도저히 문학이 아니다, 문학은 문학이어야 한다는 말을 했던 것입니다. 이러한 4·19 직후의 현실 폭로 신문 기사 흐름의 글이 소설이라는 형태로 범람하고 있었던 상황적 맥락들이 고려되어야 제가 왜 이러한 발언을 하는가가 설명이 되고 다소 상호 모순이라 생각되는 부분들도 이해가 되지 않을까 합니다.

이남호 : 방금 선생님께서 하신 말씀 중에 전통 문제가 한 개인으로서의 시인이나 소설가의 입장에서 우선 구체적으로 이야기되어야 한다는 말씀은 매우 설득력이 있는 말씀인 것 같습니다. 그 부분에 대해서 좀더 말씀해 주시기 바랍니다.

유종호 : 『사상계』에서 '현대시의 50년'이란 이름으로 조지훈, 박목월, 김종길, 이어령 씨 등이 참석한 심포지움을 연 적이 있었는데, 시골에서 급히 쓰긴 했지만 이 심포지엄을 위한 텍스트를 쓴 적이 있었습니다. 여기에서 제가 말했던 것이, 실질적으로 시를 쓰는 사람이나 소설을 쓰는 사람의 입장에서 우리의 과거의 문학이 살아있는 역사적 과거가 되지 못하고 있는데 어떻게 우리가 전통을 이어받는다고 할 수 있겠는가하는 논지였습니다.

이남호 : 그런데 그럴 때, 제가 선생님의 글을 읽을 때 좀 궁금했던 것 중의 하나가 전통을 이렇게 실존적인 차원으로 묶어 놓는다면 한 개인이 실존적인 개인사의 범위에서 그 이전 시대의 전통을 제대로 이어받을 수 있는 어떤 장치나 통로가 없었을 가능성도 있지 않겠는가 하는 것이었습니다. 예컨대 문화사적으로 보았을 때 우리 근대사는 충분히 우리 전통을 제대로 물려받을 수 있는 상태가 아닌 채로 엉겁결에 근대로 진입했기 때문에, 그런 역

사적 과정을 두루 이해하고 나서
도 전통이 내 창작에서는 혹은
내 비평에서는 문제되지 않는다
고 말하는 것과, 그 과정을 헤아
리지 않고 일단 내가 쓰려고 하
는데 나한테 영향을 미칠 만한
전통이 없다는 것하고는 다소 맥
락이 다르지 않은가 하는 점입니
다. 이 점에 대해서 선생님의 의
견을 좀 듣고 싶습니다.

◀ 1995년 믿음
사에서 나온
『유종호 전집』

유종호 : 사실 그렇지 않습니까? 예를 들면, 우리가 과거의 한자로 되어 있
는 한자 문화를 수용할 만한 능력도 없고 또 앞으로도 상당 기간 동안 그러
할 것 같습니다. 그것을 제대로 이해하려면 한 생애를 바쳐야 하는 이러한
상황에서 제가 부딪히는 문제에 대해서 느끼는 바대로 말한 것입니다. 그것
은 무조건 전통을 부정하는 것과는 다르다고 생각합니다.

1950년대 문학 연구의 방향

이남호 : 연구자들이 1950년대를 연구할 때 쉽게 빠지는 태도 중의 하나가,
어떤 이슈 중심으로 하나로 묶어 그에 관련된 사람들을 중시하는 경우인데,
그럼으로써 자연히 그런 사람들이 많은 주목을 받게 되는 경우가 있습니다.
가령, 1950년대를 논의할 때 중요하게 언급되는 『후반기』 동인의 경우가
그러하다고 봅니다. 제가 보기엔 피난민들의 다방 모임이었을 뿐 별것이 없
었던 것 같은데, 이들이 끊임없이 연구자들에게는 매력적이고 무언가 있는
것처럼 이야기되고 있는데, 아마 그러한 후광 때문에 김규동, 박인환, 김수

영 등이 다른 이들에 비해 더 많은 연구자들의 관심을 끌고 있는 것이 아닌
가 합니다. 이런 것들이 연구자들이 빠지게 되는 함정 중의 하나인데 이런
점들을 감안하시면서, 그런 오류에 빠지지 않고 그 당시의 젊은 작가나 시
인들 중에서 그 사람들과 대등하게 혹은 그 이상으로 주목받아야 할 사람들
이 있다면 말씀해 주셨으면 합니다. 가령 이
형기나 박재삼, 이동주 등은 1950년대를 논
의하면서 잘 언급되지 않는다든가, 신동집의
경우는 모더니스트이면서도 그 바운더리 바
깥에 있었기 때문에 (그의 시가 떨어지는 것
같지는 않은데) 별 주목을 받지 못하고 있지
않습니까? 그런 바운더리 바깥에 있으면서도
연구자들이 관심을 놓쳐서는 안 될 또다른 작
가들이나 시인들이 있다면 어떤 분들이 더 있
겠습니까?

▲ 이형기

유종호 : 제가 보기엔, 우리 나라 문학 연구자
들, 특히 대학에서 교편을 잡고 있는 연구자들은 자신의 감수성에 의해 판
단하고 좋은 작품들을 쓴 작가, 작품들을 이야기해야 함에도 불구하고, 그
저 풍문에 따라 몰려다니듯 연구하는 사람들이 많은 것 같은데, 이에 대해
서는 비판적일 필요가 있다고 봅니다. 그런 의미에서 우리 나라에서 가장
많은 영향력을 발휘하고 있고, 또 좋은 업적을 많이 쌓아올렸음에도 불구하
고, 어떤 의미에서는 아류를 양산하는 경우가 있다고 봅니다. 이러한 아류
들의 글에는 선별 능력이 전혀 보이지 않습니다. 비평과 문학사의 가장 중
요한 일은 선별 능력일 것입니다. 요즘 흔히들 (이 말을 그다지 좋아하는 것
은 아니지만) '자리매김'이라고 말하는 것이 바로 그것입니다. 비평은 이러
한 선별 능력의 발휘를 통해 읽을 만한 작가들과 읽을 만한 작품들을 가리
고 왜 그러한가를 설명해 주어야 하는 것입니다. 단지 양적인 작품 수 등을

기준으로 한다든가 하는 식으로 모든 사람들을 평균화시키는 것은 평가가
아니고 따라서 비평도 문학사도 아닙니다. 그저 자료 수집가의 일에 불과합
니다. 특히 요즘의 문학 연구자들이 조심해야 할 사항이 아닌가 합니다.

　그리고 사실 김수영은 우리 나라 말도 제대로 마스터하지 못한 사람이라
고 생각합니다. 그런데 자기 나라의 말을 제대로 마스터하지 못한 큰 시인
이란 있을 수 없습니다. 물론 그렇기 때문에 서툴렀던 부분에서 오히려 매
력이 생긴 부분도 있을 수 있고 또 한편으로는 김수영 자신이 과장해서 일
부러 그렇게 그린 부분도 있습니다만 어쨌든 좋은 시들을 많이 썼고 괜찮은
시인이었다는 것은 사실이겠지요. 그러나 그렇다고 해서 지나치게 1950,
60년대에 김수영만 있었다는 식으로 이야기하는 것은 옳지 않은 것입니다.
가령 신동문 같은 경우는 몇 편의 좋은 시를 남기기도 했습니다. 사실 졸렬
한 시 백 편을 남긴 사람보다는 뛰어난 시 세 편을 남긴 사람이 더 시인이
아닐까 합니다. 앙드레 지드의『좁은 문』에 보면, 키츠의 단시 몇 구절을 위
해서는 쉴러 전부를 버려도 좋고 보들레르의 몇 줄을 위해서는 빅토르 위고
전부를 버려도 좋다는 대목이 나옵니다. 진정한 비평가의 자세란 바로 이런
것이 아닐까 합니다. 많이 썼다고 해서 높이 평가받는다면 그런 사람들이야
숱하지 않겠습니까?

　이러한 선별력의 발휘 없이 일률적으로 처리하는 것은 곤란하다고 생각
합니다. 그리고 1950년대의 시인들 중에서 가령 신동문은 시는 몇 편 없지
만 좋은 시를 쓴 경우이고 반대로 이봉래의 경우에는 「지각기」라는 시 한
편 말고는 별로 좋은 시가 없는 경우입니다. 이 시는 당시의 모더니스트들
이 내세우는 걸작이라 평가되고 있었지만 사실은 아무것도 아닙니다. 자신
이 세계의 발전에서 지각(遲刻)했다, 즉 뒤쳐졌다는 뜻인데 이건 이상(李箱)
의 아이디어에 불과한 거예요. 그에 비하면 다른 시인들의 시들 중에서도
실감이 있는 시들이 많이 있었습니다.

　이형기의 초기 시의 경우는, 박목월의 후기 시를 연상케 하는 시 세계인

데, 산뜻한 면도 있지만 시간의 풍화 작용에는 약한 편이 아닐까요? 교과서에 실리기도 해서 독자들이 좋아하기도 하고, 시로서의 서정적인 면은 좋은데 울림이 약한 편이고 제대로 평가받지 못한 것도 사실입니다. 상대적으로 논의 자체가 너무 안 되고 있다는 것은 사실입니다. 우리 나라 사람들이 정치적으로나 다른 면에서나 지나치게 한 쪽으로 몰리고 있는 현상과 비슷하지요.

이남호 : 이러한 추세를 이야기하면서 제가 개인적으로 제일 여쭈어보고 싶었던 것이 하나 있었습니다. 우리의 경우 직접 1950년대를 체험한 것이 아니기 때문에 고은의 『1950년대』라는 책에 상당히 많이 의존하고 있는 편입니다. 이 책이 엉터리일 것이라고 생각하면서도 재미있고 입담있는 이야기들이 많이 나오기 때문에 그것에 많이 경사되어 있습니다. 선생님께서 혹시 읽어보셨는지 모르겠지만 아마 읽으셨을 것 같은데, 선생님께서 보시기에 그 책의 내용의 '순도'가 얼마나 되는지 (웃으면서) 여쭈어 보고 싶습니다.

유종호 : 읽어보지 못했는데……. 물론 경험으로 썼겠지만…….

이남호 : 1950년대 문학을 연구하는 연구자들에게 부탁하고 싶은 말씀이 있으시다면…….

유종호 : 1950년대를 실증적으로 연구하기 위해서이기도 한데, 결국 나중에는 개별 작가 연구가 가장 필요합니다. 작가를 시대별로 나누어 보는 방법은 실제에 맞지도 않을 뿐만 아니라 작가나 문학을 바라보는 퍼스펙티브 자체를 왜곡시킬 위험이 매우 크기 때문에 피해야 한다고 생각합니다. 일본의 문학사를 보아도 시기별로 나누어 연구하지는 않고 있습니다. 특히 우리 나라는 세계 역사상 유례가 없을 정도로 빠른 발전 속도를 가진 나라입니다. 1950년대와 지금의 소득 차가 무려 125배에 달합니다. 영국이 소득을 두 배로 늘리는 데 무려 150년이 걸린 것을 생각하면 비교가 안 되는 빠르기란 말이죠. 이런 시기에 5년, 10년이란 시간은 엄청난 차이가 있는 것입니다. 그러니 1950년대보다는 1960년대가, 1960년대보다는 1970년대가

훨씬 더 향상되었다는 것은 당연한 일이 아니겠습니까? 여기에서 세대론 작업을 해서 1960년대가 1950년대를, 또 1970년대가 1960년대를 아무것도 아니라고 하고 1980년대가 1970년대를 또 그렇게 본다든지 하는 것은 역사를 바라보는 관점이 아니라 우스운 일일 뿐이지요. 그런데 암암리에 깔려있는 이런 점들에 대한 반성이 전혀 없습니다.

　문학을 연대별로 나누어 보는 것은 잘못이예요. 이를테면 1920년대와 1930년대를 비교해보면 굉장한 차이가 존재합니다. 1920년대의 대표작이라고 흔히들 말하는 조명희의 「낙동강」을 1930년대 김유정의 소설들과 비교해 보면 금세 드러나지 않습니까? 더더군다나 해방 후의 변화라고 하는 것은 식민지 시대에 비하면 훨씬 더 큰 것인데, 이런 점들을 무시하고 연대별의 변화를 의도적으로 바라보게 하는 면이 강합니다. 그러니 1950년대니 1960년대니 하는 구분이라는 것 자체가 좀 문제가 있어요. 문화론이 아니라 문학론일 경우에는 살아 남은 작품, 살아 남은 작가를 이야기해야 하기 때문에 결국에는 개인별로 따져보아야 한다는 겁니다.

이남호 : 선생님의 『비순수의 선언』이라는 첫 평론집에서는 모더니스트에 대해 상당히 단호하게 비판하고 계신 것 같은데, 송욱의 시집 『하여지향』에 대해서는 그 실험 정신 같은 것을 높이 평가하시니 다소 앞뒤가 맞지 않는다는 느낌이 들기도 합니다.

유종호 : 그건 그럴 수밖에 없는 게 제가 송욱 선생에게서 직접 배운 때문이기도 합니다. 송욱 선생이 전임 강사로 발령 받은 게 우리가 대학에 들어간 것과 같은 해였습니다. 그분은 그래도 문학에 대한 느낌을 준 분이었습니다. 제가 앞에서도

▲ 송욱

▲ 『하여지향』

말한 바 있듯이, 우리가 대학에 들어가서 배운 것이라고는 아무 것도 없지만 송욱 선생에게서는 무언가 배운 것이 있었다고 말할 수 있습니다. 이를 테면 번역을 하는데, 'listen!'이라는 시 구절을 번역하면서 그저 '들어라'라고 하지 않고 '귀 기울여라'라고 하더라구요. 그때 번역이란 것은 이렇게 하는 것이구나 하는 신선함을 느낄 수 있었고 번역에 대한 느낌과, 언어, 그리고 문학어에 대한 매력을 느낄 수 있었습니다. 다만 한 가지라도 가르쳐주는 사람은 선생입니다. 그때만 하더라도 그 하나를 얻을 수 있는 선생이 드문 때였으니까요. 그래서 저로서는 경의를 가지고 있었죠. 그런데 스승이니까 함부로 할 수는 없었고, 그래서 호의적으로 평가한 부분이 있었던 것은 사실입니다.

물론 비판을 하기도 했는데, 우리 민요의 "낙동강 칠백리……." 등을 인용하면서 민요에서 구사되고 있는 말놀음이나 재치에 비해 『하여지향』의 실험은 이만 못하다는 식으로 비판을 했었습니다. 이후에 조동일 씨 등이 민요를 논하기는 했지만 민요를 비평에다 인용하면서 이야기하는 것은 아마 이것이 처음이 아닐까 합니다.

6·25체험과 전쟁문학

이남호 : 1950년대를 말하면서 전쟁을 이야기하지 않을 수 없습니다. 전쟁이 끝난 뒤에는 그것을 소재로 한 이른바 '전쟁소설'들이 많이 등장했습니다만, 아직 우리는 이렇다 할 전쟁문학의 전통 같은 것을 세우지는 못하고 있는 것 같습니다.

유종호 : 훌륭한 전쟁소설이 나와야 하는데, 왜 전쟁소설이 나오지 않느냐 하는 문제도 많이 이야기되었습니다. 그래서, 10년이 지나야 나올 수 있다는 말도 하고 20년이 지나야 나온다고 하기도 하고……. 왜 훌륭한 전쟁소

설이 못 나왔느냐 하는 이유에 대해서는
약간은 부정적인 입장에서 생각해 볼 필
요가 있습니다. 제가 보기에는 전쟁소설
중에 정말 좋은 소설은 없습니다. 당시
일본에서, 비록 잡담식으로 이야기되긴
했지만, 한국에서 전쟁이 일어났기 때문
에 한국인으로서는 불행한 일이지만 얼
마 안 되어 전쟁소설을 쓴 작가가 노벨
상을 탈 거라는 이야기도 하곤 했습니

◀ 유종호의 첫 번
째 평론집 『비
순수의 선언』

다. 그러나 결국 별로 좋은 작품은 쓰여지지 못했고, 황순원의 『나무들 비
탈에 서다』 정도가 있을까요? 그러나 제가 보기에는 이 소설은 그의 소설들
중에서는 제일 재미없는 소설이라고 생각합니다. 소설 앞 부분의 유리 이미
지 같은 것은 조작적이고 재미없고……. 결국 6·25의 비극이나 전쟁 상황
을 제대로 다룬 것은 나오지 못했다는 생각이 듭니다.

그 다음에 이념적으로 편향이 없는 소설이 나와야 합니다. 우리쪽 입장에
서 볼 때, 특정 이념에 함몰되어 보는 것이 아니라 공정한 입장에서 보아야
합니다. 아주 공정하고 객관적인 입장에서 전쟁을 바라보는 것, 이건 앞으
로 한번 연구해 보아도 좋을 만한 주제가 아닌가 생각해 보기도 합니다.

김성칠의 『역사 앞에서』를 보면 가족들에 의해 더러 가필된 흔적이 보
이기는 합니다만 (이를테면 6·25 중에 쓴 글들 중에서 ‘수복’이라는 말이
나오는데 사실 이 말은 훨씬 이후에 사용된 말이거든요.) 그러나 개중에는
정말 주목할 만한 것이 있습니다. 그 사람이 좌익이냐 우익이냐에 따라 어
떤 평가를 내리고 있는 것이 아니라 살아 움직이는 인물들이 있습니다. 손
우성 씨나, 법무장관이었던 이인 씨의 동생인 국문학자 이명선 씨 등의 예
들을 보면 바로 그렇지 않습니까? 바로 이러한 관점으로 소설을 써야 한국
인이나 6·25 상황을 제대로 소설화할 수 있다고 봅니다. 어느 한 편으로 치

우쳐서는 안 됩니다.

『창작과비평』(이하 '창비') 초기에 글을 쓰기도 했지만 지금도 '창비' 초기의 중도 좌파적 입장에 공감하고 있습니다. 그러나 지금은 너무 한 쪽으로 편향되어 있습니다.

심정적으로는 늘 저 자신이 정치적으로 중도 좌파라고 자처합니다. 그런데, 이건 제가 항상 문단의 비주류로 남아 있었기 때문이기도 합니다. 옛날 『현대문학』 시절에는 조연현 씨를 중심으로 곽종원이니 김양수, 김우종 씨 등이 단단한 파벌을 형성하고 있었고, 그 무렵 우리는 신문 문화면이나 『사상계』지에서 겨우 지면을 주는 정도였지요. 그 뒤에 다시 '창비'와 『문학과지성』이 주도권을 잡았을 때에도 저는 역시 그 두 계열 어디에도 속하지 못하고 거리를 두었어요. 어떻게 보면 내 논리나 문학관은 자기분열적이라고 할 수 있는데, 아까도 말했지만, 작품으로선 김동리 소설은 좋아하면서도 이론으로선 김동석의 평론을 좋아하는 그런 것 말이지요. 그게 내 성향인 것 같아요. 내가 그리는 문학의 이상은 사회의 총체성을 구현하는 것인데, 실상 작품을 보면 그런 작품이 드무니까, 서정인이나 김승옥을 좋아하게 되는 거지요. 나는 미당의 시도 참 좋아하는데, 미당의 시에 변증법이 없다고 비판하면, 그건 참 곤란해져요. 서정시에서 변증법을 어떻게 구현하겠어요.

이남호 : 제가 선생님의 말씀을 쭉 듣다보니까 지금 막 재미있는 구절 하나가 떠오르는데, 『비순수의 선언』 어디에선가 "나는 급진적인 보수주의자, 보수적인 급진주의자로 남고 싶고, 그런 글을 쓰겠다."고 스스로 다짐하신 부분입니다. 한 사십여 년 활동을 돌아보면, 결국 그 약속을 거의 지켜온 것이 아닌가 생각되는데요.

유종호 : 그렇습니다. 그건 여전히 제 신념이기도 하고……. 또 저는 체질상 다수의 무리에 섞이는 것을 잘 못합니다. 그것이 유행이나 한때의 풍조같기도 하고 그래서지요.

이남호 : 긴 시간 동안 대담에 응해주셔서 감사합니다. 끝으로 앞으로 전개

될 우리 문학에 대한 전망에 대해 몇 말씀 듣고 싶습니다. 일전에 어느 신문의 신춘대담에서도 김병익 선생과 말씀을 나누신 적이 있는데, 지금은 '문학의 위기' 라는 말도 심심치 않게 떠돌고, 영상 예술이 문학의 위치를 대신할 것이라는 전망, 문학의 독자들이 사라진다는 암울한 전망들이 거침없이 제기되고 있는 상황인데, 이런 상황에 대해 어떻게 생각하시는지요.

유종호 : 저는 오히려 상당히 낙관적인 쪽입니다. 왜냐하면, 다들 문학이 위기라고 떠드는데, 실상 제대로 된 문학 작품의 독자들은 언제나 소수였다는 사실을 잊어버리고 있는 것 같거든요. 그 점은 앞으로도 마찬가지라고 생각합니다. 아무리 영화나 영상 예술 쪽에 문학의 독자들을 빼앗긴다고 하더라도, 결국 문학 작품을 통해 얻을 수 있는 미적 체험과 감동의 몫은 또 그것대로 남아 있는 것이고, 그것을 알고 있는 사람들은 여전히 문학의 독자로 남게 되겠지요. 그것이 숫자가 얼마나 많은가 적은가가 큰 문제가 되지는 않으리라고 봅니다. 진정한 예술은 결국 소수에게 이해되고 받아들여질 수밖에 없었던 것이 그 동안의 예술사가 보여주지 않습니까.

이남호 : 오랜 시간 동안 좋은 말씀 들려 주셔서 정말 고맙습니다. 앞으로도 건강하시고 왕성한 활동을 기대하겠습니다.

유종호 : 감사합니다.

(대담: 1996년 1월 4일, 유종호 선생 자택)

순수문학 비판과 참여문학의 도정

대담

김우종 / 전 덕성여대 교수, 문학평론가
• 주요 저서로 『순수문학비판』, 『한국현대소설사』 등이 있음.

진행

안남일 / 고려대학교 강사
• 주요 논문으로 「현대소설에 나타난 분단콤플렉스 연구」,
「현대소설에 나타난 '방'의 공간성 연구」 등이 있음.

순수문학 비판과 참여문학의 도정

안남일 : 이렇게 만나 뵙게 되어 영광입니다. 자리를 허락해 주신 선생님께 우선 감사드립니다. 선생님께서 1957년도에 등단하신 이후 오늘에 이르기까지 대략 45년 정도가 되는데요, 지난 45년 동안 선생님께서 쌓아오신 비평적 업적은 차치하더라도, 우리 문학의 현장을 누구보다도 가까이에서 지킨 지난 세월은 그 자체만으로도 소중한 의미를 지닌다고 생각합니다. 그래서 저희들은 선생님의 삶과 문학, 지난 시절의 문단에 대한 이야기, 그리고 문단의 많은 현안 등 여러 가지 이야기를 듣고 싶습니다.

우선 선생님의 등단 무렵에 대해서 여쭈어보고 싶습니다. 선생님께서는 1957년 『현대문학』을 통해 등단하신 것으로 알고 있는데, 당시 문단에 등단하시게 된 배경부터 말씀해 주시지요.

등단 무렵과 참여문학의 배경

김우종 : 네, 나는 1957년도에 등단을 했어요. 그때가 대학교 3학년 때인데, 『현대문학』에 먼저 원고를 보냈어요. 그리고 그 해 12월쯤에 됐다고 연

▲『현대문학』

락이 왔어요. 그때 우리가 등단할 수 있는 관문으로는 '신춘문예' 아니면『현대문학』이 있었고, 그밖에 물론『문학예술』이나『자유문학』같은 것이 있었어요. 하지만, 그래도 어느 정도 재정적 뒷받침 등을 통해서 제일 권위를 가지고 있었던 것이『현대문학』이었어요. 그 당시 문단의 여러 가지 조건들은 지금과는 아주 달랐어요. 자기가 쓰고 싶은 대로 글을 쓰기가 어려운 상황이었지요. 그때만 해도 순수문학이 우리 문단의 주도권을 쥐고 있던 시대였으니까요. 그 순수문학이란 것도 해방 직후 '청년문학가협회'를 중심으로 반공 활동을 하고 이승만 정권에 협조적이었어요. 좌익으로 활동하던 사람들은 대부분 월북하거나 전향을 한 상태였기 때문에, 반공 활동의 중심에 서 있었던 순수문학계보 중에서 특히『현대문학』이 우리 문단에서 가장 큰 영향력을 미치고 있었어요. 그러니까 내가 평론가로서 어떤 주관을 가지고 활동을 하든 간에 그 계보에서 벗어나기가 조금 어려운 형편이었어요.

그리고 그 당시 발표지가 지극히 적었어요. 신춘문예라는 것은 등단할 때는 화려하지만 그것은 신문이기 때문에 굵직한 평론을 발표할 수가 없어요. 그러니까 문예지 아니면 발표할 기회가 없었습니다. 그러고 보면『현대문학』을 이끌고 갔던 조연현 씨나 또는 그와 함께 문예지에 큰 영향력을 미치고 있던 김동리, 서정주 그 사람들의 계보에서 벗어나기가 상당히 어려웠고, 같이 어울려야 될 입장이었습니다. 독불장군이 되어 '혼자 집에서 글만 쓰면 된다' 하는 상황은 전혀 아니었어요.

안남일 : 예. 더군다나 나중에 선생님께서『현대문학』의 순수문학 노선을 비판하시면서 그분들과의 관계가 아주 껄끄러우셨으리라 충분히 짐작이 되는군요. 이 문제는 조금 있다가 자세히 이야기하도록 하고요, 우선 여기서

는 가벼운 이야기부터 나누시지요. 등단 무렵 선생님께서 가까이 지내던 문
인들은 어떤 분들이 있었습니까? 대학 때 학교 분위기라든지…….

김우종 : 나는 전쟁이 나던 1950년도에 입학을 했어요. 그리고 곧 전쟁의
와중에 입대를 하고, 여러 가지 일들을 겪고, 나중에 복학을 했기 때문에 졸
업은 많이 늦어졌죠. 나와 같이 입학했던 사람 중에는 박완서 씨가 있었어
요, 물론 졸업을 하진 못했지만… 그리고 평론을 좀 했던 김열규 씨가 있었
지요.

내가 대학에 들어가고 나서 한 달이 지난 뒤에 입학식이 있었어요. 아마
6·25 다음날인 26일이었을 거예요. 입학식 때 학장님께서 축사를 하시는
데 "이 세상에는 즐거운 일만 있는 것은 아닌 것 같습니다"라고 하더라고
요. 우리를 축하해 줘야 하는데 전쟁이 터졌거든요. 입학식이 끝나고 다들
어찌할 바를 몰랐어요. 누가 어찌 하자는 얘기도 없고……. 국문과 사무실
에 잠깐 들렀다가 그저 불안한 마음을 안고 그냥 흩어지고 말았어요. 그 전
에 한 달 정도 공부를 했지만 그때는 교수들이 강의를 제대로 안 했어요. 더
러 교양과목을 맡은 교수가 나와서 어쩌다 강의를 했을 정도였지요. 그런데
교양과목은 다른 과 학생들도 같이 수강을 했기 때문에 사실 국문과 학생이
누군지 알 수가 없었어요. 전공과목은 양주동 씨 강의를 조금밖에 못 들었
고, 그리고 뿔뿔이 흩어지고 말았어요. 입학식 그 다음 다음날 공산군이 서
울에까지 들어왔죠. 공산군이 서울에 들어오고 난 다음날 학교에 나가봤어
요. 그랬더니 더러 나와서 엉거주춤 왔다갔다하는 사람이 있었지만 다들 어
디로 사라졌는지 나타나지도 않고, 나는 그냥 집이 있는 삼선교 쪽으로 돌
아갔어요. 집으로 가는 도중 창경원 문 앞 서울의대 뒷문 쪽에서 인민군이
누군가를 잡아서 그 자리에서 즉결처분으로 죽이는 장면을 봤어요. 참 너무
도 놀랐죠. 후닥닥 집으로 가버렸어요. 그리고 며칠 후에 고향인 황해도 연
백군으로 내려갔습니다. 거기 있다가 9·28 수복이 되고 나서 다시 서울로
올라와서 학교를 찾아갔더니 미8군이 학교를 점령하여 쓰고 있었어요. 그

래서 들어갈 수도 없었고…….

다만 그때 복학하려는 학생은 심사를 받으라고 하는 연락을 받았어요. 그때 지금의 동숭동 마로니에 공원 뒤쪽에 관사가 있었는데, 거기서 학생들의 복학 심사가 있었어요. 나도 거기서 심사를 받았습니다. 그때 박완서 씨도 있었어요. 학생들이 별로 안 왔습니다. 나중에 합격자를 발표했는데, 그때 나타났던 사람도 박완서 씨예요. 그런데 박완서 씨가 그때 떨어졌어요. 기가 죽었는지 고개를 숙이고 어딜 가더군요. 부끄러워서 내가 말을 못 붙였어요. 그땐 그렇게 못나가지고 여학생한테 말도 못 붙였습니다.(웃음) 그리고 그 해 10월 중공군이 참전한다는 소식을 듣게 되고, 상경한 후 12월에 학병으로 입대를 해버리고 말았어요. 그 방법밖에 없었어요. 한강은 막아놓고 젊은이들은 다 길에서 잡아 가지고 입대를 시키거나 또는 노무자로 보내거나 하던 때이니까 그 방법밖에는 없었어요. 그래 입대를 해서 부산의 제2훈련소까지 갔던 거죠.

안남일 : 예, 그러니까 군대 생활 때문에 졸업이 상당히 늦어지게 된 거군요.

김우종 : 그런 셈이죠. 복학한 다음에 나도 학생 신분으로 등단을 했지만, 내가 복학했을 때는 이어령 씨는 후배로서 입학했다가 이미 졸업을 한 뒤였지요. 나는 군대 생활 때문에 졸업이 너무 늦은 거죠. 물론 동기생 중에서도 여러 가지 사정으로 군대 안간 사람들은 이미 졸업해서 조교가 되어 있기도 하였죠. 그래서 아무래도 대학 생활이라는 것이 나에겐 좀 서먹서먹했죠. 나이 차이가 있는 후배들하고 같이 공부를 했고, 그리고 후배들은 어느 정도 경제 사정이 나보다는 나았어요. 전쟁 중에 그래도 학교에 입학한 사람들은 어느 정도 여건이 있는, 즉 실향민들이 아닌 남쪽사람들이었습니다. 집도 다 있고……. 그러나 나는 고향을 버린 실향민이 되어서 먹고 살 도리도 없고, 해서 간신히 어느 집 학생을 가르치는 걸로 일자리를 얻어서 거기서 아르바이트하면서 학교를 다녔으니까 사정이 많이 다르죠. 옷도 군복에 물들인 것을 입고 앞이 터진 군화를 졸업 후에도 그대로 신고 다녔어요. 나

는 대학 4학년 때부터 본격적으로 문단 활동을 시작한 셈인데, 더러 학교에서 문학 활동을 하려는 학생들과 친하려고 했지만, 그때 문단에 나온 사람들은 거의 없었어요. 그냥 김용직(서울대 교수), 김학동(서강대 교수), 이종석(동아일보) 등 졸업 동기가 된 학우들과 친했지요.

안남일 : 예. 선생님께서는 『현대문학』으로 대변되는 순수문학과 거리를 두고 계신 것으로 알고 있습니다. 이것이 나중에 순수문학에 대한 비판으로 나타나기도 하고요. 이런 문제와 관련하여 등단 무렵 선생님이 가지고 계셨던 문학관이랄까 사회를 보는 시각 같은 것을 좀더 구체적으로 말씀해주시지요. 6·25전쟁이 아마 큰 영향을 미친 것 같은데요.

김우종 : 네. 전쟁은 내가 문학의 사회 참여 쪽에 많은 관심을 갖게 한 중요한 계기가 됐습니다. 내가 등단할 무렵만 해도 우리 경제는 지극히 열악했고 정치적으로도 아주 열악했어요. 우리 국민의 삶은 정말 비참하기 짝이 없었죠. 그야말로 굶어 죽는 사람들까지 있었던 상황이니까요. 그런데 문학은 그런 상황을 외면하고 있었어요. 더구나 나는 전쟁으로 실향민이 되었고, 입대 후에는 국군, 중공군, 인민군, 미군부대를 모두 전전했는데, 분단과 전쟁으로 말미암은 민족의 참상을 나만큼 한반도 남북을 밟고 다니며 분명하게 목격하고 직접 겪은 사람은 거의 없을 겁니다. 그런데 우리 문학은 도대체 무엇인가 하는 의문이 많았지요.

안남일 : 그렇다고 해서 선생님께서 등단하신 잡지인 『현대문학』을 노골적으로 비판할 수는 없는 상황이었지요?

김우종 : 처음부터 그랬던 것은 아니지만, 내가 본 현실과 문학이 가는 길이 너무 달랐기 때문에 그냥 있을 수는 없었어요. '순수문학'을 옹호한다는 문구까지 문예지에 박아놓고 출발한 『현대문학』이었기에 그것에 회의를 안 가질 수 없었어요. 아시겠지만, 순수문학이라는 것은 1930년대 프롤레타리아 문학과의 대립 과정에서 나온 것이지요. 프롤레타리아 문학이라는 것이 그 어떤 목적성만 내걸고 정치적 선전의 도구로 활용된다는 의미에서 순수

하지 못하다는 것이지요. 그래서 순수문학이라 하면 오로지 '순수한 예술성만 추구한다.'는 것인데, 순수문학의 이론을 확립한 이론가는 김환태 씨였어요. 그 사람은 세 가지 이론으로 순수문학을 정리했습니다. 즉 문학은 목적성, 사상성, 사회성을 지녀서는 안 된다는 것이 그의 주장이었습니다. 사회성에 대해서는 직접적으로 문학에서 빼자는 말은 안 했지만 이런 것도 사회성이 아니냐 하면서 그가 예를 든 것이 남녀간의 사랑 문제였어요. 두 사람이 만나 사랑하는 관계도 바로 사회다, 그런데 왜 너희들은 사회성이라고 하면 그것은 빼놓고 사회계층문제나 빈부문제만 지껄이느냐는 것이지요.

해방 후 반공 투쟁과정에서 사회주의 문학파들은 모두 월북하거나 전향해 버리고, 김동리, 서정주, 조연현 씨가 김환태의 순수문학 이론을 계승했어요. 특히 김동리가 이론적으로 활동을 많이 했어요. 즉 문학은 목적성을 지녀서는 안 된다, 사회성도 안 된다, 사상성도 안 된다는 것이었습니다. 이제 그렇게 되면 결국은 문학이 우리 사회 현실을 전혀 외면해야만 순수한 예술이 된다는 결과가 나오게 돼요. 여기에 회의를 가질 수밖에 없었죠. 그래서 1960년도 벽두에「문학의 순수성과 이데올로기」(《한국일보》, 1960. 2. 7)란 글을 짤막하게 발표한 적이 있었고요, 1960년도 들어서는 조금 적극적으로 사회 참여운동을 하게 된 것이지요.

안남일 : 그러면 등단 무렵 이런 선생님의 생각에 영향을 미친 이론적인 배경이 있다면 어떤 것이었습니까? 그 당시 사르트르의 앙가주망 이론이 참여문학과 관련하여 많이 이야기가 되지 않습니까?

김우종 : 네. 그때 앙가주망(engagement)론이라는 것이 유입이 되었지만 그것하고는 전혀 별개였어요. 나중에 불문학을 하던 김붕구 씨 같은 분이 앙가주망에 대해서 부정적인 반론을 제기하곤 했지만, 그쪽에 대해서는 주로 '외국문학파'들이 관심을 가졌고, 저는 그쪽에 대해서 관심이 없었어요. 내가 시작한 참여운동은 서구문학에 너무도 경도되던 당시 풍조와는 전혀

상관없이 우리 현실이 요구한 자생적 자발적인 것입니다. 즉, 우리 현실에서 '문학이 이래서는 안 되는데……' 라는 생각은 분명했어요. 그래서 문학이 우리 현실의 길잡이가 되어야 하겠다, 하는 입장(「저 땅 위에 도표를 세우라」, 『현대문학』, 1964. 5)에서 참여문학을 했던 것입니다.

안남일 : 만약 그렇다면, 그런 선생님의 문학적 입장은 그 당시 문단의 분위기도 작용했겠지만, 어떤 체험에서 많이 우러나온 것으로 판단이 되는데요.

김우종 : 네, 아무래도 나 개인의 체험이 크게 작용했어요.

안남일 : 선생님께서는 한국 화단에도 공식적인 적을 두고 계실 정도로 미술에도 상당히 조예가 깊으신 것으로 알고 있는데, 그 당시 문학과 관련하여서는 주로 어떤 책을 읽으셨습니까?

김우종 : 오늘날 학제로 하면 고등학교 때부터 나는 책을 읽고 글을 쓰는 것을 좋아했어요. 책을 읽는 것이 너무 재미있어 거기 빠지기 시작했어요. 친구에게 책을 빌려다 읽기도 하고, 용돈을 아껴 한 달에 몇 번씩 상경하여 책을 구하기도 했어요. 처음에는 세계문학전집 같은 것을 많이 읽었는데, 거기에 붙어 있는 해설에 특별히 관심을 가지기 시작했어요. 그것 때문에 결국은 사상서적으로 독서의 방향이 돌아버리게 된 겁니다. 꽁트의 사상서, 칸트의 『순수이성비판』, 스펜서의 『제1원리』 등 그 유명하다는 책들을 잘 알지도 못하면서 읽었어요. 그땐 일본말로 된 서적이죠. 이때 읽기 시작한 이런 사상서들에서 내가 받은 영향은 대단히 큽니다. 특히 레싱의 『라오콘(Laokoon)』이라는 책이 있어요. '라오콘'은 저 트로이 전쟁 때 나오는 조각상입니다. 지금은 루브르 미술관에 소장되어 있는데, '라오콘'이라는 예언자가 천기를 누설한 죄로 자기 자식들과 함께 바다뱀 두 마리에 칭칭 감겨서 비명을 지르는 멋진 조각이지요. 그것이 버질(베르길리우스)의 시에도 나오고, 호머의 『일리아스(Ilias)』와 『오디세이아(Odysseia)』에도 나오지요. 이들 책의 미술 비평적인 이론과 문학적인 해석 등이 아주 재미있었어요. 아주 훌륭한 문학비평이었습니다. 미술비평도 되고요. 이런 책들을 읽

으면서 문학비평에 대해서 아주 깊은 관심을 가지기 시작하고, 그 다음부터 소설을 읽더라도 노트에 내 비평적인 견해를 적어가기 시작했어요.

안남일 : 이것이 선생님께서 국문학을 선택하게 된 배경이군요.

김우종 : 그랬지요. 그때 그렇게 해서 매일 써 내려간 것이 노트로 이만큼 (웃음) 쌓였어요. 굉장히 많이 썼습니다. 나중에 생각해보니 이것이 다 비평 공부를 한 것이었어요, 나로서는. 그만큼 한 사람이 없을 겁니다. 고등학생이. 모든 것을 그렇게 비평적인 입장에서 생각하고 쓰는 버릇이 생기고 말 았는데, 그러면서 자연스럽게 우리 문학을 공부하기 위해서 국문과에 들어 간 것이죠.

순수·참여문학 논쟁

안남일 : 그럼 이쯤에서 순수·참여문학 논쟁에 대한 이야기를 해보도록 하지요. 순수·참여논쟁은 김동리 씨에 대한 이어령 씨의 비판에서 이미 시발 되었다고 볼 수 있지만, 그 본격적인 출발점은 선생님의 「파산의 순수문학-새로운 문학을 위한 문단에 보내는 백서」(〈동아일보〉, 1963. 8. 7)가 아닌가 합니다. 이 순수·참여논쟁은 문학이 현실과 민중의 삶에 마땅히 응답할 책무가 있다는 문제제기를 둘러싸고 1970년대 초반까지 지속되었습니다.

선생님께서는 「문학의 순수성과 이데올로기」(〈한국일보〉, 1960. 2. 7), 「초토 문단의 사상」(『현대문학』, 1961. 4), 「정의감과 예술성」(〈동아일보〉, 1961. 6), 「작가적 휴머니스트론」(『현대문학』, 1963. 4) 등의 평론을 잇따라 발표하여 문학의 사회 참여를 주장해 왔습니다. 특히 「파산의 순수문학」에서는 '문학=순수문학' 이라는 등식에 이의를 제기하시면서, 문학은 당면 현실과 민중의 삶에 마땅히 주목해야 하며, 따라서 순수와 결별해야 할 것이라고 제안하셨습니다. 당시 꽤나 파장이 컸을 것으로 생각되는데요.

김우종 : 이승만 정권이 더욱 부패해 갈 때부터, 나는 문학이 사회에 대한 비판적 의식을 가져야 한다고 생각해 왔죠. 그러는 참에 4·19혁명이 일어났죠. 그래서 더 많이 사회 현실에 대해 관심을 갖게 됐습니다. 그런데 곧 5·16혁명이 일어나자, 우리 문단은 대부분 잠잠해지게 되었어요. 그 무렵 발표된 작품들을 잘 보게 되면 어떤 현상이 나타나는가 하면, 김수영 씨 같은 분도 4·19혁명이 일어날 그 당시에는 4·19를 찬미하는 쪽의 시를 발표합니다. 그러나 5·16혁명이 일어나고 난 다음에는 다시 예전의 그 알쏭달쏭한 모더니즘의 시로 돌아가 버리고 말아요. 그만큼 문인들이 침묵을 하기 시작했습니다, 공포 분위기 속에서. 더구나 김수영 씨까지도……

그때 김수영 씨는 『현대문학』파였기 때문에 현대문학사에서 나하고 자주 만나게 됐죠. 누이동생 김수명 씨도 그곳 직원이었지요. 그때 조연현 씨가 옆에 있던 자리에서 김수영 씨가 나더러, "당신은 문학을 통해 뭘 하겠다는 거냐." 하면서 그 문학의 사회 참여라는 것에 대해서 부정적인 얘기를 했어요. 나는 그걸 두 가지로 해석해요. 정말 그 사람이 그런 생각을 가지고 있었을까, 아니면 지금 이 현실 속에서 문학이 과연 무슨 힘이 있다고 너는 떠드는 거냐, 아마 그런 두 입장 중의 하나일텐데, 좌우간 확실한 해석이 안 가요. 어쨌든지 그땐 그랬습니다.

그런데 그때는 정말 가난하고 못사는 우리 현실이 점점 더 눈에 두드러져요. 그래서 우리 현실 자체가 '초토문학'이라고, 완전히 초토화되었다하는 얘기를 하게 되고, 그렇기 때문에 문학이 사회 현실에 참여를 해야 되겠다는 생각을 갖게 된 거죠. 그럼에도 불구하고 처음엔 아무도 호응들을 안 해요. 왜냐하면 그때까지 순수문학 풍조 속에서 살아왔고, 『창작과비평』도 등장하기 훨씬 이전이었지요.

안남일 : 예, 그랬습니다.

김우종 : 심지어 빈정거리고 방해를 하고 그래요.

▲ 김동리

안남일 : 그것은 이형기 씨와의 논쟁에서 잘 드러나는 것 같은데요.

김우종 : 네, 이형기 씨는 사실상 김동리나 조연현 씨를 대신하여 나와 논쟁한 셈이라고 생각해요.

안남일 : 『현대문학』을 통해 등단하신 선생님으로서는 입장이 꽤 난처했겠습니다.

김우종 : 그랬지요. 점점 서먹해지고……. 조연현 씨로부터 좋지 않은 말을 듣고 하니까, 이제 발표할 곳이 없어진 겁니다.

순수문학파가 전반적으로 문단을 지배하고 있었으니까요. 그때, 1966년에 『창작과비평』이 나오기 시작하면서 본격적으로 문학의 사회 참여운동이 전개되기 시작하는데, 나는 그곳에서 원고 청탁이 안 왔어요. 발표가 어려웠지요.

사실, 그 즈음해서 조연현 씨가 김동리 씨에 대한 나의 비평을 나무라더군요.(웃음) 그때는 나를 추천해 줬고 문단의 거의 좌장인 조연현 씨의 말을 안 들을 수가 없었어요. "예, 알았습니다." 하고 말았지만 그대로 따르지는 않았고, 결국은 이런 참여문학 비평은 『현대문학』에다 써서는 안 되겠구나 하는 생각을 했습니다. 애초부터 "본지는 순수문학을 지향한다" 하고 책껍데기에다가 박아 놓고, 거기에 찬성하는 사람들끼리 출발한 문예지에다가, 내가 "순수문학을 깨뜨려 버리자."는 글을 싣는다는 게 말이 안 돼요. 그런데도 사실상 조연현 씨가 그때까지 글을 실어줬습니다.

안남일 : 그래서 『한양』이나 『문학춘추』에도 자주 글을 발표하셨군요. 그런데 『창작과비평』과의 관계는 어떠하셨기에 지면을 얻지 못했습니까?

김우종 : 『창작과비평』은 서울대 문리대 출신들이 많이 참여를 하였는데, 이 사람들은 외국문학파라, 서먹서먹하고 그래서 거기도 발표를 못했어요.

그때 가만히 보니까 이미 학생 때부터 외국문학파들하고 국문과하고는 사이가 좋지 않습디다. 유종호, 백낙청은 영문과였고, 염무웅은 독문과였지요. 대학 시절부터 외국문학파는 자기네들끼리 모이고, 국문과는 우리끼리 하게 되는 거죠. 그것이 그 뒤로 계속 이어진 겁니다.

사실 사회참여운동의 대표적인 문예지라고 할 수 있는『창작과비평』은 백낙청 씨가 주도해 나갔고, 나중에 염무웅 씨도 거기 들어가서 활동을 했고, 어쨌든 처음부터 외국문학파들이 중심이 되어서 쭉 해나갔어요.『문학과지성』도 마찬가지지만, 좀 그런 경향이 있었습니다. 내가 비록 문학의 사회참여운동을 하고 있었지만 사정이 그러했고, 또 나는『현대문학』출신이기 때문에『창작과비평』과는 서먹서먹한 사이가 되고 원고 청탁도 안 해주니까 발표할 기회도 없었습니다. 곧 내 뒤를 따랐던 임헌영 씨나 김병걸 씨도 마찬가지 입장이에요. 결국 그래서 일본의『한양』등에다가 글을 싣게 되고, 이것이 나중에 날조된 간첩단 사건으로 이어진 겁니다.

안남일 : 제가 생각하기엔, 1966년『창작과비평』의 등장은 선생님 개인에게나 우리 비평사에 하나의 분기점을 만든다고 보고 있습니다.『창작과비평』의 등장을 계기로 1960년대 초반에 선생님께서 제기하신 순수 · 참여논쟁, 그리고 1960년대 말 이어령, 김수영 두 분께서 논쟁하셨던 그런 모든 것이 일단락되면서 1970년대로 넘어가거든요. 그래서 선생님께서『창작과비평』에 심정적으로 거리를 두었을 것도 같은데 어땠습니까. 1960년대 당시『창작과비평』을 바라보셨던 선생님의 생각을 좀 말씀해주셨으면 하는데요.

김우종 : 그때는『현대문학』을 비롯하여 대부분의 문예지가 대개 그 문예지 출신에게만 발표 기회를 주던 시기니까, 섭섭하더라도 어쩔 수 없어요. 가령 그때 내가『문학예술』에도 글을 하나 줬더니 박남수 씨가 안 받더라고요. 그 지경이니 뭐 어쩔 도리가 없는 것이죠. 다만 나로서는 '어, 자기네 출신만 봐주는구나.' 하는 입장에서 어떤 섭섭함이 있었던 것뿐이죠. 그 뒤

로 백낙청 씨가 끌어나갔던 그 방향은 대단히 고무적인 방향이었다고 생각
합니다. 만일 그 사람들이 그렇게 하지 않았으면 과연 누가 그 정도로 문학
을 그 사회 참여적인 방향으로 이끌어나갈 수 있었을까 하는 생각을 많이
하죠. 그 사람들은 용기도 있었고, 참 잘했다고 생각해요. 『현대문학』만이
거의 중심이 돼서 우리 문단을 이끌어가려고 하던 시기에 어떤 의미에서 그
독무대를 견제했어요.

안남일 : 예, 조금 전에 이형기 씨가 김동리, 조연현 씨를 대신하여 선생님
과 논쟁하신 것으로 말씀하셨는데, 그 저간의 사정을 좀 자세히 말씀해 주
셨으면 하는데요.

김우종 : 네. 이형기 씨는 그때 문단에서 소위 문인협회 선거라든가, 하는
일이 있을 때마다 조연현 씨나 김동리 씨와 아주 밀착된 관계를 유지하고
있었던 사람이에요, 아주 대표적으로. 그런 모임에서 늘 발언도 많이 하였
어요. 그리고 박종화 씨가 그때 문학가협회 회장을 하고 있다가 어느 날 갑
자기 쿠데타를 일으키면서 김동리 씨를 회장으로 옹립할 때 앞서 발언한 사
람도 이형기 씨였어요. 그러다가, 내가 순수문학을 비판하기 시작하니까 그
사람이 결국 나서기 시작하는데, 그 사람은 김동리 씨가 주장했던 그 내용
들을 바탕으로 해서 내게 반격을 해왔어요. 하여간 그때 논쟁을 했지만, 뭐
워낙 순수문학파의 세력이 셌기 때문에 힘도 들었지요. 그러나 그 논쟁을
통해서 최일수, 홍사중 같은 사람도 참여문학운동에 가담한 것 같아요.

안남일 : 처음에는 거의 선생님 혼자서 활동을 하시다가 최일수, 홍사중, 김
병걸, 신동한 씨까지 후발주자로 참여하신 거군요.

김우종 : 네, 특히 김병걸 씨가 등장하면서부터 나는 얼마나 반가웠는지 몰
라요. '야! 나도 인제 마침내 친구가 생겼구나.' 하고…….

안남일 : 그런데 이형기 씨에 대한 선생님의 비판은 이후 「저 땅 위에 도표
를 세우라」(『현대문학』, 1964. 5)와 「순수의 자기기만」(『한양』, 1965. 7)에
서 보다 논리적이고 구체적인 근거를 가지고 논쟁의 우위를 점하고는 있지

만, 논쟁의 후반으로 가면서 다소 감정적으로 흘러 논쟁의 자세에서 벗어난 느낌을 받는데요.

김우종 : 예,(웃음) 물론 그런 면이 있었죠. 지금 보면, 좀더 차분하게 논쟁을 했어야 했는데 하는 생각이 들어요. 뭐 여러 가지로 미숙했던 것이 사실이에요.

안남일 : 그때 입장을 같이 하는 분들끼리 모여서 어떤 교감 같은 것을 나눈 적은 없었습니까?

김우종 : 가끔 같이 만나서 차도 마시고 대화도 나누고 했지요. 김병걸 씨와도 가까웠지만 임헌영 씨는 나보다 훨씬 후배로서 가까운 교분을 맺기 시작했고, 자주들 만났어요.

안남일 : 그후 김동립 씨하고도 잠깐 논쟁이 있었지요.

김우종 : 네, 그랬어요. 그게 아마 〈조선일보〉에서였을 거예요. 5·16혁명 직후에 김동립 씨가 어떤 신문사의 전무인가 뭔가 어쨌든 임원이었을 때였어요. 지금도 사정은 크게 다르지 않지만, 김동립 씨의 입장과 그의 글이 게재된 신문사의 입장이 크게 다르지 않았어요. 그때도 나는 문학의 사회 참여 쪽으로 내 주장을 펼쳤지요.

안남일 : 그때 선생님께서는 「초토문학과 썩은 가지」라는 글을 발표하셨고, 김동립씨는 「진위를 알고 싶다」로 반박을 하셨거든요. 그런데 논쟁이 계속되지는 않더라고요.

김우종 : 네, 계속되지는 않았어요. 나는 그때 그 사람이 이형기나 김동리나 이쪽의 입장에 서서 나를 반박하려고 하는 게 아니냐, 하는 생각을 했었거든요. 그리고 그 사람은 그 뒤로 문학을 별로 안 했어요.

안남일 : 1960년대 후반 이어령, 김수영 두 분이 논쟁을 할 때, 순수·참여 논쟁을 본격적으로 제기하신 선생님으로서 어떤 생각을 하셨습니까? 혹 개입하고 싶지는 않으셨는지요?

김우종 : 관심은 가졌어요. 그런데 개입하고 싶지는 않았어요. 이어령 씨하

고는 전에도 사소한 일로 부딪친 일이 있었는데, 나하고 같은 국문과 동창이었기 때문에 뭐 개입하고 싶지 않았어요.

안남일 : 이어령 씨하고 부딪친 일이란 어떤 것입니까?

김우종 : 그건 사소한 입씨름이었는데, 이어령 씨가 김수영 씨와 한창 논쟁을 할 무렵 이런 일이 있었어요. 이건 에피소드지만, 정치권에서 흔히 말하는 색깔론이죠. 그때 그 논쟁에 이철범 씨가 이어령 씨 편을 들며 또 끼어들었어요. 두 사람은 김수영을 몹시 공격했지요. 아시다시피, 그러다가 교통사고로 김수영 씨가 죽었지요. 그가 죽고 난 그 며칠 후에 나는 길거리에서 우연히 이철범 씨를 만났어요. 그때 나는 "너희들이 김수영이 죽였어."라고, 허, 내 그런 얘길 했어요.(웃음) 왜 못되게들 노느냐 하는 거였지요. 그러다가 그렇게 헤어지고 말았는데, 사실 내 주장은 이거예요. '너희들이 그렇게 악의적으로 그 사람을 공격하고, 빨갱이로 만들고, 이 나라의 잘못된 그 흑백논리로 그 사람을 궁지에 몰아넣었기 때문에, 그 사람이 하도 화가 나서 매일 저녁 술을 마시다가, 정신 깜빡해 가지고 차에 치여 죽은 것이다. 너희들이 아니었으면 그 사람 그렇지 않았을 것이다. 그러니까 너희들이 죽였다'. 내가 그랬어요. 근데 그 정도로만 이야기를 했지, 문학논쟁에 직접 관여하지는 않았어요.

안남일 : 예. 그런데 제가 생각하기엔, 김병걸 씨의 「순수와의 결별」(『현대문학』, 1963. 10)이라는 글이 순수·참여논쟁을 중간 정리하는 것 같더라고요. 그 이후 1960년대 후반까지 이어령, 김수영 두 분이 계속 논쟁을 하지 않습니까. 그러나 그 논의가 그냥 흐지부지 끝나버리고 마는데, 그런 한계를 뛰어넘는 것이 바로 1970년대 초의 리얼리즘론과 민족문학론인 것 같아요. 어쨌든, 1960년대의 참여문학의 성과는 1970년대 이후의 리얼리즘론과 민족문학론으로 이월된다는 점에서 중요한 역할을 했다고 생각하는데요.

김우종 : 네, 그 연장선상에 있죠.

안남일 : 그런데 선생님께서는 1970년대 이후의 그 같은 논의들에는 구체

적으로 개입하지 않고 계신데……

김우종 : 난 거기에 참여를 거의 안 했습니다. 다만 그 리얼리즘이라는 것은 우리 민족 현실이라든가, 그밖에 우리가 살고 있는 세상을 좀더 깊이 있게 보고자 한 점에서 퍽 고무적이었지요. 그런 입장에서 1970년대 이후의 논의는 바람직한 방향이었다고 생각이 돼요. 대개 순수문학이라는 것이 리얼리즘의 정신이라는 것을 거의 무시한 경향이 많았거든요. 문학은 '누구 밥 먹고 사는 얘기와는 관계가 없는 것이다'라는 입장은 전혀 리얼리즘 입장을 반영하지 않은 것이죠. 그건 현실도피라고 할 수 있죠.

1950, 60년대와 그 문학적 성과

안남일 : 이제 화제를 바꾸어 1950, 1960년대 작품에 대해서 이야기하도록 하지요. 제가 보기에 1950년대 문학은 후반으로 접어들면서 조금 바뀌는 것 같습니다. 전쟁의 상처나 시대의 모순을 즉자적으로 토로하는 것이 아니라, 예컨대 박경리의 소설 「불신시대」에서처럼 그것을 극복하려고 하는 움직임이 드러나는 것 같아요. 선생님은 오영수 문학을 자주 언급하고 계신데, 오영수를 포함하여 1950년대 작품들에 대한 전반적인 평가는 어떠합니까?

김우종 : 1950년대는 지금 얘기한 오영수 외에도 이범선이 있었고, 최인훈은 그 뒤고, 손창섭이 있었지요. 그 중에서 손창섭과 오영수 같은 작가가 나로서는 꽤 마음에 들었어요. 근데 오영수 씨는 순수문학의 전통을 그대로 이어왔던 사람이죠. 그에 대해

▲ 오영수

서는 내가 자주 비판적인 견해를 쓰고, 직접 만나서 말해준 적도 있습니다.
왜냐하면 등장인물들이 대개는 전쟁 중의 피해자들이거나 아주 나약한 인
물들이고, 그런 나약한 인물들을 늘 미화하는 입장에서 많이 써 나갔어요.
말하자면 우리 사회에는 언제나 선과 악의 갈등이 있는데, 선한 쪽에 있는
나약한 인물들은 언제나 피해자가 되어 있고, 또 그런 인물들을 미화해나가
고, 그래서 우리의 관심이 그쪽으로 기울어지도록 만들어 놨죠. 난 그래서
그런 인물들을 미화하지 말아라, 왜 그렇게 밟히면서도 아무 소리 못하는
인간들을 그렇게 미화해 나가느냐, 정말 못난 인간으로서 증오하는 게 차라
리 그들을 위하는 길이 될 것이다, 현실에 좀더 눈을 돌려서 쓰라고 몇 번
이야기했어요. 결국은 오영수 씨도 방향이 조금 바뀌었습니다. 처음에 나하
고 견해가 좀 달라서 논쟁이 벌어지기도 했지만, 그래도 내 견해를 완전히
무시하지는 않은 것 같아요. 그도 현실 문제에 눈을 좀 돌린 거지요. 제주도
4·3사건 때 억울하게 죽음을 당한 한 여자의 얘기를 적은 「후일담」(『현대
문학』, 1960. 6) 같은 작품이 그 좋은 예가 될 겁니다. 그때만 해도 경찰이
나 군대에 의해서 학살당한 여자를 옹호하기는 참 어려운 건데, 그 사람이

▲ 김우종 · 안남일

그걸 씁다.

안남일 : 오영수의 1960년대 작품으로는 「소쩍새」(『현대문학』, 1962. 7)와 「안나의 유서」(『현대문학』, 1963. 4)도 상당히 현실 비판적이지요.

김우종 : 그렇지요. 오영수는 아주 서정적인 감각과 함께 그 당시 피해자로서의 일반 대중들에 대한 깊은 휴머니즘을 갖고 있었던 작가였습니다. 그러나 그 시대의 어려운 실상을 특히 많이 써 나간 작가는 물론 손창섭입니다. 다만 손창섭 소설의 주제를 보자면, 그 사람은 그런 현실을 빈정거리는 투로만 썼지, 조금이라도 밝은 사회를 지향해 나가려는 의지가 없었어요. 그런 의미에서 보자면, 손창섭은 시대 현실로부터 마음속까지 자기 자신이 상처를 받은 인물이 아닌가 생각됩니다. 그 사람의 생활도 그러했고요.

안남일 : 선생님께서 1960년대 들어 사회 참여운동을 본격적으로 전개하신 데는 4·19의 영향이 큰 것 같습니다. 4·19의 최대 성과작이라 할 수 있는 최인훈의 『광장』이나 1960년대 문학은 어떻게 평가하십니까?

김우종 : 네. 최인훈도 우리 나라 문학사에서 한 걸음 큰 진전을 본 것이죠. 지금 보면 아무 것도 아니지만, 북쪽만이 아니라 남쪽까지도 거부하는 그러한 주제는 그전까지 아무도 감히 접근하지 못했던 것 아닙니까. 『광장』의 주인공을 통해서 북도 싫고 남도 싫고 그래서 제3의 세계를 찾아가려고 한다는 것은, 적어도 우리 문학사에서는 최인훈 씨가 그 동안 지니고 있었던 한계를 일단 접고 한 걸음 크

▲ 최인훈

게 벗어나서 할 말을 하려고 한 것이다, 그렇게 볼 수 있을 것 같아요. 그 뒤로 한 단계 다시 한번 진전된 차원에서 우리 문학사의 분수령을 만든 작가가 조정래 같은 작가죠. 그러면서 우리에게 숨겨졌던 그 많은 이야기들의

진실을 밝힐 수 있게 된 것이죠.

안남일 : 앞서 선생님께서 『산문시대』나 『문학과지성』에 대해서도 거리를 두고 계신 것으로 말씀하셨습니다. 『창작과비평』과 마찬가지로 그들 또한 '외국문학파'라는 이유 때문이라고도 하셨고요. 김승옥, 이청준 등 그쪽 계열의 작품에 대한 평가는 어떠했습니까?

김우종 : 네, 이청준의 문학에 대해서는 나도 매우 높이 평가하고 있어요. 상당한 매력이 있고요. 1960년대 이청준이 소설은 격자소설로 불려지고 그 후 모더니즘의 유파로 묶어 나가는 논자도 있지만, 소설 형태에서부터 신선한 충격을 주었습니다. 그런데 중요한 것은 인간의 근원적 삶의 의미를 끊임없이 천착해 나가면서 현대 문명에 대한 회의와 반성을 해 나간 것이지요. 사실 1960년대는 우리의 거의 모든 분야가 현대는커녕 전근대적이면서도 맹목적으로 서구사회를 따라가려 하고 있었지요. 박정희가 전통적인 초가지붕을 모조리 때려부수기 시작한 것도 그 같은 예를 상징하는 대표적인 예입니다. 결국 물질만능주의로 치닫고 천민 자본주의자들이 우글거리는 사회로 발전한 시발점이 1960년대의 '잘 살기 운동'이라고 봐요.

▲ 이청준

그런데 이청준은 이 같은 우리 미래 사회의 한심한 꼴을 이미 예측하고 있었던 것 같아요. 그의 소설 속에 등장하는 주인공들은 모두 복고주의적 취향인 것 같기도 하지만, 사실은 우리가 후진국의 가난에서 허덕이다 희망을 걸고 믿고 있는 '문명의 발전' 속에 숨겨진 재앙의 측면을 비판하고 있는 인물들이죠. 그리고 그들을 통해서 우리들이 잃어가고 있는 고향의 의미, 인간의 근원적인 삶의 의미, 참된 인간 존재의 양식 등을 보여주고 있었다고 봅니다. 그러므로 그의 문학은 1960년대부터 군사정권에 의해서 마구 변모해 가던 우리 사회와 역사의 거울에 비춰볼 때 매우 중요한 의미를 지닌다고 봐요.

안남일 : 윤흥길의 「장마」를 비롯하여 분단문학에 대해서도 선생님께서는 상당히 관심을 가지고 계신 것으로 압니다. 최근 들어 분단문제나 민족문학에 대해서 대개 관심들이 희박해진 것 같아요. 이런 측면과 관련해서 말씀을 좀 해주시죠.

김우종 : 우리가 민족의 통일까지 바라본다면, 북한의 현실에 대해서 작가들이 더 많은 관심을 가져야 된다고 봐요. 어떤 의미에서는 최근 남북 정상의 회담이 있고 난 뒤, 북한의 현실문제에 대해서 오히려 가려진 측면들이 많습니다. 예를 들면, 북한의 어떤 심기를 건드리는 보도들은 잘 안 나오고 있습니다. 난 이게 잘못됐다고 생각해요. 탈북한 사람들의 얘기가 어느 정도 과장이 있을 수도 있겠지만, 아마 대충은 사실일 겁니다. 얼마나 그 사람들이 배고픈지, 정치범 수용소가 어떤 데라는 건지, 어느 정도는 그게 사실일 겁니다. 나도 북한에서 6·25전쟁 당시에 잠시 겪었지만, 북한의 체제가 이런 거구나, 얼마나 무서운 사회인가 하는 것은 어느 정도 짐작이 갔어요. 그런데 그렇게 외부에 전혀 그 사람들의 신음소리 하나도 나지 않도록 통제되고 있다는 것은 무서운 비극입니다.

그런데도 우리 문학에서 그런 얘기를 잘 안 합니다. 그냥 좋은 의미에서 그쪽도 우리 동포, 그런 의미에서 반갑게 맞이하는 그런 얘기나 나오고 있는데, 사실은 그 반 세기 독재 사회에 대한 증언과 비판과 민주화의 얘기가 나와야 하거든요. 오히려 진보적인 성향을 가진 사람일수록 더 안 해요. 이래가지고 통일을 위한 문학은 제대로 안 된다는 것이지요. 우선 작품을 통해서 그 사회의 실상을 밝히는 것만큼 효과적인 게 없거든요. 소위 리얼리즘 문학이라는 것이 그것 아닙니까.

안남일 : 1950년대부터 분단문제를 집요하게 천착한 최일수라는 비평가가 있는데요. 그분의 비평세계에 대해서는 최근 여러 번 지적된 바가 있습니다

만, 1970년대로 넘어오며 민족문학 논의가 활발하게 일어나기 훨씬 이전부터 그분은 줄기차게 분단문제를 다루었습니다. 백낙청 씨의 분단체제론보다 훨씬 앞서는 업적입니다. 그분도 『현대문학』에 주로 글을 발표했는데, 그 당시 최일수 씨와의 교분이랄까, 그분에 대한 평가는 어떠했는지요.

김우종 : 네. 그 사람하고 아주 친하게 지내지는 않았지만, 나하고는 서로 문학적 입장이 같았습니다. 그래서 나도 그분에게 늘 호의적인 관심을 갖고 있었고, 그 사람도 내게 그런 관심을 갖고 있었지요, 그 사람 마지막 죽을 때까지. 나중에 『현실의 문학』(형설출판사, 1982)이라는 비평집도 내고 했어요. 그 사람도 문학의 사회참여적 의미를 강력히 주장하면서, 문학을 통해서 현실에 이바지하려고 했던 좋은 비평가죠.

안남일 : 신동엽을 두고 선생님께서는 순수·참여논쟁 등 1960년대의 논의를 일단 총정리하고 있다는 말씀을 하시고 계신데, 신동엽과 김수영 두 시인과 관련해서는 어떻습니까?

김우종 : 1960년대 문학에서는 특히 신동엽 씨가 가장 우수한 시인이었죠. 이 땅에서는 문학의 사회 참여운동을 아무리 높이 평가해도 모자란다는 그런 입장이었는데, 그 사람의 문학의 사회 참여운동을 볼 때 정말 시대를 앞서갔던 시인이라는 생각이 듭니다. 그때 그의 시에 평화통일론이 나오고, 용감하게 외세의 철수문제까지도 나오고 그랬는데, 그걸 그렇게 부드러운 서정적 감정까지 겸해서 그 정도로 써나갔다는 것은 참 대단해요. 그래서 다른 많은 시인들도 있지만 그 사람의 문학이 가장 큰 산맥을 이루었던 것이 아닌가 짐작이 갑니다.

다만 그 사람도 조금 더 살았으면 감옥에 가고 그랬을지 모르겠어요. 그때 그의 시가 아무래도 좀 상징적인 용어를 썼기 때문에 더러 검열하는 당국에서도 놓칠 수도 있었다고 봐요. 또 그가 그때까지도 그런 올가미에 걸리지 않은 이유는 아마 그가 별로 유명하지 않았기 때문에 그랬을 겁니다. 내가 알기로는, 당국에서도 대개 유명한 사람들부터 열심히 눈여겨보지, 신동엽 씨는 별로 그런 경계할 인물이 아니었어요. 그리고 금방 죽었거든요. 그 사람의 문학이야말로 우리가 지금 이야기하고 있는 평화적인 통일, 민족의 화해, 이런 모든 것을 다 담고 있어요. 그러니 얼마나 앞장선 겁니까. 그래서 전 높이 평가할 수밖에 없는데, 적어도 그때 우리 문단에서는 그 사람에 대한 평가가 별로 나타나질 않았어요.

안남일 : 그 당시 구중서, 임헌영 씨 등의 『상황』 쪽에서, 그리고 백낙청 씨도 부분적으로 언급은 했습니다. 그러다가 1970년대로 넘어오면서 신동엽은 김수영과 함께 민족문학의 중심작가로 떠오르게 됩니다.

김우종 : 물론, 그렇지요. 김수영 씨도 그런 면에서는 높이 평가되는데, 내 입장에서 보자면 5·16혁명이 일어난 다음 그 몇 년 동안의 그의 행적에 대해서는 자꾸 의문이 가요. 도대체 입 다물고 있으려면 가만히 있지, 왜 나한테까지 "당신 문학을 가지고 뭘 하겠다는 거냐." 이래요. 그러면서 그 사람은 알쏭달쏭한, 그 전에 쓰던 모더니즘의 계통으로 다시 돌아가 버리고 말거든요. 그걸 그 사람의 작품을 보는 사람들이 거의 얘기를 안 해요. 4·19혁명이 일어났을 때 격양된 분위기 속에서 참여문학에 대해 쓴 시 그런 건 칭찬을 하고, 1960년대 후반기에 나왔던 시들에 대해서도 칭찬을 하는데, 그 사이에는 뭘 했냐는 것이지요. 그러니까 너무 몸을 사린 것 아니냐(웃음) 하는 생각이 나는데, 그 점에서도 도저히 신동엽 같은 작가에 비할 수 없지요.

『한국현대소설사』와 문인간첩단사건

안남일 : 예, 줄곧 사회참여운동을 해오신 선생님으로서는 충분히 그러실 수 있었겠습니다. 그럼, 이제 선생님의 대표적인 저서인 『한국현대소설사』 쪽으로 화제를 돌려보겠습니다. '머리말'에 이 책이 나오게 된 과정도 간략

하게 언급해 놓으셨는데 좀 복잡하더라고요. 1968년 선명문화사에서 처음 출간하셨고, 그 후 긴급조치법 위반으로 국내 출판이 어렵게 되어 1982년에야 성문각에서 다시 출판한 것으로 알고 있습니다. 특히 1975년에는 개고한 것을 일본에서 간행하신 것으로 알고 있는데, 그 저간의 사정을 좀 말씀해 주시죠.

김우종 : 일제하 우리의 특수한 민족적 현실을 우리 문학이 어떻게 반영해 나갔는지, 거기서 작가들이 해야 될 역할이 무엇이었는지, 그쪽에 주로 관심을 갖고 작품을 봐왔기 때문에, 그런 입장에서 비평적 견해가 들어간 책이죠. 더러 좋은 작품들까지 순수문학을 비판하는 입장에서 너무 비난하고 있다는 말을 듣기도 했는데, 어쨌든 그런 입장에서 써 나갔어요. 선명문화사에서 처음 출간할 때 원고를 더 다듬어야 했었는데, 사실은 그때 여러 가지로 책을 빨리 내자는 사람도 있었고, 나로서도 제대로 정리는 잘 안됐지만 일단 내 놓으면 다른 좋은 책이 나올 거란 생각도 했습니다.(웃음) 특히 자료 구하는 게 너무너무 어려웠어요.

안남일 : 자료들은 어떻게 구하셨어요.

김우종 : 도서관에도 자료가 제대로 없고, 갖고 있는 사람들은 내놓지를 않고, 복사기라는 것도 없었어요. 그냥 여기저기 찾아다니다가 어쩌다 있다고 하면 겨우 빌려다 보고 뭐 그 지경이었어요. 작품을 제대로 모으지도 못했어요. 나로서는 너무 일찍 책을 냈다고도 생각을 하지만, 출판사 쪽에서는 "나중에 또 좋은 책 낼 거다"(웃음)라고 했어요. 그래서 결국 냈습니다. 지난번 어느 일본 문인을 통해서 들으니까, 지금도 자기네들이 다른 책도 일역판이 별로 없어서 그 책을 보고 있다고 그래요. 그래서 "아, 그런 면은 있었구나!"라고 생각은 했어요…….

안남일 : 긴급조치법 위반 때문에 일본에서 책을 출간하신 것으로 알고 있는데, 그쪽하고는 어떤 관계가 있었습니까?

김우종 : 긴급조치법 4호 위반으로 에세이집이 출판·배포·판매 금지되고

다음에는 일체 책을 못 내게 했어요. 물론 박정희가 죽은 뒤에는 달라졌지요. 일본과의 관계는 이렇습니다. 우리 문학을 일본에 가장 많이 소개하고, 특히 윤동주 문학에 연구 업적을 남긴 오오무라 마쓰오라는 와세다 대학 교수가 나와 아주 가까웠어요. 우리 나라에도 몇 번 오고, 나한테서도 문학 공부를 좀 하고 그랬기 때문에 이 분을 통해서 내 책도 소개가 되고, 아사히 신문사에서 발간하는 『아시아 리뷰』에 『한국현대소설사』가 연재되기 시작했죠.

▲ 『한국현대소설사』

안남일 : 이제 1974년 문인간첩단사건에 대한 이야기를 듣지 않을 수 없네요. 별로 좋은 기억은 아니시겠지만, 당시 정황을 자세히 말씀해 주시겠습니까? 이호철, 정을병, 임헌영, 장병희 선생님과의 관계를 포함해서 말입니다. 선생님의 경우, 『한양』에 발표하신 「순수의 자기기만」(1965. 7)이라는 글이 뒤늦게 문제가 된 것으로 알고 있는데요.

김우종 : 네, 아마 1974년도 말이었을 겝니다. 그때쯤 조금씩 유신정권에 대한 비판들이 학원가에서 일기 시작하였고, 그것이 종교계와 그 밖의 다른 분야에까지 번져나갔어요. 문단에서는 이호철 씨가 유신헌법에 대한 개헌 서명운동을 주동이 되어서 일으켰어요. 그 며칠 전쯤에 어느 작가의 집에 주로 문학의 사회 참여를 주장하던 사람들하고 그 밖의 몇몇이 모인 일이 있었습니다. 무슨 생일 파티가 있어서 모였었는데, 거기서 문인들의 유신헌법 반대운동 얘기가 조금 나왔어요. 그때 우리는 지금의 공포 분위기 속에서 직접 행동으로 나서기보다 글로 쓰자, 그런 얘기를 했었습니다. 물론 그 얘기로 끝나버리고 말았죠. 그리고서 바로 며칠 있더니 이호철 씨가 다방에

서 선언문을 낭독했어요. 그리고 거기 서명한 사람들 명단이 있었는데, 거기서 나처럼 직장이 있던 사람은 대개 빼버렸어요.(웃음) 그 후 이호철 씨는 보안사 직원에게 연행돼 가지고 자기 집에 연금이 됐어요.

그러는 사이에 보안사에서는 '이놈을 어떻게 옭아 넣을까'를 연구하고 있었던 겁니다. 그때는 반대 성명을 한 그 다음날인가 유신헌법이 나왔기 때문에 그 유신헌법으로 옭을 수가 없었어요. 그래서 무슨 구실로 잡아넣을까 궁리하다가, 아 일본에 왔다갔다한 그것을 알고서 거기다가 옭어 넣기 시작한 겁니다. 그래서 『한양』에다 글을 발표하고 거기 있는 편집장과 사장을 만난 사람들은, '북한의 공작원이다', 이렇게 일방적으로 보안사에서 선언을 해버린 거지요. 그러니까 『한양』의 관계자들과 만난 것은 공작원들과 접촉한 것이 되고, 그 사람들한테 밥 얻어먹고 원고료 받은 것은 전부 다 공작금 받은 것이다, 이렇게 뒤집어씌웠어요. 그런데 그 당시 그 사람들을 만났던 사람들이 박종화, 이은상, 조연현, 구상 등 문단의 선배를 비롯해서 아주 다수였어요. 그러니까 그 중에서 몇 명만 골라 보안사 대공분실로 끌고 가서 심문을 하기 시작했어요. 그때는 조연현 씨 같은 사람도 끌려가서 조사를 받고 나오고 그랬습니다만, 그 중에서 추리고 추려 다섯 명만 골라낸 거죠.

안남일 : 예, 『한양』에는 김순남이라는 비평가가 열심히 활동하고 있었는데요. 그분하고는…….

김우종 : 교류가 없었어요. 그 주변에는 조총련에 있다가 등을 돌린 윤모 씨라는 비평을 하던 사람이 있었고 남북 양쪽에 비판적이었던 소설가 김달수 씨도 있었는데, 그들은 만나본 일이 있어요.

안남일 : 『한국현대소설사』의 '머리말'을 보면 프로문학과 관련하여 상당히 많은 자료가 있었는데, "어떤 사정으로 일부만 싣는다."는 언급이 있더라고요. 구체적으로 어떤 자료들이었습니까?

김우종 : 자료가 많았다는 것보다는, 소설 작품들에 대한 분석이 대부분이었어요. 그런데 분량이 자꾸 늘어나고, 그때까지는 백철 씨나 조연현 씨도

문학사에서 프로문학은 아예 빼버린 상태니까 겁이 나서 좀 추렸어요.

안남일 : 나중에 증보하면서 그때 빠진 자료가 다 정리된 것입니까?

김우종 : 다 들어가지는 않았어요. 자료도 더러 분실되고 한설야, 이기영 등은 여전히 해금이 안 되어서 그렇게 돼버리고 말았어요.

안남일 : 저는 1950년대 이후 등단한 평론가들 중에서 해방 이전 프로문학에 대한 인식이 어느 정도였는지 궁금한 점이 많습니다. 그와 관련하여 해방 이전 프로문학에 대한 인식은 어떠했습니까?

김우종 : 특별히 그쪽의 책을 구해보지는 못했어요. 반공법 때문에 상당히 위험하다고 생각을 했고, 다만 관심은 갖고 있었지만 보기는 힘들었어요. 그때는 아주 금지도서가 돼 있었기 때문에……. 어쩌다 책을 구해 그 내용을 보니까, 뭐 그렇게 우리가 생각하고 있는 것처럼 공산주의 사상이 뚜렷하게 나타나 있는 것 같지도 않고, 다만 가난한 자에 대한 어디까지나 인간적인 이해와 사랑이라는 것이 나타난 걸로밖에는 이해가 안 돼요. 그래 그 사람들이 어떤 사회주의 발상을 가졌다 하더라도, 그게 아니다, 못된 빨갱이들이 아니라는 생각이 들 수밖에 없었어요. 그러면서 구해볼 수 있는 것은 조금씩 봤죠. 참 그것도 힘들었어요. 도서관에 가면 완전히 밀봉되어 볼 수 없는 것이 대부분이고, 어쩌다가 낡은 문예지를 고서점에서 찾아보면 이기영 씨, 한설야 씨 것이 있어 더러는 보게 되었죠. 그러나 '별로 문제되는 것이 없다.'는 생각을 했습니다. 홍명희의 『임꺽정』은 재미있게 봤고, 김동리와 논쟁하다가 월북한 김동석의 평론집도 겨우 구해 봤습니다. 그런데 저는 소설사 집필 때문에 좀 봤지만 다른 문인들은 별로 관심을 나타내지 않는 편이었어요.

그리고 일제시대의 프로문학운동이라는 것은 일종의 일제에 대한 저항운동이었어요. 일제의 수탈에 의해서 우리 농민들이 아주 피폐한 삶을 살 수밖에 없었고, 그 때문에 작가들이 그들도 인간답게 잘살 수 있는 길을 찾으려니까 결국은 사회주의혁명이라는 것을 생각하지 않았는가, 하는 것이지요. 이런 입장에서 본다면 왜 나쁘냐는 생각에 도달한 겁니다. 사실 지금도 사회주의라는 것은 그것을 하나의 정치적 도구로서, 아니면 민중 선동의 수단으로 악용할 때 문제가 되는 것이지, 그 제도 자체가 근본적으로 선악의 도덕적 기준에서 논의될 문제는 아니죠. 더군다나 일제시대의 그거야 역사적인 당위성조차 있었다고 볼 수 있죠.

안남일 : 화제를 조금 바꾸어 보겠습니다. 유신헌법과 관련하여 김동리 씨가 찬성과 반대를 묻는 'OX표' 설문지를 돌렸다는 기록이 있던데요.

김우종 : 그랬어요, 유신헌법에 대해서 찬성하느냐 반대하느냐 하는. 그건 아주 나쁜 짓이었어요.(웃음)

안남일 : 선생님께서는 어떤 표시를 하셨습니까?(웃음)

김우종 : 아니, 김동리 씨가 엽서를 보냈는데, 그건 그냥 없애버리고 말았지요. 그때는 어쨌든 반대 의사를 나타내면 15년 징역입니다. 그러니까 유신헌법에 대해서 왈가왈부 못하던 시기잖아요. 그런데 그런 일을 주도한 사람들은 찬성이냐 반대냐 해 가지고 대답을 안 한 놈들은 전부 15년 징역의 감옥으로 몰아가려고 하는 수작이었지요. 그렇게 해서 그 사람 입장에서는 '우리 문인은 모두가 이렇게 찬성을 했습니다.'라는 조작된 충성심을 문단의 여론으로 박정희에게 갖다바치려고 한 것 아닙니까.

안남일 : 해직 기간은 한 6년 정도 되시죠.

김우종 : 네, 6년이에요.

안남일 : 그 기간에 에세이를 상당히 많이 쓰셨는데…….

김우종 : 책으로 출판한 것은 그 이후가 되고, 그림을 많이 그렸습니다.

안남일 : 『한국현대소설사』 증보판에는 새로운 원고가 두 편 있던데, 그것이 모두 친일문인들에 대한 글이었어요. 서정주와 김소운에 관한 글인 것으로 압니다. 선생님께서 예전에 방송에 자주 출연하실 때 서정주 씨와는 안좋은 일이 있었다고 들었는데요.

김우종 : 네. 그런 일이 있었어요. 아주 사이가 나빠질 수밖에 없었어요. 서

정주 씨와는 직접 논쟁은 안 했고, 다만 그냥 작은 일로 만나 가지고 몹시 부딪치는 식이었죠. 언젠가 KBS방송국의 좌담회에서 우리의 시문학에 대한 논의를 하게 되었는데, 거기서 서정주 씨가 그런 말을 했어요. 요즘 참 시를 안 읽는다, 너무도 정서가 메말라 있다는 것이었어요. 그래서 내가 "선생님, 시를 안 읽는 게 아닙니다. 지금 서점에 나가면 과거 어느 때보다 많은 시집이 팔리고 있습니다. 그런데, 다만 선생님의 시만 안 읽습니다. 왜냐하면 선생님의 시 속에는 우리 모두의 아픔이 없습니다."라고 아주 심한 소리를 했죠. 그랬더니 "뭐야? 시가 그렇게 되면, 시가 그렇게 사회 내용 어쩌고 하면 다 망쳐버려!" 하고는 벌떡 일어나 버렸어요. 방송 도중에 나가려고 그래요. 그래 PD가 붙잡고 사정을 해서 다시 붙들어 앉혀 가지고, 그건 NG로 처리해 버리고 다시 방송을 진행한 적이 있었습니다. 그런 조그마한 일로 부딪쳤죠.

안남일 : 작은 일만은 아닌 것 같은데요. 최근에도 서정주 씨에 대한 논란이 있었잖아요? 작가는 작품으로 평가해야 한다, 아니다, 작품은 작가의 삶의 실천과 분리될 수 없다 등이 쟁점인 셈이었죠. 이와 관련해서 한 말씀 해주시죠.

김우종 : 특히 서정주 같은 작가는 "그래도 이만한 작가가 어디 있겠느냐", 이런 식으로 이야기를 하는데, 그러나 작품을 그 작가의 생애와 떼어놓고 볼 수 있겠느냐 하는 것이지요. 서정주 같은 경우에, 그 사람이 과거에 했던 친일행위를 아는 사람 같으면 그 사람의 「국화 옆에서」든 그 많은 시들이 아무리 탁월한 수준의 시라 할지라도 감동 못 받는다는 거지요. 우리가 윤동주에 관심을 갖고 있는 것도, 그가 일제시대에 독립운동 관계로 후쿠오카 감옥에서 2년형을 받고 거기서 옥사하지 않았다면, 그의 작품에 대한 우리들의 관심이 지금 이 정도로 높아져 있을까, 이것은 의문이에요.

여담입니다만, 김한길 전 문공부장관이 서정주의 영정에 금관문화훈장을 갖다 바칠 때 그 기분이 어땠을까, 짐작이 가요. 반골 정신이 강했던 아버지를 둔 자식으로서 아마 할 수 없이 갔을 거예요. 요컨대 문학은 어디까지나 그 작가와 떼어놓고 생각할 수 없다는 것이죠. 그래도 이런 이야기를 어디 가서 하기가 참 힘들어요, 지금도. 자꾸 부딪쳐요.

1970년대 이후의 문학과 오늘의 상황

안남일 : 예, 제 생각엔 친일파를 몇 명 지적하여 처단하는 것으로는 우리 사회 내부의 식민성을 진정으로 극복하기는 어렵다는 생각을 합니다. 누구를 탓하기 이전에 각자 자신을 먼저 성찰해보는 자세가 정작 필요한 것 같아요. 그런 의미에서 선생님의 충고는 소중하게 생각하겠습니다.

1974년 이후부터 선생님의 문학 활동에 많은 변화가 있지 않았나 생각되는데요. 1970년대 후반부터는 문학 현장에서 거의 활동이 없으시기도 하고요.

김우종 : 네, 거의 안 했어요.

안남일 : 다른 어떤 특별한 이유라도 있었습니까?

김우종 : 특별한 이유는 없었고, 그냥 힘이 들고 그래서 못했어요.

안남일 : 그러시지만, 1980년대 소장 비평가들이 민중문학을 들고나올 때의 심정은 어떠셨습니까? 그 평가와 관련해서 지금 시점에서 한 말씀 해주시죠.

김우종 : 민주화 운동 속에서 과거의 잘못된 독재체제를 무너뜨리는 그런 민중문학은 바른 길로 가고 있는 것이라고 봤습니다. 구체적으로는 비판의 여지도 있고, 어떤 면에서는 조금 잘못 가는 경우도 있다고 보았어요. 소위 객관적인 안목이 때로는 조금 결여되어 있구나 하는 거죠. 진자활동 비슷하게, 너무 이쪽에 있다가 저쪽으로 가니까 걷잡을 수 없이 조금 지나쳤구나 하는 생각을 할 때가 있었습니다.

안남일 : 근래에 쓰신 「아직은 실패한 우리 문학 : 한국문학 아닌 '남한문학'의 한계와 그 극복」(『시문학』, 1999)이라는 글을 본 적이 있습니다. 이 글에서 선생님께서 '남한문학'이라고 명명하신 것은 당연히 '북한문학'을 염두에 두시고 말씀하신 것 아니겠습니까?

김우종 : 그렇지요. 북한문학 이야기를 해야 하니까 남한문학이라고 할 수 밖에 없었던 것이죠.

안남일 : 그럼, 북한문학을 우리 문학사에 편입하는 문제에 대한 선생님의 견해는 어떠하신지요?

김우종 : 네, 북한의 문학도 전부는 아니라 하더라도 우리가 적어도 문학 작품으로 인정할 만한 것이면 모두 다 우리 문학사에 편입을 해야겠죠. 그쪽의 문학이 전부 다 소위 당의 또는 한 사람의 독재 체제를 미화하는 선전 도구로만 꼭 쓰인 것은 아닌 것 같아요. 더러는 그렇게 씌었다 하더라도 그건 그런 입장에서 비판적으로 수용하면 되는 거지요. 좀 폭넓게 그쪽의 문학도 우리 문학사 쪽에 편입시켜서 하나의 통일된 문학사를 이루어야 하는 것이 당연합니다.

안남일 : 이제 가벼운 내용 몇 가지를 여쭙겠습니다. 선생님께서는 교수이시면서 평론가이시고, 이 외에도 화가, 수필가로도 활동하시며, 한때는 TV나 라디오에도 많이 관여를 하신 걸로 알고 있습니다. 특히 선생님의 첫 에세이집 『내일이 오는 길목에서』는 매일 아침 MBC 라디오의 아나운서가 읽어나간 것을 책으로 묶은 것으로 알고 있습니다만.

김우종 : 그것이 다 너무 재미가 있었어요. 고등학교 때부터 나는 미술반 활동을 하다가 문학으로 돌아섰기 때문에 사실은 양쪽 길을 다 가고 싶었어요. 대학에서 국문과를 선택하고 문학 쪽으로 기울어졌지요. 그런데 훗날 내가 무슨 미술가로 미협에도 들어가게 된 것은 내 의사에 의해서라기보다 정부가 그렇게 만든 겁니다. 투옥됐다가 나온 다음에, 학교에서 해직이 되자 먹고 살 방법이 없었어요. 여기저기 원고료를 받는 것 가지고는 안 되기

때문에, 베스트셀러가 될 만한 책을 내려고 『그래도 살고픈 인생』이라는 에세이집을 냈어요. 그런데 이것조차 긴급조치 4호 위반으로 출판 판매 금지를 당했어요. 문공부에서 그렇게 했지만 실은 중앙정보부에서 했겠죠. 그다음에 시사적인 문제는 되도록 다 빼버리고 고전에 대한 비평을 묶어서 평론집을 만들고자 일단 가본만 만들었어요. '이것은 안 건드리겠지.' 하고 가본을 문공부에 제출했더니, 그것도 '노!'였어요. 심사도 제대로 하지 않은 것 같아요. 결국은 어떤 출판도 나로서는 불가능하게 되었어요.

　밥은 먹어야 되는데, 그래서 이거 어떻게 하나, 길거리에 나가서 땅콩 장사나 할까,(웃음) 별 생각을 다 했어요. 그런데 거기까지는 할 수가 없고, 어떡하나 생각하다가 취미로 그리던 그림을 열심히 그려 가지고 전람회를 처음으로 열었어요. 근데 다들 작품을 보고 사 줬어요. 내가 그 지경이 됐으니까 문인들이 와서 너도나도 하나씩 다 팔아주고 해서 그걸로 생활을 꾸려나갔지요. 그 후 자꾸 그림에 매달리다 보니까 그쪽 길로도 가버리게 되고 만 겁니다. 지금까지도 계속해서 조금씩 그림을 그리기는 하지만, 소위 개인 전람회 같은 건 그때 몇 차례하고 더 이상 안 했어요.

안남일 : 근황은 어떠십니까? 〈한국대학신문〉에는 언제부터 근무하셨습니까?

김우종 : 1994년 여름부터였어요. 퇴직하기 반 년 전부터 여기 나오기 시작한 셈이지요. 여기 와서 칼럼도 쓰고 하지요. 얼마 전 이호철 씨를 인터뷰하자고 했더니, 그 부인이 나를 보고 "아직 젊으시네요, 인터뷰를 다 하러 다니시고."라고 해요.(웃음)

안남일 : 「대학비사」는 연재가 끝났습니까?

김우종 : 같이 도와줄 사람이 없어서 하다 말았어요. 내 혼자 힘으로는 도저히 못하겠고…….

안남일 : 그런 자료나 정보는 어디서 구하십니까? 세밀한 부분도 많이 있던데요.

김우종 : 더러 책들을 모으긴 했지요. 또 직접 가서 사람을 만나기도 하고. 또 처음에는 도와주는 사람도 있었어요. 이젠 사정이 그렇지 못하니까, 요즘은 좀 힘드네요. 젊었을 때라면 잘 해내겠는데…….

안남일 : 그럼, 이제 가장 최근의 문학 현상에 대해 여쭙는 것으로 대담을 마무리했으면 합니다. 최근의 문단 풍토랄까, 그런 것을 말씀해 주셨으면 합니다.

김우종 : 지금 문학 풍토는 야단났죠. 독자들이 좋은 책을 골라 읽을 도리가 없어요. 굉장히 많은 문예지들이 나오고 있는데, 나오는 문예지들마다 거의 수준 미달이에요. 문인들을 양산하고 있지 않습니까. 물론 잡지를 운영하는 사람으로서는 그것이 부득이한 수단이라고들 합니다만, 어쨌든 한 달에 일곱 내지 여덟 명, 심지어 열 명 이상씩 문인들을 배출하면서 그 사람들로 하여금 자기가 등단하게 되는 그 잡지를

▲ 김우종 작품

한 백 권 이상씩 사게 한다든가, 그 돈을 내게 함으로써 잡지를 운영해나가고 있죠. 그렇게 해서 아직 제대로 정립되지 않은 많은 문인들이 배출되고 있고, 또 그 사람들이 내는 단행본들이 서점으로 쏟아져나가요. 유능하지 않은 책들이 서점에 나가봤자 별 도리 없겠지만, 그래도 소위 다른 좋은 책들과 나란히 서가에 꽂혀 있습니다. 그러니 모르는 독자는 누가 진짜 좋은 작가인지 알아볼 도리가 없으니까, 좋은 책을 읽을 수 없게 되지요. 더 심각한 것은 독자들에게 '우리 나라의 문학 수준이 그런 거다.'라고 인식이 되기 때문에 문인들에 대한 이 사회의 인식이 떨어질 수밖에 없다는 점입니다. 그래서 좋은 작가들이 대부분 외면 당하고 독자를 잃어버립니다.

문인 단체도 예외가 아니지요. 우리 사회를 대표하는 문인들의 활동이라는 것이 대개 단체 활동 아닙니까? 누가 문협의 회장이다 부회장이다, 근데 모두 그 사람들이 유권자로서 표를 모아 가지고 그 활동들을 다 합니다.

안남일 : 선생님께서도 문협 쪽에 많이 관여하신 것으로 알고 있는데요.

김우종 : 예, 몇 차례 탈퇴 원서를 냈지만 반송되었고, 그냥 이름만 걸려 있는 정도였어요.

안남일 : 참여문학을 하시다가 문협 쪽에 관여하시게 된 데는 『창작과비평』의 등장이 큰 계기가 된 것 같은데요. 거기에 대해서는 어떻게 생각하십니까?

김우종 : 대개 그렇게 생각하고 있지만 좀 다릅니다. 나는 『현대문학』 출신이니까, 이념을 떠나서 서로 어울리는 상대가 조연현, 김동리 등이 중심이었던 문협 쪽에 서너 명 있었던 셈이죠. 항상 내가 이쪽 편에서 안 보이니까 저쪽 편에 붙어 있구나 하고 생각합니다. 그런데 누구든지 이쪽 아니면 저쪽이다 하는 편가르기로만 보는 것은 지극히 잘못된 것입니다. 정지용도 어울리는 친구들이 '문학가동맹'에 있었고 그 단체에 이름이 있었다는 것만으로 빨갱이로 몰리고 월북했다고 단정해 버려서 희생되지 않았습니까? 그는 이념적으로 어느 쪽도 편들지 않은 혼자였는데, 정확히 말하면 나는 문협 운영에도 관여하지 않았지만 그 반대편도 비슷한 모습을 지닌 이상 나는 어느 편에도 붙어 있지 않습니다. 나는 또 펜클럽도 2년 전에 이사직을 맡고 있었지만 한 번도 나간 일이 없어요. 지금도 펜클럽 이사지만 나는 펜클럽이 어디 있는지도 모릅니다.

안남일 : 최일수 씨가 한국문학평론가협회에 관여하셨는데, 선생님도 그러시지요?

김우종 : 네, 나는 그 뒤에 한국문학평론가협회장을 했습니다. 그때 처음으로 그런 문학 단체의 회장이란 것을 맡았습니다.

안남일 : 예, 선생님, 오랜 시간 좋은 말씀을 많이 해주셔서 대단히 감사합

니다. 아직도 많은 부분을 선생님과 함께 하면서 이야기하고 싶지만, 아쉽게도 이쯤에서 마무리를 할까 합니다. 오늘 선생님의 말씀은 앞으로 문학을 공부하는 사람들에게 좋은 참고 자료가 될 것으로 생각합니다. 앞으로도 더욱 건강하시고, 현장에서 활발하게 활동하시는 모습을 계속해서 보여주셨으면 합니다. 다시 한번 감사드립니다.

(대담: 2002년 8월 12일, 「한국대학신문」 주필실)

다중성(多重性)의 문학

대담

서기원 / 소설가
• 주요 소설로 『마록열전』, 『전야제』 등이 있음.

진행

정호웅 / 홍익대학교 교수
• 주요 저서로 『우리 소설이 걸어온 길』,
『반영과 지향』 등이 있음.

‖다중성(多重性)의 문학‖

격변의 시대를 지나 문학의 길로

정호웅 : 이 대담은 『작가 연구』에서 우리 문학사를 이끌었던 중견 문인들의 삶과 문학 세계 전체를 가능한 한 자세하게 드러내는 데 있다고 합니다. 먼저, 선생님 집안의 가승(家乘)과 가도(家道), 성장 과정 등에 대하여 말씀해 주십시오.

서기원 : 글쎄요, 어떻게 표현해야 좋을지 모르겠는데, 내가 그 지금 가지고 있는 가승에 의하면 본관은 대구 서씨입니다.

정호웅 : 대구 서씨는 달성 서씨하고는 다른 계보인가요?

서기원 : 그게 조금 미묘해요. 원래는 달성이 대구죠. 달성 서씨는, 조선조 중기부터 서울로 진출했던 경파와 지방에 그대로 머물러 있었던 향파로 나뉘게 됩니다. 경파를 따로 불러 대구 서씨라고 했던 거지요. 근자에 와서, 해방 후지요. 뭐 그런 거 가지고 따질 필요가 있겠느냐 그래서 이제는 대구 달성 서씨라고 그래요, 공식 명칭이. 우리 집안은 말하자면 경파에 속합니다. 서울하고 충청도에 근거를 두고 쭉 내려왔지요. 본적은 충남 홍성으로 되어 있는데 내 고조 때에 전라남도 진도 옆에 고금도라고 있어요, 거기 귀

향가서 한 팔 년 귀향살이를 하셨습니다. 그 동안에 충청도 홍성으로 낙향을 했지요. 다시 서울로 오질 못하고 홍성에 정주를 하게 되니까 홍성이 내고향으로 된 거죠. 내 아버지가 서울에 와 계셨기 때문에 낳기는 서울서 났지요. 내 조부까지는 홍성서 뵈었습니다. 그러니까 집안의 근거지는 홍성이고 출생지는 서울이고 그렇습니다.

정호웅 : 「혁명」에 중심 인물의 증조부가 귀향살이를 마치고 시골에 정착하는 내용이 나오는데, 선생님 가계사였군요.

서기원 : 그때 양반가의 분위기 같은 것을 내기 위해서 말하자면 차용을 한 셈이지, 우리 집 가계를요.

정호웅 : 서울에서 나셔 가지고 쭉 서울에서 성장하신 거지요?

서기원 : 아니예요. 내가 그 당시에는 국민학교, 지금의 초등학교를 평안북도 신의주에서 다녔어요. 4학년 때 아버지 직장 관계로 중국 청도로 이사해서 일본인 중학에 들어갔어요. 그때 일본 사람들이 청도에 많았거든요. 해방 전에 나와서 경복중학으로 전학했지요. 해방 후 미국식 교육제도가 들어와 가지고 중학 과정 3년 고등학교 과정 3년, 해서 6년제 중학이 됐어요. 6년제 중학을 마치면 대학으로 진학할 수 있는 새로운 학제가 들어선 거지요. 그러니까 나는 제1회 육년제 중학교 졸업생이고 신학제에 의한 제1회 서울대학교 입학생이 된 것입니다.

정호웅 : 선생님 작품에 그런 학제의 변화 때문에 전문학교나 대학 예과에 진학하지 못하고 여전히 까까머리로 모자를 쓰고 다녀야 하는 것을 불만스럽게 생각하는 소년이 곳곳에 등장하는데 바로 선생님이시군요.

서기원 : 불만스럽다기보다도……. 일종의 젊었을 때의 지적 허영이라고 할까, 그런 게 그 나이 또래에는 있거든요, 그런 과정을 밟지 못한 거지요 우린. 그런데 얘기가 나왔으니 말인데 십대 후반서부터 이십대 초반에는 어떤 의미에서 지적인 동경심, 허영심 이런 게 필요한 면도 있지요.

정호웅 : 선생님의 중학 시절 독서 경험은 어떠했는지요.

서기원 : 아, 그때 책은 많이 봤어요. 물론 일본말로 번역된 것이지만 세계문학전집, 『세계사상전집』 이런 것을 거의 다 봤으니까요. 사상전집은 워낙 어려우니까 다는 읽지 못했지만 그것도 일종의 현학주의라 그럴까 그런 것에 이끌렸던 거지요.

정호웅 : 이호철 선생님 서재에 가보니까 신조사에서 나온 고동색 하드카바 세계문학전집이 엄숙하게 자리잡고 있어 한참 동안 바라보았던 기억이 있습니다.

서기원 : 이호철 씨도 나하고 그런 면에서 같은 세대거든요.

정호웅 : 해방공간, 남북한 단독정부 수립, 6·25전쟁 등으로 이어지는 시기는 우리 사회의 급속한 전환기였습니다. 스물 전후의 청소년으로서 그 엄청난 격동의 전환기를 소년의 몸으로 건너가셨습니다. 그 과정이 어떠했는지 궁금합니다.

서기원 : 아, 그때는 그 출판물이 많이 못 나올 때예요. 종이가 없어서. 그때 나오는 팜플렛 같은 걸 보면 재생지를 사용해서 누렇고 거칠거칠하고 이런 책들이거든요. 근데 그때 공산주의에 관한 책들이 막 그냥 쏟아져 나왔어요. 책은 달리 없고, 일본 책만 있고, 사상적인 것으로는 공산주의 서적이 범람할 때란 말이예요. 그래서 나도 그걸 많이 봤죠. 그때 나온 책들은 주로 팜플렛 형식으로 된 것들이었는데, 부하린 등 공산주의 사상가들의 책들, 또 『공산당선언』, 『공산주의 ABC』 등 대중적인 계몽서들을 많이 읽었던 기억이 납니다. 『자본론』은 그때 출간되지도 않았지요. 있었다 하더라도 어려워서 볼 수도 없었겠지만. 레닌의 연설집 같은 거, 그런 거 많이 봤어요. 많이 봤지만 나이도 워낙 어리고 했으니까 정치적 지향이나 이념 선택과는 무관한, 호기심에 이끌린 독서였다고 해야 되겠지요.

정호웅 : 구질서가 해체되고 새로운 질서가 대두하는 소용돌이 가운데서 중심을 잡기 쉽지 않았을 것으로 짐작됩니다만.

서기원 : 해방보다도 6·25 동란이 나한테는 더 크게 정신적인 면에서 충격

을 준 것 같습니다. 장편『전야제』에서 그런 것과 관련된 고민을 나름대로 그리려고 했지요. 동족끼리 피를 흘리며 싸운다는 것에 대한, 뭐라 그럴까, 아주 구제받기 어려운 절망감 비슷한 거, 그리고 왜 싸워야 되는지 그런 것에 대한 회의, 이런 게 들끓어 괴로웠습니다. 그리고 구질서가 6·25 사변 때 완전히 와해가 됐어요. 그런 데서 생겨난 허탈감, 방향 감각의 상실이라고 그럴까, 이런 것들이 일시에 몰려왔으니까, 확고한 중심을 잡지 못하고 갈등 방황하면서 6·25 동란을 겪은 셈이죠. 그 후에 지식인들이 6·25 동란에 대해서 여러 가지 해석을 내놓곤 하는데, 그 당시에는 그런 데까지 생각이 미칠 수 없었습니다. 말하자면 생존을 위한 안간힘이라고 그럴까, 몸부림이라고 그럴까, 그렇게밖에 말할 수 없는 세월이고 삶이었습니다. 서울 상대 입학 동기가 이백 명 가량 되는데, 그 후에 보니까 절반이 죽거나 이북에 갔거나 그랬거든요. 한 백 명 남았지요. 몇 년 전에 동창 모임이 있었는데 한 삼사십 명 정도 모였더군요. 그런 정도예요. 죽음이라는 것과 거의 등허리를 맞댄다는 말이 있는데 그 비슷한 상황이었으니까요. 나는 다행히 공군에 들어가 후방 비행장에서 근무했기 때문에 죽음이라는 것에 대한 절박감이 육군에 들어간 친구들보다는 덜했죠. 우리 또래는 보병 장교로 소대장 근무를 많이 했어요. 최전방에 나가서 입대한 지 몇 달만에 죽는 사람들이 수두룩했지요. 그런 세월이었으니 그때는 어떻게 살아남느냐가 최우선의 과제였던 거지요. 어른들이 부산에 피난 가 계셨는데 수입이 없으니까 외아들인 내가 가족의 생계를 책임져야 했습니다. 부모를 모시고 그런 와중에서 어떻게 하면 살아남느냐 이런 데 몰두할 수밖에 없었습니다. 나뿐만이 아니라 대개 그랬을 거예요.

정호웅 : 선생님이 등단하신 게 1956년입니다. 「안락사론」, 「암사지도」로 『현대문학』에 추천 등단하셨지요.

서기원 : 1956년 10월에 공군에서 제대했습니다. 공군 대위로 예편했지요. 물론 후방 행정요원이니까 전투에 참가한 적은 없었지요. 근데 제대하기 전

에 보니까 그해 봄부터인가 6·25 사변 전에 나오던『문예』지의 후신인『현
대문학』이 나오기 시작했어요.『현대문학』에 실린 추천 작품을 열심히 읽었
죠. 읽었는데 건방진 얘기일지 모르지만 이런 정도라면 나도 한번 써보고
싶다 이런 생각이 들더군요. 그 이전에는, 문학 작품도 물론 많이 읽었지만
미술·음악 이런 데도 관심이 많았습니다.『현대문학』이 나오는 걸 보고서
나도 글 좀 써야겠다, 나도 쓸 수 있겠다, 이런 자신감이랄까 자기 다짐이랄
까 하는 것을 가지게 됐던 것으로 기억합니다. 나중에 시인으로 이름을 얻
은 성찬경, 박희진 등과 해방 후부터 가깝게 지냈는데, 다들 돈암동에 살아
자주 만났지요. 셋이 자주 모여서 문학 얘기도 하고 그랬는데 이 두 양반이
조지훈 씨 추천인가로『문학예술』에 먼저 데뷔했습니다. 다소 자극을 받은
거지요. 그러면 난 소설을 쓰겠다 그래 가지고 투고를 했지요. 1956년 제대
하기 전에 여름 무렵에 투고를 했어요. 그랬더니 그 다음 호『현대문학』에
추천인인 황순원 선생의 소감이 나와 있더라고요. 난 추천이 안 됐는데, 논
평을 하면서 뭐 장래성이 있다고 그럴까, 그런 식으로 고무적인 말씀이었어
요. 그걸 보고 황순원 선생을 찾아갔지요. 무명의 문학청년을 격려해주셨으
니 얼마나 고마웠겠어요. 황 선생께서는 그
때 회현동에 사셨어요. 그때 여러 가지 말
씀을 듣고 힘을 내서「암사지도」를 썼죠,
바로. 그건 황순원 선생한테 직접 갖다드렸
어요. 직접 가지고 오라 그래서요. 아니, 얘
기가 순서가 바뀌었구만….「안락사론」의
뒷부분을 조금 손질하라고 그래요. 그래 조
금 손질해 출판사에 갖다주었더니 그게 1회
추천작이 됐고, 그 다음에「암사지도」를 써
서 직접 갖다드려 가지고「암사지도」가 발
표되었던 거지요. 그래서 추천완료로 등단

▲ 서기원의 창작집『암사지도』

하게 됐지. 그러니까 어떤 의미에선 고생하지 않고 아주 쉽게 등단한 셈이죠.

정호웅 : 보통 문학 청년들이 등단할 때는 '나는 소설에 순사하겠다.' 이런 식의 비장한 각오를 세우고 나서지 않습니까. 선생님께서는 그때 그런 정도는 아니셨던 모양이지요?

서기원 : 그때 추천완료 소감문이 '비전문의 변'이라고 그럴까 그런 식의 글이었지요. 그런데 그때부터 지금까지 나는, 조부나 아버지 영향 때문인지는 몰라도, 글을 써서 먹고산다는 것에 대한 생각을 한 적이 없어요. 요새 말로 말하면은 전업작가로 생계를 꾸려간다고는 생각하지 않았던 거지요. 그렇다고 취미로 도락이나 여흥 비슷하게 문학을 생각한 것은 또 아니예요. 그런 것은 아니지만 다른 작가들이 볼 때에는 기분이 좋지 않을지 모르겠지만, 이런 게 있어요. 사내자식이 태어나서 글만 써서 먹고산다고 하면 뭔가 사내자식의 어떤 본분이라고 할까, 이런 거하고 딱 들어맞지 않는 위화감 비슷한 거, 이런 게 어렸을 때부터 있었던 것 같아요. 그것은 아마 집안의 어떤 보이지 않는 영향 때문일 겁니다. 아버지나 조부의 생각, 가르침이 그랬으니까요. 그렇다고 해서 문학을 내가 우습게 여긴다거나 부업으로 생각한다거나 이런 건 물론 아닙니다. 이걸 정확하게 설명하기는 참 어려운데 지금 얘기한 것이 말하자면 가장 정직한 표현입니다, 나로서는. 더러 딴데 가서는 뭐 여러 가지 제스처도 하고 그랬지만은, 모처럼 여러 가지로 진지하게 나를 다룬다고 그러니까, 마음에 있는 것을 정직하게 얘기하자면 그런 거예요.

정호웅 : 그러면 선생님이 생각하셨던 본분은 어떤 겁니까? 정치라든지 학문이라든지 이런 이름을 붙일 수 있는 성격의 것인가요?

서기원 : 아니, 반드시 정계에 나간다거나 그런 무슨 목표가 있는 게 아니고, 뭐 사업을 해도 좋고 정치를 해도 좋고 학자가 되도 좋고 하지만, 직접적으로 사회에 참여하고 기여할 수 있는 그런 일이 나한테 맞지 않겠느냐

이런 생각을 막연히 한 거죠.

정호웅 : 경세(經世)라고 할 수 있을는지요?

서기원 : 아 경세. 경세라고 하면 조금 나로서는 분에 넘치지만, 말하자면 그런 거죠. 내가 뵙지는 못했지만 고조 할아버지의 영향을 간접적으로 많이 받았어요. 우리 집안은 원래부터 소론이지요. 이호철 씨는 그런 거 가지고 가끔가다 나를 놀리고는 하지만…. 조선 중기 이후 소론계는 요새 말로 옮기면 체제 내 소수파지요. 그렇다고 해서 반체제는 아니죠. 그 당시에는 물론 반체제나 이런 게 없었지만요. 고조부께서 이십대 초반에 등과하고, 이십대 후반에 승지를 거쳐 사간원 대사간을 하셨어요. 그때 안동 김씨의 대부 중에 김홍근이라는 사람이 있었는데 그 당시 전라감사였지요. 그 사람을 탄핵해서 물러나게 했다고 해요. 그런데 정조가 죽고 순조가 왕이 됐는데 어리니까 안동 김씨의 세도정치가 시작됐어요. 김홍근의 역공은 당연한 것, 귀양을 갔던 겁니다. 할아버지께서도 그 얘기를 많이 하시면서 권력에 아부하거나 굴종하지 않았다, 옳고 그른 것을 따져 나아갔을 뿐이라는 것을 거듭 강조하셨지요. 그런 집안의 역사, 조부의 가르침 등이 문학에 대한 생각에 작용했을 거라고 짐작하고는 있습니다.

정호웅 : 강화도의 양명학파도 소론이었죠? 집안 사이 교류는 없었습니까?

서기원 : 그렇지요. 이광사 집안도 그렇고 하곡 정재두 집안도 그렇지요. 정인보 씨 집안도 그렇고. 우리 집안하고는 아주 가깝진 않지만 교류가 있었습니다. 한데 그 당시에는 양명학이 일종의 사문난적 비슷하게 몰렸으니까, 강화학파는 소론 중에서도 요새 말로 하면 아웃사이더였죠.

정호웅 : 선생님 집안은 강화도의 양명학파보다는 더 체제 안쪽에 들어와 있는 경우이지요?

서기원 : 그런 셈이지요. 내 어렸을 적만 해도 이광사 글씨가 우리 집에 더러 있었어요. 지금은 다른 사람들이 가지고 가서 없지만, 말하자면 교류가 있었다는 얘기지요.

이분법을 넘어서

정호웅 : 선생님 초기 문학은 이 시기 문학 일반과는 다르게 선과 악, 좌와 우, 진보와 보수 등의 이분법에서 벗어나 있는 것 같습니다.

서기원 : 벗어나 있다기보다도 처음부터 그런 데에 관심이 없었어요. 왜냐 하면 인간의 삶 자체가 그런 이분법으로 되어 있지 않다는 것은 어렸을 적 부터 느꼈거든요. 그러니까 내 공산주의 책을 해방 후에 많이 봤지마는 실 제 인간 사회, 인간의 삶·문학 자체가 이렇게 되는 것은 아니라는 것을 느 낌으로 알고 있었던 거지요. 그리고 모르겠어요, 우리 집안 자체가 쭉 체제 내에 들어 있었기 때문에 그런지는 몰라도, 뭐 그런 영향도 있겠지요. 노동 자 계급에 의한 프롤레타리아 독재, 이런 식의 사고방식은 생리적으로 받아 들일 수 없었던 게 아닌가 싶습니다.

정호웅 : 그래서 단순히 정치나 이념 문제에 국한되지 않고 등장인물의 심 리나 성격이.대단히 복잡합니다. 우리 소설을 보면은 인물 선택이라는 것은 예컨대 이 사람은 악하다 이 사람은 선하다 하는 식으로 틀에 갇힌 뚜렷한 인물, 이게 우리 소설의 일반의 특성인데 선생님 소설은 여기서 벗어나 있 는 것이겠죠. 인간을 바라보는 선생님의 관점과 관련된 그런 게 아닌가 싶 습니다. 인간이란 그렇게 단순한 존재가 아니라는 거죠. 한두 마디로 규정 할 수 있는. 선생님의 인간을 바라보는 어떤 관점과 관련해서 이런 것을 설 명하실 수 있는지요.

서기원 : 예, 이건 조금 아까 얘기에 소급이 되지만 다른 각도에선 또 이렇 게 얘기할 수 있어요. 인간은 하이데거의 말을 빌리면 대자적인 존재인데, 인간의 어떤 이중성 같은 것이 자기가 의식을 하든 하지 않든 반드시 수반 된다고 생각하지요. 그게 뭐냐면 내가 사회 내 존재로서 여러 가지 인간 관 계를 맺고 살아갑니다. 그런 과정에서 자기 직업을 선택하고, 생존을 위한 어떤 경제 활동을 하지요. 그런 존재인 나하고, 반드시 그것과 일치하지 않

는 별도의 나라고 하는 것이 나에게는 필요한 것이 아니냐, 이런 생각을 막연히 했던 겁니다. 어떤 의미에서는 이중성이라고 볼 수 있는데, 다른 말로 하면 사회적인 나와, 좀 어휘가 적합할지 모르지만, 주체적인 나, 이런 것이 막연하지만 나한테는 있었습니다. 주체적인 나를 표현하고 주체적인 나의 존재를 확인해 나가고 하는 것이 일종의 예술 활동이 아니겠느냐, 그러니까, 이 또한 어폐가 없지 않아 있는 말이지만, 적당히 타협하는 자아라고 할 수 있는 사회인으로서의 '나'가 있고, 타협하지 않은 자아라고 할 수 있는 소설가로서의 '나'가 있다고 하는 생각이지요. 두 자아가 확연히 구분되는 것은 물론 아니지만, 그런 생각을 막연히 했고, 그것이 나를 작가의 길로 들어서게 했고 계속 작가이게 했던 요인이 아닌가 합니다. 그런데 중년에 들어서니까 그 생각은 조금 미숙한 것이라는 생각을 하게 되더군요. 문학을 하지 않고도 양자를 융합시킨다던가 통일시킬 수 있는 가능성이 얼마든지 있다는 것을 생각하게 된 거지요. 반드시 문학이나 다른 예술을 해야만 되는 것은 아니고, 정치라든지 기업 경영이라든지 그런 데서 보람을 느끼고 사회적 자아와 주체적인 자아를 일치시킬 수 있는 방법이 얼마든지 있다, 처음부터 그렇게 분열적으로 생각하는 것 자체가 내 젊었을 때의 잘못이 아니겠느냐, 이런 반성을 하게 되었다는 겁니다.

정호웅 : 선생님 소설에도 그렇고, 오상원 선생의 소설에도 그렇고 이병주 선생의 소설에도 그렇고, 선생님 세대 작가의 문학에는 어떤 관계에도 구속받지 않으려는 '나', 모든 관계로부터 분리된 고독한 개별자로서의 '나'가 핵심 요소로 자리잡고 있는 것으로 보입니다만.

서기원 : 아 그게 지금 내가 얘기한 거하고 아마 상통할 거예요.

정호웅 : 모든 관계로부터 분리된 고독한 개별자로서의 '나'는 역사가 나를 소외시키고 제 갈 길을 가는 아주 비정한 것이고 또 나아가서는 나하고는 무관한 것이라고 생각하는 역사 허무주의하고 연결되어 있다는 느낌을 받습니다.

서기원 : 내 초기작품 세계는 아마 그런 것 같습니다.

정호웅 : 선생님 세대의 일반적인 특성이 아니었던가 하는 생각이 드네요.

서기원 : 그래요. 그것은 이른바 전후 문학의 공통되는 점일 것입니다. 기본적인 사회 질서가 와해되고 기존 질서 자체가 완전히 망가지고 또 휴전은 됐지만은 과연 우리가 사람다운 삶을 앞으로 영위할 수 있겠느냐 그런 불안감, 공포심, 회의 이런 게 가득찼던 때니까요. 온 나라가 폐허가 되고, 개인적인 삶도 내일을 기약할 수 없고 그런 상태니까 허무주의적인 생각들이 만연했지요. 내 초기작인 「암사지도」, 「이 성숙한 밤의 포옹」, 「전야제」 등의 세계가 어두운 이유 중의 하나는 그것이지요.

문체의 발견과 세대 논쟁

정호웅 : 선생님 문장이 이 시기 일반 소설 문장하고는 아주 다르다는 느낌을 받았습니다. 정리를 해보자면 군더더기를 찾아볼 수 없는 단정함, 적실한 어휘 운용, 빈틈없는 논리성 이런 게 특징이 아닌가 싶습니다. 유종호 교수는 오십 년대를 '오문과 악문의 시대'라고 했는데, 전후 문학의 국적불명, 오문과 악문의 문장 이런 것에 대한 선생님의 의견이 궁금합니다. 그리고 선생님의 문장관은 어떤지도 말씀해 주십시오.

서기원 : 문체에 관한 관심을 표명한 비평가들이 지금까지 별로 많지가 않았어요. 나는 소설뿐만 아니라 에세이도 그렇고 논문도 그렇고 문체라는 것이 대단히 중요하다는 것을 젊었을 때부터 인식을 했거든요. 왜냐하면 글쓰는 이의 감수성, 사상, 그런 것들을 형상화하는 과정이라는 것이 필연적으로 문체로 드러나는 것이 아니겠느냐 이런 생각이 있었어요. 해방 후에 이광수, 이효석, 김유정, 이상, 염상섭 이런 사람들의 작품들이 질 나쁜 종이의 책으로 많이 나왔어요. 많이 봤지요. 그때 느낀 것이 왜 우리 소설들은

거의 전부가 토속적이고, 뭐라 그럴까, 감성적이고 감상적인 쪽에 갇혀 있다는 것이었습니다. 지적 탐구라고 할 수 있는 면이 너무나 부족하다 이런 느낌을 받았던 거죠. 내가 접했던 외국의 일급 소설들에 비하면 우리 소설은 너무 빈약한 것 아닌가 이런 생각을 가졌던 겁니다. 우리 소설의 이런 소박한 문체로는 우리 문학의 성장을 기대하기 어렵지 않겠느냐, 이런 생각을 막연하지만 했던 거지요. 그리고 또 하나는 내가 시골에서 시골 생활을 한 적이 없어요. 서울서 태어나서 신의주에 갔다가 청도에 갔다가 서울로 다시 돌아왔고 그 이후엔 계속 서울에서 살았지요. 그러니 그런 것은 잘 모르기 때문에 자연히 그렇게 된 것인지는 몰라도 어떻든 그런 소박한 문체에 대한 불만이 있었어요. 내 문장이 단정하고 논리적이라고 하셨는데 그건 아마도 몇 마디면 충분한데도 번다한 수식으로 장식하는 것을 못마땅하게 여기는 내 생각과 무관하지 않은 것일 겁니다. 중년 이후에는 그런 생각 자체가 미숙하다는 반성도 하게 되지만 지금까지도 그런 생각의 기본은 변하지 않았어요.

정호웅 : 선생님의 언어는 지식인의 지적인 언어지 일반 언중들의 생활 언어로부터는 좀 멀리 떨어져 있다고 할 수 있지요?

서기원 : 그럴지도 몰라요.

정호웅 : 제가 보기에 선생님 문체는 형용사, 접속사를 많이 사용하지 않습니다. 그리고 비유를 배제하는 특성을 갖고 있습니다.

서기원 : 그렇습니다. 그러나 배제하는 것은 아니고 별로 많이 안 쓰죠.

정호웅 : 예. 그런 점에서 개성적입니다. 이 같은 특징은 뒤로 올수록 뚜렷해지는데 『광화문』에서 나름대로 한 차원을 완성하는 것으로 보입니다.

서기원 : 『광화문』 이전에, 1970년대 초반에 쓴 「마록열전」, 그게 어떤 의미에서는 더 내 문체의 개성이라고 그럴까 그런 것을 드러낸 거죠.

정호웅 : 그걸 거쳐서 『광화문』을 쓰신 것이군요.

서기원 : 그렇게 말하면 정확하겠네요.

정호웅 : 『광화문』의 문체는 아주 담백하고 여백이 많은, 그러면서도 부드럽게 흐르는 아주 독특한 문체입니다. 「마록열전」은 그에 비하면 조금 거칩니다, 지금 제가 읽기에는. 의식적인 고려가 있었는지요?

서기원 : 아니, 그건 의식적으로 한다고 되는 것은 아니니까요. 다만 그런 의식이 밑에 깔려 있어 가지고 자연적으로 나오는 거죠. 뭐라 그럴까 난 번역을 했을 때에 크게 손상을 입지 않는 문체라 그럴까, 그런 문체를 지향해야 한다는 생각은 약간 있어요. 그런데 가령 이문구 씨 소설 같은 거, 나 그거 대단히 인정하고 경의를 표하지마는 번역을 했을 경우에 정확히 전달이 되겠느냐 이런 의문이 약간 있지요. 물론 번역을 하기 위해 소설을 쓰는 것은 아니지마는요. 문체라고 하는 것 자체가 어떤 의미에서 시간에 대한 내성이 좀 강해야 되지 않겠느냐 하는 생각도 있는 거지요.

　얘기가 나와서 하는 말인데 우리 문단에는 이런 경향이 있는 것 같습니다. '사투리를 잘 구사하면 좋다'. 그러나 그것만은 아니다, 내 생각은 그거지요. 토속어하고 방언에 의지하는 소설에 대해서 지나친 칭찬은 필요 없다, 이런 거죠, 쉽게 말하면.

정호웅 : 선생님 문장은 대체로 '한다체', '하였다체'로 되어 있습니다. 아주 가끔 '것이다체'가 끼어드는 경우가 있습니다. 이 '것이다체'는 1950년대 손창섭 문학의 대표적인 특징 가운데 하나입니다. 당시에도 이런 점에 대해 의식을 하셨던지요?

서기원 : 손창섭 씨 소설에 영향을 많이 받았지요. 헌데 지금 손창섭 씨의 '것이다체'는 현재 진행형이 많아요. 그런데 내가 쓰는 '것이다체'는 대체로 독자의 설득과 논리성의 확보를 지향하는 문체라고 할 수 있습니다. 그리고 또 하나, 나는 리듬을 중요시하는데 '하였다.

▲ 손창섭

하였다. 하였다' 이렇게 쭉 나가는 것은 지루하고 리듬을 죽이지요.

정호웅 : 선생님은 기자로서도 계속 글을 써오셨고 작가로서도 글을 써오셨는데 이 두 글쓰기 사이에서 상당한 갈등이 없을 수가 없었겠다 이런 생각이 듭니다.

서기원 : 그렇습니다. 기자 생활을 하면서 소설을 함께 썼는데, 내 소설 문체가 기사체의 영향을 받아 망가지는 것이 아니냐 이런 불안감이 쭉 있었죠. 그러나 논설체라든가 기사체에 큰 영향을 받았다고 생각하지는 않습니다. 소설을 쓸 때는 생각을 완전히 바꿔가지고 의식적으로 기자 생활과 관계된 걸 배제하고 쓰려고 했으니까 그런지는 몰라도요. 그러나 나도 모르는 사이에 그런 영향이 있었겠죠. 전적으로 부인할 수는 없을거예요. 하지만 낮에는 기자 · 논설위원으로 기사나 논설문을 쓰다가 밤이 되면 소설가로 옮겨가야 하니 쉽지는 않았습니다. 나름대로는 많이 고민했지요. 일종의 투쟁 비슷한 거였지요. 그런데 이렇게 말하면 신문사에 있는 친구들은 좋지 않게 생각할지 몰라도, 기사나 논설은 쓰는 것이 굉장히 쉬워요. 있는 자료를 논리적으로 구성하면 되니까요. 굉장히 빨리 썼어요. 기사도 그렇고 논설도 그래요. 그러나 소설은 자기의 감성과 내부에 있는 자기의 사고 이런 것을 구성해내는 거니까 전혀 다르죠.

정호웅 : 선생님께서는 주로 경제 분야의 글을 많이 쓰셨습니까?

서기원 : 그래요. 경제 분야를 오래 했지요. 논설위원 때도 경제 담당을 했지요. 처음부터 너는 상대 다녔으니까 이거 해라 이런 식으로 돼서 정치부나 사회부에 간 적은 한 번도 없었어요. 일본 특파원할 때는 정치기사를 많이 썼지만요.

정호웅 : 「상속자」, 「혁명」 등에 '간질병자 사촌'이 나옵니다. 실제 모델이 있었지 않나 하는 생각이 들었습니다만.

서기원 : 그래요. 내 사촌 중의 한 명이 모델이었어요.

정호웅 : 소설 속의 사촌은 소설 세계 속에서는 집안의 원죄와 관련된 설정

으로 읽힙니다만.

서기원 : 아, 그것은 내가 생각을 미처 못한 것을 지적했는데요. 아까 우리 집에 대해서는 얘기했는데 그것은 어떤 의미에서 밝은 면만을 드러낸 것입니다. 그러나 모든 집안에는 어두운 면이 있게 마련이지요. 옛날에는, 특히 소론일 경우에는 혼인 관계가 넓지 못해요. 더군다나 홍성은 시골이니까, 혼인 관계가 대단히 좁은 테두리 안에서 이루어졌어요. 피의 어떤 다양성, 이런 게 적을 수밖에요. 순결성이라든가 이런 것을 따질 때는 긍정적인 의미 부여가 가능하겠지만, 개방된 생각을 가진 사람들에게는 그런 제약이 뭔가 숙명적으로 불구적인 것을 만들어내지 않겠느냐 하는 두려움 같은 것을 갖게 한 것 같습니다. 내 소설 속 간질병 앓는 사촌은 그런 것의 하나의 상징적 표현이 아니겠느냐 싶네요.

정호웅 : 1960년대에 김현, 김주연 씨하고의 논쟁이 있었습니다. 그 논쟁에서 선생님께서는 1950년대 문학과 1960년대 문학의 연속성을 강조하면서 1960년대 세대에게는 역사에 대한 몸부림이 없다고 주장하셨습니다. 그때 그 논쟁에 대해서 말씀해 주십시오.

서기원 : 김현 씨가 먼저 싸움을 걸어왔다고 그럴까요. 그래서 할 수 없이 나도 반대하는 글을 썼지요. 그때 내가 특히 의식했던 것은 김승옥의 문학이었습니다. 김승옥이 처음 나왔을 때 대단한 재능이라고 생각했습니다. 그런데 단순화시켜 말하면, 6·25 동란을 겪은 사람의 체험을 통한 고민, 6·25 동란이 왜 일어났느냐 하는 역사적인 요인에 대한 반성 이런 것이 김승옥으로 대표되는 1960년대 문학에 와서는 많이 희박해지지 않았느냐 이런 생각을 했습니다. 정치나 사회적인 측면에 대한 관심이 크게 엷어지면서 자기의 감성, 내적인 자기 진실 이런 쪽으로 기울어졌던 것이지요. 그것은 문학사적으로는 어느 정도 당연한 전개라 할 수 있지만, 그러나 앞에 말한 정치사회적 관심의 퇴조라는 점에서는 퇴행이라는 사실도 분명하다고 보았던 것입니다. 김현 씨와 김주연 씨의 비판에 대한 내 반박은, 그런 맥락에서,

1950년대의 전후소설에 대해서 제대로 이해한 다음에 비판하라는 식의 충고 비슷한 거였지요. 1950년대 소설은 많은 약점을 지닌 문학입니다. 그렇지만 그 나름으로 진지한 고뇌라고 그럴까 절박한 실존적인 의식이라고 할까 이런 것이 그런 문학을 낳은 건데, 1960년대 들어와서는 다분히 그런 것을 사상하고 소시민적인 어떤 세계로 들어갈 것 같은 의구심 같은 것이 있었고, 그들이 그런 입지에서 1950년대 문학을 재단한다는 판단을 했던 겁니다. 문학의 테마, 작가의 관심사 이런 것이 너무 좁지 않느냐, 역사의 큰 흐름을 망각해서는 곤란하다는 논지였다고 정리할 수 있겠습니다.

정호웅 : 김승옥 씨 초기 소설에는 순수한 젊은 영혼의 고뇌도 들어 있습니다마는 그 안쪽에는 현실 질서와 타협하는 속물적인 퇴행의 행로도 있지요.

서기원 : 그래요. 내가 가졌던 것은 그런 것에 대한 경계심 같은 거예요.

역사소설과 역사의 심층 탐구

정호웅 : 선생님은 역사소설로 나아가셨습니다. 작가로서는 필연적인 과정이었겠지요?

서기원 : 글쎄요. 내 나름대로는 내 문학의 전개를 세 단계로 나누어 생각하고 있습니다. 이른바 전후소설의 단계, 1960년대 중반 이후의 사회 비판적 세계, 그리고 역사소설의 세계가 그것입니다. 「아리랑」, 「에이시안 코메디」, 「반공일」 등이 사회 비판적 세계에 속하는 작품들인데 나로서는 일종의 모색기 작품들이라고 생각합니다. 「반공일」은 이북에서 밀파된 간첩이 주인공이고, 「준자유」는 빨치산 운동하다가 그만두고 전향한 여자가 주인공이고, 「아리랑」은 정보원이 주인공인 작품입니다. 사상성에 대한 비판이라고 그럴까 또 경직된 정치의식에 대한 나 나름대로의 비판이랄까 이런 거지요. 그런 인물들을 통해 현실 정치 상황을 비판하려고 한 거지요. 일종의

알레고리라고 할 수 있지 않을까 싶습니다만. 그러다가 현실의 문제들은 결국 역사의 소산이 아니겠는가 하는 데에 생각이 미쳤습니다. 그러니까 6·25 동란 때문에 우리가 이렇게 되고 남북관계의 대치 상황 때문에 이런 현실이 전개되고 있지만 사실 우리의 한국 사회, 한국 사람의 현재는 과거 역사의 산물이라는 생각인 거죠. 그 중에서도, 우리의 원형, 우리를 규제하고 있는 문화나 감수성의 원형이 주로 조선왕조 시대에 형성된 것이 아니겠느냐 이런 생각으로 역사소설로 나아가게 된 것입니다.

정호웅 : 선생님의 역사소설에는 작가가 힘주어 강조하고자 하는 그런 긍정적 인물상이 분명하지 않습니다. 예컨대 조광조라든지 대원군 같은 큰 인물을 다루는 경우에도 그 인물의 긍정적인 측면을 특별히 부각시켜서 나는 이것을 강조하고 싶다 하는 작가의 의지랄까 이런 것을 읽기가 어렵거든요. 이런 인물들도 다른 인물들과 마찬가지로 객관적인 거리 저편에 놓여 있고 객관적으로 냉정하게 관찰되고 있다는 그런 느낌을 받습니다.

서기원 : 아무래도 그런 게 전혀 없다고 볼 수는 없겠지요. 어떤 개인의 힘과 개인의 의식 이런 것이 역사를 규제한다고 난 보지 않거든요. 그런 점에서 영웅주의를 지나치게 부각시키는 것은 나하고 맞지 않는 거죠. 그렇다고 해서 조광조나 대원군의 경우 아주 평범하게 그린 것은 또 아닙니다. 작가의 의도를 너무 노골적으로 내세우는 것을 좋아하지 않지만, 독자들이 숨은 의도를 읽어내고 판단할 것이다, 이렇게 생각을 하는 거지요.

정호웅 : 「마록열전」 연작은 과거와 현재가 하나의 시공간에 존재하는 그런 독특한 세계를 보여주는 작품입니다. 형식 실험의 뚜렷한 예라고 하겠는데요, 이런 형식을 창안하게 된 것에 대해 말씀해 주십시오.

서기원 : 그 다섯 편 연작은 전부가 완전한 픽션이에요. 무슨 모델이 있거나 이런 게 없어요. 전혀 무의식 중에 어떤 모델을 취한 경우도 있을 수 있겠지마는 의식적으로 모델을 설정한 것도 하나도 없고, 스토리의 전개나 이런 것들도 전부가 완전히 픽션이에요. 완전히 픽션으로 해보자 하는 생각이 하

나 있었던 것이지요. 그 다음에는 아까 말한 것처럼, 현재 우리가 살고 있는 삶이 역사적인 층 속에 존재하는 것이다 하는 그런 의식이 강했기 때문에, 그런 것에 대한 탐구와 반성 없이는 현실을 제대로 인식할 수 없다는 생각이 그런 형식 창안을 자연스레 이끌었던 것 같습니다. 우리 소설사에는 그런 것이 별로 없는 것 같아요, 외국에는 잘 모르겠지만.「마록열전」연작에서의 새로운 형식 실험은 자화자찬하는 것 같아서 이상하지만 다소 성공한 것이 아니냐 그렇게 생각하고 있습니다.

정호웅 : 다섯 편에서 그치고 만 것은 무엇 때문입니까?

서기원 : 아, 그게 열 편을 쓸 작정이었어요. 그런데「마록연작 5」를 쓸 무렵에 내가 정부에 들어갔거든요. 직업상 대전환이었지요. 정부에 들어가니까 워낙 바쁘고 정신적으로도 여유가 없어요. 그 이후에는 정신없이 그냥 직업에 얽매여 가지고 하다가 시간이 흐르니까 속편 쓴다는 것이 좀 이상해지고 그렇게 됐지요. 직장 그만둔 다음에〈조선일보〉에서 얘기가 있길래 그런 거 저런 거 포괄적으로 써야겠다 해서『광화문』을 쓴 거죠. 그러니까 나로서는 아쉬움이 많아요.「마록열전」열 편을 다 썼다면 훨씬 더 명확하게 전달이 됐을 텐데.

▲ 창작집 「마록열전」

정호웅 : '마록'은 일본어의 '마록(馬鹿)'과 관계 있습니까?

서기원 : 아니 그건 전혀 아닙니다. 중국의 고사에서 가져온 겁니다. '지록위마(指鹿爲馬)'의 그 고사에서요.

정호웅 : 그러니까 이 연작의 초점은 정치 권력의 문제로군요.

서기원 : 정치 권력에 대한 비판이 많이 들어가 있지요.

정호웅 :「어느 청주 목사」,「사금파리의 무덤」,「조선 백자 마리아상」,「광화문」등의 작품에 조선 후기 천주학 및 천주교 수용의 사실(史實)이 다루

어지고 있습니다. 그런 사실을 주목하시게 된 것은 천주교에 대한 어떤 특별한 관심 때문인지요?

서기원 : 특별한 관심이라기보다도 나는 그 당시부터 한국인의 사생관에 관심이 많았습니다. 다른 나라 예컨대 일본이라든 중국이라든가 영국이라든가 이런 나라에 비하면 우리 민족의 사생관은 투철하지 못한 점이 있지 않으냐 하는 생각을 했어요. 한국 사람의 신앙의 핵심에는 부귀영화, 무병장수를 비는 기복성이 들어 있다는 것이 내 판단입니다. 샤머니즘하고 통하는 것이지요. 그러니까 이순신 장군처럼 사생관이 분명해서 죽음에 대한 일종의 미학이라고 그럴까 그런 것을 실천한 사람들, 가령 한말의 우국지사들이라든가 그 이후의 독립운동가들과 같은 분들이 없는 것은 아니지만, 일반적으로 말해 한국 사람의 사생관은 뭔가 미흡하고 불만족스럽다고 느꼈습니다. 그런데 단 한 예외가 한국 가톨릭 순교자들이 아니겠느냐는 생각이 나를 그쪽으로 이끌었습니다. 사생관에 대해서는 다른 어느 나라 어느 민족에 비해서도 투철하고 죽음의 위협 아래서도 자기의 소신, 신념을 굽히지 않았던 사람들에게서 아름다움 같은 것을 느꼈던 거지요. 자생적으로 일어난 카톨릭교 신자들의 신앙과 신조, 죽음에 대한 생각이 어떤 것이냐 이런 것이 오랫동안 내 마음을 붙들고 있었습니다.

정호웅 : 선생님 말씀 들으니까 「조선 백자 마리아상」의 주인공이 스스로 죽음의 길로 두 번이나 찾아드는 것이 이해가 됩니다. 저는 이 작품을 보면서 천주학 및 천주교의 수용은 다른 한편으로는 새로운 학문, 새로운 종교, 새로운 세계관의 수용이기도 한, 말하자면 새로운 지식과 관련된 중요한 문제이기도 한 것이지요. 그 측면에 대한 탐구는 이 소설에서 조금 부족하지 않은가 싶습니다만.

서기원 : 도공들을 중심에 놓았으니까 그런 점도 있겠습니다. 정약용 집안 인물들은 지식인의 우유부단한 고뇌에 초점을 맞추어 설정했지요. 그 당시 양반 지식인의 한계일 것입니다. 다산도 말하자면 일종의 배교 비슷하게 했

다가 죽을 무렵에 영세를 다시 받고 그런 걸로 아는데 천주교에 관심을 가졌던 당시의 남인 지식인들은 자기에게 주어진 조건, 삶이 조건에서 크게 벗어나지는 못했던 것으로 보입니다. 「조선 백자 마리아상」에 나오는 이가환이 그 한계를 뚜렷하게 보여주는 인물입니다. 그들은 체제 내 존재였던 거지요. 체제 밖에 있던 지식인들, 서출이라든가 벼슬의 가능성이 거의 없는 사람들, 이런 사람들의 경우는 이와는 달리 자기의 신념에 목숨 바친 경우가 많았습니다. 그런 것을 보여주고 싶었던 거지요. 말은 쉽지만 당대 남인 지식인들이 천주교에 대한 믿음을 끝끝내 견지하기란 몹시 어려운 일이었을 겁니다. 왜냐하면 한 개인의 문제가 아니라 그 집안과 일족의 문제이기 때문이지요.

정호웅 : 한무숙 선생님의 『만남』이라는 장편이 있습니다. 순교한 정약종과 그 아들 하상 부자의 생애를 중심으로 한 순교의 역사라 할 수 있는데 한무숙 선생은 천주교 신자로서 이것을 쓰신 것입니다. 선생님은 어떠신지요?

서기원 : 나는 신자는 아닙니다. 지금 와 돌아보니 내가 쓴 역사소설의 주인공은 하나같이 실패한 사람들뿐입니다. 조광조도 그렇고 김옥균도 그렇고 전봉준도 그렇고, 대원군도 결국은 실패한 인물이지요. 이상하게 결과적으로 그렇게 됐어요. 뭐라 그럴까 좌절, 실패. 실패 속에 아름다움이 있는 것이다 하는 생각이 작용하지 않았을까요? 아까 말한 그 사생관하고 일맥상통하는……. 조광조의 경우에는 내가 일부러 그런 측면을 부각시켰습니다. 조광조는 이렇게 가다가는 죽는다는 것을 알았지만 나아가 죽지요. 김옥균도 죽을 위험성이 많다는 것을 알고도 청나라에 갔지요. 아마도 김옥균은 죽음을 각오했을 겁니다. 「대원군」은 그런 의미에서 대단히 아쉽죠. 특히 후반이 그렇습니다.

정호웅 : 죽음이 달리 말해 자기가 현실적으로 패배한다는 것이 예정되어 있다는 사실을 잘 알고 있음에도 불구하고 나아가야만 하기에 나아가 패배하고 죽는 인물들이니까 일종의 비극적 영웅이라고 할 수 있겠습니다.

서기원 : 역사적 동정심이라 할까요, 그 비극적인 면에 대한 매력을 강하게 느꼈던 거지요. 박정희 대통령에 대한 관심이 높은데 그 이유 중의 하나는 내외가 총에 맞아 죽었다는 것입니다. 글쎄 이게 좀 비약이 될지 몰라도 희랍의 비극 신화와 상통하는 점이 있거든요. 우리 나라의 지도자 중에서 그런 식의 최후를 맞은 사람은 없지요. 아! 그리고 또 내가 이순신 장군을 존경하는데 죽음에 대한 어떤 뚜렷한 미학을 가진 인물이었던 것으로 보입니다. 열세 척의 배로, 물론 일본 수군을 대파하는 큰 승리를 거두기는 했지만, 이기리라고 생각하지는 않았을 것이고, 자기의 최후가 어떠할 것이다 또는 마땅히 어떠해야 할 것이다 이런 생각을 가진, 말하자면 죽음에 매혹됐다고 그럴까 그런 인물이 아니었는가 싶습니다. 이순신을 다룬 소설을 쓴다면 이런 식으로 쓰고 싶어요.

정호웅 : 올해 동인문학상을 받은 김훈 씨의 『칼의 노래』가 이순신을 다룬 것인데, 선생님 관점하고 유사한 관점을 취한 작품이 아닌가 합니다.

서기원 : 아 그래요? 나 그것은 못 봤는데, 그런 관점은 아마 서구의 정신분석학의 영향도 없지 않았을 것입니다.

정호웅 : 선생님이 쓰신 역사소설들에 대한 제 독후감 가운데 하나는, 뜻밖에도 전통문화에 대한 깊은 애정, 적극적인 가치 부여 이런 것을 드러내는 부분이 별로 없다는 것입니다. 이것은 혹시 선생님 세대 지식인 일반의 근대 지향과 관련된 것이 아닌가 그런 생각을 해보았는데요.

서기원 : 기본적으로는 그래요. 왕조 시대의 모든 제도, 사회 질서, 가족 의식, 사회 의식 이런 것이 아직까지도 우리를 상당 부분 규제하고 있는데 그것으로부터 벗어나야 한다는 생각의 반영일 겁니다. 그러나 생각만으로 벗어날 수 있는 것은 아니지요. 우리를 규제해 온 모든 요건, 조건을 정당하게 비판할 수 있는 안목이 있은 다음에야 가능하다는 겁니다. 『광화문』에서 여러 가지 옛날의 법도, 제도, 관습 이런 것에 대해 많이 언급하고 있는데 다시 그 시대로 돌아가자고 말하기 위해 그런 것은 아니지요. 그 대신에 어떤

면에서는 현실대비적으로 하나의 자료를 제공하는 거죠. 그런 자료 제공은, 가령 지금의 정치 상황, 당쟁, 혹은 한국 사람들의 권력 의식, 이런 것에 비해 왕조시대의 그것이 어떤 면에서는 오히려 더 격이 높고 효율적인 것이 아니었나 하는 것을 묻는다는 의미를 지닙니다. 예를 들면,「왕조의 제단」에서 경연(經筵)에 대해 자세히 다루었는데, 왕한테 강의하는 것 곧 진강은 체제 내 민주주의의 구체적인 실현의 예라 할 수 있습니다. 왕 앞에 젊은 사람들, 중견들, 노장들이 한데 모여서 정치를 토론하는 그런 제도가 확고히 자리잡아, 경연을 삼사 일 거르면 상소가 올라가고 왕을 못 견디게 만드니까 연산군이나 광해군 같은 폭군들 말고는 충실하게 따를 수밖에 없었던 경연 제도를 통해 우리 시대 정치 권력과 그것을 둘러싸고 있는 여러 제도들을 되돌아보는 거지요. 왕조시대의 일이라면 무조건 매도하는 경향이 있는데, 역사가들도 그렇고, 요즘 와서 조금 달라지는 조짐이 보이긴 합니다만, 몇 년 전까지만 그런 경향이 뚜렷했지요. 다분히 일본 사학자들의 영향 때문이 아닌가 하는 의심을 나는 가지고 있습니다만 이제는 좀 다른 관점이 필요하지 않은가 합니다. 나라가 망했기 때문에 비판받아 마땅한 측면도 물

▲ 정호웅·서기원

론 있습니다. 그러나 그것도 다른 눈으로 본다면 시대적인 불운이라고 할 수도 있는 것이거든요. 막강한 군사력, 물질 문명을 가지고 달려드는데 힘이 모자라면 도리가 없는 거 아니겠어요. 어떻든 내가 말하고 싶은 것은 지금과 비교하여, 우리가 일쑤 전적으로 부정하곤 하는 그 과거에 우리가 본받을 만한 것들이 있을 수도 있지 않겠느냐, 그런 가능성을 돌아보지 않고 깡그리 무시하거나 전적으로 매도하거나 하는 것은 곤란하다, 우리가 우리의 역사를 그런 식으로 부정할 필요는 없는 것이다, 비판을 하되 그런 식으로 매도해서는 안 된다 하는 메시지가 은연중에 담겨 있는 것이죠.

정호웅 : 『왕조의 제단』을 보면 조광조를 비롯한 젊은 선비들의 진강을 여러 번에 걸쳐 자세히 그리고 있는데 그 진강 내용은 기록에 근거한 것입니까?

서기원 : 물론 기록에 근거한 겁니다. 지금까지의 역사 기술에서는, 학자들은 그냥 진강하고 왕은 듣고 몇 마디 그저 대세에 대한 질문이나 했다, 이런 식의 서술이 많았는데 그건 사실과 다른 겁니다. 경연에는 노·장·청이 함께 참가했습니다. 진강은 대개 젊은 사람, 주로 홍문관의 하급 관리가 했습니다. 진강이 끝나면 그 내용을 놓고 토론이 벌어집니다. 그들의 토론은 왕이 어떤 결정을 하는 데 굉장히 영향을 주었습니다. 그러니까 경연은 정치마당에 새로운 바람을 불어넣는 역할을 수행했던 상징적인 장이었다고 할 수 있겠습니다. 우리의 상식적인 역사 지식으로는 이해할 수 없는 긍정적인 제도의 하나로서 경연이라는 것이 있었던 것이지요.

정호웅 : 이제 저도 조금 이해가 됩니다. 작품을 읽을 때는 지나치듯 읽었는데 말씀을 듣고 보니 그 소설에서 아주 중요한 초점이 경연이라는 것을 알겠습니다.

정착성과 유목성의 조화

정호웅 : 선생님 작품에는 젊은 여성의 육체 묘사 내지 성 묘사가 자주 보이
는데 그 대부분의 경우는 고뇌하는 젊은 주인공의 자의식을 드러내기 위한
방편으로서 설정되어 있습니다. 육체 그 자체, 성 자체에 대한 관심과는 무
관한 것으로 보이는데요.

서기원 : 섹스라든가 여성이라든가가 동서양을 막론하고 중요한 테마가 되
고 모티브가 되고 재료가 되어왔지요. 나의 어떤 결함이라 할 수 있을 것인
데, 나한테는 여자의 육체나 성 자체를 깊이 천착한다는 것은 별로 가치 있
는 것이 아니다 하는 의식이 있어요. 집안 문화의 영향 때문인지는 모르겠
습니다. 육체 또는 섹스가 경우에 따라 정치적인 의미나 사회적인 의미를
실어나르는 역할도 하는, 그래서 소설에서 대단히 중요한 테마이고 소재일
수 있다는 것은 잘 알지요. 잘 알지만 그것에 매몰되는 것에 대한 일종의 혐
오감 비슷한 게 나한테는 있는 거지요. 남들은 이해하기 어려울지도 모르겠
어요. 나에겐 개성 비슷한 건데….

정호웅 : 선생님 작품에는, 뚜렷하지는 않습니다만 일본에 대한 미묘한 자
의식 이런 것을 생각하게 하는 부분들이 있습니다. 선생님의 경우에 일본이
란 무엇인가 말씀해주시지요.

서기원 : 일본에 대한 생각이 형성된 것은 아마 청도에 있는 일본 중학교 다
닐 때일 겁니다. 그때는 반이 한 사오십 명 되는데 거기 한국 사람은 나 하
나예요. 그러니까 뭐 숨길 수도 없이 자연히 왕따당하다시피 되는 거고 그
랬지요. 내가 참다 못해서 그 반에서 제일 깡패 보스 비슷한 놈에게 싸움을
걸었어요. 그놈을 데리고 운동장에 나가서 나하고 결투를 하자, 한번 결판
을 내자 하고요. 그 친구는 몸이 좋고 나는 몸이 작고 그러니까 실제 싸웠으
면 아마 내가 졌을 겁니다. 그런 식으로 나가니까 이놈이 움찔해서 감히 덤
비질 못해요. 오히려 나한테 사과를 하더라고요. 그 후부터는 왕따 처지에

서 벗어났지요. 급우들로부터 일종의 인정을 받은 거지요. 요새말로는 기 (氣)인데, 싸움이라는 것은 기의 싸움 아니겠어요? 일본에 대해서도 우리가 기를 살려 대한다면 그것으로 모든 것이 해결된다 하는 생각이 있어요. 친일이라든가 반일의 주장 아래에는 일본에 대한 콤플렉스 비슷한 것이 놓여 있다는 것이 내 생각입니다. 젊은 세대도 그런 것 같은데 그렇게 해서는 언제까지도 일본의 영향권에서 탈피하기가 어려울 것이다 하는 의식이 하나 있어요. 그래서 일본 사람들을 대할 때는 대등한 인간으로서의 의식이 매우 중요한 것이다라고 생각하는 겁니다. 또 하나는 내가 일본을 비교적 아는 편인데 우리 나라 사람 일반이 가지고 있는 극단적인 문화 국수주의는 잘못된 것이라는 생각입니다. 문화의 형성 전개의 과정이라는 것은 인접문화 사이의 주고받기의 과정이라고 할 수도 있는 것인데, 그런 문화의식을 가지고는 일본을 제대로 이해하기도 어렵고 또 극복하기도 어려운 것이다 그런 생각을 가지고 있는 것이죠. 『겐지모노가다리(源氏物語)』라는 굉장한 정치로망 소설이라든지, 하이꾸라든지 하는 몇백 년의 전통을 가진 일본의 문학 전통만 하더라도 대단한 것 아닙니까? 그런 일본 문화를 알고 일본 문화를 대해야지 아무 것도 모르면서 근거 없는 우월감이나 열등감을 갖는 것은 곤란하다는 생각입니다. 그러니까 일본에 대해서는 되도록 어떤 선입견을 버리자는 거지요.

정호웅 : 선생님 세대는 대체로 일본에 대해서 열등감이라고 할까 그런 것을 일반적으로 가지고 있는 것 같은데요.

서기원 : 지금 얘기한 것처럼 나한테는 열등감이 없어요. 일본 문화를 잘 모르고 산 사람들에게는 그런 게 있을지도 모르겠어요. 왜냐하면 워낙 막강한 세력이니까요. 일본 문화를 깊이 들여다보면 개체의 어떤 주체성이라 할 수 있는 게 대단히 희박하다는 걸 알 수 있습니다. 그런 점에 있어서는 오히려 우리 나라 사람들이, 더군다나 21세기 무한 경쟁시대에는 오히려 한국 사람의 기질이 일본 사람보다도 낫다는 생각을 가져요. 일본의 경우, 동경대 나

오면 일본의 엘리트층에 들어갑니다. 일본의 통치층은 옛날부터 지금까지 동대 출신들이 거의 독점해 왔습니다. 그런데 그 속에서 개성적이고 창조적인 인물들은 별로 나오지 않았습니다. 리더들이 없어요. 지금 일본에는 어떤 의미에선 우리보다 더 리더가 없어요. 일종의 집단성, 집단주의적인 사고 방식 이런 것의 부정적 결과가 아닌가, 산업화 시대에는 그런 속성이 일본의 생산성을 높이는 아주 큰 동력이 됐지만 이제 그런 시대는 지나가고 개성, 개인적인 창조성, 이런 것이 더 중요한 시대이니까 일본이 죽을 쑤고 있는 것이 아니냐 이런 생각을 하는 거지요. 나는 오래 전부터 우리 민족의 민족성, 다른 말로 하자면 공통되는 집단 심리가 무엇이며 그것이 어떻게 정치면, 사회면에 반영되어 갔느냐 하는 것에 대해 관심을 가져왔습니다. 그러다보니 자연히 우리 한민족의 선사 시대에 대한 관심을 가지게 됐지요. 삼국시대 이전, 더 올라가서는 우리 민족의 원천에 대한 관심도 그 중의 하나입니다. 나는 어떤 민족이 지닌 문화는 그 문화의 생성기에 자리잡은 핵(核)을 그 중심에 안고 있는데 이 핵은 여간해서는 변하지도 사라지지도 않는다고 생각합니다.

정호웅 : 일본 사람들이 고층(古層)이라고 하는 것인가요?

서기원 : 그런 건지도 모르겠어요. 다른 말로 하면 기층문화인데, 후천적으로 받은 교양이라든가 학문이라든가 지식이라든가 또 사회 발전이라든가 이런 것 때문에 형태는 많이 바뀌어지지만 기층에 있던 핵적인 요소는 쉽게 변화되는 것이 아닙니다. 그럼 그것이 과연 무엇이겠느냐 할 때에 먼저 생각해야 할 것은 우리 민족은 원래 형성되는 과정에서는 수렵·목축 민족이었다는 사실입니다. 그 다음 단계에서는 목축과 농경이 혼합된 상태로 만주에 들어가고, 한반도에 정착해서는 농경 일변의 문화를 일구게 되는 겁니다. 선사시대에는 수렵과 목축이 우리 민족 형성의 키워드였는데 그것이 현대에 와서는 어떻게, 간접적으로나마 표출이 되느냐를 알고 싶은 겁니다. 한국 민족은 누구 말을 잘 듣지 않고 통치하기 어려운 민족이라고 하는데,

그건 어떤 의미에서는 집단성보다는 개별성적인 특성이 많은 민족이라는 것을 말하는 것이라 볼 수도 있습니다. 수렵생활이라는 것은 집단이 커야 다섯 가족을 넘기 어려워요. 왜냐하면 동물의 자원이라든가 목초의 자원이 무한정 있는 것이 아니고 자꾸 돌아다니면서 그것을 차지하거든요. 그러니까 다섯 가족이면 많아야 이백 명 내지 삼백 명. 이런 작은 집단으로 계속해서 이동하면서 몇 천 년 동안 살아왔던, 것이지요. 그런 과정에서 형성된 사회의식, 개체의식, 가족 의식 이런 것이 지금까지도 남아 있다 이렇게 보는 것입니다. 고려 초기만 해도 수렵적 요소가 많이 남아 있었는데 중기 이후 완전한 농경 사회로 자리잡았지요. 그 이후는 유교적인 질서를 강제한 시대다, 난 그렇게 보는 거예요. 장유유서 이런 덕목이 농경사회적 질서를 형성하고 유지하는 데 필요한 정치적인 이데올로기인데, 한민족은 본래 그런 거하고 맞지가 않은 수렵적인 요소가 많기 때문에 유교적인 문화 정착을 위해 무지 애를 썼다고봐요. 조선 왕조 초기만 해도 봉분 문화가 거의 없었어요. 화장 아니면 풍장이고 그냥 들판에 내버리는 식이지요. 매장하고 봉분을 올리고 하는 문화가 일반화되지는 않았던 거지요. 유교의 가르침을 좇아 봉분 문화를 정착시키는 데 한 백 년 걸렸던 것은 우리 민족의 기층에 자리잡고 있는 수렵적 민족성의 완강한 저항 때문이었던 겁니다. 향약의 경우도 마찬가지입니다. 향약 실시를 강요하다시피 하곤 했던 것 자체가 사회 질서를 잡기가 그만큼 어려웠다는 얘기거든요. 어떻든 조선 사회는 유교적 농경 문화의 질서를 구축해서 오백 년을 견뎠는데, 그 강제력이 결정적으로 무너진 해방 직후에 억눌렸던 것이 터져나와 엄청난 혼란 상태가 벌어졌던 겁니다. 6·25동란은 그 연속이었고, 박정희 대통령의 근대화 철학은 유교적 농경 민족적인 가치관의 복원이었습니다. 유교적 농경 민족적 가치관이 우리 나라엔 필요하다 해서 그것을 강제적으로 적용시킨 것이 박정희 통치시대였지요. 예를 들자면 새마을 운동도 그렇지요. 근면·자조·협동이란 농경 민족의 가장 중요한 덕목이거든요. 박정희 통치를 독재라 해서 비판하는데,

물론 그것은 그것대로의 관점에 의한 것이지만, 수렵성과 농경성을 문제 삼는 내 역사관에 의하면 그 사람은 유교의 농경 민족적인 가치관을 되살리려 한 통치자였다는 것입니다. 그 같은 유교적 농경 민족적 가치관을 강제하는 정치문화는 그 이후 점차로 약화되어 왔다는 것이 내 판단입니다. 다행히 이십 세기를 넘으면서 전세계가 집단적인 생산 양식으로는 곤란한 새로운 질서 속으로 들어가고 있어요. 지금은 개별적인 창조성 이런 것이 경제 활동의 중요한 요소인 시대 아닙니까? 예술도 마찬가지예요. 그러니까 우리나라가 엉망으로 헝클어져서 이러다가는 결단나고 만다고 비관적으로 전망하는 사람들이 많지만, 그런 면에 대한 비판은 내가 누구보다도 약하진 않지만, 큰 역사적 안목에서 볼 때 오히려 우리 민족이 도약할 수 있는 호기의 도래라고 할 수 있다는 겁니다. 여기서 중요한 것은 최고 통치자가 이런 역사적 안목을 갖고 어떻게 농경 민족적인 개성과 수렵 민족적인 개성을 융합·조화시켜서 질서를 유지하면서 개성을 발휘할 수 있는 그런 사회를 형성해 나가느냐 하는 것입니다.

정호웅 : 잘 알겠습니다. '자유실천문인협인회'의 간사였던 김정환 시인의 증언에 따르면 선생님께서도 지원금을 많이 내셨다구요. 아무 다른 말씀 없이.

서기원 : 내가 그때 정부에 있었으니까 내 이름을 거기에 넣기는 곤란하죠. 그러긴 했지만 반체제 운동 진영에 들어 있는 친구가 꽤 있어요. 이호철, 백낙청, 고은, 신경림 씨 등은 1950년대 후반에 만난 친구들입니다. 인간적인 관계는 정치적인 입장이 어떻든, 각자의 처한 조건이 어떻든 간에 소중하게 생각해 왔으니까요. 김정환 시인은 이호철 씨가 소개를 합디다. 김정환이라는 젊은 친구가 있는데 얘기를 들어보라고요. 우리 집에도 오고 사무실에도 오고 그랬지요. 나도 월급장이니까 뭐 크게 도와줄 수는 없고 형편대로 돕곤 했지요. "이건 일종의 사회적 비용이야. 자네한테 내가 주는 게 아니라 사회적 비용이라 생각해." 그런 농담을 한 적도 있어요. 김정환이라는 친구

가 순수한 점이 있어요, 내가 보기에. 그리고 시류에 자기를 적응시키는 데 아둔한 점이 있고, 그런 점에서 좋게 보죠.

정호웅 : 선생님 세대는 일본 문학을 많이 접한 세대입니다. 제가 일본 문학을 잘 모르지마는 선생님 세대의 문학은 일본 문학의 직·간접적인 영향 밑에 놓여 있지 않았을까 짐작합니다만.

서기원 : 그렇게 얘기할 수 있을 거예요. 일본 문학의 흐름은 두 갈래인 것 같아요. 일본적인 전통을 잇는 경향과 서구 근대 문화의 영향 속에서 새롭게 솟아오른 경향의 두 갈래죠. 두 가지 다 나도 많이 봤지만 일본적인 것에 접맥되어 있는 것보다는 서구라파의 문학을 수용한 작가들의 작품을 더 좋아했지요.

정호웅 : 조금 구체적으로 말씀해 주시지요.

서기원 : 확연히 갈라 얘기하기는 물론 어렵습니다. 일본의 전통을 이은 작가로는, 예를 들면 다니자키, 가와바타, 미시마 등을 들 수 있지요. 요전에 노벨상을 받은 오에 겐자부로는 일본 문학의 전통이 아니고, 서구라파의 전통에 이어진 작가지요. 보편성을 추구한 작가인 거지요. 일본 문학의 전통은 가와바타 야스나리에서 거의 끝나다시피 됐지요. 그런데 난 그런 일본적 전통을 이은 작가들에게는 경도되지 않았습니다.

정호웅 : 선생님 제가 드리는 마지막 질문입니다. 선생님 인생에서 문학은 무엇이었는지요?

서기원 : 아까 나의 의식의 이중성 같은 것을 얘기했지만 그러나 그럼에도 불구하고 문학이 하나의 전체적인 '나', 그런 의식의 분열에도 불구하고 '나'를 '나'이게 하는 그 전체적인 '나'를 지탱해 주는 보루가 아니겠느냐 하는 생각을 계속해서 했던 것 같습니다. 대단히 타산적인 사고라고 비난받을 수 있겠지요. 이기적인 생각인지는 몰라도 사회에서 실패하더라도 나에겐 문학이 있다, 이런 의식이 있었던 것은 아닌가 모르겠습니다. 그런 의미에서 '문학이 모든 것이다, 문학이 나의 숙명이다.'라는 생각을 가진 사람들

이 볼 때, '그것은 문학에 대한 모독이다.'라는 의견이 있을 수도 있을는지 모르겠습니다. 그러나 보루라고 해서 그것을 수단으로 생각하는 것은 아니고, 정신적으로 나를 지탱하는, 말하자면 정신적 지주로서 문학을 생각하며 문학을 안고 살아왔던 겁니다.

정호웅 : 오랜 시간 수고해 주셔서 감사합니다.

(대담: 2002년 4월 16일, 서기원 선생 자택)

험로를 가로지른 문학의 도정

대담

남정현 / 소설가
• 주요 소설로 「분지」, 「허허선생」 등이 있음.

진행

강진호 / 성신여자대학교 교수
• 주요 저서로 『탈분단 시대의 문학논리』,
  『한국근대문학작가연구』 등이 있음.

▌험로를 가로지른 문학의 도정 ▌

강진호 : 이렇게 만나 뵙게 되어 영광입니다. 오늘 이 자리는 선생님의 삶과 문학에 대한 여러 이야기들을 듣고자 마련하였습니다. 자리를 허락해 주신 선생님께 우선 감사드립니다. 선생님께서는 현대문학의 산 증인이시고, 특히 1960년대 민족문학의 큰 줄기를 일구어 놓으셨습니다. 「분지」로 표출된 분단과 민족사에 대한 인식은 아직도 유효할 뿐만 아니라 쉽게 넘어서기 힘든 경지를 일구었다고 생각합니다.

먼저 선생님이 문단에 등단하시게 된 배경부터 듣고 싶습니다. 제가 알기로는 1958년도에 「경고구역」으로 초회 추천되셨고, 그 다음 해에 「굴뚝 밑의 유산」으로 두 번째 추천되어 문단에 나오셨지요. 이렇게 문학과 연을 맺게 된 배경부터 말씀해 주시지요.

독서 체험

남정현 : 지금 생각하면 무슨 뚜렷한 계기가 있었던 것 같지는 않습니다. 문학에 대해서 내가 관심을 갖기 시작한 것은 내가 아마 고등학교에 입학할

무렵 같아요. 어려서부터 나는 잔병치레가 많았는데 그때 결핵에 걸렸었어요. 처음엔 임파선 결핵이었는데 그것이 차츰 발전하여 폐결핵, 장결핵으로 번지더군요. 학교고 뭐고 경황이 없었지요. 10년 이상을 결핵과 싸웠으니까요. 사실은 아직도 어느 쪽이 이겼는지 결말이 안 난 것 같습니다. (웃음) 그런데 지금 와서 생각하면 결국은 그것(결핵)이 나를 문학의 길로 몰아 넣은 것 같습니다. 가장 감수성이 예민하던 시절에 병상에서 무엇으로 시간을 보냈겠습니까? 독서하고 약 먹고 그저 혼자서 멍하니 뭔가를 생각하고……, 그런 생활이었지요.

강진호 : 병상에서? 그게 책을 가까이 하게 된 동기였군요. 그럼 무슨 책들을 주로 읽으셨어요?

남정현 : 당시 우리 집엔 책이 별로 없었어요. 내 친구 중에 찬모라는 친구가 있었는데 하루는 그 친구를 따라 그의 집에 갔더니 방마다 책이 가득하더군요. 놀랍고 황홀했습니다. 그게 다 자기 삼촌의 책이라고 하더군요. 찬모의 삼촌은 일제시 일본의 와세다 대학 철학과를 나와 당시 중학교 교사로 있었는데, 그분이 저 많은 책을 다 읽었는가 생각하니 덮어놓고 존경해야 할 분처럼 느껴지더군요. 역사, 철학, 종교, 문학 등 정말 다방면에 걸친 책

◀ 남정현 · 강
진호

들이었습니다. 물론 다 일어로 된 것들이었죠. 나는 뭐가 뭔지도 잘 모르면서 손에 잡히는 대로 한 권 한 권 빼다 읽기 시작했습니다. 가당치 않게도 나도 저걸 다 읽어야지 하는 일종의 의무감 같은 것이 작용했기 때문인지도 모르죠. 내 딴엔 누워서 열심히 읽었습니다. 처음에는 소위 그 '사상서'류에 속하는 책들을 많이 봤던가 봐요. 주제넘게 말입니다. (웃음)

강진호 : 그런 독서 경험이 문학에 발을 들여놓게 된 배경이었군요. 구체적으로 어떤 사상서들을 보셨는지요?

남정현 : 잡탕식이었죠 뭐. 체계적으로 제가 뭘 알아서 선택적으로 본 것이 아니니까 정말 이것 저것이었습니다. 물론 그 중에는 맑스의 『자본론』도 있었고, 헤겔의 최초의 중요한 저서로 알려진 『정신 현상학』이란 것도 있었습니다. 하여튼 사상 전집 속에 들어 있는 여러 저서들에 재미를 붙이면서 오랫동안 읽어나가니까 이상하게도 뭔가가 좀 보이는 것 같더군요. 멀리 소크라테스에서부터 칸트, 헤겔, 맑스, 싸르트르에 이르는 인간 정신의 그 뿌리와 줄기와 흐름 같은 것이 막연하게나마 어느 정도 그 윤곽이 보이는……. 여간한 기쁨이 아니었죠. 몸이 아픈 것은 둘째였습니다.

강진호 : 그게 몇 살 때였어요?

남정현 : 결핵을 앓고 있을 때니까 아마 스무 살 미만이었을 겁니다. 내가 소설을 처음 읽은 것도 그 무렵이었지요. 일본의 신조사(新潮社)란 출판사에서 출판한 『세계문학전집』이란 것이 수십 권 있었는데 그 중에서 하나 빼본 것이 『몬테크리스토 백작』이었습니다. 아, 어찌나 재미가 나던지 나는 내 인생에서 신천지를 하나 발견한 느낌이었지요. 그 후 국내외 소설을 막론하고 손에 들어오는 대로 마구 읽었습니다. 그렇게 소설에 빠지다 보니까 소설가라는 것이 꼭 무슨 신처럼 생각되더군요. 소설 속에 등장하는 모든 인물, 사건, 배경 그 관계 등을 그들 뜻대로 움직인다고 생각하니 이 세상에선 소설가가 제일이란 생각이 들었어요. 하여튼 작가란 신이 창조해 놓은, 이 세상보다 더 좋은 세상을 창조하기 위해서 노력하는 그런 사람들이라고

여겨지더라고요. 그래서 나도 한번 소설가가 돼 봤으면 하는 소망을 갖게 되었는데, 그 즈음 임파결핵이 장결핵으로 번져서 건강이 말이 아니었지요. 그저 뭐든 먹기만 하면 설사였으니까요. 그래서 나는 유명하다는 의사를 찾아 서울로 갔습니다. 친구들은 대학에 진학하기 위해 서울에 갔는데, 나는 병 때문에 서울에 갔으니 참 처량했지요. 당시 서울엔 남정린(南廷麟) 씨라고 6촌형이 계셨어요. 그분은 8·15 이후 일본에서 돌아와 당시 우리의 유일한 통신사였던 '합동통신사'를 탄생시키는 데 거의 주도적인 역할을 한 분이지요. 그런데 그분의 부친이 남주원 씨인데, 그러니까 제게는 당숙 되는 분으로서, 저의 고향에서는 일제의 고문으로 희생되어 애국 지사로서 추앙받는 분입니다. 김좌진 장군이며 한용운 선생과도 정분을 나누며 지냈고 탑골공원의 독립 운동에도 직접 참가했다가 큰 임무를 띠고 고향에 내려와서는 '4·4 대호지 만세 사건'의 주모자가 된 분이지요. 충청도에서는 아주 유명한 항일 사건입니다. 남정린 씨가 일본에 가서 살게 된 것도 너무 감시가 심하여 일종의 피신이었다고 하더군요. 내 가까운 친척 중에 그런 분이 있었다는 건 내가 세상을 보는 안목을 기르는 데 있어서 긍정적인 형태로 작용을 했다고 봅니다. 그러니까 나는 한동안 그분의 집에 기거하면서 병원에 다니며 치료도 받고 책도 읽고 또 그런 생활을 계속했지요.

강진호: 그분 집에서 여러 책들을 접하신 거군요.

남정현: 그렇습니다. 형님의 서재에서 나는 그때 전혀 생면 부지의 플레하노프와 만났다는 것이 특기할 사항입니다. 나는 그때까지 그런 사람의 이름을 한 번도 들은 적도 본 적도 없었습니다. 『예술과 사회 생활』이라는 책과 『계급 사회의 예술』 두 권이 있었는데, 두 권 다 문고판이었죠. 하여튼 읽고 놀랐습니다. 그의 학문의 깊이와 광범위한 지식에 입이 딱 벌어지더군요. 역사, 철학, 예술은 물론 고금의 문명사에 통달한 자라는 느낌이 들더라구요. 그리고 '문학과 사회'라는 것이 서로간에 그렇게 큰 영향력을 가지고 상호 보완 작용을 하며 발전하여 간다는 사실도 내겐 여간 흥미로운 것이 아

니었습니다. 그 후에도 플레하노프에 흥미를 가지고 여러 고서점을 뒤지면서 그의 저서를 찾아 다녔지요. 그 덕택에 그의 대표적인 저서인『사적 일원론』, 『헤겔론』그 이외에 두 서너 권을 더 읽은 것 같습니다. 그러는 과정에서 그의 행적에 대하여 약간 좀 알게 되더군요. 말하자면 그는 헤겔과 맑스에 반했던 자라는 것, 삼십 수년 간 프랑스며 영국 등에서 망명 생활을 했다는 것, 그의 저서는 러시아의 혁명 일 세대들을 의식화시키는 데 적잖게 공헌을 했다는 것, 러시아의 소위 '2월 혁명' 후 귀국했지만 그는 러시아의 현실은 지금 사회주의 혁명을 수행할 만한 역사적인 조건이 성숙되지 않았다는 이유로 프롤레타리아 사회주의 혁명을 부정하고 레닌 일파와 결별했다는 것, 그 후 혁명 세력으로부터 혁명의 배신자, 표리가 부동한 자로 공격과 지탄의 대상이 되었다는 것. 하지만 저는 그런 저런 그의 행적에도 불구하고 문학에 관한 그의 이론은, 어떠한 형태로든 세상에 계급이 존재하는 한, 꽤 생명력을 유지하리라 봅니다.

강진호 : 플레하노프가 스승이었던 셈이군요.

남정현 : 그렇게까지 생각하지는 않습니다만 그의 저서가 예민하던 시절에 사회와 인생에 대해서 많은 것을 생각하게 만든 것은 사실이겠죠. 예컨대 헤겔이『정신 현상학』을 쓴 것이 1806년, 그 헤겔에 심취했던 맑스가『자본론』을 출판한 것이 1867년, 또 그 헤겔과 맑스에 완전히 반했던 플레하노프가, 드디어 1910년대에 예술에 관한 얘기를 써 가지고 그것이 바람을 타고 여기까지 날아와 한 문학 지망생의 힘없는 가슴을 퍽도 산란하게 하는구나 생각하니 왠지 신기한 느낌이 들더라구요. (웃음)

강진호 : 그런 흐름에 대해서 이후에도 계속 접하셨나요?

남정현 : 당시는 참 답답한 시대였습니다. 문이 다 닫힌 시대였다고나 할까요. 반공 일변도였으니깐요. 뜻 있는 자들은 바깥 세상을 좀 알기 위해서 애들을 많이 썼지요. 특히 사회주의권 동태를 좀 알기 위해서 목이 말라 했지요. 그래서 틈만 나면 여러 고서점들, 그리고 거리의 노점상들을 뒤져보는

것이 일이었지요. 그런데 서점에선 구할 수 없는 책들이 제법 있었거든요. 예를 들면 『러시아 혁명사』라든가 『모택동 어록』 그리고 『레닌 연설집』 등 말입니다. 특히 루카치의 여러 저서 중에서도 그의 『미학』과 『리얼리즘론』 등이 많이 돌아 다녔어요. 당시 나에게 고리끼의 『문학론』이 손에 들어와서 그걸 읽느라 열중해 있었지요. '서문'에 1933년에 출판되었다는 말이 씌어 있었는데, 1933년이면 내가 태어난 해라, 내가 태어나던 해에 고리끼는 이러한 문학론을 썼구나 생각하니 묘한 느낌이 들더군요.

강진호 : 혹 그때 누구와 같이 그런 책들을 학습하시지는 않았나요? 요즘 식으로 말하자면 스터디 그룹이랄까, 그런거요? (웃음)

남정현 : 그런 일은 없었습니다. 그런 친구도 내겐 없었구요. 더군다나 누구와 그룹을 형성하여 세상 일을 학습하거나 한 일은 전혀 없었어요.

「분지」를 쓰게 된 배경

강진호 : 그럼 얘기를 돌려서요, 1960년대 문학사를 훑어보면 「분지」는 제국주의나 국내 정치 현실에 대한 인식의 예리함이나, 작가의 문제의식이 거의 평지 돌출의 수준이거든요. 그래서 저 같은 후학들은 그 배경에 많은 궁금증을 갖고 있습니다. 작품을 쓰신 배경은 무엇인지 말씀해 주십시오.

남정현 : 「분지」를 쓰게 된 배경을 한 마디로 말하면 민족적인 우리의 현실이 그 배경이랄 수 있습니다. 오천 년 우리 민족사에 늘 씌워진 멍에, 외세가 씌워준 그 멍에가 말입니다.

강진호 : 좀 구체적으로 말씀해 주시지요. 우리 민족사에 대한 구체적인 생각도…….

남정현 : 우리 역사에 대한 내 기본적인 시각은 늘 외세 문제였습니다. 그러니까 각 시대마다 우릴 불행하게 한 가장 기본적인 모순을 외세에 의한 자

주권의 상실, 그런 걸로 봤다는 얘기죠. 멀리 당나라, 명나라, 청나라와의 치욕적인 관계는 접어두고라도 일제에 의한 국권의 상실, 그리고 열강들에 의한 남북 분단, 그 후 계속 미국의 예속권에 놓이면서 사회는 창조적인 기운을 잃고 극도의 혼란 속에 빠진 것처럼 보였다는 거죠.

　구체적으로 한번은 이런 얘길 들었습니다. 아까 얘기한 것처럼 내가 결핵 치료를 위해 형님(남정린)댁에 있을 땐데, 그때 형님과 가까이 지내던 분 중에 우승규라는 분이 있었지요. 그분은 그 후 '나절로'라는 필명으로 〈동아일보〉의 '횡설수설난'에 글을 써서 정말 낙양의 지가를 올린 분입니다. 그분이 하루는 이런 얘길 들려주시더라구요. 8·15 이후 어느 핸가 그날이 3·1절이었다는 거예요. 우 선생은 우연히 시청 앞을 지나다가 3·1절 행사를 참관하게 되었는데 마침 단상에서 누가 '독립선언서'를 낭독하더라나요. 누군가 해서 눈 여겨 자세히 봤더니 아 글쎄 독립선언서를 낭독하는 그자가 바로 일제 시대 우 선생 고향에서 무슨 군순가 경찰서장인가를 하던 자더라는 거예요. 원 저럴 수가, 세상이 정말 뒤죽박죽이구나 장탄식을 한 우 선생께서는 그 후 세상과는 등을 돌렸다고 그러시더군요. 나는 요즘도 그분의 말씀이 생각나거든요. 우리 앞에 군림한 정권이 다 그런 류의 정권이었으니까요.

　우선 4·19 혁명이 일어나던 그 직전의 이승만 정권이란 것이 어떠한 정권이었는가를 한번 생각해 봐요. 그 실상을 보면 참 기가 막히거든요. 언젠가 내가 좀 알아본 바에 의하면 당시 각료가 열 둘인가 열 셋인가 있었는데 그 중에서 어떠한 형태로든 독립 운동에 다소라도 기여했던 자는 단 한 사람도 없었고 도리어 여섯 명이나 되는 장관이 일제 치하에서 군수, 검사, 군 장교 등의 요직에 있었다더군요. 그리고 또 들어보세요. 그때까지 여덟 명이나 되는 역대의 육군 참모총장 중에서 우리 독립군 출신은 단 한 사람도 없었고요. 그 전원이 다 일군과 만군의 장교 출신이더라고요. 게다가 치안을 책임진 경위급 이상 경찰 간부의 70 프로 이상이 모두 일경에 종사한 경험이 있는 자들이더라구요. 말하자면 독립군을 소탕하던 자들이지요. 그러니 이걸 어떻게 일제로부터 독립된 나라나 정부라고 할 수 있겠어요. 아마 조금이라도 민족적인 양심이 있는 사람들이라면 이런 정부를 선택할 자가 없었을 겁니다. 그러니까 이건 우리 민족의 의사와는 상관없이 외세가 강압적으로 강요한 가짜 세상이다, 가짜다, 그래서 내 의식 속에는 나도 모르게 뭔가 진짜에 대한, 진짜 세상에 대한 절절한 열망 같은 것이 늘 있었던 것 같거든요.

강진호 : 선생님께서 지금 말씀하시는 것은 마치 「분지」에서 홍만수가 산정에서 죽은 어머니에게 고백하는 장면을 떠올리게 하는군요. 「분지」는 이를테면 '이것은 가짜다', 그래서 '진짜를 만들어야 한다.'는 의식이 제국주의에 대한 비판으로 심화된 거군요. 여기에는 물론 플레하노프의 영향도 있었겠지요?

남정현 : 글쎄요. 플레하노프의 영향이었다기보다는 너무나 상식에 어긋나게, 가치가 전도된 우리 현실이 내 사고의 틀을 그렇게 굳히게 한 것 같아요. 물론 그 동안 내가 읽은 여러 책들의 내용이 간접적으로나마 내 의식에 영향을 안 줬다고 말할 순 없겠죠. 사실은 나뿐이 아니겠지만 나는 언제나 책에서 얻은 남의 생각보다는 현실적인 체험을 통한 나 스스로의 생각을 더 소중하게 여기거든요. 그런 맥락에서 「분지」도 아마 이것은 분명히 '가짜 세상'이라고 확신한 우리의 현실을 극복하기 위한 일종의 몸부림이었는지도 모릅니다.

▲ 「분지」

추천과 등단 과정

강진호 : 그럼 「분지」 얘기는 조금 있다가 또 하고요. 선생님께서 문단에 등단하신 과정을 좀 말씀해 주시지요. 자료를 보면 1958년 작품 「경고구역」으로 『자유문학』지를 통해 등단하신 걸로 되어 있더군요.

남정현 : 맞습니다. 당시 나는 광화문에 있던 어느 잡지사에 잠시 근무한 적이 있었지요. '교육연합회'의 지원하에 교육 문제를 다루던 잡지사였지요. '여원사' 주간을 하시던 김영만 선생께서 책임자로 계셨었는데, 김영만 선생 하면 당시 명 편집인으로서 잡지계에선 정말 유명했던 분입니다. 나는 지금까지도 그분처럼 그렇게 다방면에 걸쳐 재주가 반짝반짝 빛나 보이는 그런 분을 대한 적이 별로 없거든요. 그 분의 영향 때문이었는지 그때 같이 근무하던 사원들은 그 후 각계에 진출하여 나름대로 일가를 이루어 제 몫을 다했거든요. 그 중에는 지금까지 서로 소식을 나누며 지내는 친구도 있고요. 그런데 그때 김영만 선생과 한때 '학원사'에서 같이 일했다는 시인 한무학 선생과 시인 이인석, 그리고 이화여고에서 영어 교사를 하던 박승훈 씨 등이 거의 매일 회사에 놀러 오더군요. 그때 박승훈 씨는 『O.K 카렌다』라는 수필집을 내서 한참 날리던 시절이었습니다. 나도 자연스럽게 그분들과 어울려서 소설 얘기도 하고 시 얘기도 하는 사이가 되었죠. 박승훈 씨는 그때 이미 미국의 후레스노 대학에서 수년간 유학하고 온 사람이라 미국 사회의 명암(明暗)에 밝았고, 한무학 시인은 일본의 와세다 대학에서 서양 철학을 전공한 분이었는데 일본 지식인 사회의 동태에 참 밝은 분이었지요. 고대 그리스 철학을 전공한 분이었는데도 맑스의 유물 철학에 대해서도 일가견이 있었습니다. 그런데 그들이 나보고 『자유문학』에 소설을 투고해 보라는 거예요. 자유문학사가 바로 길 건너에 있었거든요. 그때 『자유문학』을 이끌어가던 주 멤버는 평론에 이헌구, 백철 선생, 시에 모윤숙, 김광섭, 김용호 선생, 그리고 소설에 안수길, 주요섭, 이무영 선생이었거든요. 그래서

나 자신 시험삼아 소설도 한 편 써보고 싶고 또 그렇게 주변의 권고도 있고 해서 「경고구역」이란 제목으로 단편 하나 써서 투고를 했더니, 그것이 안수길 선생님의 초회 추천작으로 발표가 되더라구요.

강진호 : 아, 그러셨군요. 첫 작품은 작가에게 여러 의미를 갖는데, 선생님의 경우는 어떠셨어요. 「경고구역」을 쓰신 동기랄까 의도는요?

남정현 : 당시 우리 사회 전체가 왠지 모두 '경고구역'으로 보였거든요. 답답했어요. 어디든 가볼 수 있는 자유가 너무나 한정되어 있는 것 같았어요. 웬만한 곳엔 다 말뚝을 박아놓고 철조망을 쳐놓고 출입금지다, 위험지역이다 하는 경고문 투성이였지요. 우리 땅이지만 꼭 남의 땅 같았어요. 하지만 땅뿐이 아니었지요. 사상도 독서도 학문도 다 경고구역 투성이 같았어요. 뭐든 된다 하는 것보다 뭐든 안 된다 안 된다 하는 극도의 제한 상황 속에서 인간의 창조적인 기능이 완전히 위축되는 것같은 느낌이 들더군요. 그런 저런 억압된 현실이 소설 「경고구역」과 같이 그런 비정상적인 남녀 관계로 표출되지 않았나 생각됩니다.

강진호 : 작품을 쓰시면서 문학적으로 영향을 받은 분은 없었나요?

남정현 : 글쎄요. 어떤 특정한 한 개인한테 영향을 받은 일은 없는 것 같습니다. 하지만 그때까지 내가 읽은 국내외의 여러 문학 작품들 그리고 사회과학에 관한 몇몇 저서들 그런 것들의 어떤 통합적인 영향이 없었다고는 말할 수 없겠지요. 아까도 말했지만 그 무렵 나는 고리끼의 『문학론』을 읽고 문학에 대한 내 생각도 틀린 것이 아니구나 하고 내 생각에 대한 어떤 정당성을 마음속으로 다져나가곤 했었지요. 그리고 20세기 전반에 프랑스에서 가장 뛰어난 비평가로 알려진 디보떼의 『소설과 미학』을 읽은 것도 그 무렵입니다. 나는 그 책에서 그분의 이론도 이론이지만 당대 작가들의 수많은 작품을 한 줄도 빼지 않고 정성스럽게 읽은 것 같은 흔적을 발견하고 그분의 문학에 대한 깊은 사랑에 감동했습니다. 그리고 또 당시 내가 소설에 대한 이해를 넓히는 데 도움이 되었다고 생각하는 책은 일본의 '다뷔드'라고

하는 출판사에서 출간한 『현대소설작법』이란 책입니다. 아마 한 열 권 정도는 되었죠. 그것은 소설 작법이라기보다는 하나같이 뛰어난 소설론이랄까 하여튼 소설을 이해하는 데 꼭 필요한 이론서였습니다. 지금 기억나는 책 제목만을 들어봐도 '소설의 구조', '소설의 기술', '소설가와 작중 인물', '소설의 전통', '소설의 문체', '소설의 독자' 등등 문학 청년 시절에 구미가 당길 만한 책들이었지요. 특히 저자들은 아까 말한 디보떼, 모리야크, 헨리, 마사소 등 다 유럽의 쟁쟁한 작가와 비평가들로 구성되어 있었죠.

그리고 어느 정도 영향을 받았는지는 모릅니다만 우리 나라의 작품도 당시 이광수에서 김동리까지 이것저것 재미나게 읽었지요. 서양 소설이나 우리 소설이나 다 인간사에 관한 얘기라는 건 같았지만 그래도 아, 이것이 내 얘기구나 하고 밀접하게 가슴에 와 닿는 것은 역시 우리 소설이더군요. 이기영의 「왜가리촌」, 이태준의 「밤길」, 김동리의 「찔레꽃」, 그리고 이건 소설은 아니지만 이상의 「권태」 같은 것은 지금까지도 가끔 생각이 나요. 하지만 작품을 쓰는 데 있어서 내 의식에 결정적으로 영향을 준 것은 뭐니뭐니해도 외세의 놀음판이 되어버린 것 같은, 그리고 사필귀정의 궤에서 완전히 벗어난 것 같은 부조리한 우리 현실이었습니다.

4·19, 그리고 신동엽과의 만남

강진호 : 이제 화제를 바꾸어서요, 선생님께서 4·19와 5·16이라는 큰 사건을 겪으셨는데 당시 젊은 작가로서 4·19 혁명에 대한 생각은 어떠셨어요? 그런 생각이 어떤 식으로든 작품에 반영되었을 것으로 보이는데…….
남정현 : 물론입니다. 나는 한 작가로서 4·19 혁명의 그 실체를 내 두 눈으로 똑똑히 볼 수 있었다는 것이 가장 큰 자랑입니다. 사실 세계사적으로도 4·19 혁명처럼 그렇게 맨손으로 온 백성들의 분노와 열망을 그렇게 집중적

으로 반영시켜준 혁명이 어디 그리 흔하겠습니까? 4·19 혁명은 역사의 방향을, 그 패러다임을 완전히 바꿔 놓았으니까요. 즉 예속에서 자주로, 독재에서 민주로, 억압에서 자유로, 매국에서 애국으로, 민중의 뜻에 맞게 역사의 그 흐름을 돌려놓았다 이 말이죠. 정말 현란했습니다. 온갖 악의 화신 같았던 이승만 정권이 꽝하고 허물어지던 순간의 그 아름다운 불꽃, 나는 그

때 한 작가로서 앞으로 내가 추구해야 할 아름다움[美]의 실상이 바로 저런 것이구나 하는 생각에 정말 가슴이 두근거리더군요. 그후 내가 쓴 것이 「너는 뭐냐」죠. 그때까지 외세의 편에 서서, 독재자의 편에 서서, 그들의 각본에 놀아나던 자들을 향해, 뭔가 강력하게 '너는 뭐냐?'라고 묻고 싶은 심정 때문이었죠. (웃음)

강진호 : 5·16이 일어나자 매우 참담하셨을 텐데요.

남정현 : 그렇습니다. 참담했었다는 표현

▲ 창작집 『너는 뭐냐』

이 참 적절합니다. 역사의 방향을 완전히 또 한번 거꾸로 돌려놓은 꼴이었으니까요. 우리 역사의 중심 축에서 작용하고 있는 외세의 힘이 그 얼마나 강력한가 하는 것을 확실히 증명한 사건이었다고나 할까요. 5·16 후에 쓴 것이 「부주전상서」와 「분지」였죠. 「부주전상서」는 파쇼 체제에 대한 항변이고, 「분지」는 그 파쇼 체제를 지원하는 외세에 대한 저항이며, 그것을 극복하기 위한 일종의 몸부림 같은 것이라고 생각합니다.

강진호 : 그 당시 선생님이 교류하셨던 문인들은 어떤 분들이셨어요?

남정현 : 당시 광화문 네거리에 '월계' 라고 하는 다방이 있었는데 그곳에 많은 문인들이 다녔어요. 나도 물론 단골이었고요. 위치도 좋았지만 문인을

이해하는 '월계' 주인 내외의 마음씨가 좋아서 더 끌린 것 같아요. 그때는 워낙 궁핍하던 때라 차도 외상으로 많이 마셨거든요. 열흘에 한 번, 혹은 한 달에 한 번 갚는 사람도 있었고, 외상값이 정 밀리면 감히 차 달라는 소린 못하고 계속 엽차만 마시면서 죽치고 앉아 있는 사람도 많았지요. 그래도 주인은 그렇게 모진 소리로 큰 소리 한 번 안 쳤거든요. 지금 생각하면 그러고도 무슨 장사가 됐는지 수수께끼입니다. (웃음) 하여튼 나는 그때 그곳에 출입하던 문인들과 많이 어울렸어요. 한무학, 박승훈, 그리고 『자유문학』에서 함께 나온 박용숙, 최인훈, 그리고 그때 〈서울신문〉의 기자로 있으면서 평론 추천을 받은 신동한. 그런데 이 신동한의 부친 되는 신영철 선생께선 '개벽사'에서 방정환 선생이 창간하신 바로 그 『어린이』 잡지의 주간이셨기 때문에 신동한을 통해서 당시 개벽사를 중심으로 활동하던 여러 문인들의 에피소드를 듣는 것이 퍽 흥미로웠지요. 그리고 자주 드나들던 친구가 하근찬, 신동엽, 오상원 등 그 외에 또 많았습니다. 김수영 씨도 자주 나왔고 '고바우 영감'을 그리던 김성환 화백도 단골이었지요. 술만 취하면 김관식, 천상병, 이현우 시인도 자주 들이닥쳐 일장 연설을 하곤 했지요. 다들 그리운 사람들입니다. 서로 아무 스스럼없이 인간사에 관한 얘길 나누면서 그 험한 세월을 같이 보냈는데 말입니다.

강진호 : 여러 문인들과 사귀셨는데……, 당시 신동엽 시인과도 친분이 있으셨던 거군요. 선생님이나 신동엽 시인 모두 외세에 대한 인식이 남다르셨는데, 두 분이 잘 알고 계셨다니 꽤 가까우셨겠어요?

남정현 : 그렇습니다. 서로 작품을 발표하기 시작하면서 알게 되었어요. 하근찬 씨가 아마 '월계'에서 처음 내게 소개한 것 같아요. 신동엽을 말입니다. 〈조선일보〉에 「이야기하는 쟁기꾼의 대지」라든가 뭘로 당선된 시인이라구 소개하더군요. 사람이 어찌나 조용하고 선량해 보이던지, 공연히 화가 날 정도였습니다. 하여튼 그 후 몇 번 만나는 사이에 서로 의기가 상통해서 거의 매일 만나는 사이가 되었었지요.

▲ 신동엽

강진호 : 신동엽 선생에 대해서 기억나는
건 없으세요?

남정현 : 왜 없겠어요. 많지요. 둘 사이의
자자분한 얘기는 다 그만두고요. 두어 가
지만 말씀드리죠. 하나는 그가 이 세상을
떠나던 모습이 잊혀지지 않아요. 그렇게도
의연할 수가 없었기 때문이죠. 신동엽은
정말 죽음 앞에서 조금도 비겁한 언동이나
표정 같은 것을 보여 주지 않았습니다. 끝까지 그는 한 인간으로서 그리고
한 시인으로서의 높은 품위를 흐트러뜨리지 않았거든요. 저 친구가 정말 사
바 세계의 인간인가? 하고 의심할 정도였지요. 예를 들면, 그는 좀더 살 수
있는 길이 없을까 해서 조바심을 친다든가, 혹은 삶에 대한 미련이나 애착
같은 것을 주변에 강하게 표시하여 누구한테 애걸한다든가 하는 일이 전혀
없었어요. 그는 사회와 인생을 꿰뚫어 보듯 자신의 병을 그 결말까지 다 꿰
뚫어 보고 태연했던 것 같았어요. 도리어 주변 사람을 위로해 줬지요. 너무
걱정들 말라고 말입니다. 그가 죽기 이틀 전이든가요, 나는 하도 답답해서
여기저기 수소문하여 뜸 한 방이면 죽을 사람도 살린다는 어느 한의사 한
분을 데리고 그한테 갔지요. 내 성의를 봐서 그랬는지 그는 거부하지 않
고 그 뜨거운 뜸을 여러 곳에 뜨면서 곁눈질로 나를 보며 슬며시 웃더군요.
'너도 꽤 어리석은 놈이구나.'하고 나를 딱하게 여기는 웃음 같았어요. 그
다음 다음날, 그는 이제 할 일을 다했다는 듯이 아주 담담한 표정으로 조용
히 눈을 감더군요. 한 인간이 젊은 나이에 유명을 달리 하면서 어쩌면 그렇
게도 담담할 수가 있었을까 하고, 요즘도 이따금 생각해 봅니다만 아직 결
말을 못 얻었습니다.

그리고, 또 한 가지는 시집 얘긴데요. 재일교포인 허남기라는 시인이 쓴
『화승총(火繩銃)의 노래』란 시집을 내가 어느 고서점에서 사 읽은 적이 있

었어요. 물론 일어로 쓴 시집이었지요. 오래된 일이라 내용은 거의 다 잊었지만 어쨌든 순이(順伊)라는 주인공을 내세워 동학혁명에서 3·1 운동까지 대를 이어 외세와 싸우는 이야기를 시화(詩化)한 것이었거든요. 당시로는 드문 시라 신동엽한테 빌려 줬더니, 얼마 후 읽어봤다면서 그러더군요. 시는 좋은데 무거운 내용을 너무 단순하게 썼다고 말입니다. 그래서 내가 그때 농담조로 말했었지요. 그럼 신동엽 자넨 단순하지 않게 복잡하고 거창하게 써서 민족의 가슴을 탕탕 울리는 시를 한번 써 보라고 말입니다. 그 후 그는 정말 『화승총의 노래』와는 비교할 수도 없는 대작을 써 가지고 지금까지도 민족의 가슴을 탕탕 울리고 있거든요. 『금강』 말입니다. 참 감회가 새롭습니다.

강진호 : 외세 문제에 대한 시각이나 입장이 선생님하고 두 분이 제일 급진적이었고 또 상통하는 부분이 많았잖아요.

남정현 : 보기에 따라선 그렇게 볼 수도 있겠지요. 하지만 외세 문제에 있어선 나보다 신동엽 쪽이 훨씬 더 철저했습니다. 언행(言行)이 일치한 친구였다고나 할까요. 나는 1950년대 미국 영화를 참 많이 봤습니다. 지금도 그렇지만 당시엔 더욱 미국 영화가 주류였으니깐요. 미국 영화 중에서도 나는 서부 영화 팬이었지요. 1880년대까지 조직적으로 백인에 끝까지 맞서던 인디언 최후의 저항선이랄지, 그 아차치 족마저 아리조나에서 허물어지는 모습까지 영화로 다 봤으니깐요. 백인들이 인디언 땅을 마구 싸돌아다니며 자기들이 일방적으로 정한 법과 질서와 규범을 그들이 지키지 않는다는 이유로 그들의 땅을 야금야금 다 차지해 가던 수법이 참 절묘하더군요. 그것이 지금 세계에 대한 미국의 패권 전략과 얼마나 많이 다른 것인지 참 착잡하거든요. 그런데 당시 신동엽은 미국 것이라면 다 싫어했습니다. 영화도 미국 영화는 안 봤어요. 그것 다 돈지랄인데 그것도 영화라고 보느냐구요. 그래서 나는 영화를 보되 내게 필요한 씬만 보고 필요하지 않은 씬은 안 본다고 그랬었지요. (웃음) 그는 양담배도 절대 안 피웠습니다. 나는 카멜, 모리

스, 럭키스트라이크 등 양담배만 피웠었지요. 남정현과 양담배는 어울리지
않는다고 그는 내게 종종 핀잔을 줬지만, 그때마다 나는 웃으면서 내가 미
워하는 것은 미국의 제국주의 정책이지 양담배가 아니라며 웃었지요. 그러
면 그는 소설가는 핑계가 많아서 시인보단 그 격이 밑으로 훨씬 처질 수밖
에 없다고 그랬거든요. (웃음)

「분지」 필화 사건

강진호 : 선생님이 처음으로 고초를 당하신 게 「분지」(1965) 발표 직후였
죠. 발표 직후 북한의 잡지에 전재되고, 그것이 빌미가 되어 빨갱이로 몰려
고초를 겪으셨던 걸로 아는데, 그 상황을 좀 말씀해 주시지요?
남정현 : 내가 조사 받을 때 가장 고통스럽던 것은 수사관들이 나 보고 「분
지」를 쓴 자를 대라고 호통칠 때였습니다. 너는 「분지」를 쓸 자격이 없는 자
라 틀림없이 북에서 누가 써 가지고 너를 통해 발표했다는 첩보가 들어 왔
으니, 공연히 고통 당하지 말고 그놈의 이름을 대라는 것이었지요. 그러면
살아서 이곳을 나갈 수 있다고 말입니다. 처음부터 그렇듯 황당하게 접근하
니까, 도리어 마음은 편해지더군요. 될 대로 되라는 심정이었지요. 몇 날 며
칠을 혹독하게 대해도 성과가 없자 그들은 내가 썼다는 걸 인정하게 되었는
지 실망하는 눈치였어요. 그런데 중요한 것은 그들이 「분지」를 심문하는 그
언동과 태도였어요. 정말 문제더군요. 실망했습니다. 그들은 도무지 티끌
만한 민족적인 양심도 자존심도 없어 보이더군요. 말끝마다 미국이 없으면
나라도 없고 자기도 없다는 식이었거든요. 그 어떤 명분을 내걸어도 미국에
대한 비판적인 말은 조금도 허용되지 않았습니다. 나는 사실 그때까지만 해
도 정부를 지칭하여 무슨 식민지니 허수아비니 하고 떠돌던 말들을 액면 그
래도 믿진 않았거든요. 그것은 아무래도 좀 과장된 정치성 짙은 공격용 용

어라고 간주했기 때문입니다. 그런데 정부의 의식을 대변한다는 수사관들의 언동을 보고 그때 나는 깜짝 놀랐습니다. 생각지도 않은 자리에서 이 나라의 실체를 확인한 것 같아서 말입니다. 불가에서 말하는 소위 그 돈오돈수한 느낌이었달까요. 아 사실이었구나. 그것은 풍문도 과장도 아닌 사실이구나, 그렇게 생각하니 정말 답답하고 허탈한 심정이었지요.

강진호 : 「분지」에서 선생님이 말씀하신 것은, 현실의 문제가 단순히 정치의 문제가 아니라 세계적인 정치 세력의 문제라는 것이었지요.

남정현 : 그렇습니다. 그래서 「분지」에 펜타곤을 등장시킨 거지요. 국내 정치, 경제, 문화, 각 부분에 깊이 뿌리내리고 있는 외세라고 하는 그 거대한 힘의 상징적인 장소로서 말입니다. 그러니까 거기서부터 일이 잘 풀리지 않으면 우리 현실 문제가 잘 풀릴 리가 없죠. 구조상 말입니다.

강진호 : 그건 결국 제국주의에 대한 인식을 전제한 것으로 보이는데……, 아까 플레하노프에 영향을 받았다는 거 말고 따로 학습하신 것은 없었습니까?

남정현 : 나는 예나 이제나 늘 혼잡니다. 물론 정신적으론 남과 늘 함께 있지만 현실을 보고 생각하는 것은 늘 혼잡니다. 물론 내가 플레하노프의 몇몇 저서를 보고 문학에 대한 인식을 넓히는 데 좀 도움을 받은 것은 사실입니다만, 그러나 내게 「분지」를 쓰게 한 그 배후 세력은 어디까지나 우리 '현실'입니다. 외세의 예속권에 놓여 있는 우리 현실, 민족적인 입장에서 숨 한번 제대로 못 쉬게 하는 것 같은, 뭔가 이 강요된 것 같은 이 부당한 현실이 나로 하여금 글을 쓰게 한 동력이 되어준

▲ 분지 사건 공판 장면

셈이죠. 내 자신의 문학관과 현실관이 집약된 게 이 「분지」인 것이죠. 나는 한 작가로서, 내가 살고 있는 이 현실을 늘 가짜라고 인식하며 살았으니까……. 그러니까 진짜 세상에 대한 뭔가 그 간절한 희원(希願), 그것이 제 문학의 발원지라고 할 수 있습니다. 그런데 8·15 이후 외세와 야합하여 이 가짜 세상을 진짜 세상으로 착각하게끔 현실을 조작한 범인들의 그 흉악한 흉계를 밝히는 것도 우리 시대 문학의 중요한 한 기능이라고 생각합니다.

강진호 : 방금 외세 이야기를 하셨는데……. 선생님 작품에는 희화화된 인물들이 많거든요. 그런 인물들은 이 압도적인 외세의 힘에 의해서 제대로 자신의 능력을 발휘하지 못하는 일반 민중들이라고 할 때, 그런 민중들의 역량의 부족이 선생님으로 하여금 희화화된 방식을 택하게 한 건 아닌가 하는 생각도 드는데요.

남정현 : 잘 보셨습니다. 나는 못했습니다만 앞으로 많은 작가들이 진짜 세상에서 한번 살아보고 싶은 아름다운 꿈을 안고, 이 추악한 가짜 세상을 청산하기 위해 여러 각도에서 헌신적으로 싸우는, 우리 시대 민중들에게 힘이 되고 격려가 되고 위로가 될 수 있는 그런 빛나는 작품을 많이 써야 되리라고 봅니다.

강진호 : 그렇지요. 그런데, 4·19를 전후해서 뭔가 그 외세라든가 국내의 여러 내부 모순이라든가, 그런 현실을 타개할 수 있는 대안 세력들, 그 세력들과의 교감이나 관계, 뭐 그런 건 없었습니까?

남정현 : 생각하면 시대를 꿰뚫어 보는 그런 조직화된 튼튼한 대안 세력이 없었기 때문에 어이없게도 4·19 혁명의 전취물을 처참하게 빼앗긴 것이 아니겠어요. 5·16의 무리들에게 말입니다. 참 통탄스런 일이었지요. 하지만 그때나 이때나 우리에겐 나라를 품위 있게 다시 일으켜 세울 그런 대안 세력이 없었던 것은 아닙니다. 있었죠. 생각하면 수많은 세월 민족의 존엄과 그 자주권을 위해 면면히 싸워온 선열들, 그 선열들의 정신을 이어받은 그 후예들, 그들이 다 대안 세력이 아니겠어요. 좀 멀리는 동학혁명과 항일 투

사의 정신을 이어받은 그 후예들, 그리고 8·15 이후 단독정부를 반대하고 통일을 위해 헌신한 용사들, 그리고 4·19와 5·18의 전사들, 동시에 독재 체제와 맞서 싸워온 모든 투사들, 그리고 그 정신을 이어받은 모든 사람들이 다 우리 민족의 얼이며, 자존심이며, 나라를 바로잡을 대안 세력입니다. 그런데 지금까지 독재 권력은 외세와 야합하여 이들을 다 불온 분자로, 용공 세력으로 매도하면서 이들을 타도하느라 여념이 없었지요. 천인공노할 일입니다. 그러나 온갖 탄압에도 굴하지 않고 세력을 더욱 넓힌 이 대안 세력들은 지금 전방위적으로 사회 각 분야에서 제 몫을 다하고 있다고 봅니다. 민족의 편에 굳굳하게 서서 말입니다. 4·19 당시와는 사정이 다릅니다. 이들은 언젠가는 역사의 흐름을 바로잡기 위해서 힘차게 부상하리라 봅니다. 우리 민족의 앞날은 밝습니다. 많은 작가들이 이들의 편에 서서 이들에게 힘이 되고 기쁨이 될 수 있는 좋은 작품을 쓰게 되겠지요. 그렇게 되길 기대한다는 거죠.

강진호 : 1963년에 『한양』지에 「혁명 이후」를 발표하셨잖아요. 그런데 『한양』지는 일본에서 발간되었거든요. 혹시 당시 일본 지식인들, 일본 사상가들과 어떤 교류는 없었나요?

남정현 : 그런 일은 별로 없었지요. 이곳에서도 알 것은 대강 알 만한 상황이었으니까요. 그리고 그 『한양』지 말씀인데, 서울에서 『한양』지의 대리인 역할을 하시던 분이 정종 선생이셨거든요. 당시 정종 선생은 동국대학에서 철학을 강의하고 계셨었죠. 그분이 어떤 경로로 『한양』지와 인연을 갖게 되었는지는 모릅니다만 하여튼 원고 청탁서도 원고료도 다 그분한테서 받았거든요. 고료가 다 변변찮던 시절에 『한양』지에선 고료를 꽤 많이 주더군요. 그래서 우선 『한양』지에 호감이 갔었지요. 정종 선생은 사실 정신적으로 유물사관과는 별로 인연이 없으신 분이었거든요. 워낙 인품이 훌륭하셔서 학생들이 많이 따랐었지요. 이젠 연세가 많으셔서 교단에선 은퇴하셨지만 지금도 시골에서 많은 후학들한테 존경을 받고 계시다고 하더군요.

민청학련 사건*

강진호 : 이제 1970년대 이후의 이야기를 했으면 합니다. 1974년도에 선생님께서 대통령 긴급조치 1호 위반으로 구속이 되셨거든요. 그게 소위 말하는 '민청학련 사건'인데, 그 당시 선생님께서는 어떠셨는지, 어떤 상황에서 사건에 연루되어 고초를 겪으셨는지 말씀해주시지요.

남정현 : 세상에 다 알려진 바와 같이, '민청학련 사건'은 평생을 민족 앞에 씻을 수 없는 죄를 진 그 박정희란 자의 마지막 발악 같은 성격을 띠고 있습니다. 총칼만을 앞세운 소위 그 유신 체제로도 정권을 유지할 수 없게 되자 박정희는 악에 받쳐 가지고 긴급조치를 1호, 2호, 3호, 4호 하고 남발하면서 끝내는 민청학련 사건을 조작한 거거든요. 그것이 아마 1974년 초지요. 아무리 탄압해도 유신에 대한 학생들의 저항이 점점 더 거세지자 박정희는 학생들을 북과 연계시켜 가지고 일거에 타도해 버리겠다는 속셈이었지요. 그때 학생들과 사상적으로 연계시키기 위해 등장시킨 것이 소위 '인혁당 사건'입니다. '인혁당 사건'은 사실 1960년대 정치적으로 써먹을 대로 써먹어서 이미 빛 바랜 사건이었죠. 그런데도 유신 정권은 너무나 급했던지 또 다시 '인혁당 사건'을 끄집어 내가지고, 북과 연계되어 있는 인혁당의 사주를 받아 학생들이 폭력으로 국가를 전복시키려 했다는 식으로 사건을 그렇게 끌고 간 거거든요. 그래서 하루아침에 인혁당 관련 인사들을 일곱 명이나 죽이지 않았습니까? 참 엄혹한 시절이었죠. 그 와중에 나도 체포되어 안기부의 지하실로 끌려갔었지요. 당시 나는 한국문화인쇄주식회사의 편집주간으로 있었거든요. 1950년대부터 가까이 지내던 김성환 화백의 소개로 얻은 직장이었는데 사원이 한 백 이삼십 명쯤 되었었지요. 당시로는 색판 인쇄계에서 꽤 알아주는 인쇄소였어요. 그런데 집에도 직장에도 알릴 새가 없이 퇴근길에 그냥 잡혀들어 갔으니 참 어이가 없더군요. 워낙 살벌하던 때라 미운 털이 박혀 있으니 예비 단속으로 보안상 아마 며칠 격리시킬 모양이구

나 그렇게만 생각했었지요. '미운 털'이란 내가 1965년에 소설 「분지」를 발
표하여 옥살이를 했다는 것과 1971년에 '민주수호국민협의회'를 결성하는
데 관련했었다는 것, 그 정도였습니다. '민주수호국민협의회'란 박정희가 3
선개헌을 하고 장기 집권에 들어서는 것을 막기 위해 민간 차원에서 처음으
로 박정희 체제에 조직적으로 반기를 든 단체였지요. 변호사 이병린 선생,
언론인 천관우 선생, 기독교계에서 가장 선망이 높던 김재준 선생, 이 세 분
을 공동대표로 모시고 뜻 있는 종교인, 언론인, 법조인, 문인들이 모여서 그
해 4·19 혁명 기념일을 택하여 강력한 반독재 성명을 발표하고, 반박정희
투쟁에 나선 사건이었죠. 당시 국내외적으로 정말 큰 파문을 일으킨 사건이
었습니다. 그때 그 단체의 창립을 위해 주도적으로 활동하던 분이 내게 부
탁하여 결국 우리 문인들도 거의 20여 명이나 그 단체에 참여할 수 있게 되
었지요. 당시엔 큰 결단이 필요했던 행동이었어요. 그런데, 내가 그때 긴급
조치로 구속된 건 그런 저런 미운 털이 직접적인 원인이 아니더군요. 어마
어마하게 '민청학련 사건'의 그 배후 세력의 한 축으로 몰고 가려 하는 거예
요. 난감했습니다. 이제 날 죽이는구나 그런 생각도 들더군요. 내가 누구누
구와 공모하여 그 해 3·1절을 기해 정일형 선생과 장준하 선생을 내세워 가
지고 그분들로 하여금 유신 체제에 대한 강력한 반대 성명을 발표케 하여
학생들을 고무시킴으로써 그들을 국가 전복의 길로 유도하려 했다는 거였
거든요. 기가 막히더군요. 물론 그 즈음에는 내가 「분지」를 쓴 작가라고 하
여 이따금 나를 찾아오는 학생들과 만난 것은 사실입니다. 만나서는 주로
문학 얘기를 했지만 소위 그 유신 체제의 부당성에 대해서 나대로의 견해를
얘기한 것도 사실이었지요. 그러나 누구를 내세워 무슨 행사를 모의하고 무
슨 세력을 형성하여 국가 전복을 기도했다는 등의 그런 얘기는 다 헛소리였
지요. 그때 나와 관련을 지으려는 몇 사람은 긴급조치 내내 피신하여 잡히
질 않았고, 유일하게 이현배 씨만이 잡혀 가지고 엄청난 고통을 겪었지요.
이씨는 당시 서울대 사학과를 졸업하고 대학원에서 석사과정에 있었는데

참 훌륭한 청년이었어요. 머리도 명석하고 정말 사학도답게 국내외 정세를 분석하고 판단하는 그 시각이 퍽 정확해 보이더군요. 이씨와 같이 그런 유능한 인재들이 앞으로 사회에 진출하면 나라를 바로잡는 데 크게 기여하겠구나 그런 생각이 들었거든요. 그때 그는 학생들 중에서 가장 선배였다는 이유에서인지 군법 재판에서 사형 선고를 받고 오래 옥살이를 하다가 결국엔 사형을 면하고 풀려났었지요. 나는 무슨 이유에선지 긴급조치 내내 기소도 되지 않고 옥살이를 하다가 예기치 않게도 육영수 씨가 저격을 당한 이후 긴급조치가 해제되는 바람에 석방되었지요. 정말 무서운 세월이었습니다. 그 바람에 직장에서도 쫓겨나고 내 작품도 쫓겨났습니다. 그게 무슨 소린가 하면요, 당시 내가 구속되기 전 '어문각'에서 『한국문학전집』을 낸다고 내게 청탁이 왔었어요. 나는 청탁대로 10여 편의 단편을 넘겨주고, 그리고 OK 교정지까지 나와서 교정까지 봤는데, 갑자기 구속되었거든요. 그런데 내가 석방되어 나와 보니까 전집은 이미 나왔는데 내 작품만 쏙 빠진 거예요. 사정을 알아봤더니 내가 긴급조치로 구속되는 것을 보고 비평가 중에 누가 편집실을 찾아 와서 문학 전집에 빨갱이의 작품은 실어서 안 된다고 강하게 항의하는 바람에 할 수 없이 그렇게 되었다는 거예요. 글쎄 그것도 다 이 땅에서나 볼 수 있는 기현상이겠죠.

강진호 : 지금이야 회고니까 그렇지만, 당시에는 그 고통이 이루 말할 수 없을 정도였겠습니다.

남정현 : 그렇습니다. 그때 '남산'의 지하실에 갇혀 있을 땐 이런 일도 있었거든요. 그러니까 내가 잡혀와서 한 일주일쯤 됐을 때였죠. 그런데 그 지하실은 벽면만을 바라보고 여러 사람들이 옆으로 쭉 앉아 있을 수 있는 일종의 대기실이었거든요. 누구든 일단은 그 대기실에 앉아 있다가 차례가 오면 수사관 실로 불려가곤 했지요. 그런데 나는 이미 일주일 전부터 와서 한번 누워보질 못하고 밤낮없이 계속 의자에 앉아 있느라고 심신이 피곤할 대로 피곤한 상태였는데 누가 옆에 와서 털석 앉는 거예요. 순간 서로가 잠깐 쳐

다보고 깜짝 놀랐지요. 그리고 우리 둘은 약속이나 한 듯 아무 말 없이 입을 꽉 다물고 말았거든요. 너무나 친한 친구였으니까요. 그때는 아무것도 아닌 일을 가지고도 무슨 꼬투리만 있으면 사람을 순 생으로 두들겨 패서 사건을 조작하던 시기라, 무슨 일이 생길지 누가 알아야죠. 그래서 서로가 생면부지의 사람을 대하듯 그렇게 며칠을 지냈거든요. 비극이였죠. 그 친구는 서울대 철학과를 나와서 그때 고등학교 교사로 있었는데요, 황현승이라고요, 학식도 학식이지만 그 친구는 누구한테도 군자 소릴 들을 정도로 인품이 아주 훌륭한 친구였죠. 그런데 하루는 이 친구가 불려나가더니 다시는 들어오지 않더군요. 그 후 그 친구는 9년 동안이나 옥살이를 했어요. 긴급조치 때문에요. 나는 그때 그 친구가 나간 이후 곧 졸도를 했거든요. 2주일이나 잠을 못 자고 의자에 앉아 있기만 하니까 나 같은 체력에 견딜 수 있었겠어요. 그들은 나를 병원으로 옮겨서 회복시켜 놓고 곧장 형무소로 보내더군요. 참으로 험한 나날이었습니다.

강진호 : 1974년도에 그 일이 있었고, 1975년도에「허허선생 2」를 발표하고, 그 다음 1980년 즉, 5년이 지나고 나서「허허선생 3」을 발표한 이후 작품 발표가 거의 없었는데, 그게 다 그 사건의 후유증과 무관한 게 아니었군요.

남정현 : 무관할 수가 없었겠죠. 우선 건강이 완전히 허물어졌으니깐요. 늘 소화가 안 되고, 어지럽고, 체중이 40킬로로 떨어지는 거예요. 의사 말이 불안 신경증이라더군요. 그때부터 오늘날까지 '바리 움'이란 신경 안정제를 계속 먹고 지내요. 뭘 한 줄이라도 쓰자면 한두 시간이라도 정신을 집중해야 하는데 멀쩡하다가도 책상에 앉아서 뭘 좀 골똘히 생각하면 머리가 핑 돌거든요. 그럼 공포증이 생기고 불안하고 하루종일 꼼짝 못해요. 뭘 좀 쓰고 싶긴 한데 영 엄두가 안 나거든요.「허허선생 1」도 사실은 '분지 사건' 이후 처음 쓴 작품이었어요. 그게 아마 1973년도였지요. 당시 비평가 이어령 씨가 자기가『문학사상』이라는 잡지를 맡았는데 오래간만에 소설 한 편

써보라고 권하기에 겨우겨우 썼지요. 박정희 같은 자를 염두에 두고 일제 식민지 체제 같은 것이 아직도 그대로 유지되고 있는 것 같은 현실을 풍자해 보고 싶어서였지요. 그리고 지금 말씀하신 「허허선생 2」는 1975년도 작이니깐 '민청학련 사건'을 겪고 그 다음에 쓴 거거든요. 이상하게도 작품을 하나 쓰면 사건을 겪게 되더군요. (웃음)

풍자의 전통과 가족사

강진호 : 선생님의 말씀을 듣고 보니, 선생님 소설이 주제가 강하고 또 너무 한 가지만을 말하고 있는 게 아닌가 하는 평소의 의문이 좀 풀리는 거 같군요. 계속 선생님의 상처를 건드린 듯해서 죄송스럽습니다. 이제 다른 얘기를 했으면 하는데, 선생님 작품을 문학사적 시각에서 보자면 채만식에서 김유정으로 이어지는 풍자의 전통 속에 놓여 있는 게 아닌가 합니다. 혹 습작과정에서 이분들의 작품을 읽진 않으셨나요?

남정현 : 우리 문학사에서 빛을 내고 있는 분들과 제 작품을 관련시켜서 말씀해주시니 제겐 너무 분에 넘친다는 느낌입니다. 그런데 저는 죄송스럽게도 그런 분의 작품을 얼마 못 봤거든요. 젊었을 때 김유정 선생의 작품은 몇 편 보았는데 제 기억 속에 아직도 그리움으로 남아 있습니다. 그런데 제 생각엔 풍자 정신이라고 하는 것은 어떤 한정된 사람에게서만 나타나는 것이 아니라 어떻게 보면 우리 민족에게 있어선 체질화된 민족성의 한 부분이 아닌가 그렇게 여겨지거든요. 수많은 세월 외세의 간

▲ 채만식

섭과 그 지배 속에서 살아오는 동안 그에 대한 분노와 저항의 불씨가 풍자와 같은 그런 간접적인 형태로 나타난 것이 아니겠느냐 그 말입니다. 그런데 그 풍자라는 것이 울분을 삭이는 일종의 생존 양식이기도 했겠지만, 우리 민족에게 있어선 결국은 그 풍자란 형식의 저항 정신이 외세를 물리칠 수 있는 그런 어떤 힘의 근간이 된 것이 아닌가 그런 생각도 들 때가 있거든요. 사실 우리 나라 사람들처럼 그렇게 풍자적인 어법에 능한 사람들도 별로 없을 겁니다.

강진호 : 그러면 선생님께서 풍자 기법을 자주 애용하신 건 지금 말씀하신 대로 상황이 워낙 억압적이니까, 그래서 미처 말할 수 없는 상황에서 그것을 뛰어넘기 위해서 사용한 거군요.

남정현 : 그런 셈이죠. 한 시대의 진실을 가리고 있는 장막, 그러니까 그 장막 뒤에 숨어 있는 진실에 접근하기 위한 수단으로서 가장 효과적인 방법이 문학에 있어서는 풍자적인 수법이 아닌가 그런 생각이 든다는 거죠. 그런 의미에서 나는 문학에 있어서 그 '외설'이란 문제도 그런 식으로 이해하거든요. 외설이란 것이 단지 그저 독자들의 호기심이나 성선(性線)을 자극하기 위한 수단으로서가 아니라 뭔가 탄압을 뚫고 시대의 진실을 밝히기 위한 그런 일종의 무기로서 작용할 때 작품상에서 그 효용성을 인정받을 수 있다 그런 말이죠.

강진호 : 이제 또 말씀을 좀 돌려서요, 아무래도 선생님께서 문학사적으로 의미를 갖는 것은 「분지」를 전후한 1960년대라고 생각하는데, 당시 선생님께서 보시기에 1960년대 문단 내지는 1960년대 소설사는 어떠셨어요. 이호철 선생이나 하근찬 선생 같은 분들이 왕성하게 활동하셨잖아요?

남정현 : 당시 남의 작품을 많이 읽지 않은 사람으로서 감히 소설사를 운운하기보다는 당시의 문단 분위기에 대해서 한 마디 하죠. 물론 지금 말씀하신 이호철 씨나 하근찬 씨 하고도 꽤 가까이 지냈습니다. 당시엔 사상 의식이나 작품 경향이 서로 다르다고 하더라도 서로가 글을 쓰는 문인이라는 그

동류의식 하나만으로도 그렇게도 서로간에 정다울 수가 없었거든요. 그저 언제 어디서든 만나기만 하면 반가웠지요. 며칠만 안 보여도 안부가 궁금해서 걱정이었으니까요. 몇몇 빼고는 모두들 전화도 없이 지내는 형편이었으니 그럴 수밖에요. 그런데 요즘 문단은 이런 분위기랄까 이런 정겨운 인간관계가 많이 퇴색해진 것 같아서 섭섭하더군요.

강진호 : 당시 많이 외로우셨을 거 같은데…….

남정현 : 겉으로는 허허 하고 늘 웃고 지냈지만 속으로는 답답할 때가 많았죠. 그래서 정신적으로는 늘 그저 나 혼자의 세계에 숨어 지낸 형편이었다고나 할까요, 그저 그렇습니다.

강진호 : 선생님이 등단하신 그 즈음에 김승옥 선생이 「무진기행」을 발표해서 굉장히 각광을 받았고, 또 최인훈 선생도 『광장』을 통해서 문단의 총아로 떠올랐지요. 그분들이랑 같이 활동을 하셨는데, 그분들과는 어떠셨어요?

남정현 : 최인훈 씨나 김승옥 씨나 인간적으로는 다 가까이 지낸 사이입니다. 두 사람 다 내가 범할 수 없는 좋은 작가죠. 특히 1950년대 최인훈 씨하고는 흉허물없이 매일 만나는 사이였지요. 최인훈은 자기 말대로, 늘 에고의 세계에서 번데기처럼 견고하고 화려한 집을 짓고 그 속에 꼭 들어앉아 희희낙낙하고 있었으니깐요. 그런데 세월과 함께 그는 글쓰기에 바쁘고 나는 세상에 쫓기느라 바쁘다보니 본의 아니게 그와 만난 지도 꽤 오래 됐거든요. 나이를 먹으면 그리움만 남는가봐요. 다른 장면은 다 지워지고 말입니다. (웃음)

강진호 : 선생님께서는 카톨릭을 믿으시는 걸로 아는데, 언제부터 믿으셨어요?

남정현 : 우리 집안이 다 카톨릭 집안이에요. 아버님 어머님도 다 독실한 카톨릭 신자였고요. 나 혼자만 좀 이단자거든요. 그렇다고 영세를 안 받은 것은 아닙니다. 영세인으로서 충실하지 못하다 이 말이죠. 그렇다고 전혀 성당에 안 나가는 것은 아닙니다. 주로 성당이 텅 비었을 때, 아무도 없을 때

어쩌다 성당에 나갑니다. 텅 빈 성당에 혼자서 앉아 있는 것이 참 좋거든요. 그냥 멍하니 앉아서 저 앞에 십자가에 못 박히신 예수님을 바라보노라면 문득 그 주변에 우리 시대 예수들이 모여들거든요. 감동적이죠. 전태일, 박종철, 조성만, 이한열, 김세진 등등 그 이외 수많은 예수들이 말입니다. 나는 틀림없이 그들도 그리스도처럼 부활하리라 믿거든요. 부활할 사람들을 부활시키는 것이 하나님의 가장 큰 사랑이니깐요.

강진호 : 얼마 전에 『서울을 사는 고독과 희열』이라는 산문집을 읽었는데 머리말에 보니까, 예수님하고 바리새인들 둘을 비교하면서, 선과 악을 딱 나누어서 파악을 하고 계시더라고요. 그런 기독교적인 윤리관이 어쩌면 선생님 작품 세계의 한 축이 아닌가 하는 생각도 들더군요.

남정현 : 그건 본격적인 산문집이라기보다는 그때 내가 잘 아는 사람이 대중 잡지를 한다면서 고료를 많이 줄 테니 뭐 재미나는 신변잡기라도 하나 써 달라고 하도 조르는 바람에 그냥 우스개 소릴 넣으며 편하게 쓴 잡문이거든요. 어떻게 그런 것까지 보아 주셨나요. 죄송합니다. 그런데 내가 '서문'에서 선과 악을 분명히 한 것은 무슨 기독교적인 윤리관에서가 아니라 시대의 요구를 반영한 것이었지요. 사실 우리 시대처럼 이렇게 옳고 그른 것을 확실히 구분할 수 있는 시대가 어디 그리 흔했나요? 그런 면으로 보면 우린 어쩌면 지금 행복한 시대를 살고 있는지도 모를 일입니다. 한 인간이 어떻게 사는 것이 옳고 그른가를 가리기 위해서 방황할 필요가 없으니까요. 안 그런가요? 민주와 독재, 통일과 반통일, 민족자주 세력과 외세의존 세력, 이런 세력들이 각각 첨예하게 대치되어 있는 사회에선 사실 선과 악은 이미 결정되어 있는 것일 테니깐요. 이러한 상황에서 우리가 가장 경계해야 할 대상은 그저 무슨 일이 있을 때마다 중용이니 공정성이니 하는 애매한 척도를 휘두르는 자들입니다. 이를테면, 과격하게 데모를 하는 자들도 나쁘지만 그걸 또 과격하게 막은 경찰도 나쁘다, 이런 식으로 역사를 우롱하는 자들 말입니다. 그럼 도대체 어쩌라는 건가요? 그런 자들은 대부분 독재의

편에 서서, 외세의 편에 서서 나라야 어찌되든 계속 자신들의 기득권을 유지하려는 자들입니다. 이럴 때일수록 참다운 지식인은 목숨을 걸고라도 옳은 것은 끝까지 옳다고 해야 합니다. 그래야 역사가 전진합니다. 그렇지 않으면 언제까지나 역사는 정체의 늪 속에 빠질 수밖에 없지요. 말이 좀 거칠어져서 죄송합니다. (웃음)

우리 문학의 미래와 과제

강진호 : 다른 질문 하나 드리면요, 선생님께서 쭉 말씀하신 게 외세와 제국주의 문젠데, 우리 문학사에서 그 문제가 본격적으로 등장한 것이 1980년대 중반 이후잖아요? 그런 작가들에 대해서는 어떻게 생각하세요?

남정현 : 참 대단한 변화였지요. 5·18이라고 하는 그 전대미문의 대참사랄까 그 충격에 의해서 그때까지 눈앞을 가리고 있던 장막이 단숨에 벗겨진 것이지요. 시대의 진실을 가리고 있던 그 장막이 말입니다. 참 감동적인 현상이었죠. 그리하여 우리 민중들은 자기 두 눈으로 똑똑히 외세의 실체를 보게 된 것이죠. 가면이 벗겨진 외세는 구세주가 아니라 이상한 괴물이란 사실도 알게 되었고요. 동시에 지금까지 살아온 현실이 실은 그것도 가짜였다는 사실도 알게 되었고요. 또 뭡니까? 그렇지요. 지금까지 지배계층이 국가 권력을 가지고 우리에게 강요한 가치 체계도, 그게 다 조작된 허구였다는 사실이 폭로되어 버린 것이지요. 그러한 상황에서 작품의 형식과 내용에 소용돌이치듯 뭔가 큰 변화가 일어났다는 것은 자연스런 현상이었다고 보거든요. 그런데 근년에 와서 그것이 문학의 주된 자리를 차지하지 못하고 왠지 많이 흔들리고 있다는 느낌을 받는 것은 아무래도 안타까운 일이 아닐 수 없습니다.

강진호 : 사회주의권이 붕괴되면서 많은 작가들이 혼란을 겪었는데, 선생님

의 생각은 어떠세요?

남정현 : 물론 난공불락이라고 생각되었던 소련 체제가 무너지는 것을 보고 우리 지식인들 사이에 혼란이 있었던 것도 사실이겠지요. 그러나 나는 역사를 긴 안목으로 보면 동구권의 사회주의 정당이 몇 개 무너졌다고 해서 그렇게 좋아할 것도, 또 그렇게 섭섭해 할 것도, 또 그렇게 의아해 할 것도 없다고 봅니다. 자연과학과 마찬가지로 사회과학도 과학입니다. 과학은 부단한 실험을 통해서만 소기의 목적에 도달할 수 있습니다. 실험이란 그 방법에 따라서 일시적으로 성공할 수도, 실패할 수도 있습니다. 물론 역사에선 실험이 있을 수 없다고 합니다만 그러나 그 역사를 움직이는 한 축인 정치적인 이념이나 체제는 실험을 통해서 사회에 공헌한다고 생각합니다. 나는 자본주의 체제도 아직까지 실험중이라 생각하거든요. 보완하고 수정하고 하는 것도 다 실험 과정입니다. 그런데 이 세상에 한 번도 있어 본 적이 없던 사회주의 체제가 실험 과정에서 한 번 실패했다고 해서 그렇게 소란을 떨 필요는 없습니다. 사회주의는 그 실험 과정에서 어딘가가 잘못되어 한번 무너졌지만 그렇다고 사회주의가 지향하던 그 꿈이 무너진 건 아닙니다. 역시 또 자본주의에 실망한 일군의 세력들이 지구의 곳곳에서 지금보다 좀더 자유스럽고, 좀더 평등하고, 좀더 평화롭고, 좀더 풍요로운 사회를 꿈꾸며 새로운 이념과 새로운 체제를 부단히 실험해 보리라고 봅니다. 문제는 우리 현실입니다. 동구권의 사회주의 정권이 몇 개 무너졌다고 해서 우리 현실이 달라진 것은 없습니다. 외세 문제도 그렇고, 국내의 정치 문제도 그렇고, 사정이 더 복잡해져갈 뿐입니다. 우리 지식인들은 좀더 줏대를 가지고 좀더 창조적인 안목으로 현실에 발을 굳게 딛고 서서 우리 사회를 구제할 수 있는 경륜을 만들어가야 하겠죠.

강진호 : 선생님의 입장에서 보면, 북한식 사회주의, 소위 주체 철학이 지배하는 체제가 뭔가 다른 의미로 보일 듯한데요?

남정현 : 글쎄요, 나는 사실 북한식 사회주의나 그 사회주의를 관장하고 있

는 주체 철학에 대해 잘은 모릅니다. 좀 아는 것이 있다면 무슨 뜬소문처럼 간접적인 형태로 들은 얘기뿐이죠. 솔직하게 말해서 나는 아직 〈노동신문〉한 장을 본 적이 없거든요. 그러니까 나는 그 뜬소문 같은 것에 의지하여 내 작가적인 상상력으로 소위 그 북한식 사회주의를 유추해 볼 수밖에 없습니다. 그런 형편에 있는 나라, 주체 철학의 그 내용에 대해선 왈가왈부하고 싶진 않습니다. 다만 나는 북한의 입장에서 보면 주체 철학이란 것은 자기들이 처한 그 엄혹한 역사적인 상황에서 필연적으로 출현할 수밖에 없는 것이었다고 생각하거든요. 도대체 지금 북한이 어떤 형편입니까? 반 세기 이상이나 자기들의 존재를 없애려 하는 세계 최강의 미국과 맞서 있는 상태가 아닙니까? 북한은 그러한 조건에서 자기식대로의 사회주의 체제를 유지하고 또 자기식대로의 최소한의 민족적인 자존심을 지키기 위해서 주체 철학에 의한 생활 방식을 최선의 것으로 선택했다고 본다는 얘기죠. 그러니까 주체 철학을 잉태하고 출산한 것은 북한이겠습니다만, 그러나 그 주체 철학을 출산하게 한 그 배후 세력이랄까, 그 원인 제공자는 나는 미국이라고 생각합니다. 그래서 나는 조금도 긴장을 늦추지 않고 미국과 북한간의 그 밀고 당기는 드라마틱한 협상 과정을 주시하고 있습니다. 그것은 주체 철학과 그 주체 철학의 원인 제공자와의 힘의 대결이라고 보기 때문이죠. 이른바 그 주체 철학이라고 하는 것이 사회와 인생을 해석하는 데 있어서 어느 정도의 타당성이 있는지 없는지 하는 그 여부는 앞으로 미국과 북한간의 회담 결과가 말해주리라 봅니다. 한번 지켜보십시다.

강진호 : 아까도 말씀하셨는데, 선생님의 작품을 쭉 읽으면, 외람되지만, 너무 시야가 좁은 게 아닌가, 그래서 현실감이 좀 떨어지는 건 아닌가 하는 생각도 들거든요. 선생님 작품에 대해서는 스스로 어떻게 생각하세요?

남정현 : 좋으신 말씀입니다. 그렇게 생각할 수도 있지요. 나 자신도 그런 생각이 들 때가 있으니까요. 하지만 내가 한 작가로서 깊은 관심을 기울이고 있는 것은 늘 우리 시대의 핵심 문제에 관한 것이거든요. 여기서 말하는

'핵심'이란 우리 시대를 불행하게 하는 뭔가 그런 핵심적인 모순을 말하는 것입니다. 이 핵심적인 모순을 단일 테마로 여러 각도에서 표현하다 보면 자연히 작가의 시각이 좁아 보일 수밖에 없겠죠. 하지만 한 사회의 핵심적인 모순을 정확하게 볼 수 있게 되자면 가능한 한 한 시대를 전방위적으로 넓게 이해할 수 있는 능력이 있어야만 가능하다 이 말이거든요. 그러한 뜻에서 '핵심'이란 그 특성상, 좁은 것 같으면서도 한없이 넓고 넓은 것 같은데도 좁을 수밖에 없는 그런 이중성을 내재하고 있는 것이 아닐까요. 이건 변명이 아닙니다. 핵심적인 모순이 백성들의 요구에 맞게 해결되면 정치, 경제, 사회, 문화 등 모든 부분에 얽혀 있는 문제도 그 해결의 실마리를 찾을 수 있다는 걸 생각할 때 그 '핵심'이 얼마나 넓은 영역을 통괄하고 있는지 알 수 있게 되거든요. 그래서 나는 작품에 있어서 시야가 넓으냐 좁으냐 하는 것보다는 늘 우리 사회의, 핵심에 무슨 변화가 있느냐 없느냐 하는 데에 더 관심이 있거든요. 그런데 아직까지는 별로예요. 외세 문제도 그렇고 통일 문제도 그렇고 그 외의 문제도 다 별로거든요. 제 능력 부족을 호도하기 위한 변명으로 알아주십시오. (웃음)

강진호 : 선생님께서 가장 중요하게 생각하셨던 민족 문제라든가 분단 문제에 대해서 요즘 젊은 작가들은 대체로 무관심하지요. 젊은 작가들에게 하고 싶은 말씀이 있으세요?

남정현 : 글쎄요. 작가마다 특색이 있으니까 모두들 자기 취향에 따라 뭐든 좋은 작품을 쓰겠죠. 하지만 단 한 가지 그 어떤 경우에도 작가는 인간에 대한 사랑을 저버려서는 안 된다는 거죠. 생각하면, 글을 쓴다는 그 자체가 인간에 대한 사랑의 선언이 아닌가요. 실은 작가도 하느님만큼이나 인간을 진심으로 사랑하기 때문에 그저 뻔한 틈만 있으면 인간을 위로하고 격려하고 그리고 그들에게 기쁨을 주고, 용기를 주고 아름다운 꿈을 주기 위해 피를 말리며 글을 쓰는 것이거든요. 그런데 그렇게 피를 말리며 좋은 글을 써서 인간을 기쁘게 하자면 우선 그 인간이 처해 있는 현실을, 그 구조를 알아야

되지 않겠습니까? 그런데 그게 진정 인간을 열정적으로 사랑하는 작가라면 그는 금방 우리 현실에서 인간이 행복을 추구하는 데 장애가 되는 가장 큰 걸림돌을 발견하게 될 거거든요. 그런데 그 걸림돌이 뭔가요? 그게 바로 강 교수께서 아까 말씀하신 분단 문제고 외세 문제가 아니겠어요? 우리 시대 민족 전체의 행·불행에 관계되는 이 엄청난 문제를 우리가 보고도 어떻게 못 본 체 고개를 돌릴 수 있겠어요.

강진호 : 선생님께서 지난 문학 활동을 돌이켜 보면 많은 아쉬움이 남을 듯한데요, 앞으로 꼭 이루고 싶은 꿈이나 계획이 있으시다면 말씀해 주시지요.

남정현 : 글쎄요. 우리 창작인들에게 무엇보다 중요한 것은 표현의 자유라고 생각하거든요. 자유롭게 상상하고 표현할 수 있는 자유가 있어야 좋은 작품도 나오고 좋은 작가도 나오는 것이니까요. 그런데 국가보안법은 그러한 자유를 제한하는 측면이 있어요. 미국을 비롯한 세계 어느 나라에서도 작가의 자유를 제한하는 경우는 없지요. 국가보안법이 완전히 철폐되어 예술인들이 자유롭게 창작할 수 있는 여건이 마련되는 것이 남은 바람이라면 바람이지요. 또 건강을 좀 회복해서, 생각하고 있는 작품을 마무리하고 싶어요. 젊은이들과 한 대열에서 작품을 발표해보고 싶은 게 남은 소망이지요.

강진호 : 장시간 말씀하셔서 매우 피곤하시지요. 건강하셔서 계획하신 일을 모두 성취하시기를 빌겠습니다. 감사합니다.

(대담: 2001년 8월 6일, 새미 편집실)

＊민청학련사건(民靑學聯事件)
폭력으로 정부를 전복하기 위한 전국적 민중봉기를 획책했다는 혐의로 '전국민주청년학생총연맹'(약칭 '민청') 관련인사 180명이 구속·기소되어 많은 인권침해 시비를 낳은 사건. 1973년 8월, 한국 중앙정보부 주도의 김대중(金大中) 납치사건 발생으로 국내외 여론이 크게 악화되는 계기를 전후로 본격적인 유신체제반대운동이 일어났고,

9월 개학과 더불어 대학생들의 시위사태는 점차 반독재·반체제 움직임으로 성격이 바뀌면서 전국 고등학교에까지 파급·확대되었으며, 일부 야당인사·지식인과 종교인들은 민주헌정의 회복 및 민주공화당 정권의 인권탄압을 규탄하면서 본격적인 개헌서명운동을 벌였다. 이 저항사태에 대처하기 위하여 대통령 박정희는 1974년 1월 8일, 긴급조치 1, 2호를 공포하고 일체의 유신헌법에 대한 개헌논의를 금지하였으며, 위반자를 심판할 비상군법회의를 설치하였다. 이로 인하여 학생운동은 교내에서 지하신문 발행과 동맹휴학 등의 방법으로 계속되었고, 종교계 일각에서는 일부 지식인과 교회에서 시국선언문을 채택하는 등 비밀 개헌서명운동을 추진하였다. 1974년 4월 3일 박정희 대통령은 "반체제운동을 조사한 결과, 전국민주청년학생총연맹이라는 불법단체가 불순세력의 조종을 받고 있었다는 확증을 포착하였다"고 발표하면서 긴급조치 제4호를 발동, 학생들의 수업거부와 집단행동을 일체 금지시킴으로써 국민들의 기본권을 극도로 억압하였다. 중앙정보부는 긴급조치 제4호가 선포된 후 1,024명의 위반자를 조사하였고, 비상군법회의 검찰부는 180명을 구속·기소하였다. 기소장에 의하면, 이들은 "1973년 12월부터 폭력으로 정부를 전복하기 위한 전국적 민중봉기를 획책하였으며, 그 과정에서 인민혁명당계 지하공산세력, 재일조선인총연합(총련)계열, 불순학생운동으로 처벌받은 용공세력, 국내의 반정부인사 및 그리스도교인 중 일부 반정부세력과 결탁, 4월 3일을 기하여 정부를 전복하고 4단계 혁명을 통하여 노동자와 농민에 의한 공산정권 수립을 기도하였다"는 혐의였다. 구속된 180명은 비상군법회의에서 인혁당계 23명 중 8명이 사형을, 민청학련 주모자급은 무기징역을, 그리고 나머지 피고인들은 최고 징역 20년에서 집행유예까지를 각각 선고받았다. 그러나 1975년 2월 15일 대통령 특별조치에 의하여 대부분 형집행정지로 석방되었다.

4·19 세대의 문학이 걸어온 길

대담

김병익 / 전 『문학과 지성』 편집인, 문학평론가
• 주요 저서로 『한국문단사』, 『상황과 상상력』 등이 있음.

진행

김동식 / 인하대학교 강사
• 주요 저서로 『냉소와 매혹』이 있음.

4·19 세대의 문학이 걸어온 길

김동식 : 안녕하셨습니까. 요즘 건강은 어떠신지요? 신문지상을 통해서 이미 기사화된 일이기도 합니다만, 퇴임을 앞두고 계신 시점이어서 여러 가지 생각이 많으실 것으로 생각됩니다.

김병익 : 그냥 한가하게 보내고 있죠. 뭐 생각하는 건 없고요. 빨리 이제 이 자리부터 물러나기를 기다리는 거죠. 물러나면 얼마나 자유롭고 게으를 수 있을까? 그런 기대를 가지고 있지요. 밥 호프였나요, 어떤 미국 사람이 그랬다지요. "당신 70살 되면 무엇을 하실 건가요?" 하는 질문에 "71살 되기를 기다리겠습니다."라고 했다더군요.(웃음) 그런 기분이지요.

김동식 : 말씀은 그렇게 하셔도, 인정(人情)이 그렇지는 않을 것 같습니다. 계간지 『문학과지성』의 발간이 1970년부터니까 지금으로부터 30년이 되었고요, 1975년 출판사 '문학과지성'의 창업을 기준으로 삼더라도 25년이 되었으니까요. 별다른 감회가 있으실 것도 같습니다.

김병익 : 따져보니까 그렇데요. 제가 군대를 제대하고 〈동아일보〉 기자로 입사한 때가 1965년이니까, 꼭 35년 되었죠. 1970년부터 계간 『문학과지성』 편집동인 일을 시작했고, 그 다음부터 25년 동안 출판사 '문학과지성'의 일을 해 왔지요. 그러니까 30년 동안 '문학과지성'이라는 간판을 지고

다녔지요. 물론 그만둔다 하더라도 여전히 '전(前)' 문학과지성 대표이사와 같은 꼬리표를 달고 다닐 테고 또 사람들도 '문지'와 연관지어서 제 얘기를 할 테고 또 저한테 말을 걸어오고 그러겠지요. 하지만 지금의 생각으로는 그 일을 벗어난다는 것이, 뭐랄까, 자유롭다는 느낌, 해방감, 기대감 등등 그런 생각부터 먼저 들어요. 요즘 이렇게 저렇게 '문지'로부터 물러난다는 생각을 저절로 많이 하게 되는데요. 오늘 아침에도 출근하면서 내 생애의 반을, 내 사회 생활의 7분의 6을 '문지'라는 이름을 가지고 생활해 왔다는 생각이 들더군요. 그런데 만약 '문지'와 함께 한 생활 또는 삶이 없었더라면, 내가 얼마나 재미없고 불행했을까 그런 생각이 들데요. 그러면서도 그 간판에서 벗어난다는 것, 그 부담으로부터 벗어난다는 것은 여전히 반갑고 기대가 되고요.

청년 시절과 기독교의 자장

김동식 : 여느 대담에서나 다 하는 절차여서, 조금은 쑥스럽기도 합니다만, 유년 시절에 대해서 여쭙도록 하겠습니다. 1938년 경북 상주 생이시고요, 1940년에 대전으로 이주하신 것으로 밝혀져 있습니다. 대전으로 이주할 때는 본가 전체가 다 이주하신 건가요?

김병익 : 조부모님이 함창에 사셨어요. 상주군 함창면의 소농이었던 것 같아요. 부양할 가족들은 많고 그래서, 아버지가 장남으로서 고생도 많이 하셨던 것 같아요. 그러다가 이농을 하셨다고나 할까요. 대전에는 숙부가 먼저 가 계셨는데요. 숙부가 소개를 하셔서 아버지하고 어머니를 포함한 저희 가족만 대전으로 이주를 하게 되었지요. 부모님께서 아직 살아 계신데요, 작년에 서울로 오셨으니까, 그분들로 치면 60년을 대전에서 사신 거죠. 서울로 올라오고 나서도 자꾸 대전에서 살고 싶다고 대전으로 가자고 그러시

죠. 최근에 어머니가 치매에 걸리셨어요.
대전으로 가야지 서울서는 못살겠다고 그
러시더라구요. 그럴 만도 하시죠, 60년을
한 곳에서 사셨으니까.

김동식 : 선생님의 자필 이력서에 의하면,
고등학교 시절에는 교회를 열심히 다니셨
구요. 그 다음에 휴식 시간에『사상계』를
짬짬이 읽으셨다고 써놓으셨습니다. 저희
세대들은『사상계』가 정말로 대단한 잡지
라는 사실만 알고 있지, 구체적인 내용이
나 당시의 영향력에 대해서는 별로 아는

▲『사상계』

게 없습니다. 자료 찾으러 도서관에 갔다가 펼쳐본『사상계』가운데는, 검
열 때문에 발간사를 백지로 내놓은 호(號)도 볼 수 있는데요. 선생님 세대와
『사상계』의 관계에 대해 말씀해 주셨으면 합니다.

김병익 : 예, 1950년대 중반에 고등학교 다닐 때『사상계』가 있었는데요.
그때 잡지가 그리 많지는 않았죠. 학생 잡지로는『학원』이 있었는데 문학적
인 성격이 강했고, 교양지로는『사상계』가 있었지요. 1970년대에는『문학
과지성』이나『창작과비평』등 두 개의 계간지가 있었지만, 우리가 고등학교
다닐 때는 잡지라고 하면『사상계』,『현대문학』그리고 여성지로『여원』이
런 정도였거든요. 그런데『사상계』가 전후의 어떤 정신적인 뒷받침이 되는
잡지였죠. 외국 문화라든가 문학을 소개하는 교양지였고, 그래서 우리 세대
들이 사상계로부터 받은 영향은 아마 압도적이었을 겁니다. 제가 대학 다닐
때 4·19가 일어났지만, 4·19가 가능하게 된 기초는 아마『사상계』에서 시
작되었다 해도 과언이 아닐 것입니다. 고등학교 다닐 때 교회를 열심히 다
녔고 쉬는 시간에『사상계』를 많이 봤지요. 아르바이트로『사상계』하고
『현대문학』등을 외판하는 친구가 있었어요. 그래서 반강제적으로 보기도

했지만······.(웃음) 말하자면 그때는 사상적으로는 실존주의가 막 들어오기 시작하고, 문학적으로는 전후파인 손창섭, 장용학과 같은 분들의 작품이 아주 활발하게 발표될 때였지요. 전쟁이 끝나고, 1950년대 중반의 그 혼란과 궁핍에서 우리 또래가 위안을 받고 자기를 개발할 수 있었던 바탕이『사상계』였죠.

김동식 : 그렇다면,『사상계』를 실존주의의 사상적 도입을 주도한 매체로 볼 수 있을는지요.

김병익 : 그렇게 봐야겠죠. 실존주의에 관한 책은 그 뒤에 띄엄띄엄 교양서 수준으로 나온 정도였고, 신문과『사상계』를 통한 실존주의 소개가 활발했죠. 나중에 내가 한번 뒤져보니까 1948년인가 1949년에『신천지』라는 잡지가 있었는데, 실존주의를 특집한 게 있습디다. 그런데 그때는 사상가들의 이름을 겨우 막 알기 시작할 때라서 실존주의란 이렇다더라 하는 정도였고, 전후의 실존주의 소개는 대체로 불문학자를 통한 것이었지요. 불문학자들을 통해 사르트르와 카뮈 등에 대한 자세한 소개와 작품 번역이 있었기 때문에, 우리 또래는 실존주의를 문학적으로 받아들이는 경향이 아주 강했죠.

김동식 : 다른 지면이기는 하지만, 지난번에 선생님과 인터뷰를 할 때 아주 인상이 깊었던 장면인데요. 고등학교 3학년 시절을 일생에 가장 행복했던 시절이라고 말씀하셨지요. 인생에 대한 고민으로 충만한 시절이었고, 동시에 기독교를 통해서 형이상학적인 문제 틀도 마련하셨던 것 같은데요. 기독교 교회가 가지는 의미를 말씀해 주셨으면 합니다.

김병익 : 그때는, 글쎄 지금도 그런지는 모르지만, 교회 다니는 사람들이 참 많았어요. 여학생 보러 가는 사람들도 있었을 테고, 시골에서 구호품 타러 가는 애들도 있었을 테고······. 고등학교 1학년 때 제 옆자리에 앉은 친구가 교회 장로 아들이었어요. 그때 그 친구가 자기 교회 놀러가자고 해서 따라 갔었는데, 전혀 종교적인 경험이 없는 사람으로서는 묘한 인상을 받았고 사람들이 뭔가를 간곡하게 기도를 하고 절실하게 호소한다는 것을 처음 봤기

때문에 교회란 곳에 무척 강한 인상을 받았
습니다. 그때부터 교회를 나가게 되었는데,
하루종일 교회에 참으로 열심히 다녔습니다.
가령 고3 때는 친구들이 다들 입시 준비하고
학원 다니고 할 때에도 1주일에 밤마다 5번
은 나갔던 것 같아요. 새벽 기도도 자주 나가
고, 일요일에 거의 매여 있었고…… . 그런데
그때 기독교나 교회에 대해 제가 갖고 있던
관념이라는 것은 낭만적인 범신론에 가까운,
아무튼 낭만적인 것이 아니었던가 싶은데요.
기독교의 실체를 잡았다기보다는, 기독교의

▲ 김병익

분위기나 생명 있는 것들에 대한 사춘기적인 경외감 같은 것에 많이 경도되
어 있었던 것 같아요. 그래서 그런 쪽으로 기독교를 받아들였던 것 같
고…… . 그래서 대학에 들어가서 흔히 말하는 젊은 시절의 번뇌와 같은 모
습으로 맨 처음 나타난 것이 기독교에 대한 반감입니다. 교회를 나가느냐
안 나가느냐 하는 문제를 두고, 실존주의라든가 젊은 육체의 욕망이라든가
하는 것들과 뒤섞인 채로 한 1년여 동안 실랑이를 했지요. 2학년 올라가서
4월 달인가 갑자기 교회 안 나간다고 담배를 피우기 시작했거든요. 그때는
기독교 신자들은 담배를 태우는 것을 금지했으니까, 나는 그것으로 기독교
를 버렸다는 신호를 보낸 셈이죠. 그런데 그 뒤에도 몇 차례 교회를 다시 나
갔었어요. 기독교의 종말론이라는 단어를 발견하고서는 이게 아닌가보다
하고 다시 나갔는데, 교회 나가면 자꾸 졸게 되고 설교를 들을 때면 머릿속
으로 설교 내용에 대해 저항하게 되고, 그러니까 교회 갔다 나오면 피곤해
져요.

지금은 교회에 대해서 아주 혐오감을 일으킬 정도인데요. 우리 나라 기독
교 신자들의 이기적인 기복 신앙을 아주 못마땅하게 여기는 데서 오는 혐오

감일 테지요. 이젠 기독교를 문화적으로 받아들여야 할 것이 아닌가 그런 생각이 많이 들데요. 우리 의식이나 사유 방식 그리고 일상적인 절차와 같은 영역에 대한 기독교 문화의 영향이 여전히 큰 편이고, 그래서 그쪽으로 기독교의 방향을 잡아가는 것이 오히려 더 낫지 않을까 하는 생각이 드는데요. 여름에 독일 갔다가 함부르크에 있는 성당을 방문했는데, 마침 일요일이었어요. 유럽 최대의 파이프 오르간이라고 해서 그 연주회를 들으러 12시에 그 성당엘 들어갔더니만, 이게 연주회가 아니라 그냥 예배를 보는 시간입디다. 파이프오르간을 연주하고, 찬송을 하고, 여자 목사가 5분 동안 설교를 하고, 그러더군요. 그런데 거기에 앉아서 예배 보는 사람 가운데 그곳의 주민은 한 사람도 없어요. 전부 다 관광 온 사람들이 성당을 구경하다가 파이프오르간 연주한다고 해서 그냥 구경하고 잠깐 앉아서 설교 듣고 그러고 나갑디다. 그러니까 성당이 예배를 드리는 장소라기보다는 관광을 하는 장소로, 혹은 성당 건물이나 성당의 음악이 갖고 있는 문화사적인 의미를 감상하는 장소가 된 것이 아닌가 싶더군요. 결국은 기독교의 종교적인 의미는 퇴색해 버리고 문화적이고 예술적인 자산만 남게 되는 것은 아닌가, 그런 생각이 들데요. 앞으로 디지털 시대든 새로운 밀레니엄의 시대든, 기독교는 그런 형태로 남지 않을까. 기독교 쪽을 위해서는 좀 안된 일이긴 하지만, 문화적으로는 오히려 기독교의 유산들이 새롭게 전해지지 않을까 그런 생각이 들데요.

김동식: 고등학교 시절부터 담배를 피며 결별을 선언하기 전까지, 기독교는 선생님의 삶에서 큰 의미를 지니고 있었던 것 같습니다. 그와 더불어, 고3 시절에 대한 선생님의 회고담을 살펴보면, 원환적 총체성이라고 해야 할까요, 아니면 소외에 대한 경험 이전에 놓여진 자아와 세계의 조화로운 관계라고 해야 할까요, 어떤 충만함으로 가득한 시절을 보내신 것으로 되어 있습니다. 이러한 경험의 배후에는 기독교가 가로 놓여져 있었을 텐데요. 대학에 들어와서 기독교가 하나의 억압 체계로 급격하게 다가오게 되는 상

황이란, 참으로 커다란 변화라 할 만하군요.

김병익 : 고등학교 3학년 때는 억압 체계가 아니었고, 대학 와서 20대 들어서 그런 억압 작용이 있었지요. 19살 그때는 제가 지금 생각해도 참 아름다웠다고 생각되거든요. 일요일에는 예배 시간이 11시면 집에서 9시에 나오죠. 교회에 가려면 집에서 30분 정도 걸어가야 했거든요. 교회에서 조금 떨어진 곳으로 가면 숲이 있고 언덕이 있고 사람들이 별로 다니지 않는 곳이 있어요. 거기에서 1시간 정도 가만히 앉아서 지내는 거죠. 그러고서 교회로 가서 예배를 보고. 특히 요즘처럼 계절이 봄쯤 되면 모든 것이 충만해지는 느낌을 갖게 되거든요. 그렇게 근 1년을 보냈던 것 같아요. 그리고선 그해 말 내가 20대로 넘어간다는 사실을 두고서 센티멘탈해졌는데요, 소년기로부터 성년기로 들어선다는 것에 대한 감상이랄까, 10대에 대한 전별의 느낌 같은 것이었겠지요. 이젠 내가 10대에 가졌던 충만감을 다시는 갖지 못하리라 하는 두려운 예감 같은 것 그런 것으로 그해 연말을 보냈던 기억이 있거든요. 어쨌든 그 한 해는 특별히 좋은 일이 있었던 것도 아니고 대학 입시와 미지의 청년기라는 불안감에 젖기는 했지만 참으로 은혜롭고 충만했다는 느낌이 들고, 지금도 그때 내가 그럴 수 있었다는 것은 정말 좋은 경험이었다는 생각이 들어요. 일생에 몇 십 년을 살든 간에 어느 해가 참 행복했다고 말할 수 있는 사람이 얼마나 되겠어요. 그런데 그렇게 말할 수 있었다는 해가 한 번쯤 있었다는 것……

김동식 : 조금은 황당한 얘기라 실례가 될 것 같다는 생각이 들기도 합니다만, 19세 때 선생님께서는 18~19세기의 낭만주의적인 삶을 사셨구요, 20세가 되어 대학에 들어와서는 20세기의 현대적인 고뇌에 빠져들게 되었다는 생각이 듭니다. 나중에라도 제가 선생님에 대한 글을 쓰게 된다면, 청년기와 관련해서는 그런 생각을 표현하게 될 것 같아서, 그냥 해 본 소립니다.(웃음)

김병익 : 그건 너무 거창한데요.(웃음)

김동식 : 교회에 대한 선생님의 글들을 보면, 유일신 문제가 인정하기 어려웠다, 그리고 인간을 다시 바라보게 되었다는 말씀을 하셨는데요. 선생님께서는 당시에 실존주의에 많이 경도되셨던가요? 그렇다면 실존주의와 교회가 내적으로 어떤 관련을 맺고 있었는지 궁금합니다. 혹시 심하게 충돌하면서 내적인 갈등을 일으키지는 않았는지요.

김병익 : 그때는 충돌이라기보다 교회와 실존주의가 원천적으로 하나가 아니었을까, 왜냐하면 교회와 기독교에서 말하는 그 하나님 앞에 단독자라는 개념과 실존주의에서 말하는 인간의 고독한 존재성이 결국 하나가 아닐까 생각했거든요. 그래서 저에게 기독교와 실존주의는 갈등으로 여겨진 것이 아니라 근원적으로 상통되는 하나로 다가왔어요. 그런데 느낌으로는 기독교가 환하고 따뜻했다면, 실존주의는 어둡고 고통스럽게 느껴진 거였죠. 그러니까 10대는, 아까 19세기 얘기를 했지만, 기독교적인 어떤 환함 같은 것이 있었는데 20대는 실존주의적인 어둠이 주조를 이루었다고 생각이 들어요. 내 생애에서 10대 후반은 밝고 따뜻하고 그랬는데 20대 전반은 어둡고 차고 살벌했던 것으로 느껴집니다.

한글 세대의 정체성

김동식 : 1957년에 서울대학교 문리대 정치학과에 입학하셨지요. 원래는 사학과를 생각하셨는데 정치과를 다니던 형님께서 권유하셨고, 선생님께서도 사학과를 꼭 가야 할 이유도 없다는 생각을 하시게 되면서 정치학과를 선택하게 된 것으로 알고 있습니다.

김병익 : 그게 꼭 사학과를 지망했다기보다는, 오늘날의 용어로 하자면 인문학을 공부하고 싶다는 거였죠. 실용적이거나 현실적인 학문을 하고 싶지가 않았고, 그래서 당연히 법대 쪽을 생각하지도 않았고요. 아마 나보고 마

음대로 선택하라고 했다면 사범대학을 가고 싶었을 거예요. 사대에 가려니까, 왜 하필 선생을 하려고 하느냐, 집에서 그러더군요. 저도 사대에 대해서는 느낌만 있었지 꼭 그쪽을 희망한 것은 아니었고, 그래서 막연하게 사회학과나 사학과를 생각하고 있었죠. 그런데 형님이 정치학과를 나왔기 때문에, 네가 특별한 생각이 없다면 정치학과가 재미있으니까 그쪽으로 한번 들어와 봐라 그러더군요. 정치학과를 선택하고 싶었던 것은 아니지만 거절할 이유도 없었고, 그래서 선택하게 되었던 거죠.

김동식 : 인문학에 대한 관심과 관계가 있을 것으로 생각되는데요, 대학 시절에는 정치사상사에 관심이 많으셨던 것으로 알고 있습니다. 대학 때 교우 관계는 어떠셨습니까? 황동규 선생님과의 교우 관계가 눈에 띄던데요.

김병익 : 1학년 때는 어영부영 노는 시간이 많았구요. 1학년 가을 『현대문학』에 황동규가 처음으로 시 추천을 받았어요. 「즐거운 편지」였던가…….그런데 황동규의 얼굴을 본 것은 대학 1학년 들어간 지 얼마 안 되어서였지요. 당시에 국비 장학생을 선발하는 시험을 봤는데, 문리대의 인문학부에서 정치학과의 저와 영문과의 황동규가 추천되었어요. 황동규란 이름은 『학원』에서 많이 본 이름이기도 했고 해서, '아! 쟤가 황동규구나.' 하고 생각했죠. 그런데 가을에 『현대문학』에 시가 추천된 것을 보고 갑자기 사귀고 싶다는 생각이 들데요. 제가 소극적이라 사람을 일부러 찾아가서 사귀지는 않는데요, 그래서 서울고등학교 나온 정치학과 친구를 보고 황동규를 좀 소개해라 그랬더니만 소개를 해주데요. 1학년 말 겨울방학 때 2월인가, 그때는 학기말이 2월이었어요. 그때 처음 만났죠. 그때부터 황동규와의 교우가 시작되었죠. 만난 지 얼마 안돼 자기가 갑자 놀러오겠다고 그래서 3월 초에 대전에 내려왔어요. 그래서 같이 갑사를 가고…….그러다 보니 정치학과 친구들보다는 황동규와 가장 많이 어울렸고, 황동규를 통해서 마종기 같은 친구도 사귀게 되었고, 그래서 2학년 여름방학 때에는 같이들 놀러가자고 해서 동해안 쪽으로 놀러간 적도 있어요.

▲ 왼쪽부터 김병익, 김주연, 황동규

김동식 : 대학 시절에 대한 질문이 이어져야겠습니다만, 그보다 먼저 선생님을 포함한 당시 대학생들의 세대론적인 측면에 대한 질문을 드릴까 합니다. 선생님께서는 4·19 세대의 특징으로 "한글 세대의 처음 오는 세대다."라는 말씀을 하신 적이 있습니다. 저같이 젊은 세대들은 여러 선생님들의 저서나 강의를 통해 한글 세대라는 말을 접한 적이 있습니다만, 그 이해가 막연한 것이 사실입니다. 선생님께서는 1945년 해방하자마자 초등학교에 입학하셨지요? 선생님 세대가 받았던 한글 교육의 성격은 어떠한 것이었는지 궁금합니다.

김병익 : 처음 들어갔을 때는 일제 시대였고, 봄에 입학해서 한 학기를 마치고 여름방학 때 해방이 되었거든요. 그러니까 한 학기는 일본 교육을 받은 셈이지요. 그리고선 2학기부터 한글 교과서를 놓고 한글로 우리말 교육을 받았지요. 한글 세대의 의미라든가 문화적인 성격에 대해서 작고한 김현 씨가 강조를 해왔고, 거기에 대해 전적으로 동감하면서 한글 세대의 문화사적인 의미에 대해서 스스로 자부를 해 왔지요. 한글 세대는 두 가지 성격을 갖고 있습니다. 첫 번째는 우리 모국어를 통해서 교육을 받고 책을 읽고 글을 쓰고 한 첫 세대라는 점이고, 다른 하나는 민주주의 교육을 처음으로 받기 시작했다는 점이지요. 미군정 시대였지만 초등학생이든 중학생이든 간에 우리가 가장 어렸을 때 처음으로 민주주의라는 것을 교육받았던 거죠. 해방 후에, 자연스러운 일이기는 하겠지만, 한국어와 한글을 국어와 국문자로 채택하고 민주주의를 자연스럽게 국가 체제로 받아들였다는 사실은, 혁명 아닌 혁명이라는 생각이 들어요. 해방 후에 물론 왕조로 되돌아가지는 않았겠지만, 그리고 미군정 하에서 당연히 민주주의 체제를 받아들이긴 했겠지만,

아무런 저항 없이 자연스럽게 모든 국민이 민주주의를 받아들였고 대의제를 채택했고 1948년 첫 투표를 했고 그리고 모든 교과서가 한글로 쓰여지고 우리말 공부를 했다는 것은, 아주 당연한 얘기지만 우리 역사에서 아주 중요한 선택이었다는 생각이 들거든요. 우리 세대를 한글 세대라 한다면, 제가 그러한 선택의 첫 수혜자라는 의미이겠지요.

김동식 : 일반적으로 식민지 시대에는 한글과 한국어와 관련된 이념적 지향성이 민족주의적인 것이었는데요. 해방이 되고 초등학교나 중학교 때 한글을 배우던 과정에서 민족주의의 이념적인 영향력은 없었나요?

김병익 : 그런 것까지 생각했겠어요? 그때 민족주의라는 것은 정서적으로는 일본 식민지 시대와 관련되는 측면이 많았고, 1960년대 후반쯤 와서 의식화되었다고 할까요. 해방 후 이른바 '해방공간' 시기나 또는 6·25이후의 1950년 내외에는, 민족주의라는 말이 물론 없었던 것은 아니고 많이 쓰이기도 했겠지만, 의식화된 것은 아닌 것으로 보여요. 민족이란 용어가 자신의 정체성을 요구하면서 강조된 것은 훨씬 후였다는 생각이 드는데요. 나도 지금 이런 질문을 받고 보니, 그런 게 아니었던가 하는 생각이 드네요. 그 당시에 민족이란 말을 으레 쓰기도 했고, 해방 후에 박종화 선생이라든가 이런 분들 작품을 보면, 민족이란 말이 많이 나오기도 하지만, 우리 민족이 식민지 상태로부터 해방되었다는 정도의 의미였지 정체성의 문제나 이데올로기의 문제로까지는 안 갔던 것 같고……. 오히려 한글 사용과 민주주의라는 것이 우리 성장기의 가장 교육적인 기초가 되었다고 볼 수가 있겠네요.

김동식 : 사실 손창섭이나 장용학 같은 1950년대 작가들은 언어 문제 때문에 아주 고민을 많이 한 작가들이지요.

김병익 : 고민을 많이 했죠. 그분들은 중학교 시절에 한글을 공부했거든요. 그러니 그분들이 쓰는 한국어나 우리말이란 우리 세대보다 못한 수준이었죠. 장용학 씨가 소설에 한자를 사용한 것에는 그러한 이유도 있을 것입니다.

역사적인 물음의 지점으로서 4·19

김동식 : 올해로 4·19가 일어난 지 40년이 되었습니다. 선생님께서는 대학교 4학년 때 4·19를 경험하신 걸로 알고 있습니다. 선생님께서는 여러 글을 통해서 4·19의 방관자였다는 말씀을 하셨는데요. 당시의 정황을 말씀해 주셨으면 합니다.

김병익 : 네. 현장에서의 방관자였죠. 그때 모든 사람이 민주주의가 이루어져야 한다고 생각했고, 자유당이나 이승만 정권이 부정 선거를 하고 독재를 한다는 것에 대해 공감을 하고 있었죠. 그래서 어린 학생들의 자발적인 시위와 집회가 많았지요. 2·28이었던 것으로 기억되는데요, 대구에서 고등학생들이 시위를 했죠. 그리고 3·15에는 마산에서 김주열이 파편을 맞아 사망하고……. 4월 18일에 고대에서 데모를 했을 겁니다. 4월 19일, 화요일이 아닐까 싶은데요. 그때 집이 돈암동이었어요. 버스를 타고 문리대로 가는데 동숭동에서 갑자기 동성고등학교 학생들이 장난을 치듯이 막 떠들며 버스에 승차해 소란스럽게 흥분해 가지고 그래요. 그러니까 시위를 하고선 막 해산된 참이었던 거지요. 그래서였을 겁니다. 혁명이라든가 저항이라고 하는 것이 엄숙하게 진행되어야지 저렇게 장난스럽게 진행되어서 어찌 될 것인가, 집단 행동이란 것이 이렇게 우스꽝스러운 것인가 하는 그런 생각이 듭디다. 그러니까 항의의 명분은 아주 정당하고 옳은 것이기는 하지만 항의의 방식과 태도가 저래야 하는가 하는 생각이 들었던 거지요.

당시의 순진한 마음으로는 그렇게 좀 회의적이었는데, 문리대에 가니까 수업은 진행되지 않은 채 학생들이 군데군데 모여있고 그래서 벤치에 앉아 있는데 그때 우리 친구들이 시내에서 당했으니 나가서 항의하자고 하니까 학생들이 우우 몰려갑디다. 그래서 난 동성고등학교 학생들의 시위 장면을 보고선 회의를 하고 있던 참이라 그냥 벤치에 앉아서 몰려나간 친구들을 보기만 하고 내처 그 자리에 앉아 있었어요. 저런 행동이 어떤 의미를 갖고 있

을까, 꼭 저러한 방식이어야 할까, 뭐 이런 잡다하고 착잡한 생각에 젖어 있
다가 그냥 집으로 돌아왔거든요. 걸어서 갔어요, 돈암동까지. 아주 심신이
피곤해져 가지고선 집에 와서 쓰러져 한숨 자고 나서 라디오를 트니까 고등
학교 동기동창 하나가 총을 맞아 첫 희생자가 되었다는 뉴스가 나왔어요.
4·26 때는 친구 집에 놀러갔어요. 거리가 한창 시끄러울 때였는데 종로로
걸어서 나가 보니까 젊은 시위자들이 이승만 동상인가를 끌고 가는데, 거리
의 시위자들이 대부분 우범자들이라든가 구두닦이라든가 하는 밑바닥 사람
들이었어요. 그러니까 저 사람들이 이런 정치적인 명분을 갖고 항의를 한다
는 것이 매우 못마땅하게 생각이 되었던 거죠.

    그런데 나중에 생각해 보니까 역사적인 혁명이든 의거든 뭐가 됐던 간에
그것들이 엄숙한 얼굴로 실행되는 것은 아니라는 생각이 들데요. 우습게 장
난처럼 우연히 그렇게 점화가 되어 가지고 거대한 역사적인 전환이 이루어
지는 것이 아닐까. 정치적인 혁명만이 아니라 문화적인 전환도 그러한 양상
으로 오는 것이 아닌가. 가령 히피족이라는 것이 얼마나 우스꽝스럽고 무책
임하게 보입니까. 그런데 그 히피족 때문에 68세대가 가능했던 거죠. 그러
니까 문화적인 전환이라는 것도 가장 우스꽝스런, 풍속 상으로만 보면 뭐랄
까요, 풍속 사범으로 걸릴 만한 그런 우범자적인 모습으로 오는 것이 아닌
가 하는 생각이 들데요. 우스개 소리이기는 하지만, 외국어를 배우면 욕부
터 배운다고 하지 않습니까. 새로운 문화의 형성이란 것도 가장 치졸하고
우스꽝스러운 장면들로부터 생겨나는 것이 아닌가. 4·19때 시위에 참여하
지 않은 것을 부끄럽게 생각하지는 않습니다. 하지만 4·19 시위 현장이 그
토록 우스꽝스럽게 시작되고 진행되었다는 사실로부터, 역사라는 것이 그
렇게 간단하게 정도(正道)를 밟아서 오는 것이 아니라 우스꽝스러운 과정을
겪으며 제 길을 찾아가는 것이 아닐까 그런 생각이 들더군요.
김동식 : 4·19에 대한 선생님의 글이나 말씀을 접할 때면 매번 놀라게 되는
데요. 제가 여태까지 들어온 바로는, 식민지 시대 때도 그랬고 1980년대도

그랬지만, 저항의 시대를 살았던 사람들은 모두 자기가 혁명적인 움직임의 중심에 있었다고 말들을 합니다. 프랑스 혁명의 소식을 접하고는 나무를 심고 노래를 부르며 춤을 추었다는 헤겔과 피히테 등의 얘기가 기억나는데요. 혁명의 의미는 혁명이 끝난 후 주변에서부터 형성되는 것이 아닐까 하는 생각도 듭니다.

김병익 : 중심에 있었던 사람은 중심에 있었다고 말을 하겠지요. 나는 중심에 있지 않았으니까요. 그 대신에 1960년대 후반 신문기자 생활을 하고 또 『문학과지성』에 참여하고 있을 때 4·19에 대한 얘기를 글로나 말로 자주 하게 되었지요. 그때는 4·19가 성공이냐 실패냐 하는 논의나 질문이 자주 있었어요. 4·19는 정치적으로는 실패했다, 그러나 문화적으로는 아주 중요한 계기가 되었다는 것이 제 생각입니다. 그로부터 4·19 세대의 의식이 형성되고 4·19 세대의 문학이 생겨나고 한 것이니까요. 그러니까 4·19는 민주주의 교육을 받은 한글 세대의 정체성을 부여한 사건이면서, 동시에 6·25 전쟁과 전후의 혼란기를 정리하는 계기가 되었지요. 그러한 의미에서 4·19는 현대 한국이 출발하는 시발점이 되지 않았는가. 정치적으로는 별 볼 일이 없었지만 문화사적으로는 한국의 현대가 그때부터 시작되었다고 보고 있습니다.

김동식 : 젊은 시절에 한번 몸으로 참가하고 그침으로써 일종의 알리바이를 만드는 것이 아니라, 4·19라는 역사적인 계기에 대해 항상 열려 있는 물음을 만드는 일에 선생님께서 관심을 기울이신 것으로 생각됩니다. 의미란 질문이 있어야 생성될 수 있는 것이고, 질문이 첨예해질수록 의미 역시 풍요로워질 수 있다는 생각입니다.

김병익 : 저도 제 자신을 그런 식으로 변명을 하지요. 어떤 역사적인 계기에 반드시 참여를 해야 참여가 되는 것이 아니라, 그 의미를 천착하고 세워나가는 것이 보다 중요한 참여가 아닐까. 그런데 그것은 저를 변명하기 위해서가 아닙니다. 문학이나 문화, 정치나 현실에 나타나는 중요한 계기(moment)는 의미를 부여하는 데 의미가 있는 것이고, 의미를 부여하는 작업이 없다면 아무리 중요한 역사적 사실이라도 무의미해져 버리겠지요. 사소한 것이라도 거기에 의미를 부여한다면 그 자체가 커지거든요. 그러니까 우리가 흔히 말하는 업적이라는 것은 의미화 작업의 결과란 생각이 들어요. 그 사건 자체나 그 작품 자체가 처음부터 커서가 아니라, 어떤 의미를 본인과 그 주변사람들 또 후일의 사람이 부여해 주었는가에 따라서 그 사건이나 작품의 의미가 성취되는 것이지요.

김동식 : 개인적으로, 앞에서 말씀을 해주셨습니다만, 동성고등학교 학생들에 대한 글을 보면서 느끼는 것이 많았습니다. 정치적 혁명의 과정 속에서, 어떻게 보면 일부분이기는 하겠지만, 놀이의 공간을 발견하셨다는 생각입니다. 나중에 기자 생활을 하실 때는 청년문화에 대해서 가장 정확하게 말씀하셨고, 최근까지도 젊은 세대의 문학에까지 지속적인 관심을 기울이실 수 있었던 밑거름이 그곳에 있었던 것 같습니다.

김병익 : 그러한 밑거름은 4·19에서 나왔죠

김동식 : 직접 말씀을 해주시기도 했지만, 4·19에 대한 선생님의 관점은 정치적 엄숙주의의 시각에서 보다 유연한 문화적인 시각으로 옮겨가는 양상을 보입니다. 그러한 변모의 과정에는 4·19를 전후해서 형성된 어떤 맥락이 가로놓여져 있을 것도 같습니다.

김병익 : 4·19 그 이듬해에 5·16이 났죠. 5·16이 일어났을 때, 우리 나라의 민주주의에 대한 불안감이랄까, 일반적으로 말해서 민주주의에 대한 생각이 많았지요. 이런 것이 정치고 권력이라는 것인가 하는 회의 같은 것도 생기데요. 그리고선 군대 갔다오고 신문사에 취직을 하고 보니까, 그 문제에 대한 생각을 할 기회도 별로 없어졌어요. 그런데 1960년대 후반에 국가 권력이 기관을 통해서 지식인을 탄압하거나 매수하는 일이 점점 자행되면서, 지식인의 지조라고 할까요, 지식인의 문제가 많이 제기되곤 했죠. 신문 기자도 지식인의 한 직종이니까 자기 질문 같은 것이 생겨났고, 그러면서

4·19 문제가 자주 거론되었어요. 처음에는 혁명이었다, 다음에는 의거였다, 그 다음에는 기념이었다, 이런 식으로 4·19에 대한 평가가 내려갔어요. 그 과정에서 학생들은 그러한 평가에 저항하고 싶었고, 그러다 보니 4·19의 의미를 묻는 질문들이 많아질 수밖에 없었지요. 그리고 김현이 4·19세대를 내세우면서 글쓰기 작업을 활발하게 진행했고. 아마 그때쯤부터 4·19를 보는 관점이 달라지고 문파적 의미가 신장된 것이 아닌가 하는 생각이 드네요.

대학 시절

김동식 : 이제 조금은 사적인 질문을 드릴까 합니다. 대학 시절에 읽으셨던 가장 인상깊었던 책이라든가, 영향을 많이 받았다고 생각하시는 작품이 있으면 말씀을 해주시지요.

김병익 : 고등학교 때 헤르만 헤세의 번역된 『크눌프』가 있었어요. 그것과 까뮈의 『이방인』이 있었고. 『이방인』은 고등학교 1학년 때 봤는데, 읽기는 했지만 잘 몰랐어요. 대학 때는 도스토예프스키 작품을 참 열심히 읽었어요. 그때 도스토옙스키 작품으로 번역된 것은 『죄와 벌』과 『까라마조프의 형제』 등이 있었지요. 도스토예프스키는 톨스토이보다 훨씬 위대하게 보였어요. 톨스토이는 위대한지 난 잘 모르겠던데……. 실존주의란 무엇인가 하는 문제를 철학적으로 접근해 보려고도 했지만, 정서적으로 받아들이기에 제일 쉬운 것은 역시 도스토예프스키 책을 읽었을 때였어요. 그리고 인트로덕션을 보고 나니까 다 읽었다는 느낌을 주는 책이 있는데요. 칼 뢰비트의 『Meaning in History』라는 책이었죠. 아까도 종말론이라는 말을 한 적이 있는데, 그 책의 서론에는 역사를 보는 두 가지의 시선이 나와 있어요. 하나는 역사의 전환이 사계의 변화처럼 반복된다는 희랍적인 사관이고, 다른 하

나는 역사의 시간이란 종말을 향해서 가는 것이라는 히브리 기독교의 사관이죠. 이 책에서 종말론이라는 단어를 발견하고서는 기독교의 핵심이 여기 있지 않나 하는 생각이 들었거든요. 본론에서 역사사상가에 대한 얘기가 죽 나오는데 본문은 안 보고서는 서문만 보고서는 다 봤다고 그랬잖아요.(웃음)

김동식 : 그 책에서 본 종말론 때문에 교회에도 잠시 동안이기는 하지만 다시 나가시게 되셨죠? 학교 다닐 때도 학과의 선생님들께서 문리대에 대한 말씀들을 해주시곤 하셨습니다. 굉장히 낭만적인 공간이었다는 인상을 가지고 있는데요, 저희 세대로서는 도저히 추측을 할 수 없는 시대라는 느낌도 들고요.

김병익 : 그때에는요. 문리대만이 아니라 다 부서진 바라크촌의 명동까지도 낭만적으로 보이던 시대였거든요. 그러니까 꼭 문리대라고 얘기할 건 아닌데요. 대학 시절을 다 문리대에서 보냈으니까 문리대 캠퍼스 얘기를 하는 것이지요. 그때는 문리대를 졸업하더라도 직장에 취업할 가능성이 별로 없었거든요. 그러니까, 그런 목적이 없어져 버리니깐 대학 생활도 자유로울 수밖에요. 학점에 구애받을 필요도 없고 수업 들어가나마나, 뭐 마음대로였고. 그 근처에서 외상으로 술을 마신다든가 하는 것도 자유로웠고. 그러니까 그때는 대학생들이 자유로움을 가장 만끽할 수 있었던 시대지요. 굳이 문리대만이 아니고, 그때의 현실이라는 것이 그랬던 거죠. 얼마 전에 서울대학교 동창회보에도 썼었는데, 선생들도 한 학기 동안에 처음 개강하고 수업이 없다가 종강하는 것을 아주 당당하게 생각했지요. 그렇게 수업을 안하고 강의를 안한 선생도 있었고, 학생들 중에도 그것을 멋으로 보던 사람도 있었고, 학점 잘 따면 촌놈이라고 그러고……. 말하자면 1950년대 후반의 현실이란 것이 세계에서 가장 가난하고 문제가 많고 희망이 없는 땅이었기 때문에, 낭만주의 식으로 여기가 아닌 다른 곳에 대한 꿈들이 많았겠지요. 그래서 그 꿈을 쫓아서 유학간 사람들도 있었고, 어떻든 생활 문제는 나중

의 문제이고 대학 시절만은 다른 곳에 대한 꿈을 꾸었지요.

동숭동에는 조그만 시냇물이 흐르고 있었는데, 바로 그 위에 염색 공장이 있어서 문리대 교문 앞에서는 물이 시커멓게 흘렀어요. 그래도 그 더러운 시냇물을 세느 강이라고 그러고, 교문 앞의 짤막한 다리를 가지고 미라보 다리라고 그러고……. 그때는 모든 게 외국풍이었고, 여기가 아닌 다른 나라라면 아프리카라도 좋다고 했던 시절이었죠. 그랬기 때문에 문리대에서 방황하고 이것저것 집적거리면서도, 여기가 아닌 다른 곳을 꿈꾸었던 거죠. 아마 그런 풍경 속에 낭만이 자리잡았겠지요. 그때 명동의 술집이나 르네상스 같은 음악실 등이 학생 시절 많이 다니던 곳이지요. 지금은 대학 교육이라면 다 목적이 있지 않습니까? 취업이라든가 유학이라든가. 그때는 그런 목적이라는 것이 없기 때문에 자유로울 수가 있었던 거지요.

김동식 : 그런 분위기 때문에 교우 관계도 소속되어 있는 학과에 거의 구애 받지 않을 수 있었던 건가요?

김병익 : 그때 문리대 학생들은 전부 다해서 2, 3천 명 됐을까요? 그래서 강좌도 몇 개의 학과가 함께 듣는 경우가 많았죠. 정치학과는 정원이 60명이어서 다른 과하고 함께 공부하지 않고 정치학과만 그냥 공부를 했거든요. 그래서 저는 다른 학과는 잘 몰라요. 더구나 주변이 없어서 잘 사귀지도 못하고, 그래서 유일하게 황동규하고 사귀었고 자주 어울려서 놀았던 것 같아요. 하지만 다른 선후배들은 다른 학과의 학생들하고 많이 어울리고 그 랬지요.

기자 생활과 『68문학』

김동식 : 1965년에 제대를 앞두고 〈동아일보〉 기자 시험에 합격해서 2월부 터 기자 생활 시작하셨죠. 문화부에 근무하면서 문인과 교우관계를 넓혀나

가졌구요.

김병익 : 군대 들어가서 만기 제대를 했는데요. 제대가 1965년 2월 예정이
었는데, 제대할 때가 되니까 취직을 해야 하지 않나 하는 생각이 당연히 들
었지요. 그런데 정치학과 출신은 은행이나 학교 선생 쪽으로는 지망할 수가
없었어요. 학과에 따라 취업에 제한이 있었던 거지요. 정치학과가 자유롭게
지원할 수 있는 곳은 유일하게 신문사밖에 없었어요. 그래서 신문사 시험을
두어 군데 봤죠. 봤다가 다 떨어지고 마지막에 〈동아일보〉에 되었거든
요.(웃음) 제대 말년에 다 그렇겠지만 입사를 위해서 특별히 공부를 할 수도
없고, 공부를 안 하던 시절이기도 했는데 다행히 〈동아일보〉 견습 시험에서
는 합격되었지요. 그때 사진 기자 한 사람 빼고 10명이 들어갔어요. 수습
기간 마치고 문화부에 배치가 됐는데 문화부 선임 기자와 저 사이에는 6년
의 경력 차이가 있었어요. 나보다 6년이 위라면 이미 관록이 붙은 기자고
해서, 일하기 귀찮아하는 시기였거든요. 그래서 나한테 이것저것 시키고 그
랬는데, 나는 그게 신이 납디다. 처음에는 문학, 출판, 학술 여러 가지 일을
했지요. 그때 기사도 참 많이 썼구요. 기자였다는 것에 대단한 자부심에 차
서, 일 참 많이 했어요. 부장이 나보고 갑자기 내일 아침까지 톱 기사를 써
오라던가 뭐 그런 식이었거든요. 그때 내 주머니엔 항상 메모쪽지가 들어
있어서, 지금과는 달리 컴퓨터가 없기도 했지만, 어느 때고 뒤지면 기사를
쓸 수 있을 정도로 준비를 하고 있었지요. 그래서 문학·학술 중심의 기사를
많이 썼어요. 아마 내가 우리 나라 신문 문화면에 기여한 점도 많이 있을 겁
니다. 최정호 선생이 나중에 『지성과 반지성』이란 내 책의 서평을 쓰면서
그런 얘기를 한 것 같은데, 그때는 문화면이 안내 기사 아니면 외부 청탁 원
고가 대부분이었지요. 월평부터 시작해서 거의 다 청탁이었던 시절이었죠.
문화부 기자를 할 즈음에는 한창 각종 심포지엄이나 세미나가 붐이 불기 시
작하던 시기였는데 나는 취재를 해서 경향이나 흐름을 종합하는 리뷰형의
기사들을 많이 썼지요. 학자나 문화인들의 말을 인용한다든가 해서 새로운

기사 스타일을 만들었다는 얘기를 들었으니까요. 기자가 문화 리뷰 기사를 쓰는 경우가 적었는데 나는 내 이름으로 그런 기사를 많이 썼어요. 그게 문화부 기자의 한 스타일이 되었지요.

김동식 : 기자 활동을 활발히 하시면서 1967년 10월 『사상계』에 「문단의 세대 연대론」을 발표하셨고, 또한 작고하신 김현 선생과도 이 해에 처음 만나신 걸로 알고 있는데요.

김병익 : 아마 김현 씨를 처음 만난 것은 1967년 초반이었던가 싶은데, 황동규하고는 대학 때부터 자주 어울렸으니까 잘 알고. 〈동아일보〉 입사하면서 〈동아일보〉 장편소설 공모에 당선된 홍성원을 소개 받았고, 홍성원이 원래 격의가 없는 사람이라 자주 어울렸고. 그러다가 홍성원과 황동규를 통해서 김현이라든가 염무웅, 김주연, 김치수 등을 알게 되었죠. 1967년쯤부터 〈동아일보〉 소설 월평, 시 월평 등의 필자로 내가 그 젊은 평론가들을 끌어들였어요. 그래서 김현하고도 알게 되고, 그랬지요. 『사상계』에 쓴 게 1967년인가요? 유경환 씨라고, 그때 『사상계』 편집장을 하다가 〈조선일보〉 문화부장을 거쳐 정년 퇴직을 한 분이 있어요. 아동문학을 하고 시인이기도 했죠. 그분이 『사상계』 편집장으로 있을 때였던 것 같은데, 한번 원고를 써 달라고 그랬어요. 그래서 뭔가 원고를 쓰는데 그때 한 40매 정도였던 것 같은데, 당시 신문 기사라야 길어봐야 10장 짜리고 그것도 아주 압축해서 쓰는 기사 스타일이어서, 40매 정도의 긴 글을 쓰라니까 참 못쓰겠습디다. 그래서 아주 끙끙대면서 썼는데, 내가 생각해도 그후론 다신 보지 않을 정도로 창피하고, 답답하고……. 그걸 참 썼네요.(웃음)

김동식 : 동인지 『68문학』을 살펴보면, 처음에 김현 선생께서 동인으로 참여하실 것을 요청하셨는데 선생님께서 정확한 답을 안 하신 걸로 알고 있거든요.

김병익 : 김현이 사람 사귀는 품이 참 재빠르고 적극적이거든요. 그래서 처음 〈동아일보〉 문학란에 월평을 청탁하자마자 그 다음부터 자주 찾아오기

도 하고 찾아오면 어울리고 그렇게 해서 말놓자 해서 3년 후배 되는 그와
말놓기 시작하면서 급격히 가까워졌지요. 1968년은 '순수·참여 문학논
쟁'이 한창 진행되던 시기였고, 모든 신문 잡지를 통해서 활발한 토론이 벌
어지던 시기였어요. 그때 김현이가 와서 문학 동인지를 하자고 그랬어요.
그때 내가 심각하게 고민을 했던 것은, 어느 문학 동인 팀에든 일단 들어간
다면, 신문 기자로서 내가 지켜야 할 객관성이랄까 중립적인 태도를 버려야
하고 어쩌면 기자로서의 순수성까지도 버릴 가능성이 있다는 것이었지요.
그래서 안 들어가겠다고 사양했지요. 『주간한국』이 주간지로서 활발하게
발행될 때였는데, 『주간한국』이 『68문학』에 대

▲ 『68문학』 1집

한 소개를 했어요 김현이가 제보를 했는지 어쨌
는지. 거기에 내 이름이 들어가 있었어요, 내 동
의 없이. 그런데 내가 소심하다보니까, 일단 내
이름이 들어가면 내 책임은 해야 한다는 생각이
들거든요. 그래서 할 수 없이 참여를 한 거죠.
김동식 : 김현 선생님께 역정을 내시거나 그러지
는 않으셨습니까?
김병익 : 그럴 처지는 아니었구요. 고민을 했던
것은 내 자신의 고민이지, 내가 안 들어간다고 선을 딱 그었던 것은 아니니
까요.
김동식 : 그러면, 『68문학』에 대한 어떤 교감 같은 것이 사전에 이미 형성
되어 있었다고 보아도 좋을는지요.
김병익 : 교감이라기보다는, 순수한 기자로 있기보다는 문단 쪽에 참여를
하고 문학적인 글쓰기를 하도록 김현이 나를 유도하고 싶었던 것이겠죠. 나
도 문학이라는 말은 되도록 회피하고 싶었지만, 어떤 형태로든 글은 쓰고
싶었겠고요. 다만 입장이 기자라는 것 때문에 동인 같은 그룹 운동에 참여
한다는 것은 곤란하다는 정도의 생각이었지요. 그랬기 때문에 그 약점을 쑤

▲ 김현

시고 김현이가 들어온 것 같아요.

　　김동식 : 지금 생각하면 동의가 완전히 이루어지지 않은 상태에서 공식적으로 이름을 거론한다는 것은, 여러 가지로 곤란한 일이 아니었을까도 생각되는데요.

　　김병익 : 내가 그것을 가지고 아우성치지 않으리란 것도 미리 생각하고 알고 있었겠지요.

　　김동식 : 이렇게 말해도 될지 모르겠는데, 김현 선생께서는 전략가셨군요.(웃음)

김병익 : 맞아요. 김현이가 참 전략가고 정치적인 인물이죠.(웃음)

김동식 : 선생님께선 김현 선생을 어떻게 생각하고 계셨는지요.

김병익 : 그때 김현이가 대학원을 졸업할 즈음이었어요. 기자라는 직업이 자기 정보원을 여럿 두어야 하거든요. 경찰이 사건을 맡으면서 정보원을 두듯이, 기자도 전문가가 아니기 때문에 어떤 문학적인 문제나 문화적인 사건이 있으면 이것을 어떻게 해석해야 하는지 이것을 어떻게 받아들여야 하는지에 대해서 조언자·전문가가 필요하거든요. 김현이가 불란서 문학이나 현대문학에 대한 정보가 참으로 빨랐어요. 그래서 김현한테 그런 정보를 많이 받기도 하고, 그 의견을 배우기도 하고 그랬지요. 김현의 도움이 그때 기자 생활 할 때 참 컸습니다.

『문학과지성』 시절

김동식 : 『문학과지성』을 간행했던 1970년에는 정치적 상황도 복잡했고, 또 잡지 창간과 관련해서 하셔야 할 일도 많았을 것 같습니다. 당시의 정황을 말씀해 주시지요.

김병익 : 그때는 정치적으로 박정희가 3선개헌을 하고 장기 독재 권력을 장악할 토대를 만들어 놓았던 시기였지요. 그리고 문학 쪽으로는 김지하의 「오적」을 가지고 상당히 시끄러운 때였거든요. 1970년 7월인가 국제 펜대회가 열렸는데, 그 문제로 펜대회가 상당히 소란스러웠지요. 순수-참여 논쟁의 여지도 여전히 남아 있고 해서, 여러 가지로 상당히 어수선할 때였어요. 그해 아마 7월초로 기억을 하는데, 김현이가 어느 날 찾아왔어요. 〈동아일보〉 뒤에 연 다방이라고 있었는데, 거기서 계간지를 만들자, 김승옥 씨가 사진 식자 기계를 사서 장사를 해볼까 하는데 "돈이 남으면 계간지에 투자하겠다."는 말을 했다더군요. 김승옥이가 문학으로는 상당히 좋지만, 그 일이 장사가 될지 안 될지도 모르고 또한 된다고 해서 돈을 지원한다는 것은 별로 기대가 안 되고 그럽디다. 그때 기자 사회에는 냉소주의가 상당히 만연해 있었어요. 왜냐하면 비판적인 기사는 전혀 실을 수도 없었고 또 좀 영향 있는 기자들은 정부에서 빼가기도 하고 그래서, 좀 자조적이고 무력감 속에 빠지고 그랬지요. 가스 중독론이란 말도 있었는데, 가스를 마셔 중독이 되듯이 기자가 자기도 모르는 사이에 점점 의식이 마비되고 있다는 거죠. 버린 기사를 모으면 진짜 잘 팔리는 좋은 신문이 나올 거란 말이 나올 정도였지요. 『사상계』도 그때는 안 나오게 되고 그래서 뭔가 좀 좋은 신문 혹은 잡지와 같은 매체가 있었으면 하는 기대가 의식 있는 기자들 사이에는 있었거든요. 막연하기는 하지만 숨어 있는 욕망 같은 거라고나 할까요.

김현이 참여파 쪽에서는 『창작과비평』이 있는데 우리는 아무 매체가 없지 않느냐며 그 필요성을 강조했어요. 내 경우는 언론 사치의 그 회의적인 상황에 대한 대안으로 잡지 발행에 동의했지만요. 이런저런 모든 걸 따져봐서 계간지를 만들자는 주장에 적극 찬성을 하게 되었고, 그런데 실질적으로는 돈 문제가 제일 큰 문제거든요. 그래서, 그러면 마침 내 친구 중에 판사로 있다가 변호사로 전업을 해서 수입이 갑자기 월급보다 몇 배가 늘어난 친구가 있는데 그 친구한테 한번 지원해 줄 수 있는지 물어보겠다고 그랬지요. 그 친구가 바로 황인철 변호사였어요. 그 친구도 뜻이 참 좋은 친구인데 변호사를 하다보니까 갑자기 수입이 많아져 어딘가 의미 있는 사업에 후원해도 좋겠다고 생각할 참이었어요. 이 친구도 참 가난했고 어렵게 학교를 다녔는데, 이만한 수준에서 생활을 하다가 이렇게 갑자기 수입이 뛰어오르면 적응이 되지 않지 않습니까? 그래서 그 친구에게 우리가 문학지를 내고 싶은데 네가 좀 지원을 해줄 수 있겠느냐 그랬더니만, 자기는 사실 법조 관계의 잡지를 내고 싶었다며 그 일은 아직 요원한 것 같으니까, 내가 먼저 너한테 지원을 해주겠다고 쾌히 승낙하는 거예요. 그렇게 해서 동의를 받아 가지고, 김치수도 끌어들이고 그래서 넷이 처음 만났지요. 그게 아마 7월 하순쯤이 아닐까 싶네요. 그렇게 합의를 보고, 그 자리에서 문화부에 잡지 등록 신청을 내고, 한편으로는 적극적으로 기획을 해서 원고 청탁을 하고 각자 쓰기도 하고, 이런 식으로 일을 진행시켜 나갔지요. 그때 문화부에 신청한 제호는 '현대비평'이었어요. 그런데 당시에 사이비 기자들이 많다는 이유로 정부에서 비평이나 비판이라는 용어를 쓰는 것을 굉장히 싫어했어요. 사실 그건 명분일 따름이고 독재 정권에서 비평, 비판이라는 말을 좋아할 리가 없었지요. 그래서 이 제호로는 안 된다, 그래서 다시 정한 제호가, 김현이가 그때 불쑥 던지듯이 한 말이 '문학과지성'이었거든요. 그래서, 좋다고 동의해 가지고, 그 제호로 다시 신청을 했고, 제호에 대한 신청이 접수되어 인가가 난 것이 9월 초인가 그랬어요. 누가 그걸 지적을 했던데 인가 일자보다 발행 일자가 며칠 빠릅니다. 그런 미스가 있었는데, 실제로 그랬으니까요.(웃음)

김동식 : 정말 대단한 속도인데요. 1970년 7월 중순쯤에 신청을 넣고 그 자리에서 기획을 하고, 9월초에 책이 나왔으니 굉장히 빨리 나온 거네요.

김병익 : 그러니까 벌떼처럼 그냥 부산을 떤 거죠.(웃음)

김동식 : 1970년 처음 잡지가 시작될 때는 선생님을 포함해서, 황인철 변호사, 김현·김치수 선생님, 이렇게 네 분이셨군요.

김병익 : 네. 그렇게 넷이었고, 그때 김주연은 미국 유학을 갔다가 독일에
가 있었나 그랬어요. 1971년에 귀국을 했는데, 그 전에 김현이가 미리 편지
를 보내서 우리 잡지에 대한 소개를 하면서 편집동인으로 참여를 해달라고
부탁을 했었고, 그래서 그가 귀국하면서 자연스럽게 합류를 했습니다.

김동식 : 말씀하신 것처럼 『문학과지성』 창간에는 황인철 변호사의 도움이
결정적이었다고 생각됩니다. 문학과 직접적인 관련이 있는 분은 아니지만,
단순한 경제적 후원자가 아니라 민주 변호사로서 『문학과지성』의 이념과
가장 잘 어울리는 분이라는 생각입니다. 선생님과의 인연은 언제부터 시작
되었는지요.

김병익 : 중학교 동창인데요. 중학교 때는 별로 친하지 않았고, 고등학교 1
학년 때 한 반이였어요. 키가 작아 가지고 키 순서대로 해서 1번이었거든
요. 나는 30번 대였는데…….(웃음) 대학에서는 그 친구가 법대로 갔기 때
문에 만난다거나 하는 일이 별로 없었는데, 군대에서 내가 5군단 사령부에
있었고 그 친구가 5군단 산하 사단에 법무장교로 있었어요. 그때 여러 차례
만났고, 제대 후에 나는 〈동아일보〉에 들어갔고 그 친구는 서울지법 판사가
되었고, 그래서 오며가며 만나게 되었죠. 그 집이 생활이 어려웠고 그래서
고민 끝에, 나중에 눈물까지 흘렸다고 이야기를 하던데, 가족들 생계 때문
에 변호사로 전업했어요. 변호사 사무실이 동아일보사 바로 맞은편 쪽에 있
었거든요. 그래서 자주 놀러가게 되고, 그러다가 『문학과지성』을 통해서 친
구 관계에서 후원자의 관계로 바뀐 거죠. 〈동아일보〉의 언론노조 파동이 일
어났던 것이 1974년 2월인데요. 그때 신문사에서 기자노조를 인정을 안 했
고 또 거기에 가담했던 사람들을 해직시키고 하니까, 민사소송으로 제소를
했어요. 그때 내가 황인철을 소개해서, 황인철이 변론을 맡았지요. 1975년
에 동아사태 때도 황인철이가 변론을 맡았고……. 그 이후로는 동지 관계가
된 거죠. 후원자 관계가 동지 관계로.

김동식 : 엉뚱한 질문일지도 모르겠습니다만, 『문학과지성』이라는 제호는

사실 1930년대의 비평가 최재서의 평론집 제목이기도 합니다. 혹시나 해서 여쭤 봅니다만, 무슨 관련이라도…….

김병익 : 나중에 보니 그랬더군요. 그 당시에는 최재서의 비평집 제목은 난 몰랐고, 김현이 그 제목을 떠올려서 그렇게 했는지 어쨌는지 모르겠는데, 아마도 그것과는 별다른 관계가 없을 겁니다. 아까도 말한 적이 있지만, 지식인들의 지조 문제가 1970년대 안팎에서 지식 사회의 가장 중요한 주제였 거든요. 어용 교수라든가 어용 지식인이라든가 하는 것에 대한 비판 같은 것 말이죠. 그래서 지성이라는 말이 자연스럽게 떠올랐던 것이 아닌가 합니다.

'문지'와 '창비', 문학과지성사

김동식 : 자연스럽게 지성 얘기로 넘어 온 셈이 되었습니다. 지성이 심리적 으로 복잡한 충동의 평형 상태로부터 발생하는 태도의 문제로 규정되거나, 아니면 '행동하는 지성'이라는 말처럼 지사적인 풍모와 결합되는 것이 일반 적이었지요. 선생님의 지성 개념을 제가 매력적으로 느끼는 것은, 해답에 대한 설명의 문제가 아니라 시대 상황에 대한 물음을 예리하게 구성해 나가 는 문제와 결합되어 있기 때문입니다. 지성이 문제되고 지식인과 구별되어 야 했던 당시의 상황을 말씀해 주셨으면 합니다.

김병익 : 거듭 말씀 드리지만, 유신 체제가 성립되고 권력에 대해서 저항할 수 있는 지식인의 힘에 대해서 극도로 회의하던 시대였기 때문에, 지식인의 역할에 대한 지식 사회의 관심과 우려가 대단히 강했던 시기였죠. 그때 내 가 그 문제에 대해서 상당히 고민을 했던 것 같아요. 홉스테터라는 미국 역 사학자의 책을 보면, 지식인과 지성인을 구분하고 있어요. 인텔리젠트하고 인텔리젠차였던가요. 그 책을 읽으면서 생각을 했죠. 아, 그냥 지식인이라 하지만 이건 구별되어야 한다, 원천적인 질문의 원초적인 문제성에 대해서

질문을 하는 것과 그 문제성을 도외시하고 실행 방법에 대해서만 전문적인 지식을 동원하는 지식은 구별해야 한다, 그래서 지성인과 지식인 이렇게 나누었던 거지요. 그것이 좀 도식적이고 어떻게 보면 무책임한 것일 수도 있지만, 그 당시에는 아주 절감되는 문제였거든요. 그러니까 우리가 다같이 지식인이라고는 하지만, 청와대 들어가서 일하는 사람과 그걸 비판하는 사람을 다르게 봐야 한다는 것이, 소박한 청년 지식인으로서는 당연하게 제기하고 싶은 문제였지요.

김동식 : 그렇다면, 지성은 이데올로기가 강압적으로 내리 누르는 상태에서 설정된 저항에의 의지 또는 윤리라고 보아도 되겠습니까.

김병익 : 이데올로기라기보다는 권력이라고 하는 것이 더 정확하죠. 그 당시에는 좌파나 진보적 이념이란 것은 거의 생각할 수 없는 시기였으니까요. 권력의 억압에 굴복하느냐 아니면 거기에 저항하느냐, 그것이 가장 중요한 문제였지요. 민주주의와 자유냐 아니면 수혜자가 누리는 권력의 혜택이냐 죠. 1972년인가, 지금도 기억이 나는데, 갑자기 어떤 열정에 들떠 처음에 서두 열댓 장 정도를 썼어요. 1972년이면 아주 삼엄한 때였거든요. 그런데 이런 톤으로 써서 과연 잡지에 발표될 수 있을까 하는 게 우선 걱정이 되데요. 그래서 황인철 변호사와 김현 등의 동인들에게 한번 먼저 읽혀 봤어요. 그래 아슬아슬 하지만 이렇게 계속 한번 써봐도 좋겠다, 그러더군요. 그렇게 해서 글을 썼던 기억이 납니다.

　제 자랑을 한번 하자면, 1970년대 유신 시절에 검열 피하는 데 명수였습니다.(웃음) 그때 구절이나 또는 주제 때문에 남산 끌려가서 고역 치른 사람이 상당히 많았거

▲ 『문학과 지성』

든요. 그런데 나는 한 번도 당한 적이 없어요. 〈동아일보〉에 썼던 기사나 『문학과지성』에 발표된 글에는 상당한 불온성이 숨어 있었어요. 정부 기관원들도 다 알지요. 그런데 불온성에 대해서 꼬투리를 잡을 수가 없었던 거예요. 내가 그 테크닉은 상당히 개발이 되어 있어서, 지금도 생각이 납니다만 〈동아일보〉의 목요 시단에 정희성 씨의 시를 받았는데, 그때 정희성 씨가 굉장히 반(反)정부적인 시를 썼어요. 그대로 나가면 틀림없이 걸리게 되어 있어요. 시인도 그렇고 우리 문화부 기자들도 같은 생각이었는데, 그래도 어떻게든 그 현실 비판적인 시를 게재하고 싶었어요. 그래서 정희성 시인에게 전화하면서 이 구절은 빼고 이 구절은 표현을 조금 바꾸고, 그래서 상당히 고쳐졌지만 그 의지는 충분히 전달될 작품을 실었어요. 그랬더니 읽는 사람들은 이 작품이 어떻다는 것을 다 알죠. 그런데 검열관은 잡을 수 없었어요. 나중에 누가 그럽디다. 남산 사람들이 다른 신문은 문화면은 다 안 보고 넘어 가더라도, 〈동아일보〉 문화면은 꼭 보고 넘어간다구. 그런데도 〈동아일보〉 문화면이 걸린 적은 한 번도 없었거든요.(웃음)

김동식 : 『문학과지성』에 대해서 좀더 여쭤 보아야겠는데요. 1966년 1월부터 『창작과비평』이 이미 발간을 하고 있는 상태였습니다. 1970년 『문학과지성』을 창간할 때 『창작과비평』에 대한 어떤 대타 의식 같은 것은 없었습니까?

김병익 : 아니요, 적어도 내게는 그런 거 없었어요. 『창작과비평』이 나오고 특히 방영웅 씨의 「분례기」가 나오고 할 때, '창비'를 굉장히 높이 평가해주었고 이 잡지의 편집에 대해 꼼꼼하게 검토를 했어요. 우선 가로쓰기에 한 글체였다는 것, 그리고 동인 체제였고, 말하자면 제도화된 잡지가 아니라 지식의 자유로움을 반영한 잡지였다는 것, 그런 몇 가지 이유를 들어서 이제 잡지나 문학지가 어떤 형태를 택해야 할 것인가 하는 문제의 샘플이 되었다고 평가했지요. 가령 문예지의 추천 제도라는 것이 있잖아요. 그런데 「분례기」는 추천작이 아니었고, 시 투고작의 경우도 좋으면 싣는다고 했고,

그러니까 기존의 절차를 거부하고 자유롭게 신인을 배출했거든요. 그러한 의미를 기려서 신문에 기사로 썼던 기억도 있습니다. 그때는 순수-참여의 구도에서 『창작과비평』을 바라본

▲ 김동식·김병익

것이 아니라, 새로운 잡지 문화나 계간지 문화라는 측면에서 상당히 높이 평가를 했지요. 그래서 기존의 『현대문학』이나 『신동아』에 대해서는 조금 못마땅하다는 식으로 바라봤지요.

물론, 순수·참여 논쟁이 1968년에 한창 진행되었고, 그래서 파가 갈리긴 했지만, 순수파－참여파였지 창비파－문지파 이런 구도는 아니었거든요. '문지'는 태어나기 전이었으니까요. '문지'가 처음 창간될 때에도 그 체제는 『창작과비평』을 답습했거든요. 가로쓰기라든가, 한자를 넣기는 했지만 되도록 줄이는 것 등이 그것이지요. 저쪽의 백낙청 씨와 염무웅 씨도 그랬지만, 문지의 네 김씨들 역시 편집동인 체제를 구성한 것도 그렇고……. 그 중에서 한 가지 다른 점이 있다면, '재수록'란이 『문학과지성』에만 있었는데요. 김현의 아이디어였지요. 그것은 원고료를 줄인다든가 하는 여러 가지 효과를 노린 건데, 재수록란이 있었다는 것 외에는, 여러 가지로 커다란 틀은 『창작과비평』이 만들어 놓은 틀을 그대로 답습했다고 해도 과언이 아닐 겁니다.

김동식 : 그러면, 『창작과비평』 측의 백낙청, 염무웅 선생들과의 친분 관계는 어떠셨습니까?

김병익 : 그때는 가까웠어요. 나는 광화문 쪽의 동아일보사에 있었고, '창비'는 지금 교보 바로 뒤 신구문화사에 있었어요. 신구문화사에 가면 얼

굴들을 볼 수 있었죠. 『문학과지성』은 일조각에 있었으니까, 화신 뒤 아닙니까? 거리가 가깝고 당시의 서울이 넓지도 않고 다방이나 술집 가면 다 만나게 되어 있는 상태였고, 그래서 서로 문학적인 입장은 달리하고 술 마시다 서로 논쟁을 하기도 했지만, 격전 상태는 아니었지요. 1930년대 카프나 비(非)카프 계열이 서로 어울리면서 이름만 달리 했던, 그런 식이 아니었던가 싶거든요. 그러다 내가 기자협회 회장 할 땐가 그 즈음에, 『창작과비평』과 『문학과지성』이 문학적인 입장은 달리하지만 유신권력에 대해서 저항한다는 태도에서는 공동의 입장이니까, 우리가 잡지로서 서로 교류를 하자 해서 염무웅 씨가 『문학과지성』에 글을 쓰고 내가 『창작과비평』에 글을 쓰고 그런 적도 한 번 있었지요.

김동식 : 그러면 선생님의 「문단의 세대 연대론」도 그런 분위기나 구도와 관련이 있는 건가요?

김병익 : 글쎄, '세대 연대론' 지금은 뭐라고 쓴 건지 기억은 안 나지만……. 그때는 그랬던 것 같아요. 한문 세대 · 일어 세대 · 한글 세대 사이에 서로 선배들 당신이 잘못했다 아니면 너희들은 왜 그러냐 하는 세대간의 갈등이 많이 보였던 것 같았어요. 그때 저는 어떤 세대든지 자기 세대의 문제점과 고민이 있고, 자기 세대의 힘과 장점을 갖고 있는데, 그것을 서로 싸안아야지 서로 나쁜 점만 보고서 배타적인 태도를 취해서는 안 된다, 다른 세대의 미덕은 서로 배우는 것이 좋지 않은가 하는 아주 상식적인 수준의 생각이었던 것 같아요. 그런데 당시에 제가 구체적으로 어떤 의도를 갖고 썼는지 잘 기억은 안 나지만, 그 후에도 집요하게 새로운 세대를 끌어안아야 하고 받아들여야 한다는 생각은 늘 갖고 있었던 것 같습니다. 1976년에 우리가 '문지' 4K 체제를 개방해야 한다는 생각을 갖게 되었을 때, 다음 세대를 염두에 두고 끌어들여야 한다고 결론을 내렸고, 그래서 오생근 · 김종철 씨를 끌어들였거든요. 그리고 1980년대 들어서는 지금의 『문학과사회』 동인들을 끌어들였고, 1990년대 들어서는 『이다』 동인들을 끌어들이고, 전

한글 세대라는 자의식 속에서 생겨난 건지 어떤 건지 모르겠어도 우리 전세대에 대해서는 어떻든간에 내 후배 세대에 대해서는 항상 문을 열어놓고 그 사람들을 끌어들이지 않으면 문학사적인 전통이나 맥락이 이어지지 못한다, 그러니깐 서로 끌어안아야 한다 하는 생각은 '세대 연대론'과 관계없이 집요하게 제 의식을 사로잡았었던 것 같았어요.

김동식 : 아주 개인적이고 소박한 질문 하나 드리겠습니다. '문지'에서 발간된 이론서나 선생님들의 책을 읽고 공부하면서 해 보았던 생각인데요, 이른바 4K가 모였을 때 그 일상적인 풍경은 어떠했을지 궁금합니다. 그때나 지금이나 워낙 멀게만 보이는 존재들이었기 때문이겠지요. 물론 지금은 선생님께서 허락하셔서 담배를 피기도 합니다만…….(웃음)

김병익 : 4K라는 명칭은 저희 넷이 모여서 다니니까 바깥에서 붙여준 것일 테고, 우리들은 친구처럼 일하는 사람들이었을 따름이지요. 그런데 네 사람이 모두 김씨라는 것이 우연이라면 우연일 테고. 지금도 모이면 김씨가 제일 많고, 지금 여기도 그렇지만요. 다른 동인 체제들도 물론 그렇기는 하겠지만, 우리 경우 유달리 문학적인 입장은 같이 하면서도 서로의 개성을 존중해 주었던 것이 아닌가 합니다. 눈치들이 다 빨라서, 가령 누구 작품을 싣자, 청탁하자 혹은 어떤 작품을 재수록하자고 했을 때, 동의하는가 안 하는가 그 반응을 안색으로 금방 알 수 있을 정도였어요. 안색을 보고도 여전히 이 사람 것을 싣자고 한다면, 나는 반대는 안 하겠다 이런 소극적인 의사로 동의를 한다던가 했지요. 대부분 편집회의는 다방에서 했는데, 다방에서 차 한 잔씩 마시면서 메모 식으로 편집인을 짜고 원고 청탁자를 정하고 주제 정하고 그랬거든요. 그러면서도 술 마시면 친구로서 가릴 것 없었지요. 김현, 김치수, 김주연은 모두 동기였고, 또 김현과 김치수는 불문과 동기이기도 했고, 세 사람은 어문 계열의 공부를 같이 했고요, 나는 사회과학 쪽이고 학년도 3년 차이가 났어요. 대학 다닐 때는 잘 몰랐지만, 같이 어울리다 보니 내가 3년 손해를 본 셈이지요.(웃음) 그러면서도 서로 아주 수월하고 순

진해서 가릴 것이 없었고, 이해 관계라든가 이런 것은 따질 것도 없었고, 그렇게 서로 털어놓고 지냈죠. 그때는 포커도 많이 하고 별짓 다했지요. 그래서 우정과 문학적인 이념을 동시에 공유할 수 있었던 거고, 글 쓰는 거나 작품 평가하는 것은 또 서로 조금 다르기도 했지만. 하지만 함께 일하는 사람으로서 서로를 이해하는 참 행복한 결합이었다 하는 생각이 들고, 그래서 『문학과지성』 밖에서 보자면 충분히 비판의 여지가 있을 수 있는 것이, 네 사람 중에 한 사람이 뭔가 발언을 하면 그것이 네 사람의 발언으로 함께 증폭이 되었던 것 같아요. 나중에 보니 그렇게 된 것 같아요. 만약 내가 아무개 작가가 좋다고 그러면 4K 혹은 『문학과지성』이 모두 좋아하는 것으로 그렇게 4배로 늘어나는 것이지요.

김동식 : 외람된 질문이 될 수도 있겠습니다만, 외부의 시선이나 평가를 무시할 수는 없을 것 같아서 질문을 드립니다. 밖에서 보자면 『문학과지성』 비평가 그룹과 작가들의 유착 관계라고나 할까요, 아니면 작가 관리라고나 할까요, 그런 부정적인 혐의가 있었던 것이 사실입니다. 작가나 작품을 평가하는 과정에는 어떤 기준이나 원칙 같은 것이 있었을 것도 같은데요.

김병익 : 주로 재수록란이 작가들에게 상당히 영향을 많이 주는 난이었는데, 지난 석 달 동안 발표된 작품 가운데 어떤 작품을 재수록할 것인가를 두고 서로 이야기를 많이 했지요. 석 달 동안의 작품 중에서 각자 천거를 해서 수록할 작품에 합의는 해요. 그리고 그 작품에 대해 리뷰를 하게 되죠. 리뷰를 4K중에 누가 쓰기도 하고 외부에서 쓰기도 했지만, 누가 쓰든 간에 아까 얘기했다시피 4배로 증폭이 되기도 하고, 그래서 그 작가에 대한 집중 조명이 이루어지게 되죠. 그러니까 한 작가나 시인에게 클로즈업하는 효과를 주기도 했던 거죠. 그리고 문지 동인들의 미덕이라고 생각을 하는데, 동인들은 자신의 문학적인 관점이나 논리에 적절한 작가를 앞세웠어요. 그리고 그때 마침 그럴 수 있는 작가들이 많이 있었구요. 동년배 작가로 이청준이라든가 김원일, 조세희, 홍성원, 이문구, 또 그 위로 최인훈 씨가 있었고,

시인으로 황동규, 정현종, 오규원 등이 있고요. 그러니까, 그러한 점은 『창작과비평』과 다르다는 느낌을 갖습니다. 우리 쪽은 동시대 작가의 작품을 내세워서 문학적인 논리의 실체로서 제시했던 거지요. 그러다 보니 그러한 모습이 작가와 『문학과지성』 동인들과의 유착으로 보였을는지는 모르겠지만, 『문학과지성』의 문학적인 입장은 이론이 아니라 작품이 실제로 있어야 한다는 것이었으니까요. 그 실제가 바로 이청준이고 정현종이고 황동규고, 이렇게 되는 거죠. 동년배였기 때문에 우리로선 일하기 참 좋았지만 외부에서 볼 때는 서로 유착된 것이 아니냐 이렇게 부정적으로 바라볼 수 있었겠지요. 그런데 그러기에는 우리로서는 참 순수했다는 생각이 드는데, 가령 오규원이나 김원일의 경우 작품을 보고 재수록한다고 정하고 연락을 해서, 처음으로 만났던 사람들이에요. 홍성원이라든가 이미 아는 몇 사람을 빼놓고는, 재수록이라는 과정을 통해서 처음 인사를 한 사람들이었지요. 그러니까 그 과정에서 어떤 사심이 있었다는 생각이 들지는 않고……. 가령 지금은 김주영 씨가 김주연 씨하고 아주 절친한데, 그 당시에는 김주영 씨가 안동에 있었어요. 그런데 안동 그 시골 구석을 우리가 압니까? 초기에 김주영 씨가 풍자소설을 썼거든요. 그래서 회의를 할 때 내가 김주영 씨 소설 재미있는데 어떠냐고 하니까 다른 동인들이 좋다고 해서 작품을 실었죠. 그리고서는 김주연 씨가 재수록할 테니까 허락해 달라고 처음으로 연락을 했고, '김주영론'을 썼어요. 김주영, 이 시골 사람이 처음으로 서울에서 대비평가라고 생각하는 김주연이가 자기에 대한 평론을 쓰겠다고 하니까, 서울 올라온 김에 서울신문사로 찾아가 김주영과 처음으로 인사를 했지요. 대부분 그렇게 해서 사귀게 된 사람들이었어요. 그 당시에 우리의 문학적인 선호에 딱 들어맞는 그런 작가들을 발견할 수 있었다는 것, 그것이 우리로서는 참 다행스러웠던 일이지요.

김동식: 『문학과지성』을 통해서 여러 가지 중요한 문학적 지향성이 제기되었습니다. 제가 보기에 가장 뚜렷하고 또한 동인들 사이에서 공유된 이념은

▲ 김주연, 김치수, 김현, 김병익 등이 공동 저술한 『현대 한국 문학의 이론』

▲ 김병익의 비평집 『한국 문학의 의식』

▲ 김병익의 『새로운 글쓰기와 문학의 진정성』

문학의 자율성과 관련된 것이 아닐까 합니다. 순수-참여의 이분법이나 자유주의 문학이라는 명칭으로는 쉽게 재단할 수 없는 측면이 분명히 존재하는 것 같습니다.

김병익 : 어떠한 개념이나 주장이란 것이 대타적인 관계에서 형성되는 경우가 대부분일 텐데, 자율성 역시 비슷할 것 같습니다. 순수-참여 논쟁이 벌어졌을 때, 김현이나 우리 쪽은 문학은 문학이어야 한다는 고정 관념이 있었어요. 그러한 관념이 좌파나 진보적인 문학관과 접촉하지 못한 상태에서 불란서 문학이나 또는 고전적인 작품들을 대하면서 생겨났는지는 모르겠는데요. 외국에서 공부를 했다면, 루카치나 트로츠키 등을 자유롭게 접할 수 있었기 때문에, 쉽게 문학과 권력 혹은 이데올로기의 관계를 생각할 수 있었을 테지요. 하지만 우리 경우는 국내에서 공부를 했고, 그래서 좌파나 진보주의 지식을 접할 수 있는 기회가 적었어요. 그래서 전통적인 불란서 문학과 같은 쪽에 문학적으로 경도되어 있었지요. 가령 내 경우에는, 싸르트르나 까뮈 모두 좋았지만, 싸르트르보다는 까뮈의 입장을 지지하고 있었어요. 이와 같은 문학적 경험 속에서, 문학이 정치나 이데올로기에 훼손되어서는 안 된다, 오히려 문학이 문학일 때 정치나 이데올로기를 비판하거나 혹은 드러낼 수 있다는 생각이 자연스럽게 들었던 것 같아요. 그러한 생각이 순수-참여 논쟁을 거치면서 의식화되었다고 볼 수 있겠는데요. 문학의 자율성을 두드러지게 강조한 사람은 김현이지만, 문지 4K들이 모두 다 거기에 공감을 하고 있었고, 그와 같은 입장을 똑같이 가지고 있었던 거죠.

김동식 : 불문학자이자 비평가인 정과리 씨는 선생님의 글에서 '그럼에도 불구하고'라는 독특한 수사법을 지적해 낸 적이 있습니다. 개인적으로 선생님 글을 읽으면서 하게 된 생각이기는 합니다만, 선생님께서는 테제(these)와 안티테제(antithese)를 아우르면서 논의를 전개하시는데요. 진테제(synthese)로 수렴되는 지점에 이르면 다시 반성적 질문을 제기함으로써 주장을 끊임없이 연기하시는 것 같아요. 이와 같은 글쓰기가 갖는 긍정적인 측면에 대해서는 충분히 인지하고 있습니다만, 관점에 따라서는 비판받기 싫다는 태도가 글쓰기에 드러난 것은 아닌가 라는 혐의 부여도 가능할 것 같습니다. 이러한 질문은 선생님의 글쓰기만을 대상으로 하는 것은 아니고, 문학적 자율성을 견지한『문학과지성』의 문학적 이념이나 글쓰기 방식과 관련된 것일 수도 있다는 생각에서 제기하는 질문입니다.『문학과지성』을 아울러 부정적인 의미에서의 자유주의 문학이라고 지칭할 때, 이러한 글쓰기 방식 내지는 사유 방식이 문제되는 것으로 저는 알고 있습니다.

김병익 : '비판받기 싫다.'는 생각을 머리에 두고 글을 쓴 것은 아닙니다. 내가 기자였기 때문에 그런 건지, 아니면 내 자신의 뭐랄까 겸손함 때문에 그런 건지, 또는 내 자신의 사유 방식이 그러한지는, 잘 모르겠습니다. 이유는 여러 가지가 있는 것 같아요. 가령 주류라고 할까요, 당연한 것, 이미 제시되어서 수용하고 있는 것, 그것을 강조한다는 일은 의미가 없는 것이죠. 주류에서 탈락되거나 소외되거나 유보되거나 숨겨진 것들, 그쪽을 바라봐야 하지 않을까 합니다. 내가 내 말을 하기 위해서는 상대편 말을 들어야 하지요. 이처럼 상대적인 입장에 서기 때문에 그런 것이 아닌가 생각이 드는데요. 언젠가 신수동 사무실에 있을 땐데, 아마도 잠자고 있던 생각이 그때 튀쳐나온 것이기는 하겠지만, 사무실 안에서 창 밖을 내다보면서 내가 여기 있다면 저기에 없다는 생각을 한 적이 있습니다. 이러한 생각이야 누구나 얼마든지 할 수 있는 생각이긴 하지만, 내가 여기 있고 저기에 없다는 이유 때문에 여기를 강조한다는 것은 전부를 바라보는 것이 아니지요. 내 입장만

애기하는 거죠. 조금 더 살펴보면, 내가 뭔가를 알고 있다고 하는 것은 그 밖의 부분은 내가 모르고 있다고 하는 것과 같죠. 그러니까 내가 알고 있다, 내가 여기에 존재하고 있다는 것에 입각해서 세상 모두가 그렇다고 단정짓 는 것은 무모한 판단이고 독단적인 것이라고 생각합니다. 내가 지금 이 자리에 있지만 이 자리에 있지 않은 상대방의 생각이나 이면을 알아두어야 한다는 것은 의무라는 생각이 들더군요. 그러니까 상대를 바로 보자는 거죠. 상대를 보고 여기에는 이러이러한 진실성이 있고 힘이 있고 미덕이 있다는 것을 인정하자는 거죠. 그러면 이쪽은 뭔가 못 갖춘 것이 있지 않겠는가 하는 거죠. 우리가 흔히 대조를 할 때 일반적으로 저지르는 잘못은, 나의 좋은 점과 상대의 나쁜 점을 비교하는 것입니다. 순수-참여 논쟁을 할 때도 그랬어요. 순수파들은 순수문학의 좋은 점을 애기를 하면서 참여론의 나쁜 점과 비교를 하고, 참여론도 마찬가지여서 참여론의 좋은 점을 애기를 하면서 순수론의 나쁜 점만 애기를 하지요. 좋은 점은 좋은 점과 비교를 하고 나쁜 점은 나쁜 점과 비교를 해야지, 상대의 나쁜 점과 나의 좋은 점을 비교한다면 균형 잡힌 생각이 아니라는 것입니다. 결코 공정한 사고가 아니라는 생각이 지요. 그래서 내가 지지하지 않는 사유의 어떤 측면을 먼저 우선적으로 신중하게 검토해봅니다. 그러다 보면 어느 것이 옳고 어떻게 되어야 한다고 단정한다는 것이 참 모호하고 자신 없는 일이 되는 것 같아요.

김동식 : 일반적으로 한국 사회에서 대립적 관계라 함은 상대방을 적(敵) 개념으로 규정하는 절차를 반드시 요청하는 것 같습니다. 그래서, 선생님께서 제시하신 지성 개념이나 글을 통해서 보여주신 사유 방식은 오늘날 다시 음미될 여지가 상당히 많다고 생각을 하고 있습니다. 타자의 윤리학이라고나 할까요. 나와는 다른 타자(他者)가 적이 아니라 긍정적인 존재로 설정되어야 한다는 점에서, 느끼는 바가 많습니다.

김병익 : 바로 그렇기 때문에 내 입장과 사유 방식이나 태도가 비판받을 수 있는 것이겠지요. 이것도 저것도 아니고 또는 양비론이나 양시론이라고 비

판을 받는다면, 그것은 내가 받아들여야 할 비판인 것일 테고, 그렇다고 해서 나의 입장이나 태도를 수정할 수도 없는 것이 아닌가 하는 생각을 하고 있는 건데요. 사실 자기 입장만 드러내고 고집할 수 있다는 것은 참으로 무모한 용기가 아닌가 합니다.

김동식 : 문학과지성사를 1975년에 창사하셨는데요. 그 전에 기자협회 회장을 하셨고, 또 국제기자연맹 보고서 때문에 고초도 많이 겪으셨죠?

김병익 : 뭐, 고초는 아니구요. 기자협회를 맡게 된 것은, 그 당시의 기자협회 회장이 정부의 어떤 기관으로 들어가려고 운동을 했는데, 그게 꼬투리가 되어서 협회에서 쫓겨났거든요. 그러면서 〈동아일보〉 기자들을 비롯한 메이저 신문들이 우리가 기자협회에 대해서 너무 방관 방치해 두었다, 우리가 제대로 기자 생활을 하려면 기자협회부터 좀 제대로 해나가야 한다는 생각들을 하게 된 거구요. 그래서 누구를 기자협회장으로 추대를 할 것인가 논의를 하다가, 제가 얘기가 된 거죠. 명분에는 약한 터라, 무모하게 거기로 들어갔는데, 그때가 1974년 10월이었어요. 회장 취임에 이어 10·24 언론 자유선언이 터졌어요. 그 운동이 활발하게 확산되니까 정부에서는 그걸 견제하기 위해서 광고도 못 내도록, 그러니까, 동아광고 사태가 벌어졌고 그러자 시민들이 격려 광고를 내고 했지요. 기자들의 언론 자유운동이 활발해지니까 정부 권력이 조금 후퇴를 하더군요. 그래서 기자들이 자유롭게 기사를 쓸 수 있었지요. 그러다가 동아사태가 나고 〈조선일보〉 사태가 나고, 그래서 이런 사태를 국제기자연맹에 보고하는 공문을 기자협회가 보냈지요. 사실 그 일이 빌미가 됐을 뿐이지, 기자협회를 언제든지 깨겠다는 것이 그쪽(정부 기관)의 의지였던 것 같아요. 그 당시에 기자협회 회장단 사람들은 전부 남산에 잡혀 가 있었는데, 고문은 안 당했고 밤샘 조사를 받았지요. 그 다음에는 정치적으로 자기(정부 기관)들이 이 사건을 어떻게 처리를 할 것인가 하는 문제 때문에 며칠을 더 남산에서 지냈는데, 그 안에서 커피도 마시고 담배도 피우고 바둑도 두고 주간지도 보고 그랬어요. 아마 남산 들어

갔던 사람 치고 그때 우리처럼 평안하게 지낸 사람도 없을 겁니다.(웃음)

김동식 : 1975년 4월에 남산에 갔다오셨고, 10월에는 해직이 되셨지요. 그리고는 다른 동인들과 문학과지성사를 창사하셨는데요. 그때의 상황이나 분위기가 무척이나 궁금합니다.

김병익 : 내가 기자협회 회장에 나갔단 이유로 받은 처벌이 무기 정직인가 무기 휴직인가, 아무튼 휴직 상태였어요. 난 휴직 상태였기 때문에, 동아사태로는 처벌을 더 이상 할 수가 없었던 거지요. 그러다가 1975년 10월이 휴직 처분을 받은 지 1년이 되는 시기였고, 휴직이 해직이 되면서 저절로 퇴직이 된 셈이죠. 〈동아일보〉를 사실상 그만둔 것은 동아사태로 신문사에 들어갈 수 없었던 1975년 3월로 보아야 할 것입니다. 월남이 패망할 바로 그 즈음이었는데, 4월 하순에 남산에 들어갔다 그 말경에 나올 때 회장직에서 물러나야 한다는 전제 조건으로 풀어준거죠. 나도 잘되었다 싶어서 기자협회장을 사퇴하고 실업자 생활을 했는데, 그땐 참 좋더라고요, 때가 5월 달이니 날씨가 얼마나 좋습니까.

▲ 1990년 가을 추사 김정희 고택에서. 왼쪽부터 김병익, 김주연, 마종기, 황동규.

당시에 문지 4K 중에서 김치수는 여전히 불란서에 있었지만, 김현이 불란서 유학을 갔다가 8개월 만에 돌아온 상태였고, 그 동안 잡지는 계속 내왔지만 뭔가를 해야지 하는 것이 동인들의 의견이었고, 나는 그때 기자협회장을 쫓겨난 상황이라서 취직은 생각할 수가 없었고, 처음 몇 달은 자유롭고 기분 좋게 있었지만 점차 생계 문제가 현실적인 것으로 다가오기도 하고……. 아마 고등학교 야구가 한창 인기 좋을 때 김현이랑 김주연이랑 같이 야구장을 갔다오면서였을 겁니다. 저녁을 먹으면서 출판사를 하나 해야지 않겠느냐는 얘기가 나왔지요. 나보고 하란 얘긴데, 물론 내 생계를 도와야 한다는 거지요. 그래서 구체적으로 각자 200만 원을 내면 다섯 명이니까 돈 천만 원은 될 테고 그러면 그걸로 창업을 할 수 있지 않겠느냐는 거구요. 난 사양을 했어요. 출판사 경영이란 것은 처참한 것 같아서……. 출판사는 뭐랄까 영어로 하자면 last choice의 기분이었다고나 할까요.

그때 김현이 두 가지 이유를 들었지요. 지금은 내가 쫓겨나서 실업자지만 언젠가 또 우리 친구들 중 그런 사람이 있지 않겠느냐 그러니 그런 사람을 위해서라도 뭔가 토대를 마련해 놓아야 한다는 것이 하나였고요. 다른 하나는 『문학과지성』을 일조각을 통해서 내고 있는데 우리 손으로 직접 만들어야 되지 않겠느냐, 위탁해서 제작을 하고 있는데 이건 좀 불안하다, 우리가 직접 만들어야 한다. 그러기 위해서는 출판사가 있어야 한다. 이렇게 두 가지 명분을 내놓고 출판사를 만들자고 하는데, 그 일을 나보고 맡으라는 거예요. 그 명분과 이유를 거절할 수도 없었고, 그때는 나도 좀 뭔가 해야 했었고, 그래서 10월쯤에 의견이 모아져서 12월에 시작을 하게 된 거죠. 그 후에 정말로 김치수가 해직 교수가 되어서, 3년 동안 '문지'에 나와서 복직할 때까지 고문 비슷한 직책으로 있었죠.(웃음) 그리고 『문학과지성』은 1977년에 일조각으로부터 인수를 받았고요.

1980년대와 문학적 대응 방식

김동식 : 선생님의 비평을 시대순으로 읽다보면, 물론 거친 정리가 되겠습니다만, 지성과 문학적 자율성을 중심에 두었던 1970년대의 논의에서 1980년대에 이르면 개방성과 열림이라는 주제로 논의의 중심이 옮겨가는

양상을 보입니다. 이러한 변화는 1980년대의 문학적 상황과의 관련이 있다고 생각이 됩니다. 또한 4·19세대의 한계가 드러나는 지점이기도 하다고 직접 말씀을 하신 적도 있고요. 1980년대의 문학적 고민에 대해 먼저 말씀해 주시지요.

김병익 : 마르크시즘이나 좌파 진보주의는 1970년대 말경부터 들어왔어요. 문학 쪽으로 보자면, 그 전에 물론 황석영 씨도 있었지만, 조세희의 『난쟁이가 쏘아올린 작은 공』이 가장 적극적으로 표현을 한 것이었죠. 그리고 이론적으로는 정문길 씨의 『소외론』이 있고, 프랑크푸르트 학파의 소개를 김주연 씨가 처음에 시작을 했었죠. 그러한 과정에서 우리 나라 보수주의의 맹점이랄까 잘못된 점을 새삼 발견하게 되고, 진보주의의 새로운 시각 같은 것을 배우게 되더라구요. 1980년대 운동권 시대에 들어 사회운동이나 노동문학을 접하게 되면서, 내가 어렸을 때부터 4·19세대로서 1970년대까지 살아왔던 사회적인 분위기를 자연스럽게 으레 이런 거라고 받아들여 왔던 내 자신의 한계가 선명하게 보이더라구요. 그래서 4·19세대는 이념적으로는 색맹이고 이런 점에서 맹목이다라고 쓸 수 있을 정도로, 나 스스로 4·19세대의 한계란 것이 보이더군요. 그리고 전체성을 통해서 세계를 바라본다는 관점이 신선하고 충격적으로 다가오기도 했고, 그래서 1980년대 전반기에는 좌파의 사유 방식이나 관점을 받아들이는 데 상

▲ 조세희

▲ 『난장이가 쏘아올린 작은 공』

당히 열심이었지요. 그렇다고 내가 내 자신을 탓할 수도 없는데, 우리 시대 또는 우리 세대는 그러한 진보적 사유를 접할 기회를 못 가졌고, 북한 사람은 머리에 뿔난 빨갱이라는 생각을 당연히 가졌던 세대였으니까요.(웃음)

내 잘못이라고 생각하지는 않지만, 그렇다고 해서 내가 가지고 있는 사유의 한계를 보고서 그냥 내버려둬서는 안 되는 노릇이고, 따라서 그러한 상황을 받아들일 수 있는 데까지는 받아들이겠다고 생각했지요. 그래서 진보적인 사유를 끌어안으려고 노력을 했는데요. 1980년대 중반에 유명했던 노동문학 주체 논쟁이 있었지요. 노동자가 문학의 주체가 되어야 한다는 그 주장의 가장 급진적인 부분에 부닥치게 되니까 나의 진보주의 수용에 한계를 느끼게 되더군요. 좌파의 문학론이나 현실 인식이 이념적으로 논리적으로는 추론이 가능하지만, 이것이 과연 실제가 될 수 있을 것인가라는 문제에 대한 회의가 생기기 시작했지요. 그러다 보니까 이 이상은 못 따라가겠다는 생각이 들더군요. 그래서 거기서부터는 더 이상 따라가는 것을 포기를 해버렸는데, 아마 거기에는 4·19세대로서 내가 가지고 있는 사유 구조의 한계를 더 이상 벗어날 수 없다는 그런 것이 있었겠죠.

그렇지만 나로서는 자본주의의 모순이나 4·19세대의 한계를 본 만큼, 진보주의나 마르크시즘의 현실적인 한계도 보이더군요. 자본주의라는 것이 못마땅하다는 생각이 들지만 그렇다고 진보주의가 갖고 있는 이상주의가 현실화될 것인가 하는 문제에 대해서도 여전히 회의가 생기고, 그렇게 되더라고요. 그러니까 딜레마인 셈인데, 자본주의는 타락해 있어서 도저히 좋다고 할 수 없고, 따라서 진보주의 내지는 이상주의가 참 좋은데, 하지만 이상주의는 이상으로 존재할 때 빛이 나지 그것이 현실화되면 소련이나 다른 곳처럼 타락하고 만다는 생각이었겠지요. 그러니까 이상은 이상대로 존재하고 현실은 현실대로 존재하는, 그 어느 곳에서도 편안할 수 없는 『광장』의 이명준처럼 그런 입장에 서게 되었던 거죠.

작년 가을인가 대산재단 주최의 심포지움에서 문학과 정치 이데올로기를

주제로 청탁 받은 적이 있어요. 그런데 새로 자료를 찾고 하는 것도 귀찮아
서 1980년대에 발표한 그 관계의 글들을 찾아 가지고 요약하는 식으로 정
리를 했는데, 그 글들을 다시 10여 년 만에 보게 되니까 감회가 새롭더군
요. 참 고민도 많이 했고 부지런히 쓰기도 했구나 하는 생각이 들더라구요.
그때 이념과 현실의 문제, 현실과 문학과의 문제를 나같이 부지런히 쓴 사
람도 없지 않았나 싶을 정도로, 우물 안 개구리처럼 그렇게 열심히 했더군
요.(웃음)

김동식 : 세대론과 관련된 질문을 드릴까 합니다. 지금까지의 말씀이나 여
러 글을 통해서 밝혀 놓으셨지만, 선생님께서는 노동문학이나 마르크시즘
에 대해서 느꼈던 한계가 선생님 개인의 한계이기도 하지만 4·19세대 전체
의 한계와 관련되는 것이라는 말씀을 하셨습니다. 4·19세대의 한계에 대한
인식이 다음 세대와의 연계 문제와는 어떤 관련이 있는지요.

김병익 : 그것과는 관계없이 아까 얘기했던 1968년의 「세대 연대론」 이후
에도 그랬고, 문학과지성사를 만든 이후에도 그랬지요. 역사라는 것은 그런
것이 아닐까 하는데, 하나의 생명이 줄곧 계속되는 것이 아니라 생명이 태
어나고 죽고 태어나고 죽으면서 끊임없이 연계되고 연결되어서, 역사가 진
행되는 것이라는 생각이죠. 역사란 하나의 생명체로서 지속되는 것은 아니
거든요. 내가 살아있을 때는 나의 시작과 끝이 하나의 역사를 이루기는 하
겠지만, 내 이후의 역사라 하는 것은 내가 죽은 후에 또는 내가 물러난 후에
다른 사람에 의해서 지속이 되는 것이죠. 그런 생각이 하나 있었고, 다른 하
나는 아까 4·19 세대의 한계란 얘기를 했지만, 그것은 지금 의식화해서 하
는 얘기고 누구든지 자기의 사고나 공부에 한계가 있잖아요. 그것을 이기는
방법은 다른 사람을 끌어들이는 방법밖에 없는 것이고, 한 세대의 한계가
있다면 그 다음 세대를 끌어안아서 연계를 시키는 수밖에 없거든요. '새 술
은 새 부대에 담아야 한다.'는 성경 말씀을 자주 실감하고 오래 전부터 그
말을 좋아하기도 했지요. 시대는 끊임없이 바뀝니다. 내가 『문학과지성』을

시작하던 시기부터 보더라도 유신 시대 혹은 자본주의 시대, 진보주의 운동
권 시대, 그리고 포스트모더니즘과 과학의 시대 등으로 변화해 왔지요. 10
년 정도의 기간을 두고 역사·문학·현실이 크게 바뀌어 왔던 셈이죠. 그렇
다면 나의 세대가 이 모든 것을 커버할 수 있느냐 하면 커버가 안되거든요.
그러니까 내가 속한 4·19세대는 4·19적인 기질에 충실하고, 1980년대의
운동권 시대는 운동권 세대가 주체가 되어야 한다고 생각하고, 1990년대는
문화적 세대인『이다』동인이 주체가 되어야 한다는 생각인 거죠. 그 시대
시대마다 그 세대의 주체가 있어서 그 세대가 주인 노릇을 해야 한다는 생
각이고, 그래서 새로운 세대를 끌어들여야 하는 거고……. 이러한 생각은
거의 고정관념처럼 굳어져 왔었던 것이기 때문에, 아까도 얘기를 했지만,
1976년에 오생근·김종철을 영입했고 1980년대 들어서는『우리 세대의 문
학』을 끌어들였지요. 김현이 1990년에 작고를 했고 1993년에는 황인철이
작고를 했는데, 그러자 이 문제가 실감 있는 문제로 내게 다가옵디다. 이제
는 그냥 막연히 언제 바뀔 것이다, 내가 물러날 거다 하는 정도가 아니라,
이제 내가 물러날 때가 왔구나 하는 생각이 구체적으로 들더군요. 그래서
황인철이 작고한 1993년에 다음 다른 세대가 인수할 수 있는 메커니즘을
만들기 위해 개인회사 명의였던 문학과지성사를 주식회사로 개편을 했지요.
김동식: 1980년『문학과지성』이 강제 폐간되었고, 1988년에 복간의 기회
를 맞았습니다.『창작과비평』의 경우에는 복간을 했지요.『문학과지성』의
쪽에서는 더 이상 잡지를 내지 않음으로써 자진 폐간하는 형식이 되어 버렸
다는 인상을 주는데요. 물론 세대의 관점에서 보자면『문학과지성』의 이념
을 새로운 세대인『문학과사회』가 계승한 것이겠지요.『문학과지성』이 강
제 폐간될 때의 정황에 대해 말씀해 주셨으면 합니다.
김병익: 1980년 가을 창간 40호 기념호 원고를 다 받아서 만들던 중이었
지요. 7월 말쯤에 폐간을 당했는데, 그 해 말인가 '문지' 동인들이 인천에
서 간담회를 가졌어요. 그때 상당히 비관적이었지요. 신군부가 정권을 장

악하려고 하고 있고, 문화나 민주주의에 대한 전망은 암담한 상황이었고, 검열이라던가를 통해 지식인에 대한 탄압은 더 가혹해질 것이고, 그래서 인천 어느 여관에 들어가서 술 마시고 밤새 얘기를 했죠. 이제 검열을 피하기 위해서 해외의 계몽적인 책들을 번역해 내는 수밖에 없다, 그 일이 우선 탄압을 피하면서 우리의 뜻을 드러낼 수 있는 방법이다, 그래서 시작한 것이 '현대의 지성' 시리즈였죠. 그리고 전두환 정권이 몇 십 년 갈 것은 아니니까 잡지는 언젠가 시대가 바뀌면 다시 내자, 하지만 우리가 다시 내야 할 것인가 아니면 안 내도 좋을 것인가 하는 문제를 먼저 판단하자, 그래서 우리 출판사의 잡지도 필요하다는 판단이 들고 정치적 상황도 허락이 된다면, 그때는 우리가 아니라 새로운 젊은 주체들로 하여금 잡지를 독자적으로 내게 한다, 그때 이렇게 합의가 되었던 거지요. 1986년에 민주화가 이루어지고 잡지를 다시 낼 수 있게 되었을 때, 4·19세대인 우리가 아니라 『우리 세대의 문학』 동인들이 잡지를 낸다, 그리고 이 사람들이 새로운 기분으로 일을

▲ 『문학과 사회』

하기 위해서는 『문학과지성』을 복간하는 형식이 아니라 자신들의 잡지로 새로 창간하게 하자, 그렇게 해서 『문학과사회』라는 제호로 창간의 형식을 밟은 거죠. 지금 김동식 씨가 말한 것처럼, 자진 폐간한 것 같지 않으냐, 결과적으로는 그런 말을 듣게끔 되어 있기는 합니다. 하지만 우리는 그런 계기를 통해서 세대 교체의 발판을 마련할 수 있었고, 또한 계기란 것은 스스로 만들었건 아니면 외부에 의해서 주어졌던 간에 그것을 어떻게 우리 것으로 만드느냐 하는 것이 중요한 것이니까요. 우리는 우리 나름의 방식으로 강제 폐간을 받아들이면서 우리 방식으로 재출발할 수 있도록 그렇게 만든 거죠.

김동식 : 앞에서도 한 번 거명이 된 적이 있습니다만, 저는 한동안 최재서라는 비평가에 관심이 있었습니다. 영문학자였고, 이 사람이 출판사를 했었습니다. 사재를 털어서 인문사라는 출판사를 하고 거기서 『인문평론』이라는

잡지를 출간했습니다. 『문장』과 더불어 1930년대 후반에 가장 두드러지는 잡지였지요. 근거가 약한 생각이기는 합니다만, 이 사람이 편집자가 아니었으면 적극적인 친일을 하지는 않았을 것 같다는 생각을 가끔 합니다. 그때 그 사람 나이가 30대 초반이었고, 뭔가 일을 해보고 싶다는 열망으로 가득 차 있었을 테지요. 그런데 1980-81년이면 선생님들 연세가 40대 초반 정도인데 미리 잡지 복간-창간과 같은 중요한 결정을 내리는 일이 그렇게 쉽지는 않을 것 같습니다. 거기다가 열정적으로 잡지를 내고 있는 과정중에 그렇게 오랫동안 강제적인 침묵을 하셨으면, 그 동안 억눌렸던 욕망을 생각하더라도 결코 쉬운 일은 아니었을 텐데요. 인간적인 고뇌 같은 것은 없으셨습니까.

김병익 : 그때 인천에서 모였을 때 다들 침울했지요. 인천 어느 여관인지 생각은 안 나지만 여하간 갑갑했다는 생각만, 그런 이미지만 떠오르는데요. 그것이 그 당시 정황이었고 분위기가 아니었을까 하는 생각이 들어요. 흘러간 옛 노래나 부르고 그러면서, 우리가 이 자리에서 포기를 해야 하는가, 자폭이라는 것은 가장 비겁한 용기가 되는 것 같고 우리가 할 수 있는 데까지는 해봐야 한다, 그래서 선택한 방안이 출판 쪽으로 가닥을 잡아 '현대의 지성' 시리즈를 내는 것이었지요.

김동식 : 앞에서 소위 4K 사이에도 차이가 있었다는 말씀을 하셨는데요. 그 차이란 구체적으로 어떤 것이었나요. 저희 같은 경우, 멀리 밖에서 보아서 그럴 수도 있겠지만, 그냥 '문지' 또는 '문지파'라고 그렇게만 생각을 해왔는데요. 선생님께서는 그 안에 어떤 차이가 있었다고 하시는데 어떤 차이인지요?

김병익 : 아마 밖에서 보면 초록이 동색으로 보였겠지만, 안에서 보면 다르지요. 포커를 하면 서로 따야 하니까요.(웃음) 글쎄요, 인물평이 될 것 같기도 한데…… . 김현이 상당히 날렵하고 신속해요. 센스가 빠르고, 대신에 감정의 깊이가 깊다고 할까요. 그러면서도 아까 농담처럼 나왔지만 상당히 정

치적인 면모가 있던 그런 친구였고, 김주연은 김현처럼 날렵하지요. 그런 점에선 둘이 비슷한데, 글쎄요. 그 차이를 어떻게 말해야 할지…….

김동식 : 작품에 대해서 관점이나 접근 방식의 차이를 보이지는 않았는지요.

김병익 : 김현은 아주 섬세하고, 난 뭐라고 해야 할까, 난 개성이 없다고 말하면 가장 좋을 것 같은데…….(웃음) 이렇게 앉아서들 술을 마시든 잡담을 하든 편집회의를 하든 간에, 공통점 한 가지는 에디토리얼쉽이랄까요 편집자적인 테크닉들이 상당히 예민했어요. 김현은 타고난 것 같고, 나나 김주연은 신문기자를 했기 때문에 거기에서 훈련이 됐다고 볼 수 있겠고, 김치수도 출판사에 있으면서 이런저런 일을 많이 해보아서 그랬겠지요. 그래서 의견이 착착 맞아 나가는데, 심한 경우에는 저녁 먹다가 책 한 권을 그 자리

▲ 김주연·김현 등과 함께 엮은
『문학이란 무엇인가』

에서 기획한 적도 있습니다. 출판사 초기의 일로서 지금도 기억이 나는데, 저녁 먹다가 우리 문학 교재 같은 것을 하나 해보자. 『문학이란 무엇인가』라는 책 있죠? 그 책을 밥 먹으면서 30분 동안 목록을 만들었거든요. 그 자리에서 원고까지 거의 다 정해졌으니까, 처음 총론은 아무개의 글, 다음은 누구의 글, 이런 식으로 즉석에서……. 일 해야지 해서 한 게 아니라 밥 먹다 문득 얘기가 나오면 아! 좋지 하고는 누구 글 어떤 글 이렇게 해서 만들어질 정도로 그렇게 신속했지요.

김동식 : 그런데 그 책이 상당히 어렵습니다. 수업 시간에 그 책으로 가르치려면 학생들이 어려워해서 애를 먹습니다. 저도 대학 시절에 끙끙대며 읽었던 기억인데요, 그 책이 그렇게 쉽게 만들어진 책이었군요.(웃음)

김병익 : 그래요. 어렵죠. 김현이 책을 굉장히 빨리 보고 많이 보고 그랬어요. 우리가 바둑을 한 판 두는 동안에 잡지 한 권을 봤으니 굉장히 빨랐죠.

우리는 정독을 한다고 하더라도 요지를 잘 포착 못하는데 그 친구는 우리가
바둑을 두는 동안에 한 번 보고는 누가 어떻군 하고서는 벌써 요지를 짚어
내더라구요. 그런 점에서는 김현이 머리가 굉장히 빨리 돌고 날렵하고 그랬
지요. 상대적으로 김치수와 내가 좀 느린 편이고.(웃음) 그래도 서로 이야기
를 하거나 어떤 작품을 두고 토론을 하게 되면, 거의 다 이의 없이 동감을
표하곤 했어요. 그 관계는 아까도 얘기했지만 참으로 행복한 만남 같아요.

김동식 : 요즘도 모임을 하고 계시지만 그때도 일주일에 한 번씩 모이셨나요.

김병익 : 신문사에 있을 때는 수시로 들락날락했고, 출판사에 있을 때도 수
시로 틈나면 오고 그랬지요. 일주일에 한 번씩 모이는 것은 한 15년 되지 않
았나 싶은데요.

김동식 : 이런 질문을 드려도 될지 모르겠는데요. 안에서건 밖에서건 암묵
적이건 공개적이건 간에, 일반적으로 '문지파'라고 말들을 합니다. '문지
파'라고 명명되는 현상과 '문지' 내부의 이념 사이에는 어떤 관계가 있다고
생각하십니까.

김병익 : 1970년대의 순수·참여 논쟁, 리얼리즘 논쟁, 민족문학 논쟁 해서
논쟁이 쭉 10여 년 동안 지속이 되지 않습니까? 그것 때문에 『창작과비평』
과 『문학과지성』이 서로 상대적인 입장을 갖게 되었고, 『세계의 문학』이 그
틈에 낄 수가 없다보니 좀 밀려나는 느낌도 있었지요. 『창작과비평』이 발행
부수나 영향력에 있어서 컸고 『문학과지성』이 상대적으로 적었는데, 그 두
진영을 이야기하다 보니까 『문학과지성』이 『창작과비평』 수준의 영향력이
나 규모를 가진 것으로 보이죠. 그런데 '문지 학교'라는 말이 있는 것처럼,
『문학과지성』 초기부터 서울대학 출신들, 엘리트주의, 외국문학 연구자들
이런 식으로 해서 좁혀 놓고 비판적이고 부정적인 시선을 보낸 것이 사실이
죠. 우리 스스로는 좋은 문학이라는 기준에서만 판단했던 거지, 이 작품이
문지적이다 아니다 그런 것은 따지지 않았거든요. 가령 내가 노동문학을 다
룰 때도 문지적이기 때문에 좋고 창비적이기 때문에 나쁘다고 본 것이 아니

라, 노동문학의 좋은 측면은 문학으로 끌어안고 그렇지 않은 작품은 현장의 쓰임새로 그냥 의미화하자고 그랬던 거지요. 우리는 좋은 문학, 물론 그 좋다는 말의 함의가 무엇인가를 살피자면 복잡해지겠지만, 우리가 생각해 좋은 문학을 내세우자는 입장이었어요. 그러한 입장을 밖에서 바라보면서 문지적인 문학, 엘리트적인 문학, 순수문학 이런 식으로 카테고리를 씌웠겠지요.

지금도 저널리스틱한 차원에서 문학상을 두고 비판을 많이 하는데요. 거기에는 으레 '문지'도 끼여들거든요. 나로서는 참 억울한 점이 많은데요. '문지' 쪽 사람으로 알려져 있고 '문지'에서 책을 냈기 때문에 그 작품을 평가하고 상을 주는 것이 아니라, 내가 보기에는 좋은 작품이라 상을 주는 것인데요. 글쎄 내부에 있는 사람으로서의 무력한 이의가 될는지 모르겠지만, 문지적이기 때문에 상을 주고 그 작품을 평가를 한다는 것은 적어도 우리 경우는 아니었다는 생각이 듭니다. 그런데 밖에서 너희들 실제로 그러지 않았냐고 하면 할 말이 없어지기도 합니다만, 가령 문지적인 문학이라고 했을 때 뭐가 문지적인 것이냐, 조세희적인 것이냐, 이청준적인 것이냐, 어떤 것 같습니까? 조세희 쪽은 문체로 보면 문지적이지만 소재로 보면 창비적이거든요. 그런 경우가 숱하게 있어요. 그렇다면 문지적이라고 인정되는 어느 지점까지 조세희 작품의 반만 가지고 얘기를 해야 하는가, 우리 경우에는 비(非)문지적이다 해서 제외시킨 것은 아니고, 좋은 작품이라는 관점에서 작품을 선별하고 출간을 했습니다. 그래서 문지와 다른 체질의 문학 작품도 많이 냈거든요. 분단문학이라던가 노동문학, 조세희 소설이라든가 해서 많이 출간했습니다. 부정적인 의미에서 '그러한 것이 문지적이다'라고 밖에서 이야기들을 할 때 그렇게 부를 수밖에 없겠다는 것은 인정합니다. 하지만, 그렇게 저렇게 내몰릴 때에는 조금 억울한 기분이 들기도 하지요.

김동식 : 물론 선생님도 말씀을 하셨지만, 좋은 작품의 근거라고 해야 할까요, 어떤 작품이 좋은 작품이냐라고 할 때 갈라지는 부분이 아마도 문지적

인 특성을 반영하고 있는 것은 아닐까요?

김병익 : 그렇지만 가령 조금만 더 외부적인 평가를 본다면, '문지'가 서울 대학 출신을 좋아하고 비(非)서울대학 출신은 안 좋아한다는 것도 선입견이 거든요. 실제로 우리 저자들을 보세요. 서울대학 출신이 훨씬 적습니다. 그 리고 그 사람 학벌 보고서 이 사람 됐다 한 적은 한 번도 없었습니다. 그러 니까 한두 가지의 사건 사례를 일반화해서 어떤 선입견을 형성하고, 그 선 입견에 입각해서 대상을 전체적으로 재단하려고 하는 독단주의의 면모가 느껴지기도 하거든요. 기왕 이런 얘기가 나왔으니깐 하나 말하고 싶은 것이 있는데, 요즘 우리 나라 비평에 대해서 기분이 언짢은 게 있어요. 두 가지 정도인데요. 하나는 비평가가 선택이나 채점하는 권력자라는 생각을 하는 것 같아요. 언젠가 한 신문을 보니까 이젠 문학 작품도 영화처럼 별표를 매 기자는 얘기를 한 글이 있더라구요. 물론 비평가의 역할 속에 그런 것도 포 함될 수 있겠지만, 내가 보기에 비평가라는 것은 문학 작품과 문학 현상에 대해 의미를 부여하는 사람이지 점수를 매기는 사람은 아니라는 거죠. 어떤 작품이 왜 우리에게 감동을 주는가, 왜 이 시대에 문학이 의미를 갖고 있는 가 그 의미를 부여해 주어야지요. 문장은 좋은데 내용이 시원찮다 이런 식 으로, 학점 주는 선생 같은 제스처로 쓴 비평이 많아요. 나머지 하나는 의미 화라는 말과 연결되는 이야기가 될 텐데, 할퀴는 비평이 너무 많아요. 어떤 작품의 부정적인 측면, 잘못된 측면을 꼬집기 위해서 비평을 한다는 것은 참 무모한 작업이고 낭비적인 일이죠. 그건 의미화가 아니라 의미 파괴 작 업인데, 그러한 일은 문화적인 작업이 아니라고 봅니다. 1960년대 후반이 었던가 시사영어사에서 출간된 미국 단편문학전집을 검토한 적이 있습니 다. 그런데 미국 단편이라고는 하지만 우리 쪽과 비교해 볼 때 그렇게 대단 한 것은 아니더라구요. 그래서 왜 이런 작품들을 보면서 미국문학이 훌륭하 다고들 우리가 얘기하는가 생각을 해 봤지요. 미국에 영문학 교수들이 얼마 나 많겠어요. 거기에 신문기자들이 있지, 유명한 저널리스트들이 있지, 이

런 사람들이 미국문학에 대해 이거는 이래서 좋고 저거는 저래서 좋고 하는 식으로 끊임없이 의미화 작업을 해왔단 말이죠. 그러니까 처음에는 이만했던 것이 나중에는 이렇게 커지기도 하고 숨겨져 있던 어떤 진실이나 의미가 발굴되기도 하고, 그랬던 것이 아닐까, 그때 그 생각에 이르면서 문학 비평이란, 한 작품에서 보이는 세계의 진실과 인간적인 진실을 캐내서 이것이 우리 시대에 왜 필요한가 인간에게 왜 중요한가 하는 문제를 밝혀내는 것이라는 생각을…… 작가는 세상과 인간에 대해서 어떤 질서화 작업이나 의미화 작업을 하고, 비평은 작품을 메타적인 방법과 시선으로 다시 의미화하는 작업이 되어야 하지 않을까 합니다.

오늘날 문학의 과제와 전망

김동식 : 제가 평소에 가지고 있던 의문인데, 최근에 들어와서 정한숙의 '대중소설론'을 본 적이 있습니다. 거기에서 그런 말을 하더라고요. 다수의 독자 대중이 아닌 소수의 독자에게 만족하려는 작가는 의미가 없지 않으냐, 따라서 대중소설을 어떻게 평가해야 하느냐는 차치하고, 대중소설의 의미를 상당히 부각하는 그런 성격의 글이더군요. 1970년대 중반의 글인데, 지금 시점에서 보니까 상당히 설득력이 있는 것 같고, 어떻게 보면 문학 본령의 자세가 아니겠느냐 하는 생각이 들었거든요. 최근에는 SF 문학이다 판타지 문학이다 해서 그것을 전문으로 하는 출판사들도 생겨나고 있고, 나쁘게 평가하면 너무 상업성에 결탁하는 것이 아니냐 하는 비판을 받기도 하는데요. 새로운 세기를 맞았는데 이런 시점에서 다수의 독자를 염두에 둔다면, 문학이 기존의 고급적인 순수나 혹은 예술소설만을 가지고서는 한계가 있지 않겠는가 하는 생각을 해봅니다. 물론 고급스런 문학을 원하는 독자가 있고, 그런 것이 없어서도 안되겠지만, 극단적인 상업주의나 극단적인 고급

순수예술의 중간 지대가 방향일 것도 같은데요. 이 문제에 대해 선생님께서 평소에 생각하신 점이 있으시면 말씀을 해 주시지요.

김병익 : 문학은 하나로 결정된 상태나 고정되어 있는 그 무엇이 아니니까요. 뭐랄까, 성운, 구름, 아니 별들이 모여 있어서 모호한 경계를 갖고 있는 덩어리, 이렇게 보이는데요. 문학은 바로 이거다 하고 짚어내기가 어렵다는 얘기지요. 또한 사람마다 문학이라고 주장하는 내용과 문학을 바라보는 관점이 모두 다르지요. 작품을 읽고 느끼는 것도 다 다를테고. 그래서 문학의 층위가 다층적이라고 보는 입장인데요. 1970년대 대중문학에 대해서 저는 옹호적인 입장을 갖고 있습니다. 그때가 공장 노동자가 대단히 많았고, 공장 노동자들의 존재가 민중이나 노동자라는 이름으로 부각되지 않았을 때였거든요. 이 사람들이 하루종일 열 몇 시간 노동을 하고 집에 들어가서 세수를 하고 그러면, 뭔가 좀 위락 거리가 있어야 하지 않을까. 그것이 텔레비전일 수도 있고 대중소설일 수도 있고 주간지일 수도 있겠지요. 대중문학이 긴장을 풀고 고달픈 일상에 배인 피로를 풀 수 있는 그런 기능을 갖고 있다는 점에서, 대중문학이란 필요하다고 봅니다. 더군다나 대중사회에서는 대중이 문학의 수용 주체 또는 향유의 주체가 되고, 시대 자체가 대중의 시대이기 때문에 대중문학이란 있어야 하고 필요한 것이겠지요. 그런 점에서 대중문학을 옹호하는 편인데요.

분명히 그렇게 인식해야 한다고 하는 반면에 대중문학의 한계 또한 생각합니다. 대중문학을 배타적으로 옹호하는 데서 오는 부작용이나 역기능을 우려하지 않을 수 없는데요. 중세 시대에는 사랑 얘기가 가장 중요하겠고, 자본주의 초기에는 합리적이고 근대적인 인간의 부각이 가장 중요한 주제가 되겠지요. 오늘날 가장 부각시켜야 할 문제점은 무엇이며 그것을 문학이 어떻게 드러내는가 하는 고민이 있다면, 그 작품을 소수가 읽는다 하더라도 그 문학의 의미는 굉장히 커지겠지요. 대중의 시대이기 때문에 사실은 반(反)대중적인 문학이 필요한 것이 아닐까 하는 생각이 그래서 들기도 하구요, 자본주의 시대이기 때문에 반(反)자본주의 문학도 필요할 것 같다는 생각도 들고. 그런데 그런 작가나 독자는 아주 작은 수이겠지요. 그렇겠지만 진지한 문학사로 들어간다면 결국 그런 사람이 남지 않겠는가 하는 생각이 드는군요.

김동식: 아까도 말씀하신 적이 있는 '문단의 세대 연대론'에 대한 질문입니다. 제가 보기에는 「문단의 세대 연대」는 단순한 세대적인 연대가 아니라, 순수-참여 또는 『창작과비평』과 『문학과지성』의, 물론 당시에는 『산문시대』였지요, 거국적인 연대를 말씀하신 것 같습니다. 문학적 그룹의 연대라는 차원을 넘어서 문학의 본질적인 측면을 호소하는 글이 아니었나 하는 생각을 했는데요.

김병익: 그렇게 제가 거창한 구도를 가지고 생각했나요?(웃음) 제가 배척적인 입장보다는 화해적인 입장을 취했던 것 같아요. 「세대 연대론」을 보셨다니까 부끄럽고, 제가 지금 그때 뭐라고 썼는지도 생각도 잘 나지도 않지만, 서로 싸우는 것 대신에 서로 제휴하는 것이 훨씬 생산적인 것이 아닐까 하는 생각이 들고요. 근년에는 문학사적인 전통이라는 주제가 자꾸 생각이 나는데요. 가령 운동권 시대의 문학과 포스트모더니즘 문학이 단절적인 것으로 설정되어 있지 않습니까. 기성 세대는 운동권 문학도 못마땅했고, 이제는 다시 1990년대 문학도 못마땅하고, 그래서 제가 김영하를 보면서 그런 느낌을 가졌거든요. 김영하의 문체나 작품 세계는 우리 세대와는 전혀 다른 세계지요. 정말 1990년대적인 세대지요. 그런데 그 김영하의 작품에도 인간의 고통이라든가 고민이라든가 슬픔이라는 것이 있구나 하고 느낍니다. 그렇다면 이것은 1960, 70년대 김승옥이나 이청준이 느꼈던 것이고, 그 이전에 이광수나 이상이 느꼈던 것과 같은 슬픔이고 고민일 겁니다. 다만 이상은 1930년대적인 상황 속에서 1930년대적인 장치로 그걸 표현을 했고, 이청준은 1960년대적인 장치로 표현을 했고, 1990년대에는 1990년대적인 상황에서 표현을 했을 뿐이다, 그렇다면 그런 드러난 눈에 보이는

것을 제외하고 남는 슬픔이나 고민 이런 것은 인간의 역사가 계속되면서 영
원히 지속될 것이 아닌가, 그런 것을 모을 때 문학사적인 전통을 이루는 것
이 아니겠는가. 이랬을 때 이것은 단절이 아니라 지속이죠. 그런 생각이 들
데요. 이청준이 김영하 소설을 어떻게 보는지는 모르지만(웃음), 가령 이청
준이 '야! 그게 소설이냐.' 한다고 하더라도, 비평가는 이청준 당신이 젊었
을 때 느꼈던 고통이나 김영하가 느끼는 고통은 마찬가지다, 그래서 우리는
이것을 문학이라 얘기하겠다고 해야 할 겁니다. 비평가의 작업이란 그와 비
슷한 것이 아닐까요. 의미화 작업을 통해서 문학적 전통의 지속성을 지키고
만들어 나가는 일이 비평가의 의무가 아닌가 하는 생각이 듭니다.

김동식 : 시간도 많이 되었고, 대담을 정리할 때가 된 것 같습니다. 사실 선
생님과의 대담을 준비하면서 어려운 점이 몇 가지 있었습니다. 제가 5년 가
량 문학과지성사에 드나들면서 관련된 일을 하고 있다 보니, 바깥으로부터
괜히 불필요한 오해를 받지는 않을까 하는 생각이 들기도 했습니다. (웃음)
그리고 이미 『김병익 깊이 읽기』를 통해서 선생님께서 직접 또는 동료와 후
학들에 의해 중요한 사항들을 밝혀놓은 것도 대단히 부담스러웠습니다. 책
에 있는 내용을 반복하는 것은 아닌가 하는 불안감도 없지 않았습니다. 이
대담이 문학사 연구의 조그만 자료가 될 수 있었으면 하고 바랄 따름입니다.

선생님과 말씀을 나누면서, 비평가의 유연함이란 엄정한 자기 성찰로부
터 생겨날 수 있다는 것을 느꼈습니다. 또한 자신의 세대와 지금 살고 있는
시대에 대해 열린 자세로 대화해 나가는 과정 속에서 지식인의 윤리적인 태
도가 늘 새롭게 정립될 수 있다는 점을 배웠습니다.

오랜 시간 질문에 답변하시느라 수고 많으셨습니다. 감사합니다.

(대담: 2000년 2월 29일, 문지사 편집실)

유신체제와 민족문학

대담

임헌영 / 중앙대학교 교수, 문학평론가
• 주요 저서로 『문학의 시대는 갔는가』, 『창조와 변혁』 등이 있음.

진행

채호석 / 한국외국어대학교 교수
• 주요 저서로 『한국 근대문학과 계몽의 서사』,
  『문학의 위기, 위기의 문학』 등이 있음.

█ 유신체제와 민족문학 █

채호석 : 이렇게 선생님을 뵙게 돼서 영광입니다. 이 자리에서는 1970년대 문학을 선생님을 중심으로 살펴보고자 합니다. 선생님께서는 1960년대 등단하신 이래 왕성한 평론 활동을 해 오셨고, 특히 1970년대에는 시국 사건에 연루되어 고초를 겪기도 하셨습니다. 돌이키자면 민족의 불행이고 또 우리 문학인 모두의 불행이라고 생각합니다. 이제 새로운 세기를 얼마 앞둔 시점에서 지난 시대를 돌아봄으로써 새로운 문학을 모색해야 할 때라고 봅니다. 더구나 이 즈음에는 민족문학에 대한 관심이 거의 사라지다시피 하고, 또 민족문학이라는 개념을 파기하고자 하는 움직임도 있는 듯합니다. 이를 물론 부정적으로만 볼 수는 없는 일입니다. 민족문학 개념의 재조정은 과거의 한계를 넘어서기 위한 것이기 때문입니다. 바로 이러한 점에서 과거에 대한 조망은 더욱 절실한 것으로 보입니다.

　이야기를 선생님의 등단 무렵부터 시작하도록 하겠습니다. 선생님께서 등단할 당시의 문단 상황이 어땠는지요. 당시 등단은 문단 내부의 상황과 밀접하게 관련될 수밖에 없었을 텐데요.

임헌영 : 저는 1996년 『현대문학』의 조연현 선생을 통해 등단했어요. 당시 등단은 두 가지 방법, 신춘문예 아니면 문예지뿐이었는데, 평론의 경우는

오히려 활동 기반이 있는 문예지 등단을 선호했습니다. 제가 나올 무렵엔 『현대문학』이 절대적인 위력을 발휘할 때였습니다.

저는 중앙대 국문과엘 다녔는데, 은사 백철 선생은 당시 문예지를 갖고 있지 않아 저의 원고를 조연현 선생에게 직접 보내줬습니다. 조선생은 바로 1회 추천을 해 줬고, 저는 책이 나오자 당장 찾아 인사를 드린 후 서먹서먹했던 두 분을 한 자리에 모시고 점심 대접을 했죠. 이 장면을 이해하려면 당시 문단 구조를 이해해야 합니다. 8·15 직후 우익 문단 조직인 전조선문필가협회가 탄생할 때 청년이었던 조연현, 김동리, 서정주, 박목월 제씨가 별도로 청년문필가협회를 만들어서 이후 한국 문단의 주류가 되죠. 이들이 나중에 예술원 창립 때 회원을 독식하자 여기서 소외된 문인들, 백철 같은 분들이 만든 게 자유문학가협회였고 두 단체는 무척 소원했습니다. 그러니까 예술원을 독식한 데서 소외감을 느낀 세력들이 만든 게 자유문학가협회입니다. 문단사적으로 보면, 별로 지적을 안 하는데, 사실 내용이 그렇게 된 겁니다. 이념적으로는 똑같이 보수주의적인, 강한 냉전 체제 이념을 그대로 가지고 있는……. 그래도 구별을 한다면 '자유문협' 쪽 사람들은 북한에서 내려온 사람들이거나, 혹은 일제 때 만주에 있던 사람들, 즉 백철을 비롯해서 안수길이라든가 이런 분들이 많았습니다. 그렇기 때문에 조금은 차이가 있었던 거죠. '자유문협' 쪽은 해외문학파가 많았고 '문협' 쪽은 토착적인 분들이 많았다는 차이 정도지요. 그랬는데 나중에 판정이 어떻게 되었느냐 하면 이승만 정권과 그래도 밀착해 있었던 모윤숙, 김광섭, 이헌구, 이하윤 등은 거의 다 정권 하에서 관료, 실질적인 관직을 어느 정도 거치거나 직접적으로 연계되어 있었지요. 그리고 이 계열이 하던 잡지는 거의가 실패를 했지요. 그러니까 그 세력권 내에서 『문예』, 『문학예술』, 『자유문학』 그런 잡지가 꾸준히 나왔지만 다 실패했지요. 그런데, 실질적으로 문단의 주도권을 잡아버린 '청년문협'이 주도하던 『현대문학』은 창간 이후부터 지금까지 한 번의 결호도 없이 그대로 완전히 성공해 버립니다.

이런 상황에서 대학에 입학해 보니, 지도교수는 백철 선생인데, 문예지에 발판이 없어요. 말하자면 자기 제자 하나를 심을 데가 없었던 거지요. 물론 그 전에 몇몇 잡지들이 있다 없다 했는데, 제가 들어갔을 때는 이미 1960년 대 중반이 되면서『현대문학』에 대항할 수 있는 잡지가 나올 수 없는 상황 이었죠.『현대문학』이라는 건 '문인협회'와 '서라벌예대'와 '동국대학' 즉, 잡지를 보급하는 학생층과 문인을 양성하는 서라벌예대와 동국대라는 막강 한 기관과 현실적인 권력과 완전히 삼위일체로 뭉쳐진 잡지란 말이야. 작가 의 생산과 발표와 수용의 체계를 갖춘 것이죠. 다른 잡지들은 상대가 안 되 지요. 그래서 저도 당시 '신춘문예'나 아니면『현대문학』밖에 없으니까 둘 중에 하나를 택할 수밖에 없었지요.

채호석 : 조연현 선생님이 많이 도와주셨던 것으로 알고 있는데요?

1960년대 문단과『상황』지

임헌영 : 조연현 선생이 끔찍이 봐줬어요. 저는 그래서 조연현 선생을 잊을 수 없습니다. 굉장히 인정이 있다고 그럴까……. 조연현 선생은 그런 게 있 어요. 지금 젊은 세대들은 조연현 선생의 문학사 같은 저서만 보고 일언지 하에 인용도 안 해버리는데, 저는 이런 문학 풍토는 문제가 있다고 봐요. 왜 냐하면 어떤 사람이든 연구 과정에서 기존의 업적을 반드시 다 검토해야 하 는데, 완전히 배제시켜 버리는 겁니다. 조연현 선생 나름대로 관점이 있거 든요. 적어도 인상 비평에서는 평가받아야 합니다. 인상 비평에서는 아직도 그만한 업적이 없다고 봐요. 그것도 그렇고, 그 다음에는 이분의 신조는 뭐 냐면 문학관이 달라도 인정이 있으면 서로 봐준다, 정이 들면 서로 봐준다 는 거죠. 홍구범이 조연현 선생 친굽니다. 홍구범에 대해서 쓴 글도 있죠. 그러나 분명히 홍구범은 이념적으로는 선생과 다르지요. 그러나 친했기 때

문에 계속 연민을 가지고 있었죠.

정태용 선생도 마찬가지 경우죠. 이 분은 보기에 따라서는 별거 아니라고 생각할지도 몰라요. 하지만 이건 젊은 연구자들이 우리 문학사를 얼마나 허술하게, 제도권 내에서 편견을 가지고 연구하느냐를 보여주는데……. 정태용의 『한국현대시연구』(어문각)를 무시해서는 안 됩니다. 1960년대까지는 우리 나라 문학을 가장 체계적인 가치관을 가지고 본 분이라고 저는 봐요. 그 연배에서, 오히려 다른 연배의 평론가에 비해서 훨씬 심도 있게 연구한 분이 정태용 선생입니다. 그런데 완전히 무시당하고 맙니다. 왜 그러냐? 사실은 상당히 진보적인 문학을 했어요. 그러다가 위기를 겪으면서 사회 활동을 못하게 되었을 때 그냥 동국대 도서관 직원으로 평생을 보냈어요. 정태용 선생이 그 당시에 쓴 시인론은 지금 보더라도 상당히 정확해요. 누구를 함부로 칭찬도 안하고, 전통을 인정하면서 참여문학의 이념을 도입했죠. 그렇다고 절대 진보적인 모습을 안 나타냈습니다. 그걸 보면 이분이 얼마나 속으로 울분을 삼키면서 그 당시 평론을 했는가를 알 수 있습니다.

이런 상황에서 문단에 첫발을 내디딘 것이죠. 그래 나와보니까 정말 이 평단에서 물론 아득한 스승으로는 백철, 조연현, 정태용 이런 분들이 있고, 우리 바로 위에는 기라성 같은 평론가들이 많았잖아요? 이런 비평가들의 글을 우리가 직접 읽어서 공부해야 되는 건 사실이지만, 정말 어떤 마음을 붙일 사상적인 선배가 없었어요. 작가 남정현, 이호철, 최인훈, 박용숙 이런 분들과 가까이 하며 문학이론 공부를 하다가 우리 나름대로 하나의 흐름을 찾아낼 수밖에 없다, 이런 결론을 내렸어요.

채호석 : 등단 평론은 무엇이었나요?

임헌영 : '장용학론'이지요. 제목이 「아나키스트 환가(幻歌)」, 부제는 '장용학의 정치학'이었어요. 장용학을 이렇게 봤어요. 그때 우리 세대들은 그 궁상맞은 손창섭, 추식, 이범선 등으로부터 벗어나 좀더 인간 존재의 문제로 들어가는 단계였습니다. 손창섭 중에서도 아주 사회성을 배제한 인간 존재

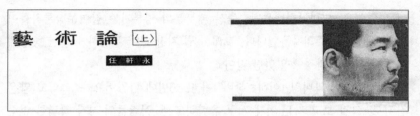

▲ 임헌영(『상황』지에서)

의 일로 들어갈 땐 데, 장용학이 매우 중요한 작가로 보였죠. 장용학론의 요
지는 정치학적으로는 무정부주의라는 거예요. 남북한의 정치 논리를 인정
안 하잖아요. 그 뒤에 뵙기도 하고 여러 가지 이야기를 나눴는데, 남북한은
물론 그 권력 자체를 인정 않는 겁니다. 6·25라는, 민족 분단 비극 자체를
이데올로기적으로도 접근 안하고, 민족사적으로도 접근 안하고, 외세를 통
해서도 접근 안하고, 이건 그냥 인간 존재를 말살하는 비인간적인 행위로
받아들이는 정도로 접근한 것이죠. 좀 특이한 해석이었어요. 그래서 저는
정치 사상사적으로만 접근했어요. 왜 무정부주의자냐 그런 걸로 먼저 접근
한 거지요. 백선생님이 제 원고를 넘겨줘 추천을 받은 뒤 조연현 선생을 직
접 찾아갔어요. 그리고 나서 2회 추천을 금방 받았어요.

채호석 : 아무래도 당시 선생님의 활동의 중심은 『상황』이 아니었던가 합니
다. 『상황』지를 만들게 된 동기는 무엇이었나요?

임헌영 : 그때 1966년을 전후한 시기는 말하자면 1920년대에서 개화기를
보는 거랑 비슷한 시기였죠. 문학의 고고학적인, 문학 이론의 고고학 시대
죠. 당시 문단은 '문인협회'의 막강한 중심력과 '자유문협' 두 단체가 있었
지만, 어느 쪽을 보더라도 당시에는 보수적인 쪽이 지배적이었지요. 그러나
참여문학을 한다고 사갈시한다거나 전혀 그러지는 않았어요. 지금 생각하
면 전부 나뉘어 적대시하지 않았나 싶겠지만, 사실은 전혀 안 그랬어요. 저
역시 그랬죠. 김우종, 윤병로, 김병걸, 최일수 선생, 이런 분들이 『현대문
학』과 밀접한 관계를 가졌던 분들인데, 거의 다 참여문학입니다. 전혀 격의

가 없었어요. 아마 『현대문학』 출신 대부분의 평론가는 참여문학론자들이었고 전통 인정주의자들입니다. 그래서 별 지장 없이 무난하게 문단 중앙에 편입되는 그런 과정에 있었단 말이죠.

그런데 『창작과비평』(이하 '창비')이 1966년에 나왔어요, 조그맣고 얇은 잡지로. 그걸 보고 저는 이제 서구 유학하고 온 사람들의 가장 강력한 순수문학이 또 하나 나왔구나 하고 생각했어요. 물론 싸르트르의 『현대』지 창간사 번역이 있었지요. 하지만 그것과 백낙청 선생의 이론이 괴리되고, 그 다음으로는 당시 한국 문단에서 활동하고 있는 작가들의 작품을 수록했는데 주로 심미주의적인 작가들을 실었죠. 왜냐하면 대개 학벌 중심으로 진행됐어요, 서울대 중심으로……. 이청준, 김승옥, 박태순. 박태순의 경우도 사실 1970년대 들어와서 참여문학으로 바뀌어진 거고, 그 당시 서울대 출신들의 문학이란 민족문학도 아니고 리얼리즘도 아니고, 농촌문학도 아니고 완전히 감각파적인 순수문학이었습니다. 지금 읽어보면 사회 문제라든가 민족 문제를 전혀 제기하지 않는 소설들, 말하자면 사회 비판에 가담하지 않는 소설들이 발표되었지요. 그래서 '이거 참 문제가 있다.'고 생각했어요. 당시 '문인협회'에도 문제가 상당히 많았는데, 그러나 '문인협회' 안에는 그런 게 받아들여졌단 말입니다. 전통문학을 기본으로 한, 『홍길동전』이나 『춘향전』의 정당성, 그걸 찾아 가지고 그대로 참여 문학에 편입하면 되는 거예요. 그런데 그게 아니고, 예를 들어서 '감각', '4·19세대'니 이러면서 '신감각파 문학' 이런 게 나오면서, '뭔가 문제가 있다.', '이런 속에서 뭔가를 찾아야 되지 않느냐.' 그런 모색을 할 수밖에 없었던 거죠.

그런 모색 속에서 신상웅, 구중서, 김병걸, 백승철, 주성윤 선생과 만나 의기 투합해서 '새로운 문학은 이런 게 아니다.', '우리가 뭔가 새로운 걸 해야 되지 않느냐.' 이런 생각에서 시작한 게 바로 『상황』을 하게 된 동기였어요. 참 어려움이 많았어요. 왜냐하면 지금처럼 출판사가 여러 군데 있어서 스폰서가 되어주지도 못했고 오직 자력으로 해야 되는데, 아시다시피

『창작과비평』은 '일조각'이라는 막강한 스폰서가 있었단 말입니다. 어쨌든 우리는 빈약했어요. 그래서 뭔가 개인적으로 잘 알고 지내던 몇 동인들이 모여서 제일 앞서가는 '참여문학 이론', 이것을 『상황』에서 해 나가자, 이렇게 해서 만들 게 된 거죠. 잘 알고 지내던 '범우사' 윤형두 사장에게 부탁을 했지요. 제목을 지을 때도 '민족문학'이다 뭐다 고민을 하면서……. 그것도 여관에서, 돈도 없는데 여관에서 말이죠, 무교동의 형편없는 여관에 저녁 먹고 가서 밤을 새우면서 논의하다가 누군가가 "이렇게 궁핍한 상황에서 문학을 한다는 게……."라고 했어요. 그 순간 "아, 그러면 '상황'으로 하자." 이렇게 정해진 거예요. 그런데, 그게 아시다시피 싸르트르의 『상황』도 있고, 또 '상황'이라는 제목 자체가 그 당시로서는 굉장히 강렬했습니다. 싸르트르가 주는 이미지 때문에 망설였습니다만, 그대로 '상황'으로 하자, 이래서 제목을 '상황'으로 정한 겁니다. 참고로 등단 직후 가장 감명 깊었던 평론은 조동일 선생의 「시민의식론」이었습니다. 저도 이런 평론가가 되자고 다짐했습니다.

채호석: 이렇게 정리할 수 있을까요? 서라벌예대와 동국대 중심의 『현대문학』이 있었고, 그에 대한 어떤 대항점으로 백낙청 선생의 『창작과비평』이 있었다. 그런데 '창비'는 서구적 심미주의를 표방하고 있었고, 또 서울대 인맥으로 채워졌다. 이런 양분된 구도 내에서 뭔가 새로운 민족문학을 해 보겠다는 의지로 『상황』을 만드셨다는 건가요?

임헌영: 학파의 대립 구도로만 보는 건 곤란합니다. 우리가 창간호에서 신경을 쓴 몇 가지 특이한 점이 있는데, 뭐냐하면 그 당시 '창비'에서는 김수영 일기를 연재했습니다. 김수영이 작고한 뒤에 연재를 했는데, 우리 생각으로 김수영은 우리 시사에 일정하게 기여를 한 건 사실이지만 너무 그것을 우리 시의 한 지향점이나 민족문학의 지향점으로 보는 것은 문제가 있지 않느냐, 저는 지금도 그렇게 생각합니다. 그래서 오히려 신동엽이 낫다. 신동엽 선생이 1969년에 작고했잖아요? 바로 신동엽의 장례를 치른 글이 『상

황』 창간호에 실려 있거든요. 그때 우리는 김수영보다는 신동엽을 우리 시,
분단 역사의 우리 시의 한 좌표로 삼아야 한다, 이런 입장에 있었거든요. 차
이가 났죠. 그런데 나중에 1970년대에 들어와서는 '창비'에서도 신동엽을
다시 부활시키고, 전집도 내고 그렇게 되긴 됐지요.

성장 과정과 문학적 체험들

채호석 : 그 당시 '민족문학'이라는 말은 그렇게 빈번하게 사용되었던 말은
아닌 거 같은데요. 『상황』이 보여준 민족문학 인식과 문단 활동이 당시 문
단에 역동성을 불러일으킬 수 있었을 것 같습니다. 그런데 선생님 개인으로
서는 어떤 과정을 거쳐서 『상황』의 민족문학 인식에까지 도달하였는지요.
개인적으로 고유한 체험도 있었을 것이고, 또 문학적인 체험도 있었을 터
인데요. 가령 어떤 학습 과정이나 성장 체험이 있었는지를 좀 말씀해 주시
지요.

임헌영 : 문학이라는 게, 지금 평론하는 분들이나 소설도 마찬가진데, 문학
이란 건 사실 사춘기 때 반드시 문학병을 앓아야 돼요. 비올 때 그냥 맞고
시내를 방황하기도 하고, 실연까지는 몰라도 술도 마시고, 그 시기가 언제
가 됐든, 대학생 때든 고등학교 말기든 대학원 때든 반드시 문학병을 한번
앓고 나야 문학적인 감수성이 서고 올바른 문학관이 서는 것이죠. 이건 연
구로 되는 게 아닙니다. 난 근본적으로 정말 미학적으로 말하면 문학이 학
문이냐 의심하는 사람이에요. 제가 평론으로 연구를 하면서도 과연 이걸 학
문으로 불러야 되냐고까지 생각할 정도로……. 그건 문학을 비하해서가 아
니라 근본적으로 문학은 감성적인 예술이기 때문입니다.

그런 문학병을 앓을 때 저는 어땠느냐 하면, 이건 집안 얘깁니다만, 6·
25때 우리 집안의 남자가 다 없어졌어요. 8촌 이내의 남자들이 거의 다 사

라져 버렸습니다. 제가 제일 큰애거든요.
그 당시 초등학교 4학년이었는데 집안 전
체에서 제가 제일 큰 남자고 나보다 큰 남
자는 다 없어졌어요. 전부 여자, 다 과부들
만 남은 거죠. 이게 참 억울한 대목이기도
하고 제가 오늘 이렇게 불행하게 된, 일생
을 좌우하게 된 대목이기도 한데, 우리 팔
촌 내에는, 그 당시로서는 시골에서 상당히
인테리에 속하는 초등학교 교사도 있었고,
어쨌든 인테리에 속하는 사람들이 많았죠.
우리 삼촌은 대구 사범, 박정희보다 몇 년

▲ 『상황』 창간사

후배 되는 수재였는데, 제가 볼 때 분명한 좌익 활동을 했다면 오히려 이해
를 하겠어요. '우리 윗대가 좌익 활동을 하다가 완전히 희생됐다, 그때 분
단 체제니까 좌익이 옳고 그름을 떠나서 그럴 수 있겠다.' 하고 이해를 할
수 있는데 말입니다. 자란 뒤에 많이 연구를 해 봤어요. 아버지를 비롯해서
삼촌과 형……. 연구를 해보니까 명백한 좌익 활동을 한 게 없어요. 지금은
여러 가지 자료들이 나오잖아요. 명백한 좌익이라기보다는 지금식으로 말
하면 진보주의적 민족주의랄까? 그런 정도의 양식을 가졌던 걸로밖에 판단
할 수가 없어요. 그랬는데 공교롭게 6·25 직전에 보도연맹* 관련으로 학살
당했어요. 서울 38선 가까운 쪽은 그대로 방치했기 때문에 살아 남았는데,
남쪽 지역은 다 죽잖아요. '보도연맹'이라는 그 사건이 사실 복권 1호가 되
어야 한다고 봅니다. 어떻게 보면은…….

　그런데 제가 '문인간첩단사건'에 연루되어 구속되었을 때 우리 아버지의
신원을 처음 알았어요. 수사 기관에서 "너희 집안에 애국자가 한 명도 없지
않느냐?" 그래서 "왜 없느냐. 우리 아버지는 얼마나 억울하게 죽었는데 무
슨 소리냐?" 그랬더니 그 수사기관원 말이 "그런 소리하지 말아라. 보도연

맹에 가입했다." 그러는 거예요. 우리 아버지가 보도연맹에 가입한 적이 없거든요. 결국 뭐냐하면 그런 세력들을 6·25가 나니까 다 잡아들여서 보도연맹 가입자라는 누명을 씌워 죽여버린 게 아닌가 싶어요.

저는 초등학교 4학년까지는 굉장히 행복한 소년이었어요. 부모 다 있고, 중농 정도의 집안에서 행복한 소년이었는데, 6·25를 전후해서 8촌 이내 남자가 싹 없어지니까 울음바다가 됐지요. 매일 온 집안이 이러니까, 집도 싫고……. 염세주의적이 되는 거예요. 왜 나는 이리 됐느냐? 그게 바로 제 실존 문제가 된 거지요. 어릴 때부터 그런 걸 쭉 추구하면서 중학교 때부터 문학에 민감해진 겁니다. 학교 공부는 생각도 없고, 공부를 해서 뭐가 될 생각도 않고, 우리 5촌 할아버지 유언이 뭐냐하면 "절대 공부 많이 시키지 말아라. 공부 많이 하지 말아라."는 거예요. 공부 많이 하면 다 죽으니까…….

채호석 : "공부 많이 하면 죽는다." 우리 역사의 한 비극적인 장면입니다. 소설에서도 몇 번 본 구절이네요.

임헌영 : 그러니까 저보고도 중학교도 가지 말아라 이거야. 한문이나 배우고 집에서 농사나 지어라, 그러니까 아예 관공서 관리 될 생각하지 말아라 이런 거죠. 그래도 어머니가 혼자서 어떻게 해서 학교를 계속 보냈어요. 중학교도 보내고 고등학교까지 보내고, 그러는 과정에서 공부할 이유가 뭐 있어요, 출세할 생각이 없는데, 그러니까 자연히 문학을 하게 된 거예요. 소설도 보고, 굉장히 책을 많이 봤어요.

채호석 : 그때까지 사셨던 데가 어디지요?

임헌영 : 경북 의성이에요. 의성 중학교를 나와 고등학교를 가야 하는데, 안동사범학교라는 데가 있어요. 사범학교는 졸업하면 교사가 되는 데지요. 그래서 교과과정 자체가 간단해요. 초등학교 교사 만드는 게 목적이니까. 수재가 들어가서 바보가 되어 나온다는 곳이지요. 왜냐하면 공부 잘 해도 선생, 못해도 선생이거든……. (웃음)

그 시절이 참 행복했어요. 집을 처음 떠나 있었던 겁니다. 고향을 처음 떠나서 안동이니까 뭐 한 백여 리 떨어진 데서 자취하면서 혼자서 책보고 밤새도록 소설책을 봐도 잔소리도 안하고 집안 일도 전혀 안 하고. 그러니까 1956년 7,8년 그 무렵이 고등학교 시절인데, 그래서 아마 그때 나온 우리나라 책은 거의 다 봤다고 자부해요. 그러면서 문학병을 앓게 되었지요. 그런데 문학병을 앓으면서도 항상 제 속에는 어떤 친한 친구에게도 말 못하는 분노가 생겼고, 때문에 그 당시 한국문학에 대한 불만 같은 게 쌓였어요. 당시 반공문학 같은 걸 굉장히 열심히 봤습니다. 왜 이 사람들이 이렇게 반공을 했는가? 그렇게 고교 시절을 보내고 초등학교 교편 생활을 만 2년 했지요.

채호석 : 초등학교에서 교편을 잡은 것은 안동에서였습니까?

임헌영 : 고향 의성에서지요. 빽을 써서 고향의 모교에서……. (웃음) 왜냐하면 제가 우리 집안을 살려야 했습니다. 우리 집뿐이 아니고 집안 전체가 저만 쳐다보고 있었고, 사실 제가 제일 큰 남자, 유일한 남자였으니까요. 그런데 제일 비참한 게 뭐냐하면, 할아버지 제사가 되면 제가 제주예요. 초등학교 4학년, 열 살 짜리가 제주 자리에 서면 저절로 눈물이 나요. 옆에서 어른들이 시키는 대로 절하고 술 따르고, 그런 속에서 어떤 그 분노 같은 게 커가고 아마 그게 제 문학의 기본 핵입니다. 그래서 저는 그 뒤에 1980년대 운동권에게도 그랬어요. '연구해 가지고 이게 진리다.'라고 하면 '그러면 공부 실컷 더 해라.' 왜냐하면 공부를 해서 그게 진리라는 것을 알았다는 사람들은 다른 진리가 있으면 옮겨가요. 그 진리가 진리인 줄 알았다가 진리가 아니라고 그러면 또 옮겨갑니다. 그러나, 그렇게 해서 민주주의나 통일이 되는 것이 아니라, 이것은 생래적이라는 것이죠. 저 같은 사람은 진리가 아니어도 다른 진리로 옮겨갈 수 없는 그런 어떤 멍에를 타고난 거죠. 그런데, 그 멍에를 타고난 사람들이 다 바로 살았느냐 하면, 그건 아니에요. 우리 나라 일부 작가들 중에 자기가 타고난 그 멍에를 도리어 저주해 버리는 경우도 있거든요. 저는 미련하게 그러지를 못했어요. 가족의 비극을 그

대로 받아들이고, 좋다 이 입장에서 다시 해명해 들어가겠다, 이런 식으로 고등학교 때부터 사회과학 서적을 굉장히 많이 봤어요. 집안에 있던 책들, 그때 집안 어른들이 봤던 온갖 책들이 많았는데, 그걸 고등학교 때 거의 다 봤어요.

채호석 : 그게 다 아버님이 보시던 책인가요?

임헌영 : 우리 집안 어른들, 형도 있고 삼촌들도 있고, 그 어른들이 보던 책들을 궤짝으로 촘촘하게 모아둔 걸 고등학교에 들어가서 방학 때 그것을 뒤져 가지고 심심하니까 이것저것 죄 봤어요. 일본 서적부터 8·15 직후에 나왔던 문학 및 사회과학 서적들이죠. 학교 가면 임대 책, 도서 임대점이 그땐 유행했거든요, 거길 가서 빌려보았지요.

그러다가 날 가르치던 선생님이 그대로 계시던 교단에 들어가 어렵게 2년 동안 있었어요. 거기 있을 때 항상 경찰이 왔습니다. 제가 선생을 하는데도 경찰이 와서 노골적으로 "내가 이리 조사하는 걸 어렵게 생각하지 마라." 등의 말을 남기곤 했지요. 지금은 상상도 못하겠지만 당시 시골에서 얼마나 탄압이 심했느냐 하면은 〈동아일보〉를 보고 싶은 데도 그것을 볼 수가 없었어요. 당시 〈동아일보〉가 굉장히 비판적이었죠. 그러니까 〈동아일보〉를 보는 것조차도 간섭을 했어요. 지금 경찰 기록에 남아있을지 모르겠는데, "왜 동아일보를 보느냐." "동아일보가 얼마나 야당지고 비판적인지 아느냐?" 그러면, "뭘 봐야 되느냐?" 〈서울신문〉을 보라는 거예요. 〈서울신문〉 너무하지 않느냐……. (웃음) 그래서 택한 게 〈한국일보〉였지요. 또 당시 웃지 못할 얘기는, 제 책장에 까뮈의 『반항적 인간』이 꼽혀 있으면 "역시 당신은 이상한 사람이다. 왜 이런 책을 보느냐?" 그랬다구요.

그러던 중 1960년 4·19가 났지 않습니까? 참 가슴이 설레요. 제가 시골에 있어서는 안 될 것 같은 느낌이 들더라구요. 그래서 1961년에 대학에 왔어요. 1960년에 4·19 나고, 1960년 12월 31일부로 사표를 내고, 1월 달에 서울에 와서 돈벌이로 아르바이트 자리를 찾았어요. 그런데 당시 우리 마을에 있었던 한 분이, 할아버지뻘 되는 분인데, 중앙대 국문과를 다녔어요. 굉장히 글을 잘 쓰고 재주가 있었어요. 이분이 우리 종씨 총장이 있는 중앙대로 오면 임영신 총장 덕을 좀 볼 거라고 해서, 저도 서울 와서 뭔가 덕을 봐야 될 입장이었거든요, 그래서 중대에 들어갔지요.

채호석 : 선생님 말씀을 들으면 그때까지는 문학을 하겠다거나 하는 결심은 없으셨던 것처럼 보이는데요?

임헌영 : 교직에 있을 때, 경제학 개론이니 하는 책을 많이 봤습니다. 그래서 만약 대학에 가게 되면 상과— 당시는 그렇게 불렀죠 —를 갈까 했어요. 그런데 원서를 쓸 때가 되니까, 참 이상하게 국문과로 가야겠다는 생각이 들더라구요. 제가 국문과를 간다고 그러니까 고등학교 담임이었던 분이 국문과 가지 말고 다른 과를 가는 게 어떠냐고 자꾸 그러더라구요. 근데 제가 국문과 가겠다고 우겨서 국문과 원서를 내게 된 거죠.

채호석 : 말하자면 운명적으로 끌린 거군요?

임헌영 : 예, 이상한 거예요. 원서 쓸 때, 쓰는 순간에 바꾼 셈인데, 대학에 와서도 1학년 때는 거의 아르바이트로 보냈는데, 5·16 때문에 어떤 면에서는 제가 공부를 하게 된 거죠. 5·16 전에는 잠시 미군 부대에 드나들며 장사를 했지요. 뭐냐하면 막사에 들어가서 미군들한테 자기 사진이나 가족 혹은 애인 사진을 받아 가지고 초상화 주문을 받는 일이죠. 박완서의 『나목(裸木)』에 나오지요. 그림 그리는 우리 아저씨뻘 되는 고향 분이 영등포에서 화상을 하셨어요. 거기 갖다 주면 스카프나 뭐 그런 데다가 그림을 그려 가지고 돌려주는 것이죠. 그림 값은 얼마 준다, 그러면 그 이상 받은 것은 전부 수입이 되는 거예요. 당시 상당한 돈을 벌었지요. 그때는 미군들이 지금처럼 한국에 대해서 잘 아는 게 아니고 상당히 순진했어요. 그러니까 그때 우리가 신기한 걸 보여주면, '최후의 만찬' 같은 걸 보여주면 막 놀랍니다. 미국 촌 애들은 그런 걸 자기네들이 감히 가질 수 있습니까? 그러면 부르는 게 값이야. 굉장히 수입이 좋은 거죠. 그러면 그 돈을 받아 가지고 영

등포 시장에 암달라 상에게 가서 우리 돈으로 바꿔 그림값 주고⋯⋯. 그런 일을 하는데, 그런데 출입증을 살 수가 없으니까, 최소한도 몇 백만 원 내지 천만 원 드니까 그냥 무단 출입하다 혼도 났어요.

그해 5·16이 나니까 모든 미군 부대에 출입 금지야. 패스 있는 사람도 출입금지야. 저 같은 사람은 완전히 못 들어가는 거지요. 장사를 못 하니까 학교 나갈 수밖에 없죠. 그래서 다시 공부를 한 거죠. (웃음) 가정교사도 하고 대학 신문사에 들어가서 기자 생활도 하고 그랬는데, 대학에 들어가서 공부를 해보니까 어떤 면에서는 제가 왜 대학에 왔는가 할 정도로 배우는 것도 없고 소비적이고. 뭘 배웠냐 하면 술 마시는 것밖에 안 배웠다 할 정도로⋯⋯. (웃음) 그러다가 도서관엘 갔어요. 학교 도서관에 카드를 보니까, 보고 싶은 책들이 굉장히 많았어요. 그게 뭐냐면 사회과학 서적, 사회주의 관계 서적들이 영어책으로 있었어요. 중대 도서관에 거의 다 있었죠.

채호석 : 그때면 사회주의 관련 서적들은 보기가 쉽지 않았을 텐데요. 금지되거나 그러지는 않았는지요?

임헌영 : 신청을 하니까 안 빌려줘요. 그런데 마침 제가 2학년 때 신문사 기자로 있으면서 도서관 직원들과 알고, 책도 많이 빌려봤거든요. 사서과에 국문과 선배 선생님이 창구를 담당하고 있었는데, 그분이랑 굉장히 친했어요. 그러니까 이분이 편의를 봐줘 많은 책을 읽었지요. 알고 보니 이게 거의 미8군 도서관에서 기증한 거였어요. 그 속에는 스탈린 전집, 레닌 전집, 마르크스 엥겔스 선집 이런 게 다 있었어요. 어쨌거나 8군에서 버린 책 덕분에 많이 봤어요. 그리고는 대학원엘 들어갔어요. 대학원에서 더 가까이 만난 분이 백철 선생이지요. 당시 백철 선생은 우리 나라 근대문학, 그때로서는 아마 산 증인의 일인자 아닌가. 그래서 백선생 댁에 드나들면서 얘기를 듣고, 대학원 가서는 상당히 본격적으로 문학 공부를 할 기회를 갖게 되었지요. 자료는 백선생한테 물어보면 모르는 게 없으니까요.

백철, 조연현 선생의 인간됨

채호석 : 이야기가 나왔으니 말인데요, 백철 선생에 대해서 좀더 말씀해 주시죠. 제가 보기에는 백철 선생님 초기 글을 보면 한국문학사에 대한 이해 수준이 그렇게 높다는 느낌은 들지 않는데요. 그래도 한국문학사를 처음부터 끝까지 정리한 분이셨지요. 거의 최초가 아닌가 싶습니다. 선생님께서는 백철 선생님께 배우셨기 때문에 한국문학사에 대한 전통이랄까 수준에 대해서 전반적인 조망을 가지고 비평 활동을 시작하시지 않았나 하는데……. 문학 공부를 어떤 식으로 했는지요?

임헌영 : 저는 백철 선생을 만난 게 제 생애에서는 행운이었다고 생각해요. 왜냐하면, 백선생은 아시다시피 굴절의 명숩니다. 우리 나라 문단에서 제일 굴절을 많이 했고, 실제로 제가 가까이서 봐도 어떤 때는 젊은 저의 피를 끓게 할 때가 한두 번이 아니었어요. 가장 대표적인 예를 들면 1974년에『한양』지 사건, 세칭 '문인간첩단사건'을 겪었을 때, 그때 똑같은 증인으로 조연현 선생과 함께 선생도 나왔습니다. 두 분 다『한양』지의 원고료도 받고 식사 대접도 받았는데, 조연현 선생은 끝까지 우리를 옹호하면서 "말도 안 되는 소리 좀 하지 마라." "내가 훨씬 이 사람들보다 친한데, 뭐가 이상하냐. 문제가 되어선 안 된다."고 했어요. 저는 그 재판을 받고 조연현 선생을 재평가했어요. 그후 저는 문인협회에서 굴곡이 있을 때도 조연현 선생의 인간성을 한 번도 의심해 본 적이 없습니다.

그때 백철 선생은 법정에 나와서 벌벌 떨어요. 서류 같은 거 확인하라고 하면, 우리가 피고석에 앉아 있었는데, 제가 보기에도 민망할 정도로 얼굴이 상기되었고, 뿐만 아니라 검사가 추궁해 들어가니까, "그럴 수도 있겠네요……." 하면서 상당히 우리한테는 불리한 진술을 한 거죠. 너무 실망을 했어요. 그분을 옹호하는 입장에서 생각하자면 백선생은 일제 때부터 여러 일을 겪었잖아요? 6·25도 겪어봤고, 고생을 한 분이기 때문에 거기에 대한

어떤 공포증 때문에 훨씬 더 민감하게 자기 조심을 했다, 이렇게 볼 수 있는
거고, 조연현 선생 같은 경우는 자기 하나 정도는 자신 있게 처신할 만했었
다고도 볼 수 있죠. 그러나 아무리 좋게 보더라도 그때 저는 그런 생각을 좀
했어요. 자기 자신을 위해서는 비굴해질 수 있지만, 후배나 제자를 위해서
는 저렇게 안 해야 되겠다 하는……. 그럼에도 불구하고 개인적으로 질문을
하면 백선생은 다 잘 응해 줬어요. 우리가 질문을 안 하고 문제 제기를 안
해서 그렇지, 하면은 아는 얘기는 거의 다 말해줘요. 자료 같은 것은 집에
가면, 옛날 잡지들은 다 보게 했고, 그게 사실 우리들에게는 근대문학사를
공부하는 데 굉장히 중요한, 그때까지는 책에 없던 문학사를 공부하고 관심
을 갖고, 간접 체험을 하는 데 참 많은 도움을 주었지요.

채호석 : 백철 선생님은 그런 점에서는 산 증인이라고 할 수 있겠는데요, 당
시 백선생님이 들려주신 이야기 가운데 기억나는 것으로는 어떤 것이 있는
지요. 예를 들면 당시 에피소드라든가.

임헌영 : 예를 들면 임화는 영어가 신통찮았는데 사석에서 그렇게 외래어를
즐겨 썼다던가 하는 삽화를 많이 들었어요. 백선생 문학사만 봐도 거의 나
오지 않아요? 그 당시로서는 자기 머리 속에 있는 거는 어떤 형태로든지 이
름이라도 동그라미쳐서 알도록 해줬단 말이에요. 제가 제일 처음 구체적으
로 이걸 조사해야겠다고 생각한 것이 이 동그라미부터 시작했단 말이에요.
동그라미를 바로 채우자, 이름이라도 알자, 이렇게 시
작을 해서 지금도 그 자료를 다 갖고 있어요. 그때
그런 일은 김근수 선생이 혼자 하실 땐데, 저 혼
자 노트에다 한 사람 한 사람을 다 기록해 카드
를 전부 다 만들었어요. 백선생님한테 이름을
묻고, 이럴 땐데……, 마침 1970년대 초에 '한
국학연구소'가 백선생이 주동이 되어서 중앙
대에 만들어지고 김선생이 책을 다 가지고 들

백 철 ▶

어왔잖아요. 굉장히 그 덕을 많이 봤어요.

채호석 : 선생님이 1960년대에 쓰신 글을 보면 선생님은 어느 정도 우리 문학사 전반에 대해서, 그리고 카프 문학의 전통에 대해서 정확히 알고 평론 활동을 하신 것이 아닌가 하는 느낌을 받습니다. 사실 김현 씨 같은 분에게서는 우리 문학, 특히 프로문학에 대한 정확한 인식은 잘 안보이거든요.

임헌영 : 저도 정확히는 몰랐어요, 1966년까지는. 그러나 굉장히 관심을 가지고 그 분야의 책을 모으고, 보고, 이름을 다 만들어 보고, 이럴 때였습니다. 정지용도 이름이 동그라미 쳐져(정○용) 있었잖아요? 그런 걸 다 이름을 복원해 가면서 정리할 때였어요. 그러니까 웬만한 작품은 봤지요. 납월북 이런 작가들의 작품 목록을 만드는 등 문학사의 공백을 채워 봤지만, 그 뒤에 1970년대 중반에 제가 본격적으로 할 때만큼은 몰랐어요. 등단 초기에는 말이죠. 그러나 굉장히 관심과 애정은 있었죠. 백선생 문학사는 당시 유일한 텍스트였어요. 그야말로 보고 또 보고 거의 외우다시피 했어요.

나중에 이야기가 나오겠지만, 결국 우리 문학사에서 중요한 것은 카프(KAPF)의 해석과 재해석이에요. 근대문학사의 주류를 어디에 놓느냐 했을 때, 저는 평론은 임화에 두어야 되고, 소설은 벽초나 이기영이나 이런 데 둬야 된다고 봐요. 그 주류에 채만식이나 염상섭이나 현진건 등 몇몇 작가가 들어가면 된다고 보거든요. 그럼, 시는 뭐냐? 시도 마찬가지로 김소월, 이용악, 이육사를 비롯한 리얼리스트에 정지용 등 모더니스트를 추가시킨 데다 주류를 둬야 한다고 봐요. 그랬을 때 지금 우리가 평가하는, 예를 들면 '이상 문학상', '동인 문학상' 등이 유명해져 이상이나 동인이 마치 우리 나라 근대문학의 주류처럼 인식되는 것은 바람직하지 않다고 봐요. 그런 뜻에서는 백선생의 문학사가, 지금도 저는 그보다 더 좋은 문학사가 없다고 봐요. 대학 교재로도 저는 그 책을 써야 한다고 보거든요. 지금도 저는 그 책을 보고 있고요.

채호석 : 백선생님은 이상을 우리 문학 속에 포괄한 반면, 선생님께서는 그

때 당시에는 이상을 민족문학 속에 포괄시키기는 어렵다, 어떤 한 흐름으로
는 인정을 하지만 민족문학 속에는 포괄시킬 수 없다, 그렇게 말씀하신 것
으로 기억하는데요?

임헌영 : 네, 지금도 그래요. 그리고 또 한 사람을 지적한다면 한용운. 한용
운도 저는 위대한 독립운동가이자, 불교 사상가에, 문인, 시인이죠. 소설은
형편없는 거고. 그런데 말이죠, 학문도 우리 나라는 스타의식이 너무 많이
있어요. 무슨 말이냐 하면, 연구자들이 유명한 사람은 잡문이나 타작까지도
다 연구 대상으로 삼습니다. 이건 지양해야 돼요. 그걸 과감히 문학사 속에
서 제거해 줘야지, 명망이 있다고 수필 하나까지도 전부 무슨 의미 부여를
하는……. 한용운 같은 경우도 시인으로 된 거지, 시 외에 소설 같은 게 무
슨 의미가 있어요? 그래서는 안 된단 말이죠. 시민문학이나 민족문학의 관
점에서 볼 경우에는 만해는 민족문학이라기보다는 우리 대중시라고 할까,
애송받는 시라고 할까. 김소월하고는 확실히 다르거든요. 형식이나, 시의
형식과 내용을 떼 놓고 생각할 수 없는데, 김소월의 여성, 시적 주체, 서정
적 주체는 여성이면서도 읽으면 바로 우리 어머닙니다. 이게 참 우리 어머
니구나, 이런 게 느껴지잖아요. 바로 조국일 수도 있다, 민족일 수도 있다,
여러 가지 상징과 중의법도 되고 이미지의 환치도 되는데, 만해의 경우는
너무 표현의 기교가 승해 가지고 서정적 주체가 마치 여염집 여자가 아닌
기녀처럼 느껴지는 그런 게 없어요? (웃음) 제가 좀 지나친건가? 여염집 여
자이기에는 너무 방정을 떠는 그런 스타일, 논어 식으로 말하자면 너무 교
언영색이 많이 드러나 있는, 그래서 이게 우리 민족이 가지고 있는 그 전통,
향가부터 고려가요, 시조, 가사, 이런데 비하면 너무 교언영색이 심하다, 그
렇기 때문에 과대평가해서는 안 된다고 봐요. 이육사나, 민족시로 따진다면
전 오히려 김소월이나 이용악이나 이런 시인들이 정통이 되어야 되지 않느
냐, 너무 큰 봉우리를 잡아 놓으면 문학사의 평가 기준에서 어떻게 해야 되
느냐, 그런 생각이 들었어요.

채호석 : 사실, 백철 선생의 정의나 분류는 상당히 정확한 편이죠.

임헌영 : 비교적 정확해요. 거기에서 출발해야 된다고 봐요. 그리고 저는 조연현 선생의 문학사도 중요하다고 봅니다. 거기도 보면 이기영을 복자처리하고 있지요. 조연현 문학사도 백선생 문학사가 나온 뒤에 쓰여졌기 때문에 그걸 완전히 무시 못하고 중요한 작가를 나름대로는 비판하고 있단 말이에요. 결국은 두 텍스트를 기본으로 해서, 이들은 이렇게 했는데 찾아보니까 조금 미흡하더라, 사실 미흡한 점이 많거든요. 그렇게 딛고 일어서야 하는데 아예 텍스트에서 제외시켜 버리는 풍토는 학문적 진지성이 아니란 말입니다.

채호석 : 조연현 선생님에 대해서도 기억 나는 일화 있으시면 말씀해 주시죠? 투옥되셨을 때 그렇게 많이 배려를 해 주셨다는데…….

임헌영 : 사실 그랬습니다. 법정에서도 그랬고, 나와서도 그랬고……. 제가 1971년에 『한국문학의 과제─민족적 리얼리즘에의 길』이란 글을 발표했는데, 일부에서 임 아무개의 글을 싣지 말라는 압력이 들어가는 등 시끄러웠습니다. 그런데도 불구하고 1973년부터 연재를 맡았어요. 「한국문학 사상사 시론」이라고. 제가 그 사상사 시론을 쓸 때

▲ 조연현

는 일본 여행엘 다녀와 북한문학사를 다 읽은 뒤였습니다. 약 한 달 가량을 있었는데, 일 주일 가량을 꼬박 호텔에서 책만 봤어요. 그때는 삼엄할 때죠. 겁이 나서……. 그 당시 일본 서점에는 마르크스, 레닌, 중국, 조선 코너 등이 쭉 있었는데, 가서 보니까 겁이 나서 책을 못 보겠어요. 누가 감시하는 것 같은 때였거든요. 그런데 아는 사람을 통해 북한 원전, 사실주의 발생 논쟁, 그때 나온 문학사 등을 싹 다 봤어요. 1972년 1월이었습니다. 그때 아

마 우리 나라에선 거의 관심이 없었을 겁니다. 그후 귀국해서 일본말로 된 강재언 등의 역사책은 일본 서점으로 주문해서 받아 보고……. 그래서 제가 쓴 게 「한국문학 사상사 시론」이라는 글이었죠. 저로서는 굉장히 중요시해서 썼는데, 우리 나라에서 별로 주목을 못 받았어요. 그런데 주목한 사람이 누구냐, 옛날에 남로당 했던, 좌익 운동을 했다가 전향한 사람들이에요. 그분들이 제 글을 보고 조연현 선생한테 전화를 해서 이게 무슨 글인데 실었냐? 항의해서 연재 중단을 당했어요. 뒤의 것을 일본 『한양』지에 실어 버렸어요. 나중엔 그것도 문제가 됐지만은……. 그런데도 조선생은 한번도 자기 제자들이 어려움에 있을 때 외면하지는 않았어요. 참 미덕이었어요.

남정현, 이호철, 최인훈, 박용숙과의 만남

채호석 : 다시 이야기의 출발점으로 돌아가죠. 등단 직후 문단 상황 이야기를 하다가 백철, 조연현 선생님 이야기로 나아갔는데요.

임헌영 : 예. 그렇게 등단을 했고, 그 다음에 문단에 나와서는, 어차피 자기 좋아하는 작가를 찾아가기 마련이지요. 남정현 선생이 제일 좋더라고요. 그때는 남선생과 최인훈, 박용숙 이 세 사람이 삼총사였던 시절입니다. 매일 만나요. 광화문 '월계다방'이라는 데서……. 그러면 저는 남선생한테 찾아가서, 최인훈 선생도 물론 학창 시절에 인사를 드려서 알고 있었고, 박용숙 선생은 우리 중앙대학교 선배고……. 거기 드나들면서 견문을 많이 넓혔습니다. 남선생이 가졌던 책을 많이 빌려봤죠. 그건 주로 일본책이었어요. 남선생이나 박선생 집에는 그 당시 나왔던 진보적인 일본책들은 아마 거의 다 있었어요. 그래서 상당한 도움을 받았어요. 제가 수시로 집에 드나들면서 책을 빌려 보고……. 일본어는 초등학교 교사로 있을 때 독학을 했어요. 뭔가, 이걸 안 하면 책을 못 보겠다 해서 해놨던 건데 대학 와서 책을 읽을 수

있게 된 거지요.

당시 일본책을 통해서 북한의 실상을 비교적 먼저 알게 되었어요. 정전회담 때부터 북한을 드나들었던 서방 기자들 등에 대해 우린 까맣게 몰랐죠. 그런데 그런 내용들이 일본말로 다 나와 있는 거예요. 바체트의 『다시 조선에서』라든가……. 그런 바탕에서 1969년 『상황』이 나올 때쯤에는 자신이랄까, 나름대로 어떤 신념을 가지고 문학을 해야 되겠다는 정도가 된 거지요.

채호석 : 남정현 선생님 말씀을 하셨는데, 조금 더 여쭤보고 싶은 것이 있습니다. 1965년에 남정현 선생의 '필화사건'(「분지」 필화사건)에서 형상화된 외세에 대한 어떤 인식이랄까, 이런 점은 그 당대로서는 거의 최고라고 보아도 무리가 아닌 듯하거든요. 그 이면에 어떤 배경이 있었는지 궁금하네요. 일본을 통해서 받아들인 부분도 많은가요?

임헌영 : 예. 그렇긴 한데……. 지금 제가 〈대한매일〉에 「변혁으로서의 문학과 역사」라는 걸 일 주일에 한 번씩 연재를 하고 있거든요. 거기서 「분지」에 대해서 지난 달엔가 썼어요. 거기에도 못 쓴 얘기가 있어요.

남선생의 생각은 그때나 지금이나 똑같습니다. 제국주의적 인식에서 우리 나라를 보고 있습니다. 말하자면 분단이나 우리 나라 집권 세력이 어떻고, 민주화가 어떻다 떠들어 봤자 아무 의미도 없다는 거죠. 미국의 입장에서 민주화를 시켜야 자기들 장사가 잘 되니까 시키는 거지, 만약 민주화시켜서 자기네들 장사가 안 되면 도로 군부 독재로 갈 수 있는 거고, 자기들 맘이지, 우리가 해봤자 민주화가 안 된다는 그런 인식, 즉 기본적으로 제국주의, 고전적인 제국주의 이론을 그대로 가지고 있는 거죠, 저도 어떤 면에서는 공감해요.

어쨌든 「분지」를 쓰는 데서 제일 기본이 뭐냐하면 외세 인식 문제였고, 이런 뜻에서 평론가들이 「분지」를 가장 오해하고 있는 대목도 그 부분이죠. 즉 주인공인 홍만수가 스피드 부인을 강간한 걸로 보고 있단 말이죠. 그렇죠? 그러나 강간을 안 했다는 거예요. 강간을 했으면 강간죄가 해당이 되잖아요? 다른 나라 부인이지만 강간했으니까 너는 벌 받아 마땅하다고 볼 수 있죠.

채호석 : 네, 사실 「분지」에서 명확하게 말하고 있는 것은 아니죠. 그저 배꼽에 태극기를 꽂았다고 되어 있죠. 하지만 강간으로 읽힐 수도 있는 것 아닌가요. 남선생님이 가지고 있던 생각은 어떤 것이었는지요?

임헌영 : 예, 그런데 남선생이 말하고 싶은 건 뭐냐하면 '강간도 안 했는데 왜 죽이느냐?' 이거야. 다만 참 아름다운 육체다, 풍만해서 정말로 스피드 상사가 그렇게 말할 만하고, 내 동생이 정말 투정받을 만하다, 탄복했을 뿐이지, 강간은 안 했다는 거야. 그러니까 미국이 홍만수를 죽일 이유가 없는 거지요. 당신 이쁘다 하는데 왜 죽이느냐? 이거죠. 이게 말하자면 제국주의 본 모습이라는 거지요.

　그게 우연히 나온 작품은 아니지요. 1980년대에 이런 얘길 많이 들었어요. 임 아무개는 1970년대에는 뭔가 했지만 사회과학 이론을 전혀 모르고, 그런 얘기 많이 하는데, 남정현 소설에도 그런 게 보입니까? 생각해 보세요. 그때 어떤 말을 할 수 있겠어요? '진보당', '진보당' 그랬어요. 진보당, 당 이름을 그리 하고 싶었겠어요? 진보당, 진보당, 결국 죽었잖아요.

　'민중'이란 말도 못 썼잖아요? 우리가 쓸 때는 '인민 대중'의 준말로 '민중'으로, '인민'이란 말을 못 쓰니까 '민중'이란 말을 썼죠. 간단한 건데, 그걸 사회과학적으로 민중이 뭐뭐……. 저도 그걸 글로 쓰긴 썼지만 쓰면서도 얼마나 우스웠겠어요. 그러니까 그 당시에 제가 보기에는 우리 나라 작가들이 사회과학을 완전히 마스터한 사람들이 그래도 따진다면 윗 세대로 올라가면 선우휘나 이호철, 이병주, 남정현, 최인훈, 박용숙 이런 정도 같아요. 그 외는 사회과학을

▲ 최인훈

몰랐습니다. 그냥 소설가지요. 그런 분들은 이미 그때 나왔던 일본책들을 통해 그걸 다 알고 있었단 말이죠. 다 알고 다방에서 온갖 논의를 다 했습니다. 심지어는 인민공사 돌아가는 얘기까지 다하고…‥. 하지만 글로는 그렇게 걸러져서 나간 거지요.

예를 들면, 이호철 선생, 「이호철론」을 쓰면서 제가 그런 얘기를 했어요. 이호철 선생이 운동권 주인공이나 그런 소설은 안 썼어요. 그럼 이호철 선생이 아주 보수적이냐? 천만에요. 그 분야에 대해서는 제일 잘 압니다. 이론서를 다 봤어요. 모택동 이론까지 다 본 작가지요. 근데 그걸 그냥 녹인 겁니다. 녹여서 그냥 그대로 형상화시킨 거죠. 이런 사실들은 지금 문학 연구를 하는 데 참고가 되어야 할 겁니다.

채호석 : 그런데 그 부분이야 사실 읽기 힘든 것 아닙니까? 물론 아주 예민한 독자라면 읽어낼 수도 있겠지만, 대부분의 일반 독자는 읽어내기 어려운 것도 사실이지요. 그러면 그런 의도나 내용, 혹은 배면에 깔린 사상을 텍스트 속에서 읽어내기보다는 주변의 증언이나 상황, 이런 것들로부터 추측을 할 수밖에 없을 텐데요. 그러면 해석에서의 오류를 범할 수도 있는 것 아닌가요?

임헌영 : 범해질 수 있죠. 그런데도 불구하고 이를테면 연구방법론에서 이호철 선생의 『소시민』이다, 그러면 그 당시 지금까지 나온 모든 평론들은 보면 거의가 그 당시 우리 나라 소시민이지요. 그런데 이미 이호철 선생은 고리키의 '소시민'까지를 두루 다 섭렵해서 한 거란 말이에요. 그럼 이걸 사회과학적으로 보는 시각이 완전히 달라져야겠지요. 그런 뜻에서 하는 얘긴데, 남선생 같은 경우도 마찬가지예요. 「분지」하

▲ 이호철

나만이 아니라 그 이외에도 그 당시 한 문화 현상에 대한 풍자거든요. 사실은 식민 문화체제에 대한 정면 도전이라고 봐야겠죠. 그건 개화기 때도 마찬가지예요. 예를 들면 유길준의 『서유견문』이 역사학자들이 '입헌군주제'다, 그렇게 말하지 않습니까? 그런데 저는 그렇게 안 봐요. 이게 참 굉장히 논란을 불러일으킬 수도 있는데, 왜냐하면 만약에 유길준이 『서유견문』을 쓰면서 민주주의제를 얘기했으면 어떻게 됐겠어요? 그건 사형입니다. 그러면 자기 머리 속에 자유민주주의 체제가 있다고 하면 그걸 쓰겠습니까? 못 쓰지요? 그러면 자기의 이상을 가장 잘 나타내는 방법이 입헌군주, 이걸 옹호하지 않았느냐? 얼마나 좋아요? 말하자면 역사학과 문학의 차이가 그런 게 아니냐 싶어요.

채호석 : 결국은 작품의 올바른 해석을 위해서는 발표 당시의 상황을 고려하지 않으면 안 되고, 또 할 수 있는 말과 없는 말을 생각하지 않으면 안 된다는 말씀이신데요. 저도 그러한 인식은 매우 중요하다고 생각합니다. 지금 우리에게는 그런 부분에 대한 연구는 조금 부족한 것 같습니다. 그 때문에 어려움도 많고요. 그러니까 어쩔 수 없이 작품 그 자체만을 놓고 해석하는 경향이 있지요. 그러다 보니 연구자의 시각, 그리고 연구자가 처해 있는 역사적 상태를 그대로 작품 해석에 적용하는 오류를 범하기도 하는 듯합니다. 그때의 상황이라든가 그때의 가능한 말, 이런 것들에 대한 어떤 사회사적인 연구가 지금 잘 안 되어 있는 것 같거든요. 선생님께서 '민중'이라는 말에 대해서도 언급하셨죠? 사실 '인민'이라는 말은 6·25 이후에는 쓰지를 못했죠. 언어, 좁게 말한다면 어휘에 실려 있는 역사성이라고 해야겠죠. 이러한 부분들은 아주 꼼꼼한 사회사적인 연구가 축적되어 있어야만 알 수 있는 거죠. 저희는 사실 알기가 매우 어려운 부분이라고 할 수 있어요. 그렇다고 해서 그렇게 많은 자료가 남아 있는 것도 아니고요. 이렇게 선생님들을 모시고 대담을 하고 그때 이야기를 듣고 많이 여쭤보고 하는 것도 이렇게 빠져 있는 부분들을 되짚어 보는 좋은 방법이라고 생각합니다.

'문인간첩단사건'과 임헌영

채호석 : 이제 조금 더 앞쪽으로 나아가죠. 선생님께서 처음 감옥에 가신 것이 '문인간첩단사건' 때문인 것으로 알고 있는데요. 선생님께서 억울하게 고초를 당했다고 들었는데, 그 실체를 좀 말씀해 주시죠.

임헌영 : 그 사건이 제 일생을 참 불행하게, 이 모양 이 꼴로 만든 건데……. 참, 어이없는 일이기도 하고, 어떻게 보면 그 당시 1970년대적인 상황으로 보면 명료한데…….

저는 남북한 어디를 지지한다기보다는 어쨌든 양쪽으로부터 다 피해 받을 가능성이 있다는 피해의식 때문에 잘 안 나설 각오로 사는 사람이에요. 왜냐하면 우리 집안은 엄연히 남한 쪽에 의해서 희생된 집안이지만 그렇다고 북쪽에서 알아주는 집안도 아니에요. 왜 그러냐 하면은 '보도연맹'에 가입된 것으로 날조되어 죽었단 말입니다. 북한에서 볼 때는 '보도연맹'은 변절자, 그러니까 북한이라고 제대로 환영받을 집안도 아니에요. 남한에서는 어떻게 생각하느냐, 남한에서는 자기들 입맛에 안 맞으면 다 북한에 동조한 걸로 보거든요. 우리 입장에서 보면 지리산 빨치산 같은 신세야……. 제가 〈동아일보〉에 「나의 길 나의 삶」을 쓸 때 그랬어요. 저의 꿈은 플레하노프 같은 사람이 되는 거였다고요.

플레하노프는 아시다시피 러시아의 마르크스 1세랍니다. 우리 나라로 치면 리영희와 박현채와 백낙청을 합친 것 같은……. 그런데 우리 나라는 따로따로 있잖아요? 정치는 리영희, 경제는 박현채, 문화 운동에 백낙청이 있는데, 그는 다 합쳤어요. 정치 경제 사회 문화 역사 철학 할 것 없이. 말하자면 마르크스 이후 최대의 사상가죠. 러시아의 마르크스주의자들은 그의 책을 읽고 성장했거든요. 제가 뭐 혁명하거나 그런 능력은 없는 사람이고 그런데 나름대로 그런 엉뚱한 생각을 했죠.

저는 그 사람 평론이 제일 좋았어요. 그 박학다식함. 그리고 비평이 참 재

미가 있어요. 일본판을 읽고 너무 반해 제 목적이 플레하노프처럼……. 그
래서 흉내도 냈는데, 1970년대 들어와서 유신 하에서 혼란스러워지니까,
'아, 일 나겠구나.' 그래서 제 개인적으로는 중학교 때부터 써오던 일기장
다 태워버렸어요.

바로 그 10월 17일을 저는 잊을 수 없어요. 중대 발표가 ○○다는 예고가
있어서 아침부터 여러 군데 수소문했지요. 하지만 아무도 ○측을 못하고 다
만 공산권에 대한 뭐가 아닐까 짐작했죠. 마침 7·4 선언 ○라 그렇게 생각
했는데 전혀 뜻밖이었어요. 10월 17일 5시에 지금 김상현 ○회의원 승용차
안에서 방송을 듣고 있는데, ―그 때 김의원은 지방 국정감○ 하다가 중단
하고 다 올라오라고 해서 올라왔었죠.― 아, 뭐 국가비상사○ 모든 정치
활동을 중단하고 국회 해산이라는 거예요. 그러니까 김상현 의원○ "어, 국
회의원도 아니네. 뱃지를 떼어야지." 하며 얼른 떼던 모습이 선합니○. ○
리곤 "이거 심상치 않으니까 빨리 피하자." 그러더라구요. 그래서 돈을 만
들어 가지고 해인사로 범우사 윤형두 사장과 함께 피신 여행을 갔어요. 한
열흘 지나면 윤곽이 드러나니까, 일단 해인사 가서 한 열흘 끌자, 그런 계획
이었지요. 그런데 점점 더 심해지고 서울 와서도 한 달 가량을 하숙집에 있
었어요. 그런데 1973년 말 개헌 서명하라는 제의가 들어왔어요. "나, 못 하
겠다. 개헌되거나 말거나 못 하겠다."고 그랬더니 이름을 넣어버렸어요. 근
데 딱 발표가 된 거죠. 아마 문인들은 제 속사정 모르고 비겁하다고 그랬을
거예요. 문학인 개헌 성명 직후인 1월 8일에 긴급조치가 선포되었고, 그래
서 서명했던 사람들을 하나하나 다 찾아다니면서 전부 경위서를 쓰라는 거
예요. 바로 그 무렵에 이호철 선생이 연행되어 조사받는다고 소문이 났고,
어느 날 동생이 집에 오지 마라고 해서 피신 다니다 다시 들어갔죠. 결국 첫
발단은 시국과 관계없이 이호철 선생이 일본 방문 중에 사석에서 한 얘기가
밀고당해 조사하는 과정에서 일본 갔다 온 사람 한 둘이 아니다, 이래서 결
국 다섯 사람이 남았는데 개헌 서명을 한 사람이 이호철, 저 둘이었습니다.

둘이는 간첩이고 나머지는 다 반공법 위반으로 기소당했지요. 발단은 그런 식이었는데, 결국은 시국 사건과 관련지어져 고생을 했지요.

채호석 : 감옥에는 얼마나 계셨어요? 그리 오래 있지는 않은 것으로 알고 있는데, 금방 나오셨습니까?

임헌영 : 1심에서 나왔습니다. 1심까지 한 다섯 달 있었죠. 당시는 '인권'이란 단어도 없을 때여서 참 고생했습니다. 집행유예로 나오기는 했지만, 참 억울했어요. 대학 강단에서도 쫓겨나 야인이 되었죠.

야인이 된 뒤에 모 출판사에서 '한국문학대계'를 기획했는데, 그때 새로운 시각으로 뭘 할 수 없느냐는 생각에 매달렸습니다. 우리 나라 문학전집을 보면 1권 이광수……, 하는 식으로 나가죠. 그래서 이 틀 좀 바꾸자 싶어 1권에 개화기 소설을 넣었어요. 1권 신채호, 하면 좋았는데 너무 혁명적이어서 개화기를 1권에 넣고, 2권에 이광수, 권말 부록으로 『문학논쟁집』과 『민족의 소리』를 냈는데, 그때 자료 다 찾고, 생존해 있는 원로들을 다 찾아다녔어요. 김동리, 서정주부터 김팔봉, 이헌구까지 계파를 초월해서 싹 다 집어넣었습니다.

김팔봉 선생도 그때 계속 뵈었는데 기록을 남기고 싶었어요. 처음 찾아갔을 때, "제가 평론을 공부하고 있는 임헌영입니다." 하니까 "임헌영?" 하며 눈물을 글썽거렸어요. 첫 인사에서 그러더라구요. 연세가 들면 후배들 이름도 모르거든요. 제 이름 아는 게 우선 괜히 좋더라구요. 그리고 선생은 제가 고생한 것에 대해서 진심으로 안됐어 하는 것이었어요. 제가 그때 30대였으니까 젊었죠. "선생님, 그때 하신 거 후회 안 하십니까?" 하니까, "왜 후회해, 젊을 때나 하는 거지……." 하시더라고요. 제 앞에서라고 그렇게 말씀하셨다고는 생각하지 않아요. 그리고 가장 결정적으로 이분이 참 안됐다고 생각했던 점이, 나중에 양주동 선생하고 한 자리에 좌담을 붙였는데, 양주동 선생이 그러더라구요, "팔봉, 지금 생각하면 어때? 그때 그랬던 게 너무 지나친 행동이고, 뭐 아름답고 이런 게 진짜 예술 아니야?" 그러니까 팔봉 선생이 자긴 "그때 한 예술이 옳았다."고, "지금 생각해도 난 옳았고 그 뒤에 한 번도 난 생각을 바꿔본 적이 없다."는 거예요. 참 모순된 걸 느꼈어요. "그럼 그때 전향한 건 뭐야, 정말 생각이 바뀐 거 아냐?라고 무애 선생이 반박하니까 "난 겁나서, 살라고 한 거지……." 그러니까 양주동 선생이, "아, 김팔봉 대단해, 난 그리 못하겠어, 난 생각이 많이 변했는데, 아, 김팔봉 존경해." 그랬습니다. 그 장면을 직접 봤다구요. 그 뒤에도 제가 그런 걸 여러 번 반복해 이야기했지만, 자기 청년 시절에 했던 걸 변형시키지 않고 그대로 내려오면서 뭔가 그래도 문학이 가지고 있는 사명, 그걸 계속 주장해왔다고 답했어요.

그런데 인민군 왔을 때, 당한 거 있잖아요? 그 얘기가 젤 곤혹스러운 대목이에요. 인민군이 와서 고생한 거 가지고 사석에서는 욕을 안 해요. 1960년대에는 거의 10년 동안을 6·25 때마다 그걸 가지고 선전했잖습니까? 실지로 여러 정황으로 볼 때 만약에 북한에서도 팔봉을 죽이려고 했다면 죽였을 것이라는 추측입니다. 착오가 있을 수 없잖아요? 확인 사살까지 했는데. 안하고 그냥 둬버린 거예요. 안 죽은 걸 알고 둬버린 거예요. 북한이 살려줬으니 그럼 잘한 거냐, 뭐 그런 걸 따지고 싶진 않고, 어쨌거나 팔봉 개인으로 볼 때는 그때 상황을 보면 인민재판을 안 받을 수도 없었고, 인민재판에서 사형을 안 당할 수도 없는 지경이었으니까 그 사람 팔자로 볼 수 있죠.

채호석 : 그러나 그렇다고 해서 있었던 사실이 없어질 수 있는 것은 아니지 않겠어요?

임헌영 : 예.

채호석 : 아까, 이호철 선생이 일본에서 누구를 만났다는 것은 『한양』지를 염두에 두신 말씀인가요? 당시 많은 분들이 『한양』지에 글을 쓰셨고 또 왕래를 했잖습니까? 선생님도 많은 글을 쓴 걸로 알고 있는데요. 단순히 지면을 얻은 것인지 아니면 장일우 씨와 학문적인 교류가 있었던 건지도 궁금하군요.

임헌영 : 아마 장일우를 만난 사람은 없을 겁니다. 그것은 야사에 속하는 부분으로 뭔지는 알 수 없는데, 그때『한양』지는 발행인이 구상 선생님과 막역한, 구상 선생님하고 제일 가까웠지요. 그래서 한국지부 보급소를 구선생이 맡을 정도로 가까운 그런 사이였지요. 그랬는데 정부에서 조건이 뭐냐면, 5·16 군사정권 비판만은 하지 말아라, 그러면 정식 보급허가 내 주겠다, 그렇게 제안했는데, 저쪽에서 그렇게까지 못하겠다고 하며 계속 비판했지요. 하지만 그때 잡지는 국내에 다 들어왔어요. 당시『한양』지를 우리 나라에서 안 본 지식인은 없었습니다. 국회도서관, 대학도서관, 참 보급을 잘했어요. 대학에서 도서관 사서들이 일부러 빼서 폐기처분 안 했으면 다 있을 겁니다. 저도 그때 국회도서관에 가서 읽곤 했는데, 그 편집장은 경남 남해 출신이고 발행인은 원산 출신이었습니다. 그 당시로서는 그게 일본에서는 진보적인 세력에 속하는 지식인들이 만든다고 소문이 나 있었어요. 그러니까 마음대로 문인들이 가서 만나고, 그때는 또 일본에 아는 사람도 드물 땝니다. 정치인부터 글줄이나 쓰는 사람들은 다 글을 썼어요. 그런데도 전혀 위협을 느끼지는 않았어요. 논조 같은 걸 보면 너무 맘에 드는 거야. 참 앞서 갔다는 생각이 들어요. 그러다가 사건이 터지고 책이 못 들어오게 되고, 못 들어오게 된 뒤에는 훨씬 책이 잘 나갔다고 그래요. 지금은 다 없어지고 말았죠.

리얼리즘과 민족적 리얼리즘

채호석 : 예, 그럼 이제 선생님의 리얼리즘론으로 이야기를 넘기죠. 선생님께서는 '민족적 리얼리즘'이라는 말을 사용하신 것으로 알고 있습니다. '민족적 리얼리즘'이라는 술어는 어떻게 보면 명료해 보이지만 또 어떻게 보면 명료하지 못한 부분도 있어 보이는데요. 게다가 선생님이 조금 전에 말씀하

신 대로 어떤 말, 개념을 사용하는 데에는 당시의 상황이라든가 조건이 작
용하고 있다고 하겠죠. 선생님이 '민족적 리얼리즘'이라는 말을 쓰신 것은
어떤 이유에서이시죠?

임헌영 : 제가 1971년에 「한국문학의 과제」의 부제로 '민족적 리얼리즘'이
라는 말을 썼습니다. 사실 '민족적 리얼리즘'이라는 말은 정비되지 않은 술
어였어요. 그 당시까지 본 리얼리즘은 1930년대 창작방법론과 리얼리즘론,
루카치의 리얼리즘론, 그리고 그 외에 일본에서 나온 러시아, 중국 등의 이
론들이 거의 다였지요. 그런데 준비를 하다 보니까 루카치의 리얼리즘론은
우리 나라와는 뭔가 궁합이 안 맞다는 생각이 들었어요. 지금도 생각이 같
아요. 루카치는 자기 집이 부자고, 아버지는 은행장급이죠. 게다가 고도의
교양, 르네상스 이후 특히 산업혁명 이후의 교양과 각종 해박한 지식을 바
탕으로 하고 있어요. 이런 세련된 미학적 감각으로 보면 프로문학과 부르주
아 문학은 상대가 안 된다고 볼 수 있어요. 그러한 기준에서 루카치는 세계
일류 작가로 괴테, 발자크를 꼽는 거죠. 그런데 발자크에 대해 엥겔스가 한
말, "정치적으로는 왕당파에 속하는 데도 불구하고……."라는 그 말을 가지
고 해석이 많잖아요? 저는 단순하게 생각해요. 독일어는 모르니 일본어나
우리말로 해석해 보건대, 혁명을 지향하는 정치가인 엥겔스 입장에서 볼
때, 그 사람이 왕당파라도 좋은 말 할 때 있잖아요. 다만 이거 부르주아 사
회, 자본주의 사회의 모습을 비판적으로 볼 수도 있고, 자본주의가 이럴 때
추악한 거구나, 아, 이렇게 추악하니까 나도 이렇게 추악해야겠구나, 이렇
게 볼 수도 있잖아요. 관점에 따라서는 말예요. 그런 시각에서의 긍정이라
고 봅니다.

채호석 : 엥겔스의 발자크론에 대한 흥미 있는 해석이네요. 저는 그렇게까
지는 생각해 본 적은 없는데요.

임헌영 : 단도직입적으로 말하면, 루카치의 리얼리즘론은 지나치게 세련된
서구의 리얼리즘론이라고 생각해요. 우리는 그렇지 못합니다. 예를 들면 우

리 나라 카프의 성과가 뭐였느냐고 물을 때, 그 질문에는 세계문학이라는 기준을 은연중 상정하고 있죠. 하지만 반대로 비카프 진영에 대해서도 그 기준으로 내세울 만한 작품이 무엇이냐고 되물으면 사실 수준이 비슷해요. 우리 나라 수준에서의 사회주의 문학, 우리 나라 수준에서의 리얼리즘 이론을 내야 하거든요. 그런데 지금 젊은 사람들은 흔히 "루카치 이론에 의하면 이런 한계가 있다." 이렇게 말하죠. 루카치의 소설 이론의 틀을 가진 평론을 보면 그럴 듯하죠. 그러나 우리 나라 독자 대중과 과연 맞을까 하는 생각이 들어요. 우리 나라 문학이라는 건 우리 나라 독자와 우리 문학의 축적이거든요. 러시아는 19세기의 전통, 인류 최고의 문학이라는 토양에서 거기에 맞는 훌륭한 프롤레타리아 작품이 나올 수 있는 것이고, 독일은 독일이라는 토양 위에서 브레히트를 낼 수 있는 거죠. 우리 나라는 이광수, 김동인 위에서 프로문학이 나온 것이니까 그거밖에 안 나오는 거다, 그렇게 봐야죠. 비카프 문학을 평가할 때는 우리 나라 기준에서 보고, 카프를 평가할 때는 세계문학 기준에서 보는 거예요.

이렇게 봐서는 모순된다고 생각했어요. 작가들한테 계속 비판은 하지만, 평론을 쓸 때에는 우리 입장에선 좋다좋다 해야죠. 북한의 문학사 스타일은 우리랑 틀리지 않습니까? 좋은 점은 좋다 하고 한계점은 얘기 안 해버리고. 그게 좋다는 건 아니지만 일정한 단계에서는 장점을 내세우는 것이 현장 비평의 역할이자 정책이에요. 시인이나 소설가는 쓰고 싶은 것만 쓰지만 평론가는 경우에 따라서 작품이 마음에 들지 않더라도 필요하다면 칭찬해 줘야하죠. 그게 평론가의 운명입니다. 이렇기 때문에 난 리얼리즘론을 쓰면서 '민족주의'라는 말을 붙였어요. 곧 한국적 문학 현실에 맞는 이론이란 형식에서는 민족, 내용에서는 혁명적 리얼리즘이란 생각을 결합시킨 것입니다. 이 술어는 먼저 홍효민 선생 평론에서 나오고, 그 다음에는 8·15 직후 〈동아일보〉 사설에 나왔어요. 그 혼란 속에서 누가 썼는지는 모르지만, 우리 문화 예술 정책은 '민족적인 리얼리즘'밖에 없다고 썼죠. 〈동아일보〉가 우파고 보수주의적이지만 당시 보수주의자들이 너무 민족 현실을 외면하니까 좌파의 생각과 절충해서 만들어 낸 것이 그 용어 아닌가 생각이 들어요. 당시, 이 용어를 현실의식이 있던 작가들과 시민들이 다 받아들여 가지고 밀고 나가자, 이런 생각이었죠. 그러나 당시 상황은 극좌와 극우만 목소리가 높을 뿐 양심적인 민족의식은 설 자리가 없었습니다.

채호석 : 그러니까 '민족적 리얼리즘'이라는 용어에서 '민족적'이라는 관형사를 일종의 전략적인 차원에서 붙였다고 말씀하시는 거죠. 그렇다면 지금 같은 경우에도 여전히 리얼리즘론은 유효하다고 생각하십니까?

임헌영 : 네, 유효하다고 생각합니다. 하지만 지금은 민족적이라는 말은 떼고, 그냥 리얼리즘이라고 하는 것이 좋겠네요.

채호석 : 리얼리즘은 리얼리즘인데, 지금은 그냥 리얼리즘으로 하는 것이 좋다고 한다면 그것은 어떤 이유에서지요?

임헌영 : 그때 제 생각으로는, 민족문학론은 걸음마 단계이기 때문에 이론도 정립해야 했고, 그 속에 농민문학과 노동자 문학을 함께 담아내야 했고, 예술 사상이나 형상화에서 리얼리즘론을 결부시켜야 하는데, 이걸 한꺼번에 다 결부시키다 보면, 한쪽에서는 우리 과제는 민족문학이다, 다른 한쪽에는 우리 과제는 리얼리즘 문학이다 하면 혼란도 오고 이상할 것 같아서 그걸 다 합쳐버리자 한 거죠. 민족문학과 리얼리즘 두 가지가 그냥 같은 뿌리에서 같은 지향점을 가진 지표가 되지 않을까 생각했거든요. 그런데 지금은 민족문학은 나름대로 이론적인 정립이 되어 있고, 또 민족문학을 안 내세워도 리얼리즘을 하다보면 그 안에 민족문학이 다 포함되는 게 아닌가 생각해요. 리얼리즘 일반론에 가까운 정도로만 해서 그 예술철학을 그대로 유지하면 되지 않을까 생각해요.

채호석 : 1970년대 초와 1990년대 사이에 본질적인 차이가 있는가 없는가는 사실 엄밀히 따져 봐야 할 일이지요. 어떤 관점에서 보는가에 따라서 달라질 테니까요. 어쨌건 상황에서는 차이가 있다는 말씀이신 듯합니다. 그런

의미에서 본다면 민족적이라는 말을 뺀다는 것 자체도 일종의 전략적인 선택인가요?

임헌영 : 전 일관성 있게 참여 문학이 민족문학으로 되고, 이게 농민문학으로 승화하고 그 다음에는 리얼리즘, 그 다음에 노동자, 그 다음에 민중문학 그렇게 등장했다고 보고 있어요. 그 중간의 어느 이론도 정립시키지 못한 단계에서 결국은 리얼리즘 안에 모두 포함되는 게 아니냐, 포함시켜야 하지 않느냐는 생각이 들어요. 전 지금도 민족문학을 주장하는 쪽인데, 민족문학이 1990년대면 1990년대, 2000년대는 2000년대에 걸맞는 이론을 다시 개발해야 한다고 봐요. 그러나 그걸 민족문학이라고 하기보다는 일반론으로 확장시켜 나가는 것이 창작에도 도움이 되고 독자들에게도 도움이 되는 게 아닐까요?

  조금 더 깊이 얘기해볼까요. 북한의 이론에서는 내용에서는 리얼리즘, 형식에서는 민족예술 아닙니까? 합치면 결국 민족적 리얼리즘이 되거든요. 북한의 이론이 옳으냐, 북한이 하는 그대로 해야 하느냐의 문제는 복잡하죠. 그러나 그 당시 한국에 나왔던 이론만으로 볼 때 가능한 방식은 민족문학과 리얼리즘을 결합시키는 방법밖에 없었어요. 그리고 이런 이론을 자꾸 캐나가면 민족의 동질성 회복에 가 닿지 않을까 그런 생각도 했지요. 또 제가 말을 해 놓으면, 북한 이론과 이쪽 이론이 비교 연구되어 조금 더 발전을 하지 않을까 했는데, 엉뚱하게도 저를 좌파 이론으로 몰아버렸죠. 그러니까 후배들도 그 이론을 피해 버리고, 그리고 민족문학 이론은 민족문학 이론대로, 리얼리즘 이론은 리얼리즘 이론대로 발전해나갔어요. 지금은 그게 학문적으로 연구되고 있죠. 사실 저는 학문을 원한 게 아니었거든요.

  문학이나 문학 평론을 하는 사람은 적어도 세계사와 세계 학문의 흐름과 국가론, 민족론 이런 걸 총망라해야 한다고 봐요. 문학 이론이 절대 우연히 나오지는 않습니다. 다 그 세계의 흐름 속에서 자기 민족의 이익, 국가 이데올로기의 직접 간접적인 영향 아래에서 나오는 거거든요. 이를테면 비교문학에서 프랑스와 미국이 어떻게 다릅니까? 프랑스 비교문학은 엄격한 영향 관계를 따진다면, 미국 비교문학은 단순 비교예요. 미국 비교문학이 단순 비교일 수밖에 없는 이유는 100년밖에 안 되는 미국 문학 전통에서 프랑스식 비교문학 이론을 적용하면 남을 게 없지요. 이러니까 나온 게 뭐냐면 비교문학 개념 수정이에요. 이보다 더 국가 이익에 봉사하는 게 어딨겠어요? 저는 대학원에서 첫 시간에 항상 이런 얘기를 해요. 문학론 연구 자세는 어때야 하느냐? 왜 문학을 연구해야 하느냐를 묻지요.

영국에서는 1920년대 영문학이 격상됩니다. 영국이 기울어져 가는 국세를 만회하는 것은 자기 문화밖에 없었고, 그러기 위해서는 똑똑한 학생들을 길러서 세계적으로 영문학을 퍼뜨려야 했지요. 캠브리지 대학이 실시했던 보통 문학사(文學士)보다 더 어려운 과정을 거쳐야 하는 우수한 트라이포스(tripos)제를 실시한 이유는 종교적 기능의 쇠퇴로 문학이 그 자리를 메꾸어야 한다는 것이었습니다. 이 사실은 곧 기독교적 복음주의를 신학이 아닌 문학이 담당해야 한다는 논리이며, 이는 세계 복음화와도 통합니다. 그런 이유로 나온 것이 F.R.리비스가 말한 새로운 영국식 비평이론이에요. 미국도 마찬가지죠. 남부에서 나온 신비평은 국내적으로는 북부의 지배 체제에 대한 남부의 저항이고, 국제적으로 보면 미국문화의 국제적인 지배를 꾀하는 것이거든요. 그리고 자기들끼리만으로는 안 되니까 프랑스의 데리다 같은 사람 대우 잘 해주면서 불러오거든요. 해체주의라는 게 결국은 미국식 이데올로기이고, 문학에서 내셔널리즘이라는 뇌관을 제거하는 장치란 말입니다. 이렇게 지식인들이 자기 국가 이익에 부합하는 연구방법론을 개발한 거죠. 맞아떨어진 거 아닙니까. 그러니까 국가에서는 지원해주고……

문학연구방법론을 너무 정치적으로 접근한다고 비난할지 모르지만 저는 그렇게 봅니다. 한국에서도 1960년대의 미국처럼 '비평'이 '문학이론'으로 바뀐 게 1980년대입니다. '비평'이 운동지향적이라면 '이론'은 연구지향적이거든요. 저는 1980년대 우리 문학연구이론을 성과로 보면서도 근본적으로는 변혁운동에서 멀어지는 결과를 낳았다고 봅니다. 서구 제국주의 방법론의 승리지요. 즉 좌파도 제국주의식 좌파란 말입니다. 좀 심하게 말하면 연구나 하고 강단에 서라는 거겠죠.

민족문학의 개념

채호석 : 결국 문학연구방법론이라는 것이, 정치 좀더 나아가서는 구체적인 삶의 양식, 역학 관계 등과 밀접하게 연관되어 있다는 말씀이신데요. 1990년대 새로운 문학연구방법을 모색하는 연구자들, 사실 그들에게만 한정된 이야기는 아니겠지만, 여하간 연구자들에게는 깊이 숙고하지 않으면 안될 문제라고 생각합니다.

아무런 관형사도 갖지 않은 리얼리즘이 현재 상황에서는 좀더 유효할 수 있겠다는 게 선생님의 생각이신데, 그렇다면 '민족문학'의 개념이 논의되지 않을 수 없겠네요. '민족적 리얼리즘'이라는 것이 민족문학의 이념과 리얼리즘이라는 방법론 혹은 정신을 결합시킨 것이었다면 말이죠. 선생님께서는 '민족문학'의 입장을 견지하시면서, 1978년경에 민중이라는 개념을 농민 또는 노동자라고 구체화하셨는데요. 그때 선생님의 생각은 어떤 것이었나요? 또 '농민문학'도 일반적으로 받아들여지고 있는 개념과는 다른 개념으로 사용하시는 것 같던데요?

임헌영 : 1970년대 중반쯤으로 기억하는데, 제가 「민족문학 개념 정립을 위하여」라는 글을 썼어요. 당시에는 계속 민족문학, 민족주의문학, 국민문학 같은 용어가 혼동되어 쓰이고 있었어요. 그런데 제가 보기에는 분명히 다른 것이었거든요. 그래서 어떻게 이념적인 문제를 피해가면서 명확하게 규정하는 방법이 없을까 고민했어요. 지금 보면 상식이지요. 하지만 그때는 잘못 건드리면 마르크스주의자로 몰렸어요. 사실 그 글을 쓸 때 저는 이미

스탈린의 민족 문제에 관한 글을 다 본 때였어요. 엄격히 말하자면 스탈린이나 사회주의적인 관점에서 보면 우리 나라 남북한은 딴 민족입니다. 왜냐하면 사회주의 이론에서 민족을 규정할 때 네 가지 요소를 드는데, 그 가운데 '경제 공동체론'이 있거든요. 단순히 옛날에 핏줄이 같았다는 것으로 같은 민족이라고 할 수는 없습니다. 핏줄이 같은 게 한 둘입니까, 인류 역사상 인종별로 따지면? 정치체제 다르지, 경제가 다르죠, 우리가 생산한 거 우리가 다 먹지 북한에 안 주잖아요? 같은 나라에 딴 솥밥을 먹는 거야. 그럼 민족이 안 되죠. 그러나 민족해방론의 입장에서 보면 우리는 같은 민족이거든요. 그걸 어떻게 문학에다 적용시키느냐, 고민을 하다가 민족문학이라는 명칭에 대해서 썼지요. 또 1920년대의 민족문학파는 민족문학이라고 불러선 안 된다, 엄격히 '국민문학'이라고 해야 한다. 그게 제 주장이었어요. 저는 지금도 그렇게 봐요. national literature라는 용어가 동양에 번역돼 들어올 때, 중국에서는 민족문학이라고 번역합니다. 그 당시 중국은 엄격히 민족해방투쟁문학이라고 말을 해요. 반면에 일본은 국민문학이라고 번역해요. 1930년대 일본은 다른 민족을 자기 국민으로 지배해야 할 상황이잖아요? 식민 종주국으로서 말예요. 그런데 민족이라는 단어 자체가 이미 상당히 투쟁적이잖아요? 일본이 의식했는지 모르지만 국민문학이라고, 일본에서 나온 연구사 사전 찾아보면 다 국민문학이라고 해요. 그런데 우리 나라는 두 술어를 다 썼잖아요. 실제로 저는 우리에게는 민족문학이라는 술어가 적합하다고 보았어요. 1920년대의 민족문학파는, 사실은 비민족문학파이기에 국민문학이라고 불러야 하는 거죠. 그리고 민족주의는 부르주아 민족주의잖아요. 제가 말하는 민족문학은 민족주의 문학이 아니라 민족해방문학이라는 의미로 사용한 거죠. 이 점은 모든 사람들이 인정했어요. 그 뒤부터 모두 술어를 통일했죠, 민족문학이라고요.

그러고 나서 '농민문학'이 나왔어요. 농민문학에 대한 제 의견은 그래요. 그때 농민문학을 주장한 사람들이 대개 우리 나라 국민의 8-9할이 농민이

다, 따라서 다수의 농민을 외면할 수 없다, 이렇게 썼어요. 제가 말한 농민
문학은 숫자로 말하는 것이 아니라, 질로 말하는 것입니다. 모든 문학 예술
은 농민을 지향한다고 보는 입장입니다. 원시 공산사회의 기본 형태가 농촌
이지 도시가 아니에요. 도시는 다만 산업화 관리를 위해서 만들어진 것이
고, 많은 인간이 모이니까 도시가 돼버린 거죠. 그러나 도시에 사는 사람들
의 기본적인 꿈은 뭡니까? 농촌이잖아요. 인간 공동체적인 그런 농민적인
정서잖아요? 그게 인류의 꿈이고 그 꿈을 나타내는 게 문학이다, 이러기 때
문에 농민문학이라는 건 철학적·미학적으로 보면 원천적으로는 민중의 정
서, 소박한 인간의 휴머니즘, 이 영원한 이상으로서의 농민 공동 사회, 그걸
지향하는 것이에요. 농민 숫자가 아무리 적어져도, 아무리 달나라 가도 그
꿈, 이게 농민문학의 기본입니다. 저는 지금도 그렇게 주장해요. 자크 아딸
리가 말하는 도시적 유목민 속에서도 정착을 꿈꾸는 인류의 이상, 그게 농
민문학의 본질입니다.

채호석 : 하지만 농민문학이라는 말을 그런 뜻으로 사용한다면 오해를 불러
일으킬 여지는 없을까요? 오해라기보다는 혼란을 일으킬 수 있을 듯한데
요. 그런 의미라면 다른 명칭으로 바꾸어 사용할 수도 있지 않을까 생각합
니다. 1980년대 초에 다른 맥락에서 쓰이기는 했지만, '공동체 문학'이라는
용어가 오히려 더 적절한 용어가 아닐까요?

임헌영 : 공동체라는 말이 사용되고 있다는 것을 안 것은 1980년대 중반이
었어요. '문인간첩단사건'으로 들어갔다 나와, 대학에도 설 수 없어 재야지
식인으로 살았죠. 그 동안 많은 책을 썼지요. 한편으로는 먹고살기 위해서
였고, 다른 한편으로는 일종의 사명감 때문이었지요. 그러면서 뒤로 몰래
한 게 바로 '남민전'(南民戰)*이었어요. '남민전 사건'으로 갔다 나온 게
1980년대 중반이에요. 나와 보니 공동체라는 말이 쓰이고 있었어요. 그런
데 저는 공동체라는 말이 잘 먹혀 들어가지 않겠구나 생각했어요. 그리고
예전과 같은 의미에서의 농민문학이라는 말도 안 먹혀 들어가죠. 그래서 오

히려 그걸 합쳐서 리얼리즘으로 넣고, 주제나 소재별로 분류할 때는 농민문
학이라고 해서 그 중요성을 강조하려 했었던 거예요. 저는 지금 젊은 세대
들이 이론적으로 농민문학 개념을 확장해주었으면 좋겠어요. 사실 저는 그
걸 이론적으로 못했거든요. 주장만 그렇게 했지.

분단문학과 민족 동질성

채호석 : '남민전' 이야기가 나왔는데, 중요한 이야기이기는 하지만 조금 뒤
에 다시 이야기하기로 하고요, 계속 이야기를 이어나가지요. 민족문학 개념
과 밀접하게 관련되어 있는 개념이 '분단문학'이라는 개념일 터인데요, 선
생님께서 분단문학과 관련하여 책을 내신 적도 있고요. 그런데 선생님께서
는 '분단문학'에 일종의 계보랄까 아니면 어떤 발전의 방향을 설정하고 있
는 듯이 보입니다. 다른 비평가들과는 달리 분단문학의 폭을 매우 넓게 잡
고 있는 듯도 하고요. 선생님 생각을 독자를 위해서 조금 간명하게 정리를
해 주시면 좋겠습니다.

▲ 『분단시대의 문학』

임헌영 : '분단문제'는 제가 제일 먼저 강조
했었지요. 사실 분단 때문에 민족 동질성과
통일 지향성과 같은 이야기가 나오고, 결국
'민족'이 들어갈 수밖에 없는 거였지요. 그
래서 자연스럽게 외세의 문제와 연결됩니
다. 외세란 바로 제국주의지요. 제가 분단문
학 이야기를 시작할 때에는 외세라는 말을
상당히 조심스럽게 써야 했어요. 외세란 제
국주의란 술어를 못 쓸 때의 우회적 표현입
니다. 이와 관련해서 핵심적인 문제는 제국

주의를 벗어난, 곧 일본이나 미국을 벗어난 문화 정책이 우리 나라에 있느냐인데, 저는 없다고 봐요. 문화 정책을 독자적으로 바로 세울 수 있는 이데올로기를 가진 정치 지도층이 있다면 그건 대단하죠. 신뢰할 만한 정권이라고 말할 수 있어요.

저는 분단문학의 과제는 바로 '민족 동질성 회복' 이라고 주장했어요. 민족 동질성 회복이라는 말을 사용한 것은 아마 제가 처음일 거예요. 처음 분단문학은 6·25를 다룬 것으로만 봤지요. 저는 그걸 8·15부터 앞으로 통일될 때까지를 다 분단문학이라고 불러야 한다고 개념을 수정했습니다. 그러기 위해서는 1950년대 문학을 제껴 놓지 말고 포용해야 한다고 생각해요. 예컨대 서기원의 작품이 대표적이죠. 서기원은 살벌한 시대에 탈영병을 주인공으로 내세워서 그 탈영병을 사창가에서 놀게 하죠(「이 성숙한 밤의 포옹」).

1960년대로 넘어오면 최인훈의 『광장』이 있어요. 이 작품의 위대성은 남북한을 등거리에서 비판했다는 것입니다. 그 이전까지는 북한만 비판했지 남한은 비판 못했는데, 그냥 남북한을 등거리에서 똑같이 비판을 해버린 것이죠. 이 작품을 놓고 민족적 허무주의라고들 얘기하는데 저는 이렇게 봐요. 『광장』이 동구권 붕괴 이후에 결국엔 또 재평가 받는 게 아니냐. 『광장』의 이명준이 어떻게 할 수 있겠어요? 그냥 죽어 버렸거나 다시 북한으

▲ 『광장』

로 가 버렸거나, 사실 그렇게 끝낼 수도 있거든요. 다시 북한 갔으면 책이 못 나왔겠죠. 최인훈도 지금 못 살았을 거고. 그러나 어쨌거나 중립국으로 가다가 죽게 했죠. 바로 그 점 때문에 민족적 허무주의자라는 비판도 받았는데, 그 사람이 뒤에 어떻게 하느냐가 문제죠. 그 당시의 최인훈 선생은 대

단히 훌륭한 업적을 남겼다고 봐요. 『광장』과 그 뒤에 나온 『회색인』에 나타난 최인훈 선생의 사상은 상해 임시정부를 우리 나라 정통으로 보는 사상이었어요. 그렇기 때문에 전 최인훈 선생은 분단문학의 한 반열에 올려야 한다고 봐요.

▲ 박경리

그 다음에 박경리 여사의 『시장과 전장』이 있죠. 이건 처음으로 공산주의자에게 피가 흐르게 한 작품이에요. 최인훈 선생보다 한 걸음 더 나아간 거죠. 이제 공산주의자도 인간이 된 거예요. 이 점은 대단히 중요해요. 그 뒤에 나오는 작가가 김원일이에요. 사실 박경리까지가 모든 공산주의자는 지식인이었어요. 공산주의는 지식인만이 하는 것처럼 해왔는데, 김원일에 와서 처음으로 백정도 공산주의자가 되는 거죠. 『노을』에 등장하는 인물 중 최고의 지식인이라고 해야 초등학교 교사

예요. 말하자면 '이즘'이라는 것이 삶에서 나오는 것이라는 사실을 처음으로 증명한 거죠. 이즘이라는 것이 이론이 아니라 삶의 현장에서 터득된 것이다, 그렇기 때문에 인텔리만 이데올로기를 가지는 것이 아니라 글자를 몰라도 이데올로기를 가질 수 있다, 이건 매우 소중한 점이죠. 그 뒤부터는 분단문학이 역사를 바로 보려는 작업이 되는데, 이병주의 『지리산』, 조정래의 『태백산맥』, 그리고 권운상의 『녹슬은 해방구』까지 이어지는 거죠. 이병주 선생에 대해 비판이 많은데, 저는 상당히 긍정하는 편이거든요. 『지리산』 같은 작품은 이승만 정치 노선을 합리화하는 소설이라고 보고, 『녹슬은 해방구』는 북로당을 바로 지지하는 거죠. 그리고 『태백산맥』은 그 중간이에요. 우리 나라의 진보적인 민족주의 의식을 분단문학에다 집어넣은 것이 『태백산맥』이죠. 이렇게 하면 일목요연하게 분류가 되죠. 이 세 작품이 대

치되는데, 셋 다 그 정도만 쓰면 되는 거 아닌가요?

『창작과비평』과 리얼리즘

채호석 : 분단문학을 정리하는 말씀을 들으니 앞서 말한 선생님의 리얼리즘관이 훨씬 더 선명해지네요. 비평가의 자세도 그렇고요. 이쯤에서 '창비', 구체적으로는 백낙청 선생님과의 같은 점과 다른 점을 짚어 봐야 할 것 같습니다. 분단문학에 대한 강조라는 점에서는 그리 큰 차이가 없어 보이지만 구체적으로는 많은 차이가 발견되거든요. 특히 작품 해석에서는 더욱 그런 것 같습니다. 리얼리즘관도 그렇고요. 선생님께서는 '창비' 쪽의 견해에 대해서는 어떻게 생각하시는지요. 관점의 차이가 분명히 있기는 하지요?

임헌영 : 저는 근본적으로는 '창비'를 지지한다고 할까, 호응한다고 할까 그런 입장이기 때문에 큰 차이는 없어요. 저는 백낙청 선생의 '분단체제론'을 인정해요. 또 그 이론을 가장 높이 사는 쪽이죠. 저도 분단체제라는 말을 잘 쓰죠. 어쩌면 그 용어는 제가 먼저 썼을지도 몰라요. 백선생의 민족문학론도 일반적으로는, 이론적으로 수긍하는 편이에요. 서구 미국 학자들이 주장하는 민족주의론과 유럽 학자들의 민족주의론을 잘 융합해서 백선생 나름대로 주장한 민족문학론, 시민문학론에서 민족문학론으로 전개된 민족문학의 현 단계, 이런 걸 저는 받아들이는 쪽이거든요. 그런 면에서는 별 차이가 없다고 봐요. 지금도 그래요. 많은 사람들이 민족문학론을 떠나려고 하는데, 백선생은 지금도 하고 있거든요. 난 너무 기분 좋게 받들고 싶어요. 민족문학을 하는 사람이 너무 없기 때문에 너무 든든해요.

　하지만 차이점은 있죠. 첫째는 백선생이 시민문학론을 내세웠을 때 저는 민족문학론을 해야 한다고 했어요. 우리 나라는 식민지이기 때문에 시민은 없다, 식민지에서는 민족해방투쟁이 있을 뿐인데 무슨 시민을 찾느냐 하는

거죠. 또 시민문학론을 인정한다고 하더라도, 이상이나 한용운을 우리 문학
의 거봉으로 파악하는 데는 주저해요. 다음으로는 백선생의 민족문학론과
그 속에서 거론되는 작가나 시인 사이의 괴리를 들 수 있어요. 특히 1990년
대 들어와서는 더 그렇죠. 이제 바라볼 거라곤 『실천문학』과 『창비』밖에 없
단 말이에요. 이럴 때 저는 오히려 두 잡지가 희생을 각오하고, 단행본은 장
사를 위한 것이라 하더라도, 잡지는 문학사의 흐름을 짚으며 평가해 주면서
독재 시기에 했던 전위로서의 역할을 해 주기를 바래요. 그런데 1990년대
들어와서 좀 중심이 흔들리는 것 같아요. 백선생이 평가하는 작품들, 또는
'창비'에 실리는 작품들은 제가 보기에는 백선생의 이론과 괴리가 된단 말
이죠.

　한 가지 더 말하죠. '창비'가 나오면서 제일 먼저 연재한 것이 아르놀트
하우저의 『문학과 예술의 사회사』였어요. 전 그 책이 참 마음에 안 들거든
요. 그게 프랑크푸르트 학파 아닙니까? 프랑크푸르트 학파라는 게 신좌익
이다, 대체로 그렇게 보고 있죠? 그런데 『문학과지성』이 말이죠, 사회에 관
심을 가지지 않았다가 긴급조치 이후 프랑크푸르트 학파를 내세웠잖아요?
그러면 독일 프랑크푸르트 학파가 내세우는 작품이 뭐냐? '문지'가 내세우
는 작품은 또 뭐냐? 이게 맞아집니까? 그런데 프랑크푸르트 학파를 딱 잡으
니까, 그걸로 '문지'가 큰 영향력을 행사하게 된 거죠. 그러니까 '창비'의
상당한 독자를 '문지'에 뺏긴 거죠. 그런데 '문지'가 프랑크푸르트 학파를
내세우면서 실제로 시나 소설에서 그런 쪽의 작품을 보급해 줬느냐? 물론
윤흥길이나 조세희 같은 좋은 작가들이 몇몇 있죠. 그러나 '문지'는 전반적
으로 그렇지 않은 작가를 주류로 삼고 있다고 봐요. 1980년대 정치적 지향
성에서 말이죠.

　그런데, '창비'에서 아르놀트 하우저 얘기를 하는 거예요. 저는 우리 나라
에는 신좌익이 안 맞다고 봐요. 우리 나라에 맞는 것은 정통 마르크스주의
죠. 마르크스, 레닌, 엥겔스, 모택동, 카스트로, 호지명. 사실 스탈린도 있

지만, 마르크스 엥겔스 미학에 레닌주의 그 다음에 스탈린을 넣으면 너무 반발이 심해요. 저는 개인적으로는 스탈린에서 긍정적인 요소도 있다고 보는데, 제 개인적으로는 호지명을 제일 좋아해요. 티토나 카스트로까지도 넣을 수 있는 그 미학, 그것이 우리 나라에는 더 적합하다고 생각해요. 제가 보기에는 뉴 레프트를 하자는 얘기는 어떤 면에서는 미국의 입장을 세워주는 거예요.

하우저뿐만 아니라 1980년대에 루카치가 존경받는 것도 못마땅해요. 루카치 이론도 우리가 다 배워야 하지만 오히려 중국 이론이나 쿠바나 이런 이론이 괜찮아요. 미국과 서구는 우리하고 차원이 다르지요. 그런데 백선생이 말하면 일단 함부로 넘길 건 아니니 주시해야 하고, 저 같은 사람은 솔직히 말하면 따라갈 수가 없는 거죠. 이론으로나 미학관으로 따라갈 수는 없지만, 그렇다고 저 같은 사람은 가만히 있어야 하느냐, 그렇진 않은 거죠. 못 따라 가는 대로 제 이론을 말하는 거죠.

채호석 : 백선생의 이론이 다소 서구 중심주의가 아니냐, 민족적 특수성이라는 바탕에 근거해서, 이론을 개발하는 데 미흡한 것이 아닌가 하는 생각이신가요?

임헌영 : 꼭 그렇진 않을 거예요. 백선생 논문을 보니까, 저는 참 백선생다운 접근이라는 생각이 들면서도 저하고는 표현 방법이 또 달라요. 말하자면 한국을 미국의 식민지로만 보는 관점이나 한국은 이미 독립국가라는 생각을 넘어서는, 백선생 나름의 표현 방법이 있죠. 그런 걸 저는 달리 말하는 거죠. 고전적 식민지 개념으로 보면 지금 우리는 식민지가 아니죠. 19세기 개념으로 봐도 아니고, 20세기 전반부 2차 대전 이전까지의 개념으로 봐도 아니에요. 신식민주의 개념으로 보면 우리 나라는 식민지일 수도 있죠. 식민지 개념의 변천에 따라서 달라지는 거예요. 그렇기 때문에 꼭 그런 식으로 복잡미묘하게 표현해야 하느냐는 것이죠. 저는 식민지 개념의 차이가 변했고 현대식으로 말하자면 현대식 식민지라고도 할 수 있다고 보고, 그렇다

면 거기에서 민족문학 방법론이 나와야 한다고 보는 거예요. 저는 소박하게 그렇게 말하는 것이에요. 백선생과는 표현 방법에서 미묘한 차이가 있는 거죠. 인식은 백선생이 정당하다고 보거든요. 하지만 그 미묘하고 현학적인 표현의 차이 때문에 백선생은 민족문학의 범위를 훨씬 넓게 보죠. 또 그 때문에 '창비'에 실리는 작품과 '창비'의 기본 자세 사이에 갈등이 있는 것 같기도 해요.

'남민전', 그리고 1980년대 문학운동과 사회운동

채호석 : 이제, 아까 나왔던 '남민전' 이야기를 들었으면 합니다. 이 부분에 대해서는 제가 과문한 탓인지 별로 이야기를 들은 바가 없네요. 예전에 선생님과 함께 공부할 때에도 들은 적이 없거든요. 그때 어떤 생각으로 '남민전'에 참여하셨는지요. 또 문학인, 비평가로서 혁명 조직이라고 말할 수 있는 '남민전'에 참여하려면 정치와 문학—조금 낡은 이분법이기는 하지만—사이의 관계에 대해서도 조금 말씀을 덧붙여 주시죠.

임헌영 : 1974년에 제가 '문인간첩단사건'을 겪고 나오니까 암담했어요. 지식인들이나 운동권에 있던 사람들이 1979년 10·26 사건에 대해 '당연히 그럴 줄 알았다.'고 흔히 말하는데, 사실은 1979년 10·26을 아무도 예언을 못 했어요. 1976, 1977, 1978년 이때는요……. (한숨). 우리보다 선배 세대들을 만나서 하소연하면, 박대통령 수명이 다할 때를 기다릴 수밖에 없다, 그 이전엔 도저히 안 된다고 말했어요. 1976년에 3·1구국선언을 하니까 바로 구속되었고, 연금되고 그런 상황이었지요. 그 이후에는 평안하고 조용했어요. 제가 산 증인이에요. 삶에 찌들었던 노동자 외엔 모두 다 몸을 사리고 있었어요.

채호석 : 1978년, 1979년도 2년간에 데모가 전혀 없었습니까?

임헌영 : 독재 체제가 굳어졌다고나 할까, 겉으론 조용했죠. '동아투위'를 비롯한 해직 기자들을 중심으로 출판 문화 운동만이 뜨겁게 일어났을 뿐이죠. '한길사'가 대표적인 예죠. 출판 문화 운동은 우리 문학과 밀접한 관계가 있습니다. 해직 기자들 덕분에 민족문학 발전이 아마 10년은 앞당겨졌을 겁니다. 출판 운동은 2,30년 앞당겨졌고요. 그 이전처럼 보수적인 출판사만 있었으면 민족문학이 이렇게 발전하지 못했을 거예요. 우리는 고맙게 생각해야 해요. 출판사가 그만큼 중요하거든.

그런 상황에서 '남민전'이 지하에서 만들어졌죠. 민주화 운동도 이제는 지하로밖엔 갈 수 없다, 이걸 보여준 게 '남민전'이거든요. 첫 발단은 '민주주의 하자.'였어요. 당시는 그 말 자체가 긴급조치에다 국보법 위반일 때니까, 그것 자체가 지하 조직이 돼야 한다는 거였죠. 참 비참했죠. 개인적으로 보자면 사실 저만큼 울분에 차 있던 사람이 몇 안됩니다. 드물어요. 목마른 놈이 우물 판다고, 제가 제일 답답하니까 '남민전'에 주저 없이 들어갔죠. 그러다 결국 1979년에 검거되어 1983년도에 나오니까 문학 풍토가 완전히 바뀌어져 있었어요.

어떻게 바뀌어졌냐 하면, 마르크시즘이 한 50% 해방되어버린 거예요. 공공연하게 책을 봐도 되었죠. 영미 일본 책 복사해서 다 보고 있었죠. 저는 너무 놀랬어요. 처음에는 제 생애 이런 시절도 있는가 싶더라구요. 그런 반면에 저는 눈치만 보고 살아온 생리 구조가 있어 이래도 되는가 하는 생각도 들더라구요. 그리고 북한문학과 이론에 대한 관심이 높아져 있었는데, 이게 1972년에 제가 일본 가서 몰래 봤던 것과는 너무 차이가 나요. 1972년에 봤을 때는 북한의 주체사상 이전 1960년대까지이죠. 이론적으로는 1970년대 전반까지고요. 1972년도에 볼 때는 너무 좋았어요. 그런데 1980년대에 나와서 보니까 상당히 주저하게 만들더라구요. 그대로 찬성만 하기에는 주저하게 만들고, 나 자신을 자꾸 반성하게 만들고……. 그래서 조심스럽게 접근을 하면서도 다른 한편 이런 생각이 들었어요. 문학을 인류의 고귀한 유산으로 보는 방법과, 문학도 하나의 시대적인 산물로 필요에 의해서 상품처럼 만들어냈다가 다 쓰면 폐기 처분한다는 식으로 보는 방법이 있는데, 후자도 유용한 면이 있겠다 하는 생각을 했죠. 무슨 뜻이냐 하면 민족해방 이데올로기의 관점을 가지고 있다면 그런 문학도 한 시대에 유용할 수 있겠다고 생각한 거죠. 그래서 상당히 정리하기 힘들어 곤혹스러워하면서도, 북한문학을 굉장히 열심히 찾아다니면서 보았어요. 그때는 북한문학을 공부하는 사람이 적었으니까 출판사에서 자료만 구하면 저한테 갖고 왔어요. 제가 못 쓰고 다른 사람한테 쓰라고 하기도 했지만요.

다만 아쉬운 점은 그때 소위 민중적 민족문학, 노동자 해방문학, 또 그냥 민족문학, 이렇게 나뉘어 있었던 것이지요. 저는 힘도 없고 징역 살고 나와서 문단에 발판도 없고 그야말로 제 몸만 하나 강연하고 글쓰고 해서 먹고 살 때죠. 이게 아니다, 그 이론으로 싸울 때가 아니다 싶었어요. 저한테 제일 잘해 준 사람이 채광석 씨였어요. 그 다음에 자연스럽게 『녹두꽃』, 주사파 평론가들과 만나게 되었지요. 1980년대 평론가들에게 많은 애착과 애정을 가지고 있었어요. 그 또래들은 흩어지지 않도록 해야겠다고 생각하고 노력도 적잖게 했어요. 이론적으로 자기들끼리는 골이 파일 정도의 논쟁은 없잖아요? 발전을 위한 우정어린 충고와 논쟁은 했지만은 깊은 골은 없었거든요. 그러나 결국 그게 나누어짐으로써 계승이 안되고 자기 자신에 지쳐버리고 만 거죠. 그 세 파가 합쳤다면 잡지 하나가 살았을 거예요. 그렇게 했다면 민족문학이 궤도에 올랐지 않겠어요? 각자가 자기들의 지지 기반이 있었죠. 제 입장에서 보면 저게 하나가 되면 잡지도 살고 문학 운동도 살고 그럴텐데 했죠. 그런데 지식인의 한계이기도 하고, 우리 문학 풍토의 한계이기도 하지만, 결국 세월의 흐름과 함께, 그 흐름도 유파도 잡지도, 1980년대에 불과 몇 년 하다가 스러져 버렸지 않습니까?

1980년대 문학을 비판한다면 작품 비평에 앞서서 비평가에 대해 비판해야 해요. 그런데 반성도 자기들끼리 한 게 1990년댑니다. 열정적인 평론가들은 현장을 떠나버리고 말예요. 그게 참 서운하고 지금도 아쉬워요. 그게 1990년대 문학을 노쇠화시키고 조로하게 만드는, 해체주의가 급속하게 퍼지게 한 하나의 원인이라고 생각해요. 세월이 변했는데 우리는 왜 안 변하느냐, 우리도 변해야 한다, 이렇게 말하는 거죠. 그런데 세월이 변했습니까? 변하는 기준이 도대체 뭡니까? 국민 소득 높아지고, 대통령이 누가 되고, 이게 세월이 변한 게 아니거든요. 기본적인 역사적 입장에서 봐야죠. 지금 후배 세대들이 문학 연구를 한다면 1980년대 비평가들의 업적과 과오를 잘 대차 대조해서 새로운 문학운동을 해야 한다고 생각합니다.

채호석 : 선생님 말씀에 따른다면 1980년대의 각기 다른 문학 이념을 갖고 결국은 운동도 따로 해나갔던 것이 1990년대 문학이 노쇠화된 원인이라는 말씀인데요. 그런데 그 세 가지 흐름을 아우를 수 있는 연합 형태의 조직 혹은 공동 전선을 형성하기 위해서는 그것을 가능하게 하는 조직이 있어야 하지 않았을까요?

임헌영 : 필요했다고 생각해요. 그런데 그 역할을 아무도 못했거나 방조한 거죠. 이 대목에서는 '작가회의'의 기능을 재삼 거론해야 됩니다. 지금도 마찬가집니다. 21세기는 예상할 수 없는 민중 운동의 시대가 될 것입니다.

채호석 : 지금은 어떤지요? 지금으로서는 이렇다 할 문학 운동도 없는 상태인데 여전히 그런 조직, 혹은 그런 조직을 만들기 위한 운동 같은 것이 필요한지요. 너무 늦은 것은 아닐까요?

임헌영 : 필요하다고 봐요. 늦지 않았어요. 또 늦었더라도 지금이라도 필요해요. 최근에 김명인 씨 같은 분이 그래도 1980년대를 떠날 수 없다고 말하는 것을 듣고 너무 반가웠어요. 이런 문인들이 다시 한둘씩 더 돌아와야 해요. 이를 계기로 다른 분들도 다시 비평 정신을 가지게 되었으면 좋겠어요. 앞으로 어떻게 될지는 모르죠. 운동이 될지 안 될지……. 하지만 어렵기 때문에 또 될 수도 있어요. 안 하면 기존의 문학 판도에 자기가 편입될 수밖에 없기 때문이죠. 저는 가능하다고 보는데, 어쨌거나 희망을 가지고 싶어요.

그런 문학 운동이 다시 일어날 것이라는 희망 말이에요.

채호석 : 카프에 대한 비판과도 관련된 얘긴데, 선생님께서 사석에서 1920
~30년대 카프의 한계를 말씀하시면서 '당' 문제를 말씀하셨거든요. 카프의
한계와 실패는 '당'과 연결되지 않았기 때문이라고요. 물론 '남민전'이 문학
운동 단체는 아니고, 그것까지 요구할 수 있는지는 잘 모르겠지만, 이에 대
해서 조금 구체적으로 말씀을 해 주시죠.

임헌영 : 원칙으로 말하면요, 문학 예술이란 '당'과는 관계가 없다는 것이
정설이 되어버렸지요. 문학은 정치에 예속되어선 안 된다는 거죠. 그런데
문학 운동론의 시각에서 볼 때는 다른 사회 운동과 굉장히 밀접한 관계가
있어요. 그것이 정치 조직이건 사회 운동 단체이건 말예요. 전 그걸 굉장히
중요하다고 봐요. 다른 나라 문학 단체는 말할 것도 없고, 카프는 신간회와
굉장히 밀접하잖아요? 왜냐하면 운동이기 때문이죠. 그것이 어떤 사회 단
체든 문학 단체든, 민족 해방 조직이든 그것을 문학의 예속화로 보면 안 돼
요. 예속화가 아니라 연대와 협조지요. 말하자면 이데올로기의 공동 창조자
이자, 작품 보급의 직접적인 기여자가 된단 말입니다. 바로 독자가 되잖아
요, 그 단체가. 개인주의적인 문학을 하는 사람에게는 없어도 그만이지만
운동 지향성이라면 굉장히 중요하죠. 1980년대도 사실 마찬가지지 않습니
까? 잡지마다 지지 단체가 있고, 학생 운동과 연관이 되었잖아요. 이러기
때문에 중요한데, 일본이나 우리 나라 같은 경우는 당하고 관계가 없었어
요. 예컨대, 김팔봉의 한계는 당에 들어가지 않았던 거예요. 만일 당에 들어
갔으면 더 잘 썼을 것이라고 봐요. 이건 제 편견인지 모르지만, 결국 김팔봉
은 당에 대한 확신이 없었던 거예요. 만약에 김팔봉이 당원으로서 자기가
함께 토론할 수 있는 자격이 있었으면 내용 형식 논쟁에서 김팔봉이 이길
수도 있었어요. 신념이 강해지는 거죠. 또 애초에 그런 글을 쓰지도 않았을
거예요. 제 이야기가 자칫 오해를 불러일으킬 수도 있는데, 요는 제가 말하
고자 하는 바는, 이데올로기의 공동 창조라는 점이에요. 문학이 모든 것의

위에 있다는 일종의 예술지상주의를 배격하자는 거죠. 사실 정치가가 보면 문학은 하찮은 장난이요, 관념적인 유희일 수도 있습니다. 아무리 리얼리스트일지라도 보수주의적인 금뱃지가 보면 우스운 거예요. 현실과 비교하면 어린애 장난이죠. 그랬을 때 이데올로기의 공동 창조자로서가 아니라면 문학은 발전할 수 없는 거죠. 고리키란 사람이 그렇게 위대했느냐 하면 아니죠. 끊임없이 레닌과 대화해나갔기 때문에 가능한 거죠. 지금 카프 연구하는 사람들이 다 지적하잖아요. 서울 청년회파 일부, 그게 카프 주류가 돼버렸고 당 핵심과 견줄 만한 그런 게 없었잖아요. 그러니 어디서 이론을 빌어오느냐 하면 외국에서 빌어오는 거죠. 외국 책 먼저 본 사람이 제일 선두주자예요. 일본 문인에는 러시아 체험자가 있었는데, 그들의 일본어 번역판을 보고 번안해서 평론 쓰면 우리 나라의 일인자가 돼버린 거예요. 그 밑에는 직접 제자도 없고, 직접 비밀 문서 본 사람도 없어요. 어림짐작으로 했던 거죠. 그러고 보면 머리 좋았죠. 짐작해서 다 썼으니까. 지금 대차대조표를 작성해 보면 차이가 나잖아요. 저는 그게 아쉬운 거죠. 쉽게 말하면 문학은 다른 모든 학문과 함께 가야 해요. 역사학, 정치학, 경제학, 이 모두 함께 이데올로기를 공동 창조하고, 사회 운동 단체, 정당, 하찮은 조직 운동까지 함께 할 때 문학 이데올로기도 함께 가고, 일체감이 생기고, 문화 보급도 되고 출판도 되는 거죠. 2차 대전 직후 일본의 신일본문학회는 엄청난 조직이었어요. 그런데 결국 공산당으로부터 이탈하거든요. 공산당의 부당함 때문에. 나와서 사회당으로 가죠. 그때도 힘이 막강했어요. 그런데 사회당 정책에도 동조하지 못해서 하나 하나 다 탈퇴했어요. 지금 일본 가서 예순 넘은 문인 만나면 그때 탈퇴한 사람들입니다. 그거 보면서 난 우리 나라 1980년대를 생각했어요. 우리가 늙어서 저리 안 되려면 지금 뭘 해야 하느냐 하고요. 그 사람들 얼마나 우리 나라 문학을 부러워하는지 모릅니다. 좋은 토양에서 왜 문학 운동을 그렇게밖에 못 하느냐고 말하죠. 그런 의미에서 '당'을 말한 거예요.

채호석 : 그러면 '남민전'에 참여한 것도 그런 생각의 연장선상에 있는 것이었겠죠?

임헌영 : 큰 기대를 가지고 그랬던 것은 아니었던 것 같아요. 그런데 독일의 경우를 보면 예술가들이 공공연하게 정당을 지지하잖아요. 그에 비해 우리 나라는 마치 그렇게 하면 처녀성을 버린 것처럼 본다는 거죠. 바로 그런 생각을 깨야 돼요. 정당의 하수인이 되는 건 문제가 있지만, 그런 의식은 깨어야 하죠. 앙드레 지드가 「소비에트 기행」을 쓰고 탈당할 때는 다 세계적인 양심이라고 하고, 공산당 지지할 때는 뭐 우스운 작가라고 하고, 우리 나라도 박정희나 독재 정권 찬양하는 문인은 순수문인으로 괜찮고, 체제 비판하는 바람직한 민족 문학은 정치 문학이라니, 그게 말이 되나요? 안되죠.

채호석 : 그러면 '남민전'은 문학 운동과는 어떤 구체적인 관계를 맺고 있었나요? 아니면 선생님 개인으로서 관계를 맺었던 것이었나요?

▲ 김기진

임헌영 : '남민전' 같은 운동 단체라는 것은 이데올로기 창조를 위해서 모든 분야와의 협조가 다 필요한 거예요. '남민전'에 관련된 에피소드 가운데 김남주에 관한 것이 있죠. 이건 1980년대와 관련된 얘깁니다. 김남주가 1970년대 후반에 나왔잖아요. 그때 젊은 시인들이 말하기를 김남주는 민족 해방 의식은 있는데 노동자를 무시한다고 했어요. 노동자에 대한 연대감이 약하다는 거죠. 저는 그것을 보고 너무 슬펐어요. 김남주가 민족 해방 의식에서 제일 앞서가는 사람이라면, 그리고 그것이 필요하다면 그걸 사주면 돼요. 노동 해방 문학을 아주 잘하는 사람이 있으면, 박노해처럼 말이죠, 그러면 그걸 사주면 돼요. 같이 하면 되는 거죠. 그런데 자기보다 앞선 시인을 그렇게 씹어야만 제가 올라가나? (웃음) 평론가들이 밤새 시인을 씹고 제가 내세우는 작가를

세워야 하는 가요? 그렇지 않거든요. 또 김남주가 노동자 의식이 없었던 것도 아닙니다. 한국 문학 운동은, 아니 다른 사회 운동, 학생 운동도 마찬가지로 역사적 전통을 도외시하고 급부상한 몇몇 영웅이 절대적 영향력을 행사한 데서 엄청난 시행착오를 가져왔습니다. 잡지 하나 내면 마치 자기들이 그때부터 씨를 뿌린 것처럼 생각하잖아요. 사실은 그 전부터 씨가 다 있었던 거예요. 카프도 그 하나의 씨고, 해방 후의 문학 운동도 그렇죠. 학생 운동도 그래서 많은 좌절을 겪은 겁니다. 일제 때부터 운동했던 대선배들한테 가서 자문을 구했다면 절대 과격해지지 않고 발전할 수 있는데, 그러지 않으니 과격해지고 비현실적이 된 게 아니겠어요.

새로운 시대와 카프 문학의 재평가

채호석 : 이제, 많은 시간도 지났고 했으니, 평소 연구자로서 선생님께 듣고 싶었던 이야기를 여쭙겠습니다. 연구자의 입장에서 보면 가장 문제되는 부분이 카프에 대한 평가가 아닐까 합니다. 제가 대학원에서 처음 연구의 대상으로 삼고 공부했던 것도 카프이고요. 카프를 우리 문학의 주류로 인정하고 옹호하더라도 카프 갖고 있는 한계를 바르게 인식하는 것이 중요하다고 생각합니다. 역사적 제한에 따른 한계라고 할 수도 있고, 또 카프에 참가했던 사람들의 한계일 수도 있겠지요. 1980년대에 카프 문학에 대한 새로운 평가가 많이 나온 것은 사실이죠. 하지만 한편으로는 유행과 같은 양상을 띠기도 했었어요. 그렇게 본다면 1980년대 카프 문학 연구 성과도 비판되어야 할 부분이 있겠지요. 선생님께서는 소위 '새로운 밀레니엄'의 시대에 카프가 어떠한 의미를 가질 수 있다고 생각하시는지요?

임헌영 : 상당한 문인들이 새로운 밀레니엄이 오면 많은 것이 달라질 것이라고 생각하는데, 저는 그렇게 보지 않아요. 민족 문제 해결의 방식을 놓고

많은 논의들이 있었지만 결국 '민족해방론'과 '근대화론' 두 이론의 싸움이었다고 볼 수 있어요. 이렇게 봤을 때 두 문제가 다 해결 안 된 상태이거든요. 독일의 통일을 주도한 기민당이 우리 나라에 오면 혁신 정당이 된단 말예요. 독일과 우리 나라는 같은 20세기에 지구상에 존재한 한 나라이면서도 우리는 마르크스가 존재했던 시대보다도 더 참담한 시대에 살았거든요. 지금도 변하지 않았어요. 분단된 원인이나 분단 뒤에 대처하는 방법이나, 통일 방법이나 지금 남북한 대치 상황이나 이런 여러 가지 상황을 볼 때 독일과는 비교하기 미안할 정도지요. 지식인들이 이런 걸 착각을 해 가지고 오늘의 독일이나 미국과 우리가 같은 자유주의 사회로 생각한단 말예요. 그리고 민족 문제의 현실을 진단하는 거나 역사나 남북한 시각이나 통일에 접근해 가는 자세를 선진국하고 똑같은 입장에서 가지려고 하는 거죠. 학자들은 현실을 무시하고 높은 위치에서 서구적인 관점에서 보는 거예요. 문학자들도 마찬가지지요. 문학이라는 게 운동 시대는 끝났다, 이게 해체주의자들이 주장하고 싶은 거잖아요? 사실은 리얼리즘 같은 건 아직 체제 내적으로 한 번도 편입되지 못했던 이론이기에 운동을 안 하면 안됩니다. 사회주의 국가 체제의 붕괴 이후에 세계 전체가 다 해체주의로 나가기 때문에 미학이 그 이데올로기에 저항하기가 참 어려워요. 하지만 다른 나라 문인들 만나면 이렇게 얘기해요. "21세기의 문학 르네상스는 한국이다, 한국이 최고다, 일본 아쿠다가와 상 그게 소설이냐, 우리 나라는 그보다 훨씬 좋은 소설이 많다."고. 실제로 일본의 많은 문인들이 우리 나라를 부러워하고 우리 나라 소설 좋아해요. 그게 다 지금의 지적 조류 속에서는 소수 의견이지만은, 그 소수 의견이 바람직한 문학을 지켜야 한다고 봅니다. 너무 어거지인가요? 하지만 저는 그렇게 보기 때문에 21세기가 되면 확 달라진다 그렇게는 안 봐요. 또 그리 안 될 겁니다.

저는 카프가 많은 한계를 가지고 있다고 생각해요. 하지만 그 카프를 정당하게 선보일 기회가 한 번도 없었죠. 해금을 했다지만 대학 교재에는 들

어가 있지 않고 또 들어가 있더라도 구색을 맞추는 정도지요. 현재 카프에
대한 비판은 일리도 있어요. 그렇기 때문에 카프에 대한 비판은 수용해야
하고 또 새 시대에 맞게 비판을 해야 하죠. 하지만 카프에 대한 비판을 동시
대 문학에 대한 비판과 비교하면 이건 상당히 눈총과 편견에 가까운 비판이
에요. 비판과 함께 카프가 이룩한 업적이 반드시 제대로 평가되어야 해요.
카프 연구자들도 업적은 이야기 안 하고 비판만 해버려요. 카프는 대단한
단쳅니다. 세계문학사에서도 그렇지요. 이 카프의 업적과 8·15 이후와
1960, 1970년대, 1980년대 민족문학과 리얼리즘을 연결시켜야 합니다. 민
족문학론이 한국 전쟁 이전까지는 빼버리고 1970년대에 자신들이 처음인
것처럼 말하는데, 사실 카프의 이론에 입각해서 맥락을 이어줘야 합니다.
1980년대 이론도 마찬가지로 승격되어야 하죠. 지금은 평가와 비판에만 초
점이 있지 계승에는 초점을 두지 않죠. 1980년대 문학에 계승할 만한 점이
없냐 하면 그렇지 않아요. 1980년대 상당수 작가들, 심지어는 중도파에 해
당되는 임철우, 이창동 같은 작가까지도 상당한 업적을 남겼거든요. 이렇게
본다면 1980년대는 순수문학쪽에서의 업적은 거의 없어요. 작품 목록을 가
지고 하나씩 보면 실제로 업적이 빈약해요. 1980년대 문학을 싸잡아 비판
하는 것은 마치 카프 문학을 일방적으로 매장하는 것과 똑같은 것이지요.
1990년대도 마찬가지죠. 어찌보면 더 치열합니다. 하지만 민족문학 자체가
안이해지고 왜소해진 것은 사실이에요. 진보 세력이 스스로 보수화해 버린
꼴이죠. 민족문학 진영이 너무 빨리 샴페인 잔을 깨뜨려 버린 것이죠. 사실
저는 1990년대 작가들에게 묻고 싶어요. 과연 이게 문학인가 말예요. 또
문학 연구하는 사람들에게도 이것이 좋다고 하는 글을 써야 하는가 묻고
싶어요.

　과거 문학의 재평가와 관련해서 저는 이육사를 주목해요. 1980년대 문학
운동에서 이육사를 별볼일 없는 시인으로 본 경우도 있는데, 이게 1980년
대 문학 운동의 한계가 아닌가 해요. 이육사는 어떤 면에서는 카프보다 더

▲ 이육사

위대해요. 카프는 식민지 사회의 민족 문제를 정치 경제 사회적으로 진단해서 그걸 해명하였지만, 이육사는 식민지 시대의 우리 민족의 영혼 자체를 치유한 사람이야. 이육사가 더 위대하죠, 어떤 면에서는. 왜냐, 이육사 같은 시를 좋아하는 사람이 친일할 수 있습니까? 없죠. 시만 가지고 보자구요. "겨울은 강철로 된 무지갠가보다.", 그런 시를 좋아하는 사람이 친일파가 될 수 있어요? 도저히 될 수 없어요. 훨씬 차원이 높은 거예요. 말하자면 마야코프스키와 푸쉬킨의 차이에요. 그걸 인식하지 못한 것이 1980년대 우리 문학 이론이 가졌던 한계죠. 또 이육사가 어떤 사람이에요? 지하 운동을 한 사람이잖아요. 카프는 문학 운동만 했지만 이육사는 실지로 민족 운동에 뛰어들어 투쟁을 하면서 그런 시를 쓴 거예요. 위대한 사람이죠. 세계문학사적으로 그런 사람은 드물어요.

1990년대 문학에 대한 평가

채호석 : 민족문학론과 카프에 대한 재평가를 말하면서 자연스럽게 1990년대 문학에 대한 평가로 넘어가네요. 이제 시간도 많이 흘렀는데 1990년대 문학에 대한 평가를 마지막으로 이 자리를 정리하였으면 합니다.
임헌영 : 1990년대 소설의 특징은 몇 가지가 있죠. 첫째는 서사 구조를 허물었어요. 서사 구조가 있긴 있죠. 하지만 우리가 보통 소설이라고 말할 때 떠올리는 재래식 서사 구조는 허물어졌어요. 해체주의자들은 발전이라고 하는데, 저는 발전이 아니라고 봐요. 서사 구조가 없으면 왜 문학이 있습니

까? 저는 이런 현상이 오래 못 간다고 봐요. 신경숙 소설의 강점이 뭘까요? 신경숙은 1990년대적 감수성을 개발해서 성공한 겁니다. 사실 1980년대 우리가 외면했고 방기했던, 어떤 면에서는 천대하고 학대했던 문장의 아름다움을 신경숙은 되찾은 거죠. 그게 독자들에게 먹혀 들어갔어요. 신경숙의 문장은 미문에다, 사춘기 소녀적인 감상이 하나도 유치하지 않게 들어가 있잖아요. 50이 넘은 남자의 가슴에도 꽃이 피게 해주는 게 신경숙 소설의 위대한 힘이거든요. 그 대신에 뭐가 있느냐, 그 아름다운 산 속에서 속세를 보는 감격이랄까, 그런 게 느껴져요. 예컨대 『외딴방』을 읽어보면 서사 구조를 잡기에는 너무 미문이에요. 리얼리즘과 1990년대적 감각을 적절하게 엮으면 되는데, 신경숙 나름의 고차원의 아름다움을 그대로 간직하고 있기 때문에, 『외딴방』은 서사 구조와 문체가 서로 용납하기 어려워요. 어떤 평론가들은 그걸 잘 융합시켜서 성공했다고 하지만, 그 서사 구조에 애착을 가진 독자들이 진짜 노동자냐 하는 문제도 있지만, 그 문제를 덮어두더라도 신경숙의 소설에서는 서사 구조가 무력해지는 거예요. 그게 신경숙 소설의 약점이죠.

그런데 은희경에 의해서 서사 구조가 살아나요. 은희경이 왜 베스트셀러가 되느냐? 은희경은 신경숙이 아름다운 표현으로 독자들을 사로잡았다면, 은희경 소설은 아무리 단편이라도 서사 구조가 있어요. 신경숙보다 훨씬 뚜렷하지요. 그러니까 신경숙에 심취됐던 사람들이 은희경을 보면 그 서사 구조가 새로운 거예요. 은희경은 서사 구조를 풀어가는 데 문장을 어떻게 쓰느냐, 은희경은 신경숙과는 달리 감각적인 문장으로 써요. 신경숙은 아름답고 서정적이고 정서적으로 쓰는데, 은희경은 생활 속에서 피부로 느끼는 감각으로 써요. 이게 은희경과 신경숙의 차이죠. 제가 보기에는 서사 구조가 결국 그래도 살아난다고 봐요. 이 말은 서사 구조 측면에서만 볼 때의 은희경 소설론이죠. 여기서 그 서사 구조가 집단과 개인, 역사와 가족의 차원으로 접근하면 너무 무의미하죠. 결국 은희경은 서사 구조는 살렸으나 집단·

역사·사회가 없는 갈등이란 점에서 한계가 뚜렷하지요. 그러면 은희경이나 신경숙보다 더 뒤에 나오는 작가들의 작품에서 서사 구조가 죽어가는 것은 무슨 이유냐. 이건 제가 보기에는 독자의 한계 때문이에요. 이런 소설들은 30대 이상의 독자를 정복하지 못합니다. 은희경 이후의 작가들, 김영하나 배수아는 30대 이후의 독자를 설득하기에 굉장히 어려움이 있겠구나 하는 생각이 들어요. 김영하는 서사 구조가 살아나요. 신경숙과 은희경의 결합, 서사 구조와 감각적인 것, 정서적인 면과 아름다움을 조금씩 다 가지고 있어요. 그러면 신경숙에서 은희경을 거쳐 김영하로 넘어오는 과정이 설명이 되죠.

  어쨌거나 세 사람에게서 느껴지는 공통점은 개인의 붕괴예요. 지금까지는 가족의 붕괴였거든요. 그 원인이 일제 때는 식민지였고. 해방 전후에서 6·25까지는 전쟁과 사회 혼란이었고, 그 이후는 가난이 가족을 붕괴시키죠. 1960년대 중반 이후, 중산층이 형성된 이후, 1970년대 중반까지는 애정이 원인이 돼요. 대개 아버지가 첩 두는 게 가족 붕괴의 원인이죠. 그런데 그 뒤가 중요해요. 윤대녕에 오면 가족 붕괴는 원인을 몰라요. 윤대녕 소설의 가족을 보면 다 붕괴되었지 않습니까? 다 어머니가 도망갔는데, 아버지가 어머니를 찾다 못 찾는 거야. 그 아들도 여자가 도망갔는데 찾다가 못 찾고. 왜 헤어졌느냐? 사랑한다는 말도 없고 안 한다는 말도 없어요. 성격인가 운명인가, 알 수 없어요. 이게 말하자면 개인의 붕괴라고 할 수 있는 거죠. 이미 가정은 한 개체의 형성에서 중요하지 않아요. 신경숙도 『외딴방』까지는 가족이 있지만, 대개 가족의식이 약해요. 은희경에게도 가족 개념이 없어요. 어머니에 대한, 아버지에 대한 애착, 이런 거 약하죠? 가족적 연대감이 느껴지지가 않아요. 배수아는 말할 것도 없어요. 그런데 윤대녕까지 오면 가족의 해체를 지나서 이미 개인의 해체예요. 아버지가 나오긴 하지만, 이미 나를 찾기 위한 수단으로 아버지 어머니가 동원되는 거지, 그게 아버지 어머니의 어떤 가족의 연대라든가 가족의 붕괴, 이런 건 아니란 말이에요.

　개인의 붕괴까지 왔을 때 소설에서의 서사 구조라는 게 뭐냐? 여기서 지금까지의 서사 구조 개념과 달라지는 거죠. 이제는 개인이 붕괴되는 과정이 서사 구조가 돼요. 남은 것은 윤리적인 타락밖엔 없어요. 그러니까 만나면 2시간만에 여관에 가게 되는 거죠. 그럼 이게 얼마나 갈까. 저는 단언할 수 있어요. 우선 독자들이 없어져요, 그런 소설은. 독서가 가진 기본이 뭐냐, 흥미와 정보거든요. 간접 체험, 이게 소설 보는 이유 아닙니까? 지금 소설은 그걸 못 해주는 거예요. 누가 읽겠어요? 일본도 지금 순수소설이 급격히 줄어들어요. 소설 안 봐도 제가 더 잘 아는데 뭐하러 소설 봐. 결국은 정보를 주는 대중소설이 팔린다는 말이지요. 지금 우리 나라 대중소설은 수준급이에요. 드라마 봐요. 사회 돌아가는 걸 바로 보여 주잖아요? 소설은 지금 그걸 못해요. 작가들이 점점 왜소화되는 거예요. 독자가 떨어지면 책을 안 내려 할거고, 그러면 반성하겠죠. 그러니까 그렇게 장사가 안 된 뒤에 반성하지 말고, 지금 반성하라 이거예요. 지금 젊은 평론가들이 계속 그런 소설을 1980년대 후반부터 부추겨왔잖아요. 결국 자기 문학의 무덤을 자기가 판 거예요. 어떤 사람들은 본격문학은 갔다고 해요. 본격문학이 자기 기능을 못해서 간 거예요. 그렇기 때문에 저는 리얼리즘을 해야 한다고 말하는 거예요.

　이야기를 다시 돌리면, 1990년대 비평가들이 젊은 세대 것만 초점을 맞춰서 봐요. 그러니까 어떤 현상이 나타나느냐 하면 선배 작가들은 주목을 하지 않는 거죠. 제가 보기에는 최인훈, 이호철, 최일남 같은 작가들이 정말 훌륭한 작가고 문학상을 받아야 한다고 봐요. 그런데 어디 주목합니까? 특정한 유파에 속해 있지도 않지, 잡지를 가지고 있는 것도 아니지, 사람은 점잖지, 평론가한테 술도 안 사주지. 그러니 소설 내놓는다고 누가 주목하나요. 최일남 소설 실패작 봤어요? 이게 과연 올바른 비평 윤리냐? 아니죠. 저는 소설 연구하는 젊은 평론가들이 공정하게 해야 한다고 봐요.

채호석 : 본격적으로는 아니지만 그래도 문학 비평가라는 명칭을 달고 있는

저에게는 마지막 말씀이 상당히 아픔으로 다가오네요. 명심하도록 하겠습니다. 지금 이 시대가 혼돈의 시대인 것만은 사실인 듯합니다. 그 혼돈이 얼마만큼 물적 토대를 갖고 있는지는 우리가 좀더 검토해보아야 할 것 같습니다. 질적인 변화인지 아니면 겉보기만의 변화인지 말이죠. 또 비록 혼돈의 시대라고 하더라도, 아니 혼돈의 시대이기 때문에 문학가의 임무가 더욱 막중하다고 할 수도 있습니다. 언제나 문학이 했던 역할이 해답을 제출하는 것이 아니라 모색이었다는 점에서 말입니다.

오늘 선생님과 함께 한 시간 매우 유익하고 즐거웠습니다. 주로 선생님이 이야기하시기는 하셨지만요. 그리고 이렇게 오랜 시간을 내주신 데 대해 감사드립니다. 선생님께서 지금 평론가협회 부회장을 맡고 계시고, 또 계간지 『한국문학평론』의 주간을 맡고 계시는데요, 이 모색의 시기에 계속 좋은 글을 써 주시기를 바랍니다. 감사합니다.

(대담: 1999년 8월 25일, 새미 편집실)

* 보도연맹
'보도연맹'이란 1949년 당시, 전국의 모든 교도소가 정치범으로 채워져 더 이상 수감할 수 없게 되자, 좌파 성향으로 분류된 사람들의 전향 및 교화를 목적으로 만들어진 단체. 전국적으로 33만 명 가량의 사람이 가입하였다. 한국 전쟁이 발발하자 1950년 7월과 8월, 두 달 사이에 평택 이남의 전국에서 이들에 대한 조직적인 집단 학살이 있었고, 교도소에 수감된 평택 이남의 정치범도 이 기간에 전원 사살되었다. 적군에 협력할 수 있다는 명분 아래 벌어진 이 '예방적 집단 학살극' 이후, 전쟁은 어느 편이든 간에 민간인을 향한 무차별 보복 살육전으로 얼룩지게 되었다.

* 남민전사건(南民戰事件)
박정희 정권의 권위주의 통치와 인권 유린에 저항하여 1970년대 후반 비합법 노선에 따라 활동한 대규모 지하정치조직인 '남조선민족해방전선준비위원회'(약칭 '남민전') 결성 사건. 사건 수사과정에서 관련자 및 가족 등은 많은 인권침해 시비가 제기되었으나 묵살되었다. '남민전'은 1976년 2월부터 1979년 10월 9일, 중앙정보부에 의해 사건 발표가 나고 적발될 때까지 무력에 의한 통일운동노선에 따라 반체제활동을 벌인 일종의 도시게릴라 단체였다. '남민전'은 1964년 인민혁명당사건(人民革命黨事件), 1974년 민주청년학생연맹사건(民主靑年學生聯盟事件)의 관련인 이재문(李在汶)을 위원장으로 하고, 주로 지식인과 학생이 중심인 74명의 구성원을 점 조직방식(點 組織方式)으로 조직되었다. 이들은 일단 한국사회를 특권층 · 재벌 · 자본가 · 중산층 · 서민층 · 농민 · 실업자 등 7계층으로 나누어 중산층까지를 민중의 적으로 규정하고, 자신들은 민중의 전위대(前衛隊)로써 일차적으로 민중 봉기를 유발시키고 이를 인민해방군으로 발전시켜 국가전복투쟁을 전개하다가 북한의 도움을 받아 사회주의혁명을 성취한다는 기본전략을 가지고 있었다고 수사당국은 발표하였다. 이에 따라 민주화를 가장한 대정부 투쟁의 선동, 전단(傳單)의 살포, '도시게릴라' 활동, 북한과의 접선 등의 구체적인 활동을 하였다. 이 사건은 6 · 25전쟁 이후 적발된 최대 규모의 친북한 지하당 조직으로 일정하게 무장 투쟁방식을 도입한 자생적인 혁명 조직이었다는 특징을 지닌다. 이재문은 옥사하였다.

1960, 70년대와 민족문학

대담

구중서 / 전 수원대학교 교수, 문학평론가
• 주요 저서로 『민족문학의 길』, 『문학과 현대사상』 등이 있음.

진행

강진호 / 성신여자대학교 교수
• 주요 저서로 『탈분단 시대의 문학논리』,
  『한국근대문학작가연구』 등이 있음.

1960, 70년대와 민족문학

강진호 : 안녕하십니까? 바쁘실텐데 저희 대담에 응해 주셔서 감사합니다. 선생님께서는 1963년 등단하신 이래 오늘날까지 왕성하게 비평 활동을 하고 계십니다. 아울러 '민족문학작가회의'와 '민족예술인총연합회' 등에 참가하면서 민족문학을 몸소 실천하고 계십니다. 오늘 선생님을 모시고 말씀을 나누고자 하는 것은 '1960,70년대와 민족문학'에 대해서입니다.

선생님께서는 1960년대 이후 민족문학론을 선구적으로 제기하고 또 실천한 증인 중의 한 분이십니다. 그래서 오늘 이 자리는 연구자들에게 많은 도움을 줄 것으로 생각하고 또 사실 많은 기대를 걸고 있습니다. 그럼 먼저 선생님께서 등단하실 당시의 이야기부터 해주셨으면 좋겠습니다. 이를테면 문학을 택하신 동기라든가 문학에 대한 당시의 견해 등을 말씀해 주십시오. 자유롭게 이야기하는 방식으로 해 주시지요.

국학에 대한 관심과 역사의식

구중서 : 문학을 택하게 된 동기는, 너무 장황하게 말할 수는 없지만, 어려

서부터 문학을 좋아했어요. 초등학교 2학년 때, 일제 땐데, 학교 선생님이 색종이 한 장씩을 학생들에게 나누어주고, 창밖에 사꾸라 꽃이 피었는데 그것에 대해서 작문을 하라고 해서 지어냈는데 내가 쓴 것이 제일 잘 됐다고 칭찬해 주셨어요. 내용이 뭔지는 지금 기억나지 않지만, 많이 고무되었던 것 같아요. 시골에서(경기도 광주) 국민학교를 다니면서도 서울에서 나오는 잡지 『어린이』, 『소학생』 등을 구해서 읽곤 했지요. 중학교 2학년 때도 피난 내려가서 이천중학교 피난등록반에 다녔는데 그때에도 시를 지은 것이 뽑혀서 어디로 보내지고, 그런 식으로 늘 문학을 생각했고, 사실 문학 외에는 별로 생각해 본 것도 없고 할 줄도 몰랐어요. 군에서 제대한 후 1962년부터 출판사 편집부에 근무하면서, 당시 4·19를 거치고 5·16 군사 쿠테타 후니까 사회적으로 불의에 대한 저항심도 강했고 그래서 명동의 문학하는 벗들과 어울렸지요. 그들 중에는 등단한 이들이 대부분이었으나 나는 그냥 문학 청년으로서 같이 이야기하며 놀고 그랬지요. 그런데 『신사조』라는 잡지에 편집장으로 있던 내 친구가 글 하나를 청탁했어요. 그래서 마음 속에 갖고 있던 문학에 대한 생각들을 써 주었지요. 그것이 시작이 돼서 『청맥』, 『한양』, 주로 이런 잡지에 글을 썼어요. 신인 추천을 받은 것도 아니고 신춘문예에 당선된 것도 아니고 그냥 스스로 발표한 것이어서 잡지 편집자들이 편의적으로 '문학 평론가'라고 부르게 된 거지요. 그때 비슷한 경우의 사람들이 몇 생각나는데 조동일, 주섭일, 백낙청, 나 이 네 사람이 다 『청맥』이라는 잡지를 통해 문학평론을 시작한 셈이라고 생각돼요.

강진호 : 그분들의 면면은 어떠했습니까?

구중서 : 그때 나보다 연상이지만 시인으로 신동문, 박봉우, 신기선, 천상병이 있었고 또 황명걸, 이추림이 있었어요.

강진호 : 조동일, 백낙청 선생은 지금까지 활동이 왕성한데 주섭일 선생은 좀 생소한데요…….

구중서 : 그분은 나중에 〈중앙일보〉 기자가 되어 빠리로 갔는데 그 뒤 귀국

해서 계속 언론계에서 일하고 있는 것으
로 알아요.

강진호 : 그때 선생님께서 처음으로 발표
하신 글이 「역사를 사는 작가의 책임」이
라는 『신사조』 1963년 2월호에 실린 글
이었죠? 그 글에서 작가의 역사적 책임
을 강조하셨는데, 그런 생각을 하게 된
특별한 동기라도 있었습니까?

구중서 : 난 우리 민족의 역사에 대해서
늘 관심이 많았어요. 우리 민족의 역사는
잘 시작해 가지고 끝에 가서 좌절하고 마

▲ 『신사조』

는 일을 되풀이했다고 생각해요. 고조선의 판도가 만주 일원에서 그렇게 크
게 시작이 되었지만 나중에는 반도 안으로 축소된 것이라든지, 그리고 신라
가 당나라를 끌어들여서 민족을 통일하는 잘못된 방법을 취해서 그 벌로써
이렇게 되었다는 함석헌 선생의 사관 등에 관심이 많았지요. 문학을 생각할
적에도 춘원·육당 이런 분들이 초기에는 민족주의자로 사람들의 존경을
받으면서 건전한 문학 활동을 전개하다가 나중에는 친일로 훼절해서 역시
크게 좌절된 것, 1960년대 전반기에도 4·19혁명이 시민 민주주의 혁명으
로 자랑스럽게 일어났지만 군인들의 총칼에 짓밟혀서 민주주의가 좌절된
것 등, 어째서 우리 민족사는 계속 이런 악순환을 되풀이해야 하는가 하는
개탄과 울분 같은 것이 있었어요. 20대의 젊은 시절이니까 육당과 춘원의
문학이 좌절한 이유를 그분들의 작품, 그리고 활동 속에서 생각을 해 봤거
든요. 그랬더니 도산 안창호 선생이 그분들의 스승격인데 "너희 모두가 민
족의 주인이 되라. 주인으로서 자각하고 살아라." 그런 단적인 가르침을 주
셨는데, 여기서 '주인'에 대한 인식이 잘못되었다는 판단을 했지요. 근대적
인 정신으로서 국가와 사회의 주인이라면, 그것은 책임을 지는 일꾼이라는

말이잖아요. 대통령이 바로 민중의 심부름꾼이듯이요. 그런데 그분들은 지도자가 되는 것을 주인이 되는 것으로 생각했던 것 같아요. 그래서 육당도 주로 역사 안에서의 개국영웅과 같은 계통의 인물들을 연구했고, 춘원의 경우도 『무정』의 이형식이라든가 『흙』의 허숭처럼 전문 학교를 나오고, 변호사를 하고, 영어 교사를 하는, 유식한 지도적 청년을 그렸지요. 『무정』에서도 민족을 위해서 힘을 얻으려고 유학을 간다는 대목이 나오고, 『흙』에서도 농민들 속으로 들어가 그들이 먹는 것을 먹고, 그들이 입는 것을 입고, 그들의 편지를 써주고 이렇게 내 일생을 바치자는 내용이 나오는데 굉장히 거룩해 보이지만, 깊이 생각해 보면 항상 지도하고 베풀고 하는 시혜(施惠)의식에 바탕을 둔 하향식 계몽주의를 한 것이지요. 그렇게 되면 비록 양심적으로 고뇌하더라도 사고 방식이 자기 만족적인 것이 되어 민중적 참여와 다르게 독선적으로 잘못 되는 수가 있다는 말이지요. 그 반대의 경우는 동아시아에서 중국의 노신과 같은 작가를 볼 수 있잖아요. 그는 '아큐' 같은 바보를 통해서 사회 밑바닥으로부터 솟구쳐 올라가는 상향식 계몽주의를 그렸단 말이지요. 그래서 당대 사회의 유식한 세력가들이 양심적으로 가책받게 하는 주제의식과 기법을 가지고 소설을 써서 "신해혁명보다 노신의 역할이 중국 근대화에 더 기여했다."는 말을 듣잖아요. 우리는 그런 과정이 되지 못하고 이상하게 처음에는 잘 되다가도 끝에 가서는 좌절한다는 생각이 들었어요. 그래서 춘원과 육당의 공과를, 특히 그 말년의 심각한 훼절을 비판하면서 정신 생리상 어째서 그렇게 됐을까 하는 것에 관심을 가지고 쓴 게 「시대를 사는 작가의 책임」이었지요.

강진호 : 지금 선생님께서 말씀하신 것은 1960년대 초반의 상황, 즉 전후의 모더니즘이라든지 실존주의가 풍미했던 상황을 염두에 두자면 다소 낯설고, 다른 한편으로는 진보적이기도 한 견해라고 생각되는데, 그런 생각을 갖게 된 이전의 독서 체험이라든가 문학적 편력은 어떠했습니까?

구중서 : 나는 국학(國學) 쪽에 관심이 많아서 국문학뿐만 아니라 국사학에

관한 책들을 읽었어요. 그 첫 평론도 역사적인 고증을 해 가면서 쓴 것이지요. 역사에 관심을 갖는다는 것은, 우리 민족 공동체, 사회 공동체가 발전하는 것을 소망하는 일입니다. 그것은 결국 문화 예술 쪽에서 창조적인 정신이 나와야 가능하고, 그러니까 어제를 오늘의 거울로 삼고 또 오늘을 발판으로 삼아서 내일로 진출해 나가야 총체적 발전이 가능하다고 봅니다. 당시 사회가 군사 쿠데타로 진실이 짓밟히고 있어 거기에 저항해야 한다는 마음을 갖게 된 거지요. 1950년대 '실존주의'가 프랑스 쪽으로부터 들어와서 널리 유행하면서 나 역시 『부조리의 철학』 같은 이론을 읽기는 했지만 거기에 빠져버릴 정신 여건은 아니었고, 오히려 우리 민족의 상황이 민족사 발전 단계에서 지금 어떻게 되어 있으며, 어떻게 잘못 되어 있는가, 이걸 어떻게 타개하고, 민주주의를 위하여 또 정의를 위하여 어떻게 노력들을 해야 하는가 그런 생각을 나름대로 한 거지요.

강진호 : 대학 때의 은사님들은 어떤 분들이셨어요?

구중서 : 그때는 은사님이라고 별로 뚜렷하지 않았어요. 6·25 전쟁 후 1956년 즈음에 조그만 대학을 다녔는데 결석도 많이 했고, 그래서 거의 독학으로 공부를 한 셈이지요. 미비한 도서관에서나마 책을 구해서 읽곤 했지요.

강진호 : 양주동 선생이나 백철 선생이 중앙대학에서 강의하시지 않으셨어요?

구중서 : 백철 선생은 훨씬 뒷날에 대학원에서 내 학위 지도 교수님이셨고, 학부 때 강의 나오시는 분 중에서 이희승 선생을 존경했지요. 시인으로서 양명문 선생이 계셨고요.

강진호 : 국학 쪽에 대한 공부도 거의 독학으로 하셨나요?

구중서 : 그런 셈이지요. 국문과를 졸업하고 석사과정, 박사과정 다 국문과로 했지만 아무튼 1950년대와 1960년대의 내 개인적 상황에서는 공부를 제대로 할 수 없었고, 대부분 독학으로 했다고 봐야지요. 철학자 김준섭 교수, 함석헌 선생 이런 분들의 책을 읽고, 실학파의 홍대용, 박연암 이런 분

들의 사상에도 많은 관심을 가졌었지요.

강진호 : 1970년에 발표하신 「한국 리얼리즘 문학의 형성」이라는 글을 보면 사회주의 리얼리즘에 대해서 상당히 해박한 견해를 갖고 계셨고, 또 프로 문학에 대해서도 많은 관심을 보이셨는데, 그것도 다 독학으로 습득하신 거네요?

구중서 : 글쎄 독학이라고 말할 수밖에 없는데, 그때는 카프(KAPF)에 대해서 거론하는 이가 거의 없었어요. 그래도 가장 충실하게 되어 있는 게 백철 선생의 『국문학전사』(가람 선생하고 공저로 된 『국문학전사』)에 있는 월북 작가들에 대한 간략한 언급이 거의 전부였고, 프로문학을 거론하고 옹호하는 일은 생각도 못할 시대였습니다. 나는 좌익 사상가는 아니었지만 월북 작가나 해방 후 좌파에 관여한 이들의 작품을 구해서 읽었지요. 1930년대에 이태준이 발표한 소설들 「사냥」, 「영월영감」, 「돌다리」 등을 아주 심취해서 읽기도 했고, 또 월북이니 납북이니 하지만 정지용의 시들도 좋게 읽었어요. 그 외 조명희의 「낙동강」도 읽었지만, 심취했던 것은 해방 직후 김동석 씨가 낸 『부르조아의 인간상』과 『생활과 예술』이라는 평론집들이었어

▲ 이태준

요. 지금 보면 너무 인신공격이 많고 제대로 틀을 갖춘 평론이라고 보기는 어렵지만 그때로서는 김동리 같은 분들을 비판하고 공격하는 논법이 상당히 참신하고 신랄하고 또 옳다고 보였지요. 당시 김동석은 매슈 아놀드 전공이었고, 경성제대에서 매슈 아놀드로 졸업 논문을 썼는데, 그런 점에서 사회 의식, 현실 의식을 가진 문학 정신, 비평 정신을 내가 선호했던 거지요. 그러나 좌익 이데올로기에 대해서 전적으로 동조하거나 그러지는 않았어요. 일제 시대에도 카프 문학은 민족 해방 운

동의 일환으로써 역사적인 당위성을 인정받고 또 평가되어야 한다고 생각했고, 남한의 해방 이후 문학이 순수문학을 표방하면서 사실상 현실 도피문학을 하고 있고 또 그것이 아무리 예술적으로 형상화가 되었다 하더라도 신변적 주제가 너무 많아 본질적인 가치 창조 작업이 못되고 있었어요. 그런 점에 대해서 비판적인 생각을 가졌지요. 그래서 진취적이라면 진취적인 방향으로 나갔다고 할 수 있지요.

강진호 : 사회주의 리얼리즘이나 프로문학에 대한 견해는 그런 독서를 통해서 만들어진 것이군요?

구중서 : 해방 후에도 엥겔스가 문학에 대해서 쓴 얄팍한 마분지로 된 책들이 있었고 고리끼의 『나의 대학』도 있었지요. 그 시절에 상당히 소중한 산책 코스였던 고서점가에서 그런 책들을 구했어요. 그러다가 후에 아놀드 하우저의 글(『문학과 예술의 사회사』)이 『창작과비평』에 연재되고 그 속에서 발자크 리얼리즘(엥겔스가 규정한 논리였지만)을 새삼 접하게 되었지요. 사회주의 리얼리즘이 소련에서 정착된 것은 1930년대 초 아니에요? 그 이전에 발자크 소설을 가지고서 리얼리즘 경향이 성립되었고, 발자크 자신도 전집 『인간극』 서문을 통해 정당한 교육적 공리성 또 전형의 원리 이런 것을 주장했으니까 근대적인 리얼리즘이 성립되었다고 생각했어요. 또 루카치 같은 이는 서양문학사를 고대에서부터 아리스토텔레스, 소포클레스, 세익스피어, 괴테, 똘스또이, 발자크, 토마스 만에 이르기까지 이것이 리얼리즘 문학사다 이렇게 이야기했고, 그밖에 모더니즘 계열이랄까 관념주의 계열은 리얼리즘으로부터의 이탈이다, 진정한 문학으로부터의 이탈이다, 그런 식으로 엄격하게 보았지만, 그러나 문학사의 큰 범위와 흐름 안에서 리얼리즘을 본 것, 이런 것도 내게는 아주 든든하게 참고할 내용이 되었지요. 그래서 당성(黨性)에 바탕을 두고 교육을 시키는 강령 같은 것을 포함하는 사회주의 리얼리즘에 대해서는 동조하지 않았어요. 카프 시대의 작품들 중에서도 훌륭한 작품이 있었지만 대중성을 획득하는 데는 실패한 한계가 있었지

요. 그것은 교조적인 도식성을 가진 때문이었어요. 그래서 그런 것을 하나의 반성의 단계로 삼아야 된다, 오히려 그렇게 생각을 했지요. 긍정도 하지만 또 한계도 많이 생각한 것이지요.

강진호 : 등단 직후의 이야기를 하다가 1970년대까지 왔는데, 다시 1960년대로 돌아가야겠습니다. 먼저 4·19를 중심으로 한 문단 상황을 어떻게 보셨나요? 선생님의 글 역시 당시 상황과 무관한 것은 아니라고 생각되는데요…….

구중서 : 4·19가 일어나니까, 장르 성격 상 시인들이 가장 먼저 4·19의 현장 가두에서부터 시를 쓸 수가 있었어요. 신동문 시인의 「신화같이 아 다비데군」 같은 것은 절창이지요. 정말 눈물을 흘리면서 읽고 그랬지요. 또 박봉우 같은 시인의 4·19에 관한 시도 있고 또 「휴전선」 같은 뛰어난 시도 있었고, 신동엽의 일부 작품도 볼 수 있었지요. 그런데 김수영 같은 이는 특히 획기적으로 4·19를 계기로 1950년대 모더니즘으로부터 참여문학으로 넘어온 경우라 할 수 있지요. 문학 분야에서 4·19를 계기로 1960년대에 확연히 변한 대표적인 경우라고 생각해요.

강진호 : 4·19나 당시 상황에 대한 개인적인 에피소드나 기억나는 체험은 없었나요?

구중서 : 그 무렵 김수영 씨와 동석해 명동에서 술을 마시는 경우가 있었는데, 그분은 참 인상에 강하게 남아요. 계속 열렬히 발언을 하고 비판을 하는데 시정적(市井的)인 저속한 이야기는 없었고, 주목할 만한 후배라고 생각되는 사람이 나타나면 정신을 바짝 차리기도 하고 또 실수할까봐 먼저 도망가는 것처럼 사라지기도 했지요. 굉장히 결기도 있으면서 결벽스럽고 늘 정신을 차리면서 지낸 분 같아요. 그분이 모더니즘에서 넘어와, 또 모더니즘 스타일로 현실 참여의 시를 썼지만 1960년대 전반기에 커다란 역할을 했다고 볼 수 있지요. 그리고 신동문, 박봉우, 신동엽은 참여 문학의 작품적 실제로서 역할을 상당히 한 것이구요.

1960년대 문단과 『한양(漢陽)』지

강진호 : 이제 선생님께서 초기 1960년대에 글을 많이 발표하셨던 『한양』
지 이야기로 넘어가지요. 1964년 9월부터 「금오신화」, 「홍길동전」, 「허생
전」, 「춘향전」, 「심청전」, 「귀의성」, 「자유종」을 쭉 연재하셨는데, 먼저 『한
양』지가 어떤 잡지였는지부터 말씀해 주시지요.

구중서 : 『한양』지는 그때 일본에서 비교적 '민단(民團)' 쪽 사람들, 그러나
남북한 사이에서 중도적인 태도를 취하는 진취적이고 양심적인 민족주의자
들이 만들었다고 생각돼요. 또 이들이 월간 잡지를 만들어서 국내에 많이
기증을 했어요. 그래서 웬만한 사람들은 다 기증받아서 보았는데, 나는 그
때 기증을 받지는 못했지만 인사동에 있는 통문관, 학교 도서관, 기증받는
문인들을 통해서 그 잡지를 쉽게 접할 수 있었어요. 굉장히 민족적이고 민
주적인 정신을 가지고 내는 잡지였어요. 활자나 표지는 무슨 신소설 책과
비슷한 인상을 주었지만 내용은 참 가슴 떨리게 하는, 바른 이야기들이었지
요. 그때 국내에선 그런 잡지가 드물었거든요. 『사상계』외에는 그런 게 없
었는데, 『사상계』도 자꾸 어려워 가는 때였지요. 당시 내가 『한양』지로부터
수필을 한 편 청탁받아서 써 보냈는데 제목이 「문약망국(文弱亡國)」이었어
요. 문약망국, 우리나라의 문인들이 문약에 떨어져 일본의 무강에게 졌다는
내용이었어요. 이율곡과 풍신수길이 동갑 나이인데 율곡은 국방책을 건의
했다가 받아들여지지 않으니까 해주로 내려가서 글방 선생을 하다가 일생
을 마쳤고, 또 연암은 조카이면서 제자인 박남수가 『열하일기』를 가리켜 글
은 좋지만 문장이 거칠다고 비판을 하니까 화를 내고 박남수의 정자에서 모
로 돌아누워 밤새도록 말도 안하고 한밤을 지내다가, 그 다음날 아침에 일
어나서 "내가 세상에서 되는 일도 없고 하니까 문장을 빌어서 불평을 하는
셈인데 재주 있는 너희는 나를 닮지 마라." 이런 식으로 약하게 마무리를
짓는단 말이에요. 물론 연암의 사상 체계 안에서는 농민들이 토지를 균등하

『한양』 ▶

게 가지고서 일을 해야 된다, 「한민명전의(限民名田議)」를 정조에게 바친 글에서 그렇게 주장했지요. 소설 세계에서도 양반 사대부들을 풍자한 것은 '일종의 리얼리즘이다'라고 생각해서, 그때 내가 리얼리즘이라는 말을 쓴 일이 있었어요. 그러나 아무튼 풍신수길에게 이율곡이 지듯이 자꾸 뒤가 약해서 어렵게 된 것이 아닌가 이런 식으로 짤막한 수필을 썼지요. 그랬더니 그 『한양』지에서 과단성 있는 결정을 내려서 '한국 고전 소설들에 대한 감상', 말하자면 해설같은 것인데 '고전 감상'이라는 제목으로 연재를 해 달라고 청탁이 왔지요. 그래서 「허생전」, 「춘향전」, 「심청전」, 「금오신화」 또 이인직의 「귀의 성」, 이해조의 「자유종」까지 8회에 걸쳐 연재를 했지요. 한 80장 정도씩을 8회에 걸쳐 연재를 했어요. 그때 20대 후반의 나이였으니까 사흘밤을 내리 새워도 졸리지가 않았어요. 그래서 내 취향에 따라 국내의 좋은 고전 관계 논문들을 찾아서 읽고, 내 취향대로 논리를 세우고, 대표적인 텍스트를 추려서 소설 줄거리를 소개하고 그렇게 연재를 했지요. 나중에는 한두 편의 평론을 싣기도 했는데, 그만큼 그 잡지를 내가 좋아했던 거지요. 그이들도 나한테 친절했고요.

강진호 : 제가 『한양』지의 목차를 살펴보니 정태용 씨나 최일수, 장일우, 김순남 이런 분들의 글이 많이 실렸던데요. 최근에 정태용, 최일수에 대해서는 젊은 학자들이 많은 관심을 보이고 있는데, 그분들과의 관계는 어떠셨어요?

구중서 : 최일수 선생은 개인적으로도 잘 알았는데 정태용 선생은 개인적으로 친분이 없었어요. 정태용 선생은 내가 생각하기로는 아주 얌전하고 말도 없었어요. 어려서부터 조연현 씨하고 친구였다고 하는데 비평 정신은 조연

현 씨하고 좀 달랐어요. 조연현 씨가 옛날 친구의 의리로『현대문학』에 지
면을 많이 줬지요. 그래서 정태용 씨가 평론을 많이 썼어요. 그러다가 오래
못 사시고 돌아가셨지만……. 최일수 선생은 아주 소박하면서도 호인인데,
그때 민족문학론에 가까운 글은 그분이 혼자서 썼어요. 문단적인 동조자들
을 갖지는 못했고 개인적으로 그런 평론을 쓴 걸로 기억해요. 그분은 문학
평론가이면서 신문기자이고 영화 촬영에 흥미가 많아서 〈조선일보〉 기자
시절에는 영화 촬영하는 데 쫓아가서 며칠씩 구경을 하곤 해서 회사에서도
말썽이 났다는 소문이 있어요. 생활상으로는 비현실적인 분이었는데 그렇다
고 학문을 체계적으로 추구하는 편도 아니었고, 그렇지만 문학 정신에는 현
실의식이 있었지요. 어용적인 일을 한 것은 없고 자유인 생활을 한 셈인데,
뒷날에 리얼리즘 논쟁이 발생하니까 리얼리즘을 편든 글을 쓰기도 했지요.

강진호 : 장일우 씨와는 어떠했습니까?

구중서 : 그분은 내가 직접 뵌 일은 없었어요. 그분은 일본에 있으면서 글을
썼고 나는 그 글을 보고 좋다고 생각했어요. 그와 아주 비슷한 예로 김순남
이라는 이도 있었어요.

강진호 : 저는 1960년대 자료들을 읽으면서 그분들과 국내 문인들이 교류
가 있었던 걸로 생각했는데 실질적인 교류 없이 지면을 통해서만 알았다는
말씀이군요.

구중서 : 교류가 별로 없었고, 국내 문단에서 외각으로 도는 현실의식이 있
는 문인들에게 청탁을 해서 글을 받아다가 그 쪽에서 싣고 해서 지면으로만
서로 아는 상태였죠.

강진호 : 1950년대 최일수 씨의 글에서 선생님이 어떤 영향을 받거나 관심
을 가진 적도 없었나요?

구중서 : 그분의 글에서 영향을 받지는 않았어요. 근래에 홍정선 씨가 "최
일수 씨가 민족문학론 지향의 글을 썼다."고 지적한 걸 봤어요.

강진호 : 1970년에 쓰신「한국 리얼리즘 문학의 형성」이라는 글을 보면

1960년대의 하근찬에 대해서 굉장한 애정을 보이셨던데요. 또 선생님이 글을 많이 발표하셨던 『한양』지에는 남정현 선생과 같은 분들이 글을 많이 발표했잖아요? 그분들과 개인적으로 잘 아는 사이였나요?

▲ 하근찬

구중서 : 하근찬이라는 작가를 참 좋아했는데 지금도 내가 인정을 해요. 그런데 나중에 리얼리즘을 하는 젊은이들은 (나보고) 리얼리즘론을 제기한 것은 좋은데, 작가 실례를 드는 데에는 한계가 있다고 평하더군요. (웃음) 내가 하근찬을 칭찬했다고 그런 평을 한 건데, 발자크 같은 사람도 왕당파 보수주의자이면서 진보적인 리얼리즘 작품을 썼다는 것이 엥겔스의 평가였지요. 마찬가지로 하근찬이라는 사람도 순수파 문학동네에 있으면서 작품은 거의가 「삼각의 집」, 「수난2대」, 「일본도」, 「족제비」처럼 민족 수난사의 현실적인 소재를 다루었어요. 하근찬은 그런 소재를 아주 인간적으로 형상화해서 예술 작품을 만들지요. 그런데 작가 자신은 자기가 현실의식을 주제로 해서 소설을 쓴다고 생각하지도 않고 그런 줄을 모르고 있어요. 나는 하근찬이 제3세계 문학적인 성격이 있다고 생각해서, '요산 김정한 선생의 문학상'을 제정해서 박두진 선생과 함께 첫 해 수상자로 하근찬 씨를 선정한 적이 있어요. 그 「삼각의 집」, 「수난2대」 등이 제3세계적 성격을 띠는 작품이라는 것을 알리려고 〈한국일보〉의 정달영 편집부국장에게 부탁을 해서 문화부 기자를 보내서 취재를 하게 했는데, 2시간 이상을 취재하고도 결국 신문에는 한 줄도 나오지 않았어요. 왜냐 하면 작가의 말이 맞아들지를 않으니까, 제3세계가 뭔지, 현실이 뭔지도 모르는 거야. 그래서 내가 "하선생은 너무 뭘 모른다."고 불평을 하며 애교 있는 싸움을 하기도 했지요.

강진호 : 「삼각의 집」을 보면 주인공으로 작가가 나오지 않습니까? 하근찬
씨의 분신일텐데…….

구중서 : 그렇지요. 프랑스 문자가 찍힌 깡통을 들고 있는 소년의 사진, 또
미국에서 온 크리스마스 카드의 개집 모양인 미아리 철거민 촌의 집도 그렇
고, 눈곱 낀 눈으로 나팔을 들고 아리랑을 불고 하는 것들은 처연한 리얼리
즘이라고 나는 생각을 해요. 소설 속에서도 "미의식과 함께 현실을 보는
눈, 인생과 역사를 생각하는 마음이 있어야 작품이 된다."는 말이 나오지
요. 그렇게 해 놓고도 자기가 뭘 하고 있는지 모르는 이런 사람이 하근찬이
예요.

강진호 : 그건 오히려 다치지 않기 위한 일종의 자기 방어 같은 거 아니겠습
니까?

구중서 : 아니야. 그런 간계도 전혀 없는 사람이고 대단히 순박한 사람이
에요.

강진호 : 1960, 1970년대 민중문학, 리얼리즘 문학을 했던 분들의 이야기
를 들으면 하근찬 소설을 하나의 전범으로 생각하는 경우가 꽤 있으시던데
요…….

구중서 : 그렇게들 생각해 주었으면 좋겠어
요. 하근찬이 촌스럽고 늘 순수문학만 지향
하는 사람처럼 보이기 쉬워요. 그러다가 황
석영의 「객지」가 나오면서부터 이제 리얼리
즘의 첫 작품이 나왔다고 하면서 하근찬이
나 남정현 같은 이들이 묻혀 버린 거지요.

강진호 : 하근찬이 황석영의 1970년대 업
적에 의해 빛이 가리워진 부분이 있다고 말
씀을 하셨는데, 아까 비평가를 이야기하면
서 최일수 같은 경우도 저는 그런 느낌이

▲ 황석영

듭니다. 개인적으로 관심을 갖고 살펴보니까 1970년대 들어와서 형성되는 민족문학론의 밑그림들이 최일수의 글에 거의 대부분 드러나 있더라구요.

구중서 : 인간이 사회적 동물이라는 말처럼 동네 형성이 돼 가지고 동네 울타리가 편협하게 지켜지는 현상이, 의식하든 의식하지 못하든 있는 것 같아요. 말하자면 우리 친한 동지들 속에 같이 살지 않으니까 잘 모르겠다, 이런 식으로 소원하게 관심을 잘 안 두어서 그렇게 된 게 아닌가 싶어요. 그래서 공부하는 후학들이 그런 부분을 잘 개발해서 평가를 바로 잡아주면 좋지요. 하근찬 소설도 그래요. 내가 하근찬을 칭찬했다는 것이 한계로 지적되는 것과 같은 현상이지요.

강진호 : 하근찬이 나름의 한계는 있지만 제국주의 등에 대한 개념적 인식이 거의 없었다는 선생님 말씀에 저는 상당히 놀랐습니다. 저는「왕릉과 주둔군」같은 경우는 1960년대의 정말 놀라운 작품이라고 생각합니다.

구중서 : 하근찬 씨는 개인적으로 자기 부친이 국민학교 선생을 하셨는데 6·25 때 북한에서 넘어온 인민군에 의해서 사살당하셨어요. 이쪽저쪽에서 무더기로 학살당하고, 인민군이 퇴각할 적에 그런 일들이 생겼는데, 이건 술이 취해서 하근찬 씨가 직접 나한테 이야기를 했어요. 하근찬 씨가 어머니하고 같이 며칠 집에 돌아오지 않는 아버지를 찾아다니다가 어느 날 밤에 어떤 시체 옆을 지나니까 섬뜩하니 뭐가 느껴지더라는 거야. 보니까 그게 아버지야. 그래서 어머니하고 같이 시체를 수렴해 돌아왔다는 거야. 그러니까 말은 안하지만 그 속에 사회주의자들에 대한 본능적인 전율 같은 게 있지 않았나 생각돼요. 그러나 그가 반공주의 같은 것을 입밖에 드러내는 것을 볼 수 없어요.

강진호 : 사실 6·25를 다룬 소설들 중에서 하근찬 씨의 소설만큼 반공주의가 드러나지 않는 소설도 없지 않습니까?

구중서 : 그렇게 드러내는 식이 아니지요. 반공주의를 거의 드러내 보인 적이 없거든요. 그리고 신동엽 씨하고 아주 친분이 있었고, 전주에서 전주사

범을 같이 다녔지요. 또한 그냥 질박한 성격의 사람이고 체질적으로 재능을 타고난 소설가지요.

강진호 : 「분지」로 필화사건의 주인공이 되어 고초를 겪었던 남정현 선생에 대해서도 좀 말씀해 주시지요?

구중서 : 최초의 반미소설 「분지」를 발표하고 옥고를 톡톡히 겪었지요. 남정현 선생은 내성적인 성격을 지니고 있지만 늘 올곧고 해학의 예지가 번득이는 작가지요.

『상황』 그룹과 『창작과비평』지

강진호 : 다시 1960년대 후반으로 이야기를 옮겼으면 좋겠는데요. 아까 쭉 선생님도 말씀하시고 저도 질문을 했듯이 1960년대 초반까지만 하더라도 그러니까 이를테면 선생님이나 임헌영, 임중빈 선생 등이 상당히 앞선 논의를 했는데도, 꼭 참가해야 되는 것은 아니지만, 『창작과비평』(이하 '창비') 과는 거리를 둔 채 1969년에 문예 비평 동인지 『상황』을 창간하셨거든요. 그래서 제 생각으로는 『창작과비평』에 합류하지 않은 이유랄까, 또 당시 『창비』에 대한 입장이랄까 이런 게 있을 것 같은데, 어떠셨어요?

구중서 : 그런 전제는 정확한 게 아닌 것 같아요. 『창작과비평』과 일정한 거리를 두고서 지낸 것처럼 들리니까요. 사실은 『창작과비평』보다 앞서서 문학의 현실 참여 주장을 한 쪽이 『상황』 동인이었던 것은 사실이지요. 임헌영, 백승철, 또 소설 쓰는 신상웅, 그리고 나 이 넷이서 동인을 시작한 거예요.

강진호 : 김병걸 선생은 동인이 아니었습니까?

구중서 : 김병걸 선생은 2기 동인이라고 할 수 있지요. 김병걸 선생도 리얼리즘 옹호론을 강도 있게 발표하셨죠. 내가 1968년에 「중흥과 타락의 문

학」이라고 『현대문학』에 글을 쓸 적에도 사실은 논리 체계로서 리얼리즘을 말하지 않았을 뿐이지 그 정신은 언제나 근대 시민 민주주의, 역사의식, 그리고 실천적인 자세에 있었지요. 『상황』 동인들은 처음부터 참여문학, 리얼리즘을 역사의식을 가지고 추진을 해 온 셈이지요. 『창작과비평』은 초기에는 만해 한용운 선생과 김수영 시인을 높이 평가했고, 우리 『상황』 동인들은 신동엽을 높이 평가했지요. 그래서 1969년에 신동엽이 별세했을 적에도 내가 『월간문학』에 「신동엽 형을 흙에 묻고」라는 조사를 실은 게 있고, 관도 내가 한 귀퉁이를 들고 올라갔고, 장갑에 묻은 붉은 흙을 털지 않고 서랍에 넣어두고 그랬지요. 나중에 '창비'에서 점점 신동엽을 높이 평가해서 신동엽 전집이 나올 적에도 초판본에는 내가 쓴 「신동엽 형을 흙에 묻고」가 뒤에 붙어 있고, 유족도 나한테 의논을 하고 그랬지요. '신동엽 작가기금'을 설치했을 적에 첫 해부터 내가 운영위원 겸 심사위원이었어요. 나는 1970년대에 '창비'에 글을 많이 썼어요. 지금도 '신동엽 작가기금'과 '만해 문학상' 운영위원 겸 심사위원으로 동참하고 있지요. 그렇게 같이 어울려 지내온 것인데, 일정한 거리를 두고 있는 것으로 보이는 것은 왜 그렇게 됐는지 나도 잘 모르겠어요.

文芸批評

狀 況
前 '69

『상황』 ▶

강진호 : 제가 보기에는 개인적인 친분이나 거리감이라기보다는 문학관 자체가 좀 다른 면이 있는 거 같다는 생각이 들거든요. 『상황』 동인들은 1960년대부터 적극적으로 민족 문제를 강조해 왔잖아요? 그런데 '창비' 쪽은 초기에는 민족 문제에 별 관심을 두지 않았지요.

구중서 : 초기에는 『문학과지성』 비슷하게 주지적인 성격이 보였지요.

강진호 : 민족 문제라는 면에서 갈리는 점

이 있다는 생각이 들었어요. 또 가령 『상황』 동인 대부분은 국문과 출신들인데, '창비' 쪽은 대부분 외국문학을 하신 분들이고, 또 최근 보더라도 백낙청 선생은 근대극복론을 이야기하고 있지 않습니까? 선생님 같은 경우는 적극적으로 근대성을 옹호하는 경우잖아요?

구중서 : 친한 사이지만 그런 점에서는 생각이 다르지요. 분단체제론(分斷體制論)이라든가 탈근대론(脫近代論)이라든가 이런 것에 대해서는 생각이 다르단 말이죠. 분단 상황에 대한 문제야 누구나 다 아는 거지만 분단체제론을 통해서만 모든 것이 해결된다는 논리는 석연치 않은 점이 있어요. 그리고 '탈근대'라는 것이 사실은 월러스틴의 주장에도 많이 나오는데, 그것이 대안이 되지는 못한다고 생각해요. 근대 이후, 근대를 초탈해서 다음 단계의 내용이 무엇인지 정리가 되어 있지도 않고, 월러스틴 자신도 "우리는 어두운 바다를 항해하고 있는 것과 마찬가지다." 이런 막연한 이야기를 하거든요. 특히 푸코, 데리다와 같은 프랑스 68혁명 계열은 그 성격이 마르크스주의를 하다가 스탈린주의의 한계가 세계적으로 드러남으로써 결국은 분석철학에 의거해서 해체와 포스트모던과 같은 맥락이 되어버린 것이 아닌가요? '탈근대'나 '근대 이후' 그것도 '포스트 모던'이라는 말과 같은 말 아니냐 이거죠. 참여, 리얼리즘, 제3세계 문학을 주장하던 '창비' 쪽에서 그것을 한다는 것은, 그러면서 '문학의 위기다.' 이렇게 말하는 것은 찬동하게 되지 않지요.

강진호 : 만일 그렇다면 결국 초창기부터 현실(민족) 문제를 어떻게 바라 볼 것인가를 둘러싸고 입장이 서로 달랐던 게 아닙니까?

구중서 : 굳이 다른 점을 찾자면 루카치(G. Lucacs)를 보는 관점에서 발견할 수도 있는데, 루카치가 장르 파악에 있어서 시(詩) 쪽에 약하다는 것은, 나도 그 사람의 개인적 한계로 인정을 해요. 루카치의 사상 자체를 나는 좋아하는데 백낙청 씨라든가 다른 사람들은 못마땅하게 생각하는 거죠. 이것은 비판적 리얼리즘 단계다, 사회주의 리얼리즘에 진입하기를 주저하고 꺼

린다는 거지. 1980년대 후반에는 그런 분위기가 강했거든요. 그런데 루카치는 레닌도 비판하고 스탈린도 비판했단 말예요. 그러나 사회주의자였고 헤겔주의자였고, 그러면서 레닌과 스탈린은 계급 혁명만 열심히 주장했지 자유나 민주주의에 대해서는 생각해 본 일도 없고 그래서 초기 마르크스의 휴머니즘 또는 헤겔의 이성주의와는 딴판인 사람들이다라고 반대한 거야. 그래서 루카치가 몇 번 잡혀서 죽을 뻔도 하고, 구제되고 그런 건데, 그런 점에 입각해서 볼 적에, 지금도 생각해 볼 만한 문제인데, 오히려 루카치를 옳았다고 볼 수 있잖아요. 소련이 해체되었으니까, 루카치의 주장들이 오히려 원만하고 건강하고, 그리고 총체성 면에 있어서도 외연적인 가시적 총체성뿐 아니라 인간 정신의 내면적, 내포적 총체성이 또한 크게 있다, 그 끝없는 인간의 내면적 깊이, 무엇이 더 중요하냐, 내포적 총체성이 더 중요하다고 볼 수 있다, 이런 말을 사회주의자가 했다는 말이지요. 지금 독일의 하버마스와 비슷하게 이성과 근대 정신을 건강하게 지키는 원만하고 합리적인 사람이었던 것 같아요. 이런 점에서 서로 내놓고 반대 의견을 이야기하지는 않았지만 심정적으로 생각이 다른 것이었죠.

강진호 : 1960년대부터 민족 문제에 관심을 가지고 강조하셨던 특별한 이유 같은 게 있으셨습니까?

구중서 : 아까도 이야기했듯이 우리 민족사에 대한 관심이 컸으니까요. 소박하다면 소박하지만 함석헌 선생의 『성서적 입장에서 본 조선 역사』라는 책이 있었는데, 나중에 『뜻으로 본 한국 역사』라고 재편됐지만, 오히려 먼저 책이 더 맛이 있었지요. 거기에 민족사를 수난사관으로 보는 시각이 있었고, 또 나 개인적으로는 아주 어렸을 적에 내 외조부가 6·10만세 사건으로 경기도 이천 지방에서 주모자로 잡혀 경찰의 고문을 당하고 갇히신 적이 있어요. 아주 어렸을 적부터 우리 외조모가 경찰서 유치장에 옷 넣어 주러 갔다 돌아오시다가 고개 비탈의 얼음길에서 넘어져 다치시고, 또 일본 경찰이 밤중에 우리 외가에 들어와서 쇠가죽 몽둥이로 외조부를 내리치는데 옷

과 등가죽이 피로 완전히 붙어버렸다는 이야기를 들었으니까요. 그때 애들
이 가지고 노는 딱지를 보고 전투용 철모를, 일본말로 '데쓰카부도'라고 그
러는데, 그 철모 쓴 일본군을 가리켜 내가 '왜놈'이라고 하니까 아버지가 들
으시고 '그런 소리 하면 큰일난다.' 그러신 적도 있고, 그래서 내가 일본말
을 할 수 있는 세댄데 의도적으로 일본말을 안 쓰고 잊어버리고, 가지고 있
던 책도 없애고 그랬지요. 항일 감정이 운명적으로 어려서부터 있었던 모양
이에요. 그런데 우리 근대사는 친일 문제가 현실적으로 큰 문제거든요. 국
초 이인직도 말년에 한일합방에 크게 공헌한 친일분자가 되었고, 육당·춘
원도 또 친일파가 되고, 해방 후에는 반민특위를 해체시켜 친일파를 다 풀
어 놓았고, 그러니까 제3공화국의 대통령을 일본군 장교 출신인 박정희 씨
가 하게 되고, 계속 이렇게 돼 왔던거죠. 마쓰이오장 가미가제 특공대 찬양
시를 쓴 분이 전두환 대통령 56회 생일의 송시를 쓰고, 원로 정도가 아닌
시성(詩聖)이다 그렇게 칭송되고 교과서를 지배하는 지경이 되었으니 이렇
게 되면 우리 후세들이 그 교과서를 어떻게 해석해야 되고 무엇을 가치로
배우고 민족사의 미래를 타개해 나갈 수 있을지요? 이런 생각들을 늘 갖고
있었어요. 어렸을 때부터 들은 이야기들이 민족 문제에 대해서 더 깊은 관
심을 갖게 만든 것이지요.

강진호 : 『상황』 동인인 김병걸 선생님은 민족 문제에 많은 관심을 가지셨
던 분이지 않습니까? 당시 동인끼리 의견 교류는 있었습니까?

구중서 : 민족 문제가 현실 문제니까 우리나라에서는 분단 극복의 과제를
중심으로 민족의 진로 문제가 사실은 중심적인 문제라 할 수 있지요. 폐쇄
적인 배타주의로서의 민족주의가 아니고, 2차대전 후에 열강이 경제 원조
를 빙자해 신식민주의를 펴고 있고 거기에 정당하게 자기 방어를 하기 위해
서는 신민족주의, 제3세계 민족주의, 이런 것이 필요하게 되니까 민족 문제
를 생각할 수밖에 없었지요.

강진호 : 『상황』을 만들 때 그런 문제를 가지고 서로 논의하거나 했나요?

구중서 : 의논해서 한 게 아니고 그런 것을 생각하는 사람들끼리 모이게 된 거죠.

강진호 : 『상황』 이야기를 조금 더 여쭙고 싶은데요. 이야기가 은연중에 나온 거 같은데, 임헌영 선생이랑 백승철, 신상웅, 또 김병걸 선생, 그리고 선생님 이렇게 참여하셨는데 대부분 다 '중앙대 출신'이잖아요?

구중서 : 그것은 정확하지 않는 지칭인데, 중앙대 출신은 임헌영, 백승철, 신상웅이고 나는 나중에 중앙대 대학원에서 학위를 했지요. 크게는 동문이라고 말할 수 있지만 김병걸 선생은 중앙대 출신이 아니지요. 다수가 중앙대 출신으로 시작한 것은 사실이에요. 그이들이 1969년에 잡지사에 근무하는 나를 찾아와서 다방에서 이야기를 하다가 의기 투합하는 게 많아서 동인을 하기로 한 거지요.

강진호 : 이거는 다른 맥락의 이야기인데 민족문학의 역사를 정리할 때, 1960년대 한국 전쟁 이후의 새로운 민족문학론의 출발점을 대체로 『창작과비평』의 창간에 맞추어서 이야기하지 않습니까? 그런데 그 당시 문헌들을 보면 그 이전부터 선생님이나 임헌영 선생 등이 민족문학의 관점에서 민족 문제나 분단 문제에 관한 글을 써 오셨거든요. 그런 부분이 사실 정당하고 정확하게 평가, 규명되지 못하고 있다는 생각을 하거든요. 그 점에 대해서 선생님은 어떤 생각을 하시는지요?

구중서 : 정도의 차이, 약간의 시기적 선후 차이는 있었다고 볼 수도 있겠지만, 그것이 대단한 문제라고 볼 수는 없어서 나 자신으로서는 굳이 논급하지 않는 것이 좋겠어요.

1970년대의 민족문학 논쟁과 제3세계문학론

강진호 : 이제 1970년대 이야기를 좀 구체적으로 했으면 합니다. 선생님께

서 1968년에 「중흥과 타락의 문학」을, 그리고 1970년에 「한국 리얼리즘 문학의 형성」을 발표하면서 리얼리즘에 대한 문단적 관심을 환기시켰고, 그런 작업이 계속되면서 이른바 '민족문학 논쟁'이 야기되었는데, 그 논쟁의 발단과 전개 과정 등에 대한 이야기를 해주시죠.

구중서 : 문단적인 논의를 중심으로 해서 생각을 해보면, 1970년이라고 생각되는데, 리얼리즘론도 민족문학론도 1970년에 개념을 강조해서 내세우는 단계가 된 거지요. 『월간문학』에서 '민족문학론 특집'을 꾸몄지요. 그때에 이형기 씨하고 김현 씨는 '민족문학'이라는 말을 굳이 쓸 필요가 있느냐 그냥 '한국문학'이라고 하자는 쪽이었고, 나머지 다른 사람들은 '민족문학'이 좋다고 했지요. 그런데 '민족문학'을 지지하는 사람들은 전부가 참여적 리얼리즘을 해 온 사람들이었지요. 그래서 1950년대 말서부터 태동해서 1960년 4·19를 기점으로 시민혁명이 이루어진 셈이니까, 학생 세대가 앞장섰다고 하지만 국민적 호응을 얻어서 중앙 정부가 무너진 거니까, 4·19는 혁명이었죠. 그런데 순수문학 쪽 이론은, 분단 직후 북쪽이 내놓고 현실주의 문학을 하면서 사회주의 리얼리즘을 표방하니까 그 북쪽에 반대하기 위해서 정반대로 현실 도피적인 문학을 제기한 셈이죠. 그래서 샤머니즘도 이야기하고, 사소설적인 개인의식 이런 것을 이야기하면서 순수문학을 계속해 왔는데, 4·19혁명을 겪고 보니까 사회 전반이 시민 민주주의로 움직이고 있는데, 문학만이 현실 도피를 고집할 수 없다는 자각이 생겼고, 그래서 최인훈의 『광장』, 이호철의 『판문점』, 또 좀 뉘앙스는 다르지만 선우휘의 「불꽃」에서도 참여, 목전(目前)의 현실에 참여해야 된다는 문맥이 나타나지요. 하근찬의 「수난이대」, 이렇게 현실의식의 문학, 참여문학이 말하자면 시에서뿐 아니라 소설에서도 강세를 이루어 나가게 된 것이고, 그러다 보니까 이론적으로 원리가 정리되어야겠다는 필요성에서 1970년대 리얼리즘론이 등장한 거지요.

강진호 : 4·19 이후의 역사 현실에 대한 관심의 증대가 리얼리즘론의 자연

스러운 배경이 되었다는 말씀이군요.

구중서 : 우연이라면 우연인데 그게 단순한 우연이 아니라 필연성을 내재하고 있다가 어떤 우연한 계기에 돌출해 버린 거지요. 『사상계』가 말년에 잡지 운영이 어려워져 빈약하게 나오던 땐데, 그래도 부완혁 씨가 사장을 하고 지금 일월서각을 하는 김승균 씨가 편집장을 하고 있었는데, 나보고 '4·19 10주년 기념문학좌담'을 하는데 나오라고 해요. 그래서 나가 봤더니 임중빈 씨가 사회를 보고 최인훈, 김윤식, 김현, 나 넷이서 토론을 하게 돼 있는데, 최인훈 씨가 무슨 사정에서인지 안 나와 버렸어요. 그러니까 김윤식 씨하고 김현 씨가 복도에 나가서 들어오지를 않고 한 30분 자기네끼리 의논을 하는 거야. 들어오더니 "사회자를 바꾸자"는 거야. (웃음) 임중빈 씨를 사회자로 하고 나머지 사람들이 토론을 하자는 거지요. 김윤식 씨하고 김현 씨가 가깝기 때문에 나 혼자서 2대 1로 당해야 하는 형세가 된 거지요. 김윤식 씨도 원래는 4·19를 계기로 리얼리즘이 가능한 것으로 보인다는 발제 논문을 사실은 짤막하게 냈었는데, 좌담에서는 그룹의식이 생겼는지 김현과 한 편이 된 거지요.

내가 1930년대 염상섭, 현진건은 자연주의의 단계고, 리얼리즘이 광의성을 띠기 때문에 고전적 리얼리즘, 자연주의 리얼리즘, 비판적 리얼리즘, 사회주의 리얼리즘 등 20여 가지 용어가 있는데, 나는 근대 시민 리얼리즘이 4·19와 내용상 부합되어 긍정한다, 김수영 시인이 모더니즘으로부터 현실 참여로 나온 그런 성향이라든가 현실의식의 문학이 또 시민 정신이 고양되는 그 시기 성격을 강조한 거지요. 내가 1960년 4·19를 계기로 리얼리즘이 가능하다고 생각한다고 동조를 하니까 김윤식 씨는 말을 좀 모호하게 하면서 뒷전으로 빠져버리는 거야. 그래서 김현 씨하고 나하고만 정반대의 논쟁이 된 거지요. 김현 씨는 현실의식으로 치자면 1930년대 염상섭, 현진건도 해당되지 않느냐고 해요. 그래서 내가 리얼리즘으로 가는 단계로서의 자연주의로 보고 싶다, 지금 루카치가 그리스에서부터 리얼리즘 역사를 쓰듯이

하면 우리도 실학파 리얼리즘 이전을 고전주의 리얼리즘으로 치고, 1930년
대 자연주의 리얼리즘 이렇게는 할 수 있는데, 근대 시민 리얼리즘을 생각
할 적에는 1970년대가 명료하게 기점이 된다고 보았으면 좋겠다, 나는 그
런 뜻으로 이야기를 했지요. 그랬더니 김현 씨는 구체적으로 발자크의 어떤
점이 그러냐는 거에요. 그 이야기는 그때 서울대에서 전임강사인가 조교수
인가를 하는 불문학 전공자가 국문학도인 날 보고 발자크의 어떤 작품이 리
얼리즘에 해당되느냐고 질문한 것이니까 참 곤란하잖아요. (웃음) 그래서
그냥 평소 내 상식으로 '고리오 영감'의 주인공들을 들이대면서 이야기를
한 거지요. 그것도 내 독창적인 이야기가 아니라 다 정리된 어떤 사례가 있
는 것이고. 그랬더니 발자크는 '이 망할 놈의 세상' 하는 화풀이로 리얼리스
트가 되어서 자기 의사에 반해서 리얼리스트가 된 것이지 진정으로 리얼리
스트가 됐다고 볼 수 없다, 이런 식으로 계속 정반대의 이야기를 하게 되었
지요. 그 며칠 후에 김승균 씨가 전화를 해서 교정을 좀 보러 와야 되겠다고
해요. 김현 씨가 다녀갔는데 자기 발언 대목을 교정하면서 내 발언 대목을
많이 지웠다는 거야. 가보니까 녹색 펜으로 정말 많이 지웠어요. 자기 논리

▲ 구중서 · 강진호

는 아주 학구적인 내용을 상당히 첨가해 놓고……. 난 그 쪽은 한 자도 손을 안 대고 대신 지운 내 것을 '생(生)'이라고 써서 되살려 놓았지요, 그렇게 해서 나온 게 '4·19 좌담'이예요. 후에 답답해서 그 내용을 정리해서 그해 7월 여름호 『창작과비평』에 발표를 한 것이 「한국 리얼리즘 문학의 형성」이라는 평론인데, 그 글은 해방 후 처음으로 본격적인 리얼리즘론을 전개한 것이라는 평을 듣기도 했지요. 김명인을 비롯한 몇몇 젊은 비평가들이 『다시 문제는 리얼리즘이다』라는 책을 '실천문학사'에서 내면서 '4·19좌담'과 「한국 리얼리즘 문학의 형성」을 한국 현대 리얼리즘론의 기점이라고 했어요.

강진호 : 김현 선생이랑 정면으로 충돌한 셈이군요. 그런데 그 논의가 당시 문단 전체에 굉장한 파장을 일으키지 않았어요?

구중서 : 어느 날 길을 가는데 광화문에서 염무웅 씨가 "중서 형!" 하고 급히 말을 하고 지나가는데 자기가 『월간중앙』에 리얼리즘 옹호론을 지금 쓰고 있다는 거예요. "리얼리즘이 시대 사조나 기법이 아니고 하나의 세계관으로서 큰 원리다. 그래서 그것이 필요하다." 이런 골자로 진지한 평론을 썼어요. 같은 무렵 김병걸, 임헌영, 최일수 이런 분들이 전부 『현대문학』 등의 월평란 여기 저기에서 내 편을 드는 거예요. 저 쪽 김현 씨 편으로는 김양수라는 인천에 사는 평론가 한 분만이 있었고, 좀 있다가 원형갑 씨하고 두 명이 그 쪽 편을 들고, 내 편을 드는 이는 김우종, 최일수까지 합쳐서 한 다섯 명쯤 나타났어요. 그것이 '1970년대 리얼리즘 논쟁'이었죠. 그렇게 해서 리얼리즘 논의가 활발해졌어요. 그리고 민족문학이라는 것도 분단된 상태에서는 남한, 북조선 이런 것이 좀 불편하고, 또 '남한문학', '북조선문학'이라고 하는 것도 온당치 않으니 통일이 될 때까지라도 '민족문학'이라는 지칭이 편리하고 또 민족사적 역사의식이 요청되기도 하고 그래서 민족문학, 제3세계 신민족주의로서의 민족문학, 그렇게 해서 '민족문학' 지칭을 계속 사용하게 된 게 이제는 아주 '민족문학동네'다 '민족문학사연구소'다 이런 것이 생기게 된 셈이지요. 당시는 1970년대 말이고 그때는 제3세

계 문학에까지 진전이 되어서 참여, 리얼리즘, 민족문학, 제3세계 문학, 이
것이 같은 맥락에서 발전해 나간 단계들이라고 볼 수 있지요.

강진호 : 이야기가 자연스럽게 '제3세계문학론' 쪽으로 넘어가는데요, 선생
님은 1979년도 『씨알의 소리』에 「제3세계문학론」을, 1980년에 『실천문학』
에 「제3세계 문학의 전망」을, 서울대 〈대
학신문〉에 「제3세계 문학의 현재와 가능
성」을 발표하는 등 1970년대 후반에서
1980년대 초반에 '제3세계문학론'을 정열
적으로 주창하셨는데, 이왕 말씀이 나온
김에 그것을 좀 부연해 주시지요.

구중서 : 제3세계라면 우리가 잘 아는 대
로 아시아, 아프리카, 라틴 아메리카 3대
륙을 가리키는 것인데, 2차대전 후에 강대
국들이 아까도 말한 것처럼 경제 원조를
한다고 하면서 배후에서 신식민주의적 작

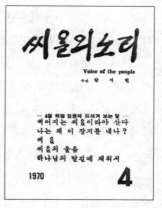

▲ 『씨알의 소리』

용을 하니까 지구상에 남북 문제라는 게 생겼잖아요. 아프리카, 라틴아메리
카가 남이고, 유럽·미국이 북이고 이러니까 상징적으로 '남북(南北)'이다
이렇게 지칭을 하는데 이것이 국제적으로 빈익빈 부익부를 초래하기도 하
고 있다는 것이죠. 한 25% 정도의 백인이 78%의 세계 부를 차지하고, 점점
약육강식으로 제3세계 지역이 먹혀들어가고 있다는 것이죠. 무역 역조 현
상을 일으키면서 제3세계 나라들이 자꾸 곤란하게 되어가니 이런 것을 그
대로 감내할 수 없다, 라틴 아메리카의 유능한 작가 시인들이 있죠, '네루
다' 같은 사람이 있고, 아프리카에서는 세네갈의 '생고르', 또 케냐의 '케냐
타' 등 쟁쟁한 사람들이 있고, 아시아에서는 '김지하'가 있고, 이렇게 문학
적 역량도 크고 정당방위적인 신민족주의 정신으로 문학을 할 수 있다는 생
각이지요. 그러나 이것은 제3세계 문학이 지난날 바로 세계문학으로 여겨

지던 서양문학에 복수해서 지배하자 이런 뜻이 아니고, 20세기 서양문학의 모더니즘적 타락 현상에 건강한 활력소를 주는 것으로 제3세계 문학이 공헌하면 좋겠다, 그래서 서로가 만나서 서로를 풍요하게 하고 세계문학의 아름다운 꽃밭을 다양하게, 개성적으로 그러나 조화 있게 건강한 아름다움으로 가꿔야 된다, 이런 것이 제3세계문학론의 기본 취지라고 볼 수 있지요. 한때 리마의 77개국 비동맹 선언을 비롯해서 제3세계 결속 운동이 활발했지만 점점 자본주의 강대국들에 의해서 붙잡히고 억눌리는 형세가 되었어요. 그래서 멕시코도 IMF를 당했고 제3세계의 횡적 연대가 저조해지고 이제 강대국 금융자본이 세계의 여기저기를 굴러다니며 치고 때리고 있어요. 그래서 제3세계 문학 논의가 더 미미한 셈이지요. 최근 IMF의 횡포를 극복하기 위해서는 다시 제3세계 운동이 일어나야 되겠다고 경제 분야에서 시론을 쓴 분도 있더군요. 그와 궤를 같이 해서 제3세계문학론도 계속 추진이 되었으면 좋겠다는 생각이 들어요.

강진호 : 지금까지의 선생님의 말씀을 정리하면, 『상황』 동인 시절부터 쭉 가지고 계시던 민족에 대한 관심과 문제의식이 외세 문제와 결합되면서 '제3세계문학론'으로까지 발전한 것이라고 이해하면 되겠네요. 그러면, 하나 빠뜨린 게 있는데, 아까 선생님께서 1960년대에서는 하근찬의 「삼각의 집」이 중요한 작품이라고 말씀하셨지요? 그러면 1970년대 민족문학론과 제3세계문학론을 전개할 당시에는 어떤 작가와 작품을 주목하셨나요, 민족문학론의 이론적 근거가 필요했을 거 아니예요?

구중서 : 글쎄, 일단은 황석영의 「객지」가 기념비적이었지요. 다음으로는 이문구의 「우리 동네」 연작, 그리고 조세희의 『난장이가 쏘아올린 작은 공』도 문제작이었지요. 그리고 나는 윤흥길을 크게 인정하는데, 윤흥길의 「아홉 켤레의 구두로 남은 사내」가 산업사회 소설의 본격적인 출발점이라고 볼 수 있지요. 이 작품은 대중에게 잘 읽히고 또 완결된 작품 세계를 가지고 있어요. 그리고 「무지개는 언제 뜨는가」는 소년의 이야기지만, 지리산 마을을

통해서도 분단 해소의 가능한 원리를 사람들
에게 납득시키고 있지요. 윤흥길이 10대 소
년으로서 겪은 기억을 가지고 쓴 것이겠는
데, 그는 중간에 병이 나서 한참 작가 생활을
쉬었지요. 앞으로 활동을 재개할 것 같은데,
기대가 됩니다.

문학사 연속성론에 대해서

▲ 윤흥길

강진호 : 이제 이야기를 바꾸어서, 선생님의 탁견 중의 하나인 '문학사 연
속성론'에 대해서 여쭈어 보겠습니다. 1963년도 이래의 선생님 글을 검토
해 보면서 흥미로웠던 점은, 외국문학 전공자들을 포함해 몇몇 비평가들은
전통단절론을 내세웠는데, 선생님은 '한국 문학사의 연속성론'을 주장하고
또 긴 논문도 쓰셨습니다. 지금까지 이야기를 쭉 듣고 보니까 이런 입장은
1960년대 『한양』지에 집필할 당시부터 갖고 있던 우리 전통문학, 고전문학
에 대한 지식이 자양분이 된 게 아닌가 생각되는데요, 전통론과 관련된 말
씀을 해 주시지요.

구중서 : 그것도 사실은 시기를 좀 분별하고 넘어갈 필요가 있어요. 1950년
대 모더니즘이라는 것이 세력을 떨쳤던 당시에는 코즈머폴리터니즘, 세계
시민적인 성향이 지식인들 속에 상당히 있었던 것 같아요. 그때에도 『사상
계』 잡지에서 문학 좌담을 했는데 한 평론가가 말하기를 "한국문학 속에서
전통을 살리려는 것은 몸 속에 든 기생충을 살리려는 것과 같다." 이런 극
언까지 했어요. 이어령 씨도 『흙 속에 저 바람 속에』라는 책을 내서 베스트
셀러가 되기도 했지만, 민족문화 유산, 정신적 유산 이런 것들에 대해서 꿍
장히 자조적으로 비판을 했어요. 그것이 곧 유식하고 서양식으로 세련된 것

이라는 일종의 착각이 아니었나 싶은데, 가령 김유신의 누이동생 문희가 땅에 소변을 봤는데 그 언저리가 매우 작았다, 서양 희랍신화에서는 유사한 예의 범주가 큰 데 비하면 얼마나 왜소하냐, 춘향의 모친이 포주지 뭐냐, 이런 식이었어요. 나는 아주 언짢게 생각하고 그래서 이어령 씨를 『청맥』이라는 잡지에서 비판하기도 했지요. 4·19에 대해서도 데모 학생이 총탄을 등 뒤로부터 맞았다는 구절이 그분이 시도했던 소설 속에 나오는데, 데모를 하다 보면 밀고 나아갈 수도 있고 또 후퇴하려면 돌아서서 쫓겨가기도 하고 그러는 거지, 그 틈에서 총탄 맞은 거를 굳이 내세워 가지고 혁명을 모멸하는 것 같은 발언을 하고. 그런 게 참 안 좋았어요. 그때는 내가 20대고 피가 뜨거워서 독하게 「소설가 이어령의 도로」라고 제목을 붙여서 비판했지요. 그것이 화제가 돼서 6·3데모를 주도했던 김중태·김도현이 당시 졸업논문을 쓰고 있던 김지하의 하숙방에 찾아가서 "미학자 김지하의 도로"다 하면서 방해를 했다고 해요.(웃음)

강진호 : 전통을 논한다는 것은 촌스럽고, 반면에 서양 흉내를 내면 마치 유식하고 세련된 것으로 보는 풍조가 만연되었던 모양이죠?

구중서 : 그런 셈이지요.

강진호 : 그러면 당시 선생님께서 문학사의 연속성론을 주장하게 된 구체적 근거는 무엇이었나요?

구중서 : 내가 전통단절론에 반감을 가졌던 것은 당시 나는 『한양』지에 「춘향전」을 비롯한 고전문학 해설을 연재하고 있었고, 우리 문학이 고전의 긍정적 측면을 수용해야 된다는 생각 때문이었어요. 판소리는 원래 글자도 모르는 사람들이 광대인 판소리 창자가 고수(鼓手) 하나 데리고서 전단 광고가 나가지도 않는 삼천리 방방곡곡을 돌아다니면서 『춘향전』, 『심청전』, 『흥부전』을 구연하는 거죠. 그런데도 삼척동자도 다 그 내용을 안단 말이야. 어떻게 이렇게 민간 소통력이 큰가? 입심과 낙천성과 서민적 우애와 이런 데 비밀이 있지 않느냐 하는 거지요. 소설사에서 '실학파 소설'을 중요하

게 다루지만 사실은 한문으로 되어 있어 한계가 있고, 그렇다면 대중이 무엇으로써 소설 문학을 누리느냐를 기준으로 보면 판소리계 소설이 1939년까지 한국에서 베스트셀러였다는 거죠. 농한기가 되면 추수를 끝내고 나서 시골 5일장으로 전부 도매로 나가는 거예요. 자동적으로 차일을 치고 흙바닥에다 이야기책을 쌓아 놓으면 나무장사들이 지게에다가 고등어 한 손 사서 걸고 이야기책 사 가지고 가서 겨울 긴긴 밤에 계속 읽는 거예요. 부인네들을 모아 놓고 잘 읽는 남자가 읽어 준 거죠. 이러한 작용이 만주 간도에까지 전파된 거지요. 시문학사에서도 보면 고려 속요가 근 3,4백 년을 구전에 의해서 보존되었어요. 경기체가, 그것은 한문 하는 사람들이 할 수 있는 거고. 김동욱 선생 논문에서 '육보(肉譜)'라고 그러는데 목소리로 악보를 외워서 구전으로 고려 속요인 「가시리」, 「청산별곡」, 「만전춘」이 3,4백 년을 지속해 오다가 한글이 창제되고 나서 『시용향악보』, 『악학궤범』, 『악장가사』 등에 가사로 기록되고, 그후 이것은 고려시대의 노래라는 것을 알게 되고, 또 『고려사악지』에 관련 기사들도 있고 이래서 문학사에서 고려 속요 장르를 정착시키게 된 것이죠. 그러니까 '서민 토대의 자생적 장르 형성력' 이것이 내 나름으로 쓰는 말인데, 고려 속요가 시문학사에서 문학사를 지속시켰고 또 판소리계 소설이 소설사를 연결시켰고, 이렇게 해서 한국 민족문학사는 저변에서부터 솟구쳐 올라오는 힘에 의해서 지속되고 발전해 온 거지요. 그런 걸 오히려 나는 재미있게 좋은 면으로 생각했으니까, 한국문학사 전통연결론을 주장하게 된 것이지요.

강진호 : 『한국문학사론』(1978년)에서 "한국문학사 전통 연결이 성취될 때 한국문학은 비로소 민족문학으로서의 자기다운 모습을 성취하게 될 것이다."라고 하신 말씀은 결국 앞서 언급하신 생각들을 논리적으로 체계화한 것이군요.

구중서 : 민족문학은 자연적 공동 운명체라고 할 수 있는 민족의 삶의 여건에서 축적되고 육화된 개성과 가치로서의 민족문화 전통을 지녀야 하기 때

문이지요.

근대성과 민족문학

강진호 : 긴 시간 동안 말씀 하시느라고 피곤하시죠? 이제 최근의 민족문학에 대한 말씀을 나누면서 대담을 마무리해 나가겠습니다. 제가 보기에 최근 민족문학의 상황은, 민족문학론의 이론적 정당성 여부를 떠나서 상황 자체가 매우 수세적이고, 또 민족문학 계열의 작품들이 안 읽히고, 그래서 민족문학은 197, 80년대보다 훨씬 더 외곽으로 밀려나 있는 게 아닌가 하는 생각을 하는데요, 선생님은 작금의 현실을 어떻게 보시는지요?

구중서 : 수세에 몰리는 작가, 작품이 있다면 그것은 이데올로기적 도식주의를 벗어나지 못한 일부 경우들이라고 생각해요. 조정래의 『태백산맥』은 백 몇 십만 부가 팔려 당당한 베스트셀러가 되었지요. 『아리랑』도 그렇지요. 조정래 씨는 앞으로 1960년대 이후 시대를 소재로 해서 계속 소설로 쓰겠다고 하더군요. 정치판에서 역사 청산이 안되니까 작가인 자기가 하겠다는 거지요.

강진호 : 그런 경우는 1980년대적 가치가 가까스로 1990년대로 계승되어서 유지되는 부분이라고 저는 생각하는데요.

구중서 : 또는 신경숙의 소설들, 『외딴방』도 많이 읽히고요.

강진호 : 신경숙 이야기가 나왔으니 말인데, 최근 백낙청 선생이 신경숙을 매우 긍정적으로 평가하잖아요? 그런데 최근의 젊은 논자들은 그런 평가 방식과 논리에 대해서 회의적인 시각을 보이는 경우가 많거든요.

구중서 : 어떻게 회의적인가요?

강진호 : 가령 그렇게 다 포괄적으로 받아들이고, 또 신경숙이 과연 1990년대의 민족문학을 가늠할 만한 작가로 그렇게 내세울 수 있는 작가인가, 이

런 점에서 반론도 상당히 많은데 그에 대해서는 선생님께서 어떻게 생각하십니까?

구중서 : 신경숙의 「외딴방」 정도는 긍정해도 괜찮은 거 아닌가요?

강진호 : 저 개인적으로는 1970년대에 논란이 많았던 조세희의 『난장이가 쏘아 올린 작은공』보다 『외딴방』이 더 리얼리즘적 성취가 뛰어난지 의문스럽습니다. 백선생은 『난장이가 쏘아올린 작은공』을 별로 인정하지 않았는데, 과연 신경숙의 『외딴방』이 『난장이가 쏘아올린 작은공』을 능가하는 리얼리즘의 1990년대적 성취인가에 대해서는 좀 회의스러운 부분이거든요.

구중서 : 『난장이가 쏘아 올린 작은공』은 훌륭한 작품이지만, 관념적인 삽화들이 끼여들면서 구성상 모더니즘 비슷한 성격도 지니지요. 물론 당시에 많이 팔렸죠. 하지만 소설의 전형적인 수법과 완결된 세계라는 점에서 보자면 오히려 『외딴방』이 낫지 않겠나 하는 거지요.

강진호 : 그러면 1980년대 중반 이후 민족문학의 중요한 축이 되었던, 이를테면 방현석이라든지 박노해 등에 대해서는 어떤 생각을 가지고 계세요?

구중서 : 방현석이나 박노해나 현실의식에 있어서는 치열한 강점이 있는데, 박노해 시에서는 『노동의 새벽』이 획기적인 성과이기는 하지만 그 중에서 어떤 작품은 좀 지나친 도식성이 있다는 생각이 들어요. 「이불을 꿰매면서」 이런 작품은 납득할 수 있고 좋은데 「손무덤」 이런 것은 싫어요. 이 「손무덤」이라는 게, 기업주의 횡포가 아무리 심하다 해도 동포 인간들끼리 사는 건데 자기 회사 공장 직공이 기계에 손가락도 아니고 손마디가 잘렸는데, 사장, 공장장, 전무의 차를 안 내주어 못 타고, 타이탄 짐칸에 앉아 병원에 갔는데, 손을 붙일 수가 없고, 노동자

▲ 『노동의 새벽』

의 시퍼렇게 얼은 잘린 손목을 주머니에 넣고 다니다가 공장으로 돌아와서 양지바른 벽 아래 흙에다가 묻어서 장사 지낸다, 그게 어디 있을 수 있는 이야기고 시로서 될 수 있는 이야기인가요? 좀 과장이 아닐까? 그런데 박노해 씨가 투옥된 후 재판의 최후 진술에서 자기가 너무 편향적이었던 것을 자성한다는 내용을 말한 게 있지요. 『말』지인가에 실렸지요? 방현석 같은 사람은 작가로서 인격으로서 훌륭하고 건실하고 소설도 좋지만, 대중성을 획득하는 면에서는 아직 폭이 좁지 않은가 생각해요. 오히려 젊은 사람은 아니지만 박완서 씨의 소설이 대체로 서민 소재의 건실한 내용을 예술적으로 형상화하여 상당히 넓은 독자폭을 가지고 있지요.

강진호 : 그러면 앞으로의 민족문학 내지는 진보적 소설의 방향에 대해서는 어떤 생각을 가지고 계십니까?

구중서 : 이데올로기의 시대가 가고 마치 포스트모더니즘 경향으로 가는 듯한 인상들도 있고, 또 소설 본문 안에서도 글쓰기의 어려움이라는 말이 나오고 포스트모더니즘적 글쓰기 등 좀 이상한 것들이 나오는데, 그런 식으로 되어서는 바람직하지 않다고 생각해요. 신경숙의 『외딴방』에서도 글쓰기의 어려움이 한마디 있기는 하지만 그래도 신경숙의 『외딴방』 정도는 노동자의 삶을 소재로 한 작품으로서 인정할 만하다고 생각해요. 그리고 광주 쪽에서 활동하는 공선옥의 경우도 좋지요. 공선옥의 「목마른 계절」에서는 '이데올로기의 시대가 갔다, 문학주의로 가자, 무슨 포스트모더니즘으로 가자.' 그런 것과는 관계없이 자기는 지금 살아 남아서 광주에 빚을 지고 있다는 인식을 중심으로 가지고 있어요. 현실 문제, 정치 문제까지도 정면으로 다루지만 그것이 소설적인 수법으로 소화가 돼 있다고 보이거든요. 그래서 "김대중이 또 낙선하면 우리 호남사람들은 다 혀를 깨물고 죽어야 된다." 그래 놓고, 낙선한 뒤 언니라는 사람이 병원에 입원해 있고 그 후배 되는 여인이 문병을 가서 "언니 이제 죽어. 죽는다고 그랬잖아." 그러니까 그 언니가 귀를 끌어다대고 조용하지만 강한 어조로 하는 말이 "죽을 힘으로

살자, 김대중이 니 할애비냐 누구 좋으라고 죽어." 이런 식이 소설 대화에 나오는데, 나는 참 강렬한 민중적인 저력이 보이는 것으로 받아들였어요. 비록 문체가 신선하다고 하더라도 포스트모더니즘 식의 허무주의로 끝을 맺는 애매한 소설들을 극복하고 그야말로 건강하고 아름다운 인간의 문학, 인간 본성과 자연법과 이성과 근대 정신과 이런 것을 구현해 내는 문학적인 과제와 가능성이 얼마든지 있다고 생각하고 싶습니다.

강진호 : 최근 작가 이야기를, 선생님께서 『상황』을 하실 때부터 계속적으로 관심을 가지셨던 민족과 외세 문제라는 측면에서 언급해 봤으면 좋겠습니다. 가령, 윤대녕이라든지 전경린, 이혜경, 배수아 등 소위 1990년대 젊은 작가들 중에서 분단이나 외세 문제를 이야기하는 사람은 거의 없거든요. 세계 자체가 변한 것은 아니지요. 그런데도 이런 문제가 거의 도외시되고 대신 신변 일상사나 여성적인 세상살이의 고통 등이 거의 대세를 이루는데, 이렇게 보자면 현재 민족문학을 그렇게 낙관할 수 있는 것은 아니지 않느냐 하는 생각이 들거든요.

구중서 : 그것이 불가피해서 그렇게 된다기보다 작가나 비평가들이 불필요하게 나약해서 그렇게 되지 않나, 그렇게 될 수밖에 없어서 그렇게 되는 게 아니라, 자질로서 그렇게 되고 있지 않나 생각해요. 가치관이나 세계관의 허약성 때문이 아닐까 생각해요.

강진호 : 그러니까 작가나 비평가들의 태도에 문제가 있다는 말씀이군요.

구중서 : 윤대녕의 「은어낚시통신」, 구효서의 「깡통따개가 없는 마을」, 은희경의 「서정시대」, 전경린의 「바닷가 외딴집」 이런 작품이 감미롭고 잘 읽히지요.그래서 많이 팔리기도 하고. 그러나 주제의식이 완결되어 있다거나 창조적인 가치를 갖고 있지는 못하고, 대신 감수성으로 소모적이고 정체된 단층에서의 예술을 위한 예술 같은, 그래서 심하게 말하면 허무주의 같은 것이 있지요. 그런 것이 불가피한 대세다 이렇게 보기보다 오히려 그런 것을 좀 바로잡아서, 리얼리즘 원리로서 앞으로 대중에게 건강한 아름다움으

로 잘 읽히고 창조적인 가치를 제공할 수 있는 가능성이 있다고 나는 생각하고 싶어요.

강진호 : 저는 1990년대 이후에 분단 문제를 가장 상징적으로 보여 준 사람이 정주영 씨가 아닌가 생각을 해요. 소 5백 마리를 끌고 휴전선을 넘어갔는데, 거기에 대해서 많은 사람들이 관심을 보였지요. 말하자면 분단 문제는 우리에게 늘 잠복되어 있는 것이지만 작가들이나 평론가들이 그런 문제들을 상대적으로 소홀히 하고 그러다 보니 현재 보이는 표면적인 상황이 마치 주류인 것처럼 여기게 된 게 아닌가 싶어요.

구중서 : 그건 포스트모던과 같은 생각들이지. 북한 작가 김명익이 쓴 『림진강』이 감명 깊게 읽히더군요. 거기에는 이데올로기도 없고, 대신 "민심이 천심이다." 이러면서 가족의 이산 문제를 이야기하고 있어요. 아기의 약을 구하러 강을 헤엄쳐 건너갔다가 돌아오지 않는 남편을 기다리면서 한 여인이 임진강 가에서 늙어서 할머니가 될 때까지 그 지점을 떠나지 않고 사는 거야. 딸이 도시로 나가서 편하게 살면서 모셔가겠다 그래도 안가는 거야. 문익환 목사도 임수경 학생도 다 이렇게 우리를 보고 싶어서 왔다가 갔지 않느냐. 민심은 천심이라고 임진강이 흘러서 바다로 가듯이 당연하게 통일이 될 날이 올 것이다, 이런 게 결말이지요. 얼마나 좋아요! 거기에 구체성들도 다 있고.

강진호 : "민심이 천심"이라는 말씀을 들으니 선생님께서 최근에 주장하신 '자연과 리얼리즘'과 '광의의 리얼리즘'을 연상하게 되는데요, '광의의 리얼리즘'에서 리얼리즘은 하나의 창작방법론이 아니라 '예술 일반의 원리'라고 하셨지요?

구중서 : 예, '광의의 리얼리즘' 여기에도 이야깃거리가 있는데, 내가 처음에 1970년에 『창작과비평』에 「한국 리얼리즘 문학의 형성」을 썼을 때부터 그런 말이 있었는데, 즉 "대하의 물결은 요동이 없이 그 속에서 제 갈 길을 가고 있다. 그처럼 리얼리즘이라는 말도 자주 쓰지 말고 그냥 가면 된다. 주

류를 이루면서 가면 된다."고 했는데 바로 '리얼리즘 주류론'이지요. '광의의 리얼리즘'에서 또 그 말을 썼지요. 그랬더니 대체로 좋은 거 같은데 '리얼리즘 주류론'이 마음에 걸린다, 서운하다, 그런 말을 젊은 평론가들이 했다고 들었어요. 리얼리즘이 그렇게 좋고 진리라면 그것만 주장하면 되지 주류라고 주장해 가지고 오히려 비주류라는 상대를 인정하는 나약성을 보이는 게 아니냐 이렇게 생각하는 모양이예요. 그런데 나는 처음부터 그렇게 생각하지를 않았어요. 인간의 세계라는 것은 완벽하게 100% 획일주의는 되지도 않고 될 수도 없는 거죠. 그래서 나는 포스트모더니즘도 있을 수 있고, 리얼리즘이 60, 70%의 주류만 형성하면 실질에 있어서는 100%의 자연스러운 승리라고 생각하고 싶어요. 그것이 자연스러운 것이고 인간 세계에서는 그렇게 될 수밖에 없는 것이죠. 그래서 "주류만 이루어 나가면 자연스러운 완전 승리이다."라고 한 거죠. '광의의 리얼리즘'이란 바로 그런 거지요.

또 사회주의 리얼리즘 단계에 연연하지 말고 과거에 집착하거나 또 막연한 미래 예측의 결정론, 이런 것에 휩쓸리지 말고 목전의 현실 복판에 들어가서 책임지고 실천하는 리얼리즘 자세가 중요하다, 그리고 이것은 적어도 근대 리얼리즘의 출발점인 발자크 리얼리즘에서부터 근대 리얼리즘을 생각할 수 있고, 그 이전에 한국으로 치면 1930년대 자연주의 리얼리즘, 고전적 실학파 리얼리즘, 이렇게 말할 수 있고, 서양에서도 루카치가 그리스 시대부터 리얼리즘을 이야기했듯이, 이것이 '광의의 리얼리즘' 아니냐, 앞으로도 계속 그런 가능성이 있다 그런 거지요. 그랬더니 한 중진 평론가는 19세기 리얼리즘 단계를 가지고서 현대를 감당할 수 있느냐 이런 식의 이야기를 했어요. 그러나 하우저 같은 사람도 1830년대, 1883년의 유럽 현실이 20세기 전세계의 오늘의 현실과 별로 다를 게 없다고 했죠. 프랑스 혁명 70여 년 과정에서 왕을 단두대에서 목을 자르지를 않았나, 파리 코뮌 때는 한 5천 명이 시내의 거리에 피를 흘리지 않았나, 뭔가 다 해 본 것이고, 또 그 인간상도 줄리앙 소렐 같은 인간상이 오늘의 인간상이나 다를 게 없다, 그런 식으로 민주주의 제도에 있어서나 인간들의 성격에 있어서나 근대적 범주에서 출발점을 잡아보고, 또 그 이전으로 소급할 수도 있고, 또 미래에도 계속 가능하고 이런 것을 나는 '광의의 리얼리즘'이라고 했죠. 그 점에서는 지금도 편하게 그렇게 생각하면서 갈등이나 동요가 없어요.

강진호 : 그 '광의의 리얼리즘'이 인간의 어떤 건강성을 다루는 것이라면, 그것은 '리얼리즘'이라기보다는 오히려 '문학 일반의 속성'이 아닌가요. 그래서 좀더 구체적인 어떤 방법론이 필요하지 않을까요?

구중서 : 적어도 시민 민주주의 상황과 또 총체성 개념과 전형성 원리, 이런 점을 가지고서 '리얼리즘이다.'라고 말할 수 있지 않겠어요. 낭만주의, 자연주의 가지고는 안 되는, 특히 자연주의가 리얼리즘과 비슷하지만 불필요한 부분까지 불필요하게 묘사해서 나열해 놓고서 끝내버리는 이것이 자연주의이고, 리얼리즘은 총체성과 전형성과 가치의 순위 의식, 무엇이 더 중요하고 덜 중요하냐 그리고 미래 지향적인 이상을 뒤에 붙이고 그렇게 해나가는 것이 리얼리즘이다, 그럴 적에는 계속 그 원리의 체계가 있으면서도 계속 가능한 그런 것일 수 있지 않을까요?

강진호 : 선생님 말씀을 들어보면 최근에 많이 이야기되는 '민족문학의 위기'라든지, '민족문학이 유효한가', '민족문학의 경시 사태' 등 여러 가지 민족문학 내부와 바깥에서 제기되는 문제들이 너무 호들갑스럽다 하는 생각이 듭니다.

구중서 : 그렇지요. 나는 그런 말들을 달가워하지 않고 할 필요가 없다고 생각해요. 인간 본성, 자연법, 보편적 가치, 창조성, 이런 것들을 다 포함하면서도 구체적 방법론의 필요 때문에 나는 리얼리즘을 계속 거론하고 있어요.

강진호 : 선생님의 '광의의 리얼리즘', 민족문학의 위기에 대한 낙관적인 전망 이런 것들은 다 선생님이 초창기부터 지금까지 계속 가지고 계셨던 근대성에 대한 믿음, 프랑스 대혁명으로 상징되는 이른바 '해방의 근대성'이라고 이야기할 수 있는 근대성에 대한 믿음, 그것이 바탕이 되어 있는 게 아닌

가 생각을 하거든요. 선생님이 '해방의 근대성'에 대한 믿음을 가지실 수 있었던 것은 역사의 주체, 혹은 분단 극복의 주체가 민중에 있다 이런 믿음과 긴밀하게 연관이 되어 있을 텐데, 지금에 와서 분단을 넘어서는 뭔가의 실마리를 보여주는 사람은 아까 언급했듯이 정주영 씨와 같은 대표적인 자본가란 말이지요. 이런 것이 오히려 1990년대에 달라진 현실을 상징하는 사건이 아닐까요. 지금까지는 분단 극복의 실마리를 민중에게서 찾을 수 있을 거라고 생각해 왔고, 그것이 우리 민족문학론이 분단 문제를 바라보는 기본적인 관점이었는데, 지금에 와서 민중이 분단 극복의 중심으로 나서는 것이 아니라 오히려 대자본가가 분단 극복의 실마리를 풀어 가는 그런 상징적인 행위를 하고 있다는 말이지요. 이런 달라진 현실이 민족문학이 여러 가지로 힘에 겨워하는 요인, 조건이 되고 있는 것이 아닌가 하는 생각이 드는데요. 그런 문제에 대해서 선생님은 어떻게 생각을 하시는지요.

구중서 : 글쎄, 대재벌이니 후기자본주의의 메커니즘이니 하는 요인들이 있기는 있지만 그래도 역사 발전의 기본 토대와 저력은 언제나 민중과 또 인간 본성, 즉 개인주의적 개인이 아니고 보편적 인간 본성, 이런 것에 의해서 인간 사회가 궁극적으로 지탱되었지, 아무리 기계화가 되고 대재벌 위주가 되고 하더라도 그것들에 의해서 인간 사회가 결정적으로 좌지우지된다거나 어떤 국면에 임의로 귀착한다거나 그렇게 될 수는 없을 거 같아요. 앞으로도 자꾸 전략 가치로서의 시장 경제, 물질 가치만을 생각할 것이 아니라, 이런 것들을 오히려 인간다움의 힘으로써 승화하고, 모든 사회, 역사 현상이 인간을 위하여 존재한다는 신념을 가지고, 인간적인 실천과 행동을 하는 수밖에 없지 않나 생각해요. 그런 가능성이 없으면 살 의욕도 없을 것 같아요. 정주영 씨가 소를 가지고 올라간 것도 신분이 대재벌이라는 것만을 보지 말고, 그이가 정말 시골 농사꾼의 아들로 소 한 마리 판 돈을 가지고 가출했다가 돌아가는 방법을 소 떼를 가지고 간다, 단순한데 그러나 아주 극적이고 또 어떻게 보면 인간적이고 또 현실적인 방식으로 생각하는 게 좋을 것 같

아요.

강진호 : 오히려 자본에 의한, 자본이 주도하는 통일, 이렇게 보이시지는 않고요?

구중서 : 자본도 계속 인간적인 도덕성으로 견제를 해야 될 대상이지요. 개방과 시장 경제를 막을 수는 없는 것이지만, 그것도 인간 본성이나 자연법에 속하는 현상이지요. 약육강식을 방치하는 시장 경제여서는 안 돼요. 도덕성이 공동선을 지향해서 계속 견제해야 한다는 말이지요. 그래서 시민운동, 종교, 또는 제3세계 연대를 통해서라도 계속 시장 경제에 도덕성을 투여해서 인간다운 사회를 향해 발전할 수 있도록 하는 수밖에 없습니다.

강진호 : 더 많은 이야기를 듣고 싶으나, 장시간 많은 이야기를 하셔서 피곤하시리라 생각됩니다. 그럼 최근 근황을 간략히 말씀해 주시고 자리를 마무리했으면 좋겠습니다. 요즘도 작가회의랑 계속 일을 보시지요?

구중서 : 몇 년 전에 부회장직을 맡은 적이 있어요. 지금은 자문의원으로 되어 있지요.

강진호 : 또 민예총에도 관여하고 계시죠?

구중서 : 민예총은 이사장직을 맡고 있지요. 내년 2월까지가 임기인데, 빨리 모든 걸 벗어버리고 글이나 쓰는 데 열중했으면 좋겠어요.

강진호 : 많은 시간, 좋은 말씀 해 주셔서 감사합니다. 선생님의 말씀을 통해서 문학과 사회, 문학과 역사의 관계, 또 작가의 사회적 책임 등 문학의 근본 문제를 새삼 인식하게 되었습니다. 또 선생님의 말씀은 196,70년대 문학, 특히 민족문학에 대해서 관심을 갖고 있는 후학들에게 많은 도움이 되리라 생각됩니다. 앞으로도 계속 건강하시고 더욱 왕성한 필력을 보여주시기 바랍니다. 감사합니다.

(대담: 1998년 7월 21일, 성신여대 회의실)

1960년대와 한국문학

대담

염무웅 / 영남대학교 교수, 문학평론가
• 주요 저서로 『혼돈의 시대에 구상하는 문학의 논리』,
　『민중시대의 문학』 등이 있음.

진행

김윤태 / 인하대학교 강사
• 주요 저서로 『한국 현대시와 리얼리티』,
　『민족시인 신동엽』 등이 있음.

▌1960년대와 한국문학 ▌

김윤태 : 안녕하십니까? 선생님과 더불어 대담을 가지게 된 것을 더없는 영광이라고 생각합니다. 선생님 덕분에 오랜만에 대구 구경까지 하게 되어 즐거운 마음이 더합니다. 오늘 다룰 중심 주제는 거칠게 보면 1960년대 문학 전반에 대한 것입니다. 선생님께서 "1960년대는 4·19혁명으로부터 비롯된다."고 하신 글을 읽은 바 있는데, 아무튼 4·19에 대해서는 여러 가지 말들이 많습니다. 혁명이냐 의거냐라는 논란에서부터 자체 완결적이냐 미완적이냐는 문제에 이르기까지 4·19를 바라보는 관점은 다양한 스펙트럼을 가지고 있습니다. 이와 관련하여 먼저 4·19에 대한 성격 규정을 먼저 해주시기 바랍니다. 그리고 1960년대 문학과 관련해서는 요즘 이런 견해가 있는 듯 합니다. 가령 평론계 일부에서는 한글 세대니 4·19세대니 하는 이름으로 이전 세대와의 차별성 부각을 통해, 꼭 단절이라고 하기는 곤란하긴 하지만, 다소는 단절론 내지 세대론적인 혐의를 가진 견해가 있었고, 지금에도 젊은 평론가들 가운데 이런 논리를 이어받아 자신의 입지를 견지하려는 사람들도 있는 것 같습니다. 저는 이렇게 세대론이나 단절론으로 보아서는 곤란하지 않으냐 하는 생각을 갖고 있습니다. 선생님께서는 개인적으로 보자면 4·19와 더불어 대학 시절을, 가장 젊음이 왕성한 시기를 보내신 것으

로 알고 있습니다. 당시의 민족 현실이라든지 국내외적인 상황을, 4·19를 중심으로 풀어주시면 좋겠습니다.

4·19의 민족사적 혹은 문학사적 의의

염무웅 : 1950년대와 1960년대 사이에 어떤 단절이랄까 차별적인 측면이 더 많은가, 아니면 연속적인 측면이 강하냐 하는 문제제기를 하셨는데, 그에 앞서서 저는 1950년대, 1960년대만이 아니라 멀리 구한말부터 일제 식민지 시대를 거쳐 오늘에 이르는 전체적인 역사의 흐름 속에서 우리 시대를 바라보아야 한다고 생각합니다. 아시다시피 우리 조선 왕조가 망해가고 제국주의 외세가 침략해 들어오고 하면서 근대적인 각성이 일어나고, 그런 과정의 일환으로 근대적인 의미의 민족 운동 및 민족문학 운동이 점차 본격화되는데, 그러한 민족 역량과 그 민족 역량에 반대되는 것—그것이 외세일 수도 있고 국내 매판 세력 내지 사대주의 세력일 수도 있지만—그런 서로 적대적인 두 세력 사이의 끊임없는 밀고 당기기의 연속이 우리 근대사였다고 볼 수 있지 않겠는가. 그리고 그런 관점에서 민족 세력의 점진적인 성장과 승리의 과정, 아직 완전히 승리했다고 보기는 지금도 어렵지만 우리의 주체적 역량이 반민족·비민족 세력을 이겨 나가는 과정으로 큰 줄기를 볼 수 있지 않겠는가. 그렇게 생각해 볼 때 일제 식민지 시대라든가 6·25전쟁이라든가 이런 것들은 분명히 우리 민족 역량의 성장과 발전에 일대 타격을 가한 기간이었고, 또 그런 사건이었다고 보아야 할 것입니다. 우리가 일제 식민지로 되었다는 것 자체가 외세의 침략을 민족의 주체적인 힘으로 극복하는 데 실패함으로써 식민지가 된 것이고, 또 해방 후 외세에 의해서 분단된 것도 민족 역량이 분단을 이겨낼 만큼 충분히 성숙하지 못했기 때문에 전쟁이라는 참화까지 겪었던 것 아닙니까? 특히 1950년대라고 하는 것은,

그런 민족사적 관점에서 볼 때, 저로서는 가장 암담한 기간이었다고 생각합니다. 친미의 옷으로 갈아입은 친일파를 기반으로 한 이승만 독재 정권의 부패라든가 탄압, 이런 것들이 아주 심했고, 그래서 사회 전체적으로 6·25 직후의 절대적인 빈곤과 혼란, 여기에 겹쳐서 사상적인 경직이라든가 이런 측면에서 1950년대의 전체적인 분위기는 암울했던 것 같아요. 문학 내지 문화적인 측면에서도 반공 냉전 이데올로기가 너무나 압도적이어서 그것과 다른 목소리, 다른 눈으로 보려고 하는 관점들은—물론 산발적으로 없지는 않았지만—전체적으로 볼 때는 참으로 빈약하기 짝이 없었던 것 같아요. 물론 1950년대 중후반경에 조봉암 씨의 진보당 운동이 있기는 했지만, 사실은 조봉암 자신이 정통적인 사회주의 진보 세력의 계승자라기보다는 제1공화국 초기 이승만 밑에서 농림부 장관을 한 사람이고, 물론 양심적인 정치가였다고 알기는 하지만 이승만 체제를 전면적으로 개혁할 대안적 비전을 가진 세력의 대표로 볼 수 있겠는가라는 거지요. 그러나 그런 정도의 진보적인 세력마저도 이승만 정권에 의해서 사형이라는 최악의 운명을 맞이했죠. 하여간 1950년대가 문학적인 측면에서 보더라도, 물론 신동문 씨나 박봉우 씨 같은 시인들이 있었고 뭔가 다른 목소리를 내는 분들이 있기는 했지만, 오늘날의 눈으로 볼 때는 소박한 정의감 이상의 것이라고 보기는 어렵지 않겠는가 하는 생각이 들어요. 그런 점에서 저는 4·19에 의해서 열려진 1960년대는 일단 1950년대에 대한 거부라고 보는 것이 옳다고 봅니다. 다시 말하면 친미·반공 일변도의 이승만 체제에 대한 반대, 그것의 거부로서 1960년대의 역사적 의의를 봐야지 않겠는가 생각합니다. 물론 4·19 자체는 여러 가지로 평가를 할 수 있죠. 예방 혁명이라는 말도 있고, 미완 혁명이라는 말도 있고, 기타 여러 면에서 본격적으로 그 의미가 해석되어야 하겠지만, 여하튼 분명한 것은 4·19는 이승만 정권의 침체된 분위기를 일신해서 이제 우리도 민주주의를 할 수 있다는 자신감을 온 국민들에게 심어줬죠. 1950년대만 하더라도 어떤 외신 기자가 "한국에서 민주주의를 바라는 것은 쓰레기통에서 장미꽃이 피기를 바라는 것이나 마찬가지다."라는 말을 했을 정도로 절망적인 분위기가 팽배했습니다. 그런데 4·19와 더불어 자신감이 생겼고 희망이 살아났어요. 그 이후 물론 1년 남짓만에 5·16이 일어나서 4·19의 민주주의적·민족주의적인 지향을 짓밟았지요. 그러나 5·16 주체 세력인 군사 정부조차도 4·19가 지향했던 자유와 민주주의, 민족주의적인 측면들을 정면으로 공공연하게 거부하지는 못했습니다. 다시 말하면 우리 사회에서 이제는 그 누구도 거부할 수 없는 가치를 심어준 것이 4·19였다고 생각합니다. 특히 저는 대학교 1학년 때 4·19를 맞이했고 그후 4·19에 의해서 양성된 자유로운 대학 분위기에서 학창 생활을 보내면서 그때 흡수한 자양분, 이것이 지금까지 40년 가까운 제 삶의 원천이고 기준이고, 그때 심어졌던 마음이 지금도 저에게는 문학적인 측면에서만 아니라 살아가는 데 있어서도 근원적인 동력의 역할을 한다고 느낍니다. 그런 점에 있어서 저로서는 1950년대와 1960년대를 연속적으로 보는 것보다는 오히려 1950년대의 암울했던 분위기를 깨고 새로운 것을 여는 사건으로 4·19를 보아야만 1960년대 이후 지금까지 전개되어 온 활기에 넘친 민족 운동, 민족문학 운동이 뜻을 가지지 않겠는가 생각합니다.

김윤태 : 문학사적인 측면에서 보자면 어떻겠습니까? 다시 말해 1950년대 말 일부 문인들에게서는 이미 4·19를 예감이라도 하는 듯한 글들을 내놓곤 했습니다만, 4·19를 계기로 문학사적으로 달라지는 것이 무엇인가를 따져 보는 일이 필요할 것 같습니다.

염무웅 : 물론 1950년대 후반쯤에 가면 1950년대적 분위기로부터의 일탈 현상들을 산발적으로 목격할 수 있습니다. 박봉우 씨의 「휴전선」이라는 시도 그렇고 김수영 씨의 시들도 그렇고, 신동엽 시인도 1959년에 〈조선일보〉에 데뷔를 했죠. 뿐만 아니라 1960년대에 와서 본격화된 최인훈이라든가, 남정현·이호철·서기원…… 이런 작가들도 이미 1950년대 후반에 등장을 합니다. 신경림 씨도 이미 1950년대에 등장을 했고요. 그렇기는 하지만 그

들이 1950년대를 전면적으로 거부하고 새로운 민족문학의 전망을 가지고 등장했던 것은 아니었다고 봅니다. 뭔가 막연하게 이거는 아닌데 하는 정도의 불만이 표출되었던 것이지, 1950년대적 질서에 대한 대안적인 전망을 가지고 나왔던 것은 아니라고 봅니다.

4·19와 그 이후 6·3사태라든가 1970년대, 1980년대까지 이어져 온 민족 운동, 민주화 운동, 또 민족문화 운동과 비교했을 때 4·19가 가지는 결정적인 약점은 그것이 운동적 측면이 약했다는 점이지요. 6·3사태와 3선개헌 반대 투쟁 및 이후 1980년대로 이어지는 민주화 운동들은 지속적인 운동의 형태로 전개됐죠. 그러나 4·19는 어떤 의미에서 본다면 단발적인 사건의 측면이 더 강했죠. 또 그것과 연관되지만 6·3사태 이후의 민족 운동들은 문화 운동과 연계되어 있습니다. 말하자면 의식혁명운동을 거느리고 있었어요. 6·3사태만 하더라도 김지하 같은 사람이 거기에 주동적으로 참여하면서 풍물이라든가 노래패들을 동원했을 뿐만 아니라 문인, 지식인, 예술가들이 한일 회담 반대 서명도 하고 그랬어요. 그래서 박두진 선생이라든가 이양하 선생이라든가, 이양하 씨는 잘 모르겠는데 이런 분들이 교직에서 쫓겨나고 그랬었죠. 종교인들도 그랬고요. 종교인, 교수, 예술가를 포함하는 지식인 운동과 학생 운동의 결합이야말로 1970년대 민족 운동의 성과입니다. 물론 1980년대에는 여기서 한걸음 더 나아가지요. 가령 1987년의 6월 항쟁만 보더라도 단순한 학생 운동, 지식인 운동, 중산층 운동에 국한되는 것이 아니라 그것들을 포괄하면서 당시로서 가능한 최대치의 대중성을 획득합니다. 또 분야별로 보더라도 호헌 조치를 철폐하고 직선을 쟁취하자는 정치적인 측면에만 제한되지 않고, 노동 운동·문화 운동 등과의 다방면적인 연결을 이룩합니다. 이에 비하여 4·19는 그렇지 못했죠. 4·19는 거의 순수한 학생 운동이었어요. 거기에 촉발되어서 후에 문화 운동으로, 또는 일반 민주화 운동 및 통일 운동으로 확산되기는 했지만, 4·19 자체는 학생 운동이었거든요. 그런 점에서 4·19는 좁게는 1960년 4월에 있었던 일이지

만 넓게는 3·15 또는 그 이전 2·28, 그때 2월 28일에 대구에서 고등학생들이 했죠, 2·28로부터 시작해서 6·3사태…… 그러니까 1960년대 내내 4·19가 지속되고 있었다고 본다면 그런 점에서는 넓게 볼 수 있는데, 적어도 1960년 4월 그 자체는 학생 운동이고 제한된 운동이었다고 봐야 할 것입니다.

그런데 원래 질문으로 돌아와 문학사적인 측면에서 살펴볼 때, 의식화되지 않은 형태로 젊은 시인과 작가들에 의해서 산발적으로 일어났던 움직임들이 4·19를 계기로 해서 중심을 찾고, 지난 1950년대의 어용 문학·관변 문학을 극복하고자 하는 좀더 조직적이고 지속적인 작업이 4·19에 의해서 열리지 않았는가, 저는 그렇게 봅니다. 가령 김수영 같은 시인을 예로 들어봅시다. 물론 1950년대에도 사회 현실에 대해서 상당한 정도 비판적인 의식을 갖고 있었지만 그것이 결정적으로 본격화된 것은 4·19라는 계기를 통해서였습니다. 1960년대 김수영의 빛나는 활동은 4·19가 맺은 열매라고 생각합니다. 또 신동엽의 경우 김수영과 달리 처음부터 진보적인 의식을 갖고 있었죠. 신동엽 시인이 작고한 뒤 부여에 가서 들은 얘기인데, 처음에 신동엽 시비를 부소산성에 세울려고 했다고 그래요. 그런데 부여 유지들이 반대했다고 합니다. 신동엽이 젊은 날 좌익 활동에 연루되었다고 듣고 일어나는 바람에 그의 시비가 금강가로 밀려났다는 것이거든요. 그러나 어떻든 그의 민족문학적 지향 역시 4·19라는 계기를 만났기 때문에 개화할 수 있었던 것이 아닌가, 즉 4·19라는 햇빛과 물을 받았기 때문에 꽃을 피우고 열매를 맺었던 것이 아닌가, 그렇게 봅니다. 그런 점에서 4·19가 가지는 민족사적, 문학사적 의의는 마치 3·1운동이 일제 시대사에서 그러하듯이 적어도 해방 후 남한 역사에서는 결정적인 전환점이었다고 봅니다.

김윤태 : 주로 시인들의 예를 들으셨는데, 소설의 경우는 어떻습니까? 선생님께서 예전에 쓰신 1950,60년대 문학을 평가한 어느 글을 보면 오영수나 하근찬 같은 작가들을 새롭게 주목할 필요가 있다는 말씀을 하셨습니다.

1950년대 작가로서, 젊은 연구자들도 재미있게 읽은 작가가 오영수 선생이
라고 할 수 있습니다만…….

염무웅 : 오영수 선생의 문학은 그런 역사적인 문맥에서 본다면, 글쎄요, 어
떻게 평가를 해야 할지 저로서는 좀 망설여지는 바가 있습니다. 오영수라든
가 전광용, 김광식 같은 분들은 말하자면 '지체된 등장'을 한 작가들입니다.
나이로 볼 때는 1940년대에 데뷔했어야 할 작가들인데, 일제 말의 암흑기
와 해방 후의 혼란을 겪는 동안에 늦게 등장을 했죠. 손창섭 씨도 그렇고 장
용학 씨도 그렇습니다. 그러니까 거의 비슷한 세대로 우리가 알고 있는 서
기원·이호철보다는 오히려 김동리·황순원과 더 가까운 연배의 작가들이
죠. 다만 굴곡이 많은 우리 역사를 살다보니까 뒤늦게 등장한 작가들이죠.
오영수 씨 자신은 6·25 직전에 데뷔를 했을 겁니다.

그리고 처음부터 끝까지 거의 일관된 경향이랄까 작품적인 성향을 견지
했다고 보는데, 그 어떤 다른 사람과도 달리 끝내 단편 작가로서만 머물렀
고, 또 우리의 1960년대 후반 이후 산업화에 의해서 파괴되고 유린된 민중
정서를 수채화같은 수많은 단편들로 아름답게 그려냄으로써 적어도 가령
1950년대적 수준에서 본다면 당대의 유행 사조들, 실존주의라든가 주지주
의 같은 서구 유행 사조에 오염되어 있지 않은 작가죠. 일제 시대의 이태준
이나 김유정, 더 올라가서 나도향 등에 연결된다고 할 수 있겠는데, 비록 적
극적으로 민족문학을 추구하지는 않았을지 모르지만 서구 일변도로 편향
되어 있는 우리 문단 풍토에서 상대적으로 돋보이는 역할을 했다고 봅니다.
더군다나 오영수 씨의 말기의 작품들은 파괴적인 산업화 현실에 대한 강력
한 거부 의사를 함축하고 있지요. 마지막 작품집에 보면 그 나름의 유토피
아를 꿈꾸는 작품들이 나옵니다. 그러니까 도시화, 산업화는 사람이 살 세
상이 못된다는, 그래서 상상적 낙원 속으로, 부서지지 않은 자연의 속으로
돌아가는 모습들을 보여 주는데요. 그것이 왜곡된 산업화에 대한 진정한 대
안적 비판은 되지 않을지 모르지만, 그러나 독자들에게 사람답게 사는 것이

▲ 오영수

무엇인가에 대한 끊임없는 환기 작용을 함으로써 그 나름의 피한적인 의의를 갖고 있다고 보거든요.

제가 오영수 선생의 작품을 완전히 통독한 것도 아니고 그나마 오래 전에 읽어 기억이 희미하기도 해서 단정적으로 말하기는 어렵지만, 그의 문학은 문단의 어떤 주도적인 흐름과 대비됨으로써 빛을 발하는 그런 세계가 아닌가 합니다. 가령 시로 말하면 박재삼과 같은, 전통적인 서정시들의 소설적 대응, 그런 측면이 있는 것 같아요. 어떤 면에서 하근찬 씨와도 일맥 상통하는 측면이 있죠. 하근찬 씨는 좀더 의식적이지만, 그런 따뜻한 농촌 정서 내지 서민 정서, 이런 것을 간직한 작가로서 너무 파묻혀 있는 분이 아니냐 하는 느낌을 갖죠.

김윤태 : 그런데 하근찬의 경우는 민중 정서를 그리면서도 현실과의 긴장이 소설 속에 존재하지 않습니까? 오영수는 그런 점이 다소 부족하지 않은가 싶기도 한데요?

염무웅 : 이건 누군가에게 들은 이야긴데, 하근찬 씨의 부친이 국민학교 교장을 하시다가 6·25 때 공산당한테 당했다고 그래요. 그러니까 그의 의식의 밑바닥에는 계급적 이념에 대한 공포심과 적개심이 있으리라고 짐작합니다. 그런데 하근찬 씨의 뛰어난 점은 그런 개인적 경험의 한계를 극복하여 민족적 현실과 민중 정서의 세계를 차분하게 자신의 문학 속에 담아낸 점입니다. 요컨대 그의 소설에는 어떤 이념적 편향이 없어요. 요컨대 힘없는 백성들의 설움과 분노가 단편 형식에 알맞는 규모로 형상화되어 있습니다. 그런데 『야호』라는 장편을 쓰기 시작하면서 1970년대 이후 하근찬 씨의 작업들은 대개 회고적인 방향으로 나가죠. 더 이상 밀고 나갈 수 없는 것

이 보이기 시작합니다. 그러나 1950년대 말부터 1960년대까지 하근찬의 소설들은 그 당시로서는 최량의 업적이라고 생각합니다.

당대의 문학적 풍경과 문학 수업

김윤태 : 제가 하근찬이나 오영수를 주목한 것도 1950년대에서 1960년대로 넘어가는 시기에서 비교적 견실하고 양심적인 작가들이 아니었는가 하는 점 때문이었습니다. 그러면 화제를 약간 바꾸어 좀 개인적인 질문입니다만, 선생님의 독서 체험, 그러니까 문학을 공부하게 된, 어떤 원체험으로서의 독서 편력이 궁금해집니다.

염무웅 : 문인들이 대개 그렇겠지만 어려서부터 소설을 아주 좋아했어요. 그런데 유감스럽게도 촌에서 살았기 때문에 주위에 책이 많지 않았어요. 소년 시절 이광수, 김내성, 정비석 이런 대중 작가들을 많이 읽었지요. 『삼국지』니 『수호지』니 하는 것은 물론 몇 차례나 읽었고요. 그리고 특이하게도 제가 어려서 주위에서는 19세기의 통속소설이라고 할 수 있는 『옥루몽』 같은 것을 열심히 읽었어요. 그런데 중학생 때는 이상하게도 김내성의 소설에 빠져서 그의 작품을 거의 전부 구해 읽었어요.

그러다가 중학교를 졸업하고 고등학교에 들어가기 전에, 그게 1958년 초인데요. 대학 입시생이 우리집에 잠시 하숙을 했는데, 그 사람이 시험을 보러 오면서 사과 상자로 몇 상자 책을 가지고 왔더라고요. 나는 이렇게 책이 많은 사람이 있나 깜짝 놀랐죠. 후에 알았지만 그는 고등학교 때 천승세, 최하림 같은 동기생들과 동인 활동까지 한 문학 청년이었습니다. 아무튼 그때 얼마 동안 집중적인 독서를 했는데, 특히 손창섭 씨의 「비오는 날」을 읽고서는 커다란 충격을 받았어요. 그 암울한 세계가 그 동안 읽어 온 이야기로부터 본격적인 문학으로 돌리게 되는 하나의 계기가 되어서 그때부터는 책을 무척 많이 읽었죠.

특히『사상계』나『현대문학』같은 것들은 거의 매달 봤어요. 그때 몰두했던 것이 함석헌 선생인데, 그의 글이 연재되던 1958년에는『사상계』가 나올 무렵이면 책방에 가서 오늘 나오나 내일 나오나 기다리다가 사가지고 집에 오는 동안 읽기도 하고 그랬던 기억이 나요.

김윤태 : 선생님, 어디서 고등학교를 다니신 겁니까?

염무웅 : 충청남도 공주입니다. 공주사대 부고를 다녔는데, 그때는 자동차가 거의 없으니 길 가면서 책을 읽을 수 있었어요. 소설책들은 대개 대본점에서 빌려다 봤고, 욕심나는 건 아버지한테 거짓말을 해서 돈을 타서 샀지요. 백수사(白水社)란 출판사에서 나온 세 권짜리 단편선집을 샀을 때엔 얼마나 기뻤던지요. 당시로서는 아주 호화판이었습니다. 1962년인가에 다섯 권짜리로 다시 나왔는데, 그건 못봤어요. 하여간 고등학교 때는 손창섭, 선우휘, 오상원, 추식 그런 작가들에게 매혹이 되었습니다.

김윤태 : 외국 작가들의 경우는 어떻습니까?

염무웅 : 그때는 번역판이 많지 않았습니다. 언젠가『좁은 문』을 읽었는데 재미가 없더라고요. 그리고 싸르트르니 까뮈니 하는 작가들이 유행을 했죠. 마침 그 무렵 까뮈가 노벨상을 타서 그의『전락』을 읽는데, 아주 고역이라고 생각하면서 겨우 읽었어요. 그리고 역시 당시『사상계』에 안병욱 씨가 '현대사상강좌'라고 해서 매호마다 실존주의, 분석철학 같은 것을 연재를 했는데, 그것도 아주 탐독을 했죠. 그래서 철학과를 가느냐 국문과를 가느냐 고민하다가 그 절충으로 독문과를 갔어요.(웃음) 왠지 독일어를 하면 문학과 철학을 동시에 할 수 있을 것 같고, 또 당시는 취직난이었던 시절이니까 독일어 선생으로 취직을 하면 어떨까 하는 생각도 있고 해서 독문과를 갔죠.

김윤태 : 소설을 그렇게 즐겨 읽으셨으면 응당 소년기에 창작을 해보고 싶은 충동도 없지 않으셨을 것 같은데요?

염무웅 : 물론 문학한다는 사람치고 한두 편 안 써 본 사람 없겠죠. 평론을 하든 뭐를 하든……. 그런데 나는 그게 안 맞는다는 것이 느껴지더라고요. 구체적인 묘사를 못하겠어요. 자꾸 개념적 어휘들이 나와요. 그렇게 하면 안 되잖아요. 체험이 너무 없고……. 형상적 묘사를 해야 하는데, 영화를 보거나 소설을 읽고 나서 요약을 할 때도 개념적으로 요약이 되지, 형상적으로 재미있게 얘기가 옮겨지지 않아요. 그래서 이건 안 되겠구나 싶어……. 물론 대학 시절까지 끄적거리기는 했습니다. 1960년대 초에 서울 문리대에서 나온 〈새세대〉라는 신문이 있는데, 거기에 시를 발표하기도 했어요.(웃음)

김윤태 : 그러면 선생님 대학 시절의 독서 체험에 대해서도 말씀해 주시죠.

염무웅 : 대학 시절에 와서는 상당히 달라졌어요. 아무래도 독문과를 들어가게 되니까……. 전부터 읽던 『사상계』는 계속 읽었고, 『현대문학』을 끊는 대신에 『새벽』이라는 잡지를 구독했습니다. 최인훈 씨의 「광장」이나 선우휘 씨의 「깃발없는 기수」같은 긴 작품을 일거에 전재하기도 하고 그랬어요. 아주 파격적인 편집을 해서 상당히 호응을 많이 받았죠. 원래 『새벽』이라는 잡지는 1930년대에 나온 흥사단 계통의 『동광』 후신으로서, 장이욱 씨가 발행인이고 주요한 씨가 편집인, 김재순 씨가 편집장으로 되어 있어요. 그게 어떤 맥이냐면 바로 흥사단 계통이죠. 정치적으로 말하면 민주당 신파입니다.

  당시 우리가 1학년 때는 영문과, 독문과, 불문과가 한 교실에서 1년간 교양과목을 들었어요. 그때 영문과에는 박태순·홍기창·정규웅이 있었고, 불문과에는 김승옥 · 김현 · 김치수가 있었고, 또 독문과에는 이청준·김광규·김주연이 있었죠. 다 한 교실에서 배웠죠. 그러다 보니까 서구적인 분위기가 조성되고……. 오히려 고등학교 때는 우리 문학에 몰두해 있었다면, 대학 와서는 아무래도 외국문학을 공부할 수밖에 없었는데, 가난하니까 다 아르바이트하고 그러느라고 충분히 공부할 시간이 없었습니다.

그 무렵 나 혼자 열심히 읽은 이론서로 말하면, 한스 세들마이어라는 미학자 겸 미술사가의 『현대예술의 혁명』, 『중심의 상실』 같은 책들입니다. 또 후고 프리드리히의 『근대시의 구조』도 노트에 번역까지 해가면서 읽었지요. 영어로 읽은 것은 I.A. Richards의 의미론적인 계통의 책을 좀 봤고……. 그러니까 대학 시절에 내가 받은 이론적 영향은 형식미학적인 것, 양식사적인 이론들, 그리고 의미론적인 그런 쪽입니다. 김현, 김승옥 등의 친구들과 『산문시대』라는 동인을 하면서 거기에 「현대성 논고」라는 글을 연재했는데, 그게 사실은 독창적인 글이 아니라 세들마이어에 바탕해서 그

▲ 동인지 『산문시대』

것을 내 식으로 정리한 레포트 같은 것이지요.

김윤태 : 선생님, 제가 알기론 『산문시대』가 그리 오래 가지 않았던 듯 싶은데, 그 글을 끝까지 다 실으셨습니까?

염무웅 : 아니요. 두 번 싣고서 5호에서 끝났을 겁니다. 첫 번째 권은 1962년에 나왔죠. 『산문시대』는 처음 김현, 김승옥, 최하림, 세 사람으로 시작했을 겁니다. 그러다가 매 호 내면서 한 사람씩 늘어났죠. 나는 3호인가 4호부터 동인이 돼서 두 호 더 내고 끝이 났어요. 그러니까 대학 시절에 공부한 문학 이론은 소년 시절에 심취했던 함석헌이라든가, 선우휘·손창섭과는 다른, 말하자면 완전히 이론의 세례를 받은 것이죠.

김윤태 : 그 「현대성 논고」의 마지막 귀절에 "순수문학이라는 것이 불가능하다."라고 하셨는데…….

염무웅 : 그거 말하자면 베낀 겁니다. 그걸 복사해 오셨습니까? 어디 좀 봅시다. 나도 까맣게 잊어버린 것인데……. 한번 써놓으면 영원히 원수처럼 따라 다니는구나.(웃음) 거창한 계획을 세워놨네.

거창하게 계획을 세웠지만 두 번으로 중단됐어요. 순수성 문제 역시 한스 세들마이어의 『현대예술의 혁명』에 나오는 이론을 그냥 내가 집어온 거죠. 오래 전에 읽은 거라서 다 잊어버렸는데, 한스 세들마이어는 문학이나 그림이나 음악 등 여러 예술 분야를 다루면서 현대 예술이 근본적으로는 네 가지 경향을 보이고 있다는 거예요. 그 중의 하나가 순수성의 추구인데, 이 순수성의 추구라는 현대 예술의 경향이 본질적으로 벽에 부딪치고 있다는 얘기를 하죠. 그러니까 가령 그림에 있어서의 원근법이라는 것도 근대 미술에서부터 시작한 것인데, 원근법에 의해서 그림이 입체감을 갖는 것은 조소적인 요소가 그림에 도입된 거라는 겁니다. 그리고 아기를 안고 있는 어머니의 그림을 그려놓고서 거기에 「모정」이라는 제목을 붙여놓았다면 그 그림에는 문학적인 요소가 들어있다는 거죠. 그런데 20세기에 들어와서 칸딘스키 이후의 현대 회화는 그런 조소적인, 문학적인 요소를 그림으로부터 축출해 내고 순전히 회화적인 요소로서만 그림을 구성하려고 한다, 이게 말하자면 순수성의 추구라는 거죠. 현대시와 소설에 다 그런 경향이 있다는 겁니다. 그러나 특히 소설은 그것이 어렵다는 거죠. 사람 사는 얘기를 피할 수 없고, 그러다보면 아무래도 순수하게 소설적인 요소만으로 소설을 구성할 수 없는데, 그 예로 앙드레 지드의 『사전꾼들』을 예로 들었던 것 같아요. 지드가 어떻게 하면 소설적인 요소만으로, 즉 시적인 요소라든가 다른 사회적, 역사적인 요소를 다 배제하고 소설적인 요소만으로 순수한 소설을 구성해 보려고 하는데 잘 안 되더라. 시의 경우, 가령 다다이즘이나 초현실주의 시에서는 다른 음악적 요소, 회화적 요소들을 전부 배제하고 순수한 언어적인 요소만으로 시를 만들어볼 수 없는가 하는 엄청나게 실험적인 시들이 있어요. 그런데 결국은 실패합니다. 그러니까 순수한 것을 추구하는 것이 현대 예술의 한 경향이기는 한데, 이것이 벽에 부딪치더라는 겁니다. 우리 문단에서 통용되는 순수문학이니 순수시니 하는 것과는 개념이 상당히 다르죠.

김윤태 : 그러면 그 글은 당시 순수문학에 대한 비판과 어떤 연관이 있지 않

은 셈이군요?

염무웅 : 그렇죠. 사실 저는 우리 문단의 움직임에 대해서는 둔감했어요. 작품 읽기는 좋아했지만 이론 서적 읽기는 좋아하지 않았어요. 이어령 씨의 글 정도를 재미있게 읽었어요. 그렇지만 딱딱한 이론 책은 많이 읽지 못해서 김동리 씨라든가 이런 분들이 얘기한 순수문학의 개념은 제대로 파악하지 못했어요. 명색이 비평가로 데뷔하면서 그런 걸 차츰 알게 됐지요.

김윤태 : 당시 대학에서의 학풍은 어땠습니까? 가령 선생님보다 조금 앞 세대분들은 뉴크리티시즘을 상당히 공부하신 걸로 압니다만, 특히 국문학의 경우 뉴크리티시즘을 백철이 소개하고 정병욱 선생님이 이걸 국문학에 적용하는 등 대단한 열풍이었다고 들었습니다. 그래서인지 그로부터 거의 20년 가까이 지난 저희 또래들도 자연 그런 영향을 받으며 공부할 정도였지요. 독문과나 영문과의 사정은 어땠습니까?

염무웅 : 뉴크리티시즘은 방금 김선생이 얘기했다시피 백철 씨가 앞장서서 소개했어요. 그분이 1958년에 미국에 1년 가 있으면서 클리언스 브룩스 등의 뉴크리틱스들을 만나고 와서 계몽적인 글을 썼습니다. 그러나 백철 씨의 비평 활동 자체가 뉴크리티시즘의 방법론을 제대로 활용했다는 증거는 별로 없는 것 같아요. 오히려 서울대학 국문과를 중심으로 해서 실질적인 업적이 나왔을 겁니다. 그러나 불문과나 독문과는 별로……. 영문과도 제가 보기에는 그렇게 대단한 열풍이 아니었다고 봐요. 오히려 국문과의 외국문학 콤플렉스와 연관이 있을 겁니다. 정병욱 선생과 백철 선생은 사실 개인적으로 가까운 사이이고 신구문화사 그룹인데, 그분들이 중심이 돼서 뉴크리티시즘을 했고, 외국문학과에서는 뉴크리티시즘에 대해서 시큰둥하게……. 적어도 우리 독문과하고 불문과에서는 뉴크리티시즘 얘기는 없었어요.

우리 독문과에서 대학 시절엔 선풍을 일으킨 분은 이동승 교수였습니다. 저에게 한스 세들마이어나 후고 프리드리히를 소개해주신 분이 바로 이동승 선생입니다. 또 파울첼란이라든가 잉게보르흐 바하만, 하인리히 뵐 같은 전후 독일의 새로운 문학 세계를 소개한 것도 그분이었어요. 그리고 1960년대 전반기의 독문과에서는 빌헬름 엠리히나 볼프강 카이저 같은 문예학자나 이론가들을 읽었죠. 물론 그들이 뉴크리티시즘과 관계가 없는 것은 아닙니다. 넓은 의미에서 그들은 러시아 형식주의의 후예들이고, 루카치를 비롯한 맑시즘 미학과 대척적인 위치에 있었다고 말할 수 있지요.

김윤태 : 그러면 선생님께서는 공부하실 때 모더니즘이나 실존주의 이론은 많이 보신 편입니까?

염무웅 : 그 무렵 엘리어트나 싸르트르의 글 한두 편을 읽지 않은 문학도는 없을 겁니다. 나도 번역을 통해서이긴 하지만 꽤 읽었지요. 따라서 실존주의의 개념이랄까 사고 방식에 어느 정도 영향을 받았을 겁니다. 그렇지만 내가 의식적으로 실존주의 위에 서 있다는 생각을 해 본 적은 한 번도 없어요. 그리고 모더니즘이라는 개념이 그때는 1970년대 이후와 같이 리얼리즘과의 대립 구도 속에서 정착되기 이전이었기 때문에, 서양의 새로운 이론들은 다 흥미를 가지고 이것도 보고 저것도 보고 했죠. 그 무렵 나를 사로잡은 학과목은 실은 미학과 심리학이었습니다. 내가 첫 번째 쓴 평론이 「최인훈론」인데, 정신분석학적인 방법을 적용해서 쓴 글이예요. 1964년도 〈경향신문〉 신춘문예 당선작인데…….

선대 비평가 중에서 제일 영향을 받았달까 매력을 느낀 사람은 역시 이어령 씨죠. 그건 부인할 수 없습니다. 그런데 1950년대 말경의 이어령 씨는 저항문학의 기수였어요. 「왜 저항하는가」, 「작가의 책임」 등 싸르트르의 앙가주망 이론에 근거해서 작가의 사회적 책임을 강조하고 저항적인 뉘앙스를 풍기는 글들을 썼었죠. 이어령 씨의 첫 평론집 제목이 『저항의 문학』 아니어요? 거기에 매력을 느꼈고요. 하지만 지금 읽어볼 때는 아주 역겨워요. 외래어와 외국어도 너무 많고, 또 이어령 세대만 해도 일본어의 영향을 많이 받았기 때문에 일본 문체 냄새가 많이 나지요. 그러나 당시 읽을 때는 아주 매력적인 문장이었죠.

김윤태 : 이어령 선생에 대한 언급이 나온 김에 1950년대 비평가들 얘기를 좀 하죠. 잘 알려지지 않았지만 정태용 같은 분은…….

염무웅 : 정태용 씨는 저는 주목을 못했었어요. 최일수·이철범·정창범·홍사중, 이런 분들이 1950년대 후반에 활동을 많이 한 비평가들인데, 참 답답하고 재미가 없더라고요. 이어령 씨같이 쌈빡하게 끄는 것이 없었어요. 이어령 씨 다음에는 역시 유종호 씨죠. 중후하고 신뢰성이 가고……. 그러니까 이어령 씨한테 화끈하게 매혹이 됐다가 실망하면서 유종호 씨 비평이 신뢰감이 가는구나, 이런 쪽으로 바뀌게 된 거지요.

신구문화사 시절과 현실에의 관심

김윤태 : 아까 『산문시대』에 대해 잠깐 말씀하셨는데, 거기에 참여하시게 된 계기를 말씀해 주시지요?

염무웅 : 아까도 말했다시피 교양학부 시절에 같이 배운 친구들이 여럿이 있었는데, 그 중에 제일 먼저 문단에 데뷔한 것이 김승옥이예요. 「생명연습」이라는 작품으로 1962년 〈한국일보〉에 당선했어요. 같은 해에 김현이 평론으로 『자유문학』 신인상에 당선됐고요. 김현과 같은 목포 출신의 최하림이 〈조선일보〉에 시가 당선되어, 이 세 사람이 동인을 만들었죠. 그 무렵 다들 가난했는데, 김현만이 꽤 여유가 있어서 동인지 만드는 자금을 댔을 겁니다. 이리(지금의 익산)의 가림출판사 사장이 또 아주 협조적이었다고 들었어요.

나는 당시 어렵게 고학하면서 공부하는 데 바빴고, 아직 문단에 나간다는 생각은 전혀 할 형편이 못됐는데, 그 이듬해인 1963년 초인가에 나보다 앞서서 김치수·강호무 등이 거기에 들어가고, 그리고 1963년 초라고 기억되는데 하여간 3학년에서 4학년으로 올라갈 무렵에 김승옥이 강권을 하더군요. 처음에는 거절을 했죠. 나도 문단에 등장한 뒤에 같이 하겠다고 했어요. 그러나 결국은 『산문시대』 4집부터 참가를 했어요. 그래서 1963년부터 4,5년 간 김현, 김승옥, 김치수 등과 이틀이 멀다 하고 같이 몰려 다니면서 술 마시고 떠들고 그야말로 희로애락을 같이 했죠. 그때는 굉장히 가깝게 지냈어요.

김윤태 : 그 밖에 더 참여하신 분은 없습니까? 이청준·박태순 선생 같은 분들은?

염무웅 : 있습니다. 이청준이나 박태순은 안 들어왔고요. 저보다 더 늦게 들어온 사람이 김성일이라는 소설가입니다. 본명은 김두일인데, 서울 공대 기계과를 다니는 동안 『현대문학』에 「흑색시말서」라는 작품으로 추천받은 사람입니다. 또 서정인 씨도 늦게 들어왔죠. 서정인 씨는 우리보다 상당히 선배로서, 이미 「후송」을 가지고 『사상계』에 데뷔했는데, 군대 갔다가 여러 해만에 복학을 해서 학교를 1년쯤 같이 다녔어요. 나이는 우리보다 5년쯤 위였죠. 김현·김승옥과 함께 삼선교에 있던 서정인 씨 하숙방을 찾아갔던 기억도 납니다. 그리고 불문학을 하던 곽광수도 들어왔어요. 1964년에 나는 학교를 졸업하고 김현과 같이 대학원을 다니고 있었고, 김지하·김승옥·박태순은 휴학하느라고 졸업을 못했는데, 우리가 아직 학생 신분이었지만 그래도 꽤 주목을 받았어요.

김윤태 : 그런데 선생님께서는 그 후에 『산문시대』의 주요 동인들과는 상당히 다른 길로 나가신 셈인데, 그 경위를 말씀해 주시겠습니까?

염무웅 : 『산문시대』의 중심이 김현이라면 그런 셈이죠. 그러나 김승옥·최하림·서정인·곽광수 등 각자 자기의 길을 가게 된 겁니다. 그런데 그렇게 되기에 앞서서 얘기할 만한 것이 저로서는 '신구문화사' 시절입니다. 저는 1964년에 〈경향신문〉에 평론을 투고해서 당선됐는데, 난생 처음 고백하자면 당시 내가 평론을 두 개를 써서 하나는 〈동아일보〉에 냈고 하나는 〈경향

▲ 서정인

신문〉에 냈어요. 〈동아일보〉에 낸 것은 아까 말한 「현대성 논고」와 연관된 글인데, 20세기 서구 문학의 사조를 정리한 것이었어요. 지금 생각하면 하나가 떨어지기가 천만다행입니다. 하여튼 당시 〈경향신문〉 논설위원이었던 이어령 씨가 평론 심사를 했어요. 그리고 이어령 씨의 소개로 신구문화사라는 출판사에 1964년 1월 말쯤에 취직을 했어요. 여기에서 빠뜨릴 수 없는 것이 학생 때 우리에게 커다란 영향을 끼친 책 중의 하나가 신구문화사에서 1960년경 열 권으로 발간한 『전후문학전집』입니다. 그게 4·19 직후의 분위기와도 맞아 떨어졌고, 장정도 아주 모던했고 내용도 기성의 문협 체제에서 만들어 낸 상투적인 것과는 다른 신선한 것이어서 당시 대학생들에게 선풍적인 매력과 인기를 끌었어요. 그 신구문화사의 고문 비슷한 일을 이어령 씨가 했어요.

내가 거기 들어가서 처음에 한 일이 뭐냐면…… 당시 신구문화사에서 1950년대 말경에 『한국시인전집』이란 것을 대여섯 권쯤 내다가 완간하지 못하고 그만둔 것이 있어요. 본 적이 있습니까? 당시로서는 아주 호화판으로 책을 냈어요. 그걸 편집한 실무자가 『친일문학론』을 낸 임종국 선생입니다. 그분이 원래 자료 조사에는 탁월한 능력이 있으니까 대학원생급에 해당하는 사람들을 동원해서 국립 도서관, 고대 도서관, 연대 도서관을 돌면서 잡지 전부 뒤져가지고 카드 작업을 했어요. 그러니까 몇 년 몇 월 호 시면 시, 희곡이면 희곡, 대강 이런 것들을 한 작품에 한 카드로 만든 식인데, 그게 라면 상자 같은 것으로 수십 상자가 있었어요. 일제 때의 소설을 필사해 놓은 것도 수십 상자가 있더라고요. 그래서 내가 한 일은 그걸 정리하는 일이었어요. 그러니까 작가별 연대별로 정리하여 목록을 만들고, 필사해 놓은 작품들을 읽고 하는 작업인데, 이건 말하자면 국문과 대학원생들이 할 만한

일을 제가 출판사 직원으로서 한 거예요. 후에 신구문화사에서 1967년인가
에 낸『국어국문학사전』뒤에 보면 작품 목록이 나오죠? 그걸 내가 만든 거
죠. 아마 일제 시대의 소설·시·희곡 총목록은 아직 불완전한 것이기는 하
지만 처음 만든 것일 겁니다. 원래 신구문화사가 의도한 것은 일제 시대 소
설들을 가지고『한국시인전집』에 연결되는『한국소설전집』을 만들려고 했
던 것 같애요. 그런데 결국 흐지부지되고 말았어요. 그 대신 1965년쯤부터
3년간에 걸쳐서『현대한국문학전집』이라는 것을 18권 만들었어요. 전체적
인 윤곽을 만들고 한 것은 신동문 선생이었지만, 편집의 실무는 전적으로
제가 맡았어요. 그러느라 해방 후 등장한 작가들이 20년 가까이, 즉 1965
년까지 활동한 작가의 작품들은 거의 통독을 했죠. 그리고 신구문화사의 방
침에 따라 작가론을 청탁하고, 대표적인 작품 서너 개를 골라서 작품 해설
을 부탁하고, 해설 맡을 평론가를 선정하는 것도 제가 했죠. 일제 시대 문학
이나 해방 후 1960년대 중반까지의 작품을, 물론 빠진 것이 많기는 하지만,
전체적으로 섭렵할 수 있는 기회를 그때 가진 셈이예요.

김윤태: 문학 공부의 기본이 작품 읽기라고들 하는데, 거기서 한국의 근현
대문학에 대한 공부를 단단히 하신 거군요.

염무웅: 그렇죠. 취직해서 밥 벌어서 먹기 위해서 한 일이지만, 저로서는
그 이후 평론가로 활동하는 데 큰 자산이 됐고, 또 하나는 웬만한 문인들은
그때 다 알게 돼서 이것이 후에『창작과비평』(이하 '창비'로 줄임) 편집을
할 때 또 자산이 됐죠. 신동문 선생과는 개인적으로도 아주 친했는데, 그분
은 바둑을 좋아하시니까 명동에 '송원기원'이라고 조남철 씨가 하던 기원
에 자주 갔었죠. 퇴근하고 거기 가서 신선생이 바둑 두시는 걸 두어 시간 쭈
그리고 앉아서 보고 있으면 우리 같은 젊은 사람들이 많이 모여요. 신동문
사단이었던 셈이지요. 신동문 선생이 글은 많이 남기지 않았지만, 인품이
좋아서 그 주위에 많은 시인·작가들이 몰려 들었어요. 고은 씨, 이호철 씨,
김수영 씨도 오고. 바둑이 끝나면 곱창 굽는 집에 가서 소주 마시고 얘기하

고 그런 문화가 있었죠. 내가 1967년 말까지 꼭 4년간 신구문화사에 근무
를 했는데, 그때 몇 년 간 신동문 선생과 보낸 것이 아주 즐거운 추억이예
요. 그 무렵에는 김치수가 신구문화사에 같이 있었으니까 김현이나 김승옥
도 자주 찾아와서, 신구문화사가 문인들의 가장 큰 사랑방이었죠. 백낙청
씨를 처음 알게 된 것도 신동문 선생 때문이죠.

김윤태 : 백낙청 선생님이 선생님보다 얼마나 연배가 위이십니까?

염무웅 : 3,4년 위입니다. 백낙청 씨는 제가 학부를 졸업한 직후인 1964년
에 서울대학에 전임으로 왔을 겁니다. 하지만 '창비'가 창간될 무렵만 해도
저는 그를 몰랐어요. 그런데 『산문시대』 이야기는……. 아무튼 1964년 경
종합지로서 『세대』, 문학지로서 『문학춘추』 등이 창간되어서 우리에게 발
표 기회가 주어졌어요. 그러니까 자연히 동인지 활동은 흐지부지됐죠.

김윤태 : 그 다음에 『68문학』이란 게 있지 않았습니까? 어디서 듣기로 독일
의 '47그룹'*을 흉내냈다는 말도 있던데, 선생님은 여기에는 참여를 안 하
셨는지요?

염무웅 : 아니, 거기에 글을 냈어요.

김윤태 : 그것도 일종의 동인지였습니까?

염무웅 : 준동인인데, 『68문학』이라는 것이 구 『산문시대』와 황동규·정현
종이 하던 『사계』 동인의 결합이예요. 그때까지 저는 김현·김치수와 아주
가깝게 지내서 생각은 조금씩 달라지고 있었지만, 「김동리론」 비슷한 걸 거
기 발표했습니다.

김윤태 : 그러면 그 뒤 선생님께서는 '창비' 쪽으로 가시고, 『문학과지성』
(이하 '문지'로 줄임)이 1970년대에 창간되는데 여기에는 참여하지 않으신
걸로 압니다만, 아무튼 그 동인들이 서로 다른 행보를 한 셈인데……. 현실
인식이랄까 흔히 말하는 의식화랄까, 선생님의 '의식화(?)' 과정이 궁금해집
니다.(웃음)

염무웅 : 학부 시절 서구적인 것에 쏠렸다가, 신구문화사에 취직해서 『현대

한국문학전집」 편집도 하고 그러면서 다시
차츰 민족적인 것이랄까 우리 현실 문제에
다시 관심이 돌아오게 됐어요. 그러다가
1967년경에 백낙청 씨의 청탁을 받아서 하
우저의『문학과 예술의 사회사』 번역을 맡
게 됐죠. 사실 처음에 백낙청 씨에게 부탁
을 받을 때는 '현대편'을 전부 제가 번역을
하기로 했는데 힘이 딸리기도 하고, 또 나
도 글을 쓰기도 해야겠고 해서 결국은 백
선생과 둘이 교대로 번역을 하기로 했는
데, 그 번역을 하면서 정말 공부를 많이 했

▲ 『현대한국문학전집』

어요. 번역이라는 것이 단순히 말을 옮기는 것만은 아니거든요. 그건 번역
자가 원저자의 입장이 되어 원저자의 사유를 번역자의 언어로 되풀이하는
겁니다. 나 자신이 한번 하우저가 되어야 제대로 번역이 되는데……. 그러
니까 내 입장에서는 하우저를 번역하면서 대학원 2년 다닌 것만큼 공부를
했다고 생각합니다. 그러나 하우저 때문에 생각이 달라졌다기보다는 내 현
실을 표현할 수 있는 개념을 발견했달까, 생각이 어느 정도 정리되었달
까……. 하여튼 근본적으로는 1960년대 후반의 우리 현실 자체가 제 사유
의 토대였던 겁니다. 경제개발 계획이니 뭐니 해서 본격적인 산업화에 접어
들고, 또 박정희 1인 독재 체제가 점점 굳어져 가고, 그러니 민족 현실이랄
까 민중 현실을 배제하고서는 자기 생각을 전개시킬 수 없도록 시대가 강요
했던 것 아닙니까? 이런저런 계기가 있기는 하지만, 그런데 한 가지, 현실이
그렇지 않은데 책만 읽어서 생각이 바뀔 수는 없지 않겠는가 하는 겁니다.
김윤태 : 현실 문제를 말씀하셨는데, 생각을 바뀌게 만든 계기가 되는 구체
적인 사건 같은 것이 개인적으로 없었습니까?
염무웅 : 사건이라기보다는……. 1968년에 서울대학교에 교양과정부라는

게 개설되면서 거기 독문과 조교로 갔어요. 불문과의 김현과 함께 갔지요. 그런데 그때 학생들이 교련반대 데모를 많이 했어요. 뒤이어 3선개헌 반대 데모도 하고, 그럴 때마다 조교하는 친구들은 학생들 뒤를 쫓아다녀야 했어요. 그러다보니 최루탄도 맞고 그 현장을 많이 보게 되죠. 저는 사실 대학 시절에는 데모 같은 데에 참가한 적이 거의 없었어요. 관심이 없었다기보다 여유가 없는 생활이었죠. 밤에는 가정교사를 하고 낮에는 강의실과 도서관에 묻혀 지냈습니다. 그러다가 조교 노릇을 하면서 학생 운동의 현장을 접하게 된 겁니다.

그런데 하우저 번역을 하고 '창비' 편집에 관여하면서 적극적인 의미에서 사회 의식을 갖게 됐는데, 그 무렵 김지하가 자주 저를 찾아왔어요. 돌이켜 보면 그게 상당히 의도적인 접근이었던 것 같아요. 아무튼 그를 통해서 김현·김승옥과는 전혀 다른 세계에 접하게 되고 급속도로 거기 빨려들어가게 되었죠. 저로서는 말하자면 방향 전환을 한 것인데, 그러고서 처음 쓴 글이 『창작과비평』 1967년 겨울호의 「선우휘론」입니다. 그 글 때문에 선우휘 씨한테서 '사회과학파'라는 지칭을 듣게 됐고, 그 뒤 오랫동안 일종의 사상 시비에 휘말리게 됐습니다.

김윤태: 그럼 좀더 노골적으로, 대학 시절에 맑스주의 쪽 서적을 읽으신 적이 있으신지요?

염무웅: 우리 대학 시절에는 책 구하기가 참 어려웠어요. 그게 대학 시절이었는지 대학을 졸업한 뒤였는지는 분명치 않지만, 백효원인가 하는 사람이 번역한 『문학원론』이라는 걸 읽은 기억이 나고요. 또 루나차르스키의 『창작방법론』이라는 것을 마분지 책으로 읽은 것 같고요. 그리고 1967년쯤에 김지하를 통해 이용악 같은 월북 시인들을 알게 되었지요. 그의 시집 『오랑캐꽃』과 해방 직후 번역된 레닌의 책을 신동엽 시인과 서로 바꿔보았는데 되돌려 주지 못하고 그 양반이 돌아가셨어요.

그러나 체계적으로 맑스주의 이론 공부를 한 바는 없어요. 루카치 정도만 하더라도 우리 학부 시절에 이름을 들었지만, 그런 이론 공부는 하나도 못 했어요. 이념적 성향이 있는 책은 강의실에서 한 번도 다루어진 적이 없어 요. 그러니까 나같은 사람은 그야말로 오랜 암중 모색 끝에 어렴풋이 "아, 맑스주의가 이런 거로구나, 사회주의 문학 이론이 대충 이런 윤곽을 가진 거구나." 하고 짐작을 했지요. 이중삼중의 독법, 말하자면 행간을 읽어서 짐작을 한 거지요. 루카치 책은 1970년대에 들어와 얼마간 구했는데 그걸 제대로 공부하기도 전에 잡혀가서 다 뺏겼어요. 대학원 다니고 할 무렵에 동대문이나 인사동 다니면서 월북 작가들 책도 상당히 많이 모아놨는데 그 것도 일시에 뺏겼고요. 그러나 체계적 독서가 아닌, 우여 곡절의 과정을 통 해서 얻은 관점은 쉽게 허물어지지 않는 또다른 강점이 있죠. 난독의 경험 없이 계획적인 독서를 한 사람의 경우 금방 거기에서 빠져나오는 것 같은데.

김윤태 : 선생님의 글을 읽다보니까 프리체도 언급이 되던데요? 또 엥겔스 의 '전형론'도 나오고요.

염무웅 : 프리체 책도 뒤에 읽었죠. 『예술사회학』이라는 것인데 1920년대 인가에 러시아에서 나온 책일 겁니다. 그게 해방 직후에 번역됐는데, 하우 저의 『문학과 예술의 사회사』를 읽어보면 정말 대단하잖아요? 어떻게 이처 럼 많은 독서를 했을까 싶은데, 러시아나 이런 쪽에서 문예사회학 내지 예 술사회학적 연구의 축적이 있었기에 그 바탕 위에서 하우저의 그런 책이 나 올 수 있었던 것 같애요. 그리고 프리체를 언급할 때 리얼리즘과 아이디얼리 즘으로 구분하는 것은 허버트 리드와도 관계가 있습니다. 허버트 리드도 예 술의 기본적인 방법론을 아이디얼리즘과 리얼리즘으로 나누었어요. 그의 어 느 책에서 읽었는지 지금 기억이 아리송합니다만. 엥겔스의 경우도 엥겔스 의 저작을 읽는 것은 아니고 간접적으로 하우저라든가 루나차르스키의 문맥 을 통해서 알게 되었고, 그런 걸 보면서 내 속에서 재구성을 해본 것들이죠.

김윤태 : 선생님께서는 특히 독문학을 하셨으니까, 1960년대 서구의 스튜 던트 파워라든지 프랑크푸르트 학파라든지 그런 것들에 대한 동향을 주시

하시거나 공부하신 일은 없으셨습니까?

염무웅 : 그것도 많이는 못 봤어요. 우리 학교 다닐 때 마르쿠제라든가 에리히 프롬이라든가, 말하자면 프랑크푸르트 학파 중에서도 미국화가 많이 됐달까, 이런 사람들의 책은 많이 읽혔지만, 아도르노나 벤야민의 책은 아직 알려지기 전이예요. 하버마스의 글은 대학원 시절에 한두 개 읽었어요. 서울대학교 도서관에 하버마스의 초기 논문집이 일찍 들어와 있었어요. 하버마스의 박사 학위 논문이라고 하는『공공성의 구조 변화』라는 책은 사놓고도 너무 어려워서 못 읽겠습디다.

김윤태 : 좀전에 루카치를 잠깐 말씀하셨는데, 그의 경우는 어떻습니까?

염무웅 : 루카치는 1960년대 말이나 1970년대 초쯤…… 그때 제일 먼저 읽은 것은『독일문학소사』라고 후에 번역되어 나왔는데, 언제인가 강두식 교수님 집에 인사삼아 놀러 갔다가 그게 있습디다. 그런데 제가 루카치를 알아서가 아니라 독문학도로서『독일문학소사』라고 제목이 되어 있으니까 그걸 빌려다가 봤죠. 처음에는 좀 의외였어요. 왜냐하면 문학 얘기를 기대했는데 정치적인 소리가 많아요. 2차 대전 이후 제국주의가 어쩌고 평화 공존이 어쩌고 하는데, 왜 정치적인 얘기만 하지 하면서 나는 오히려 반발을 했었죠. 얼마쯤 읽다가 돌려드리지 않고 그냥 먹어 버렸어요.(웃음)

그러다가 루카치를 본격적으로 공부하려고『이성의 파괴』니『역사와 계급의식』이니 미학 책 몇 권을 샀는데 그건 후에 다 뺏겨 버렸죠. 요즘 내가 갖고 있는 것은 1980년대 후반에 우리 나라에서 복사본으로 만든『루카치 선집』입니다. 거기에 중요한 글들은 대충 다 있습니다. 제 글에서 잠시 나왔던「오해된 리얼리즘」인가 하는 논문은 한스 에곤 홀투젠이라는 시인과의 논쟁중에 씌어진 글이죠. 홀투젠이라는 시인은 전후 독일의 전위 시인으로서 발터 옌스, 잉게보르흐 바하만, 파울 첼란과 함께 이동승 교수한테 소개받은 시인인데, 아까도 얘기했다시피 나는 처음에는 루카치의 리얼리즘론에 대한 홀투젠의 문학주의적 반론에 공감이 갔어요.

1960년대 문단 동향과 민족문학론의 정립

김윤태 : 이제 1960년대 문단 상황을 좀 짚어보도록 하지요. 요즘도 그런 편입니다만, 아무래도 문단 동향은 문학 잡지들의 출간을 떼놓고 말하기 어려울 듯 합니다. 선생님께서 1960년대 후반에 '창비'에 참여하신 것과 관련해서 우선 당시 문학지들의 동향에 대해 들려 주십시오. 특히 젊은 연구자들에게 생소한 『한양』이나 『청맥』, 『상황』 등에 대해서도 말씀해주셨으면 합니다.

염무웅 : 먼저 전제로 해야 할 것은 제가 생각하기에는 역시 1960년대에서 가장 중요한 잡지는 『사상계』이고, 그 다음에 『현대문학』입니다. 그게 문단의 주류적인 잡지였죠. 그리고 『현대문학』과 상대될 수 있는 문예지들이 단속적으로 이어졌는데, 1963년경까지는 『자유문학』, 1960년대 중반에는 『문학춘추』, 그리고 후반에는 『문학』이 있었죠. 『문학』이라는 잡지는 원응서 선생이 주간이었는데, 그분은 1950년대에 『문학예술』을 주간한 분이죠. 그러니까 평양쪽에서 내려온 월남 문인들이 주간한 잡지인데, 그 맥을 이은 것이 『문학』이라고 볼 수 있죠. 그런데 그것도 경제적인 뒷받침이 약해서 한 2년 정도밖에 못했죠. 그러다가 1970년 말경에 문협 기관지로 『월간문학』이 창간됐죠.

　이런 기성 문단의 테두리 밖에 있는 잡지들이 『한양』, 『청맥』일 겁니다. 『한양』은 재일동포가 일본에서 만든 잡지로서, 재일 문인들과 국내 필자들을 반반쯤 실었어요. 그런데 알다시피 1974년에 이호철 씨 등 '문인간첩단' 사건*의 빌미가 됐죠. 『청맥』은 잘 모르기는 하는데, 아마 분단과 6·25에 의해서 파괴된 진보적 내지는 사회주의적인 맥을 잇는 거의 첫 번째 잡지일 겁니다. 이걸 하던 분들이 후에 '통혁당' 사건*과 더불어 사형도 되고 감옥에도 가고 했지요.

　『창작과비평』은 1966년 초부터 나왔는데, 아무래도 처음에는 범문단적인 잡지라기보다 동인지적 성격이 강했습니다. 그러나 『한양』, 『청맥』과는 달리 남한 체제 안에서의 비판적 지식인을 대변하고자 했다고 보아야 할 것입니다. 그리고 아까 저보고 '창비' 쪽으로 갔다고 했는데, 사실 그것은 정확한 표현이 아닙니다. 김현·김주연·조동일 등이 나보다 먼저 '창비' 필자로 등장했어요. '문지'는 아직 창간되기도 전이었으므로, 적어도 1960년대 후반의 '창비'는 소위 '문지'와의 대립 구도 속의 어느 한 축을 대표한다기보다 기존의 보수적인 문협 체제에 반대하는 비판적 문인들의 연합체적 성격을 가지고 있었다고 보아야 할 겁니다.

김윤태 : 네, 그렇겠습니다. 그런데 『창작과비평』은 신구문화사에서 낸 적도 있고, 또 어떤 호는 일조각으로 되어 있는데…….

염무웅 : 애초에는 일조각이 아니예요. 처음에는 문우출판사에서 내다가 일조각으로 옮겨 왔죠. 그러다가 1969년도에 백낙청 씨가 다시 미국으로 가면서 창작과비평사로 독립을 했어요. 발행인은 신동문 씨였죠. 독립은 했지만, 제작·배포를 신구문화사에서 담당을 해줬어요. 그래서 신구문화사의 방 한 귀퉁이를 빌려서 '창비'를 만들었죠. 그러다가 1972년쯤에 백낙청 씨가 미국에서 귀국하고, 또 1974년 말쯤 백교수가 서울대 교수직에서 파면당하면서 '창비'는 신구의 품으로부터 벗어나서 완전히 독립을 했죠. 그리고 신구문화사가 1970년대에 들어서면서 출판에서는 점점 손을 떼고 신구전문대라는 교육 사업으로 옮겨가는 바람에 출판은 거의 정지 상태가 되어버렸죠.

김윤태 : 그 당시 『한양』이나 『청맥』, 『상황』의 필자들을 보면, 특히 『상황』의 필자들을 보면, 가령 구중서 선생이나 임헌영 선생 같은 분들은 상당히 민족주의적인 시각이 강하고 반제 논리가 선명하지 않았습니까? 그에 비해서 '창비'는 초창기에 그런 시각이 도드라져 보이지 않았던 것 같습니다. 선생님께서는 당시 그들 잡지에서 제기하였던 문제들에 대해 어떤 생각을 하셨는지요?

염무웅 : 백선생은 어땠는지 모르지만, 저는『한양』지의 문제의식이 시야에 충분히 들어오지 못했다는 것이 솔직한 고백일 겁니다. 물론 1960년대에 '창비'도 '실학의 고전' 시리즈 등을 통해 민족문화의 전통에 관심을 기울이려고 하기는 했지만, 그러나 그것은 우리 고전에 대한 새로운 관심이었지, 『한양』이 표방했던 것과 같은 반제의식이라든가 강렬한 민족의식의 차원에서 그렇게 했던 것은 아니었죠. 그러다가 백선생이 미국을 가고 제가 편집의 전적인 책임을 맡으면서부터『한양』이나『청맥』과는 다르지만 좀더 민중적이고 민족적인 쪽으로 방향을 좀 틀었다고 생각해요. 그래서 새로운, 좀더 강렬한 비판의식을 가진 필자들을 많이 끌어들이고 서구지향적인 냄새를 떨어내는 것이 1970년대에 접어들면서부터 아닌가 생각합니다.

김윤태 : 그러면 그것을 '창비'의 방향 전환으로까지 보기는 힘들겠지만, 아무튼 진일보랄까 그런 변화를 하게 된 셈인데, 그들 그룹의 문제제기에 영향을 받으신 것인지, 아니면 나름대로 독자적인 인식 변환이었는지요?

염무웅 : 방금 전에『청맥』이나『한양』지의 문제의식이 당시 제 시야에 충분히 들어오지 않았다고 말했는데, 사실 그건 수사적인 언명이고 실제로는 거기서 영향도 받고 깨우침도 얻었다고 해야 할 겁니다. 그러나 그럼에도 불구하고 저는『청맥』이나『한양』에 대해 근본적인 이질감을 떨칠 수 없었어요. 제가 독문학을 전공해서 서구주의적인 잔재가 남아 있었기 때문일지도 모르지요. 그러나 그것은 자기 반성의 일환으로서 해보

▲『청맥』창간호

는 생각이고, 좀 더 본질적으로는『청맥』이나『한양』지의 현실 감각에 동조하기 어려웠기 때문입니다. 말하자면 남한의 구체적인 현실 대중들의 생활 감각과 일정하게 격절된 관념적 주장을 한다고 느껴졌어요. 1980년대 후반

의 NL*이니 PDR*니 하는 데서도 저는 그런 관념성을 느꼈습니다. 개별적인 주장들 자체야 옳은 것이지만, 그것을 과연 우리의 현실적 조건에 맞게 구체화한 것이냐에 대해서는 의심이 들거든요. 간단히 말해서 저는 해방 직후, 4·19 이후, 그리고 1980년대 말의 남한 현실에서 노동자계급이 주도하는 사회주의 국가를 건설할 역량이 우리에게 갖추어져 있었다고 생각하지 않습니다. 뭐랄까요, 그 이전의 기초적인 준비 작업을 하는 것이 여전히 우리의 과제가 아닌가 하는 생각을 했던 겁니다. 물론 내 생각이 곧 '창비' 생각이라는 것은 아니지만, 하여간 그런 점에서 창비에는 현실주의적 측면이 있죠.

김윤태 : 『청맥』은 선생님께서 쭉 보시지 않으셨습니까?

염무웅 : 대강 봤죠. 『청맥』에 한두 번 글을 쓰기도 했어요.

김윤태 : 그러면 교호 작용이 있었을 법도 한데요.

염무웅 : 개인적인 차원에서 없지는 않았겠지요. 그러나 분명하게 일선을 그은 상태였습니다.

김윤태 : 1960년대 문학에서 또 하나 그냥 지나칠 수 없는 것이 '순수·참여 논쟁'입니다. 선생님께서도 일목요연하게 정리해주신 적이 있는데, 그 논쟁을 당시 비평계의 성숙 과정, 즉 이론 훈련 과정으로 파악하신 것에 대해 공부가 일천한 저도 많은 공감을 했습니다. 선생님께서도 그 논쟁의 어느 측에 서 계셨던 것은 아닌지요?

염무웅 : 1960년대 참여 논쟁의 주역들은 내 글에도 약간 정리했지만, 한쪽으로는 가령 최일수·김우종·김병걸·신동한·임중빈·조동일, 이런 분들이 있고, 반대되는 쪽에 김동리·김상일·이형기·원형갑·김양수, 이런 분들이 있어서 1960년대 내내 논쟁이 이어졌지요. 특히 1960년대 말에 김붕구 씨가 「작가와 사회」라는 글을 발표해서 다시 불붙었는데, 그러나 저는 참여 문학 논쟁에서는 비켜 서 있었죠. 물론 관심은 예민하게 갖고 있었지만요. 그리고 내가 글을 쓰는 방식이 순수한 이론적 전개보다는 작품 분석을 통해

서 구체적으로 접근해 가자는 생각을 하고 있었고, 그게 또 내 체질에도 맞고요. 그래서 가령 당시 우익적 관점의 대표 중의 하나인 선우휘 씨에 대해서도 그를 이론적으로 논박하기보다는 그의 작품 세계를 분석함으로써 간접적으로 문학과 현실과의 유기적인 연결을 드러내려고 했지, 참여하자는 말을 한 적은 없어요.

　1950년대 말의 이어령 씨나 1960년대의 참여론이나 그 이념적 뿌리가 말하자면 싸르트르의 앙가주망 이론 아닙니까? 그런데 1960년대 참여문학 논쟁을 겪으면서, 물론 1960년대 후반 김붕구 씨의 글에까지 싸르트르가 중요한 논쟁의 매개를 제공하고 있지만, 제가 보기에는 그러한 서구 이론을 바탕으로 전개되는 논쟁이 결국은 자기 현실의 발견으로 가게 해서 자기 이론 구성을 하도록 촉구했을 것 아닙니까? 참여든 뭐든 간에 우리 현실에 바탕해서 우리 이론을 가지고 논쟁하는 방향, 그런 점에서 본다면 싸르트르라는 외국 이론가에게 젖줄을 대고 있던 비평적 상태로부터 1970년대 이후 우리 토양으로부터 생겨나는 민족문학론으로 전환·발전하는 과정에서의 이론적 성숙 과정으로 볼 수가 있지 않겠는가 하는 거죠.

김윤태 : 결국 순수·참여 논쟁이 리얼리즘과 민족문학론으로의 이행 과정의 전단계라는 말씀이신데, 민족문학론으로 치자면 이미 1950년대에 최일수나 정태용의 민족문학론이 존재했잖습니까?

염무웅 : 글쎄요. 그건 제가 자신있게 말할 수 없군요. 물론 해방 직후 임화의 민족문학론이 있었습니다. 그러나 1950년대의 정태용·최일수 씨가 임화를 어느 정도 계승·발전시켰다고 말할 수 있을까요? 분명한 것은 정태용 씨의 민족문학론이 1950년대의 우리 문단에서 아무런 반향도 얻지 못 했다는 것이지요. 다만 그것은 최원식 씨와 같이 학구적인 사람에 의해서 1980년대의 눈으로 재발견된 것이죠.

김윤태 : 그렇다면 해방 직후 민족문학론과의 관계는 어떻습니까?

염무웅 : 해방 직후 임화의 민족문학론도 1960년대의 시점에서 우리 같이

임 화 ▶

젊은 사람들에게는 직접적으로 계승되었
다고 보기는 어려울 겁니다. 솔직히 말해
서 우리가 처음 비평 활동을 시작하던
1960년대 중엽에는 우리는 해방 직후의
치열한 이론 투쟁의 실상을 잘 몰랐어요.
1980년대 후반 월북문인이 해금되면서
그 광맥과 바로 이어지는구나 하는 것이
새삼 발견되죠. 사실 1980년대 말 조정
환 씨의 '민주주의 민족문학론'은 바로 임화 민족문학론의 복사판 아닙니
까? 그 무렵 민중적 민족문학론 또는 민족해방 문학론들이 대체로 자기 목
소리라기보다, 다시 말해 현실에 대한 이론적 숙고로부터 태어났다기보다
는 어떤 기성품적 이론을 풀어 번안한 것 같은 느낌을 주는데, 그것은 공부
하는 동안에는 그럴 수 있지만 자기 이름을 내걸고 공공연한 장소에 글을
쓰는 사람이라면 자기의 사색으로, 자기의 언어로 말을 해야죠.

김윤태 : 제가 계속 이런 질문을 드리는 이유는 선생님의 「민족문학론의 모
색」이란 글을 보면, '근대적 의미의 민족문화' 혹은 '근대적인 민족문학',
이런 용어를 쓰셨다는 점 때문입니다. 그런데 당시 대부분이 그냥 민족문학
내지 민중문학을 얘기하는데, 선생님께서는 '근대적'이란 의미를 상당히 강
조하시더라고요.

염무웅 : 19세기 후반 이후 우리의 역사적 과제가 하나는 봉건 체제랄까 봉
건 제도의 극복이고, 다른 하나는 제국주의 외세의 청산이라고 볼 수 있지
않아요? 반봉건이라는 단어 대신에 좀더 포괄적으로 근대적이라는 말을 쓴
것이고, 반제라는 말 대신에 좀더 적극적인 개념으로 민족이라는 말을 쓴
거죠. 그런 것이 늘 염두에 있었어요. 그리고 반제 반봉건 하면 벌써 색깔이
확 드러나서 스스로의 입지가 좁아들잖아요.

김윤태 : 그러면 내용적으로는 반제 반봉건을 목표로 했던 임화의 '민주주

의 민족문학론'과 별반 차이가 없는 듯한데요?

염무웅 : 상당히 이어지죠. 그러나 나는 임화를 통해서 문제의식에 도달한 것은 아닙니다. 사실 저도 임화를 상당히 뒤늦게 읽었는데, 지금도 임화에 대해서는……, 언젠가 그런 글도 썼는데, 1930년대 초·중반까지의 임화는 찬성하기 어렵지만, 1930년대 말 신문학사를 공부하기 시작한 이후의 임화의 문제의식은 정당하다고 생각해요. 그걸 이어나가야 한다고 생각하죠. 말하자면 비판적으로 또 발전적으로 계승해야 한다고 생각합니다.

김윤태 : 그러면 이제 구체적인 작품 얘기로 넘어가야 할 것 같습니다. 그전에 하나만 더 여쭙겠습니다. 1960년대에 선생님께서 평론 활동을 하실 때 리얼리즘 대 모더니즘이라는 구별 의식이 있으셨는지요?

염무웅 : 1960년대까지 적어도 저에게는 없었어요. 그 점을 설명하기 위해 한 가지 일화를 소개하지요. 내가 글 때문에 치명적인 필화를 입은 것은 1969년 12월호 『시인』이라는 잡지 때문입니다. 조태일 씨가 주관한 시전문지로서, 그 잡지를 통해서 김지하·양성우·김준태 같은 시인들이 문단에 나왔지요. 그때 조태일 씨와는 아주 친했어요. 지금도 친하지만 그때는 더욱이나 친했는데, 마지막 1969년 12월호니까 1960년대 시를 정리하는 글을 쓰라고 했어요.

그런데 1960년대를 다 정리하기는 어렵고, 그래서 전통적인 서정시랄까 한국적인 정설을 내세우는 대표로 서정주, 그 다음에 모던하고 실험적인 것의 대표로 송욱, 그 두 사람을 일종의 샘플로 잡아서 시를 읽었어요. 저는 1969년까지 발표된 서정주의 시를 그 전까지는 띄엄띄엄 읽다가 그때 비로소 통독을 했어요. 그것을 보고 서정주 씨가 지향하는 관념은 미신적인 것도 있고 몽매한 것도 있지만, 시는 굉장히 감동적으로 다가오고 그때그때의 우리 민중들의 한이라든가 이런 것을 절창으로 노래했다는 생각이 옵디다. 그래서 서정주와, 서정주에 묶여질 수 있는 사람들 있잖아요? 아주 소박하지만 우리의 전통적인 감성에 기반한 시인들……. 이게 물론 우리가 지향하는 근대문학은 아니지만 그러나 버릴 수는 없는 거다 하고 상당히 긍정적으로 평가를 했어요. 반면에 송욱 씨의 두 권 시집 『유혹』과 『하여지향』은 기대와 달리 아주 실망스러웠어요. 초기작인 「장미」인가 그런 시는 아주 싱싱한데, 그 이후에 쓴 시들은 도저히 납득할 수가 없더라고요. 장난 같고. 그래서 송욱 씨에 대해서는 통렬한 비판을 가했죠.

그러니까 1960년대 말의 제 생각 속에서 우리 시란, 넓게 본다면 우리 문단은 전통적이고 민족적인 정서에 기반한 문학들과, 서구의 실험적인 모더니즘적인 영향을 받은 두 그룹이 주류이고, 그러나 이제 우리들에 의해서 그와는 전혀 다른 문학이 자라나고 있다는 의식, 말하자면 서정주 식의 문학도 극복의 대상이고 송욱 식의 문학도 청산의 대상이라는 그런 의식을 가지고 쓴 거죠.

아까 잠깐 얘기했던 반제 반봉건의 틀을 가지고 1960년대 후반 문학을 얘기하면서 빠뜨릴 수 없는 것이 김정한 선생의 재등장이란 말입니다. 그분이 1966년에 『문학』이라는 잡지에 「모래톱 이야기」를 발표하면서 문학 활동을 재개했는데, 그분과 김수영·신동엽을 비롯하여 1960년대 중반부터 쓰기 시작한 이문구라든가 방영웅·이성부·조태일·신경림 등등의 문학은 서정주 식의 문학이나 송욱 식의 문학이 아니라, 그야말로 민중적이면서도 민족적인 현실에 바탕을 두되 복고적인 것이 아닌, 그리고 인간의 현실에 관심을 가지고 현대적인 세례를 받아야 하지만 그러나 서구에 종속되는 것도 아닌, 그런 문학을 머릿속에 그리고 있었던 거죠.

그러니까 1960년대 말의 상황에서 제가 판단한 문단 판도는 삼자라고 볼 수가 있죠. 재래적인 복고주의적인 성향, 그리고 모더니즘이라고 후에 묶여질 수 있는 그런 것, 그리고 리얼리즘이랄까 민중문학으로 가게 될 방향으로 본 거죠. 따라서 리얼리즘 대 모더니즘이라는 루카치적 구도는 1970년대에 들어와서 형성된 겁니다.

김윤태: 선생님, 아까 필화라고 하신 건……. 그래서 그 글로 인해 무슨 일

이 있었던 겁니까?

염무웅 : 아, 그렇게 해서 서정주와 송욱에 관한 글을 발표했어요. 그때 제가 서울대학교 조교를 하다가 전임으로 상신됐어요. 그래서 단과대학 인사위원회에서는 통과가 되고 대학 본부에 서류만 내면 될 입장이었는데, 송욱 씨가 들고 일어났어요. 제 글에다 밑줄을 그어서 청와대에까지 투서를 했다는 얘기를 들었어요. 두세 달 동안 소용돌이에 휘말려 있다가 결국 본부 차원에서 보류가 됐어요. 그러니까 거의 전임이 다 됐다가 쫓겨난 거죠. 그게 1970년인데, 그 당시 서울대학교에서는 공개적으로 사건화되지는 않았지만 꽤 유명했어요. 이제 30년 가까운 세월이 지나 돌이켜보면 당시의 제가 철이 없었던 면이 많았다고 반성되기도 합니다.

김윤태 : 네. 그런 씁쓸한 일이 있었군요. 선생님의 『민중시대의 문학』에 실린 「서정주론」인가가 그러면 그 글입니까?

염무웅 : 그렇죠. 그 중에서 반을 잘라가지고 「서정주 소론」이라고 하면서 그 뒤에다 한마디 덧붙였죠. 그 후에 덕성여대에 취직할 때까지 2,3년 동안은 정말……. 그때 갓 결혼해서 애도 낳고 그럴 때인데 무척 고생을 했죠. 그렇다고 해서 타협하거나 그런 적은 없어요.

▲ 평론집 『민중시대의 문학』

김윤태 : 선생님 말씀을 들으면서 느껴지는 것이, 새로운 민족문학적인 기운이 본격화되는 것은 1960년대 후반부터라 할 수 있겠고, 그 점에서 4·19가 문학사적인 의미를 획득하면서 그 결실로 맺어지는 게 그 무렵이 아닌가 하는, 그런 짐작입니다. 그런데 가령 김승옥의 소설에서 "우리는 4·19세대다."라는 어떤 세대적 정체성 같은 걸 찾는 이도 평론계에는 있는 듯한데, 선생님께서 생각하시는 4·19의 문학사적 의의를 간략하

게 정리해 주시죠.

염무웅 : 어떤 역사적 사건이든지 여러 가지로 해석되는 것 아닙니까? 가령 1789년의 프랑스 혁명도 부르주아 혁명이라고 보기도 하고, 오히려 농민들이 더 주동적인 역할을 했다고 보기도 하고, 관점이 다 다르죠. 흔히 4·19의 역사적 지향을 민주주의와 민족주의로 보지만, 저는 거기에 자유주의도 추가될 수 있다고 봅니다. 서구식 자유주의를 모델로 삼았던 측면이 하나 있다고 봐요. 그러니까 4·19를 자기의 정신적 고향이라고 느끼는 사람들 중에는 자유주의적 방향으로 가는 것이야말로 4·19의 계승이라고 느끼는 사람이 있다는 것을 저는 부정하지는 않아요.

그것은 가령 김수영 선생의 경우도 마찬가지입니다. 김수영의 문학 정신을 잇고 있다고 생각하는 민음사의 '김수영 문학상'이 제가 보기엔 김수영과 다른 길로 가는 것 같은데, 그러나 주관적으로 그들이 김수영의 문학 정신을 잇고 있다고 느낀다면 그것은 그럴 수 있겠구나 할 수밖에 없는 것 아닙니까? 그런 점에서 저는 『사계』라든가 『68문학』을 거쳐 '문지'로 가는 김현 그룹들이 자기 나름대로 4·19의 어떤 맥을 잇고 있다고 생각하는 것에 대해서 말도 안 되는 소리 하지 말아라 하고 말할 수는 없다고 봅니다.

그러나 제가 보기에는 역시 그래도 4·19에서 더 중요한 측면은 민족주의적인 것이고, 또 민주주의를 위한 투쟁이 아닌가 합니다. 그것이 1970년대를 거쳐서 오늘에 이르는 민족문학의 물꼬를 튼 것이 아니겠는가. 이렇게 보는 것이……. 그런 점에서 저는 '문지'적인 4·19 계승보다는 민족문학 운동이 좀더 적자라고 생각하는 거죠.(웃음)

1960년대의 작가들, 그 뒷이야기

김윤태 : 4·19 얘기가 다시 나왔으니까 자연스럽게 작품 쪽으로 화제를 돌

려보지요. 아무래도 최인훈의『광장』이 제일 먼저 떠올려지는데,『광장』이 1960년 11월호『새벽』지에 실린 것으로 알고 있습니다. 이게 처음 본격적으로 분단 현실을 다뤘다는 점에서 요즈음도 많이 평가를 하고 그러는데, 당시에는 어떠했습니까?

염무웅 : 저는 상당히 감동했어요. 당시 기성 평론가들 중에서 백철 씨 같은 분은 상당히 호평을 했고, 최인훈 씨와 같은『자유문학』출신의 신동한 씨는 너무 과평을 했다고『광장』의 문제점이랄까 결함을 지적했죠. 그런데 지금 시점에서 돌이켜보면『광장』은 그 나름의 역사적 의의, 즉 분단을 처음 본격적으로 다루었다는 의미에서뿐만 아니라 한 젊은이의 지적 성장을 다룬 성장소설로서도 상당히 의미가 있지만, 그러나 관념적 한계랄까 그런 것이 지적되어야 한다고 봅니다. 그 이후에 최인훈 씨가『광장』을 여러 번 개작했는데, 사실 나는 개작한 뒤의 것은 별로 못 봤어요. 그렇기 때문에 개작된 뒤의 것은 언급할 자격이 없지만, 잡지에 빠진 것을 200장 가량 보충해서 정향사라는 출판사에서 낸 것까지는 봤죠. 하여간 나는 아주 좋아했죠.

김윤태 : 흔히『광장』을 문학사적으로 획기적인 것으로 평가하기도 하는데, 그에 부합한다고 보시는지요?

염무웅 : 하여간 4·19라고 하는 공간이 허용한 한계 안에서는 의미 있는 작업이었다고 생각합니다.

김윤태 : 그럼 가령 이호철의『소시민』과 비교하면 어떻습니까?

염무웅 :『소시민』은 아주 다르죠.『소시민』은 부산 피난 시절의 이호철 씨 자신이라고 짐작되는 월남한 젊은이의 관점으로 그린 피난 수도 부산의 풍경화랄까 삶의 모습들을 세태소설적으로 묘사한 것이지, 본격적으로 이념 문제, 말하자면 분단 문제를 다룬 작품은 아니라고 생각합니다. 물론 분단 현실을 배제하고 이 소설이 성립될 수는 없지만요. 간접적으로는 분단 문제가 이호철 초기 작품에 다루어지기는 하지요. 이호철 씨 초기의 단편들 중에 좋은 작품들이 많아요. 「빈 골짜기」라든가 「만조」, 「탈향」, 이런 작품들

은 분단에 의해서 뿌리뽑힌 젊은이들의 삶과 그들의 감정 세계를 아주 절실하게 묘사했죠. 당시 평론가들에 의해서 많이 거론됐던 작품들은 실존주의니 뭐니 유행 사조와의 연관 속에서 높이 평가되고 초기 단편들은 무시됐지만, 제가 보기에는 6·25 직후의 분위기를 이호철 씨 초기 단편들이 잘 보여주고 있어요. 그러니까 물론 『소시민』도 간접적으로는 분단 문제를 떠나서는 얘기할 수 없지만, 『광장』처럼 정면으로 분단 자체를 다룬 것이라고, 더군다나 이념 문제까지 아울러서 다뤘다고 보기는 어렵지 않은가, 상당히 다른 작품이지 않은가 싶은데요.

김윤태 : 거기에 보면 노동 운동했던 정씨에 대한 얘기가 나오지 않습니까? 그런데 작가가 정씨에 대한 애정을…….

염무웅 : 글쎄요. 작품을 옛날에 읽어서 구체적인 예를 들면서 얘기하기는 어려운데, 당시에 작가가 노동 운동, 계급적 문제까지 염두에 두면서 글을 썼으리라고는 그때는 의식하지 못하고 읽었어요. 분단 문제를 의식적으로 다루기 시작한 것은 1970년대 이후라고 생각합니다. 처음에 짤막한 단편으로 발표했던 걸 장편으로 개작한 『문』이라든가 『남녘사람 북녘사람』이란 단편집이라든가 이게 본격적으로 분단 문제를 다룬 거죠. 「판문점」만 하더라도 사실 제목이 주는 것과는 조금 차이가 있죠.

김윤태 : 1960년대 소설에서 또 하나 우리에게 주목되는 것이 남정현의 「분지」입니다. 거기에서는 본격적인 의미에서 반미 문제가 제기된 셈인데요. 더구나 필화 사건까지 당한 작품이고 보면 결코 예사로울 수 없다고 봅니다만…….

염무웅 : 남정현 선생의 소설이 담고 있는 문제의식은 대단히 중요하다고 생각합니다. 그걸 부정할 수는 없는데, 그러나 솔직히 말해서 저는 그분의 소설의 예술적 성취에 대해서는 늘 회의적이었어요. 소설적 형상화라고 요약할 수밖에 없는 소설적 밀도랄까 사람이 살아가는 모습을 구체적으로 묘사하는 측면이랄까, 늘 여기에 걸렸어요. 말하자면 엥겔스가 경향소설을 비

판할 때와 같은 비판적 관점을 가지게 돼요. 그러나 물론 남정현 선생이 어떤 측면에서는 늘 선구적인 관점을 갖고 있었던 것은 사실이죠.

김윤태 : 「분지」가 쓰여졌던 배경에는 반미 문제를 그렇게 들고나올 만한 어떤 계기가 당시에 있었습니까? 아니면 혹시 평지 돌출로 나온 겁니까?

염무웅 : 평지 돌출은 아니겠죠. 지금도 지속되는 현실이지만, 미군들이 여기 수만 명이 주둔하고 있으니까 한국인 폭행 사건이라든가 양공주를 어떻게 한다든가 하는 사건이 끊임없이 계속되고 있어요. 우리가 잊을 만하면 그런 사건들이 일어나서 우리의 민족적 상황들을 환기시키잖아요. 그러니까 민감한 작가라면 미군이 주둔하고 있고 우리 주권이 제한되고 있고 작전권이 우리에게 있지 않고……. 이것이 독립 국가인지 반식민지인지에 대한 회의가 끊임없이 드는 거고, 더욱이 4·19를 겪었잖아요? 우리 나라의 경우 반미 의식은 자연발생적으로 생성될 소지가 항상적으로 존재한다고 볼 수 있고, 오히려 그게 미약한 것이 이상하다면 이상한 일입니다. 그런 점에서 남정현 씨의 「분지」는 평지 돌출이라고 볼 수는 없죠.

하근찬 씨의 소설들 중에도 그런 걸 암시하는 작품들이 몇 편 있지요. 신동엽 시인의 시도 그렇고. 그는 「진달래 산천」이란 작품 때문에 붙들려가서 조사도 받았죠. 빨치산을 찬양한 시라는 거였어요.

김윤태 : 1960년대 문단의 총아로 떠오른 건 아무래도 김승옥이라고 봅니다. 선생님하고는 젊은 시절 함께 동인 활동도 하시던 분이니 그분에 대해 속속들이 잘 아실텐데, 등단하자마자 굉장한 주목을 받았고, 유종호 선생님은 "감수성의 혁명"이라고 호평을 하고 그렇잖습니까? 그런데 한편으론 지나친 평가라는 견해도 없지않아 있는 듯하고요. 지난 시절 문학적 동료로서, 또 엄정한 비평가로서 그를 평가한다면 어떻다고 보십니까?

염무웅 : 김승옥 씨의 경우는 1960년대 문학에서 핵심적인 부분이죠. 저는 개인적으로도 김승옥의 문학사적 의의를 제대로 짚어보고 싶은 욕심이 있어요. 2년 전에 민예총 문예아카데미에서 김승옥 소설만 가지고 한 번 강의

▲ 1975년 동료 문인들과. 뒷줄 왼쪽부터 염무웅, 유주호, 김시종, 신경림, 이호철.

를 한 적이 있어요. 그래서 그럴 원고로 20~30장을 써놨는데, 이걸 구체적인 작품을 전거로 들면서 제대로 된 글로 만들려고 방치해 두었습니다. 금년중에는 한번 써볼까 하는 생각이 있어요. 『김승옥 전집』도 나오고 해서……

1960년대의 시점에서 김승옥이 문체나 문장, 감성에서 뛰어난 점이 있죠. 선배 세대들의 답답하고 관념적인 세계를 넘어서는 측면이 있기는 한데, 저는 그래도 역시 문학사의 어느 단계에서 가지는 의미도 중요하지만, 결국 작가라는 것은 그가 써낸 작품 전체가 어떤 높이에 이르렀는가, 이것도 봐야 한다고 생각합니다. 가령 박경리·황석영·조정래·박완서·김원일·이문열 같은 작가들을 떠올려 보면, 이들이 각기 다른 길을 가지만 자신이 가진 재능과 노력, 이런 것을 전면적으로 투입해서 어떤 우람한 문학 세계를 이루어 우리 민족문학의 큰 자산이 되고 있잖아요? 그런 점에서 김승옥은 자기의 뛰어나고 발랄한 재주를 충분히 발휘했다고 보기는 어렵다고 봅니다. 뭔가 미완의 작가같은 생각이 들고요.

그리고 흔히 한글 세대의 문체와 감성에 대해 거론하는데, 물론 우리가 한글 세대인 것은 사실이지만 이태준의 문장이나 벽초의 문장이 한문 세대의 문장인가요? 일본 세대의 문장인가요? 그렇지 않거든요. 물론 해방 후에 한글로 교육받았지만, 제가 보기에는 벽초의 문장이나 이태준의 문장, 정지용의 문장, 이것은 한글 세대 누구의 문장 못지않게 우리 문장의 맛과 깊이에 깊이 젖어 있다고 생각해요. 오히려 나는 요즘 젊은 작가들의 문장을 보면 이건 우리 문장이 아니라는 생각이 들어요. 무슨 놈의 한글 세대를 내세웁니까? 김승옥의 문장은 어떤 면에서 일본 문장의 냄새가 난다고 느낍니다.

김윤태 : 어떤 연구자들은 김승옥의 작품 세계를 자본주의적인 산업화와 연관시키기도 하는데, 그건 어떻습니까? 당시 경제개발 계획 같은 게 진행되고 했으니…….

염무웅 : 김승옥이 한창 소설을 쓰던 1960년대 중반기만 하더라도 아직 우리나라는 본격적인 산업화에 진입하기 전이고, 본격적인 자본주의화의 준비 단계였다고 봅니다. 도시화 초기이고 아직 이농이 본격화되기 전이죠. 본격적인 산업화의 시작은 저는 1965년 정도로 보는 것이 옳다고 봐요. 1950년대 사회에서 마치 1955년이 분기점이 되듯이, 1960년대 사회에서는 1965년이 분기점이죠. 한일협정이 타결되고, 월남파병이 되고, 경제개발계획이 본격적으로 가동이 걸리고, 그러면서 농민 분해가 일어나고 도시가 비대해지기 시작하고 이렇거든요.

그런데 김승옥은 그런 본격적인 작업이 시작되기 직전이예요. 오히려 김승옥 체험의 핵심은 시골을 떠나서 대학생 신분으로 서울로 온 거죠. 노동자나 빈민으로서 도시 변두리로 온 것이 아니라 대학생으로 온 겁니다. 그의 체험의 근본 구조는 농촌적인 공동체 정서가 남아 있던 시골로부터 서울이라고 하는 도시로 왔다는 것, 그러나 자본주의화 때문에 이농에 의해서 서울 변두리로 와서 산업 예비군으로 편입된 것이 아니라 학생으로서 온 거죠. 자본주의와 바로 연결시키는 것은 저는 무리가 있다고 봐요. 오히려

1960년대 후반의 작업으로 박태순 씨의 '외촌동' 시리즈라든가, 1970년대 초 황석영의 「돼지꿈」이라든가 이런 것이 도시화·산업화와 연관된다고 봅니다. 아무튼 김승옥의 문학 세계에서 본질적으로 중요한 것은 사회적 변화라기보다 개인적 체험이 아니겠는가, 저는 그렇게 봅니다.

김윤태 : 결국 김승옥의 소설 세계가 농촌 공동체에 속했던 사람이 겪은 도시 체험의 문학적 형상화라는 말씀이시군요. 혹자는 가령 「무진기행」의 경우 출세한 촌놈의 사회학이라고 보기도 하던데요?

염무웅 : 그렇게 해석될 측면이 있지요. 그러나 김승옥 또는 김승옥의 주인공들을 출세라는 관점에서 보는 것은 너무 세속적이 아닐까요?

김윤태 : 앞에서도 잠시 거론되었습니다만, 당시 중요한 작가로 작년에 작고하신 요산 선생님이 계십니다. 1966년에 「모래톱 이야기」로 근 1930년 만에 문단에 복귀를 하시는데, 요산 선생님의 재등장이 우리 소설사에서 어떤 의미를 가지는지를 따져보고 싶습니다. 그것과 관련해서 리얼리즘이라든가 민족문학이란 말도 앞에 나왔는데요. 당시에 혹시 요산 선생님과는 사적인 친분 같은 건 없으셨나요?

▲ 김정한

염무웅 : 그때까지 사적인 관계는 없었고요. 다만 김정한 선생의 「모래톱 이야기」가 『문학』지에 발표됐을 때, 저는 바로 그 잡지의 소설 월평을 담당하고 있었어요. 당시 저는 아직 제대로 사회의식이 눈뜨기 전이었고 리얼리즘에 대해서도 상투적인 견해 이상의 것을 가지기 전이었음에도 불구하고, 「모래톱 이야기」가 발표된 바로 다음 호에 즉각 호평을 했어요. 어떤 이념이나 이론을 떠나서 작품 자체에 감동했기 때

문입니다. 후에 '창비' 편집을 하게 되면서 기회 있을 때마다 김정한 선생님
의 작품을 청탁해서 실었지요. 그 이후 농민문학론이라든가 민중문학론, 리
얼리즘론이라든가 민족문학론으로 이어지는 이론적 발전의 배후에는 김정
한 선생 같은 분들의 작품적 실천이 튼튼하게 뒷받침됐기 때문에 가능한 것
이었다고 생각해요. 그분의 「수라도」, 「인간단지」, 「지옥변」 이런 작품들은
나올 때마다 감동을 받고, 저같은 사람의 인간적 또 이론적 성장 과정에서
큰 가르침을 받았다고 생각합니다.

그리고 개인적으로 빠뜨릴 수 없는 것은 김수영 선생과의 인연인데, 그분
도 신구문화사에 들락거리다가 1967년경에 알게 됐어요. 어느 글에 쓰기도
했는데, 김수영 선생이 돌아가시기 전 1년 남짓 동안은 그 누구보다도 가깝
게 만나고, 제가 모셨다고 봐야죠. 저보다는 20년 정도 위인 분인데 그야말
로……. 조지훈 하면 마치 오래된 시인 같고 김수영 하면 젊은 시인 같이 느
끼잖아요? 그런데 두 분 나이가 한 살 차이예요. 거의 동년배죠. 그런데 김
수영은 펄펄 살아있는 젊은이 같은 열정을 가진 분이었습니다. 글도 빛나지
만 한잔 하면서 열변을 토할 때면 그야말로 황홀했어요. 제가 갖고 있던 교
육과정이나 집, 학교에서 받은 고정 관념이라든가 이런 것들이 그냥 깨져나
가고 벗겨져나간다는 느낌을 받고 그랬어요. 제가 1960년대 후반에 뭔가
달라진 데는 하우저니 이런 것도 있지만, 그보다는 김수영 선생과의 인간적
접촉, 또 하나는 김정한 선생의 소설을 읽은 것, 이런 것들이 상당히 중요한
정신적 바탕이 됐다고 볼 수 있죠.

김윤태 : 그런데 고은 선생 책을 읽어보니까, 김수영은 굉장히 소심하고 겁
이 많은 사람이라고 되어 있던데요? 김수영으로 학위 논문을 쓴 김명인 씨
도 그가 참 겁많은 사람이라는 얘기를 했거든요.

염무웅 : 제 경험에 의하면 진정으로 용기 있는 일을 하는 사람들의 공통점
은 겁이 많다는 것입니다. 깡패 비슷하게 껄렁껄렁하고 거센 체하는 그런
사람들은 정말 힘든 일은 못해요. 대개 겁많은 사람들이 합니다. 문제는 자

기와의 싸움이거든요.

김윤태 : 선생님 말씀을 듣고보니 딴은 그렇네요. 그럼 김수영과의 일화 중에 기억에 남는 것은 없으십니까?

염무웅 : 일화가 많죠. 1966년인가 〈문화방송〉이 인사동 네거리에 처음 생겼을 때입니다. 그때 PD를 하던 박수복 씨라는 분이 있었어요. 이 여성이 굉장히 진보적인 의식을 갖고 있었지요. 후에 드라마 작가로서 베를린 영화제인가에서 두 번인가 특별상을 받았어요. 그 박수복 씨의 「소리도 없다, 이름도 없다」는 원폭 피해자들의 문제를 처음으로 조사를 해서 쓴 책일 겁니다. 양공주 문제를 다룬 드라마도 있었고, 원폭 피해자 문제를 다룬 드라마도 있었고요. 그런 문제를 가지고 있던 분인데…….

김윤태 : 당시에요?

염무웅 : 아니, 그건 1970년대에 와서 그렇고요. 그때는 〈국제신보〉 기자 하다가 〈문화방송〉에 와서 일하고 있었는데, 우리들과 친했죠. 지금은 벌써 일흔 가까이 되는 할머니가 됐는데, 우리들과 친했죠. 그 무렵에 그분이 문화촌에 조그만 아파트를 가지고 있었어요. 그때는 아파트가 몇 군데 없을 때인데, 문화촌에 아파트가 있었어요. 어느 날 저녁 저는 김수영 선생과 그 박수복 씨의 아파트에 가서 잘 얻어먹고 느지감치 나왔는데, 김수영 선생이 종로3가를 가자는 거예요.(웃음) 그런데 저는 사실 그때 순진하기 짝이 없었거든요. 그러나 종삼 가자는 말씀이 마치 제게는 의형제를 맺자는 의미로 즉각적으로 다가오더라고요. 그래서 두말 없이 따라갔죠. 저는 밤새 잠 한 잠 못자고 못난이처럼 벌벌 떨기만 했는데, 김수영 선생은 그 다음날 아주 싱싱한 얼굴로 새벽에 나옵디다. 광교 네거리 '맘모스'라는 다방에 가서 커피를 한잔 하고 말없이 헤어졌지요. '맘모스'는 1960년대 후반에 커피 잘 하기로 유명해, 김현승 시인이 자주 가던 다방이예요. 새벽에 거기를 갔는데 세라복을 하얗게 입은 여중생, 여고생들이 재잘재잘 하면서 가고 청소부들이 빗자루로 길을 쓸고 하던 풍경이 지금도 기억나요.

김윤태 : 대체로 작가들을 살펴보았는데, 마지막으로 선생님의 동년배 작가들에 대해 말씀해 주시죠. 현재 문단에서 누구도 흉내내기 힘든 독특한 자기 세계를 구축하고 있는 이청준이나 박상륭 같은 분들이라든가, 선생님과 역시 개인적인 교분이 있으신 박태순 선생 등등…….

염무웅 : 이청준 씨의 초기 작품들은 대개 읽었고, 그가 문단에 데뷔할 때도 저도 약간 거들었어요.

김윤태 : 대학 동기이시죠?

염무웅 : 그렇습니다. 그때가 1965년 무렵인데 저는 제 동생들을 데리고 대흥동에서 자취를 하고 있었고, 이청준 하숙집도 이화여대 건너편 쪽에 있어서 자주 만났죠. 그 친구가 『사상계』에 데뷔했을 때 내 일처럼 좋아하고 그랬죠. 그런데 차츰 세월이 지나면서 이청준의 문학 세계가 저로서는 뭐랄까, 하여간 맘에 안 들었어요. 너무 정신 유희적인 쪽으로 가고, 관념적인 도식이 있고, 그래서 중요한 작품들은 내가 못 읽은 것이 참 많아요. 만난 것도 상당히 오래 되고…….

▲ 이청준

박상륭의 경우는 「열명길」이라는 단편이 발표됐을 때, 제가 『문학』지에 월평 쓸 때인데 상당히 세심하게 평을 했어요. 그랬더니 이문구를 통해서 들려온 얘기가 제 평에 격려와 고무를 많이 받았다고 그런 얘기를 합디다. 그러나 그 뒤에 나온 긴 소설들은 읽기가 상당히 어렵고, 요즘은 짧은 글조차 읽기

▲ 박상륭

가 참 어렵습니다. 특이한 문학 세계임에는 확실한 것 같은데, 뚫고 들어가기가 아주 어려워요. 그리고 요즘 어느 잡지에 쓴 짤막한 글을 보니까 곤란하다는 생각이 들 정도로 문장이…….

김윤태 : 『문학동네』에 실린 글을 말씀하시는 건가 보군요.

염무웅 : 그런 사람이 한 사람쯤 있는 것이 나쁠 건 없지만, 하여간 저는 그 난삽한 세계를 고생고생 하면서 짤막한 글이니까 겨우 읽기는 읽었는데, 고생한 만큼 얻은 것이 없다는 느낌이 오더라고요. 분명히 말하거니와 박상륭의 문체와 문학 세계 그 자체는 존중되어야 하겠지만, 그를 지나치게 높이 평가하는 데는 단연코 반대합니다. 박상륭이 정말 양심적이라면 지난 20여 년 동안 국내에 남아서 여러 가지 고초를 겪은 동년배들에 대해 겸손한 존중심을 가져야 해요. 그런데 최근 그의 글에는 그런 게 없어요. 이건 말이 안 되지요.

  그리고 저와 같은 연배의 작가 중에서 요즘 많이 잊혀진 사람이 박태순 씨입니다. 박태순 씨가 1960년대 후반부터 1970년대까지는 아주 좋은 작품들을 많이 썼거든요. 「무너진 극장」이라든가 '외촌동' 시리즈도 있고, 「정든 땅 언덕 위」 등 이런 작품들이 아까 얘기한 산업화 초기의 도시 변두리의 세계를 아마 최초로 본격적으로 다룬 업적일 겁니다.

김윤태 : 실제로 한때 거기에 사셨다고 들었습니다만, 그곳이 아마 지금 서울 신림동의 '난곡'이라는 데일 겁니다. 박태순 선생의 어느 후기엔가 보니, "난민촌이야말로 나같이 고향을 잃어버린 사람들의 현실이고, 거기서부터 우리 시대를 조망해야 한다."는 요지의 말씀을 남겼더군요.

염무웅 : 취재하러 가서 살았을지 몰라요. 박태순은 원래 황해도에서 피난 나온 집안이고, 그 아버지가 박우사라는 출판사 사장이었거든요. 학생 때, 1962년쯤에 박태순네 집에 가봤는데 2층집이고 타자를 치고 있더라고요. 저는 타자기를 그때 처음 구경을 했어요. 우리 같은 시골 출신의 가난뱅이에 비하면 중산층이지요. 그런데 이 친구는 그렇기 때문에 거꾸로 시골여행도 많이 다니고 국토 기행도 하고, 빈민가에도 가보고 이런 탐구 행로를 많이 걸어서 '외촌동' 시리즈를 쓸 때는 자기 삶의 반영이 아니라 공부하고 답사해서 쓴 거에요. 그러나 박태순이 아주 초기에 쓴 것은 그렇지 않아요. 데

뷔작은 오히려 그 당시 신세대들의 생태를 다룬 거지요.

그런데 박태순이 1970년대를 경과하면서 '자유실천문인협의회' 활동을 본격적으로 시작하고, 역사의식이랄까 사회의식이라는 것이 머리에 들어오기 시작하면서부터 소설이 점점 안 되는 것 같아요. 그게 참 문제예요. 훌륭한 소설가가 되기 위해서는 분명히 역사의 앞날에 대한 개념적인 전망도 있어야 하지만, 도리어 이것이 예술가에게 간섭을 해서 작품을 못쓰게 하는 작용을 하는 것 같아요.

최근의 문학적 상황과 문학의 미래

김윤태 : 이제 어느 정도 마무리를 해야 할 것 같습니다. 많은 시간이 지났습니다. 그럼 요즈음의 문학적 상황과 관련해서 몇 가지 여쭙고 끝맺도록 하겠습니다.

우선 최근 선생님의 민족문학론에 대해 여쭙자면, 저는 선생님의 글에서 1990년대에 밀어닥친 세계사적 변환에 대한 아주 곤혹스러운 표정을 읽었습니다. "가보는 데까지는 가보는 수밖에 없지 않겠느냐."라는 말씀을 하셨더군요. 그 글을 읽고 저도 마음이 무척 착잡해지더라고요.

다음으로는 세계 인식 지평의 변화와 관련해서 거대 이론이 무너지거나 침체된 반면, 새롭게 페미니즘이나 환경론적 시각들이 마치 대안처럼 아주 중요하게 부각되고 있다고 봅니다. 이것들을 정말 대안으로 여기는 분들도 분명 존재하는데, 그것이 불가피한 선택이라는 관점도 있는 것 같고 단지 시류에 따른 것인 경우도 있는 것 같고……. 제가 생각하기엔 그렇습니다.

염무웅 : 저는 인류의 장래에 대해서 참 비관적이예요. 제동 장치가 망가진 이 자본주의 체제의 진행이 우리의 삶을 어디로 끌고 가게 될지 두려움을 느낍니다. 지난 시절 그런 것에 제동을 걸던 것이 사회주의 운동이라든가

민족해방 운동이었는데, 결국 이제 다 자본주의 안에 흡수되어 버렸고. 그
러니 앞으로 적어도 10, 20년 동안은 자본주의가 점점 강화될 것이고, 따라
서 우리가 지켜오던 민족적인 지향이라든가, 아니 그보다 훨씬 더 원초적인
우리의 생각과 생활, 이런 것이 점점 기반을 잃어버릴 것이라고 생각해요.
자본의 논리를 타지 못하는 학문이나 종교, 예술 활동 이런 것들은 주변으
로 밀려날 거라고 봅니다. 대학에서도 밀려날 거예요.

　오늘 아침 신문을 보니까 미국 대학에서 셰익스피어 강의를 안할 거라고
하던데, 앞으로 점점 더 그런 추세가 강화될 겁니다. 그러면 셰익스피어 연
구는 누가 하느냐, 누가 할 거예요? 그 동안 어느 정도 경제적 여유가 있는
유한층이 해왔는데, 취직을 목적으로 학교 다니는 사람이 셰익스피어는 하
나의 예에 불과하고, 인문학의 암울한 미래를 그것이 보여준다고 봅니다.
그러니까 민족문학이 아니라 문학 그 자체가 설 자리를 잃어가고 있다는 거
죠. 다시 말하면 우리의 정신 활동이 물질적 기능으로 전화되면서, 그 물질
적 기능과 다른 전래의 인문사회적인 활동들은 급속도로 쇠락하지 않겠는
가 하는 생각이 들어요. 특히 그것이 우리의 경우 지난 백여 년 이상 지속되
어 온 민족 운동의 위상에도 심대한 타격을 가하리라고 봅니다. 그런 비관
적인 생각이 들어요.

　물론 전체적인 방향이 그렇다는 뜻이고. 그러나 자본주의의 손아귀에 완
전히 장악될 수 없는 작은 영역들이 많이 있죠. 소영역들이 있는데, 예를 들
면 단편소설이라든가 대부분의 시라든가 이런 것들은 자본주의화가 되기
어려운 장르들이죠. 그리고 어떤 종류의 논문들이라든가 글들은 작지만 온
갖 혼이 들어가 있는, 길이나 원고료로 평가될 수 없는 것이 있죠. 그런 것
이 사라질 수는 없죠. 여러 방면에 여러 가지 방식으로 존재할 겁니다. 그리
고 그런 것들이 불씨처럼 남아 있다가 뭔가 자본주의 세계 전체가 달라지면
불을 일으키는 불씨가 될 거라고 생각하는데, 그렇기는 하지만 최소한 앞으
로 중단기적인 기간 안에 그런 불씨들이 자본주의 전체와 맞설 만한 커다란

힘으로 다시 불길이 되살아나리라고는 당분간 예상하기 어렵지 않겠는가 그런 생각을 해요.

　그리고 페미니즘적인 것, 생태주의적인 삶, 이런 것들이 있지요. 저는 사실 페미니즘은 잘 모르기도 하거니와, 거기에 양가적인 감정을 느껴요. 말하자면 한마디로 가정 파괴범적인 요소가 있는 것 같고……(웃음) 물론 여성이 해방되어야 하고 남녀가 평등해야지요. 그런 원칙론에 반대하는 사람이 어디 있겠어요? 대의에 동감하죠. 그러나 오늘날 여성해방론이 인류 사회에 가져 온 결과를 볼 때, 제가 보기에는 이래서는 안 되겠다 하는 생각이 드는 것이 참 많아요.

김윤태 : 대서사 담론의 대안으로서 작금의 페미니즘 이론을 인정하기 어렵다는 말씀이신가요?

염무웅 : 전혀 아니라고 생각해요. 그 다음에 생태주의 문제는…….『녹색평론』이란 잡지가 있죠. 거기서 하는 일은 그냥 일반적인 생태주의와는 구별하고 싶어요.『녹색평론』의 경우는 근본적인 시각을 가지고 있어요.

김윤태 : 저는 한편으론 그 근본주의적인 시각이 우려되기도 하던데요?

염무웅 : 그러나 그렇게 근본주의적이기 때문에 원천에서부터 다시 생각해 보는 일을 가능하게 합니다. 저는『녹색평론』을 100% 지지하지는 않아요. 그렇지만 그걸 읽을 때마다 원천에서부터 내 삶과 문학, 모든 것을 다시 생각해보게 돼요. 그런 점에서『녹색평론』은 이 시대에 있어 우리 사회의 빛과 소금이지요.

김윤태 : 저도 김종철 선생님이 쓰신 창간사를 교양과목 시간에 학생들에게 읽히곤 했는데, 학생들도 그런 문제에 대해 너무 둔감한 것 같더라고요.

　심지어 자연과학도들 가운데는 과학기술 혁명이 환경 파괴로부터 우리를 구원해줄 거라고 굳게 믿고 있는 눈치였습니다.

염무웅 :『녹색평론』의 지향 중의 하나가 농업적 세계관이랄 수 있잖아요? 농업 공동체를 이상적으로 보는 것이죠. 그런데『녹색평론』에 서평도 났지

만 『녹색세계사』라는 책을 보니까, 환경 파괴가 본격화된 것은 신석기 혁명, 즉 수렵과 채취에 의한 구석기 시대의 삶으로부터 농업과 목축을 중심으로 하는 신석기 시대의 정착 생활로 전환되면서라는 거예요. 땅을 밭으로 일구어서 풀이니 다른 잡초들은 다 배제하고 일정한 식물만 자라게 하는 농업이야말로 자연스러운 생태적인 조건에 가장 반한다는 겁니다. 그러니 그건 『녹색평론』의 입장보다 훨씬 근원적인, 다시 말하면 인간의 의식, 문명, 다 포기하고 짐승의 수준으로 후퇴해야 자연과 더불어, 생태계와 더불어 자연 수명을 누릴 수 있다는 것 아니예요? 물론 이 지구가 무한히 계속되는 것이 아니고 언젠가 태양계와 더불어 끝나는데, 그런 자연 수명을 누리자면 구석기 시대의 수렵과 채취, 그 방법밖에 없다는 거지요, 농업이 발생하면서 자연 파괴가 본격화됐다는 거예요. 그러면서 여러 예를 들어요. 다만 역사상 유일한 예외가 중국이라고 합니다. 중국만이 왕조가 끊임없이 망했다가 살아나고 망했다가 살아났는데, 바빌론이니 이집트니 과거에 찬연했던 고대 문명들이 다 땅의 힘, 지력을 파먹고 나면 다 망했다는 겁니다.

김윤태 : 엄청난 견해네요. 그런데 김종철 선생의 경우 그 생태적 관점에서 기왕의 리얼리즘론에 대해 비판적 시각을 견지하고 계신 것 같은데요? 백낙청 선생님이나, 선생님과는 일정한 거리가 느껴지는…….

염무웅 : 1970, 80년대의 리얼리즘론을 고스란히 견지하는 사람이 지금 누가 있겠어요?

저는 어느 글에도 비슷한 얘기를 썼는데, 진정한 대안은 남다르게 비상한 정신력을 가진 사람이라든가 철저한 종교적 신념을 가진 사람들만 믿고 따르고 실천할 수 있는 그런 것이 아니라, 평범한 보통사람도 과도한 희생 없이 마음으로 공감하고 생활 속에서 구체적으로 실천할 수 있는 것이어야 한다고 생각합니다. 비근한 예로 『녹색평론』에서 늘 주장하듯이 자동차, 그걸 포기할 수 있겠는가? 저는 포기하겠어요. 그러나 천만 대에 이른 자동차들은 아마 포기하기 어려울 겁니다.

자동차뿐만 아니라 우리의 주거 환경을 보세요. 지금 시골 벽촌까지 전부 기름 보일러입니다. 산골짜기에 있는 조그만 암자에까지 기름 보일러가 들어가요. 기름 자동차가 갈 수 있도록 다 길을 닦아놨어요. 나무 때는 집도 적고 석탄 때는 집도 드물어요. 작년에 우리의 기름 수입량이 230억 달러였고, 금년에는 3백억 달러에 육박한답니다. 기름 수입량이 세계 4위예요. 아파트는 기름을 때더라도 열 손실이 적은데, 시골 집들은 열손실이 엄청나요. 기름 보일러를 때도 추워요. 그리고 전부 수세식 화장실인데, 소변 보고 한 번 누르면 물이 확 내려가잖아요. 그 물을 어떻게 만듭니까? 아파트식으로 변해 있는 우리의 주거 구조, 이거 얼마까지 유지할 수 있을까요? 기름도 물도 몇 년 후에 고갈될지 모르잖아요. 자동차와는 전혀 다른 측면에서 아파트를, 아니 아파트뿐만 아니라 우리의 모든 생활 환경을 살펴보면 지금과 같은 방식은 결코 지속 가능한 것이 아니지요. 음식도 마찬가지고 모든 것이 다 그래요.

최근에 읽은 책 중에 깊은 감동을 받고 통독한 것이 권정생 씨의 『우리들의 하느님』인데, 거기 보면 권정생 선생은 유일하게 가능한 대안으로서 좁은 방에서 옛날처럼 가족이 몸 비벼가면서 가난하게 사는 길밖에 없다는 겁니다. 나무나 석탄도 땔 수 없고, 석유도 안 되고……. 나무나 석탄을 때더라도 좁은 방에서 한 사람당, 예를 들면 두 평 정도의 개인 공간을, 지금은 대개 한 사람당 개인 공간을 대여섯 평씩 갖잖아요. 그걸 한 두 평 정도로 해서 살아야 한다는 거예요. 제가 생각해도 권정생 선생의 해답밖에 없어요. 다른 길이 없어요. 그런데 문제는 그 권정생 선생의 옳은 답을 우리가 받아들이지 못한다는 데 있는 거지요. 누가 실천하겠어요? 그러니까 사는 데까지 살아 보는 거지요.

김윤태 : 오늘날 자본주의의 욕망 구조는 크게 부풀려져 있는데, 그게 겸손과 절제만으로 과연 극복될 수 있겠는가 하는 의문이 들기도 합니다만…….

염무웅 : 겸손과 절제. 가난을 일상화하고 험한 음식을 먹고 일상적으로 불

편해야 하고, 늘 병균에 노출해 있어야 하고 그런 거에요. 그래서 인구 조절을 하고……. 그런데 우리의 일상적 생활 감정이 그걸 받아들이지 못하잖아요. 설사 내 개인은 그렇게 하더라도 옆에 있는 가족과 친구들이 그걸 방해하고 교란시키고요. 아니, 가족과 친구 탓을 하는 것도 잘못된 거지요. 내가 먼저 시작하면 되는데 그게 잘 안 돼요. 고통을 견디는 정신의 힘이 허약하다는 걸 스스로에게 절실히 느낍니다.

그런데 문제는 오늘의 문학이 절제와 겸손, 관용과 청빈의 삶에 기여하기보다 그 자체가 욕망을 분출하는 형식으로 변해버린 것 아닌가 하는 점입니다. 우리 모두 목소리를 낮추고 말을 아낄 필요가 있어요. 지금 문학의 위기가 거론되는데, 그것은 바로 우리 삶의 기반이 허물어질지 모른다는 근본적 위기의 징후입니다. 미래는 어떤 모습으로 다가올 것인가, 아무도 확답을 못할 겁니다. 분명한 것은 커다란 불안이 우리를 감싸고 있다는 겁니다. 참으로 두려울 뿐입니다.

김윤태 : 네. 오랜 시간 동안 좋은 말씀해주셔서 대단히 고맙습니다. 아직도 선생님께 듣고 또 함께 나누고 싶은 이야기가 많이 남아 있습니다. 아쉽지만 끝을 맺을까 합니다. 선생님의 건강과 학문이 더욱 흥성하시길 바랍니다. 감사합니다.

(대담: 1997년 1월 29일, 「영남일보」 회의실)

＊47그룹

1945년 패전 후 구심점을 찾지 못하고 있던 독일 문학에서 아방가르드 역할을 했던 작가들의 모임으로 Hans Werner Richter와 Alfred Andersch를 주축으로 결성되었다. 이들이 발간하려 하다가 발간 금지된 잡지 'Skorpion'의 원고들을 각자 읽고 토론하고 비판하였는데 이것이 Gruppe47의 시작으로, 1967년 해체할 때까지 47그룹 상을 통해 뛰어난 작가들을 배출하였다.

* 문인간첩단사건

1974년 1월 7일, 이호철 등 문인 61명이 명동성당 앞 한 찻집에서 유신헌법 철폐와 개헌청원 성명을 발표한 것이 계기가 되었다. 이를 계기로 정부는 동년 2월 25일 개헌청원 성명서에 서명한 문인들을 연행하여 조사를 하였고, 이들을 간첩의 사주를 받은 것으로 발표하여 이른바 '문인간첩단사건'을 날조하였다. 이 사건으로 이호철, 김우종, 정을병, 임헌영, 장백일이 구속되었다. 이 사건은 실은 재일동포가 발간하고 있었던 『한양』지가 그 빌미가 되었다. 이 잡지는 재일 문인들과 국내 필자들의 글을 반반쯤 실었는데, 여기 글을 쓴 작가들이 애매하게 간첩 혐의를 받게 되었다.

* 통혁당사건(統革黨事件)

중앙정보부가 1968년 발표한 대규모 간첩단 사건. 김종태(金鍾泰)는 북한공산집단의 대남사업총국장 허봉학(許鳳學)으로부터 직접 지령과 공작금(미화 7만 달러와 한화 2,250만 원)을 받고 남파된 거물간첩이었다. 그는 운수업으로 위장하여 통일혁명당(統一革命黨, 북한노동당의 在南地下黨)을 조직하고, 전(前)남로당원·혁신적 지식인·학생·청년 등을 대량 포섭하였다. 그리고 결정적 시기가 오면 무장 봉기하여 수도권을 장악하고, 요인암살·정부전복을 기도하려 하다가 일망타진되었다. 이 사건에 관련되어 검거된 자는 158명이었으며, 그 중에는 문화인·종교인·학생 등이 다수 포함되어 있었다. 이들 중 73명이 송치(23명은 불구속)되었는데, 김종태는 1969년 7월 10일 사형이 집행되고, 이문규(李文奎) 등 4명은 9월 23일 대법원에서 사형이 확정되었다. 그리고 이들 일당을 검거하면서 무장공작선 1척, 고무보트 1척, 무전기 7대, 기관단총 12정, 수류탄 7개, 무반동총 1정과 권총 7정 및 실탄 140발, 12.7mm 고사총(高射銃) 1정, 중기관총 1정, 레이더 1대와 라디오 수신기 6대, 미화 3만여 달러와 한화 73만여 원 등을 압수하였다.

* NL·PDR(민족해방민중민주주의혁명론, National Liberation People's Democratic Revolution)

1985년 말부터 대두된 한국의 사회변혁운동이론 중의 하나로, 본래 민족해방민중민주주의혁명(NLPDR)이란 식민지, 반(半)식민지, 신생독립국가에서 식민지 반(半)봉건사회를 타파하고 민중이 주체가 되어 민주주의 제도를 수립하는 혁명을 말한다. 이때 민족의 해방과 완전한 독립의 달성을 목표로 하는 반제국주의 '민족해방혁명(NLR)'과 사회체제의 근본적 변혁을 위한 계급해방을 목표로 하는 '민중민주주의혁명(PDR)'이 불가분의 통일체를 이루면서 각각 상대적 독자성을 가지는 새로운 유형의 민주변혁이론이다. NLPDR의 내용은 ①반(半)봉건제적 모순 해결을 위한 토지제도 개혁, ②주요 산업의 국유화, ③노동자의 민주주의적 자유와 권리를 보장하는 제반 법률의 제정, ④사법과 검찰기관 등의 민주화 등이 있다. 이를 위해 노동계급이 지도하는 반(反)제국주의 민족통일전선을 통해 민중민주주의 독재권력이 수립되어 반제반봉건(反帝反封建) 민주개혁을 수행해야 한다는 것이 특징이다. 한국에서의 NLPDR 이론은 한국사회의 성격을 제국주의에 지배받는 식민지 반(半)봉건사회로, 한국사회의 주요모순을 한국민중과 제국주의 및 그 예속세력 간의 모순으로 규정하였다. 이 식민지성을 극복하기 위해 민중이 주체가 되는 혁명을 통해 제국주의 및 그 예속세력을 몰아내고 민주주의 정권을 수립해야 한다는 것이 핵심적인 내용이다. 이후에 한국사회의 성격을 규정하기 위한 사회구성체 논쟁과정에서 '식민지 반봉건사회'를 '식민지 반자본사회'로 정정하였다. 특히 운동세력 중에서 '민족해방파(NL)'는 NLPDR론을 기본노선으로 하는 운동세력을 통칭하는 것으로 구체적인 투쟁노선으로는 반미자주화, 반파쇼민주화, 조국통일을 설정하고 있다.

민족문학운동의 역사와 미래

대담

백낙청 / 전 서울대학교 교수, 문학평론가
• 주요 저서로 『민족문학과 세계문학』, 『분단체제 변혁의 공부길』 등이 있음.

진행

하정일 / 원광대학교 교수
• 주요 저서로 『분단 자본주의 시대의 민족문학사론』,
『20세기 한국문학과 근대성의 변증법』 등이 있음.

▌민족문학운동의 역사와 미래 ▌

하정일 : 탁월한 문학이론가이자 사상가이신 백선생님과 대담을 갖게 되어 기쁩니다. 선생님께서는 1960년대 이후부터 지금까지 1930년 넘게 민족문학을 이론적·실천적으로 이끌어 오셨습니다. 이렇게 오랜 기간 동안 문학운동이나 문학이념을 주도한 경우는 20세기 한국문학사를 통털어 보더라도 유례 없는 일이라고 생각합니다. 선생님의 살아오신 과정을 정리하는 일은 그런 점에서 1960년대 이후부터 지금까지의 한국문학사의 큰 흐름을 잡는 작업이라고 생각하고 있습니다. 그래서 이번 대담은 저희들로서는 대단히 소중하고 뜻깊은 일입니다. 선생님께 여쭤보고 싶은 것이 워낙 많지만 일단은 중요하다고 생각되는 큰 질문들을 먼저 하고 시간이 허락되면 작은 질문들을 하는 방식으로 진행하도록 하겠습니다.

백낙청 : 네.

하정일 : 먼저 제가 궁금하게 여기는 사항 중의 하나가 선생님께서 중고등학교 시절이나 유학시절 영향을 많이 받은 사상가나 문학이론가는 어떤 분이 있었는지 그리고 또 감명 깊게 읽었던 저서라든가 문학작품에는 어떤 것들이 있었는지 하는 겁니다. 일단 그 점에 대해서 이야기를 들어보고 싶습니다.

유학시절과 『창작과비평』의 창간

백낙청 : 먼저 이런 대담을 하게 되어서 저도 기쁘고요. 그런데 1960년대에 『창작과비평』지가 창간돼서 제가 그것을 그동안 주도적으로 이끌어왔다고 이야기하면 말이 되는데, 우리나라 문학운동 전체를 주도했다는 것은 과장된 이야기지요. 어쨌든 저는 지난 2, 3년간 문학평론을 거의 휴업하고 있는데, 이런 사람을 마지막 대담자로 고르신 건 좀 잘못하신 일이라 생각합니다.(웃음) 저의 고등학교 시절은 요즘하고는 아주 다른 시절이었죠. 제가 들어갈 때는 6·25 전 해인데 중고등학교가 갈라지기 전이었어요. 2학년 올라가면서 6·25가 났고 1·4후퇴 때는 대구로 피난을 갔습니다. 대구에서는 서울에서 피난 온 여러 학교들이 합쳐가지고 서울피난연합중학교, 나중에 서울피난연합고등학교 이런 식으로 처음에는 천막 치고 시작했어요. 그래서 지금에 비하면 아주 불우한 환경이었다고 할 수 있지만, 다른 한편으론 요즘 중고등학교 생활처럼 그야말로 창살 없는 감옥 같은 분위기는 아니었

▲ 젊은 날의 백낙청

고, 또 피난 온 여러 다른 학교 학생들이 어우러져서 서로 사귀고 같이 공부했어요. 어떤 사람들은 그때도 학교공부를 열심히 했지만, 저는 고등학교 올라가서 반장을 하면서도 거의 매일 무단조퇴를 하고 놀러다녔지요. 그런데도 그것이 용인되는 분위기여서 정규수업을 철저히 못 받은 세대인 대신에 교육적으로는 지금보다 훨씬 나은 고교생활을 보냈다고 생각합니다.

　그러다가 고등학교 마칠 무렵에 기회가 생겨서 미국유학을 가게 됐어요. 우리 졸업하던 해까지는 병역을 필해야만 외국을 가는 것이 아니라 징집연령이 되기 전이면 나갈 수가 있었어요. 전쟁직후에 상황이 어지러운 데다가 병역 나이가 되기 전에 너도나도 **빠져나가려는** 분위기여서 굉장히 많이들

유학을 갔습니다. 그래서 미국에서 대학을 다니게 되었는데, 처음에 갈 때는 꼭 문학을 하겠다고 한 것은 아니었어요. 오히려 철학이나 역사 쪽에 관심이 많았어요. 그런데 미국 대학에 가보니까 그쪽 철학이라는 게 분석철학·언어철학 위주이고 역사학도 실증적인 자료 읽기가 주류인데 너무 힘들고 따분하더군요. 그래서 어릴 때부터 문학을 좋아하면서도 그걸 업으로 삼을 생각은 못했었는데 문학전공을 해볼 마음이 생겼지요. 문학이론가에 대해서는 그때 누구를 특별히 읽은 것은 없고 작가로는, 제가 독문학과 영문학으로 '분할전공'이라는 걸 했는데 주전공과 부전공이라는 틀은 있었지만 분할전공은 따로 틀이 있는 것이 아니어서 거의 제 마음대로 프로그램을 짜서 읽었습니다. 어려운 과목, 재미없는 과목 피해가면서 전공수업을 할 수 있는 기회였지요. 어떤 면에서는 요령을 좀 부린 거죠. 그래서 독문학과 영문학을 했는데, 졸업논문은 괴테와 매슈 아놀드를 썼어요. 원래는 영문학쪽에서 낭만주의 시인들에 더 관심이 많았지만, 괴테와 연결시켜 논문을 쓰기에 아놀드가 적당하다 싶었거든요. D. H. 로렌스를 전공한 것은 훨씬 훗날의 일인데, 1학년 마친 뒤의 방학에 『아들과 연인』을 처음 읽고 깊은 감명을 받았었어요. 그 뒤에 『무지개』를 구해서 읽었는데 감동적인 대목도 있었지만 뭐가 뭔지 모를 게 더 많더군요. 그래서 학부시절에는 로렌스를 많이 읽지 않았지만 그때부터 관심을 가져서 오늘까지 붙들고 있습니다. 또 한국사람들은 러시아 문학에 관심이 많잖아요. 고등학교 시절부터 러시아 소설을 읽다가 대학에서 러시아문학 강의도 듣고 또 러시아어도 그때 좀 배웠어요. 물론 지금은 거의 다 잊어버렸지만.

하정일 : 선생님께서 독일어에 능통하신 것도 그때…

백낙청 : 능통한 건 아니지만, 고등학교 때 처음 배우다가 미국 가서 더 공부하게 된 거죠. 브라운대는 독문과가 조그만해서 분위기가 오붓하고 저를 굉장히 아껴주는 교수님도 계셔서 독문학 과목을 많이 듣게 되었죠. 미국이 전체적으로 봐서 독문학 연구는 가령 불문학이나 스페인문학만큼 많이 하

지 않는 편이라서 운신하기 편했어요. 그러나 독문학만 가지고는 미흡하다
는 생각이 들어 영문학을 같이 했죠.

하정일 : 선생님의 초기 글들을 보면 하이데거나 사르트르에 대한 관심을
많이 보이고 있는데 이분들도 유학시절에 관심을 갖게 된 건가요.

백낙청 : 옛날 이야기를 조금 더 하지요. 제가 1955년에 브라운대학으로 유
학 가서 1959년에 졸업하고 하바드대 대학원에 진학했다가 1년을 하고 귀
국했더랬어요. 하바드에서는 석사과정이라는 것을 별로 중시하지 않기 때
문에 논문도 안 쓰고 1년에 마칠 수 있었죠. 1년동안 석사를 마치고 박사과
정에 입학이 됐는데, 아 그때 미국에 더 있기가 싫더라구요.(웃음) 그래서
귀국을 결심했어요. 귀국하기로 결정한 것은 1959년에 하바드에 가서 한
학기 하고 바로 결심했는데, 박사과정 진학을 포기하기로 통보한 뒤에 얼마
안 가 4·19가 났어요. 그러니까 더 한국에 오고 싶어지고 귀국결정하기를
잘했다는 생각이 들었지요. 여름에 유럽 몇 군데를 들러서 가을에 귀국했는
데 와서 보니까 군대를 안 갔다온 사람이 할 수 있는 일이 없어요. 그래서
군대를 들어갔지요. 1960년 가을에 논산훈련소에 입대했는데, 군대에 들어
가보니까 또 여기가 오래 있을 데가 못되는 거예요, 누구나 느끼는 거겠지
만.(웃음) 그런데 그때 어떤 제도가 있었는가 하면, 외국대학에서 입학허가
를 받고도 문교부시험 외무부시험 다 통과해야 외국에 내보내주는데 대신
에 그 시험에 합격이 되면 군대에서 귀휴(歸休)라는 것을 보내줍니다. 일단
집으로 보내준 다음 일정기간 내에 유학을 떠나면 제대가 되는 거예요. 예
정대로 못 나가면 원대복귀가 되는 거고요. 나야 하바드대학 박사과정에 일
단 입학을 했다가 안 가기로 했던 거니까 재입학허가를 쉽게 받았고 유학시
험도 다시 쳤지요. 그래서 사병복무 1년만 채우고 귀휴조치를 받은 겁니다.
그리고 1962년 3월인가 미국에 갔죠. 9월이 학기시작이지만 기한내에 안
떠나면 원대복귀해야 하니까 3월에 미리 가서 한 6개월을 주로 서부지역
샌프란시스코 일대에서 지냈어요.

하교수의 질문으로 돌아가서, 유학중에는 하이데거에 대해서 잘 몰랐는데 오히려 귀국하니까 국내 철학계에서 하이데거에 대한 관심이 많고 주변의 친구들 중에 하이데거를 전공한 이도 있었어요. 나중에 김수영 시인을 사귀면서 그분도 하이데거의 애독자인 걸 확인했고요. 어쨌는 하이데거는 1960년대초 귀국했을 때부터 읽게 되었고, 읽으면서 로런스와 하이데거가 통하는 점이 많다는 걸 느껴서 훗날 박사논문에서도 그런 걸 많이 다루었어요. 사르트르도 미국보다 한국에서 많이 읽혔지요. 그래서 나도 꽤 따라 읽었고 『창작과비평』 창간호에 그의 글이 번역돼서 실리기도 했지만, 나 개인에게 하이데거만큼 비중을 갖는 사상가는 아니었다고 말할 수 있습니다.

▲ 『창작과비평』 창간호

하정일 : 선생님께서 창비 30주년 대담에서 1950년대 미국사회와 대학의 분위기에 늘 답답함을 느끼셨고, 한국의 문단과 지식인 사회에 뭔가 기여하고 싶어서 『창작과비평』을 창간하게 되었다는 말씀을 하신 적이 있는데, 구체적으로 어떤 기여를 하고 싶은 생각을 갖고 계셨는지 1960년대 한국의 사회적·문학적 상황과 연관시켜 설명해주셨으면 합니다.

백낙청 : 한국문단에 대해서 잘 알지 못했으니까 미국에 있을 때부터 구체적인 구상이 있었던 것은 아닙니다. 당시 생각의 윤곽을 말씀드리면, 하나는 거기서 더러 한국문예지도 보곤 했는데 질적으로 들쭉날쭉해서 조금 작은 규모로 하더라도 수준을 한 단계 높여야 된다는 생각을 했었어요. 그런 생각이 나중에 계간지 구상으로 이어졌지요. 또 하나는, 6·25를 겪고난 한국문단은 비판적인 목소리가 완전히 제거되고 이른바 순수문학이란 기치 아래 사회적 관심이 배제된 문학이 판을 치고 있었죠. 그래서 저는 문학이 사회를 향해서 좀더 트이고 다른 분야와도 좀더 소통해야겠다는 생각을 했

던 거지요. 대체적으로 이렇게 두 가지로 요약할 수 있겠습니다.

하정일 : 창비가 처음 나왔을 때, 당시의 진보적인 흐름하고 맥이 딱 맞는 모습을 보였잖습니까. 그렇다면 처음 창비를 창간할 때부터 선생님 나름대로의 이념이랄까 구상이 있었을 거라 생각되는 데요.

백낙청 : 창비 창간이 1966년 1월이니까 창간작업은 1965년에 한 것이지요. 제가 처음 귀국한 게 1960년 아닙니까. 그후 1962년에 다시 갔다가 거기서 박사과정 1년 마친 상태에서 서울대 문리대에 자리가 생겼어요. 저는 서울대와는 아무런 인연이 없는 사람인데 어떻게 운이 좋아서 오게 되었습니다. 그래서 1963년에 귀국했으니까 사실 1960년 처음 귀국때부터 창간하기까지 약 5년간 1년만 빼고는 국내에 계속 있으면서 4·19이후의 분위기도 접할 수 있었지요. 1963년에 문리대에 와서는 민정이양 이후 최초의 반정부시위인 3·24데모를 현장에서 목격했고 6·3사태도 지켜보았습니다. 또 1965년에 남정현의 『분지』사건이 났는데 그때 작가의 구속을 비판한 글을 신문에 썼다가 저 자신이 중앙정보부에 연행되고 가택수색을 받았지요. 그런 점에서 미국에서 어떤 진보적인 구상을 한 다음에 귀국해서 창비를 만들었다기보다 한국에 와서 당시의 그러한 분위기 속에서 창비가 탄생했다고 봐야겠지요.

하정일 : 그렇다면 창비의 창간과 1960년대 한국의 역사적 상황과 상당히 밀접한 관계가 있네요.

백낙청 : 그렇죠.

하정일 : 사족같은 질문인데요, 선생님께서 당시 진보적 문학에 대한 통칭으로 민족문학이란 용어가 사용되고 있었음에도 불구하고 시민문학이란 용어를 쓰신 특별한 이유가 있었는지요.

백낙청 : 민족문학논의의 역사에 대해서는 하교수가 나보다 훨씬 소상하시지만 내 기억으로 1960년대에는 민족문학론이 일시 잠복해 있었다고 할까, 해방직후에 민족문학론이 활발히 나왔다가 1970년대초에 새로이 전개되었

는데, 1960년대는 산발적인 발언이 있는 정도였던 것 같아요. 정태용 같은 분이 조금 이야기했지만 나는 모르고 있었고, 당시는 참여·순수논쟁이 주된 쟁점이었죠. 그러다가 시민문학론이 씌어질 1960년대 말엽에 가서는 3선개헌을 앞두고 점점 정치판 분위기가 살벌해지면서 참여문학 자체가 불온시되었지요. 그때 무슨 사건인가 있었는데 문학평론가가 한 분이 연루돼 들어갔어요. 그런데 참여문학론을 주장했다는 사실도 검사의 논고 속에 포함되더군요. 시민문학론이란 말을 쓴 데에는 여러가지 동기가 있는데, 하나는 그런 상황에서 참여문학론에 쏠리는 예봉을 피하려는 일종의 전술적인 고려도 없지 않았지요.(웃음) 또 하나는, 나도 큰 흐름으로 본다면 참여문학 계열에 속하겠지만 참여문학을 주장하는 많은 사람들과 생각이 다른 점이 있어서 조금 다른 표현을 써보자는 의도가 있었고요. 이와 함께 그 무렵 일각에서는 느닷없이—느닷없는 게 아닌지도 모르겠지만(웃음)—소시민의식이라는 걸 미화하는 논의들이 나오고 있었습니다. 어떻게 보면 오늘날까지도 그 맥이 이어진다고 보겠는데 그때로서는 조금 새로운 논의였지요. 소시민의식을 전면적으로 지지하고 예찬하는 그런 논의를 누가 했는지 지금 일일이 거론할 생각은 없지만(웃음), 그런 흐름을 반박할 필요성을 느끼기도 했지요. 이렇게 여러가지 복합적인 생각이 작용해서 '시민문학'이라는 용어를 썼던 겁니다.

　민족문학론은 1970년대 초부터 다시 부각이 되지요. 아마 처음 그게 본격적으로 전개된 것은 1970년에 『월간문학』지에서 좌담을 했을 때일 겁니다. 나 개인으로 말하면 1969년에 「시민문학론」을 발표한 직후에 박사공부를 마저 하려고 미국에 갔다가 1972년에 유

▲ 1988년, 백낙청, 김정한, 고은

신이 선포되기 조금 전에 돌아왔어요. 그때 이미 민족문학논의가 벌어져 있었고 염무웅 선생 같은 이도 참여해서 글을 쓰고 그랬을 당시입니다. 저로서는 늦깎이로 참여하게 된 거죠. 제가 귀국해서 처음으로 긴 평론을 쓴 것이 1973년의「문학적인 것과 인간적인 것」인데, 거기서만 해도 민족문학이란 것을 정면으로 부각시키지 못했고 이듬해『월간중앙』에 글을 쓰면서 비로소, 후에「민족문학 개념의 정립을 위해」라는 제목으로 바꿨습니다만, 저 나름의 민족문학론을 펼치기 시작한 셈이지요. 그러니까 민족문학 논의를 제가 처음부터 주도했다는 말은 사실과 거리가 있습니다.

하정일 : 제가 선생님께 이런 질문을 드린 이유가 선생님께서 당시 창비를 창간할 때 권두 논문에서 문학의 이월가치라든가 자율성을 중시하시면서 참여문학론에 비판적인 입장을 보이셨잖습니까. 그래서 크게 보면 참여문학론의 흐름을 지지하면서도 당시의 참여문학론과는 달리 문학의 자율성을 중시하셨고, 그 연장선상에서 당시 참여문학론에 깔려 있던 공리주의적 또는 도구주의적 문학관에 대해 경계심을 갖고 계셨던 것이 아닌가 하는 생각이 듭니다. 그런 맥락에서 1960년대의 참여문학논의에 대해 선생님이 가지고 계신 생각이 어떤 것이었는지 알고 싶습니다.

백낙청 : 공리주의라는 표현을 쓰셨는데 당시 참여문학을 주장하신 분들 중에 일부에서는 그런 경향도 더러 있었던 것 같아요. 문학을 정치운동의 도구로 생각하고 사회적 효용성을 지나치게 강조한 면이 있어서 나는 문학이 갖는 일정한 자율성을 옹호하려는 생각이 있었고, 또 실제로 구체적인 작가나 작품에 대한 평가에서도 예컨대「시민문학론」에서는 이상이나 김수영 같은 사람이 상당히 부각되어 있는데, 일정한 견해차이가 있었지요. 돌이켜보면 기본적으로 문학이란 걸 너무 공리주의적이라고나 할까 정치적인 도구로 보는 데 반대한 입장은 옳았다고 봅니다. 하지만 특히 창비 창간호에 쓴 글 같은 걸 보면 우리 민족문화의 전통이라든가 민중의 삶에 기반을 두어야 할 필요성에 대해 인식이 부족했던 점을 인정해야겠지요. 그에 비해

참여문학을 주장했던 분들 가운데는 공리주의적이었건 아니건간에 저보다 그런 면에서 앞서 있던 분이 많았다고 생각합니다. 특히 1970년대에 들어서는 『상황』 동인들이 창비와 여러모로 협력하면서 제가 많이 배웠고 그 분들도 창비에 적잖은 기여를 했어요. 그래도 일정한 차이는 유지되지 않았나 싶습니다.

하정일 : 『상황』 동인들과의 관계라는 것이 선생님께서 말씀하신 것처럼 가까우면서도 일정한 거리가 있었던 것으로 생각되는데요. 당시 그분들과 선생님과의 개인적인 관계는 어떠했습니까

백낙청 : 그분들을 개인적으로 알게 된 것은 1972년에 귀국한 후예요. 그런데 『상황』이 시작한 게 정확히 언제죠?

하정일 : 『상황』 동인은 1969년에 결성되었을 겁니다. 그전부터 개인적으로는 활동을 했고요.

백낙청 : 구중서 선생 같은 분은 1960년대에 『청맥』지에 글을 많이 썼고 조동일 교수는 그 멤버는 아니지만 그분들하고 가까운 편이었어요. 조동일 교수는 창비 창간할 무렵부터 알았죠. 창비 3호에 글을 기고하기도 했고요. 동인들 중 구중서 씨라든가 임헌영 씨, 신상웅 씨 등을 글을 통해 안 것은 1960년대이고 그 중에 한두 분 인사까지 했는지 기억이 안 나지만, 제가 1972년에 귀국해보니까—그 사이 염무웅 선생이 창비를 맡아서 편집하고 있었지요—염선생과 다 친하게 지내고 있었어요. 신상웅 씨는 장편 『심야의 정담』을 창비에 연재하기 시작한 참이었고요. 그때 대부분의 『상황』 동인들을 알게 된 거죠

1970년대 민족문학운동과 제3세계론

하정일 : 선생님께서 「민족문학 개념의 정립을 위해」에서 민족문학이 '민족

적 위기의식의 소산'이라고 말씀하셨는데, 그게 1990년대 들어와서 민족주의라거나 환원론이라는 비판이 있었잖습니까. 저 개인적으로는 잘못된 논리라고 생각하지만, 그런 비판들을 1990년대에 접하면서 선생님께서 무슨 생각을 하셨는지요.

백낙청 : 1970년대초에 민족문학론이 처음 나올 때부터 한국문학이면 됐지 굳이 '민족'을 갖다 붙이느냐는 얘기가 있었죠. 그런데 민족이라는 것을 절대시하는 이념에 기반해서 민족문학을 내세우는 쪽으로 나갈 수도 있고, 그게 아니라 한국문학이 한국문학이면 된다고 말할 때 깔려 있는 보편성이랄까 세계성에 대한 지향은 기본적으로 공유하면서도 그러나 특수한 역사적 상황에서는 민족문학이라는 개념이 어떤 특정한 의의를 가질 수 있다고 주장할 수도 있는데, 제 입장은 물론 후자쪽이었지요. 1990년대 들어와서 다시 비슷한 이야기가 나왔을 때 한편으로는 옛날 그 이야기가 또 나오는구나 하는 생각이 들었고요.(웃음) 그러나 다른 한편으로는 과거보다 한결 세련된 면을 보여주기도 합니다. 즉 1970년대에 민족문학을 얘기할 때는 일리가 있었다, 그러나 그 동안에 우리가 많은 것을 이루었기 때문에 이제는 그것이 필요없게 되었다는 식이죠. 이런 논리에 대해 저는 절반은 동의를 해요. 그러니까 민족적 위기가 우리 경우에는 특히 분단의 형태로 구체화되어 있기 때문에 분단이 해소되기까지는 민족적인 과제가 남아 있다는 점에서는 민족문학 개념이 여전히 유효하고 그 과제가 살아 있다고 말할 수 있어요. 그러나 다른 한편으로 어떤 측면이 있냐 하면, 1970년대나 1980년대에 민족문학이란 것이 문학담론상의 개념만이 아니고 정치투쟁의 구호가 된 면도 있거든요. 문학분야에서의 반독재투쟁·민주화운동의 깃발로 쓰여졌던 거지요. 이러한 용도는 1990년대에 와서 사라졌다고 봐야죠. 그런 점에서 '민족문학'의 시효가 지났다는 논리에 절반은 동조한다는 겁니다. 그러나 남아 있는 효용이랄까 타당성이 무언가에 대해서 더 차분히 연구하고 구체적으로 논의해야 하며 그럴 수 있는 단계가 되었다고 봐요.

여기에 한가지 덧붙이자면 1970년대에는 우리 시야에 제대로 들어오지 않았던 또 다른 측면이 근년에 부각된 바도 있습니다. 그게 뭔가 하면 한반도에 국한되지 않는 '한민족공동체의 문학'으로서의 민족문학입니다. 물론 1970,80년대에도 해외동포들의 문학적 공헌이나 정치적 역할을 의식하지 않은 건 아니지만, 아무래도 한반도중심주의랄까 그런 게 있어서 민족통일운동과 민주화운동의 지원세력 내지는 동참세력으로서 해외동포를 주로 생각했고, 민족문학이라는 개념도 어디까지나 앞으로 한반도에 성립될 통일국가의 국민문학이랄까 그런 성격에 국한되었던 겁니다. '국민문학'이든 '민족문학'이든 영어로는 똑같이 내셔널 리터러쳐(national literature)잖아요. 그런데도 우리가 국민문학이라는 말을 안 쓰고 굳이 민족문학이라고 했던 것은, 일제시대에는 우리가 일제의 신민이었고 조선의 국민이 못됐기 때문에 국민문학이랄 수가 없었던 것이고, 분단시대에는 분단된 절반의 국민

▲ 백낙청 평론집

문학이기를 거부하는 뜻에서 민족문학이라는 말을 썼던 거지요. 하지만 역시 크게 보면 그것은 앞으로 통일해서 이룩할 나라의 국민문학이라는 의미가 강했습니다. 그런데 오래 전부터 세계 곳곳에 우리 민족의 성원들이 많이 퍼져 살고 있고, 이 가운데 상당수는 설혹 통일이 된다 하더라도 한반도에 돌아와 살 사람들이 아니에요. 지금은 더군다나 세계화가 되면서 국민국가의 절대성이랄까 비중이 훨씬 줄어들고 있어요. 한반도의 지역적 국한이라든가 국민국가의 틀을 탈피해서 한민족공동체를 바라볼 필요가 절실하지요. 그런 관점에서 전세계에 퍼져 있는 한민족이 앞으로 어떤 유대를 갖고 살 것인가, 통일되었다고 해서 그들이 전부 한반도로 돌아온다는 것은 전혀

현실성이 없는 이야기지만 그렇다고 각자 자기 사는 나라에 동화해서 충실
히 살기만 하면 된다고 하는 것도 우리 입장에서 볼 때 너무나 섭섭한 말이
려니와, 당사자들 입장에서도 현지에서 충실히 사는 것하고 한민족의 후예
로서의 유산이나 전통 같은 것을 유지하며 사는 것이 양립하지 말란 법이
어디 있느냐, 오히려 민족적인 유대를 견지하는 삶이 더 보람있는 삶이 아
니겠느냐고 반문함직하지요. 따라서 국적에 연연하지 않고 국민국가에 한
정되지 않는 한민족공동체를 유지하고 발전시키는 데 우리 문학이 어떻게
기여할 수 있겠는가 하는 고민이 필요합니다. 이런 경우야말로 '국민문학'
보다 '민족문학'이라는 말이 적합하겠지요. 그래서 이제는 민족문학의 새로
운 어젠다가 하나 더 부각됐다, 그렇게 말씀드릴 수 있을 것 같습니다.

하정일 : 선생님께서는 1980년대 초반에 「학문의 과학성과 민족주의적 실
천」이란 글을 쓰셨습니다. 이 글을 보면 월러스틴에 대해 상당한 관심을 보
이고 계십니다. 그런 점에서 세계체제와 분단체제에 대한 구상이 이미
1980년대 초반부터 싹트고 있지 않았나 하는 추리를 하게 됩니다. 그리고
당시 『민족주의란 무엇인가』라는 책도 편하셨잖습니까. 거기에 실린 논문
들을 보면 민족주의를 무조건 옹호하는 글들이 아니에요. 오히려 민족주의
의 양면성을 강조하고 민족주의의 부정적인 역기능을 비판하는 글들이 상
당수 실려 있거든요. 그런 점들을 두루 고려하면 1980년대 초반부터 민족
주의에 대한 비판의식이랄까 객관적 거리감 같은 것이 느껴집니다. 그렇다
면 이미 1970년대 말이나 1980년대 초부터 민족주의를 극복하려는 민족문
학의 노력이 차분히 진행되고 있지 않았나 하는 생각을 저 개인적으로는 갖
고 있습니다. 민족주의에 대한 당시 선생님의 생각은 어떠했는지 직접 듣고
싶습니다.

백낙청 : 아니, 그건 저만이 아니고요, 1970년대 민족문학론을 펼친 사람들
상당수가 이미 민족주의에 대한 비판적 의식을 가졌다고 봅니다. 우리 시대
의 민족문학론이란 게 한편으로는 보편성이라든가 세계성을 구실로 민족현

실을 외면하는 사람들에 대한 비판이지만, 다른 한편으로는 민족에 대한 관념적 사고에 대한 비판이 처음부터 포함되어 있었거든요. 그래서 민족문학론 속에는 민족과 민중이 합치하기도 하고 분리되기도 하는 긴장관계가 있었던 거지요. 또 잘 아시다시피 전세대의 민족문학론으로 거슬러올라가서 해방직후의 임화 같은 분을 봐도 그런 점을 발견할 수 있어요. 월러스틴에 관해서는, 처음 한국에 종속이론이 소개될 때, 그러니까 아마 『민족주의란 무엇인가』를 엮으려고 이런저런 자료들을 볼 때 접했던 것 같아요. 그때 월러스틴뿐만 아니라 프랑크나 아민 같은 사람들의 글을 단편적으로 보았는데, 제가 월러스틴에서 특별히 주목한 것은 중심과 주변의 대립이라는 종속이론의 기본틀에다 '반주변부'라는 개념을 보완해서 활용하고 있는 점이었어요. 이게 상당히 재밌는 이야기다, 여타 종속이론가들하고는 좀 다른 데가 있다는 느낌을 받았고, 이것저것 좀더 보게 되었죠. 그러면서 월러스틴을 중심으로 전개된 세계체제론과 종속이론이 부분적으로는 겹치지만 똑같은 것은 아니라는 사실을 확인하게 되었고, 그 후 줄곧 월러스틴의 작업에 관심을 기울여온 셈입니다.

하정일 : 프랑크나 아민 등의 종속이론에 민족주의적 성향이 깔려 있는 데 비해 월러스틴의 이론은 세계체제에 대한 기본관점은 공유하면서도 민족주의에 대해서는 비판적인 입장이지 않습니까. 그렇게 보면 그 당시에 프랑크나 아민이 아니라 월러스틴에 관심을 가진 것이 선생님의 이론체계에서 각별한 의미를 갖고 있는 것 같습니다. 선생님께서는 어느 쪽에 이론적인 친근감을 더 느끼셨습니까?

백낙청 : 월러스틴이 더 땡겼던 건 사실이죠.(웃음) 프랑크는 요즘 월러스틴의 세계사인식에 정면으로 도전하면서 중국과 아시아의 위상을 높게 보는 책을 내서 화제가 되고 있지만 제 느낌에는 학술적인 신뢰성이 떨어지는 것 같고, 아민에 대해서는 비록 많이 알지 못하지만 계속 관심을 갖고 있지요.

하정일 : 선생님께서는 1974년에 개헌청원지지 문인 61인 선언을 하시고

민주회복국민선언에도 동참하시는 등 1970년대 민주화운동에 적극 참여하
셨습니다. 그때 선생님께서 서울대 교수직에서 해직되셨죠?

백낙청 : 그렇죠. 1974년 12월에 파면당했죠.

하정일 : 자유실천문인협의회 활동을 포함해서 민주화운동에 적극 뛰어드
셨다가 해직이 되시고 판금도 당하고 리영희 선생 책 때문에 재판도 받으시
고, 그런 점에서 1970년대는 창비의 시련기이기도 했습니다. 하지만 다른
한편으로는 이때를 전후해서 창비가 민족문학운동의 구심점이 되었다고 생
각합니다. 선생님께서 당시 민주화운동에 적극 참여하게 된 이유랄까 동기
같은 것을 들어보고 싶습니다.

백낙청 : 내가 미국에 다시 갔다가 1972년 8월 말께 귀국을 했어요. 그해
10월에 유신이 나지 않았습니까. 그런데 내가 미국 가고 없는 사이에 창비
를 염무웅 선생이 맡아서 신동문 선생을 발행인으로 모시고 유지하면서 굉
장히 고생했어요. 그 시절 염선생의 공로가 참 큰데, 염선생이 하면서 창비
의 체질이 전에 내가 할 때에 비해 더 민중적이 되었다고 할까 진보성향이
더 강해졌다고 할 수 있어요. 그리고 염선생은 나하고 달리 국내에서 대학
을 나오고 또래들이 운동권에서 활약하는 사람들이 많았고, 김지하도 가까
운 친구였죠. 그런데 저는 저대로 미국에 다시 가서 있던 시기가 반체제운
동이 활발했던 시기였잖아요. 물론 운동은 1960년대말이면 상당히 가라앉
지만 그 분위기가 대학 같은 데 많이 살아 있었고 나 자신도 그 사이 공부를
더 하면서 과거의 뭐랄까, 요즘식으로 말하면 자유주의적인 사상적 한계랄
까 하는 것에 대해 반성을 많이 했어요. 그러고 나서 돌아온 참인데, 아마
여기서 일하던 사람, 운동하던 사람, 창비를 지켜온 염선생이나 주변 동지
들은 백아무개가 돌아와서 창비 일을 다시 하면 어떻게 될까 약간 걱정을
했는지 모르겠지만, 오히려 저 자신의 변모와 창비의 변모가 서로 맞아떨어
졌어요. 그러면서도 1973년까지는 곱게 보낸 셈인데, 1973년 말께 개헌청
원운동이 벌어졌지요. 장준하 선생 같은 분이 주도했는데, 저는 그때까지는

직접 참여하지 않았지만, 개헌청원운동을 보면서 문인들이 가만있는 것은 곤란하다는 생각이 들었어요. 그렇다고 문인들이 직접 정부와 맞서는 것도 쉬운 일이 아니고 해서, 개헌청원

▲ 백낙청 · 하정일

'지지선언'이란 걸 하자고 했어요. 다시 말해서 개헌을 꼭 하자는 것은 아니더라도 우리가 개헌을 청원하는 것까지 너희들이 막을 필요는 없지 않느냐는 식으로 나간 거죠.(웃음) 1974년 1월의 개헌청원지지 문인선언은 제가 주동했다고 할 수 있습니다. 선언문도 썼고 낭독도 했고 일석 이희승 선생이나 안수길 선생, 박두진 선생 같은 원로를 포함한 여러 선배들을 찾아뵙는 일도 제가 했지요. 물론 이호철 선생이 그 날 사회를 보셨고 결과적으로 그 일로 가장 고난을 겪은 분이 이선생이었지만, 저는 말하자면 초범, 사실은 『분지』사건도 있었으니까 완전히 초범은 아니지만 당국에서 볼 때 미국에서 갓 돌아와가지고 물정을 모르는 친구가 자유주의자로서의 이상에 들떠서 한번 경거망동했다고 볼 여지가 있었고, 또 어쨌든 서울대 교수니까 섣불리 건드려서 학생들 자극하고 싶지 않기도 해서 저는 풀어주고 엉뚱하게 문인간첩단 사건이라는 걸 조작해서 이호철 선생을 잡아넣은 거예요. 이호철 선생은 문인선언에 중요한 몫을 하기라도 했지만, 아무것도 안한 김우종 선생이나 장백일 선생 같은 분들까지 줄줄이 엮어서 일본의 『한양』지와 묶은 사건을 만들지 않았습니까. 그밖에도 1974년은 민청학련 사건이 나고 8·15때 저격사건이 나는 등 격동의 시기였는데, 저는 문인선언 이후에 이호철 선생 등 구속문인들의 석방운동은 했지만 창비를 보호해야겠다는 생각에서 11월의 자유실천문인협의회 결성에는 적극적으로 나서지 않았어요.

주동자는 역시 고은·이문구·박태순 이분들이 지도부 3인방이었고, 이시영·송기원이 밑에서 발로 뛰는 부대였지요. 염무웅 씨가 선언문을 썼지만 염선생 역시 창비를 생각해서 한발 빼고 고은 선생이 다 작성한 걸로 뒤집어씠지요. 11월 18일 광화문에서 김지하 석방을 요구하면서 처음으로 문인들의 가두시위가 있었는데 저는 그 현장에도 안 갔어요.

게다가 자유실천문인협의회는 문인들만의 조직이라 그때는 그냥 넘어갔는데, 바로 그달 하순에 민주회복국민선언에 또 끼였거든요. 그때 저와 접촉해서 가담시킨 이가 지금 와서 밝히면 나중에 청와대 교문수석을 지낸 김정남 씨예요. 김정남 씨가 당시 그 판에서는 뒤에서 온갖 궂은 일 다하는 사람이었죠. 또 제가 연결해서 고은 선생이 들어오셨고(웃음), 그러고 나니까 당국에서 볼 때 이게 한번 봐주고 두번 봐주고 하니까 계속 그런단 말이에요.(웃음) 더구나 그 선언이라는 것은 문인선언과는 달리 각계 원로들이 고루 들어가고 심지어는 김대중·김영삼 씨까지 포함됐단 말이지요. 그러니까 이건 정치활동이다라고 몰아세워서 쫓아낸 거죠. 그때 국립대학 교수가 나하고 경기공전의 김병걸 교수 둘이었는데, 공무원이 이러는 것은 좌시할 수 없다면서 김병걸 교수에겐 강제로 사표를 내게 했고 나는 김교수보다 형편이 조금 나으니까 사표를 거부하고 버티다가 파면을 당했죠.(웃음)

하정일: 아, 김병걸 선생님도 그때 해직되신 거군요.

백낙청: 예, 그때 해직되셨고, 나중에 1980년 '서울의 봄' 때 복직할 기회가 있었는데 김병걸 선생님은 안하셨어요. 엄밀한 의미의 복직이 아니고 신규임용 형식이라서 그러셨는지도 몰라요.

하정일: 1970년대 선생님의 민족문학론 가운데서 개인적으로 가장 관심이 가는 부분이 제3세계론입니다. 선생님의 제3세계론은 지역개념으로 사용되던 당시의 일반적 경향과는 달리 제3세계 민중의 관점을 강조하고 있습니다. 1970년대 말에 쓰신 「제3세계와 민중문학」이라는 글을 보면, 제3세계 민중의 관점이란 세계를 셋으로 갈라놓는 것이 아니라 하나로 묶어서 보

자, 하나로 묶어서 보되 제1세계나 제2세계의 강자와 부자의 입장에서 보지
말고 민중의 입장에서 보자는 내용을 담고 있는데요. 이는 선생님의 제3세
계론이 지닌 독특한 면모라고 할 수 있습니다. 선생님은 이 개념을 통해 아
마도 민족적인 가치와 전인류적 가치 그리고 제1세계 중심의 보편주의와 제
3세계적 특수주의를 동시에 극복하려고 한 것 아닌가 생각합니다. 당시의
제3세계론에 대한 선생님의 견해는 어떠하셨는지, 그리고 그러한 제3세계
론을 구상하게 된 이유나 계기는 무엇이었는지 듣고 싶습니다.

백낙청 : 글쎄 저의 제3세계론이 그렇게 독특한 것인지는 잘 모르겠고
요.(웃음) 어쨌든 방금 인용하신 그 대목은 당시의 논의 중에서 지금도 유효
하다고 생각하는 부분인데, 그 부분을 딱 짚어주시니까 고맙군요.(웃음) 사
실은 그 시절에 지역개념으로 볼 때 어디가 제1세계고 어디가 제2세계고 또
제3세계는 어디서 어디까지인가에 대해서 논의가 분분했습니다. 그에 대한
저 자신의 인식도 굉장히 혼란스러운 것이 많았고요. 그래서 1970년대말·
1980년대초에 제3세계에 관해서 엉터리 이야기를 한 것도 많은데 합리적
인 핵심이 있다면 바로 그 대목이라고 생각해요. 제1세계가 뭐든 제2세계가
뭐든 그것도 물론 따질 건 따져야겠지만, 세계를 지역적으로 갈라가지고 제
3세계에만 뭐가 있는 것처럼, 혹은 그렇게 갈라놓으면 자동적으로 제3세계
의 진보적 성격이 부여되는 것처럼 생각할 것이 아니라, 세계를 하나로 보
되 강자나 부자가 아니라 약자의 관점에서 보자는 것이 제가 시도한 제3세
계론의 근본 취지였지요. 그렇게 보면 소련이나 동구권이 무너져서 제2세
계라는 것이 사라졌는데 무슨 제3세계냐 하는 말이 나오는 오늘의 시점에
서도 제3세계라는 용어는 쓰임새가 있을 것 같아요.

하정일 : 외국에서 공부한 분들일수록 제3세계라는 말을 기피하는 경향이
있는 듯합니다. 비서구라고 하는 것이 옳다는 거예요. 제2세계가 없으니까
비서구와 서구로 나누는 것이 타당하다는 겁니다.

백낙청 : 저는 비서구란 말은 적절치 않다고 봐요. 서구 내에도 제3세계적

인 요소가 있잖아요. 소수민족이나 유색인종 같은… 미국에서는 실제로 소수민족들을 '제3세계'라는 말로 표현하기도 하고, 또 백인이라도 못사는 흑인들하고 똑같이 못사는 사람들, 소위 제3세계적 조건 속에서 살고 있는 사람이 있어요. 그런 점에서 '비서구'라고 하는 것보다 '제3세계'를 내가 말한 식으로 정의해서 쓰는 게 더 편리하지 싶어요.

하정일 : 일본과 우리의 특수한 관계도 이와 관련해 중요한 것 같습니다. 비서구라는 용어로 총괄하면 일본과 우리가 한묶음이 되지 않습니까.

백낙청 : 그렇죠. 일본은 분명히 비서구이고 제1세계 내에서 묘한 위치에 있지만 제3세계라고 할 수는 없지요.

1980년대 민족문학의 공과

하정일 : 1980년대로 넘어가겠습니다. 1980년대 초에 계엄사에 연행이 되셨고 그 직후에 창비가 폐간되었는데, 선생님은 당시 심경에 대해서 잡지 폐간을 안해줬으면 영문학 교수로 어떻게 살아 남을 수 있었겠느냐는 식으로 말씀하신 바 있습니다. 하지만 창비는 15년간 온 열정을 쏟아부은 잡지 아니겠습니까. 잡지 폐간을 보면서 속마음은 무척 쓰리고 고통스러웠을 것으로 생각됩니다. 더구나 창비 폐간이라는 것은 좁게 생각하면 민족문학운동의 좌절을 상징하고 있었고 넓게는 민주화운동의 좌절과도 맥을 함께 하고 있었기 때문에 당시 선생님께서 매우 힘드시지 않았을까 생각이 되는데, 당시 선생님이 창비 폐간을 보면서 느끼신 심경 같은 것은 어떠하셨는지 간략하게 말씀해 주시지요

백낙청 : 글쎄, 심경은 양쪽이 다 있었어요. 개인적으론 이게 공부도 더 하고 또 서울대에 다시 간 것이 어쨌든 국민이 나한테 일자리를 찾아준 건데 여기에 충실하라고 그러는가보다 생각했고요. 다른 한편으로 뭐 서운하고

억울한 마음이야(웃음) 더 말할 바 없었죠. 그런데 제가 1980년 3월에 서울대 다시 돌아간 것도 간 것이지만, 그때 복직되었던 사람 중에서 한완상 교수 같은 분은 그 해 여름에 다시 해직이 되었고, 전에 해직 안되었던 변형윤 선생, 김진균 선생 같은 분들도 새로 해직이 되었는데 그때 저는 연명을 했습니다.(웃음) 그게 운이라면 운인데, 저는 물론 김대중 사건에 직접 갖다붙이기가 어렵게 되어 있었기 때문에 5·17 직후의 1차연행자 명단에는 안 들어갔어요. 1차 연행자들을 다 조사해서 구치소로 보내고 나서 바로 2차 검거를 했는데 거기에 포함되었고 수사관 말로는 거기서는 서열이 참 높았다고 그래요.(웃음) '백아무개 외 몇인' 하는 식으로 연행명령이 내려왔다더군요. 그러니까 구속도 될 수 있고 해직은 당연한 건데, 저를 수사한 사람이 사실은 여러 거물을 다루고 고문도 많이 한 그 방면에서는 알려진 사람이에요.(웃음) 그가 나중에 말하길, 저에게 생색을 내려고 그랬는지는 모르겠지만, 자기니까 나를 구할 수 있었다는 겁니다. 왜냐하면 자기가 나를 조사해보니까 이 사람은 학교에 복직이 되고 나더니 교수생활에 충실했고(웃음), 실제로 그때 여기저기서 같이 일하자는데도 제가 안했거든요. 꼭 몸조심한다는 차원보다도 아까도 말씀드렸듯이 이게 국민이 찾아준 일자린데 내가 여기에 충실해야겠다는 생각이었지요. 그들이 볼 때는 '개전의 정'이 있는 사람이었던 셈이죠.(웃음) 그래서 그런 점이 감안이 되었는데, 담당 수사관의 말에 의하면 그렇다 하더라도 자기 정도가 아니면 위에 가서 이 사람은 괜찮은 사람이니까 구제해줘야 한다는 주장을 못한다는 겁니다. 자기니까 했다 이거죠. 사실인지 아닌지 몰라도 결과적으로 그때 해직을 안 당하고 살아남았습니다. 그런데 이상한 것이 그때 중앙정보부 지하실에서 조사를 하면서 온갖 정보를 다 파악해놓고 심문을 하는데 창비에 대해서는 일언반구가 없는 거예요. 이상하다 싶었는데 나와서 얼마 있으니까 폐간을 하더군요. 그러니까 창비는 이미 폐간하기로 결정했기 때문에 취급을 안했던 것 같아요. 그래서 그야말로 창비가 폐간된 댓가로 내가 교수로 남았으니까 이

소임을 더 충실히 해내야겠다는 생각을 했고, 창비사로 본다면 잡지가 없어진 것을 계기로 단행본 출판에 훨씬 힘을 기울였죠. 또 문화계 전체로는 여러 곳에서 무크지를 낸다든가 갖가지 새로운 대응이 나왔는데, 그런 점에서 창비 폐간은 민족문화운동 전체로 볼 때 좌절은 좌절이지만 창비라는 구심점이 없어지면서 저변이 확대되는 효과도 있었어요. 창비 하나 없앤다고 해서 전체가 꺾이지 않을 만큼 우리 문단이나 사회의 저력이 있었다는 뜻이기도 하지요. 그러나 결과가 꼭 좋은 것만은 아니었다는(웃음) 생각도 합니다. 내가 창비를 해서가 아니라, 창비가 지속되었더라면 1980년대 논쟁이 덜 소모적일 수도 있었을 테고, 또 1990년대 들어가지고 세월이 좀 바뀌었다고 해서 갑자기 너무들 달라지고 하는 현상이 덜하지 않았을까 하는 생각이 들어요.

하정일 : 그와 관련해서 선생님의 민족문학론에 대해 1987년을 전후해서 소장비평가들이 본격적으로 비판을 하지 않았습니까. 선생님께서는 이런 논쟁이 의미가 있다고 평가하시면서 소장 비평가들의 비판에 적극 대응함으로써 지속적인 이론적 발전을 보여주었습니다. 소장파의 민족문학론 또한 민중적 민족문학론, 노동해방문학론, 민족해방문학론으로 분화되면서 나름의 정교화를 이루어 나갔습니다. 그런 점에서 당시의 논쟁은 비평사적 장관이었다고 할 만합니다. 하지만 저는 선생님께서 당시 소장파들의 급진주의랄까 과격주의에 대해 상당한 염려를(웃음) 내심 하고 계셨으리라고 생각합니다. 그리고 소시민적이라는 딱지가 붙여진 데 대해서는 어떻게 생각하고 계셨는지도 궁금합고요. 1960년대에 선생님께서 소시민성을 비판하신 바 있는데, 선생님의 민족문학론에 소시민적이라는 딱지를 붙인 것에 대해 선생님의 소회가 있었을 것 같은데요.

백낙청 : 글쎄요. 그때 젊은이들의 급진성이나 관념성을 염려하는 선배들은 많았죠. 또 그런 충고성 발언이 활자로도 더러 나왔습니다. 너무 이념적이다 또는 작품을 제대로 안 보고 평론을 한다는 식의 염려나 충고는 많았는

데, 저는 그런 얘기는 아무나 할 수 있는 얘기고 당사자들에게 먹히지도 않을 이야기기 때문에 구체적으로 논쟁을 하는 것이 필요하다고 생각했어요. 원래 제가 논쟁을 좋아합니다.(웃음) 또 평론가는 항상 논쟁적이어야 한다는 생각이고요. 꼭 누구하고 1대 1의 논쟁을 하지 않더라도 평론이란 항상 논쟁성을 띠고 있어야 한다고 봐요. 어쨌든 그때 저의 소회는 아마 글에 나타나 있을 겁니다. 염려하는 마음도 있었지만 또 대단하다, 장하다 하는 생각도 들었어요. 그 살벌한 시기에 그런 식으로 나온다는 것이 우리 나이나 처지에서는 하기 힘든 일이었으니까요. 다만 소시민적이란 말을 휘두르기로 치면 아무나 할 수 있는 것 아닙니까. 1970년대 이래 민족문학론이라는 게 원래부터 민중적인 민족문학론, 최소한 민중지향적인 민족문학론이었어요. 그러니까, 당신네들이 민중지향적이라고 했지만 그것이 이러저러한 점에서 충분히 실현되지 못했다고 구체적으로 적시해서 비판하면 얼마든지 받아들이고 토론해볼 수 있지만, 그건 소시민적인 민족문학론이고 우리만이 민중적 민족문학이다는 식으로 처음부터 딱지를 붙이고 시작해서는 의미있는 논의가 못되지요. 딱지를 붙이기로 치면 이쪽에선들 할 말이 없겠어요? 소시민 운운하는 공격이야말로 소시민적 조급성의 발로라든가 소시민적 과격성에 불과하다고 얼마든지 받아칠 수 있는 것이었지요. 그때 내가 쓴 글을 읽어보시면 더러 나도 야유조로 말한 대목들을 발견하게 될 겁니다.(웃음)

하정일 : 당시 선생님의 글을 읽어보면 전문성을 강조하는 말씀도 하시고 있고, 과학성과 예술성을 통합해서 보시면서 소수의 지식인이나 능력있는 소수의 전문 작가가 필요하다는 주장도 하고 계십니다. 이런 선생님의 견해에 대해 소장 비평가들은 매우 격렬하게 비판하기도 했는데, 이에 대해서는 어떻게 생각하시는지요.

백낙청 : 창비 창간호에 쓴 글에서는 소수 엘리트의 주도적 역할을 상당히 강조했어요. 그 시점에서는 민중의 역할이랄까, 지식인이 앞장서더라도 민

중과 유대감을 갖고 나아가야 할 필요성에 대한 인식이 부족해서 그랬던 면이 분명히 있습니다. 그래서 엘리트라든가 그런 말은 그 후에 되도록 안 썼지요. 그런데 민족문학 주체논쟁이니 하는 것과 관련해서, 어떤 소수 혹은 소수일 수밖에 없는 뛰어난 작가들이 써내는 작품을 경시한다거나 심지어는 전업작가들이 써낸 작품은 바로 그들이 썼기 때문에 곤란하다고 주장하는 풍조가 위세를 떨치는 상황에서 소수의 역할을 새로이 옹호할 필요가 있다고 생각했어요. 그때는 레닌이 한참 먹히던 시절이라 제가 오히려 레닌의 전위당을 비유로 끌어댔지요. 그런 전위의 역할이 필요하듯이 문학이나 예술에서 민중의 문화적인 역량을 결집해서 표현할 수 있는 소수 전문가의 역할이 필요하다는 식으로 논의를 전개했는데, 지금 생각해보면 전위당의 비유라는 것이 그 시절에 먹히는 비유이기는 했지만(웃음) 실은 그것 자체가 너무 엘리트주의적인 개념이 아닌가 하는 생각이 들어요.

하정일 : 조금 전에 말씀하신 것의 연장선상에서 보면, 소장비평가들의 비판 가운데 계급적인 시각이 부족하다는 것이 가장 대표적인 비판이었잖습니까. 가령 민족과 계급의 관계나 민중 내부의 계급적 차이를 경시한다는 비판이 그것인데요. 거기에 대해 「지혜의 시대를 위하여」라든가 「민족문학과 분단문제」 같은 글에서 선생님의 입장을 밝히신 바 있으십니다만, 이 자리에서 다시 한번 이 문제에 대한 선생님의 생각을 간략하게 말씀해주시면 고맙겠습니다.

백낙청 : 다른 질문을 하실 때는 안 그러더니 간략하게 할 수 없는 대목에 오니까 간략하게 말해달라고 하시네요.(웃음) 첫째 나 자신이 노동계급 출신이 아니고 계급문제 연구자도 아니고 계급운동을 하는 사람도 아니고 하니까 그런 면에서 여러가지 부족한 면이 눈에 띄겠죠. 그런 운동을 한다든가 생활기반이 그러한 분들의 눈으로 볼 때는 말이죠. 그러나 저는 사회현상을 고찰할 때는 계급문제를 항상 의식하려고 노력하는 사람이라고 자부합니다. 그것이 제대로 안 나타난 것은 의식이 투철하지 못해서 그런 것도

있겠지만, 계급문제에 대한 저 나름의 관점 때문이기도 합니다. 이건 월러 스틴의 세계체제론과 관련된 것인데, 계급이란 것이 기본적으로 사회 속에 서의 경제적인 위치에 의해 결정되는 것이라면, 경제 또는 사회의 단위를 뭘로 잡느냐는 것이 중요하지요. '세계경제'를 기본단위로 한다면 계급도 세계 단위에서 보는 것이 원론적으로 타당합니다. 그렇다고 일국 단위의 계 급적 현상들, 특히 일국 차원의 정치투쟁을 무시하는 것은 아니지만, 그것 은 기본적으로 세계 단위의 계급이 제대로 형성되고 성숙하지 않은 시점에서 나라마다 다양한 형태로 드러나는 양상이지 일국적 계 급을 자기완결적인 단위로 볼 일은 아닌 겁 니다. 따라서 '남한의 프롤레타리아트 계급' 을 마치 하나의 독자적인 단위인 것처럼 얘 기하면서 그에 준한 '계급적 관점'을 절대시 하는 것은 맞지 않다는 생각을 갖고 있어요. 또 우리 시대 한반도 주민의 입장에서는 핵 심적인 변혁과제는 분단체제의 극복입니다. 따라서 분단체제의 변혁을 위해 남한사회 내

▲ 『흔들리는 분단체제』

에서는 계급운동으로 가는 것보다 분단체제극복이라는 문제의식을 공유하 는 광범위한 민중세력의 연대와 어떻게 보면 '중도노선'에 해당하는 정치· 사회운동들이 필요하다는 생각이에요. 때문에 더욱 선명한 계급운동이나 계급적 관점을 강조하는 분들과는 좀 입장이 달라질 때가 있지요.

하정일: 선생님께서는 1990년대 이후 근대의 극복을 강조하고 계십니다. 이와 관련해 분단체제의 극복이 어떻게 자본주의 근대를 극복하는 일환이 될 수 있는가 하는 질문도 가능할 것 같습니다.

백낙청 : 예, 하교수가 전에 어느 글에서도 그런 의문을 던지셨지요. 저에 대한 그동안의 논의 가운데 내가 읽은 중에서는 드물게 우호적인 평가를(웃

음) 해준 글이었는데요. 분단체제의 극복이 한편으로는 기존 세계체제에 대한 실질적인 타격이 될 것이라고 하면서 다른 한편으로는 통일된 한반도라고 해서 세계시장에서 이탈한 것은 아니라고 말하는 데 대해, 그게 논리적으로 상반되는 게 아니냐는 의문이었던 것 같습니다. 실질적인 타격이라는 표현 때문에 오해가 생길 수도 있는데 '실질적인 타격'이 꼭 그 자체로 '치명적인 타격'이 되어서 세계체제가 곧바로 무너진다는 얘기는 아니지요. 세계체제의 변혁과정에서 중요한 이정표가 된다는 정도니까 세계시장에서 이탈하지 않는다는 것과 논리상으로 모순될 건 없어요. 다만 구체적으로 어떤 것이 될 것인가. 분단체제의 극복이라는 것이 하나의 열린 과정이니까 어떤 일이 벌어질지를 지금부터 정확히 예상하기는 어렵지만, 자본주의 세계체제로부터 이탈한 사회는 아닐지라도 자본주의라는 큰 틀 안에 여러가지 자본주의가 있을 수 있지 않겠습니까. 자본주의 세계체제의 극복을 향해 한걸음 더 나가는 사회이면서 그런 극복을 지향하는 사람들에게 친화적인 사회를 우리가 한반도에 만들 수 있다고 한다면 한반도가 자본주의 세계경제의 틀 안에 머물면서도 세계체제 변혁운동의 중요한 거점이 될 수 있을 겁니다. 그리고 한반도의 분단체제가 극복된다면 그것 자체가 동서냉전이 끝나고도 냉전적인 체제를 고수하려는 세계 기득권세력들에게 엄청난 타격이 되는 것이죠. 아직 분단체제가 무너지진 않았지만 그것이 흔들리고 남북대치가 완화된 것만으로도 부시 같은 사람에게는 큰 골칫거리가 되고 있지 않습니까.(웃음) 옛날 같으면 북이 어쨌다면서 미국정부가 강경하게 나가면 남한은 무조건 미국을 따라가고, 어쩌다 미국이 좀 양보하는 듯하면 우리쪽에서 그러지 말라고 아우성쳐서 마치 부시가 더 온건한 사람인 것처럼 만들어주었을 텐데, 지금은 정반대로 남한당국이 미국정부더러 대화해라, 우리가 주도해야겠다, 어쩌고 나오니까 미국으로서는 참으로 황당하고 금석지감이 들 거예요.(웃음)

또 동북아시아 지역에 평화체제가 마련되고 경제적으로 더 번영하게 되면 그것 자체가 미국중심의 체제에 대한 도전이 되게 마련인데, 만약 거기에 그치지 않고 동북아시아에서 기존의 모델에 따른 성장이 아니고 새로운 발전 전략이랄까 발전모형이 개발된다고 한다면 그거야말로 세계체제를 흔들 수 있는 사태가 되리라 봅니다. 그런데 분단체제가 흔들리는 과정에서 저는 그런 것이 필연적으로 나오리라고 봐요. 만약 안 나온다면 결국 흡수통일의 한 형태로 가겠죠. 독일에서처럼 급격히 흡수되는 형태는 아닐지라도 궁극적으로는 현재의 남한체제가 크게 변하지 않는 가운데 북을 흡수하고, 북을 흡수함으로써 여러 면에서 현재의 남한보다 더 방자하고 열악한 사회가 될 수 있는 거죠. 서독이란 나라가 통일된 독일보다 규모는 작았지만 더 양호한 사회인 면이 많았거든요. 복지제도가 그렇고 외국인들에 대한 관용 같은 것도 그렇고…. 한데 앞으로 어떻게 될지는 모르지만 일단은 통일하면서 더 평범한 보통 자본주의국가로 변했는데, 남한의 경우는 사실 서독만한 능력도 없지만 장기간에 걸쳐서라도 남한사회가 획기적으로 변함이 없이 통일을 해낸다고 하면 많은 면에서 지금보다 더 나빠지고 주변나라들로부터도 경계의 대상이 돼서 동아시아 전체의 상황을 악화시킬 거라고 봅니다. 반면에 그와는 다른 통일이랄까 통합이 이루어진다면 동북아시아 전체에 크게 긍정적인 변화를 가져오고 세계체제의 변혁에도 큰 공헌을 할 수 있을 겁니다. 세계체제에 대한 실질적인 타격이라는 것은 그런 뜻으로 이해해주시면 좋겠어요.

하정일 : 선생님께서 지금 말씀하시는 것을 들어보면 통일에 대한 선생님의 구상이 기존의 체제를 상호인정하는 연방제 통일론과 상당히 다른 면이 있다는 생각이 듭니다.

백낙청 : 네, 단기적으로는 상호인정을 하고 남북연합이라든가 이런 것을 거쳐서 점차적으로 가자는 면에서는 같지요. 정부의 입장이나 연방제통일론이나 저 자신이나 다 비슷하다고 생각하는데, 저는 이 문제를 국가가 어떻게 되느냐보다 남북한에 걸쳐서 한반도에 사는 주민들의 실질적인 삶이

어떻게 되느냐 위주로 보자는 겁니다. 국가체제도 거기에 맞춰서 우리가 일해가면서 만들어가자, 다시 말해 통일이 한반도에 사는 다수의 주민들에게 이로운 것이 되려면 이 사람들의 참여가 전제돼야 되는 거니까 일반 시민들이 적극적으로 참여하는 통일과정을 주목표로 삼고, 국가형태 문제는 이런 참여형 통일과정에서 주민들 스스로가 자신의 욕구와 의견이 최대한으로 반영되는 방향으로 결정하는 것으로 열어놓자는 거예요. 그래서 단일형 국민국가가 아직도 필요하다고 하면 그렇게 하고, 아니면 점진적인 남북연합을 하다 보니까 그런 단일형 국민국가로 갈 필요가 없고 오히려 복합국가 형태로 마무리짓는 것이 내부 실정에도 맞고 변화하는 세계정세에도 맞겠다 싶으면 그렇게 하는 거지요. 그러다보면 연방제가 중간단계가 아닌 최종형태가 될 수도 있고, 또 연방제라는 것도 단어는 연방제 하나지만 실재하는 유형도 이미 여러가지가 있고 더욱이나 선례가 없는 연방제 형태를 창안할 수도 있는 거지요. 그런 식으로 초점을 주민들의 실질적인 삶에다 두고 국가형태는 거기에 맞춰서 그때 가서 정하자는 것이기 때문에 저는 뭐 딱히 연방제론자도 아니고 그렇다고 반대론자도 아니고 그렇습니다.

하정일 : 선생님께서는 최근 한반도의 일류사회화를 말씀하셨습니다. 저는 일류사회론에서 선생님께서 두 가지를 비판하고 있다고 생각합니다. 하나는 근대주의에 포획된 일류국가론을 비판하셨는데, 이것은 선생님께서 지속적으로 비판해오셨으니까 그 연장선상에서 보면 될 것 같습니다. 그런데 흥미로운 것은 근자에 여기저기서 이야기되고 있는 탈분단론이라든가 탈냉전론에 대해 아주 날카롭게 비판을 하신 점입니다. 탈분단론에 대한 선생님의 비판은 저 개인적으로는 최근 한국근대문학 연구쪽에서도 유행하고 있는 국민국가 비판론에 대한 반박의 의미도 담겨있다는 생각도 듭니다. 선생님은 국민국가의 의미가 여전히 강조될 필요가 있다고 하시면서 탈분단론이 분단체제에 길들여진 결과로서 분단체제의 존속에 실질적인 이바지가 되는 담론이라고 강하게 비판하고 있는데, 이런 내용을 보면서 국민국가의

위상이라든가 유효성을 이 시점에서 어떻게 생각하고 계신지 궁금했습니다. 한민족공동체 구상과도 이런저런 관련이 있을 것 같기도 하고요. 이에 대한 선생님의 생각을 듣고 싶습니다.

백낙청 : 글쎄요. 세계화가 진행되면서 국민국가가 무력화되고 있다는 말을 많이 하는데, 월러스틴이 말하는 인터스테이트 시스템(inter-state system) 즉 '국가간체제'의 구성인자로서의 국가가 있지 않습니까. 그 국가는 자본주의 세계경제가 존속하는 한 무력화될 수도 없고 사라질 수는 더욱 없다고 봅니다. 단일형 국가에서 복합형 국가로 변할 수도 있고 국가간의 경계도 그때그때 바뀔 수는 있지만, 국가간체제라는 것은 전통적인 맑스주의 어법에 따라 말한다면 자본주의 세계경제의 상부구조에 해당하는 것이거든요. 세계경제의 운영을 위해 절대적으로 필요한 장치인 셈인데, 물론 '국민국가'에는 또 다른 뜻도 있다고 봅니다. 즉 국가에 속한 국민들의 '국민주권'이 존중되고 그들 나름의 문화적인 동질감을 향유하면서 꾸려나가는 국가를 좀더 좁은 의미의 네이션 스테이트(nation-state)라 하겠는데, 이런 의미의 국민국가 내지 민족국가에 대해서도 요즘 물론 비판이 많지요. 문화적인 동질성을 확보하기 위해 이질적인 소수를 억압하고 차이를 제거한다든가 하는 문제를 지적하는데 물론 그런 건 있지요. 하지만 근대의 선발국에 해당하고 국민국가의 모범적인 케이스라고 할 만한 네덜란드나 영국, 프랑스 같은 나라들을 보면, 국민국가 형성에 불가피한 억압을 하긴 했지만 그래도 다같이 억압적이면서도 아무것도 성취 못하는 집단이 있고(웃음) 문화적인 성취도 내놓고 어쨌든 자기들끼리는 어느 정도 먹고살면서 그 집단에 속해 있다는 긍지라든가 만족감을 주는 데 성공한 집단이 있는데, 이런 성공사례에 속하는 국가를 한마디로 폄하할 수는 없다고 봐요. 그런데 이런 의미의 국민국가들은 세계화가 진행되면서 점점 더 불가능해지고, 왕년의 성공사례들마저 변질하고 있다는 것이 제 생각입니다. 맑스의 공산당선언에 보면 국가란 부르주아지의 중역회의에 불과하다는 말이 나오지 않습니

까. 당시로서는 오히려 선언적인 의미가 강했고 영국이나 프랑스 같은 나라의 국민국가적 성취를 너무 깎아내리는 좀 부정확한 표현이었지만, 지금은 영국·프랑스·미국 할 것 없이 점점 더 그렇게 되어가고 있다고 봐요. 후진국의 경우는 더 말할 것도 없고요. 국제기구라는 것도 지금은 주로 경제 위주로 움직이지 않습니까. 또 이른바 G7이니 G8 하는 것이 원래 경제정상회담 아닙니까. 그래서 그나마 바람직한 의미의 국민국가는 사라지는 가운데, 세계경제 운영기구로서의 국가간체제는 지속되는 것이 지금 시대의 현실이 아닌가 생각합니다. 따라서 지금의 분단체제보다 더 나은 체제를 우리가 북녘사람들과 함께 만든다고 할 때는, 국가구조에도 근본적인 변화가 일어나야 그것이 세계체제 변혁을 일으키는 데 이바지를 할 수 있다고 생각합니다. 다만 한반도의 분단체제극복이 일거에 세계경제를 변혁시킬 수 없듯이 그 과정에서 창안되는 정치체제 역시 지금 우리가 국가 내지 국민국가라고 부르는 것과 아주 다른 형태가 되기는 어렵다고 봐요. 지금 당장 세계경제 속에서 살아남기 위해서도 효율적인 국가구조가 필요하지만, 분단체제극복의 과정을 상정하더라도 섣부른 탈국가론은 무책임한 관념이 아닌가 하는 생각이지요.

하정일 : 그렇다면 국민국가와 일류사회의 관계는 어떻게 되는 건지요…

백낙청 : 제가 「한반도에 '일류사회'를 만들기 위해」라는 글을 쓰면서 '일류사회'에 따옴표를 붙였죠. 우리 사회에 일류병이란 게 있는데 그걸 조장할 필요는 없기 때문에 따옴표를 붙였습니다만, 일류사회론은 대한민국을 일류국가로 만들자는, 월드컵 이후 성행하는 담론에 대해서 그런 국가 위주의 발상, 더욱이나 분단국가에 안주하는 발상보다는 '한반도 전체'에 걸쳐 사람 살기 좋은 멋진 '사회'를 건설하는 데 주안점을 두자는 취지로 제기한 것입니다. 그렇다고 해서 내가 일류국가를 만들려는 노력에 반대하는 건 아니예요. 일류사회를 건설하고 유지하기 위해서도 거기에 걸맞는 국가는 있어야 한다고 봐요.

하정일 : 1987년을 전후로 소장파의 민족문학론이 본격적으로 등장하지 않았습니까. 하지만 그 당시 기세등등했던 급진적 민족문학론들은 1990년대 들어서면서 일순간에 사라지고 이후 이른바 '전향과 청산'이 속출했는데요. 그 모습을 보면서 1990년대 민족문학에 대해서 어떤 전망을 하셨는지, 그리고 급진적 민족문학(론)의 공과는 무엇이었다고 생각하시는지요.

백낙청 : 소장파의 공로라고 한다면 우선은 논의의 장을 넓혀놓은 것이겠지요. 물론 그쪽 주장이 100% 관철되었다면 다른 한쪽으로 폐쇄되었겠지만 그렇게 일방적으로 가지는 못했고, 당하면서 버티는 세력도 있었기 때문에 (웃음) 전체적으로는 논의가 넓어지고 활성화되었다고 봅니다. 그리고 새로운 창작주체들, 노동자나 농민 등 문학과 본래 인연이 적던 사람들이 창작을 하도록 북돋는 역할도 했지요. 그 과정에서 가령 노동자 출신의 박노해라든가 백무산 같은 시인들이 배출되었고요. 하지만 다른 한편으로 그들의 주장이 지나치게 배타적이어서 다른 부분들이 위축되는 역기능이 있었고, 그에 대한 반작용이 다음 연대에 가서 나타나게 된 것 같아요. 사람들이 그들의 과격한 목소리에 식상한 바람에 사회나 역사에 대해서 진지하게 고민하는 모습만 봐도, 아휴 저거 1980년대식 작태야 하는 식으로 반응하는 폐단이 생기게 되었지요.

돌이켜보면, 이제는 계급성이 뚜렷한 문학이 민족문학을 주도해 나갈 새 단계가 도래했다는 논의가 1980년대 중반에 이미 나왔고 6월 항쟁 지나고 7, 8월 노동자 대투쟁이 전개되면서 그런 신단계론이 더욱 힘을 얻고 있었는데, 나는 1987년 이전의 신단계설에는 동의하지는 않았고 1987년 이후에도 새 단계의 내용에 대한 인식이 달랐지만, 6월 항쟁을 고비로 민족문학이 새로이 생각을 정리하고 좀더 복합적인 인식을 갖고 분단체제와 맞서는 자세를 가다듬어야 한다는 '민족문학의 새 단계'론을 주장했어요. 1987년 6월까지는 역시 반독재 민주화투쟁이 시급한 과제였고, 민족문학이란 게 한편으로는 중장기적 과제이면서도 다른 한편으로는 단기적으로 문학에서의 반독재투쟁이라는 성격을 겸하고 있었는데, 후자의 측면을 점차 청산하고 중장기적 과제를 새로 차분히 정리해 나갈 필요에 직면했던 거지요. 급진소장파의 담론에서도 노동해방이나 민족해방 같은 중장기적 과제가 없었던 건 아니지만, 사실은 현실성이 부족한 다분히 관념적인 목표들이라 반독재투쟁이라는 단기적 목표에 복무하는 단계에서나 힘을 발휘할 수 있었다는 점을 당사자들이 간과했던 것 같아요.

하정일 : 1990년대 와서 갑자기 민족문학이 침체되고 1980년대 후반의 급진적인 문학들이 전향하고 사라지고 하는 상황들을 당시 선생님께서 예측을 하셨는지 아니면 그것이 선생님께서 예측을 못했던 돌발적인 사태였는지 하는 점이 궁금합니다.

백낙청 : 단기적인 투쟁에서 나오는 힘을 중장기적 목표의 타당성으로 착각했다면 반독재투쟁의 일차적 성공과 더불어 혼란이 생기는 건 불가피했겠지요. 더구나 그런 국내적 상황은 이른바 현실사회주의권의 몰락이라는 세계사적 사건과 겹치게 되는데, 그런 큰 사건을 당했으니까 영향을 받는 것은 당연한 일이었죠. 그런 점에서는 그 후의 사태진전이 그렇게 놀라운 것은 아니었지요.

하정일 : 그러니까 일정하게 예측하신 부분이 있었다 그런 얘기네요, 현실사회주의가 몰락하고 전지구적 자본주의 체제가 들어서는 것을 보시면서…

백낙청 : 예, 그렇죠. 내놓고 말한 사람도 있고 마음속에 담아둔 사람도 있지만, 급진적인 민족문학론의 상당부분이 현실사회주의권 이론의 큰 영향을 받았던 게 사실이잖아요. 물론 그 갈래는 하나가 아니었죠. 소련과 동구권의 모델에 의존하는 갈래와 북한의 독자적인 모델을 강조하는 갈래, 크게 두 가지로 나눌 수 있었지요. 하지만 북한식의 독자적인 모델을 강조하는 쪽에도 소련은 몰락하지 않는다는 전제조건이 깔려 있었어요. 그러다 보니까 그런 신념을 진지하게 가졌던 사람일수록 충격이 컸던 것은 당연하죠. 나 자신도 소비에트연방의 붕괴를 예견했던 건 아니지만, 기존의 어떤 모델

에 의존하지 않고 독자적인 민족문학론 또는 민중문학론을 추구했던 사람들은 충격이 훨씬 덜했는데, 그런 점에서 우리들의 노력을 소시민적이라고 몰아붙이지만 말고(웃음) 좀더 겸허하게 마음을 열고 대화했었더라면 시대변화에 따른 방황도 조금 덜하지 않았을까 하는 생각이 들어요.

분단체제론에서 근대극복론까지

하정일 : 선생님의 분단체제론은 민족문학론이 오랜 세월을 거치면서 쌓고 축적한 이론적 노력의 결정판 가운데 하나라고 생각합니다. 무엇보다 분단문제를 일국적 국민국가 단위에서 바라보는 것에서 벗어나 세계체제라는 거시적 차원에서 접근함으로써 분단이라는 특수와 자본이라는 보편을 결합시킨 것이 분단체제론의 중요한 성과라는 것이 제 생각입니다. 그런 점에서 분단체제론은 세계 탈식민 문학론의 주요 성과로 평가해도 손색이 없다고 봅니다. 또한 저는 분단체제론에 와서 민족문학이 이렇게 저렇게 얽혀 있던 민족주의와도 진정한 의미에서 결정적으로 결별하게 되었다고도 생각합니다. 선생님께서 분단체제론을 구상하시게 된 계기와 과정에 대해 듣고 싶습니다.

백낙청 : 내가 1987년 이후에 우리 민족문학이 어떤 의미로 새로운 단계에 돌입했고 그것에 제대로 대응해야 한다는 주장을 했다고 아까 말씀드렸는데, 분단체제에 대한 논의는 그런 대응노력의 일환이었다고 하겠습니다. 분단체제니 분단모순이니 하는 개념을 내놓게 된 계기를 말한다면, 당시 사회구성체논쟁이 활발했잖아요. 그 과정에서 우리가 흔히 듣는 얘기가, 기본모순은 계급모순이고 주요모순은 민족모순이다라는 거였죠. 그럴 경우에 분단이라는 것은 민족모순의 일부로 처리되거나, 아니면 계급모순이라는 기본모순이 있고 다음에 민족모순이라는 주요모순이 있고 그 다음에 참고사

항 내지 특수여건으로 분단이라는 것이 거론되는 식이었어요. 하지만 민족문학운동에 종사해온 사람의 입장에서 우선 실감으로 그건 아니다는 느낌이었고, 이론적인 설명으로도 너무 번거롭잖아요. 차라리 민족모순 속에 분단모순을 넣는 대신에 분단모순이라는 개념 속에서 타민족 내지 외세와의 갈등과 내부적인 문제를 동시에 고찰하는 것이 낫지 않겠느냐는 생각을 하게 됐죠. 그래서 분단모순이란 말을 써봤는데, 그러고 나니까 여기저기서 '모순'의 개념을 둘러싼 온갖 논의가 난무하는데 도저히 감당할 수도 없고 (웃음) 너무 소모적이라는 생각이 들어서, 내가 독자적인 모순론을 펼치자는 게 아니라 남과 북이 분단이 됐지만 한 민족인데다 부당하게 분단돼서 통일을 지향하고 있으니까 이 남과 북의 현실을 좀더 총체적으로 봐야 되지 않겠나, 그리고 되도록 체계적으로 보는 게 사회연구의 당연한 자세가 아니냐 하는 매우 상식적인 취지로 '분단체제'라는 말을 대신 내놓은 거예요. 그런데 저는 처음에 그걸 얘기할 때 일단 문제를 던져만 놓으면 나보다 사회에 대한 연구를 훨씬 많이 하고 사회이론에 밝은 분들이 이걸 더 정교하게 발전시키고 보완하고 그럴 줄 알았어요. 하지만 '전혀'라고 하면 어폐가 있지만 별로 그렇지 않았고(웃음), 특히 사회과학 쪽에서는 문학하는 사람의 상상력의 발동이라거나(웃음) 체제라는 말의 개념도 몰라서 그러는 것으로 제껴놓으려고 해요. 그러니까 결기가 나서라도 다시 이야기하고 글도 쓰고 하다보니까 여기까지 오게 되었습니다.(웃음)

하정일 : 1970년대에는 분단극복이라고 하지 않았습니까. 이게 1990년대 들어오면서 분단체제로 바뀐 건데, 여기에는 중요한 의미가 함축되어 있다고 생각합니다. 그러나 여전히 분단극복이나 분단체제극복이나 비슷한 것 아니냐고 생각하면서 분단체제론 역시 과거의 분단극복론과 무슨 결정적인 차이가 있느냐고 얘기하는 사람들도 꽤 있습니다. 그런 점에서 분단극복이라는 것과 분단체제의 극복이라는 것이 어떤 차이가 있는 것인지를 분명히 하는 것이 중요하다는 생각이 듭니다.

백낙청 : 그렇지요. 분단극복이라는 것은 말뜻 그대로 하면 통일이죠. 그러니까 분단극복을 지상과제로 내세운다고 하면 어떻게 하든지 통일을 하고 보자는 얘기가 되지요. 그에 비해 분단체제의 극복이라고 하면 처음부터 통일을 절대목표로 설정하고 나가기보다는 우리가 현재 분단에 의해 규정되는 특수한 체제에 살고 있는데 이 체제가 반민주적이고 비자주적이기 때문에 바꿀 필요가 있다는 문제의식에서 출발하는 거예요. 이 체제보다 나은 체제를 한반도 전체에 걸쳐 건설하자는 것이 기본목표가 되는 셈이죠. 물론 분단의 극복이 없이는 분단체제의 극복도 이루어질 수 없지만, 어떤 통일이든 통일만 하면 그만이다는 통일지상주의가 아니라 지금의 남북 어느 것보다 더 좋은 사회를 건설하자, 따옴표를 붙이더라도 '일류사회'를 한반도에 한번 만들어보자는 것이 분단체제론의 취지라 하겠습니다.

하정일 : 그렇습니다. 선생님의 분단체제론은 분단극복을 지상과제로 삼는 통일지상주의와는 분명하게 선을 긋고 있다고 생각합니다. 요컨대 분단체제의 극복이라는 것은 남북한 체제를 남북한 민중의 실질적인 삶을 향상시키는 방향으로 변화시켜야 한다는 목표가 있는 것 같습니다. 그렇지만 민족국가라는 단위에 국한시켜 보자면, 여전히 분단극복을 이야기할 때와 비슷하게 분단이 자본주의보다 규정적인 지위를 갖는 것이 아닌가 하는 의구심이 들기도 하는데요

백낙청 : 분단체제라는 말을 쓴 것은 거듭 말씀드리자면 남과 북을 통틀어서 보며 이 현실을 되도록 체계적으로 보자는 취지인데요, 그러나 분단체제가 엄밀한 의미의 체제가 아니라는 많은 사회과학자들의 지적이 타당한 면이 있습니다. 체제란 개념에 여러 차원이 있고 의미가 있는데, 분단체제는 자기완결성을 가진 사회체제라는 의미에서의 체제가 아니죠. 그렇다고 분단체제론을 비판하는 많은 사회과학도들이 알게모르게 염두에 두고 있는 일국사회가 그런 체제도 아닙니다. 절대적으로 자기완결적인 체제란 관념에 불과하지만 그나마 그런 관념에 근접하고 '체제'라는 이름에 값하는 것

이 있다면 그것은 세계체제입니다. 이것이 사회분석의 기본단위가 되어야 한다는 월러스틴의 주장에 저는 동의하거든요. 다만 이 세계체제가 한반도라는 지역에서 구체적으로 작동하는 양태를 알려고 할 때, 분단이 안된 다른 사회의 경우에는 일국을 중심으로 보면서 주변정세를 감안하면 되지만 분단된 한반도의 경우에는 그런 식으로는 실상이 제대로 잡히지 않고 남북을 아우르는 어떤 체계화된 현실을 반드시 감안해야 한다는 것이 분단체제론의 주장입니다. 요컨대 남한이든 북한이든 세계 전체의 일부로 보는 것이 기본이되, 그러고서도 남한 따로 북한 따로 보는 것으로는 부족하고 한반도 전체를 동시에 보는, 그런 의미에서 세 가지 차원의 인식이 병행해야 한다는 주장입니다. 모든 것을 분단이라는 한 가지 요인으로 환원시키는 단선적 사고와는 전혀 다르지요.

하정일 : 선생님께서 1990년대 들어오면서 내놓으신 새로운 의제가 근대에의 적응과 근대의 극복이라는 이중과제론입니다. 1990년대에 들어오면서 다양한 탈근대론이 횡행했잖습니까. 그러면서 민족문학론이 근대주의가 되어버리고 근대성의 틀에 갇힌 문학이념이 되어 버렸는데, 이 곤란했던 상황에서 선생님은 이중과제론을 내놓으면서 이론적인 돌파구를 마련해 주셨습니다. 선생님의 이중과제론은 박정희 정권의 근대주의와 1990년대에 횡행했던 탈근대주의를 동시에 넘어서고자 하는 사상이라고 생각하는데요. 이 두 가지를 함께 묶어서 사유를 하게 되신 것은 어떤 배경과 맥락에서였는지 궁금합니다.

백낙청 : 제 자신의 경우 가령 창비를 창간할 무렵에는 근대주의적인 성향이 강했죠. 그러다가 시민문학론을 거쳐 민족문학론으로 나아가면서 근대주의에 대한 반성이 따랐고 나중에 좀더 발전해서 이중과제론으로 구체화된 게 아닌가 생각합니다.

하정일 : 이를테면 월러스틴만 하더라도 근대에의 적응이라는 문제에 부정적 아닙니까.

백낙청 : 적응이라는 표현에 대해 우리 주변에서 상당히 논란이 되고 있죠. 월러스틴은 근대세계의 중심부에 속한 학자라서 그런지 몰라도 근대극복에 초점이 가 있고 적응이라는 표현은 쓰지 않는 것 같아요. 반면에 한국에서는 이중과제를 설정하는 것 자체를 반대하기보다, 왜 하필 '적응'이냐 '성취'라고 그러는 게 낫지 하는 말들을 해요. 근대에도 좋은 면이 있으니 '성취와 극복'이라고 하자는 거죠. 사실은 월러스틴의 논리에도 그런 면이 있어요. 그가 '해방의 근대성'과 '기술의 근대성'을 이야기하지 않습니까. 해방의 근대성은 성취하고 기술의 근대성은 극복하자는 말인 셈인데, 일단 근대 속에서 좋은 점은 물론 따라가고 성취해야겠지요. 나는 그게 '적응' 속에다 포함된다고 봅니다. 다만 '근대' 자체를 성취하는 것이 아니라 근대의 '근대성' 중에서 바람직한 면을 성취하는 것이지요. 처음부터 성취라는 말을 쓰면 어떤 문제가 발생하느냐 하면, 마치 우리가 근대의 좋은 면을 이루지 못했기 때문에 아직까지 근대에 도달하지 못했다는 이야기가 돼요. 이처럼 원래 근대는 좋은 건데 우리가 낙후해 있으니까 빨리 뒤따라가서 근대를 성취할 거냐, 아니면 우리처럼 근대세계에서 심하게 당해온 것이 비록 선진국에는 해당되지 않는 면이 있지만 근대 전체로 볼 때는 근대의 필연적인 측면이기 때문에 우리가 당한 것 자체가 이미 근대적 삶의 일부이고, 이런 억압과 차별의 필연성을 포함하는 근대 전체를 극복하는 일을 해야 하느냐. 둘 중에 어느쪽이냐 할 때 저는 역시 후자쪽이 더 정확한 역사인식이라 봅니다. 타율적이고 종속적인 근대전환을 겪었더라도 세계시장에 편입된 모든 사회는 이미 근대 속에 던져진 것이지, 근대가 따로 성취해야 할 과제로 남아 있는 건 아니거든요. 다만 근대극복을 지향하면서 근대를 부정하고 배격하는 일변도로 나감으로써 근대극복을 시도할 수도 있지만, 저는 거기에는 반대입니다. 싫어도 살아남기 위해서 적응해야 하는 면이 있고 또 실제로 근대에는 좋은 점이 있으니까 그걸 성취하면서 적응해야 제대로 된 극복도 가능해지기 때문이죠. 근대를 일단 성취해놓고 그 다음에 극복할 생각을

하는 2단계 작업이 아니고, 둘이 동시에 진행되어야만 제대로 적응도 되고 극복도 할 수 있다는 것이 이중과제론의 주장이지요.

민족문학의 현재와 미래

하정일 : 선생님의 최근 글들을 보면 민족문학측의 이런저런 혼란상에 일침을 놓기 위한 의도가 있지 않는가 하는 생각이 듭니다. 이를테면 근자의 모더니즘 재인식론이라든가 탈분단론에 대한 선생님의 비판이 그것인데요. 이 논의들이 민족문학 내부에서도 나오고 있다는 점에서 선생님의 비판에 민족문학 내부의 이론적 혹은 이념적 혼란상을 바로잡으려는 뜻이 담겨 있지 않나 생각합니다. 최근의 민족문학논의에 대한 선생님의 견해는 어떠신지요.

백낙청 : 그런데 민족문학의 혼란이라는 말을 하셨지만, 사실 근년에는 민족문학론이 휴면상태였던 것 같아요. 한두 사람이 여기저기서 분산된 목소리를 내고 있을 뿐이지 거의 논의가 없었고, 나 자신도 분단체제론이라든가 근대극복론이 다 관련은 되지만 직접적으로 민족문학을 언급한 것은 산발적인 발언에 그쳤지요. 이번호 창비에 최원식 교수가 한민족공동체의 문학에 대한 글을 실을 모양인데, 그게 내가 아까 말했던, 종전의 민족문학론에서 충분히 인식하지 못했던 차원이랄까 측면을 새롭게 부각시키는 글이 되리라고 기대합니다. 아무튼 민족문학론에 대해서 우리가 털어버릴 건 털어버리고 또 새로 정리해서 유지할 건 유지하고 미처 생각 못했던 것은 다시 따져보고 이렇게 진행되어야 한다고 봅니다만, 나 자신은 아직 그 작업에 제대로 손을 대지 못한 상태예요.

하정일 : 문학평론쪽 활동을 기대하고 있겠습니다. 시간이 많이 지났는데 마지막으로 한 가지만 여쭈겠습니다. 1990년대 한국문학 또는 민족문학에

대해 총평을 내려주셨으면 하고요, 더불어
높이 평가할 만한 작품으로는 어떤 것을 꼽
으시는지에 대해서도 듣고 싶습니다.

백낙청 : 민족문학이 1980년대에는 정치적
구호의 성격이 강했기 때문에 당시의 통념
을 보면 그 '진영'에 속한 작가나 작품만이
민족문학이라든가 또는 민주화라든가 통일
같은 사회적 문제에 명시적으로 관심을 표
명하는 것만이 민족문학이라든가 이렇게 좁
혀서 생각하는 경향이 있었습니다. 하지만

▲『민족문학과 세계문학』

그러한 통념에서 벗어나서 살펴보면 1990년대의 우리 민족문학이 특별히
흉작이었다고 볼 건 아닌 것 같습니다. 신인들도 많이 나왔고 그전부터 활
동해오던 중진급 원로급 분들도 활동을 계속했고, 또 별종 같지만 최명희의
『혼불』 같은 작품도 나왔고요. 신경숙 같은 작가는 1990년대의 모든 작품
이 사줄 만한 건 아니지만 『외딴방』 같은 것은 본인의 문학관이나 시국관이
어떠냐와 관계없이 민족문학의 큰 성과라고 봅니다. 우리가 한 시대의 문학
을 평가할 때 그 연대에 등단하거나 새롭게 두각을 나타낸 작가들만을 거론
한다든가, 민족문학이라고 해서 이른바 '민족문학진영'에 속한 것으로 알려
진 작가들에 한정지어 바라보는 경향이 있는데, 이 두 가지를 동시에 적용
해서 이중으로 뺄셈을 하다 보면 정말 남는 게 별로 없지요.

하정일 : 선생님 말씀에 동의합니다. 저도 중진작가들의 활약은 1990년대
에도 여전히 활기찼다고 생각합니다. 고은, 현기영, 조정래, 황석영, 송기
숙, 박완서 같은 분들을 들 수 있을 겁니다. 더불어 그 시대의 풍향이랄까
주된 흐름을 반영하는 신진작가들에 대해서도 선생님의 견해를 더 듣고 싶
습니다만, 시간이 너무 흘렀으니 마지막 질문으로 넘어가겠습니다. 시민방
송 이사장을 새로 맡으셨고 정년퇴임을 하시는 등 큰 변화를 맞고 계신데,

앞으로의 계획 같은 것을 간략하게라도 말씀해 주시죠.

백낙청: 네, 시민방송 일을 맡을 때의 원래 생각은 두 가지로 요약할 수 있겠는데, 하나는 그동안 문학이나 출판의 영역에서 우리가 해온 작업의 연장선상에서 이제까지의 작업이 새로운 매체나 새로운 세계로 연결될 필요를 느꼈어요. 그래야만 그동안 해온 것도 제대로 살고 새로운 매체의 시대, 이른바 뉴미디어 시대에도 제대로 기여할 수 있을 거거든요. 다른 하나는 나 개인으로서도 흔히 쓰는 말로 업그레이드를 시도한 것인데(웃음), 동시에 이것을 기본적으로 책 읽고 글 쓰는 나의 원래 작업과 병행해야지 업그레이드한답시고 본업을 폐기하고 다른 걸 해서는 안되겠다는 다짐을 했지요. 지금까지는 이 점에서 만족할 만한 실적을 거두지는 못했어요. 그러나 정년퇴임 후에도 시민방송 재단이사장은 상근하는 자리가 아니니까 현재의 어수선한 일들이 정리가 되고 나면 좀더 본분에 충실하게 할 수 있으리라 생각합니다.

하정일: 앞으로도 계속 좋은 글을 쓰셔서 지금까지와 같이 이천년대에도 민족문학을 이끌어주시기 바랍니다. 오늘 대담이 선생님의 문학론에 대한 이해를 좀더 깊게 하고 나아가 민족문학운동의 역사에 대한 올바른 인식을 갖도록 하는 데 소중한 계기가 될 수 있을 것으로 생각합니다. 오랜 시간 대담해 주시느라 수고하셨습니다. 감사합니다.

(대담: 2000년 2월 25일, 창비사 회의실)

찾아보기

찾아보기

ㄱ

가니고센 70

감수성의 혁명 429

개헌청원운동 459

객지 365

겐지모노가다리(源氏物語) 190

경고구역 200, 207, 208

경제 공동체론 326

계급사회의 예술 202

고리끼의 「문학론」 204

고바우영감 211

고석규 111, 112

고은 122, 411, 433

고향 103

공공성의 구조변화 416

공산당 선언 169

공산주의 ABC 169

공선옥 384

곽광수 409

광의의 리얼리즘 386, 387, 388

광장 75, 76, 147, 224, 403

광화문 177, 183, 186

구상 154, 319

구중서 351~390

구체시 40

구호비평 69

구효서 385

국문학전사 358

국민문학 26, 28

국화옆에서 157

굴뚝밑의 유산 200

권운상 330

권태 209

그래도 살고픈 인생 160

근대 이후 369

근대극복론 482

근대시의 구조 404

근대화론 342

금강 213

기상도 105

기술의 근대성 481

기타소노가즈에(北園克衛) 27, 38

길 103

김경린 17~49

김경희 29, 30

김광균 105

김광섭 60, 292

김광식 399

김규동 33, 106, 119

김기림 33, 37, 41, 103, 105, 106

김남주 340

김내성 401

김달수 154

김동리 66, 102, 109, 112, 116, 117,
        132, 140, 358, 406

김동리론 412

김동립 143

김동석 101, 102, 103, 126, 358

김명인 335, 376, 386, 433

김문집 102

김병걸 141, 143, 462

김병욱 28, 29, 30

김병익 233~287

김병익 깊이읽기 287

김북원 25

김붕구 136

김성일 409

김성칠 125

김소월 307, 308

김수영 29, 42, 76, 78, 110, 119, 121,

144, 150, 396, 398, 411

김수영 일기 297

김순남 363

김승균 375

김승옥 83, 126, 180, 257~287, 404,
        408, 429

김승옥 전집 430

김승옥의 문학 432

김양수 126

김열규 133

김영하 286

김우종 129~163

김원일 267

김유정 222, 399

김윤식 112, 374

김정한 193, 432, 433

김조규 25

김종길 118

김종철 264, 440

김종한 24, 26, 28

김주연 180, 254~287

김주영론 267

김지하 257, 397

김춘수 105

김치수 80, 254, 409

김팔봉 71, 317, 318, 336

김현 79, 80, 82, 86, 180, 254~287,

374, 404, 409
김현승 33
김환태 136
깃발 82
깃발없는 기수 403
깡통마개가 없는 마을 385

노동의 새벽 383
노을 330
노천명 30
녹색평론 440, 441
녹슬은 해방구 330
농민문학 326
뉴크리티시즘 406

ㄴ

나도향 399
나르시스의 학살 54
나막신 103
나목 309
나무들 비탈에 서다 125
나비와 광장 106
나의 삶 나의 길 315
나프(NAPF) 70
낙동강 358
난장이가 쏘아올린 작은공 274, 378, 383
날개 62
낡은 우물이 있는 풍경 28
남민전 327, 334, 335
남정현 197~231, 310, 365, 396, 428
남정현의 「분지」 452
너는 뭐냐 210
네이션 스테이트(netion-state) 473

ㄷ

다시 리얼리즘이다 376
다시 읽는 한국사 89
D. H 로렌스 449
대원군 185
대중소설론 284
대체 사회 참여란 무엇인가 74
대화시 44, 45
뜻으로 본 한국역사 370

ㄹ

러시아혁명사 204
루나 차르스키 415
루카치 204, 416
리얼리즘 415

리얼리즘 논쟁 281
리얼리즘 주류론 387
리얼리즘론 144, 322, 364, 365
리영희 315
림진강 386

□

마광수 90
마록열전 177, 178, 182, 183
마종기 243
만남 185
만송족(晩松族) 73
만조 427
맑스의 「자본론」 201
맥 23, 24, 25
메밀꽃 필 무렵 64
명과 실의 배리 79
모더니즘 운동은 죽었다 104
모더니즘운동 20, 21
모래톱 이야기 424, 432
모윤숙 59, 292
모택동어록 204
목마른 계절 384
무너진 극장 436
무정 356

무지개 449
무지개는 언제 뜨는가 378
무진기행 224
문단의 세대연대 286
문단의 「세대연대론」 254, 264
문인간첩단 사건 141, 153, 299, 305,
        315, 327, 334
문인협회 295
문장 24, 25
문학과 예술의 사회사 332, 413, 415
문학과 인간 102
문학과 지성 235~287
문학논쟁집 317
문학사 연속선론 379, 381
문학사상 82, 83
문학예술 54
문학원론 414
문학의 순수성과 이데올로기 136, 138
문학이란 무엇인가 71, 280
민족문학 326, 354, 381, 426
민족문학 개념정리를 위하여 325
민족문학 논쟁 281, 373
민족문학동네 376
민족문학론 144, 322, 331, 421, 452,
        456, 467, 480
민족문학론의 모색 422
민족문학의 새단계론 475

민족적 리얼리즘 319, 320, 321
민족주의란 무엇인가 457
민족해방론 342
민주주의 민족문학론 422
민주화 회복 국민선언 462
민청학련 459
민청학련 사건 218, 222

ㅂ

바닷가 외딴 집 385
바람이 불어 오는 곳 78
박경리 330
박남수 59, 60, 99, 112, 361
박노해 340, 341
박두진 24
박목월 24, 110, 112, 118
박봉우 360, 396
박상륭 436
박수복 434
박승훈 207
박영희 71
박완서 133, 134, 309, 384
박인환 29, 30, 32, 33, 110, 119
박재삼 111, 120
박종화 154, 245

박현채 315
박희진 171
반공일 181
반체제운동 193
방영웅 262
배수아 346, 385
백낙청 141, 142, 263, 315, 354, 445~
    484
백승철 367
백철 61, 102, 154, 155, 292, 306, 357
벽초 307, 431
보도연맹 299, 315
보일러사건의 진상 33
부다페스트에서의 소녀의 죽음 105
부르조아의 인간상 102, 358
부인화보 26, 28
부조리의 철학 357
부주전상서 210
분단체제론 331, 369, 479
분례기 262
분지 204, 205, 206, 210, 214, 215,
    216, 219, 223, 429
분지사건 221
분활전공 449
불모의 도시 99, 100, 111
VOU 25, 26, 28, 38
비 속의 미학 118

비 오는 날 401
비순수의 선언 84, 109, 123, 126
비평의 반성 100
비평의 제문제 100

사계 412, 426
사금파리의 무덤 183
사상계 237
4·19세대 296
4·19세대의 문학 248
사적 일원론 203
사전꾼들 405
사회과학파 414
사회주의 이데올로기 71
산골짜기 427
산문 정신고 100
산문시대 80, 404, 409
삼각의 집 365, 378
삼대 65
상속자 179
상황 295, 296, 297, 298, 367, 368,
    371, 378, 385, 455
새 세대 403
새로운 도시와 시민들의 합창 30, 31, 32

새벽 74, 75
생명연습 408
생활과 예술 358
서기원 165~195
서울을 사는 고독과 희열 225
서울의 봄 462
서정인 126, 409
서정주 116, 117, 157, 424, 425
서정주 소론 425
선우휘 79, 373
선우휘론 414
성찬경 171
세대연대론 276, 286
소리도 없다 이름도 없다 434
소설가 이어령의 도로 380
소설과 미학 208
소시민 313, 427, 428
소외론 274
손우성 107
손창섭 108, 113, 114, 145, 399, 401
송영 79
송욱 106, 123, 424, 425
수난시대 373
수라도 433
순수·참여문학논쟁 255, 268, 270, 453
순수문학 135
순수와의 결별 144

순수의 자기기만 142, 153
스땅달의 「바나나 바니니」 85, 86
스펜더의 「급행열차」 106
시대를 사는 작가의 책임 356
시란 무엇인가 101
시민문학론 453, 480
시인 423
시인의 역설 112
시장과 전장 330
시지프의 신화 71
시학평전 106
신 한국인 78
신감각파 문인 296
신경림 385, 396
신경숙 345, 382
신념의 언어 69, 70, 84
신동문 121, 360, 411, 418, 458
신동엽 150, 211, 212, 213, 297, 360,
    366, 368, 396, 398
신동엽 형을 흙에 묻고 368
신동집 120
신동철 25
신문학사조사 102
신사조 354
신상웅 367
신시론 29, 30, 32, 37, 42
신영토 25, 28, 31

신천지 238
신흥문학전집 70
실존무 66, 109
실존주의 107, 357
심야의 정담 455
싸르트르 64, 71
싸르트르의 「벽」 107

아까홍 70
아나키스트 환가 294
아들과 연인 449
아리랑 181, 382
아이디얼리즘 415
I. A 리차즈 63
아홉 켤레의 구두로 남은 사내 378
안락사론 170, 171
안수길 292, 459
암사지도 170, 71, 176
앙드레 지드 405
야호 400
양주동 59, 317
어느 청주목사 183
언어의 유곡 100
에이시안 코메디 181

에즈라 파운드 38

NL 420

역사를 사는 작가의 책임 355

역사앞에서 125

역사와 계급의식 416

염무웅 80, 254, 263, 376, 391~444

염상섭 65, 66, 114, 115, 374

예술과 사회생활 202

예술과 생활 101

예술사회학 415

『예술집단』 54, 59, 60

오감도 101

오규원 267

오늘을 사는 세대 69

오랑캐꽃 414

오상원 114, 175

오생근 264

50년대 122

오영수 60, 399, 400

오영수문학 145, 146

오영진 59

오적 257

OK카렌다 207

오해된 리얼리즘 416

왕릉과 주둔군 366

왕조의 계단 187

왜가리론 209

외국문학파 136

외딴방 345, 346, 383, 483

용장체 64

우계(雨季) 56

우리는 4·19세대다 425

우리동네 378

우리들의 하느님 441

우리세대의 문학 277, 278

우상의 파괴 54, 59, 61, 62, 72, 87

월남파 100

유경환 254

유동준 23

6·3사태 397

유예 114

유종호 84, 93~127, 141, 408

유치환 82

유혹 424

육보(肉譜) 381

68문학 255, 257, 426

윤대녕 385

윤동주 65, 152

윤흥길 148

은어낚시통신 385

은희경 345, 346, 385

이광수 286, 401

이규태 57

이기영 103, 209, 307, 309

이동주 120
이명선 125
이문구 378, 424
이미지즘 37
이범선 145
이병주 175
이병주의 「지리산」 330
이병철 103
이봉래 12, 101
이상(李箱) 22, 54, 62, 121, 286
이상론(李箱論) 54
이 성숙한 밤의 포옹 176
이성의 파괴 416
이어령 51~91, 100, 109, 118, 406, 407
이용악 28, 307, 308, 414
이육사 308, 343, 344
이은상 154
이철범 144, 408
이청준 83, 148, 266, 267, 435
이태준 103, 209, 358, 399, 431
이하윤 292
이한직 24
이헌구 292
이형기 120, 121, 140, 142, 373
이혜정 385
이호철 153, 173, 223, 313, 318, 396,
    411, 427

이효석론 102
이희승 459
인간단지 433
인문평론 26, 27
인식의 언어 70
인터 스테이트 시스템(inter-state sys-
    tem) 472
인혁당 사건 218
1950년대 문학 96
1950년대 소설 181
1960년대 문학 429
1970년대 리얼리즘 논쟁 376
임종국 410
임중빈 374
임헌영 143, 289~349, 367
임화 306, 307, 421, 423

ㅈ

자유문협 292, 295
자유실천문인협의회 458, 462
작가와 사회 420
작가적 휴머니스트 138
장길산 79
장마 148
장만영 30

장미의 경기 26

장백일 459

장용학 108, 109, 113, 245, 399

장용학론 294

장일우 319

장정일 90

장준하 219, 458

저 땅 위에 도표를 세우라 142

저항의 문학 70, 72, 77

저항의 언어 73

전경린 385

전광용 399

전야제 170, 176

전쟁 데카메론 68

전쟁소설 124

전후 문학전집 410

전후문제작품집 75, 76

전후문학비평 53

정과리 269

정문길 274

정병욱 406

정비석 401

정신현상학 201, 203

정의감과 예술성 138

정인영 108

정일형 219

정지용 24, 98, 102, 103, 162, 307, 358

정태용 294, 362, 363, 365, 408

정한숙 284

정현종 266, 267, 412

정희성 262

제3세계 464

제3세계론 462

제3세계와 민중문학 462

제3세대 문학 87

제3세대 문학전집 83

제3의 사나이 58

제3세계 문학론 377, 378

제3세계 문학의 전망 377

조동일 124, 354

조명희 358

조명희의 「낙동강」 123

조병화 33, 110

조선 백자 마리아상 183, 184, 185

조세희 274, 282

조연현 23, 59, 87, 100, 115, 116, 117,
       126, 132~162, 154, 251, 292,
       293, 305, 306

조우식 28

조정래 330, 382

조정환 422

조지훈 24, 118

조태일 421

조향 33

존재와 무 107
주섭일 354
주영섭 28
준자유 181
중흥과 타락의 문학 367, 373
지각기 121
지성과 반지성 253
지성에 방화하라 74
지옥변 433
진달래산천 429
진위를 알고싶다 143
찔레꽃 209

최명희 483
최승묵 56
최원식 421, 482
최인호 76, 83, 109, 145, 147, 312, 396
최인훈론 407
최인훈의 「광장」 329
최일수 87, 101, 142, 149, 162, 408
최재서 260, 278
최정호 253
최정희 79
최하림 404, 409
축소지향의 일본인 78
취우 115

ㅊ

창작과비평 296, 406~483, 451
채만식 222
천상병 211
청년문필가협회 292
청년문학가협회 132
청년문협 292
청록파 36
청록파론 102
청맥 354, 417, 418, 455
청사에 빛나리 113
초토문학과 썩은 가지 143

ㅋ

카인의 후예 113
카프(KAPF) 307, 341, 342, 343, 358
칼 뢰비트 250

ㅌ

탈근대론 369, 480
탈냉전론 472
탈분단론 472

탈향 427
태백산맥 330, 382
토착어와 인간상 116
통혁당사건 417
투사시 40
T. S 엘리어트 38, 55

ㅍ

파산의 순수문학 138
판소리계 소설 381
포스트 모더니즘 384
포스트 모던 369
표본실의 청개구리 66
프롤레타리아 문학 135
프리드리히 404
프리체 415
플레하노프 202, 203, 315
PDR 420
필화사건 311

ㅎ

하근찬 223, 364, 365, 366, 373, 400
하여지향 123, 124, 424

학문의 과학성과 민족주의적 실천 456
한국 리얼리즘 문학의 형성 373, 376, 386
한국 현대 소설사 151, 154, 156
한국문학의 과제 309
한국시인전집 410
한국현대시연구 294
한무숙 185
한민족공동체의 문학 482
한반도에 일류사회를 만들기위해 474
한스 세들마이어 405
한양 141, 153, 217, 310, 318, 354,
      361, 362, 364, 379, 417, 418,
      419
「한양지」 사건 305
한완상 465
한용운 308
함석헌 370, 402
해방의 근대성 481
허남기 212
허버트 리드 415
허허선생 2 221
헤겔론 203
혁명 179
혁명이후 217
현대성논고 404, 410
현대시의 50년 118
현대시의 새로운 모색 26

현대예술의 혁명 405

현대의 야 108

현대의 온도 46

현대의 지성 279

현실의 문학 150

현진건 374

혼불 483

홍구범 293

홍사중 142, 408

홍성원 254

홍정선 363

화승총 212

환(幻) 54

환각의 다리 83, 85

환상곡 54

황동규 243, 252, 254, 267, 412

황무지 38, 55

황민 25

황석영 79, 365

황순원 113, 114, 125, 171

황인철 258, 259, 261, 277

회색인 330

「후반기」 동인 33, 101, 106, 107, 111,
       119

후송 409

휴전선 360, 396

흑색시말서 409

흙 속에 저 바람 속에 67, 68, 379

흙 356

증언으로서의 문학사

2003년 6월 15일 인쇄
2003년 6월 20일 발행

편 저 강 진 호
이 상 갑
채 호 석
펴낸이 박 현 숙
찍은곳 신화인쇄공사

110-290 서울시 종로구 인사동 153-3 금좌B/D 305호
T. 723-9798, 722-3019 F. 722-9932

펴낸곳 도서출판 **깊 은 샘**

등록번호/제2-69. 등록년월일/1980년 2월 6일

ISBN 89-7416-116-8
※ 깊은샘은 E-mail : kpsm80@hanmail.net,
kpsm@hitel.net에서 만나실 수 있습니다.
※ 잘못된 책은 교환해 드립니다.

값 **25,000원**